위쳐

1 엘프의 피

위쳐

1 엘프의 피

초판 1쇄 | 2016년 9월 5일
초판 11쇄 | 2021년 9월 13일

지은이 | 안제이 사프콥스키
옮긴이 | 이지원

펴낸이 | 서인석
펴낸곳 | 제우미디어
출판등록 | 제 3-429호
등록일자 | 1992년 8월 17일
주소 | 서울시 마포구 상수동 324-1 한주빌딩 5층
전화 | 02-3142-6845
팩스 | 02-3142-0075
홈페이지 | www.jeumedia.com

ISBN | 978-89-5952-512-6
        978-89-5952-511-9(set)
• 파본은 본사나 구입하신 서점에서 교환해드립니다.

제우미디어 소설 공식 카페 | cafe.naver.com/jeunovels
제우미디어 페이스북 | www.facebook.com/jeumedia
제우미디어 공식 블로그 | blog.naver.com/jeumediablog

만든 사람들
출판사업부 총괄 손대현 | **편집장** 전태준 | **책임 편집** 홍지영 | **기획팀** 문대현, 최현준
디자인 총괄 디자인수 | **제작** 김금남 | **영업** 김영욱, 박임혜
도움주신 분 김래현, 강신후, 이민수, 임예원, 최광민

위쳐

1 엘프의 피

안제이 사프콥스키 지음 · 이지원 옮김

THE WITCHER

제우미디어

엘레이네 블라스, 페인네웨드
디에라메 아엔 아카엘메 테드
에이게안 에벨리엔 데레아드
쿠엔 에세, 바 엔 에에아스
페인네웨드, 엘라이네 블라스!

※ 〈꽃송이〉 : 엘프 어린이들의 수 세기 놀이 동요이며 자장가.

너희들에게 말한다. 칼과 도끼의 시대. 늑대의 회오리바람의 시대가 오리라. 백색 서리와 백색 빛의 시간. 광기와 모멸의 시간. 테드 데이리드. 끝의 시간이 오리라. 세계는 냉기 속에서 죽어 버리고, 새로운 태양과 함께 다시 태어나리라. 그 세계는 오래된 피에서. 헨 이헤르. 뿌려진 씨앗에서 태어날 것이니라. 씨앗은 싹을 틔우지 않고 오로지 불꽃으로 폭발하리라.

　에스투아스 에세! 그렇게 되리라! 표시를 주의하라! 어떤 표시일지는. 너희들에게 알려 주리라—. 하지만 우선 에엔 세이데의 피가. 엘프의 피가 흐르리라.

에엔 이틀린느스피스, 이틀린느 엘리 에프 에베니엔의 예언

제 1 장

도시는 불탔다.

좁은 거리들, 해자와 첫 번째 전망대로 향하는 거리들은 뜨거운 연기로 가득 차 있었다. 불꽃은 짚으로 만든, 다닥다닥 붙어 있는 지붕들 위에서 이글거리며 성벽을 핥고 있었다. 성문 입구가 있는 서쪽으로부터는 비명 소리가 커지고 무서운 싸움 소리와 함께 거대한 기둥으로 성벽을 치는 둔탁한 흔들림이 느껴졌다.

불시의 공격을 해 온 침입자들은 얼마 안 되는 병사들과 창을 든 시민들, 석궁을 든 장인들이 세운 방어막을 부수는 데 성공했다. 검은 가리개를 쓴 말들이 마치 바리케이드 위를 유령처럼 날뛰고, 번쩍번쩍 빛나는 톱날들이 도망치는 방어군들에 죽음을 흩뿌리고 있었다.

시리는 안장의 올라온 부분에 자신을 싣고 달리는 기사가 말을 바싹 잡아당기는 것을 느꼈다. 기사의 외침 소리가 들려왔다. 꽉 잡아, 기사는 외치고 있었다. 꽉 잡아!

신트라의 옷을 입은 기사들이 시리와 기사를 앞서가며 무서운 속력으로 닐프가드 인들과 엇갈렸다. 시리는 스쳐 지나가며 푸른색과 황금색, 그리고 검은색 망토들의 미친 듯한 회오리바람이 강철이 쨍하고 부딪치는 소리, 방패들이 둔탁하게 부딪치는 소리,

말들이 울부짖는 소리와 함께 일어나는 것을 보았다.

비명. 아니다. 비명이 아니었다. 외침 소리였다. 꽉 잡아!

공포. 움직일 때마다, 잡아당길 때마다, 말이 뛸 때마다 고삐를 잡고 있는 손이 찢어질 듯 아팠다. 피가 통하지 않는 다리는 기댈 곳이 없고 연기로 눈에서는 눈물이 흐르고 있었다. 붙들린 어깨는 또한 시리를 숨 막히게 하고 갈비뼈를 고통스럽게 압박하고 있었다. 주위에서는 지금까지 단 한 번도 들어 보지 못한 외침 소리가 커지고 있었다.

이렇게 비명을 지르게 하려면, 인간에게 무슨 짓을 해야 하는 것일까?

공포. 온몸의 힘을 빠지게 하는, 꼼짝할 수 없는, 숨 막히는 공포.

다시 철이 부딪치는 소리와 말들의 씩씩대는 소리. 주위의 집들은 불길을 뿜어내며 춤을 추고 있었다. 바로 전에 있었던 진흙투성이의 거리는 이제 시체들과 도망치는 사람들이 버리고 간 물건들이 빼곡히 쌓여 있었다. 시리의 등 뒤에 있는 기사는 이상한, 코를 고는 듯한 기침 소리를 토해 냈다. 말고삐가 파고 들어가고 있는 손에서 주체할 수 없이 피가 나고 있었다. 비명 소리. 화살들의 휙휙 소리.

낙상, 충격, 갑옷과 함께 부딪쳐서 더욱더 고통스러웠다. 바로 옆에서는 말발굽이 땅을 차고, 머리 위로는 말의 배와 안장을 묶은 밑부분, 그리고 이번에는 검은 가리개로 싸인 다른 말의 배가 보였다. 기합 소리, 마치 차력사가 나무를 뽑을 때 내는 것 같은, 하지만 나무가 아니라, 철과 철의 싸움. 둔탁한, 숨 막힌 듯한 비명, 시리의 바로 옆에서 무언가 거대하고 검은 것이 진흙탕 위에 철퍼덕 넘어지며 온통 핏방울을 튀겼다. 갑옷에 싸인 발이 떨리다, 빙글 돌다 땅속에 푹 처박혔다.

누군가가 마구 잡아당기는 느낌. 어떤 힘이 시리를 하늘로 들어 올리며 안장 위에 다시 올려놓았다. 꽉 잡아!

온몸이 떨리는 무서운 속도, 미친 듯한 질주. 손발은 붙잡을 것을 절망적으로 찾고 있었다. 말은 우뚝 멈춰 섰다. 꽉 잡아!

잡을 곳이 없다. 잡을 곳이⋯⋯. 잡을 곳이⋯⋯. 피.

말이 쓰러진다. 말에서 뛰어내릴 수도, 몸을 잡아 뺄 수도, 금속 줄로 짠 갑옷 속에 숨겨진 어깨의 압력으로부터 벗어날 수도 없다. 머리 바로 위로, 목 위로 쏟아지는 피를 피할 수 없다.

충격, 진흙의 철퍼덕거리는 소리, 거친 낙상, 미친 듯한 질주 후에 전혀 움직일 수 없는 느낌. 고통스러운 헐떡이는 소리와 필사적으로 엉덩이를 일으켜 세우려는 말의 비명. 말발굽 소리, 시야에서 번쩍이는 말발굽과 다리. 검은 망토와 말의 눈가리개. 비명.

거리에는 불, 불의 붉은 벽이 비명을 지르고 있었다. 그 벽을 배경으로 거대한 기사가 불타오르는 지붕 위로 고개를 들고 있었다. 검은 가리개를 쓴 말은 춤을 추며 머리를 흔들며 소리를 질렀다.

기사는 시리를 보았다. 시리는 맹금류의 깃털로 장식된 기사의 거대한 투구 사이로 눈이 빛나는 것을 본다. 낮게 늘어뜨린 손에 들린 넓은 칼날 위로 불길이 비치는 것을.

기사는 바라본다. 시리는 움직일 수가 없다. 죽은 사람의 축 늘어진 손이 시리의 허리띠 앞에서 움직임을 방해한다. 피로부터 무언가 무겁고 축축한 것이, 무언가 시리의 허벅지에 놓여 있는 것이 시리를 땅에서 일어날 수 없게 하고 있었다.

시리는 공포 때문에 움직일 수가 없었다. 무서운, 창자를 비트는 듯한 공포, 상처 입은 말의 비명 소리도, 이글거리는 불 소리도, 살해당하는 사람들의 비명도, 북소리도 듣지 못하게 하는 공포였다. 알 수 있는 것, 단 하나 중요한 것은 공포뿐이었다. 공포는 깃털로 장식된 투구를 쓴 기사의 모습을 하고 미쳐 날뛰는 불의 붉은 벽을 배경으로 나타났다.

기사는 말 위에 올랐다. 투구에 꽂힌 맹금류의 깃털이 펄럭이더니, 새가 날아올랐다. 저항할 수 없는, 공포로 온몸이 마비된 희생 제물을 공격하기 위해. 새, 아니 기사는 소리를 질렀다. 무섭게, 잔인하게, 승리의 외침을. 검은 말, 검은 무기, 휘날리는 검은 망토. 그리고 그 뒤의 불. 불의 바다.

공포.

새가 울부짖는다. 날개는 펄럭이고, 깃털은 얼굴을 때린다. 공포!

도와주세요! 왜 아무도 나를 도와주지 않을까. 나는 혼자예요. 나는 작아요. 나는 아무런 무기가 없어요. 움직일 수도 없고, 찌그러진 목에서 목소리를 뽑아낼 수도 없어요. 왜 아무도 나를 도와주러 오지 않을까?

무서워요!

거대한 날개 달린 투구 틈새에서 불타는 눈. 검은 망토는 모든 것을 가리고……

"시리!"

시리는 땀에 젖어 자기 비명 소리에 놀라 깨어났다. 온몸을 꼬고 있었다. 시리의 비명 소리는, 아직도 떨리며 어딘가 안쪽으로, 복장뼈 아래를 지나, 바싹 말라 버린 성대를 태웠다. 말 담요 아래 낀 손과 등이 아파 왔다.

"시리, 진정해."

주위는 캄캄한, 바람 부는 밤이었다. 소나무 가지들은 규칙적으로, 노래하듯이 스치며 밑동을 삐걱거렸다. 화재도, 비명도 없었다. 소나무들의 자장가만이 들려올 뿐이었다. 바로 옆에는 야영지의 따뜻한 모닥불이 환하게 빛나고, 불꽃은 마구의 잠금쇠와 땅바닥에 놓여 있는 안장에 기댄 칼의 장식 위에서 붉게 반사되고 있었다. 다른 불꽃은, 다른 무기는 없었다. 시리의 뺨을 만지고 있는 손은 가죽과 재의 냄새만 풍겼다. 피 냄새가 아니었다.

"게롤트……"

"그냥 꿈일 뿐이야, 나쁜 꿈."

시리는 어깨와 다리를 움츠리며 덜덜 떨었다.

꿈. 꿈일 뿐이야.

모닥불은 꺼지고 있었다. 자작나무가 서 있는 들판은 밝고 투명했고 푸른 불꽃은 타닥타닥 소리를 내며 날리고 있었다. 불꽃은 시리를 말 담요와 털가죽으로 감싸고 있는 남자의 흰색 머리카락과 날카로운 옆모습을 비추고 있었다.

"게롤트, 난……."

"내가 옆에 있단다, 시리. 좀 더 자. 넌 휴식이 필요해. 아직 갈 길이 멀다."

음악 소리가 들려, 시리는 생각했다. 이 사그락거리는 소리 속에 음악이 있어. 류트 소리, 그리고 목소리. 신트라의 공주……. 운명의 아이……. 오래된 피의 아이, 엘프의 피. 리비아의 게롤트. 하얀 늑대, 그리고 그의 운명. 아니, 아니, 그건 전설이야. 시인의 창작일 뿐이야. 시리는 이미 죽었다. 도망치는 시리를 거리에서 죽였던 것이다.

꽉 잡아. 꽉 잡아.

"게롤트?"

"시리, 왜?"

"그가 나에게 무슨 짓을 했어요? 그때 무슨 일이 일어난 거죠? 그 사람이…… 나에게 무슨 짓을 했죠?"

"누구?"

"기사. 투구에 깃털을 꽂은 검은 기사……. 아무것도 기억이 나지 않아요. 그는 소리를 지르고 나를 바라보았는데, 무슨 일이 일어났는지 기억나지 않아요. 무서웠어요, 그것만 기억나요. 너무 겁이 나서……."

남자가 몸을 굽히자 모닥불의 불꽃이 그의 눈 안에서 빛났다. 이상하게 생긴 눈이었다. 아주 이상한. 예전에 시리는 이 눈을 무서워했고, 똑바로 바라보고 싶어 하지 않았다. 그건 그러나 아주 옛날, 아주 옛날의 일이었다.

"아무것도 기억이 나지 않아요."

시리는 대패질을 하지 않은 목재처럼 단단하고 거칠거칠한 게롤트의 손을 찾으며 속삭였다.

"그 검은 기사가……."

"그건 꿈이야. 걱정 말고 편히 자거라. 다시는 오지 않아."

시리는 이미 옛날에 비슷하게 안심시키는 소리를 들었다. 몇 번이나, 수도 없이, 자신의 비명 소리에 깨어난 시리를 다들 이렇게 안심시켰었다. 하지만 지금은 다르다. 지금은 믿었다. 왜냐하면, 지금 그 말을 하고 있는 것은 리비아의 게롤트니까. 하얀 늑대. 위쳐. 자신의 운명인 사람이니까. 시리가 그의 운명인 사람이니까. 위쳐 게롤트, 시리를 전쟁과 죽음과 절망의 한복판에서 찾아내 데려와, 이제 다시는 떨어지지 않겠다고 말하는 사람이니까.

시리는 게롤트의 손을 놓지 않고 잠이 들었다.

＊　＊　＊

음유시인은 노래를 끝마쳤다. 고개를 약간 옆으로 기울이고는 발라드의 주요 모티브를 다시 한 번, 조용하고 섬세하게, 옆에서 반주하는 제자보다 한 톤 높게 류트로 반복했다.

아무도 말이 없었다. 잦아드는 음악 소리와 함께 들려오는 것은 나뭇잎의 사그락거리는 소리와 거대한 참나무의 큰 가지가 삐걱거리는 소리뿐이었다. 그러다 갑자기 근처의 오래된 나무들에 묶어 놓은 마차에서 염소가 길게 울었다. 그러자 마치 그것이 신호라도 되는 듯, 커다란 반원으로 둘러

앉은 청중 중 하나가 일어났다. 어깨에 황금으로 수를 놓은 코발트빛 망토를 걸치고는 엄숙하고 딱딱하게 절을 했다.

"단델라이온 선생, 감사하오."

크지는 않지만 울림이 좋은 목소리였다.

"여기 계신 모든 분들을 대신하여 마법 기술의 고수인 나, 옥센푸르트의 래드클리프가 당신의 뛰어난 예술과 재능에 감사와 인정의 말을 전하겠소."

마법사는 거대한 참나무 밑에 100명은 족히 될 만한, 빽빽하게 반원을 그리고 앉은 사람들에게 시선을 던졌다. 청중들은 고개를 끄덕이며 귓속말을 했다. 몇 명은 박수를 치고, 몇 명은 손을 들어 음유시인에게 인사를 보내고 있었다. 감동받은 여자들은 코를 훌쩍이며 제각각 신분과 직업과 재산 상태에 따라 되는 대로 눈물을 훔치고 있었다. 시골 아낙들은 팔이나 맨손으로, 상인들의 부인들은 거친 광목 수건으로, 엘프들과 귀족 부인들은 투명하게 짠 손수건으로. 그리고 이 유명한 음유시인의 공연을 위해 부대 전체를 동원해 매 사냥을 중지시킨 집정관 빌리베르트의 세 딸은 감동에 몸을 가눌 수 없는 듯 과장하며 짓이겨진 풀색의 아름다운 모 스카프에 코를 훌쩍거렸다.

"우리 모두를 마음 깊숙이 감동시켰다고 말해도 과장은 아니겠죠."

마법사가 말을 이었다.

"단델라이온 님, 당신은 우리를 골똘한 생각에 빠지게 하며, 우리의 마음을 움직였습니다. 우리의 감사와 존경을 제가 표할 수 있게 해 주십시오."

음유시인은 일어나 황새의 깃으로 멋지게 장식된 모자를 무릎까지 휘두르며 인사를 했다. 제자 역시 연주를 멈추고 이를 드러내어 웃어 보이며 몸을 굽혔는데, 단델라이온은 무섭게 제자를 노려보며 잘 들리지 않게 무슨 말인가를 내뱉었다. 소년은 머리를 낮추고 다시 조용히 류트를 뜯기 시작했다.

모여든 사람들은 생기를 띠었다. 대상을 끌고 온 상인들은 자기들끼리 뭐라고 속삭이더니 참나무 아래로 눈길을 끌 만큼 커다란 맥주 통을 굴려 왔다. 마법사 래드클리프는 빌리베르트 집정관과 조용한 대화에 빠져 있었 다. 집정관의 딸들은 코를 훌쩍이는 것을 그만두고는 단델라이온을 황홀한 눈빛으로 바라보고 있었다. 시인은 고상하게 아무 말 없이 앉아 있는 엘프 무리들, 특히 그중 검은 머리와 큰 눈을 하고 담비 털로 만든 작은 모자를 머 리에 얹은 아름다운 여자 엘프 한 명에게 미소와 윙크, 이를 드러내 웃어 보 이느라 이를 전혀 알아채지 못했다. 시인에게는 경쟁자들이 많았다. 기사 들도, 수련 학생들도, 다른 시인들도 이미 큰 눈에 담비 털 모자의 여자 엘 프의 미모에 감탄하고 있는 중이었다. 이러한 관심에 기분이 좋아진 것이 분명한 여자 엘프는 소매 끝 레이스를 뜯고 속눈썹을 깜빡이고 있었고, 이 미 남자 엘프들은 그 주위를 모두 둘러싸고 구애자들에게 적대감을 숨기지 않고 있었다.

참나무 블렙베리스 아래의 초원은 모임과 여행 중간의 휴식, 방랑자들의 만남의 장소로 관용과 개방성으로 알려져 있었다. 몇 백 년 묵은 이 참나무 를 보호하는 드루이드들은 이 초원을 '우정의 장소'라고 부르며 이곳을 찾는 이는 누구나 환영했다. 하지만 전 세계적으로 유명한 이 음유시인의 공연 같은 이런 특별한 행사 후에도 여행자들은 자기들끼리의, 각각 분리된 무리 안에서만 어울리고 있었다. 엘프들은 엘프들끼리, 드워프 장인들은 상인들 의 대상을 지키도록 고용된, 온몸에 무장을 갖춘 자기 무리들과 어울리며 자기들 주위에 산에 사는 드워프들과 농사짓는 하플링들 정도만 접근을 참 아 주고 있는 형편이었다. 인간이 아닌 종족들은 모두 인간들에 대해 거리 를 유지했다. 인간들 역시 인간이 아닌 종에게 비슷한 태도를 취하고 있었는데, 인간들끼리도 그다지 하나가 된 모습은 아니었다. 귀족들은 상인들과 평민들을 멸시하는 눈으로 바라보았으며, 군인과 용병들은 냄새나는 털가죽을 걸친 목동들에게서 몸을 피했다. 얼마 되지 않는 숫자의 마법사들과 마법사의 제자들은 완전히 떨어져 주위의 모든 사람들에게 당연하다는 듯 거만하게 행동하고 있었다. 하지만 이 모든 것들의 배경은 우중충하고 우울하며 말없는 농민들의 무리였다. 머리 위로 마치 나무숲처럼 쇠스랑과 쟁기, 곡괭이를 들고 선 이들은 모든 것을, 그리고 모두를 무시했다.

예외는 언제나처럼 아이들이었다. 시인의 낭송 동안 침묵을 지켜야 하는 부담에서 벗어난 아이들은 요란한 함성을 지르며 이미 어린 시절과 작별한 이들은 아무도 이해할 수 없는 놀이들을 하러 숲 쪽으로 달려갔다. 아이들은, 엘프, 드워프, 하플링, 하프엘프, 쿼터엘프는 종족도 사회적인 구분도 알지도 못하고 인정하지도 않았다. 지금 현재는 말이다.

"바로 이거야!"

초원에 모여 있던 기사들 중 한 명인, 덤벼드는 사자 세 마리로 장식된 빨갛고 검은 조끼를 입은 말라깽이 기사가 소리쳤다.

"마법사님의 말이 맞아! 이 발라드는 정말 아름다웠다고! 단델라이온 님, 제 명예를 걸고, 혹시나 저희 아버지의 성이 있는 위소루그 근처에 오신다면, 잠시도 주저하지 말고 저희를 찾아 주십시오. 저희가 왕자님처럼, 아니 비지미르 왕처럼 모시겠습니다! 제 칼에 걸고 맹세컨대, 제가 수많은 음유시인들의 노래를 들어 봤지만, 비견할 분은 아무도 없었습니다. 우리로부터 당신의 예술에 대한 존경과 경탄을 받으소서!"

때가 되었다는 것을 정확히 감지한 음유시인은 제자에게 눈짓을 했다. 소년은 류트를 내려놓고 청중들에게 좀 더 구체적인 인정의 증표를 걷을 수 있는 상자를 땅에서 집어 들었다. 그러더니 군중들을 바라보며 조금 망설이다가 상자를 내려놓고 그 옆에 놓여 있는 꽤 커다란 양동이를 집어 들었다. 단델라이온은 자애로운 미소를 띠며 어린 제자의 사려 깊음을 독려했다.

"선생님!"

'베라 레벤하웁트와 아들들'이라고 쓰여진, 버드나무로 짠 물건들을 가득 실은 마차에 앉은 몸집이 좋은 여인이 외쳤다. 아들들의 모습은 어디에도 보이지 않는 것으로 보아 아마 자식들은 어머니가 힘들게 번 재산을 탕진하느라 바쁜 것 같았다.

"단델라이온 선생님! 어떻게 이러실 수가 있으세요? 우리를 이렇게 궁금하게 놔두실 건가요? 이게 발라드의 결말은 아니잖아요! 그 후엔 어떻게 되었는지 더 노래해 주세요!"

"노래도 발라드도."

음유시인이 절을 하며 말했다.

"끝이 없는 것이죠. 부인, 시는 영원불멸의 것이고, 시작도 끝도 없는 것이랍니다."

"하지만 그다음엔 어떻게 되었냐고요?"

여인은 지지 않고, 음유시인의 제자가 내민 양동이에 아낌없이 쩔렁쩔렁 동전들을 쏟아부으며 다시 물었다.

"노래가 힘드시다면, 그냥 어떻게 되었는지만이라도 말해 주세요. 발라드에 이름이 나온 건 아니지만, 선생님이 노래하신 바로 그 위쳐는 유명한 리비아의 게롤트이고, 그리고 게롤트가 그렇게 뜨겁게 사랑하는 여자 마법사는 유명한 예니퍼인 걸 저희도 다 아니까요. 그리고 '뜻밖의 선물'인 바로 그 아이, 위쳐의 운명이 된 그 아이는 침입자들에 의해 파괴된 신트라의 불쌍한 공주, 시릴라가 아닌가요?"

단델라이온은 이 모든 것을 초월한다는 듯 비밀스러운 미소를 지어 보였다.

"관대한 후원자여, 전 보편적인 것들을 노래합니다. 이러한 감정은 누구라도 느낄 수 있는 것이죠. 어떤 특정인을 말한 것이 아닙니다."

"뭐라고요?"

누군가 군중들 속에서 소리를 질렀다.

"이 노래들이 위처 게롤트 얘기라는 건 누구나 다 안다고요!"

"맞아요, 맞아요!"

빌리베르트 집정관의 딸들이 눈물로 젖은 뺨을 닦으며 입을 모아 소리쳤다.

"단델라이온 선생님, 한 번만 더 들려주세요! 어떻게 되었나요? 위처와 예니퍼가 다시 결합하게 되나요? 그들은 사랑했나요? 행복하게 살았나요? 저희는 알고 싶어요, 선생님!"

"그게 무슨!"

찢어지는 목소리로 숱이 많은 붉은 수염을 허리까지 드리운 드워프 지도자가 외쳤다.

"공주며, 여자 마법사며, 운명이며, 사랑, 그런 건 다 할 일 없는 자들의 헛소리라고. 시인 선생에게는 죄송하지만, 이게 다 거짓말, 그러니까 아름답게 감동을 주려고 하는 시인의 창작이야. 하지만 전쟁에 대한 작품들은, 그러니까 신트라의 약탈과 학살, 마르나달과 소든의 전투, 아, 정말 훌륭합니다, 단델라이온 선생! 용사의 심장을 기쁘게 하는 이런 노래들이라면 은화를 뿌려도 아깝지 않죠. 거기다 조금도 거짓이 섞이지 않았다고, 나, 쉘든 스켁스가 말하는데, 난 거짓과 진짜를 구별할 수 있어. 내가 소든에서 닐프가드 침입자들이랑 맞서 손에 도끼를 들고……."

"나, 트로이의 도니미르는."

조끼에 세 마리 사자가 있는 마른 기사가 소리쳤다.

"난 소든의 전투 두 번에 다 참전했는데, 당신을 못 봤는데!"

"넌 도시락이나 지키고 있었던 게 아냐!"

쉘든 스켁스가 화를 냈다.

"난 맨 앞줄 가장 격렬했던 곳에 있었다고!"

"야, 수염쟁이, 말조심하시지!"

트로이의 도니미르의 얼굴이 시뻘게지며 칼 때문에 무거운 기사의 허리띠를 추켜올렸다.

"지금 누구에게 말하는 줄 알아?"

"너나 조심해!"

드워프는 허리에 꽂힌 도끼를 두드리며 자기 무리로 몸을 돌려 이를 드러냈다.

"저 사람 봤어? 자기가 기사래! 문장도 있고! 방패에 사자가 세 마리나 있네! 두 마리는 똥을 싸고 한 마리는 짖고 있네!"

"진정하시오! 진정!"

흰 망토를 입은 머리가 센 드루이드가 날카로우면서도 모두를 통제하는 목소리로 사건의 전개를 막았다.

"이건 아니 되오, 신사 여러분! 블렙베리스의 가지 아래, 이 세상의 모든 싸움과 논쟁보다 더 나이가 많은 이 참나무 아래선 안 되오! 그리고 단델라이온 시인이 보는 앞에서도 아니 되오! 시인의 발라드는 우리에게 사랑을 가르치는 것이지 싸우라고 있는 것이 아니요!"

"물론입니다!"

땀으로 얼굴이 번들거리는 땅딸막한 드루이드 사제가 거들었다.

"보시오. 그러나 눈이 없고, 귀는 먹어 있군요. 사랑이 여러분들 안에 없으면 여러분들은 텅 빈 통과……."

"통 얘기가 나왔으니 말인데."

'철제 물품 제작 및 판매'라고 쓰인 마차에 탄 코가 긴 하플링이 빽빽거렸다.

"장인분들, 거기 통 하나만 더 굴리시라고요! 우리 시인 선생님 목에는 한 방울도 안 들어갔고, 우리도 너무 감동을 받아 목이 탄다고요!"

"참으로 텅 빈 통 얘기를 하자면."

드루이드 사제는 전혀 기가 죽지 않고 하플링의 목소리를 막았다. 설교를 그만둘 생각은 전혀 없었다.

"우리 단델라이온 선생의 노래에서 아무것도 배운 바가 없군요. 인간의 운명에 대한 발라드는, 우리 모두가 신의 손안에서 장난감에 불과하다는 것을, 그리고 우리들의 나라가 신들의 운동장에 불과하다는 사실을 말하는 것입니다. 운명에 대한 발라드는 우리 모두의 운명에 대한 것을 말하고, 위쳐 게롤트와 시릴라 공주의 전설은, 물론 이 전쟁이라는 실제 사건을 배경으로 하고 있지만, 시인의 상상의 결과물, 메타포어에 불과합니다. 이러한 상징을 바탕으로……."

"사제님, 바보 같은 소리예요!"

높은 마차 위에서 베라 레벤하웁트가 소리쳤다.

"무슨 전설이라는 거예요? 무슨 상상의 결과라는 거예요? 다른 사람이 아니라, 리비아의 게롤트라면 내가 직접 알아요, 내가 비지마에서 게롤트가 폴테스트 왕의 딸을 마법에서 풀어 주는 것을 이 눈으로 똑똑히 봤다고요. 그리고 또 상인들이 다니는 길에서도 봤어요. 길디아의 부탁으로 대상을 습격하곤 하던 무서운 그리핀을 처치하는걸요. 그 덕분에 목숨을 구한 사람들이 얼마나 많았는데요. 전설도, 동화도 아니에요. 여기 단델라이온 선생님이 노래하신 건 진짜 있었던 사실이라고요."

"저도 확인해 드릴 수 있어요."

풍성한 검은 머리를 뒤로 모아 단정하게 굵은 땋은 머리를 하고 있는 늘씬한 여전사가 말했다.

"나 리리아의 라일라 역시 괴물들의 처단자, 유명한 하얀 늑대 게롤트를 알아요. 내가 에이단의 벤거버그에 살 때, 여자 마법사인 예니퍼를 본 적도 한두 번이 아니에요. 바로 거기에 예니퍼의 집이 있거든요. 그 둘이 좋아했다는 것은, 하지만 몰랐네요."

"분명 사실일 거예요."

갑자기 노래하는 듯한 목소리로 담비 털 모자를 쓴 아름다운 엘프가 말했다.

"이렇게 아름다운 사랑에 대한 발라드가 거짓일 리 없어요."

"그럴 리는 없어요!"

빌리베르트 집정관의 딸들이 마치 명령이라도 받은 듯 스카프로 눈을 비비며 엘프의 말을 지지했다.

"절대 그럴 리는 없어요!"

"마법사님!"

베라 레벤하웁트가 래드클리프에게 몸을 돌렸다.

"그들이 사랑했나요, 아닌가요? 당신들은 알고 계실 거예요. 정말 둘 사이에 무슨 일이 있었는지, 위쳐와 예니퍼 사이예요. 비밀을 가르쳐 주세요!"

"만약 노래에서 그들이 사랑했다고 한다면."

마법사는 웃으면서 말했다.

"그런 거죠. 그리고 그런 사랑은 수 세기를 살아남고요. 이런 것이 시의 힘이 아닐까요?"

"소문에 따르면."

빌리베르트 집정관이 갑자기 끼어들었다.

"벤거버그의 예니퍼가 소든의 언덕에 묻혀 있다는 말도 있던데. 거기 묻힌 여자 마녀들이 몇몇 된다고……."

"그건 사실이 아닙니다."

트로이의 도니미르가 말했다.

"거기 비석에는 예니퍼의 이름이 없어요. 그 동네가 저희 고향이라 제가 그 언덕에 한두 번 간 것이 아니에요. 비석에 새긴 이름들도 읽어 보았어요. 거기 여자 마법사는 세 명 묻혀 있어요. 트리스 메리골드, 코랄이라는 이름으로 알려진 리타 네이드. 음, 세 번째는 기억이 안 나네."

도니미르는 마법사 래드클리프를 바라보았지만 마법사는 미소를 지을 뿐 아무 말도 하지 않았다. 그때 갑자기 쉘든 스켁스가 소리쳤다.

"그리고 그 위쳐는, 그 예니퍼를 사랑했다는 게롤트도 지금은 아마 땅 밑에 있겠지. 내가 들은 바로는 강 저편에서 살해당했다고 했어. 계속해서 괴물들을 죽이고 또 죽이다가 결국 센 놈을 만난 거지. 인간들은 알아야 해. 칼로 흥한 자는 칼로 죽음을 당한다는 걸. 누구나 더 센 놈을 만나게 되면 그대로 끝인 거야."

"믿을 수 없어요."

늘씬한 여전사가 창백한 입술을 깨물고는 과장해서 땅에 침을 뱉고는 덜거덕거리며 갑옷 위로 드러난 팔을 가슴에 얹었다.

"리비아의 게롤트가 더 센 상대를 만났다는 건 믿을 수 없어요. 그 위쳐가 칼을 어떻게 쓰는지 나는 내 눈으로 볼 기회가 있었어요. 인간이라고 믿을 수 없을 만큼 빨랐다고요."

"그 말이 맞기야 하지."

마법사 래드클리프가 끼어들었다.

"인간으로는 불가능할 만큼 빠르지. 위쳐들은 돌연변이야. 그래서 반응의 속도가……."

"마법사 선생님, 선생님의 말을 이해할 수가 없네요."

여전사가 더욱더 입술을 일그러뜨리며 말했다.

"선생님들의 말은 너무 어려워요. 제가 아는 건 단 한 가지예요. 제가 지금까지 본 모든 전사 중 리비아의 게롤트, 하얀 늑대와 비교할 수 있는 사람은 아무도 없어요. 그래서 여기 드워프 선생님이 말하듯 게롤트가 싸우다 죽었다는 건 믿을 수 없다고요."

"전사고 뭐고 센 놈이 많으면 죽는 거야."

쉘든 스켁스가 이야기를 종결하듯 말했다.

"엘프들도 그렇게 말한다고."

"엘프들."

아름다운 여자 엘프 옆에 서 있던 키가 큰 금발의 이 오래된 종족의 대표자가 차갑게 말했다.

"보통 엘프들은 그런 상스러운 말은 하지 않는다."

"아니에요! 아니에요!"

빌리베르트 집정관의 딸들이 녹색 스카프 뒤에서 소리쳤다.

"위쳐 게롤트는 죽을 수 없어요! 위쳐는 자신의 운명인 시리를 만나고,

그리고 예니퍼를 만나고, 그리고 셋은 모두 오래오래 행복하게 사는 거예요! 그렇죠, 단델라이온 선생님?"

"발라드에 따르면 그렇죠, 아름다운 아가씨들."

철제 물품의 제작 및 판매를 한다는 하플링이 맥주에 목말라 하며 하품을 했다.

"발라드에서 어디 진실을 찾나? 진실은 진실이고, 시는 시고. 뭐 하나만 예를 들어 봅시다. 어쨌다고요, 시리가? 그 유명한 뜻밖의 선물이라는 아이 말이에요. 이거야말로 우리 시인 선생의 손끝에서 만든 작품이죠. 내가 그 신트라에 한두 번 가 본 게 아니라 아는데, 거기 왕과 왕비는 딸도 아들도 전혀 없었다고요."

"거짓말이에요!"

바다표범 가죽으로 만든 옷을 걸치고 이마에는 격자무늬 수건을 묶은 빨간 머리 남자가 외쳤다.

"칼란테 여왕, 신트라의 암사자는 딸이 있었어요. 그 딸 이름이 파베타였죠. 파베타는 폭풍우 부는 바다에서 남편과 함께 죽었는데, 바닷물이 휘몰아쳐 둘 다 삼켜 버리고 말았어요."

"그러니까 내가 거짓말을 하지 않았다는 걸 이제 다들 알겠지!"

철제 물품상 하플링이 모두를 향해 소리를 쳤다.

"시리가 아니라 파베타가 바로 신트라의 여왕이야!"

"시릴라, 보통 시리라고 불렸던 아이는 바로 그 물에 빠져 죽은 파베타의 딸이에요."

빨간 머리 남자가 해명했다.

"칼란테 여왕의 손녀죠. 여왕이 된 적은 없고 신트라의 공주예요. 바로 그 시리가 위쳐의 운명이 된, 뜻밖의 선물인 아이이죠. 이 아이가 태어나기도 전에 우리의 시인 선생님이 노래하신 것처럼 여왕은 위쳐에게 이 아이를 맡기기로 했어요. 하지만 위쳐는 이 아이를 찾아낼 수도, 데려갈 수도 없었죠. 바로 여기가 시인이 사실과 어긋나게 된 부분이에요."

"어긋났을 뿐만 아니라."

울퉁불퉁 핏줄이 튀어나온 젊은 남자가 끼어들었다. 차림새로 보아하니 이제 도제 기간을 마치고 장인이 되는 시험을 보기 전의 방랑 기간을 거치고 있는 장인 지망생인 것 같았다.

"위쳐도 자신의 운명과 엇갈리게 된 거지요. 시릴라는 신트라가 점령되었을 때 죽고 말았어요. 칼란테 여왕이 탑에서 뛰어내리기 전, 공주가 닐프가드인들의 손아귀에 넘겨지지 않도록 자신의 손으로 공주를 죽이고 말았죠."

"그렇지 않았어요. 전혀 아니에요."

빨간 머리가 부정했다.

"공주는 도시를 탈출하려고 하다가 학살에 휩싸여 죽은 거예요."

"그랬거나 말거나."

철제 제품상이 외쳤다.

"위쳐가 그 시릴라를 찾지 못했다는 거지? 그럼 시인이 거짓말을 한 거야!"

"하지만 아름다운 거짓말이었어요."

키가 큰 엘프에게 매달리며 담비 털 모자의 아름다운 엘프가 말했다.

"지금 시 얘기를 하는 게 아니에요! 사실을 따지자는 거지!"

장인 지망생이 외쳤다.

"그러니까 공주는 자기 할머니 손에서 죽었다는 거예요. 신트라에 가 본 사람이라면 누구나 이 사실을 확인해 줄 수 있을 거예요."

"제 말은, 공주는 길거리에서 죽었다고요. 도망치다가."

빨간 머리가 말했다.

"제가 신트라 출신은 아니지만, 스켈리게를 다스리는 우두머리와 함께 싸웠어요. 스켈리게는 전쟁 때 신트라 편이었어요. 신트라의 왕, 아이스트 튀샤흐가 다들 알다시피 스켈리게 섬 출신으로 바이킹 대장의 삼촌이었지요. 저는 마르나달과 신트라에서 바이킹의 일원으로 싸웠어요. 소든에서의 패전 이후⋯⋯."

"또 전쟁 나간 자랑이네."

쉘든 스켁스가 주위에 빽빽하게 모여 있는 드워프들에게 말했다.

"온통 영웅들, 전사들뿐이야. 어이, 인간들! 당신들 중 도대체 마르나달이나 소든에서 싸우지 않은 사람이 한 명이라도 있는 거야?"

"스켁스, 지금 비꼴 때가 아니네."

꾸짖는 어투로 키가 큰 엘프가 말했다. 그러면서 아름다운 엘프의 어깨를 껴안았는데, 엘프의 미모에 경탄하고 있던 경쟁자들에게 한 방 먹이기위한 의도가 명백했다.

"자네는 자네 혼자 소든에서 싸웠다고 생각할지 모르지만 멀리 찾을 것도 없이 나도 그 전투에는 참가했다고."

"누구 편에서 싸웠는지 궁금한걸."

빌리베르트 집정관이 래드클리프에게 모두에게 들릴 만한 귓속말로 말했지만, 엘프는 무시했다. 그리고 그쪽을 쳐다보지도 않고 말을 이었다.

"모두들 알고 있는 바와 같이, 소든을 차지하기 위한 2차 전투에는 약 10만 명이나 되는 전사들이 나섰습니다. 그중 최소한 3만 명은 죽거나 부상을 당했죠. 우리 단델라이온 선생이 이 유명한, 하지만 끔찍한 전투를 발라드를 통해 영원히 기억하게 만든 것은 감사할 일입니다. 그 노래의 가사와 멜로디에서 저는 단지 찬양뿐 아니라, 주의하라는 교훈 또한 들었습니다. 다시 한 번 말하지만, 영원한 명성과 영광이 발라드를 만든 시인 선생에게 있기를! 어쩌면 이 발라드가 다시는 이러한 비극이나 잔인하고 쓸데없는 전쟁이 일어나지 않도록 막을 수 있을지도 모릅니다."

"정말로 그렇겠군."

빌리베르트 집정관이 도전적으로 엘프를 바라보며 말했다.

"상당히 흥미로운 결론을 발라드에서 도출해 내셨군요? 지금 쓸데없는 전쟁이라고 하셨습니까? 앞으로 미래에서는 비극을 피하고 싶으시다고요? 그 말은, 만약 닐프가드가 우리를 또다시 침략해 오면 그냥 앉아서 당하라는 말씀이신지요? 굴욕적으로 닐프가드의 노예가 되라는 말인가요?"

"생은 정말 귀한 선물이고, 우리는 이를 지켜야 합니다."

엘프가 차갑게 말했다.

"어떤 것도 학살과 대규모의 희생을 정당화하지는 못합니다. 소든의 두 번의 전투, 패배로 끝난, 그리고 승리로 끝난 두 전투가 바로 그것들입니다. 두 전투 모두 수천의 생명을 앗아 갔어요. 상상도 못할 만할 가능성들이 스러져 갔어요."

"엘프의 헛소리야!"

쉘든 스켁스가 폭발했다.

"바보 같은 소리! 그건 닐프가드 놈들에게 굴복해서 수갑을 차고 장님이 되어 채찍질 아래 유황 광산이나 소금 광산에서 강제 노동을 하는 대신 평화롭고 품위 있게 살 수 있도록 우리가 치른 대가라고. 영웅적으로 죽어 간 사람들, 그리고 단델라이온 선생 덕분에 우리의 기억 속에서 영원히 살아 있을 사람들은, 우리가 우리 집을 어떻게 지켜야 하는지 가르쳐 준 거라고. 단델라이온 선생, 당신의 발라드를 노래하시오. 모든 사람들에게 노래해 주세요. 그 교훈이 헛되지는 않을 거라고, 꼭 필요한 날이 있을 거라고. 두고 보라고요! 왜냐하면 오늘이 아니라면 내일 닐프가드 놈들이 또다시 우리를 침입할 거라고. 그때가 되면 내 말을 기억하시오! 지금은 그놈들이 앉아서 상처를 핥으며 쉬고 있지만, 놈들의 검은 망토와 투구에 꽂은 깃털을 볼 날이 멀지 않았다고!"

"도대체 그들은 우리에게 뭘 원하는 걸까요?"

베라 레벤하웁트가 소리쳤다.

"왜 우리를 침략하는 거죠? 왜 우리를 가만히 놔두지 않고, 우리가 여기 그냥 살도록, 여기서 일하도록 두고 볼 수 없는 거죠? 도대체 그 닐프가드인들이 원하는 게 뭐예요?"

"우리의 피!"

빌리베르트 집정관이 외쳤다.

"우리의 땅!"

농민 무리들 중 누군가 외쳤다.

"그리고 우리의 여자들!"

쉘든 스켁스가 눈을 무섭게 번뜩이며 마무리했다. 몇 명의 사람들은 웃음이 터지고 말았지만 최대한 작게, 들키지 않게 키득거렸다. 아무리 봐도 예쁜 데가 전혀 없는 드워프 여인들을 드워프족 말고 다른 이들이 원할 거라는 생각 자체가 엄청나게 웃긴 것은 사실이었지만, 이것을 조롱이나 농담의 거리로 삼는 건 너무 위험한 일이었다. 게다가 상상을 초월하는 빠른 속도로 허리띠 밖으로 도끼와 끈이 튀어나오곤 하는 키가 작고 온몸이 탄탄

한, 수염 난 드워프분들 앞에서는 안 될 일이었다. 드워프들은 도대체 알 수 없는 이유로 이 세상 모두가 자신들의 아내와 딸들을 노리고 있다고 철석같이 믿고 있었는데, 이 문제에 대해서는 예민하기가 이를 데 없었다.

"그건 언젠가 일어날 일이었소."

갑자기 머리가 하얀 드루이드가 말했다.

"생겨야 할 일이었소. 우리는 이 세상에 우리만 살고 있지 않다는 사실을, 우리가 이 세상의 중심이 아니라는 것을 잊고 있었소. 호수에 사는 게으르고 배부른 잉어가 강꼬치고기의 존재를 믿지 않는 것처럼 말이오. 우리는 우리의 세상이 그 연못처럼 수초로 가득 차고 진흙투성이가 되어 더러워지도록 그냥 놔두고 말았소. 주위를 잘 살펴보시오. 곳곳에 범죄와 죄악들, 탐욕, 이익만을 추구하는 태도, 싸움과 다툼이 만연하고, 예의범절은 실종되고, 세상의 가치에 대한 어떤 존경도 찾아볼 수가 없소. 자연이 시키는 대로 살기는커녕 우리가 스스로 그 자연을 파괴하기 시작한 것이오. 그래서 지금 우리에게 남은 것이 무엇인지? 연기로 가득한 오염된 공기, 도살장과 가죽 염색장에서 나온 폐수로 더럽혀진 강, 아무런 생각 없이 베어진 숲들. 하, 세상에, 아직 멀쩡히 살아 있는 블렙베리스의 가지 아래, 우리 시인 선생의 머리 바로 앞에서 칼로 도려낸 듯 끔찍한 소리들을 내뱉고 있지 않소. 그렇게 파괴를 일삼는 것도 충분치 않아 배우지조차 아니하고, 글을 쓸 수도 없다니. 도대체 이상할 것이 무엇이란 말이오? 당연히 일어나야 할 일일 수밖에 없었소."

"그렇습니다! 그래요!"

뚱뚱한 사제가 얼른 끼어들었다.

"죄인들이여, 기억하시오! 아직 시간이 있을 때. 신들의 분노와 복수가 당신들 위에 있다는 것을! 이틀린느의 예언을, 범죄로 얼룩진 부족에 내릴 신들의 심판에 대한 예언의 말들을 기억하시오! '온다, 모멸의 시간이. 나무들은 잎을 떨어뜨리고, 꽃봉오리들이 시들며, 열매들이 쉬고, 곡식이 상하며, 계곡도, 도시도 얼음으로 가득할지니라. 그리고 백색 서리가 오고, 그 후엔 백색 빛이, 그리고 세상은 눈보라 속에 죽으리라.' 예언자 이틀린느가 이렇게 말했소! 그렇게 되기 전에 이미 눈에 띄는 표시들이 나타나고 전염병이 돌 것이오, 기억하시오, 닐프가드는 신들이 내린 벌이었소! 그건 바로 죽지 않는 영혼들이 당신 죄인들을 후려쳤던 채찍, 당신들이……."

"사제, 입 닥치시지!"

쉘든 스켁스가 무거운 장화를 신은 발을 쿵쿵 구르며 소리쳤다.

"당신들의 마법과 헛소리에 안개가 자욱할 지경이오! 창자가 다 꼬이게……."

"쉘든, 조심하게."

키 큰 엘프가 웃으며 쉘든을 저지했다.

"남의 종교를 비웃어선 안 돼. 예절에도 미풍양속에도 어긋날 뿐 아니라 무엇보다 위험하지."

"난 아무것도 비웃지 않았다고."

드워프가 항의했다.

"나는 신들의 존재는 의심치 않아. 하지만 누군가 그걸 땅 위에서 일어나는 일들과 연관시켜 떠들며 무슨 엘프 미치광이 년의 예언과 뒤섞어 사람들을 현혹하는 데는 화가 난다고. 닐프가드 인들이 무슨 신들의 도구야? 말도 안 돼! 인간들아, 그러면 데즈모드, 라도비드, 삼북, 오래된 참나무의 아브라드 시대를 기억해 보라고! 당신들은 아무것도 기억하지 못하겠지. 왜냐하면 마치 5월의 하루살이처럼 짧게 사니까. 하지만 나는 기억한다고. 그리고 바로 여기 이 땅에서 너희들이 야루가 강어귀와 폰타르 삼각주에 당신들 배에서 내려 처음 발을 디뎠을 때부터 무슨 일이 일어났는지 알려 주지. 상륙한 네 척의 배에서 세 개의 왕국이 생겨나고, 그중 힘센 왕국들이 약한 왕국들을 집어삼키며 발전하고 자신들의 권력을 쌓아 간 거야. 다른 이들을 정복하고, 그들을 흡수하고, 왕국은 커지고, 점점 더 힘센 나라가 되었지. 지금은 닐프가드가 그렇게 되어 가고 있는 거야. 닐프가드는 힘세고, 하나로 통합된 정복국이니까. 그러니 당신들도 비슷하게 연맹을 맺지 않으면 닐프가드가 당신들을 강꼬치고기가 잉어를 잡아먹듯 삼켜 버리고 말 거야! 저기 현명한 드루이드가 말한 것처럼 말이야!"

"한 번 해 보라지!"

트로이의 도니미르가 세 마리 사자로 장식된 가슴을 쭉 펴고 칼집의 칼로 쿵 소리를 냈다.

"우리가 이미 소든에서 그들에게 뜨거운 맛을 보여 줬으니, 또 한 번 보여 주자고!"

"당신들은 너무 자만하고 있어."

쉘든 스켁스가 소리쳤다.

"기사 양반, 소든에서의 두 번째 전투 이전에 닐프가드가 당신들 영토에 마치 쇳덩이처럼 밀려들어 오고 마르나달에서 강어귀까지 시체가 잡초처럼 즐비했던 것을 잊은 모양이군! 그러고도 닐프가드 인들을 저지한 것은 당신 같은 시끄러운 기사 나부랭이가 아니라, 테메리아, 르다니아, 에이단, 케드웬의 단결된 힘이었어! 단결과 통일, 바로 그게 그들을 막은 거라고!"

"그것뿐만은 아니었소."

울림이 좋은 목소리로, 하지만 매우 차갑게 래드클리프가 말했다.

"그것뿐만은 아니었다고, 스켁스 씨."

드워프는 커다랗게 훌쩍거리며 헛기침을 하고 발을 구르더니 마법사 쪽을 향해 조금 몸을 굽혀 절을 했다. 그리고 말했다.

"아무도 협조자의 공로를 인정하지 않는군요. 소든의 언덕에서의 마법사들의 영웅적인 행동을 기억하지 못하는 자들에게 치욕을! 용감하게 맞서고, 모두의 일에 피를 뿌리며, 승리를 이끌어 낸 그들을. 단델라이온은 발라드에서 그들을 잊지 않았고, 우리도 역시 잊지 않았소. 생각해 보시오. 네 왕국의 용사들이었던 우리가 르다니아의 비지미르 왕의 지도를 인정하고 그 아래 하나가 되었듯, 마법사들은 로게빈의 빌게포츠의 지도를 인정하고 언덕에서 연대하여 하나가 되었소. 그러한 화합과 연대가 전쟁 시기에서 끝난 것은 아쉬운 일이오. 그렇지 않았더라면 평화도 함께 다시 한 번 누릴 수 있었을 텐데. 이제 비지미르 왕은 테메리아의 폴테스트 왕과 세금 문제로 다투고 있고, 에이단의 데머번드 왕은 북 마르치아를 두고 케드웬의 헨젤트 왕과 싸우고, 행포스의 니다미르와 베르덴의 에르빌은 이 모든 것에 아무런 관심이 없소. 거기에 마법사들 사이에서는 내가 듣기론 옛날의 화합의 정신은 전혀 찾을 수가 없다고 하오. 당신들 사이에는 어떤 단결도, 어떤 하나 됨도, 어떤 통일도 없소. 닐프가드에는 이 모든 것들이 있는데!"

"닐프가드를 지배하는 에미르 바 엠라이스 황제는 폭군에 독재자이며, 몽둥이와 채찍, 도끼로 복종을 강요하는 인물이오!"

빌리베르트 집정관이 으르렁거렸다.

"드워프 양반, 지금 당신이 제안하려는 게 뭐요? 우리가 어떻게 단결해야 한다는 거요? 그런 비슷한 독재 국가로? 그렇다면 도대체 어떤 왕이 어떤 국가가 나머지 다른 국가들을 복속시켜야 한다는 것이오? 도대체 누구의 손에서 그 왕권과 채찍을 보고 싶단 말이오?"

"그게 나랑 무슨 상관인데?"

스켁스는 어깨를 으쓱해 보였다.

"그건 당신들, 인간들 일이오. 누구를 왕으로 뽑건 말건 당신들이 드워프를 왕으로 뽑을 건 아니잖소."

"엘프도, 하프엘프도 아니겠지."

오래된 종족을 대표하는 키 큰 엘프가 여전히 빵모자를 쓴 아름다운 엘프를 껴안은 채로 말했다.

"당신들은 엘프의 피가 사분의 일만 섞여도 뭔가 이상한 것으로 보니."

"그것이 당신들의 약점이군."

빌리베르트가 웃으며 말했다.

"바로 닐프가드 인들도 거기를 들쑤시지. 닐프가드 인들은 평등을 외치며, 당신들에게 옛 질서로의 회귀를 약속하는 거야. 우리를 정복하고, 우리를 여기서 몰아내기만 한다면 말이지. 바로 그런 야합, 그런 평등이 당신들이 꿈꾸는 것이오? 지금까지 그 얘기였고, 그걸 주장해 온 것이오? 왜냐하면 닐프가드 인들이 금으로 지불하니까. 당신들이 서로 좋아하는 것도 이상한 일은 아니지. 왜냐하면 닐프가드 인들은 엘프의 피가……."

"헛소리."

엘프가 차갑게 말했다.

"바보 같은 소리 하지 마시오, 기사. 인종주의는 우리 모두를 눈멀게 할 뿐입니다. 닐프가드 인들은 당신들과 똑같은 인간일 뿐이오."

"최고의 헛소리요! 그들이 검은 자이드헤의 자손들이라는 건 모두들

아는 사실이오! 그들의 핏줄에는 엘프의 피가 흐르고 있소. 엘프의 피 말이오!"

"그럼 당신들의 핏줄에는 뭐가 흐르는데?"

엘프는 비웃듯 웃었다.

"우리는 몇 세대, 몇 백 년 동안이나 서로 피를 섞어 왔소. 우리들과 당신들, 이게 다행인지 불행인지 모르겠지만 말이오. 그런데 이러한 결합들을 인간들이 핍박하기 시작한 건 채 25년도 되지 않았소. 거기다가 아무런 효과도 거두지 못하고 말이오. 만약 검은 자이드헤의 피가 섞이지 않은, 오래된 종족의 피가 조금도 섞이지 않은 인간이 있다면 나한테 한번 데려와 보시지."

빌리베르트의 얼굴은 눈에 띄게 붉어졌다. 베라 레벤하웁트의 얼굴 또한 빨갛게 달아올랐다. 마법사 래드클리프는 고개를 숙이고는 기침을 했다. 흥미로운 일은, 담비 털 모자를 쓴 아름다운 엘프의 얼굴도 홍조를 띠었다는 것이다.

"우리 모두는 어머니 대지의 자식들입니다."

머리가 하얗게 센 드루이드의 목소리가 침묵 속에 울렸다.

"우리들은 어머니 자연의 자식들입니다. 그리고 우리 어머니를 우리가 그다지 존경하지 않는다고 해도, 우리가 가끔씩 어머니에게 걱정과 고통을 안겨 드리고, 어머니의 가슴을 찢어지게 만든다 해도, 어머니 자연은 우리를, 우리 모두를 사랑하는 것입니다. 여기 이 우정의 장소에 모인 우리 모두들은 이 사실을 기억해야 합니다. 그리고 우리들 중 누가 이곳에 제일 처음 왔는지에 대해 싸우지 말도록 합시다. 왜냐하면 맨 처음은 도토리의 파도에 의해 온 것이고, 그 도토리에서 위대한 블렙베리스, 가장 오래된 참나무가 싹튼 것이니까요. 블렙베리스의 가지 밑에 서서 블렙베리스의 영원한 뿌리들 사이에서 우리는 우리들의 공통의 뿌리들, 그 뿌리들이 자라난 땅을 잊어서는 안 됩니다. 단델라이온 시인의 노래 가사를 기억하고……."

"바로 그거예요!"

베라 레벤하웁트가 소리쳤다.

"그런데 선생님은 어디 계시죠?"

"사라졌소."

쉘든 스켁스가 참나무 아래 빈 공간을 살펴보며 말했다.

"돈을 챙겨서 인사도 없이 가 버렸구먼. 엘프식으로 말이야!"

"그건 드워프식이잖아!"

철제용품이 소리쳤다.

"그건 인간식이야."

키 큰 엘프가 말했다. 아름다운 엘프는 그의 어깨에 고개를 기대었다.

"어이, 가수님."

마마 란티에리는 노크도 없이 방문으로 히아신스와 땀, 맥주와 훈제 요리 냄새를 동시에 풍기며 들어왔다.

"손님이 있네. 들어오시죠, 신사 양반."

단델라이온은 머리 모양을 고치며 조각으로 장식된 거대한 소파에서 몸을 일으켰다. 시인의 무릎에 앉아 있던 두 아가씨는 얼른 일어나 가슴을 가리고 앞섶을 추슬렀다. 창녀의 수줍음이라니, 발라드 제목으로 그만인걸. 시인은 생각했다. 그러고는 자리에서 일어나 허리띠를 매고 셔츠를 걸치고는 문지방에 서 있는 귀족을 바라보고 말했다.

"정말 제가 어디 있건 찾아낼 줄 아시는군요. 하지만 저를 찾아올 적당할 시간을 고를 줄은 모르시고요. 당신에겐 다행이지만, 아직 이 두 이쁜이 중 누가 더 좋은지 결정을 못했죠. 그리고 란티에리, 자네 가격으로는 내 능력으로 두 사람은 안 된단 말일세."

마마 란티에리는 이해심이 넘치는 얼굴로 웃어 보이며 손뼉을 쳤다. 두 아가씨들은, 한 명은 피부가 희고 주근깨가 난 섬 원주민 여자였고, 한 명은 머리가 까만 하프엘프였는데, 서둘러 방을 나섰다. 문지방에 서 있던 사람은 코트를 벗어서는 마마 란티에리에게 작은, 하지만 터질 듯 불룩한 주머니와 함께 건넸다.

"용서를 비오, 선생."

방문객은 그렇게 말하고는 다가와 식탁에 앉았다.

"지금 방해할 때가 아닌 건 알고 있소. 하지만 그렇게 갑작스럽게 참나무 밑에서 사라지면……. 시골길에서 쫓아오다 선생을 잃어버렸소. 원래 생각했던 것처럼 이 마을에서 당신의 자취를 바로 따라올 수 있는 게 아니었소. 자, 시간을 많이 빼앗지는 않을 테니."

"다들 말은 그렇게 하죠. 그리고 그렇게 된 적은 한 번도 없고요."

시인이 말을 가로막았다.

"우리들끼리 있겠네, 란티에리. 다른 사람들이 들어오지 못하게 하고. 그럼, 말씀하시죠."

남자는 시인을 살피듯 바라보았다. 남자의 눈은 검고 마치 눈물이라도 어린 것처럼 축축했고, 날카로운 코와 단정치 않은 얇은 입술을 하고 있었다.

"그러면 지체하지 않고 바로 본론으로 들어가도록 하지요."

남자는 마마 란티에리가 문을 잠그는 것을 끝까지 기다린 후 말했다.

"당신의 발라드에 흥미가 있소, 선생. 발라드에 나오는 주인공들의 진짜 운명이 어땠는지 말이오. 내가 착각한 것이 아니라면, 진짜 인물들의 운명이 내가 참나무 아래에서 들은 그 아름다운 작품들의 영감이 된 것이 아니요? 내 말은 그러니까 신트라의 작은 시리 말이오. 칼란테 여왕의 손녀."

단델라이온은 천장을 바라보고는 식탁 위에 손가락을 탁탁 두들겼다. 그러고는 건조하게 말했다.

"귀족 나리, 이상한 것에 관심을 가지시는군요. 이상한 질문을 하시고요. 뭔가 당신은 제가 생각한 사람이 아닌 것 같은 느낌이 드네요."

"날 누구로 생각했기에 그렇소?"

"누군지는 나도 모르겠어요. 그건 당신이 이제 우리 공통의 친구로부터의 인사를 전하는지 마는지에 달렸어요. 그걸 처음에 들어오실 때 하셨어야지. 잊어버린 건가요?"

"잊어버리지는 않았지요."

남자는 벨벳 외투의 가슴 부분에서 세피아색의 또 다른 주머니를 꺼냈다. 포주 마마 란티에리에게 건넨 주머니보다 조금 더 큰 주머니는 역시 터질 듯 꽉 차 있었고, 식탁의 상판과 부딪쳐 쩔그렁 소리를 냈다.

"단델라이온, 우리 사이에 공통의 친구 따위는 없네. 하지만 그 정도야 이 주머니가 어떻게 상쇄할 수 있지 않겠는가?"

시인은 입술을 찡그렸다.

"그런 말라비틀어진 주머니로 뭘 사려고 하시는지? 마마 란티에리의 방석집 전체와 근처 땅이라도 사실 작정인가?"

"뭐, 예술 작품의 후원이라고 해 두지. 그리고 예술가에 대한. 예술가와 함께 그 작품에 대해 얘기 좀 나누는 대가라고나 할까."

"그렇게 예술을 좋아하신다고요? 예술가와의 대화가 너무나 급해서 자기소개라는 예절의 기본 원칙도 깨뜨리고 돈주머니부터 들이대겠다고요?"

"아까 처음 대화를 나누기 시작할 땐 내가 익명인 것이 전혀 거슬리지 않는 것처럼 보였는데."

낯선 남자는 검은 눈을 아주 조금 깜빡였다.

"하지만 지금은 거슬립니다."

"내가 내 이름을 부끄러워하는 것은 아니요."

얇은 입술에 연한 웃음을 띠고 남자가 말했다.

"내 이름은 리엔스. 단델라이온, 당신은 나를 모르오. 그건 이상한 일이 아니지. 당신은 당신의 팬들을 모두 알기에는 너무 유명하니까. 하지만 당신의 재능에 탄복하는 사람들은 모두 당신을 알고 있다고, 당신을 너무나 잘 알고 있다고 느껴서 너무나 친근하게 생각하고야 만다오. 나 역시 그런 셈이지. 이런 생각이 잘못되었다는 것은 나도 알고 있소. 용서를 바라오."

"너그러이 용서하죠."

"그러면 이제 질문 몇 가지를 답해 줄 거라고 생각해도 되겠소?"

"아니오. 그건 아닙니다."

시인은 불쾌한 표정을 지으며 이야기를 잘랐다.

"이제는 당신이 저를 용서하실 차례입니다. 저는 제 창작품의 주제나, 영감, 지어내거나 그렇지 않은 등장인물들 얘기를 하는 것을 좋아하지 않습니다. 그건 시로부터 시적 층위를 걷어 내어 평범하게 만들 뿐인 짓이지요."

"그렇다고요?"

"저는 확신합니다. 한번 생각해 보세요. 제가 발랄한 방앗간 집 아가씨에 대한 발라드를 부른 후 바로 이건 방앗간 주인 피스코슈의 부인 즈비르카 얘기였다고 공표하고, 거기에 즈비르카는 남편이 장에 나가는 목요일이면 한없이 자유로워지니 잘해 보라는 정보까지 덧붙인다면 그건 이미 시가 아니죠. 그건 도발이나 자기 경멸일 뿐입니다."

"알았소, 알았소."

리엔스가 얼른 대답했다.

"하지만 그건 잘못된 예가 아니오? 나는 죄짓는 일에 관심이 없소. 내 질문에 대답해서 누구도 경멸당할 일이 없단 말이오. 내가 필요한 건 아주 작은 정보요. 신트라의 공주, 시릴라는 정말로 어떻게 되었나? 많은 사람들이 시릴라가 도시가 함락되었을 때 죽었다고 주장하오. 대놓고 자기 눈으로 그걸 봤다는 사람들도 있소. 선생의 발라드에 따르면, 그 아이가 목숨을 부지한 것 아니오. 난 정말로 그게 선생의 상상인지, 아니면 진짜의 사실인지 궁금하오. 사실이오, 거짓이오?"

"당신이 이렇게나 관심을 가지는 것이 더욱더 저의 흥미를 돋우네요."

단델라이온이 활짝 웃었다.

"웃으시지요. 하지만 그것이 바로 이 발라드를 만들 때 저의 의도였답니다. 청중들을 흥분시키고, 그들의 흥미를 돋우는 것 말이지요."

"사실이오, 거짓이오?"

리엔스가 차갑게 다시 물었다.

"제가 그걸 밝힌다면, 제 작품의 효과를 없애 버리는 짓이 되겠지요. 잘 가시오, 친구. 제가 드릴 수 있는 시간은 이미 다 쓰신 것 같군요. 저의 또 다른 두 개의 영감이 지금 저를 기다리고 있답니다. 누구를 고를지는 아직 모르지만."

리엔스는 전혀 출구로 향하지 않은 채 오랫동안 침묵했다. 그리고 시인을 불쾌한, 축축한 눈으로 쳐다보아 시인은 점점 불안해졌다. 방석집의 큰 홀에서는 즐거운 떠들썩한 소리에 가끔씩 여자들의 깔깔거리는 웃음소리가 뒤섞여 들려오고 있었다. 단델라이온은 고개를 돌렸다. 마치 방문객을 무시하는 듯한 태도를 보이는 것 같았지만 사실은 자신과 방구석 간의 거리와 젖꼭지에 물병의 물을 따르고 있는 님프가 수놓아진 태피스트리로부터의 거리를 가늠하기 위함이었다.

"단델라이온."

리엔스가 세피아색 외투 주머니에 손을 넣으며 다시 입을 열었다.

"내 질문에 대답해 주시오. 나는 그 대답을 꼭 알아야 하오. 나에게는 정말 중요한 일이오. 그리고 스스로를 위해 나를 믿어 주시오. 만약 당신이 순순히 대답만 한다면……."

"한다면?"

리엔스의 얇은 입술에 잔인한 표정이 스쳤다.

"나로선 당신을 억지로 대답하게 만들지 않아도 될 것이오."

"잘 들어, 이놈아."

단델라이온은 벌떡 일어나 나름 무서운 표정을 만들어 보였다.

"난 폭력을 싫어하는 사람이야. 하지만 곧 마마 란티에리를 부르면, 란티에리는 이곳에서 명예롭고 책임감 있는 어깨 역할을 하고 있는 그루지와라는 분을 부를 거라고. 그분이야말로 자기 분야에서는 예술가지. 그분이 네 주둥아리를 걷어차면 넌 이 도시의 지붕들 위로 멀리멀리 날아가게 될 거야. 이 시간에도 밖에 나돌아 다니는 사람이 있다면 너를 아마 페가수스라고 생각할걸."

리엔스가 얼른 몸짓을 하자, 손바닥에서 무엇인가가 번쩍 빛났다. 리엔스는 물었다.

"부를 시간이 있다고 생각하나?"

단델라이온은 시간이 있는지 알아볼 생각이 없었다. 기다릴 생각도 없었다. 나비 모양의 단검이 공중을 돌아 리엔스의 손안에서 소리를 내기 전, 이미 방구석을 향하여 님프가 그려진 태피스트리 아래로 뛰어 들어갔다. 그리고 숨겨진 문을 발로 차서 열고는 머리를 아래로 하고 구부러진 계단을 미끄러운 손잡이를 타고 내려갔다. 리엔스도 그 뒤를 따랐지만 시인은 이 숨겨진 통로를 자기 호주머니 속처럼 확실히 알고 있었다. 팬들을 피해, 질투에 사로잡힌 남편들을 피해, 멜로디와 가사를 훔치려는 경쟁자들을 피해 이 통로를 이용한 것이 한두 번이 아니었기 때문이다. 세 번째 구부러진 길 후에는 회전문이 나오고, 그 문을 통과하면 지하실로 통하는 사다리가 있다는 것도 알고 있었다. 지금까지 자신을 쫓아온 자들이 그러했듯 보통은 그 지점에서 멈추지 못하고 계속 달려가다가 아래로 빠지는 발판을 밟고 돼지우리에 떨어질 것이라는 사실도 알고 있었다. 이렇게 온몸에 멍이 들고 분노 투성이가 되어 돼지들에게 굴림을 당한 후면 추격자가 더 이상 쫓아오고 싶어 하지 않을 거라는 것도 알고 있었다.

완전히 확신할 때 대부분 그렇듯이 그것은 단델라이온의 착각이었다. 등 뒤에서 무언가 하늘색으로 번쩍하더니 시인은 사지가 얼얼해지다가 아무런 감각이 없이 굳어지는 것을 느꼈다. 회전문 앞에서 속도를 멈추지도 못하고, 다리는 말을 듣지 않았다. 단델라이온은 고함을 지르며 복도의 벽에 마구 몸을 부딪치며 계단을 굴렀다. 아래로 빠지는 발판은 끼익 소리를 내며 열렸고, 시인은 아래로, 암흑과 진창 속으로 떨어지고 말았다. 딱딱한 바닥에 몸을 부딪쳐 의식을 잃기 전에야 단델라이온은 마마 란티에리가 돼지

우리 수리 얘기를 했던 것을 떠올렸다.

　정신이 다시 돌아온 것은 묶여 있는 뼈마디와 어깨, 꺾인 관절의 고통 때문이었다. 비명을 지르고 싶었지만, 그럴 수도 없었다. 마치 진흙으로 입 전체를 막아 버린 것만 같았다. 시인은 바닥에 꿇어앉아 있었고 끼익 소리가 나는 동아줄이 팔을 위로 늘이고 있었다. 어깨에 하중을 덜기 위해 몸을 조금 더 일으키려고 했지만, 다리 역시 묶여 있었다. 콜록콜록 숨을 쉬지 못하며 어떻게든 일어나려 하니 동아줄이 인정사정없이 몸을 잡아당겼다.

　리엔스는 바로 앞에 서 있었다. 리엔스의 사악하고 번들거리는 눈은 거의 2미터는 될 듯한 거구의 남자가 들고 있는 횃불에 이글거렸다. 거기 지지 않을 만큼 키 큰 남자가 또 한 명 뒤에 서 있었다. 단델라이온은 그의 숨소리와 오랫동안 씻지 않은 불쾌한 땀 냄새를 느낄 수 있었다. 바로 그 냄새나는 두 번째 남자가 시인의 관절과 연결되어 천장의 서까래까지 뻗쳐 있는 동아줄을 잡고 있었다. 단델라이온의 다리가 바닥에서 떨어졌다. 시인은 코밑으로 신음 소리를 냈다. 그것이 할 수 있는 다였다.

　"됐어."

　리엔스는 곧바로 이렇게 말했지만, 단델라이온에게는 몇 세기나 지난 것만 같았다. 땅에 닿았지만, 그렇게 원하는데도 무릎을 꿇을 수는 없었다. 현악기처럼 팽팽히 당겨진 줄이 아직도 시인을 붙들고 있었다.

　리엔스가 다가왔다. 그의 얼굴에는 조금의 감정도 찾아볼 수 없었다. 번들거리는 눈은 전혀 표정이 변하지 않았다. 말하는 목소리마저 여전히 동요 없이 조용해 도리어 약간 지루한 듯한 느낌이었다.

　"이 염병할 시인 나부랭이야, 가소로운 놈, 이 쓰레기야. 아무것도 없이 잘난 척하는 놈. 나에게서 감히 도망치려고? 내 손에서 도망친 놈은 지금까지 아무도 없었다. 우린 대화가 아직 끝나지 않았다고, 이 하찮은 놈, 닭대가리 같으니. 지금보다 훨씬 좋은 조건에서 내가 질문을 던졌는데. 이제 대답을 해야겠지. 환경은 아까보다 나빠졌지만. 어때, 대답할 테냐?"

단델라이온은 얼른 고개를 끄덕였다. 리엔스는 이제야 웃음을 보였다. 그러고는 신호를 했다. 시인은 다시 동아줄이 잡아당겨지는 것을, 뒤쪽으로 묶인 팔들의 관절이 떨리는 것을 느끼며 절망적으로 비명을 질렀다.

"말이 안 나오겠지."

리엔스가 만족한 듯 웃으며 말했다.

"좀 아프지? 지금은 내가 재미로 좀 당겨 주는 거야. 왜냐하면 나는 누군가 아픈 모습을 보는 걸 아주 좋아하거든. 자, 조금 더 위로."

단델라이온은 자기 비명에 숨이 막힐 지경이었다.

"충분해!"

겨우 리엔스는 이렇게 명령을 내린 후 가까이 와 시인의 레이스 깃을 붙잡았다.

"수탉, 잘 들으라고. 네가 이제 말을 다시 할 수 있도록 마법을 거둘 테니까. 하지만 필요 이상으로 그 매력적인 목소리를 높인다면 후회하게 될 거야."

리엔스가 손짓으로 표식을 만들고는 반지를 시인의 뺨에 갖다 대자 단델라이온은 아래턱과 혀, 그리고 입천장에 감각이 돌아오는 것을 느꼈다. 리엔스는 조용히 이야기를 계속했다.

"이제 내가 질문을 몇 개 할 테니 넌 거기에 물 흐르듯, 빨리, 그리고 세세히 대답해. 만약 단 한순간이라도 주저하거나 말을 더듬기라도 하면 내가 네 대답의 진위를 조금이라도 의심할 만한 이유를 제공한다면……. 아래를 봐."

단델라이온은 말을 들었다. 그러고는 팔을 묶고 있는 줄에 석회가 가득 담긴 양동이가 연결되어 있는 것을 보고 공포에 질렸다. 리엔스는 잔인하게 웃으며 말했다.

"만약 너를 좀 더 높이 올리라고 시킨다면 아마 이 양동이도 똑같이 따라 올라가겠지. 그러면 너는 다시는 손을 쓰지 못할 거야. 그렇다면 류트 연주는 이제 어떻게 할까? 정말 흥미로운 일이군. 그러니 내 생각에는, 이제는 말을 하겠지. 내 말이 맞나?"

단델라이온은 대답하지 않았다. 공포로 고개를 움직일 수도, 목소리를 낼 수도 없었기 때문이었다. 리엔스는 단델라이온이 뭐라고 대답하는지 별로 관심이 없는 듯했다.

"잘 알아 둬야 할 것은, 난 바로 네가 진실을 말하는지, 아니면 시적인 거짓말을 하거나 유식한 척 늘어놓는 것인지 알 수 있다는 거야. 네가 딴 곳으로 빠지면 바로 알아내고야 말겠어. 그건 나에게 별것도 아니야. 마치 너를 계단에서 마비시키는 것처럼 식은 죽 먹기지. 그러니 딴따라 양반, 한 마디 한 마디 생각해서 하길. 아이구, 시간 낭비 그만하고, 시작하자고. 알다시피, 나는 너의 멋진 발라드의 주인공 중 하나, 신트라의 칼란테 여왕의 손녀에 관심이 있다고. 시릴라 공주, 친근하게 시리라고 불리는 여자아이. 직접 봤다는 사람들의 말에 따르면 이 인물은 2년 전 신트라 함락 작전 때 죽었다고 하지. 하지만 발라드는 마치 눈에 보이는 듯 감동적으로 이 여자아이와 그 이상한, 거의 전설적인 인물인 그 위쳐 게랄트인지 게롤트인지와의 만남을 묘사하고 있고. 팔자와 운명의 심판 같은 시적 헛소리는 집어치우고 발라드만 보면, 이 아이가 신트라 함락 작전에서 무사히 살아 나온 걸로 되어 있어. 이게 사실인가?"

"나도 모른다."

단델라이온이 신음했다.

"신에게 맹세코 나는 그냥 시인일 뿐이야! 나도 들은 거고, 나머지는……."

"나머지는?"

"나머지는 내가 지은 거야. 창작해 낸 거라고! 나는 아무것도 몰라!"

리엔스가 냄새 지독한 남자에게 신호를 보내는 것을 보고 시인은 비명을 질렀다. 줄이 점점 더 팽팽히 당겨지는 것이 느껴졌다.

"거짓말을 하는 것이 아니야!"

"그렇겠지."

리엔스가 고개를 끄덕였다.

"대놓고 거짓말은 안 하는 걸, 나도 알겠어. 하지만 뭔가 감추는 게 있어. 이런 발라드를 아무런 이유 없이 만들어 냈을 리가 없어. 게다가 그 위처는, 네가 아는 놈이잖아. 네가 그놈이랑 같이 다니는 것을 본 사람이 한둘이 아니야. 자, 말해 봐, 단델라이온. 뼈마디를 생각해야지. 아는 건 모두 말해."

시인은 한숨을 쉬었다.

"그 시리는, 위처에게 주어진 아이야. 뜻밖의 선물인 아이라고. 분명 들어 본 적이 있을 거야. 그건 유명한 얘기니까. 그 아이 부모가 아이를 위처에게 주기로 한 거라고."

"그 미친 돌연변이에게 아이를 준다고? 돈 주고 고용하는 킬러에게? 거짓말 마, 딴따라. 그런 황당한 소리는 할멈들에게나 가서 하라고."

"정말이야. 우리 어머니의 영혼에 대고 맹세해."

시인이 울음 섞인 목소리로 말했다.

"내가 그걸 확실한 데서 들었다고. 위쳐가……."

"여자아이 얘기를 해. 지금 당장은 위쳐에 관심이 없으니까."

"여자아이에 대해서는 전혀 몰라! 전쟁이 터지자 위쳐가 여자아이를 데리러 신트라에 간 것밖에는. 바로 나한테서 칼란테 여왕의 죽음과 거기에서 학살이 벌어지고 있다는 걸 들었어. 그 아이, 여왕의 손녀에 대해 묻고. 하지만 신트라에서 모두 죽었다는 걸, 마지막 요새에서 단 한 명도 살아나오지 못했다는 걸……."

"말해. 상징 같은 건 쓰지 말고. 세세하게!"

"신트라가 함락되고 학살이 있었다는 것을 듣고, 위쳐는 거기 안 가기로 한 거야. 우리는 같이 북쪽으로 도망쳤어. 행포르스에서 위쳐와 헤어진 후, 지금까지 한 번도 보지 못했다고. 같이 있을 때 그 시리인지 뭔지 운명인지에 대해 얘기해서, 그래서 내가 그 발라드를 만든 거야. 더 이상은 나도 몰라. 맹세코!"

리엔스는 시인을 뚫어지게 바라보고 물었다.

"그럼 지금 그 위쳐는 어디 있는데? 괴물을 죽이는 그 용병, 시를 좋아하는 백정, 운명에 대해 탐구한다는 그놈은 어디 있어?"

"아까 말했잖아. 마지막으로 본 게……."

리엔스가 말을 가로막았다.

"네가 무슨 말을 했는지는 나도 알아. 네가 말하는 걸 열심히 듣고 있다고. 그러니 너도 열심히 들어. 내가 너에게 하는 질문에 정확하게 대답해. 질문은 바로 이런 거지. 만약 아무도 게랄트인지 게롤트인지를 1년 넘게 못 봤다면, 그 작자는 지금 어디 숨어 있는 거지? 보통 어디 숨나?"

"나도 어딘지 몰라."

시인이 얼른 대답했다.

"거짓말이 아니야. 정말로 모른다고."

"단델라이온, 단델라이온, 너무 대답이 빠른데."

리엔스는 무섭게 웃었다.

"너무 대답이 금방 나왔어. 당신, 똑똑하지만 조심성이 부족하군. 지금 거기가 어딘지 모른다고 했지. 내기를 해도 좋지만, 어딘지는 모르지만 거기가 뭔지는 아는 거야."

단델라이온은 이를 악물었다. 분노와 절망 때문이었다.

"응?"

리엔스는 냄새나는 남자에게 신호를 보냈다.

"위쳐가 어디 숨어 있지? 그 장소의 이름은 뭐지?"

시인은 침묵했다. 동아줄이 당겨지고, 고통스럽게 팔이 꺾이고 다리는 허공으로 떠올랐다. 단델라이온은 짧게 비명을 질렀다. 리엔스가 가진 마법사의 반지가 그를 침묵하게 했기 때문이다.

"더 높이, 더 높이."

리엔스는 허벅지에 손을 올렸다.

"단델라이온, 내가 마법을 써서 너의 머릿속을 들여다볼 수도 있지만, 그건 좀 힘이 들어서. 게다가 난 고통으로 눈알이 튀어나오는 걸 보는 걸 좋아하거든. 넌 어차피 말하게 될 거야."

단델라이온은 자기가 말하게 될 거라는 사실을 알았다. 손목에 매인 동아줄이 점점 팽팽해져 석회가 담긴 양동이가 점점 바닥을 향하게 되고 있었다.

"나리."

갑자기 두 번째 덩치가 겉옷으로 횃불을 가리고 돼지우리의 문틈 사이를 내다보며 말했다.

"저기 누가 오는뎁쇼. 이 집 아가씨 중 하나인가."

"어떻게 하는지 알지?"

리엔스가 씩씩거렸다.

"횃불을 꺼."

냄새나는 남자가 줄을 놓자, 단델라이온은 힘없이 땅바닥에 쓰러졌다. 하지만 쓰러지면서도 횃불을 든 남자는 문 옆에 서 있고, 냄새나는 남자가 긴 칼을 들고 반대편에 웅크리고 있는 것은 보고 있었다. 널빤지 사이의 틈으로 유곽의 불빛이 새어 들어와서 시인은 떠들썩한 이야기 소리와 노랫소리를 들을 수 있었다.

돼지우리의 문이 삐걱하고 열렸다. 문간에 코트를 입은 별로 키가 크지 않은, 동그랗고 머리에 딱 붙는 모자를 쓴 사람이 서 있었다. 잠시 망설이는 듯하다 여자는 문지방을 넘어섰다. 냄새나는 남자가 칼을 크게 휘두르며 달려들었다. 그러나 바로 무릎이 꺾이며 쓰러졌는데, 왜냐하면 칼이 마치 연기에 닿은 듯 아무런 저항도 없이 여자의 목을 빠져나갔기 때문이었다. 여인은 정말로 연기 덩어리였고, 이제 연기는 흩어지고 있는 중이었다. 하지만 연기가 완전히 흩어지기 전, 돼지우리로 확실히 보이지는 않지만 검고 마치 담비처럼 재빠른 다른 인물이 등장했다. 단델라이온은 새로 등장한 인물이 외투를 횃불을 들고 있던 놈에게 던지는 동시에 냄새나는 놈에게 달려들었고, 무언가 손에서 번쩍하더니 냄새나는 놈이 쿨럭하고 숨이 넘어가는 소리를 내는 것을 들었다. 두 번째 덩치는 외투와 씨름하다 풀쩍 뛰어 칼을 휘두르는 중이었다. 검은 인물의 손바닥에서 휙 소리를 내며 번개가 일더니 덩치의 얼굴과 가슴팍을 향했다. 덩치는 끔찍한 비명을 질렀고, 돼지우리는 살이 타는 구역질 나는 냄새로 가득 찼다.

그때 리엔스가 공격을 시작했다. 리엔스의 마법으로 어두웠던 실내가 푸른빛으로 가득 찼다. 단델라이온은 남자 옷을 입고 있는 늘씬한 여자가 양쪽 손을 이용해서 이상한 손짓을 하는 것을 보았다. 하지만 단델라이온이 본 것은 순간에 지나지 않았다. 파리한 푸른빛이 쿵 소리와 섬광과 함께 사라지더니, 리엔스가 분노의 함성을 지르며 뒤로 물러나다 나무로 된 울타리에 심하게 부딪쳐 울타리가 부서졌다. 남자 옷을 입은 여자는 리엔스에게 달려들었고, 손에서는 단검이 번쩍였다. 돼지우리는 또다시 빛에 휩싸였다. 이번에는 황금색의 빛덩어리가 공중에 떠올라 타원형으로 빛나고 있었다. 단델라이온은 리엔스가 바닥에서 일어나 타원 속으로 뛰어들어 순식간에 사라지는 것을 보았다. 타원은 빛을 잃었지만, 완전히 꺼지지는 않았다. 여자는 쫓아서 뛰어와 손을 뻗치며 알 수 없는 소리를 질렀다. 무언가 부딪치고 쉭쉭 하는 소리가 나더니 꺼져 가던 타원이 다시 잠시 동안 이글거리는 불꽃으로 타올랐다. 멀리, 아주 멀리에서 단델라이온의 귀에 잘 구분하기 힘든 소리가, 고통 때문에 지르는 비명 소리 같은 것이 들려왔다. 타원은 완전히 꺼지고, 돼지우리는 다시 캄캄해졌다. 시인은, 자신의 입을 틀어막고 있었던 힘이 사라진 것을 느꼈다. 시인은 비명을 질렀다.

"도와주세요! 살려 줘요!"

"단델라이온, 조용히 좀 해."

옆에서 무릎을 꿇고 리엔스의 나비 모양 단검으로 단델라이온을 묶고 있는 끈을 자르며 여자가 말했다.

"예니퍼? 당신이야?"

"내가 어떻게 생겼는지 벌써 잊어버린 건 아니지? 너의 음악적인 귀에 내 목소리가 낯설지도 않을 테고. 일어날 수는 있어? 그놈들이 뼈는 안 부러뜨렸나?"

단델라이온은 힘들게 일어서 힘겨운 신음 소리를 내고는 쓸려 나간 어깨를 매만졌다.

"저자들은 어쩌지?"

단델라이온은 바닥에 누워 있는 시체들을 가리켰다.

"확인해 봐야지."

여자 마법사는 접는 단검을 딱 소리를 내며 접어서 넣었다.

"한 놈은 살아 있어야 할 텐데. 물어볼 게 좀 있어."

"이 자가."

시인이 냄새나는 남자 앞에 섰다.

"살아 있는 거 같아."

"그럴 리가 없는데."

예니퍼가 감정 없이 말했다.

"식도와 목 동맥을 갈랐는데, 소리가 날 수는 있어도 곧 나지 않을 거야."

단델라이온은 흠칫 몸을 떨었다.

"목을 잘랐다는 거야?"

"타고난 조심성으로 여기 허상을 미리 보내지 않았더라면, 아마 이 자리에 내가 누워 있을걸. 두 번째 놈을 보자. 젠장. 봐. 이런 덩치가 그것도 못이겨 내고. 쯧쯧."

"죽었어?"

"쇼크를 이겨 내지 못했어. 흠, 너무 세게 불로 지졌나 봐. 이것 좀 봐. 이가 다 숯이 되었어. 단델라이온, 왜 그래? 토하는 건 아니지?"

"토할 거야."

몸을 구부리고 돼지우리의 벽에 이마를 기댄 채 시인이 잘 들리지도 않는 작은 목소리로 대답했다.

"그게 다라고?"

여자 마법사는 잔을 옆으로 치우고는 구운 닭으로 손을 뻗었다.

"거짓말한 것 없고? 빼놓고 얘기한 것도 없어?"

"아무것도 빼먹지 않았어. 고맙다는 인사 빼고는. 고마워, 예니퍼."

예니퍼는 단델라이온의 눈을 바라보고 살짝 고개를 숙였다. 까맣고 반짝이는 긴 머리가 파도처럼 어깨를 덮었다. 예니퍼는 나무 그릇에 구운 닭을 올려놓고 솜씨 좋게 해체하기 시작했다. 칼과 포크를 써서였다. 단델라이온은 지금까지 닭을 칼과 포크를 써서 저렇게 기술 좋게 먹는 사람을 딱 한 명 보았다. 게롤트가 누구에게서, 어디서 그걸 배웠는지 이제야 알았다. 하긴 게롤트는 사라지기 전 벤거버그의 예니퍼 집에서 1년을 함께 살았으니, 이상한 습관도 하나둘 배운 것이 아닐 것이다. 단델라이온은 두 번째 닭을 그릴에서 꺼내 아무 생각 없이 닭다리를 뜯어내 보란 듯이 두 손으로 잡고 씹기 시작했다.

"어떻게 안 거야?"

단델라이온이 물었다.

"도대체 어떻게 시간에 맞춰 나를 도우러 올 수 있었던 거야?"

"공연할 때 나도 블렙베리스 아래 있었어."

"당신을 못 봤는데."

"보이고 싶지 않았으니까. 마을로 당신의 뒤를 따라갔지. 여기 주막집에서 기다렸어. 뭐, 당신이 갔던 그 수상한 유흥과 뻔한 질병의 장소에 내가 따라갈 수는 없었으니까. 그러다 나도 참을성이 다했지. 마당을 빙빙 돌고 있었는데, 돼지우리에서 무슨 소리가 나는 거야. 청력을 더 예민하게 해 보았더니, 그건 내가 처음 생각했듯 누가 돼지우리에서 수상한 짓을 하는 것이 아니라, 당신 목소리였지! 여기요, 주인! 여기 와인 좀 더!"

"물론 가져다 드리겠습니다, 바로요!"

"좀 전 것과 똑같은 것으로. 하지만 이번엔 물은 타지 말고. 물은 목욕탕에서만 참을 수 있다고. 와인에 물은 끔찍해."

"네, 네!"

예니퍼는 접시를 밀어 놓았다. 통닭에는 주막집 주인과 가족이 아침에 충분히 먹을 만큼 고기가 남아 있었다. 칼과 포크를 써서 먹는 건 우아하고 고상하긴 하나, 효율은 별로인 듯했다.

"다시 한 번 고마워. 구해 줘서."

시인은 되풀이해서 말했다.

"그 미친 리엔스인지가 나를 살려 두지 않았을걸. 나에게서 모든 걸 다 빼내고는 잔인하게 죽여 버렸을 거야."

"내 생각에도 그래."

예니퍼는 자기 잔과 단델라이온의 잔을 채우더니 잔을 들었다.

"살아난 당신의 건강을 위해, 단델라이온!"

"당신의 건강을 위해, 예니퍼!"

단델라이온은 축복의 말을 했다.

"예니퍼, 당신의 건강을 위해 나는 오늘부터 기회가 닿는 대로 기도하겠어. 아름다운 예니퍼, 나는 당신에게 빚진 몸. 내 노래 속에서 이 빚을 갚겠어. 마법사들이 다른 이들의 고통에 무감하다는, 중립이나 가난한 자들, 불행한 보통 사람들을 전혀 돕지 않는다는 낭설도 내가 타파해 보이지."

"무슨 소리."

예니퍼는 아름다운 보랏빛 눈을 살짝 깜빡이며 웃었다.

"낭설이라는 것도 다 이유가 있어서 있는 거야. 아무 이유 없이 생긴 건 아니지. 더구나 그쪽은 공평한 입장도 아니잖아, 단델라이온. 당신을 내가 알고, 게다가 당신은 내가 좋아하는 사람이니까."

"정말?"

시인 역시 미소를 띠었다.

"아니 지금까지 그런 사실을 어떻게 그렇게 잘 숨겨 왔지? 하다못해 당신이 나를 마치 역병처럼 싫어한다는 그런 의견도 들었는데."

"그런 적도 있었지."

여자 마법사는 갑자기 심각한 얼굴을 했다.

"하지만 그 후에 의견을 바꿨어. 그리고 당신에게 고마워했지."

"그 이유를 물어도 될까?"

"그건 별로 중요한 일이 아니고."

예니퍼는 빈 잔을 들고 장난을 치며 말했다.

"더 중요한 문제로 돌아가지. 팔 관절을 부러뜨리며 마구간에서 있었던 그 사람들, 도대체 무슨 일이 있었던 거야? 정말 야루가를 함께 탈출한 후 게롤트를 보지 못한 건가? 정말로 게롤트가 전쟁이 끝난 후 남쪽으로 돌아온 걸 몰랐어? 부상이 너무 심해서 죽었다는 소문까지 돌았던 걸 몰랐다고? 이걸 다 하나도 몰랐단 말이야?"

"몰랐어. 몰랐다고. 난 오랫동안 폰트 바니스에서 에스테라드 티센 궁정에 있었어. 그리고 행포르스의 니다미르 궁에……."

"몰랐었다……."

여자 마법사는 고개를 까딱하며 긴 외투의 소매를 걷었다. 목에는 까만 벨벳의 끈 위에 다이아몬드와 흑요석이 박힌 목걸이가 빛나고 있었다.

"그러면 부상에서 회복된 후 게롤트가 강 하구 지역으로 간 것을 몰랐단 말이지? 거기서 누구를 찾고 있다는 것도 짐작하지 못했다고?"

"그런 생각은 했어. 하지만 누군지는 몰랐지."

"당신이 모른다……."

여자 마법사는 되풀이했다.

"이 세상 모든 것, 이 세상 모든 사람들에 대해 알고 노래하는 당신이 모른다. 누군가의 감정 같은, 그렇게 내밀한 것까지 알고 있는 당신이 말야. 블렙베리스 아래서 당신의 발라드를 들었어, 단델라이온. 몇몇 아름다운 구절은 나에 대한 것이더군."

단델라이온은 통닭을 보고 있다가 내뱉듯 말했다.

"시는 자기의 권리가 있어. 누구도 기분 나빠 할 필요가……."

"'머릿결은 까마귀처럼 검고, 한밤의 폭풍과 같지.'"

예니퍼가 과장되게 한 구절을 인용했다.

"'그녀의 보랏빛 눈 속에는 번개가 잠자고.' 이렇게 되던가?"

"내가 기억하는 당신은 그런 모습이었어."

시인이 희미하게 웃으며 말했다.

"이게 거짓된 묘사라고 생각하는 사람은, 누구든지 나에게 돌을 던져도 좋아."

"잘 모르겠는 것은."

여자 마법사가 입술을 깨물었다.

"도대체 내 신체에 대해 누가 당신에게 묘사할 권리를 준 거지? 어떻게 되었더라? '그녀의 심장은, 그녀의 목을 장식하고 있는 보석과 같아. 단단하기는 다이아몬드와 같고, 다이아몬드처럼 딱딱하지. 더 심한 것은 날카로운, 사물을 베는 흑요석…….' 이거 당신이 생각해 낸 거야? 혹시……."

예니퍼의 입술은 떨리더니 일그러졌다.

"혹시 누군가의 고백이나 한탄을 너무 들은 건 아닌지."

"흠."

단델라이온은 헛기침을 하더니 안전한 주제로 옮아갔다.

"예니퍼, 그럼 당신은 게롤트를 언제 마지막으로 봤나?"

"옛날에."

"전쟁이 끝난 후에?"

"전쟁이 끝난 후……."

예니퍼의 목소리는 그다지 바뀌지 않았다.

"전쟁이 끝난 후에는 그를 못 봤어. 사실 전쟁이 끝나고 오랫동안 아무도 보지 못했지. 하지만 다시 하던 얘기로 돌아가면, 시인 아저씨, 난 아무래도 당신이 아무것도 모르고 아무것도 못 들은 것이 좀 이상하단 말야. 게다가 누군가 아예 당신을 서까래에 매어 놓고 정보를 캐내려고 했어도 몰랐다니. 당신은 이게 이상하지 않나?"

"나도……."

"내 말 좀 들어 봐."

여자 마법사는 잔을 탁자에 쿵 하고 내려놓으며 말했다.

"잘 들어. 일단 레퍼토리에서 그 발라드는 빼. 부르지 말라고."

"그러니까……."

"내가 무슨 발라드를 말하는지는 잘 알잖아. 닐프가드와의 전쟁에 대해 노래해. 게롤트와 나에 대해서도 상관없어. 우리를 더 나쁘게 하지도 못하고, 도와주지도, 상황을 낫게 하지도 나쁘게 하지도 않을 테니. 하지만 신트라의 새끼 사자에 대해서는 노래하지 마."

예니퍼는 이 시간까지 남아 있는 얼마 안 되는 사람들 중 혹시 이 말을 엿듣고 있는 사람이 없나 주위를 둘러보았다. 그러고는 청소를 하는 주막집 처녀가 주방으로 들어갈 때까지 기다렸다.

"그리고 모르는 사람과 독대하는 것은 피해."

예니퍼는 작은 목소리로 말했다.

"맨 처음, 공통의 친구들로부터의 인사를 전하는 걸 잊어버리는 사람들 말야. 알았어?"

단델라이온은 놀라서 예니퍼를 바라보았다. 예니퍼는 웃어 보였다.

"딕스트라로부터 인사를 전해, 단델라이온."

이제 시인은 겁을 잔뜩 먹고 주위를 살펴보고 있었다. 시인이 놀라고 있는 것은 확실했고, 이상한 표정까지 짓고 있었기 때문에 여자 마법사는 비웃는 듯한 웃음을 띠었다.

"그리고."

예니퍼는 식탁으로 몸을 구부리고 속삭였다.

"딕스트라가 보고서를 원해. 베르덴에서 돌아왔으니, 딕스트라가 에르빌의 궁정에서 무슨 말들을 하는지 궁금해 한다고. 만나게 되면 이번 보고서는 성실하고 세세하게, 그리고 절대로 운율을 맞춰서 노래 형식으로 쓰면 안 된다고 전해 달래. 단델라이온, 산문, 산문으로 써."

시인은 침을 꿀꺽 삼키고 고개를 끄덕였다. 침묵하며 질문들을 생각하고 있는 참이었다. 하지만 여자 마법사가 더 빨랐다.

"어려운 시절이 다가와. 어렵고 위험한 시절. 변화의 시간이 온다고. 그 변화가 더 좋은 변화가 되도록 노력하지 않고 그냥 앉아서 기다리는 건 바보 같은 일이야, 안 그래?"

시인은 고개를 끄덕이며 동의하고 헛기침을 했다.

"예니퍼?"

"왜, 시인 아저씨?"

"돼지우리의 그놈들……. 그 사람들이 누구였는지, 뭘 원한 건지, 누가 그들을 보낸 건지 알고 싶어. 당신이 두 놈 다 해치워 버렸지만, 소문으로는 마법사들은 시체로부터도 정보를 꺼낼 수 있다고 하던데."

"시체로부터 뭘 하는 건 최고회의법으로 금지되어 있다는 소문은 없었나? 맙소사, 단델라이온. 그 덩치들은 어차피 별로 아는 것도 없었을 거야. 그 도망간 자……. 그자는 얘기가 다르지만."

"리엔스 말이군. 리엔스는 마법사지?"

"아주 뛰어난 마법사는 아니야."

"하지만 당신에게서 도망쳤잖아. 어떻게 도망쳤는지도 봤어. 텔레포트를 이용한 거 맞아? 이런 게 뭔가를 말해 주나?"

"물론. 그건 누군가 그를 도와줬다는 거야. 공중에 뜨는 타원형 포탈을 만들기에 리엔스는 시간도, 힘도 없었어. 그런 텔레포트는 단순한 게 아니야. 누군가 다른 자가 리엔스를 위해 열어 준 거야. 리엔스와는 비교도 되지 않을 만큼 강력한 마법사지. 그래서 쫓아가지 않은 거야. 어디에 떨어질지도 모르니까. 하지만 리엔스 뒤쪽으로 높은 열을 덧붙여 놨어. 화상을 치료하는 데 엄청나게 많은 주문과 영약이 필요할 테고, 며칠 동안은 잠잠할 거야."

"그 사람이 닐프가드 사람이었다는 걸 알면 혹시 도움이 될까?"

"닐프가드?"

예니퍼는 몸을 똑바로 펴더니 얼른 주머니에서 나비 모양의 단검을 꺼내 손바닥 위에 굴려 보았다.

"닐프가드 단검은 요즘 많이들 소지해. 편한데다가 간편하고, 가슴에 숨길 수도 있고."

"단검 얘길 하는 게 아니야. 나에게 질문을 하면서 리엔스는 '신트라 함락 작전'이라는 표현을 마치 도시를 굴복시킨다는 듯한 어조로 썼어. 그 사건을 그렇게 말하는 건 처음 들었어. 우리에게 그 사건은 언제나 학살이야. 신트라의 학살, 아무도 다르게는 말하지 않아."

여자 마법사는 손을 쳐들고 손톱을 보고 있었다.

"단델라이온, 대단해. 귀가 예민하시군."

"직업병이지."

"직업 중 뭘 말하는지 궁금하네?"

예니퍼는 흥미롭다는 듯 웃었다.

"하지만 정보는 고마워. 중요한 사실이군."

"뭐 그럴 수도 있고."

시인은 웃으며 대답했다.

"더 나은 미래에 대한 내 얘긴 어떤지. 예니퍼, 그렇다면 도대체 왜 닐프가드가 게롤트와 신트라의 여자아이에게 관심을 가지는 거지?"

"이 일에 끼어들지 마."

갑자기 여자 마법사는 심각하게 말했다.

"칼란테 여왕의 손녀에 대한 말을 들었다는 사실마저도 잊어야 한다고, 내가 말했잖아."

"물론 말했지. 하지만 난 발라드의 주제를 찾는 게 아니야."

"그럼, 도대체 뭘 찾으려고? 말썽거리?"

시인은 깍지 낀 손 위에 수염을 올려놓고 여자 마법사의 눈을 바라보았다.

"예를 들어, 게롤트가 정말 그 아이를 찾아서 구했다고 해. 예를 들어, 마침내 운명의 힘이라는 것을 믿고 찾아낸 아이를 자기가 데리고 왔다고 해 보자고. 그럼 어디로 갔을까? 리엔스는 고문을 통해 나에게서 그 답을 얻으려고 애썼어. 하지만 예니퍼, 당신은 알고 있어. 위쳐가 어디로 사라졌는지."

"나는 알지."

"거기에 어떻게 가는지도?"

"그것도 알아."

"그렇다면 그에게 경고를 해야 한다고 생각하지 않아? 리엔스랑 비슷한 놈들이 위쳐와 여자아이를 찾고 있다고. 내가 직접 가고 싶지만, 나야 거기가 어디 있는지, 그 이름을 입 밖에 내고 싶지도 않고……."

"결론을 내, 단델라이온."

"만약 게롤트가 어디 있는지 안다면 거기 가서 경고해야 한다는 거야. 예니퍼, 당신은 그에게 빚이 있어. 당신과 그는, 무엇으론가 연결되어 있잖아."

"그렇지."

예니퍼는 쌀쌀하게 대답했다.

"무언가 나를 그와 연결하고 있지. 덕분에 그를 조금은 알고. 내가 도움을 주는 것을 질색했어. 그리고 만약 도움이 필요하다면 아마도 자기가 신용하는 사람들에게서 도움을 찾겠지. 그 사건이 있고 1년이 넘게 지났지만 난 아직도 그에게서 아무런 소식을 들은 바가 없어. 그리고 만약 빚 얘기를 하자면, 나는 그에게 딱 그가 나에게 빚진 만큼만 빚지고 있어. 많게도 적게도 아니고."

"그럼 내가 대신 가지."

시인은 고개를 들었다.

"나에게 말해 줘."

"말하지 않을 거야."

예니퍼가 말을 막았다.

"단델라이온, 당신은 이미 발각되었어. 또 당신을 공격할 수도 있다고. 당신은 아는 것이 적을수록 좋아. 여기서 사라져. 르다니아로, 딕스트라에게, 필리파 에일하트에게 가서 비지미르의 궁정에 붙어 있어. 그리고 다시 한 번 말하지만, 신트라의 새끼 사자에 대해서는 잊어. 시리에 대해서 말야. 그런 이름은 단 한 번도 들은 적이 없는 척해. 내가 말한대로 해. 당신에게 나쁜 일이 생기기를 원하지 않아. 그러기엔 당신을 내가 좋아하고, 당신에게 고마운 일들도 너무 많고……."

"그 말은 벌써 두 번째야. 도대체 나에게 고마운 일이 뭐야, 예니퍼?"

여자 마법사는 고개를 돌리고 오랫동안 침묵했다. 그러다 결국 입을 열었다.

"당신이 그와 함께 다녔잖아. 당신 덕분에 그는 혼자가 아니었어. 당신이 그에게 친구가 되어 주었어. 당신은 그와 함께 있었지."

시인은 시선을 떨어뜨렸다. 그리고 웅얼거렸다.

"내가 같이 있다고 그에게 도움될 건 없었어. 나와의 우정으로 별로 얻을 건 없었으니까. 나 때문에 주로 문제가 생기기나 했지. 무슨 문제가 생길 때마다 날 구해 주고, 도와주고."

예니퍼는 식탁 위로 몸을 굽혀 시인의 손 위에 자기 손을 얹고 아무 말 없이 꼭 쥐었다. 예니퍼의 눈에는 감정이 가득했다.

"르다니아로 가."

예니퍼는 잠시 후 말했다.

"트레토고르로 가라고. 거기 가면 딕스트라와 필리파의 보호하에 있을 수 있어. 영웅 놀이는 하면 안 돼. 위험한 일에 휘말린 거야, 단델라이온."

"나도 그런 것 같아."

단델라이온은 얼굴을 찡그리고는 아픈 어깨를 주물렀다.

"바로 그래서 게롤트에게 경고를 해야 한다는 거야. 당신만이 어디서 게롤트를 찾을 수 있는지 알아. 길도 알고. 내 생각엔 거기에 머물렀던 것 같은데, 손님으로……."

예니퍼는 몸을 돌렸다. 단델라이온은 예니퍼가 입술을 깨물자 뺨의 근육이 떨리는 것을 보았다.

"그런 일도 있었지."

예니퍼는 말했다. 예니퍼의 목소리에는 무언가 정확히 집어서 표현할 수 없는 이상한 것이 있었다.

"거기 손님으로 있었던 적도 있어. 하지만 초대받은 손님은 아니었어."

* * *

바람이 무서운 소리를 내며 불고 있었다. 폐허를 빗자루처럼 감싼 잡풀들을 흔들고, 산사나무 덤불과 높이 자란 관목들을 스쳤다. 구름은 달무리에 몰려 잠시 동안 작은 성을 밝히고, 해자와 남아 있는 성벽에 창백한 빛을 드리워 그림자로부터 드러내었다. 해자에는 부러진 이를 드러낸 해골들이 산처럼 쌓여 눈이 있었던 시커먼 구멍을 드러내며 무(無)를 응시하고 있었다. 시리는 조그맣게 비명을 지르고 위쳐의 외투 속에 고개를 감추었다.

시리는 조심스럽게 벽돌 무더기로 다가와 부러진 아치 아래로 들어왔다. 돌바닥에 말발굽 소리가 벽들 사이에서 유령 같은 메아리로 울리다 윙윙거리는 바람 소리에 사그라들었다. 시리는 말갈기 사이에 손을 넣고 헐떡거리고 있었다.

"무서워요."

시리가 속삭였다.

"무서울 것 없다."

위쳐는 시리의 어깨에 손을 얹으며 말했다.

"이 세상 어디에도 여기보다 안전한 장소를 찾긴 힘들지. 여긴 케어 모헨, 위쳐들의 본부야. 옛날에는 여기 아름다운 성이 있었단다. 아주 옛날 얘기지."

시리는 대답하지 않고 머리를 낮게 숙였다. 게롤트의 말 로취가 작게 숨을 들이마셨다. 마치 시리에게 안심하라고 말하는 것만 같았다.

시커먼 어둠 속에, 길고 끝나지 않는 터널과 아치의 행렬 속에 빠진 것만 같았다. 로취는 잘 아는 듯 확실하게 한 발 한 발 디디며, 물러가지 않는 어둠에도 전혀 굴하는 기색이 없이 보도에서 또각또각 즐거운 소리를 냈다. 터널 마지막 부분에서 갑자기 일행 앞에 빨간 불로 된 수직의 선이 나타났다. 점점 더 커지고 넓어지며 막대는 문으로 변하더니, 그 뒤로 흐릿한 빛이, 벽에 붙은 횃불들에서 반사되는 빛이 새어 나왔다. 문에는 빛을 받으며 검은 형체가 서 있었다.

"누구지?"

시리는 마치 개가 짖는 것 같은 금속성의 화난 목소리를 들었다.

"게롤트?"

"응, 에스켈, 나야."

"들어와."

위쳐는 말에서 내린 후 시리를 안장에서 들어 땅에 내려놓고는 시리의 손에 자신이 두 손으로 잡고 있던 작은 꾸러미를 건네주며, 꾸러미가 너무 작아 시리가 그 뒤에 완전히 숨을 수 없어서 유감이라고 생각했다.

"여기서 에스켈과 기다려."

게롤트가 말했다.

"로취를 마구간에 데려다 놓고 오마."

"꼬마, 여기 환한 데로 나와 봐."

에스켈이라고 불린 남자가 소리쳤다.

"어둠 속에 서 있지 말고."

시리는 고개를 들어 에스켈의 얼굴을 한번 보고는 공포의 비명을 겨우 참았다. 이것은 사람이 아니었다. 두 다리로 서 있고, 땀 냄새와 연기 냄새를 풍기고, 인간의 옷을 입고 있긴 했지만, 인간이라고 말할 수는 없었다. 인간이라면 저런 얼굴을 가질 수는 없어, 시리는 생각했다.

"뭘 기다리고 있는 거지?"

에스켈이 다시 되풀이했다.

시리는 움직이지 않았다. 어둠 속에서 시리는 로취의 말발굽 소리가 멀어져 가는 것을 들었다. 무언가 부드럽고 찍찍거리는 것이 시리의 발 위로 뛰어갔다. 시리는 펄쩍 뛰었다.

"어두운 데 서 있지 말라고, 꼬마. 시궁쥐들이 네 다리를 물어뜯을 거야."

시리는 꾸러미를 안고는 얼른 빛이 들어오는 쪽으로 몸을 옮겼다. 시궁쥐들이 발아래에서 찍 소리를 질렀다. 에스켈은 몸을 굽히고 시리의 꾸러미를 받은 후, 모자를 벗겼다.

"맙소사!"

에스켈이 중얼거렸다.

"여자애잖아. 이젠 여자애까지."

시리는 겁에 질려 에스켈을 바라보았다. 에스켈은 웃어 보였다. 시리는 에스켈이 기다랗고 보기 흉한 반원의 흉터가 입술 끝에서 볼 전체를 가로질러 귀까지 나 있긴 해도 정상적인 얼굴을 가진 사람이라는 것을 알아챘다.

"어쨌든 여기에 왔으니, 케어 모헨에 온 걸 환영한다."

에스켈이 말했다.

"넌 이름이 뭐니?"

"시리."

시리 대신 게롤트가 아무런 소리 없이 어둠에서 나오며 대답했다. 에스켈은 몸을 돌렸다. 갑자기 곧바로 아무런 말도 없이 두 명의 위쳐는 서로의 어깨를 꽉 끌어안았다. 아주 짧은 한순간이었다.

"살아 있군, 늑대."

"살아 있어."

"다행이네."

에스켈은 횃불을 하나 꺼냈다.

"따라와. 안쪽 문을 닫아야겠어. 온기가 다 빠져나가니."

복도로 들어섰다. 여기에도 시궁쥐들이 있다가 어두운 통로에서 찍찍 소리를 내며 벽 아래로 숨거나 횃불이 던지는 흔들거리는 빛을 성급히 피했다. 시리는 남자들의 걸음을 따라잡으려 빨리 발걸음을 놀렸다.

"여기서 겨울을 나는 게 누구지, 에스켈? 베스미어 말고."

"램버트와 코엔."

일행은 아래로 경사가 급하고 미끄러운 계단을 통해 내려갔다. 아래쪽에서도 빛이 보였다. 시리는 말소리를 듣고 연기 냄새를 느꼈다.

중앙 홀은 넓고, 활활 타고 있는 벽난로의 불꽃에서 나온 빛으로 환했다. 한가운데에는 거대한 무거운 테이블이 있었다. 거기에는 최소한 열 명은 앉을 수 있을 것 같았다. 그 자리에 세 명이 앉아 있었다. 남자 세 명. 아니야, 위쳐 세 명이야. 시리는 머릿속으로 고쳐서 생각했다. 활활 타고 있는 불을 배경으로 실루엣밖에 보이지 않았다.

"늑대, 잘 왔어. 너를 기다렸다."

"베스미어, 안녕하셨습니까. 다들, 안녕. 집에 다시 오니 좋군."

"여기에 누굴 데려왔지?"

게롤트는 잠시 말이 없다가 시리의 어깨에 손을 얹고 시리를 살짝 앞으로 밀었다. 시리는 자신 없고 어색하게 몸을 잔뜩 구부리고 어정쩡하게 머리를 굽힌 채로 나왔다. 무섭다. 너무나 겁이 난다. 만약 게롤트가 나를 다시 찾아서 나를 데려가기만 한다면 이제 다시는 공포가 찾아오지 않을 줄 알았는데, 이미 다 지나가 버린 줄 알았는데……. 하지만 집 대신 이 무서운, 컴컴한, 시궁쥐로 가득한 거의 폐허가 된 성채에……. 또다시 불꽃으로 된 붉은 벽 앞에 서 있다. 위협적인 검은 인물들, 나를 바라보고 있는 무서운, 이 세상의 것 같지 않게 빛나는 눈들.

"이 아이는 뭐지, 늑대? 이 여자아이가 누구인가?"

"이 아이는 저의……."

게롤트는 갑자기 말을 더듬었다. 시리는 어깨 위에 놓인 게롤트의 강하고 딱딱한 손을 느꼈다. 갑자기 공포가 사라졌다. 아무런 흔적도 없이. 빨갛게 소리를 내며 타오르는 불은 따뜻하게 느껴졌다. 따뜻하게만. 검은 실루엣들은 친구들이다. 나를 돌봐 줄 사람들. 빛나는 눈들은 관심을 표현한 것이다. 보살핌. 그리고 걱정.

게롤트의 손이 시리의 어깨를 파고 들어왔다.

"이 아이는 우리의 운명입니다."

정말로 이 세상에는 위쳐라고 불리는, 자연에 거스르는 이 괴물들보다 더 혐오스러운 것은 없다. 왜냐하면 이들은 흉측한 마법과 악마의 장난의 씨앗이기 때문이다. 이들은 도덕심도, 마음도, 양심의 가책도 없는 악당들이고, 현세에 존재하는 지옥의 괴물들로 그저 살인에 적합할 뿐이다. 이들 같은 이들을 위한 자리는 정직한 사람들 가운데에는 없다.

그리고 케어 모헨이라는 장소, 이 영혼 없는 괴물들이 모여, 자신들의 추악한 실습을 자행하는 그곳은 이 땅으로부터 지워져야 마땅하며, 그러고도 남은 자취가 있다면 소금과 신성한 불꽃으로 덮어야 할 것이다.

익명, 몬스트룸, 또는 위쳐에 대한 묘사.

비판용, 또는 미신은 언제나 평민 중 어리석은 자들의 소유였으며, 이러한 뿌리가 내린 땅에서는 절대로 바보짓으로부터 자유로울 수 없다. 지금 높은 산이 솟아 있는 곳은 언젠가 바다가 되고, 지금 바다가 출렁이는 곳은 언젠가 사막이 될 것이다. 그러나 어리석음은 언제나 어리석음으로 남는다.

니코데무스 드 부트, 〈건강·행복·성공에 대한 명상〉

제 2 장

트리스 메리골드는 언 손을 호호 불며 손가락을 움직이면서 마법의 주문을 중얼거리고 있었다. 검은 갈기에 검은 꼬리에 노란빛 갈색을 띤 트리스 메리골드의 거세된 수말은 바로 주문에 반응하며 콧김을 내뿜고 머리를 돌려 여자 마법사를 추위와 바람에 눈물이 어린 눈으로 바라보았다.

"두 가지 중 한 가지를 선택해."

트리스가 장갑을 걷으며 말했다.

"마법에 익숙해지든지, 아니면 쟁기질을 하게 농부에게 팔아 버릴 거야."

말은 귀를 뾰족 세우더니 콧김을 내뿜으며 순순히 아래를 향해 빽빽한 들판을 달리기 시작했다. 여자 마법사는 이슬로 덮인 나뭇가지들을 맞지 않으려고 안장에서 몸을 숙였다.

마법은 얼른 효과를 발휘했다. 팔과 목에서 느껴지던 찌르는 듯한 추위도, 자꾸만 몸을 옹송그리게 하고 고개를 어깨 사이로 움츠리게 하는 찬 공기의 불쾌한 느낌도 사라졌다. 마법은 트리스 메리골드의 몸을 덥히며 또한 몇 시간 전부터 위를 쥐어짜던 배고픔조차 가시게 했다. 트리스는 기분이 좋아져 안장 위에 편안하게 앉아 지금까지보다 훨씬 집중해 주위를 살펴보기 시작했다.

사람들이 자주 다니는 길을 벗어난 순간부터 방향은 회색과 흰색의 산의 벽, 이른 아침이나 해가 넘어가기 직전 해가 구름 사이를 뚫고 비칠 때 드물게 황금빛으로 빛나는 눈 쌓인 산꼭대기를 가리켰다. 이제 산맥에 가까워진 만큼 조금 더 주의해야만 했다. 케어 모헨 주위의 땅은 험하고 사람이 닿지 못하는 곳으로 알려져 있었고, 지금 목표로 잡고 향하고 있는 화강암 사이의 골짜기는, 이 지역에 익숙하지 않은 눈으로는 발견하기 어려운 장소였다. 수많은 계곡이나 협곡으로 한 번만 잘못 꺾어 들어가도 길을 잃어버리기 딱 좋았다. 이 지역을 알고, 어디서 고갯길에 들어야 하는지 아는데도 불구하고 단 한순간도 집중을 멈출 수 없었다.

숲이 끝났다. 여자 마법사 앞에는 커다란 바위로 가득한 넓은 계곡이 나타났다. 계곡은 반대편 끝의 급경사로 떨어지고 있었다. 계곡 가운데는 흰 돌들의 강인 그윈레흐가 거대한 바위들과 떠내려 온 나무둥치 사이로 거품을 내며 흘러오고 있었다. 이곳에서 그윈레흐는 넓기는 하지만 이미 얕은 물줄기로 변해 있었다. 여기서는 힘들지 않게 강을 건널 수 있었다. 아래쪽 중류의 케드웬에서는 도저히 건널 수 없는 장애물로 무섭게 소용돌이치며, 깊은 소의 바닥을 치며 흐르는 강이었다.

물로 이끌린 말은 걸음을 빨리했다. 강 반대편으로 빨리 건너가고 싶은 눈치가 역력했다. 트리스는 말을 살짝 잡았다. 물은 얕아서 말의 정강이뼈 위로 겨우 올라오는 수준이었지만 강바닥의 돌들은 미끄러웠고 물살은 세차고 날카로웠다. 강물은 부글부글 거품을 내며 말의 다리 근처에서 소용돌이를 이루고 있었다.

여자 마법사는 하늘을 보았다. 점점 더 심해지는 냉기와 바람이 이곳 산에서는 눈보라로 변할 수도 있었고, 또 동굴이나 암벽 사이에서 밤을 보낼 생각을 하니 그다지 내키지 않았다. 꼭 그래야만 한다면 눈보라 속에서도 나아갈 수는 있었지만. 텔레파시를 통해 길을 파악하고, 마법을 통해 추위에서 스스로를 보호할 수도 있었다. 꼭 그래야만 한다면. 하지만 하지 않는 편이 좋았다.

다행스럽게도 케어 모헨은 이미 가까웠다. 트리스는 빙하와 강물로 형성된 거대한 산에 큰 돌들이 굴러와 쌓여 있는 곳으로 말을 몰아 큰 바위 사이의 좁은 틈으로 들어갔다. 협곡의 양쪽 벽은 하늘 높이 솟아 마치 하늘 끝에서 맞닿아 가는 선으로 나누고 있는 듯했다. 바위 위에서 부는 바람은 이미 눈비에 섞여 얼굴을 때리지도, 매섭게 휘몰아치지도 않아 따뜻하게 느껴졌다.

큰 바위 사이의 좁았던 틈은 점점 더 넓어지면서 경사지로 변하더니 이후에는 계곡으로, 커다란 숲으로 차 있는 완만한 경사지로 변해 울퉁불퉁한 바위 사이로 이어졌다. 여자 마법사는 완만하고 오르기 쉬운 능선을 마다하고 바로 빽빽한 숲 사이로 들어섰다. 말라 버린 가지들이 말발굽 밑에서 부러졌다. 쓰러진 나무둥치를 억지로 넘으며 말은 콧소리를 내며 몸을 좌우로 흔들고 쿵쿵거렸다. 트리스는 고삐를 잡아당기고 말을 일부러 거칠게 몰았다. 자신이 한 일을 부끄러워라도 하듯이 말은 이번에는 스스로 빽빽한 숲 속에서 길을 찾아 똑바로 경쾌하게 걷기 시작했다.

곧 트리스는 말과 함께 좀 더 깨끗한 지역에 다다랐다. 강이 시작되는 이 부분은 경사지의 바닥을 겨우 적시고 있었다. 여자 마법사는 조심스럽게 주위를 바라보았다. 그리고 곧 찾던 것을 발견했다. 작은 물줄기 상류에 커다란 바위에 가로로 걸쳐진, 어두운 색의 이끼가 가득한 통나무가 놓여 있었던 것이다. 트리스는 이것이 정말 길 표시인지, 아니면 돌개바람에 우연히 쓰러진 나무토막인지 확인하기 위해 가까이 다가갔다. 하지만 숲 사이로 사라지는 흐릿한 좁은 길이 보였다. 잘못 봤을 리가 없었다. 분명히 이것은 케어 모헨 성을 둘러싸고 있는, 갖가지 위험한 장애물로 가득하여 위쳐들이 빨리 달리는 연습과 호흡 조절 연습을 하는 그 길이었다. 이 길은 트레일이라고 불렸지만 트리스는 젊은 위쳐들이 이 길을 '죽음의 코스'라고 부르는 것도 알고 있었다.

트리스는 말 목에 바싹 붙어 나무둥치 밑을 천천히 달렸다. 바로 그 순간 바위가 움직이는 소리가 들렸다. 그리고 빠르고 가볍게 뛰는 사람의 발소리도 들려왔다. 트리스는 안장 위에서 몸을 돌리고 고삐를 당겼다. 그러고는 위쳐가 통나무까지 뛰어오기를 기다렸다.

위쳐는 통나무까지 뛰어오더니 그 위를 화살처럼 조금도 속도를 줄이지 않고, 어깨로 균형을 잡으려고 하지도 않고 마치 물 흐르듯 믿을 수 없이 우아하고 자연스럽게 통과했다. 눈 깜짝할 순간에 시야에서 나무들 사이로 사라지면서 단 한 개의 나뭇가지도 부러뜨리지 않았다. 트리스는 크게 한숨을 내쉬고, 믿을 수 없다는 듯 머리를 흔들었다. 왜냐하면, 이 위쳐는 키나 체형으로 보아 많아야 열두 살 정도로 보였기 때문이었다.

트리스는 말의 허리를 발로 차며 고삐를 당겼고, 말은 양 앞발을 위로 쳐들어 강 쪽으로 방향을 틀었다. 다시 경사지와 만나는 이 길은 '목구멍'이라고 불리는 길이었다. 꼬마 위쳐를 다시 한 번 눈으로 확인하고 싶었다. 케어 모헨에서 어린 위쳐의 훈련을 하지 않은 지 25년은 된 것을 알고 있었다.

너무 서두르지는 않았다. '죽음의 코스'의 작은 길은 꼬불꼬불 빽빽한 숲 속으로 이어지고 있었고, 지름길로 가는 트리스와는 달리 꼬마 위쳐는 이

길을 통과하는 데 훨씬 더 시간이 걸릴 것이기 때문이었다. 하지만 늑장을 부릴 수도 없었다. '목구멍' 뒤쪽의 길은 성채로 통하는 숲으로 바로 이어지기 때문이었다. 여기서 꼬마 위쳐를 만나지 못하면, 이제 다시는 보지 못할지도 몰랐다. 케어 모헨에 몇 번이나 와 본 트리스 메리골드는, 자기가 지금까지 본 것은 모두 위쳐들이 보여 주고 싶어 하는 것뿐이라는 사실을 알고 있었다. 또한 트리스는 위쳐들이 케어 모헨에서 볼 수 있는 것들 중 지극히 일부만을 보여 줬다는 것을 모를 만큼 순진하지도 않았다.

몇 분 후 돌투성이의 물길을 헤쳐 간 후 '목구멍'이 보였다. '목구멍'은 계곡 위에 이끼로 뒤덮이고, 자라다 만 괴기스러운 나무들로 뒤덮인 두 개의 거대한 바위로 이루어진 벼랑이었다. 트리스는 고삐를 놓았다. 말은 거친 숨을 내쉬며 자갈들 사이로 흐르는 시냇물 속에 머리를 숙였다.

오래 기다리지는 않았다. 실루엣이 벼랑 위에 나타나더니, 소년은 조금도 속도를 늦추지 않은 채 뛰어내렸다. 부드럽게 땅에 닿는 소리가 들려오더니 바로 돌들이 움직이는 소리와 먹먹한 추락음, 그리고 조그마한 비명 소리가 났다. 비명이라기보다는 빽 하는 외마디소리와 같았다.

트리스는 두 번 생각하지 않고 바로 안장에서 뛰어내려 털가죽을 어깨에 걸치고 경사면으로 올라가 나뭇가지와 뿌리들을 잡고 위로 기어 올라갔다. 반동으로 벼랑에 올라가긴 했지만, 침엽수 잎사귀에 미끄러져 바위 위에 웅크린 아이 옆에 무릎으로 떨어지고 말았다. 소년은 트리스를 보고 마치 용수철처럼 뛰어 일어나 얼른 몸을 뒤로 빼고는 등에 메고 있던 칼을 번개같이 빼 들었지만 발이 걸려 주목과 소나무 사이에 부딪치고 말았다. 여자 마법사는 무릎을 꿇은 채 일어나지 않고 놀라서 입을 벌리고 소년을 바라보았다.

왜냐하면 소년이 전혀 아니었기 때문이었다.

엉망으로 삐뚤빼뚤 잘린 잿빛 앞머리 아래로 커다란 에메랄드빛 녹색 눈이 턱이 뾰족한 작은 얼굴에 약간 들린 들창코 위에서 바라보고 있었다. 눈에는 겁내는 기색이 가득했다.

"겁내지 마."

트리스가 확실치 않은 목소리로 말했다.

여자아이는 눈을 더 크게 떴다. 전혀 숨을 헐떡이지도, 땀을 흘리고 있는 것 같지도 않았다. '죽음의 코스'를 하루 이틀 뛰어 본 것이 아닌 것이 분명했다.

"다친 덴 없니?"

여자아이는 대답하는 대신 벌떡 일어났다가 고통으로 씩씩거리고는 왼쪽 발에 체중을 싣고 몸을 굽히고는 무릎을 어루만졌다. 무언가 가죽 같은 걸로 만든 옷을 입고 있었는데, 얼기설기 꿰맨, 아니 주워 맞춘 이 옷의 꼴은 자기 직업을 소중히 여기는 재단사가 본다면 절망과 고통의 비명을 지를 지경이었다. 여자아이의 행색 중 유일하게 그런대로 새것이고 맞도록 되어 있는 것은 무릎까지 오는 긴 부츠와 허리끈과 긴 칼이었다. 긴 칼이라고 말하기에는 좀 작았지만.

"겁내지 마."

트리스는 다시 되풀이했다. 아직도 무릎을 꿇은 채였다.

"네가 떨어지는 소리를 들었어. 그래서 여기까지 올라온 거야."

"미끄러졌어."

여자아이는 퉁명스럽게 대답했다.

"아무 데도 안 다쳤니?"

"응. 당신은?"

여자 마법사는 웃어 보이고는 다시 일어나려고 해 보다가 복사뼈의 통증에 욕을 하고 얼굴을 찡그렸다. 자리에 앉아 조심스럽게 발을 펴 보다가 다시 한 번 푹 엎어졌다.

"이리 오렴, 꼬마야. 나 좀 일어나게 도와줘."

"난 꼬마가 아냐."

"그냥 좀 지나가자. 그럼 넌 누군데?"

"난 여자 위쳐야!"

"하! 그럼 이리로 와서 나 좀 일어나게 도와주렴, 여자 위쳐."

여자아이는 자리에서 움직이지 않았다. 이쪽 다리에서 저쪽 다리로 중심을 잡으며, 손가락이 없는 장갑을 끼고는 긴 칼의 줄을 만지며 트리스를 수상하다는 듯 바라볼 뿐이었다.

"걱정 마."

여자 마법사가 말했다.

"난 산적도 아니고 낯선 사람도 아니야. 내 이름은 트리스 메리골드, 케어 모헨으로 가는 중이야. 위쳐들은 나를 알아. 나를 그렇게 의심스럽게 바라볼 건 없어. 네 조심성은 칭찬할 만하지만, 그럴 필요는 없단다. 내가 길을 모르고 여기까지 올 수 있었을 것 같니? 이 '죽음의 코스'에서 사람을 만난 적 있니?"

여자아이는 의심을 접고 가까이 다가와 손을 내밀었다. 트리스는 도움의 손길에 조금 힘입어 일어났다. 왜냐하면 실제로 도움을 꼭 받으려는 것은 아니었던 것이다. 그것보다는 여자아이를 가까이서 보고 싶었다. 그리고 여자아이를 만져 보고 싶었다.

작은 위쳐 여자아이의 초록빛 눈은 돌연변이의 징조를 전혀 보이고 있지 않았다. 작은 손을 만졌을 때도 위쳐의 특징인 기분 좋게 가벼운 전류가 통하는 느낌이 없었다. 회색 머리의 아이는, 칼을 등에 메고 '죽음의 코스'를 뛰고 있긴 해도 아직 '약초 시험'도 '변화'도 거치지 않은 것 같았다. 트리스는 이를 확신했다.

"무릎을 보여 줘, 꼬마야."

"난 꼬마가 아냐."

"미안. 그럼 너도 무슨 이름이 있니?"

"있어. 난…… 시리야."

"만나서 반갑다. 더 가까이 와, 시리."

"난 아무 데도 다친 데가 없다니까."

"그 없는 게 어떤 건지 좀 보자. 휴, 그럼 그렇지. 바지가 거의 없어질 만큼 찢어지고, 근육이 드러날 만큼 살갗이 찢어진 건 아무 데도 다친 데가 없는 거구나. 거기 가만히 서 봐, 무서워하지 말고."

"난 무섭지 않아……. 아야!"

여자 마법사는 조금 웃으며 주문으로 간질거리는 손바닥으로 허벅지를 문질렀다. 여자아이는 몸을 굽히더니 무릎을 살펴보았다.

"어어?"

여자아이가 말했다.

"이제 안 아프네! 구멍도 없어졌어. 이거 마법이야?"

"맞췄네."

"그럼 당신은 마녀?"

"또 맞췄구나. 하지만 난 마법사라고 불리는 편이 더 좋은데. 두 개 중 헷갈리지 않도록 그냥 트리스라고 내 이름을 부르면 돼. 트리스. 자, 이리 와, 시리. 아래에 내 말이 기다리고 있단다. 같이 케어 모헨으로 타고 가자."

"난 뛰어가야 해."

시리가 고개를 저었다.

"뛰다가 그만두는 건 좋지 않아. 그러면 근육에 우유가 생겨. 게롤트가 그러는데……."

"성에 게롤트가 있니?"

시리는 조용해져서 입술을 깨물고는 잿빛 앞머리 아래로 마녀의 눈치를 살폈다. 트리스는 다시 깔깔 웃기 시작했다.

"알았다. 더 묻지는 않을게. 비밀은 비밀이니까. 잘하고 있어. 거의 모르는 사람에게 비밀을 누설하는 건 안 될 일이지. 가자. 성에 가서 누가 있고, 누가 없는지 보면 되지. 그리고 근육은 걱정하지 마. 젖산을 어떻게 해야 하는지는 내가 아니까. 오, 저기 내 말이 있다. 도와줄게……."

트리스는 손을 뻗었지만, 시리는 도움을 필요로 하지 않았다. 안장에 가볍고 경쾌하게 바로 올라탔던 것이다. 놀란 말은 발을 구르며 거칠게 몸을 뿌리쳤지만, 여자아이는 얼른 고삐를 잡아 말을 달랬다.

"말은 잘 다루는구나."

"다른 것도 다 잘해."

"뒤쪽으로 조금 가."

트리스는 발을 등자에 넣고 말갈기를 붙잡았다.

"내 자리도 좀 내줘. 그리고 그 칼로 내 눈 찌르지 말고."

발로 걷어차인 말은 시냇물을 천천히 지나기 시작했다. 또 다른 절벽을 지나 길고 둥근 언덕을 올랐다. 여기서부터는 이미 돌이 드러나 있는 케어 모헨의 폐허가 보였다. 이곳저곳 무너진 사다리꼴의 방어벽과 남아 있는 망루와 대문, 지하 감옥의 둔탁한, 금 간 기둥들도.

남아 있는 다리를 통해 해자를 건널 때 말은 숨을 내뿜고 거칠게 머리를 흔들었다. 트리스는 고삐를 꽉 쥐었다. 해자 바닥의 오래된 해골들과 뼈들에도 트리스는 아무런 느낌이 없었다. 이미 옛날에 본 것들이었다.

"저건 싫어."

갑자기 여자아이가 말했다.

"저렇게 되어서는 안 돼. 죽은 자들은 땅 안에 묻어 줘야 하는 거야. 무덤에. 그렇지?"

"맞아."

차분하게 여자 마법사가 대답했다.

"나도 그렇게 생각해. 하지만 위쳐들은 저 무덤을 마치…… 잊지 말자는 맹세처럼 생각하지."

"뭘 잊지 말자고?"

"케어 모헨."

트리스는 무너진 아치 밑으로 말을 향했다.

"케어 모헨은 공격을 받았지. 피투성이의 전투가 일어났고, 위쳐들은 거의 다 몰살당했어. 바로 그때 성에 없던 위쳐들만 살아났지."

"누가 위쳐들을 공격한 건데? 왜?"

"나도 몰라."

트리스는 거짓말을 했다.

"그건 아주 옛날 얘기란다, 시리. 위쳐들에게 물어봐."

"이미 물어봤어."

여자아이가 내뱉었다.

"하지만 나한테는 얘기해 주고 싶어 하지 않았어."

나도 위쳐들을 이해해, 트리스는 생각했다. 위쳐가 되려고 훈련하는 아이에게, 게다가 아직 돌연변이의 변화도 거치지 않은 아이에게 그런 이야기는 할 수 없다. 그런 아이에게 언젠가는 케어 모헨에 몰려들었던 광기 어린 자들이 위쳐들에게 외쳤던 그 단어들을 듣게 될 날이 올지도 모른다는 미래를 말하며 미리부터 겁줄 필요는 없다. 돌연변이. 괴물. 신들로부터 버림받은 자들. 자연의 섭리에 거스르는 것들. 아니, 위쳐들이 너에게 그런 얘기를 해 주지 않은 것이 나는 조금도 이상하지 않아, 꼬마 시리야. 그리고 나도 너에게 그런 얘기는 해 주지 않을 거야. 시리, 나는 게다가 입을 다물어야 할 이유가 더더욱 있어. 왜냐하면 나는 마법사니까. 그리고 마법사들의 도움 없이는 그 광기 어린 사람들이 그때 이 성을 절대로 점령하지 못했을 거야. 그 광기를 더욱더 부추겨 무서운 폭력에 이르게 한 흉악한 선동문과 대규모로 동원된 괴물들도 아마 어떤 알 수 없는 마법사의 작품이었겠지. 하지만 작은 시리야, 난 우리 동족이 한 일에 책임을 질 수는 없어. 내가 태어나기 반세기도 이전에 있었던 일을 사과할 수는 없어. 이 해골들, 잊지 말자는 영원한 맹세인 이 뼈들도 삭아서 먼지가 되어 망각 속으로 사라지겠지. 벼랑을 쉴 새 없이 때리는 바람에 휘날려.

"저들은 저기 누워 있는 걸 싫어해."

갑자기 시리가 말했다.

"상징이 되는 것도, 양심의 가책이나 경고가 되는 것도 싫어한다고. 그리고 바람에 휘날려 흩어지는 것도 원하지 않아."

트리스는 시리의 목소리가 변하는 것을 듣고 고개를 들었다. 순간적으로 마법의 아우라를 느낀 트리스는 피가 머리에서 소리를 내며 솟구치는 느낌이 들었다. 트리스는 긴장하고 몸을 꼿꼿이 세웠지만, 지금 일어나고 있는 일을 방해하게 되거나 중단시킬까 봐 아무런 말도 하지 못했다.

"보통 무덤이면 돼."

시리의 목소리는 점점 더 부자연스럽고 금속성인, 차갑고 화난 목소리로 변해 가고 있었다.

"쐐기풀이 자라는 흙 한 줌. 죽음의 눈은 파랗고 차갑다. 묘비의 높이는 아무런 의미도 없는 것, 그 위에 새겨진 말도 아무런 의미가 없다. 이걸 너보다 잘 알고 있는 자도 없겠지, 트리스 메리골드, 언덕의 열네 번째 마법사?"

트리스는 걱정이 되었다. 여자아이의 손이 말갈기를 꼭 쥐고 있는 것이 보였다.

"너는 언덕에서 죽었다, 트리스 메리골드."

낯선, 화난 목소리는 다시 이야기를 시작했다.

"왜 여기에 왔느냐? 돌아가라. 당장 돌아가라. 그리고 이 아이, 오래된 피의 아이는 데려가거라. 이 아이가 속한 곳에 돌려주어라. 열네 번째, 그렇게 하라. 만약 그렇게 하지 않는다면 너는 다시 죽게 되리라. 언덕이 너를 기억하는 순간이 오리라. 공동의 무덤과 너의 이름이 새겨진 묘비가, 너를 기억해 내리라."

말은 히잉 소리를 내며 머리를 흔들었다. 시리는 갑자기 몸을 잡아 빼더니 온몸을 떨기 시작했다.

"무슨 일이지?"

트리스는 아무렇지도 않은 목소리를 내려고 노력하며 물었다.

시리는 기침을 하더니 양손을 머리카락 속에 묻고 얼굴을 비볐다.

"아무것도, 아무것도 아냐."

그러나 목소리에는 자신이 없었다.

"너무 피곤해서, 그래서…… 잠시 잠들었어. 뛰었어야 하는데."

마법의 아우라는 사라졌다. 트리스는 급작스러운 냉기가 온몸을 감싸는 것을 느꼈다. 방어 마법의 효과가 사라지고 있기 때문이라고 스스로에게 일러 보았지만, 트리스는 그것이 아니라는 것을 알고 있었다. 트리스는 성채의 돌덩이들을 이미 까맣게 비어 있는, 무너져 버린 궁수들의 구멍을 바라보았다. 온몸이 떨려 왔다.

말은 또각또각 소리를 내며 보도를 걸었다. 트리스 메리골드는 안장에서 얼른 내려 시리에게 손을 내밀었다. 손이 닿는 것을 이용하여 조심스럽게 마법의 임펄스를 보내 보았다. 그러고는 의아해 했다. 왜냐하면 아무것도 느껴지지 않았다. 어떤 반응도, 어떤 대답도 없었다. 그리고 어떤 저항도. 바로 조금 전 엄청나게 강력한 아우라를 불러일으켰던 여자아이에게는 마법의 흔적이 조금도 남아 있지 않았다. 지금은 보통의, 머리를 엉망으로 자르고 우스꽝스러운 옷을 걸친 아이일 뿐이었다.

하지만 좀 전의 이 아이는 보통 아이가 아니었어.

트리스는 이 이상한 사건에 대해 생각할 여유가 없었다. 출입구로 통하는 한없이 컴컴한 복도에서 철로 고정된 문이 삐걱거리는 소리가 들려왔던 것이다. 트리스는 어깨에서 털가죽 망토를 걷고, 여우 털 모자도 벗고, 재빨리 머리카락을 풀어 내렸다. 머리카락은 자랑스러운, 그리고 다른 이들이 자신을 알아볼 수 있는 표시이기도 했다. 황금빛으로 빛나는 길고 풍성한, 싱싱한 밤색의 머리였다.

시리는 감탄의 한숨을 쉬었다. 트리스는 효과에 만족하며 미소를 띠었다. 아름답고 긴, 풀어 헤친 머리는 보기 드물었다. 자유로운 여인, 혼자서 살 수 있는 여자의 위치와 신분, 그리고 특별한 여인의 표시이기도 했다. 왜냐하면 '보통'의 결혼하지 않은 여자들은 머리를 땋았고, '보통'의 결혼한 여자들은 머릿수건이나 모자로 머리카락을 가리고 다녔기 때문이었다. 여왕같이 고귀한 신분의 여자들은, 머리를 돌돌 말거나 틀어 올리고 다녔다. 여전사들은 머리를 짧게 잘랐다. 드루이드 여사제들과 여자 마법사들, 그리고 창녀들만이 독립과 자유를 강조하기 위해 타고난 머리카락을 그대로 두었다.

위쳐들은 언제나와 같이 갑작스럽게 아무런 소음도 없이, 그리고 언제나와 같이 도대체 어디서 나타나는 줄 모르게 나타나기 마련이었다. 지금도 트리스 메리골드의 바로 뒤에 키가 크고 늘씬한 위쳐가 양손을 십자 모양으로 가슴에 얹고, 왼발로 중심을 잡은 모습으로 서 있었다. 트리스는 이것이 눈 깜짝할 사이에 공격을 시작할 수 있는 자세라는 것을 알고 있었다. 시리도 그 옆에 똑같은 자세로 서 있었다. 도저히 옷이라고 불러 줄 수 없는 복장 때문에 시리의 모습은 우스꽝스럽기 짝이 없었다.

"케어 모헨에 온 걸 환영하오, 트리스."

"안녕, 게롤트."

게롤트는 변했다. 마치 늙은 것 같은 인상을 주었다. 트리스는 그것이 생물학적으로는 불가능하다는 것을 알고 있었다. 위쳐들도 물론 늙지만 트리스처럼 젊은 마법사나 보통의 사람들이 그 변화를 알아채기에는 그 속도가 매우 느렸다. 돌연변이가 물리적인 노화 과정을 억누를 수 있다는 것을 이해하는 데는 잠시 보기만 해도 되었다. 그러나 정신적인 노화를 억누르지는 못하는 것 같았다. 잔주름으로 온통 얽은 게롤트의 얼굴은 어쩌면 그러한 사실의 증거였다. 트리스는 가슴 깊숙한 곳에서 통증을 느끼며 흰머리 위쳐의 눈에서 시선을 돌렸다. 너무나 많은 것을 본 것이 틀림없는 눈. 그뿐 아니라 트리스가 기대하던 것은 그 눈 안에 없었다.

"안녕."

게롤트가 다시 말했다.

"여기에 와 주다니, 모두가 반가워할 일이군요."

게롤트 옆에는 머리 색깔과, 뺨 모양을 일그러뜨린 흉터만 아니면 마치 형제처럼 비슷하게 생긴 에스켈이 서 있었다. 그리고 케어 모헨의 가장 어린 위쳐인 램버트 역시 불쾌한, 찡그리고 비꼬는 표정을 하고 서 있었다. 베스미어는 없었다.

"환영하오. 안으로 들어오시오."

에스켈이 말했다.

"젠장, 누가 목이라도 맨 것처럼 춥네. 시리, 넌 어디라고 들어오니? 너에게 들어오라고 한 게 아니야. 아직도 해가 중천에 떠 있는데, 물론 보이지는 않지만. 아직은 훈련을 더할 수 있어."

"에……."

트리스가 머리카락을 흔들었다.

"위쳐의 본부에 예의범절이 시들고 있네요. 시리가 저를 처음 맞이해서 여기 성채까지 데려다 주었어요. 그러니 저와 동행하는 것이……."

"메리골드, 얘는 여기서 훈련을 하고 있어."

램버트가 비꼬듯 웃었다. 램버트는 언제나 이름도 아니고, 앞에 존칭을 붙이지도 않은 채 메리골드라고 부르곤 했다. 트리스는 이를 매우 싫어했다.

"저 아이는 훈련생이지 집사가 아니라고. 당신처럼 아주 소중하신 손님이라도 손님맞이가 저 아이가 할 일은 아니지. 가자, 시리."

트리스는 어깨를 살짝 으쓱해 보이며, 게롤트와 에스켈의 당황한 시선을 보지 못한 척했다. 그리고 아무런 말도 하지 않았다. 이들이 더욱더 당황하기를 원하지 않았다. 게다가 자기가 얼마나 이 여자아이에게 관심이 있고 얼마나 흥미롭게 생각하고 있는지가 드러나는 것은 더욱더 원하지 않았다.

"당신의 말은 내가 마구간에 넣어 놓겠소."

게롤트가 고삐를 잡으며 말했다. 트리스는 몰래 손을 뻗었다. 두 사람의 손이 닿았다. 눈 역시.

"나도 같이 갈게요."

트리스는 자연스럽게 말했다.

"안장주머니에 필요한 물건들이 좀 있어요."

"바로 얼마 전에 상당히 유감스러운 소식들을 접했는데."

두 사람이 마구간에 들어서자마자 게롤트가 말했다.

"바로 내 눈으로 당신의 멋진 비석을 보고야 말았소. 소든에서의 당신의 영웅적인 죽음을 기념하는 기념비를 봤단 말이오. 겨우 얼마 전에서야 그게 착각이라는 것을 알게 되었소. 도대체 당신을 어떻게 다른 사람이랑 헷갈릴 수 있는지 모르겠소, 트리스."

"그건 긴 이야기예요."

트리스가 대답했다.

"기회가 되면 얘기하죠. 잠시나마 유감을 느끼게 된 것에 대해서는 미안하네요."

"미안할 것까지는 없고. 요즘은 즐거울 일이 거의 없어서 당신이 아직 살아 있다는 소식을 듣는 건 다른 것과 비교할 수 없을 만큼 좋았소. 아마 당신을 직접 보고 있는 지금과나 비교할 수 있을까."

트리스는 자신 안에서 무언가가 끊어지는 듯한 느낌이 들었다. 길을 오는 내내 흰머리의 위쳐를 다시 만나기 전에 느끼는 두려움과, 그 만남에 대한 기대와 싸우고 있었던 것이다. 그리고 그 지친, 힘 빠진 얼굴. 모든 것을 보고 있는, 아픈 눈. 부자연스럽게 차분한, 차갑고 정리된 말들, 하지만 감정으로 가득한…….

트리스는 아무런 주저 없이 그의 목에 달려들었다. 그러고는 그의 손을 붙잡아 자신의 머리카락 뒷목에 거칠게 놓았다. 등을 따라 전기가 흐르는 듯한 쾌감이 너무 커서 거의 비명을 지를 뻔했다. 비명 소리를 죽이기 위해 자신의 입으로 그의 입술을 찾아 막았다. 트리스는 위쳐에게 온 힘을 다해 달라붙으며 점점 무아지경이 되어 갔고, 자신 안에서 흥분이 쌓이는 것을 느꼈다.

그러나 게롤트는 자신을 잊지 않았다.

"트리스, 제발."

"아아, 게롤트. 정말……."

"트리스."

게롤트는 트리스를 살짝 밀쳤다.

"여기 우리만 있는 건 아니오. 저기 오고 있소."

트리스는 입구를 바라보았다. 다가오고 있는 위쳐들의 그림자는 한참 후에나 나타났고, 발자국 소리가 들려온 것은 그것보다 더 후였다. 예민하다고 자부하고 있는 트리스의 청각도 위쳐들과 경쟁할 수준은 전혀 아니었다.

"우리 트리스 아가씨!"

"베스미어!"

과연 베스미어는 정말로 늙어 보였다. 어쩌면 케어 모헨보다 더 나이가 들었을지도 모르는 일이었다. 하지만 베스미어는 빠르고 힘차게 경쾌한 발걸음으로 걸어오고 있었고, 악수를 청하는 손은 힘찼다.

"다시 만나게 되어 기뻐요, 할아버지."

"키스를 해다오. 아니, 아니, 손에다가 말고, 꼬마 마녀 아가씨. 내가 죽어서 관 속에 있을 때나 손에 키스하는 거야. 뭐, 그것도 먼 훗날은 아니겠지만. 트리스, 이렇게 오다니 정말 반갑구나. 네가 아니면 누가 나를 고쳐 주겠니?"

"할아버지를 고친다고요? 도대체 뭘요? 철부지 같은 손버릇은 아마 고쳐야겠죠. 제 엉덩이에서 손 떼세요, 할아버지. 안 그러면 수염을 태워 버릴 거예요."

"미안하다. 이제 무릎에 앉히고 엉덩이를 때리기엔 네가 다 커 버린 걸 자꾸만 까먹는구나. 내 건강 문제는……. 휴우, 트리스, 늙으면 죽어야 해. 뼈가 어찌나 잘 부러지는지, 비명을 지르고 싶을 때가 한두 번이 아니다. 이 늙은이를 도와주겠지?"

"물론이죠."

트리스는 곰 같은 포옹에서 몸을 빼어 베스미어를 동반하고 있는 위처를 바라보았다. 이 위처는 젊었다. 램버트와 비슷한 나이로 보였다. 짧은 까만 턱수염은 홍역의 흔적을 가리지는 못했다. 흔히 볼 수 있는 일은 아니었다. 위처들은 보통 전염병에 매우 면역력이 강하기 때문이다.

"트리스 메리골드, 코엔이야."

게롤트가 소개했다.

"코엔은 우리와 첫 번째 겨울을 보내게 되었지. 북쪽 지방, 포비스에서 왔어.”

젊은 위쳐는 몸을 굽혀 인사했다. 매우 밝은, 노란 기가 도는 초록색의 홍채와 짧은 빨간 선이 가득한 동공이 힘들고 문제가 많은 돌연변이를 겪었음을 보여 주고 있었다.

“따라와라, 아가야.”

베스미어가 팔짱을 끼며 말했다.

“마구간에서 손님을 맞이할 수야 없지. 하지만 기다리기가 싫었단다.”

무너진 벽들이 바람을 막아 주고 있는 마당에서 시리는 램버트와 훈련을 하고 있었다. 쇠로 된 체인으로 연결되어 공중에 떠 있는 통나무 위에서 가뿐히 중심을 잡고, 칼을 들고 끈으로 얼기설기 묶여 사람 형상과 비슷하게 만든 가죽 주머니를 공격하고 있었다. 트리스는 발걸음을 멈췄다.

“아니야!”

램버트가 고함을 질렀다.

“너무 가까이 다가갔어! 보지도 않고 치지 마! 말했잖아. 칼끝으로 목의 동맥을 끊어! 인간과 비슷한 괴물들의 동맥은 어디 있지? 머리 꼭대기에? 도대체 뭐하는 거야! 집중해, 공주님!”

하, 그러면 그렇지. 트리스가 생각했다. 전설이 아니었구나. 사실이었구나. 바로 저 아이다. 내 짐작이 맞았어. 트리스는 위쳐들이 방어할 틈을 주지 않고 지체 없이 바로 공격에 나서야겠다고 마음먹었다.

“그 유명한 뜻밖의 선물인 아이?”

트리스는 시리를 가리키며 말했다.

“지금 보니, 운명과 팔자에 따르기 위해 엄청나게들 노력하고 있네요. 하지만 이야기가 뭔가 꼬인 건 아닌가요? 내가 들었던 동화에서는 양치기 소녀와 고아 소녀들이 공주가 되던데. 여기선 공주님을 위쳐로 만들고 있네. 좀 너무 나갔다고 생각하지는 않나요?"

베스미어는 게롤트를 바라보았다. 머리 하얀 위쳐는 침묵했다. 얼굴은 미동도 없었다. 말없는 도움의 요청에도 눈 깜짝도 하지 않았다.

"네가 생각하는 그런 것이 아니야."

나이 든 위쳐가 헛기침을 했다.

"게롤트가 저 애를 작년 가을에 데려왔지. 저 아이에겐 부모님도, 아무도……. 트리스, 여기서 어떻게 운명을 믿지 않을 수가 있겠어."

"운명과 칼을 휘두르는 게 무슨 관계가 있는데요?"

"우리는 저 아이에게 칼 쓰는 법을 가르치지."

조용한 목소리로 게롤트가 몸을 돌려 트리스를 똑바로 바라보며 말했다.

"아니면 우리가 뭘 가르칠 수 있겠소? 우리가 아는 건 이것뿐인걸. 운명이건 아니건, 케어 모헨은 지금 저 아이의 집이오. 적어도 앞으로도 어느 정도는. 훈련과 검술은 저 아이도 재미있어 하고, 건강에도 좋소. 저 아이가 겪은 비극을 잊는데도 도움이 되오. 여긴 지금 저 아이의 집이오, 트리스. 저 아이는 갈 곳도 없소."

"수많은 신트라 인들이 패전 후 베르덴으로, 브뤼헤로, 테메리아로, 스켈리게 군도로 갔어요. 그중에서는 귀족들도, 신분이 높은 사람도, 기사들도 있어요. 친지들, 친척들……. 그뿐만 아니라 실제적으로 모두 저 아이가 지배해야 할 나라 사람들이에요."

"친구들도 친척들도 전쟁 후 저 아이를 찾지 않았소. 아무도 발견하지 못했소."

"그게 저 아이가 그들의 운명이 아니었기 때문이었나요?"

트리스는 최대한 예쁘게 게롤트를 보고 웃어 보였다. 자기가 할 수 있는 한 가장 예쁘게. 트리스는 게롤트가 자기에게 그런 어조로 말하는 것을 원치 않았다.

게롤트는 어깨를 으쓱했다. 자기를 어느 정도 파악하고 있는 트리스가 얼른 방법을 바꿔 논쟁을 중단한 것을 깨달았던 탓이다.

트리스는 다시 한 번 시리를 바라보았다. 소녀는 균형을 잡기 위해 솜씨 좋게 발의 무게중심을 바꾸더니 얼른 몸을 반 바퀴 회전하여 펄쩍 뛰어올라 가볍게 칼로 내리쳤다. 칼을 맞은 가죽 인형이 선 위에서 흔들거렸다.

"그렇지! 바로 그거야!"

램버트가 소리쳤다.

"이제야 이해했구나! 뒤로 물러서서 한 번 더! 우연히 한 게 아니라는 걸 내가 봐야겠다."

"저 칼."

트리스가 위쳐들을 향해 말했다.

"날카로워 보이는군요. 서 있는 통나무는 미끄러운데다가 안정감이 없어 보이고, 선생은 아이에게 고함을 지르며 겁만 주는 것 같군요. 저러다 무슨 사고라도 날까, 걱정도 안 되나요? 그 운명인지 뭔지가 사고도 나지 않게 아이를 보호한다고 믿는 건가요?"

"시리는 6개월 동안 칼 없이 훈련을 마쳤소."

코엔이 말했다.

"움직일 줄은 아오. 그리고 우리 생각엔……."

"왜냐하면 여기가 저 아이의 집이기 때문이오."

게롤트가 작게, 하지만 완고하게 이야기를 매듭지었다. 아주 완고했다.

더 이상 뭐라고 말을 할 수 없는 어조로.

"바로 그거야. 그런 이유지."

베스미어가 깊게 한숨을 쉬었다.

"트리스, 굉장히 피곤할 것 같은데. 배는 안 고파?"

"아니라고는 못하겠네요."

트리스는 게롤트의 시선을 눈으로 낚으려는 것을 포기하고는 한숨을 쉬었다.

"솔직히 말하면, 발을 다쳤어요. 오는 길 마지막 밤은 반쯤은 무너진 양치기 오두막에서 지푸라기와 톱밥을 덮고 잤어요. 구멍 뚫린 곳을 마법으로 메우지 않았으면 얼어 죽었을 거예요. 깨끗한 침대가 그립네요."

"잔칫상을 받고, 그다음에 제대로 휴식을 취하는 거야. 물론 케어 모헨의 최고의 방을 준비했어. 탑에 있는 그 방 알지? 케어 모헨의 최고의 침대도 가져다 놓고."

"고맙습니다."

트리스는 가볍게 웃었다. 탑에서? 좋아요, 베스미어. 당신이 그렇게 눈에 보이는 걸 중시한다면, 오늘은 탑도 좋아요. 케어 모헨의 침대 중 최고의 침대에서, 탑에서 잘 수도 있어요. 물론 최악의 침대에서 게롤트랑 자는 게 더 좋지만요.

"갑시다, 트리스."

"가요."

바람이 창틀을 때리고, 좀먹은 태피스트리 나머지로 겨우 막아 놓은 창문을 흔들었다. 트리스는 칠흑 같은 어둠 속에서 케어 모헨 최고의 침대에 누워 있었다. 잠들 수가 없었다. 케어 모헨 최고의 침대가 거의 무너지기 일보 직전의 골동품이기 때문은 아니었다. 트리스는 열심히 생각을 하고 있었다. 잠을 쫓는 모든 생각들은 단 한 가지 가장 기본이 되는 질문 주위를 계속 맴돌았다.

도대체 왜 나를 성채로 부른 걸까? 누가 부른 걸까? 왜? 무슨 목적으로?

베스미어의 병이라는 것은 핑계 외에는 아무것도 아니었다. 베스미어는 위쳐였다. 나이를 몇 세기는 먹은 할아버지였지만, 젊은 사람도 부러워할 만한 건강체라는 사실에는 변함이 없었다. 혹시라도 베스미어가 만티코어의 독침에 쏘이거나 늑대인간에게 물렸다고 한다면, 트리스는 왜 자기를 불렀는지 이해할 수 있었을 것이다. 하지만 뼈가 부러져서? 코웃음이 나올 지경이었다. 케어 모헨의 무섭도록 차가운 벽 속에서 뼈가 부러지는 일 따위는 그다지 독창적일 것이 없었고, 베스미어는 위쳐들의 영약을 써서, 아니면 더 간단히 호밀로 만든 쓴 독주로 해결했을 것이다. 여자 마법사도, 마법의 주문도, 필터도, 액막이도 필요할 리가 없다.

그렇다면 누가 트리스를 부른 것일까? 게롤트?

트리스는 온몸에 전달되는 열기와 분노로 더 가중된 흥분을 느끼며 이불 속에서 발버둥을 쳤다. 작은 소리로 저주를 하고는 이불을 걷어차고 옆으로 돌아누웠다. 고대 유물인 침대는 삐걱거리며 이음새가 심하게 흔들렸다. 나 스스로를 어떻게 할 수가 없네. 마치 처음 나는 것을 배운 바보 같은 어린 마녀처럼 행동하잖아. 아니면 더 심하게 애정 결핍인 노처녀처럼. 논리적으로 생각할 수조차 없어.

또다시 저주를 했다.

물론, 그것은 게롤트에게가 아니었다. 감정을 배제하고, 정신 차려. 마구간에서 그의 표정을 되새겨 봐. 이미 그런 얼굴은 본 적이 있잖아, 트리스. 이미 본 적이 있어. 스스로를 속이지 마. 바보 같은, 양심의 가책에 시달리는, 문제에 봉착한 남자들의 얼굴. 잊어버리고 싶어 하는, 후회하는, 이미 일어난 일에 대해서 기억하고 싶어 하지 않는 표정⋯⋯. 신들을 걸고, 너 자신을 속이면 안 돼, 이번엔 달랐다고. 절대로 달라지지 않아. 그리고 넌 그걸 잘 알고 있어. 넌 경험이 많잖아, 트리스.

성생활에 대해 말한다면, 트리스 메리골드는 전형적인 마녀로 볼 수 있었다. 우선은 마녀 훈련을 받던 아카데미에서 엄격한 스승들과 규칙에 맞서는 흥분, 금지된 과일의 신맛에서 시작했다. 그러고는 독립의 시기가 왔다. 자유와 미친 듯한 문란의 시기가 보통 그러하듯, 이때의 모험은 쓴맛과 실망, 포기로 끝났다. 그 후 오랜 고독의 시기가 찾아왔고, 스트레스와 긴장을 풀기 위해서는 등을 돌리고 이마에 흐르는 땀을 닦자마자 자신을 그녀의 주인이며 지배자로 생각하는 이가 꼭 필요하다는 발견의 시기가 있었다. 신경을 안정시키는 데에는 수건을 피로 더럽히지도 않고, 방귀를 이불 속에서 뀔 필요도 없고, 특별히 아침 식사를 준비할 필요도 없는 방법 또한 있었다. 그러고는 짧았지만 흥미로웠던 동성에 대한 매혹이 이어졌으나, 수건도, 방귀도, 분노도 남성만의 문제는 아니라는 것을 깨닫는 결론으로 마무리되었다. 이 모든 과정이 끝나고 마침내 다른 여자 마법사들처럼 트리스는 남자 마법사들과의 간헐적인 모험들, 차갑고 기술적이고 의식적인 진행이 신경을 거슬리는 모험의 시기에 다다랐다.

리비아의 게롤트가 나타난 것은 바로 그때였다. 게롤트는 위쳐의 위험한 생활을 영위하며, 트리스의 가장 친한 친구 예니퍼와 이상하고도 불안한, 마치 폭풍 같은 관계로 묶여 있었다.

트리스는 둘을 관찰하며 질투하고 있었다. 질투할 것이 없긴 했다. 이 관계 때문에 둘은 당연하게도 불행했고, 고통만을 안겨 주며 파멸로 치닫고 있었다. 이 모든 이유에도 불구하고 둘의 관계는 지속되었다. 트리스는 이해할 수가 없었다. 그러면서 이 상황에 매혹되었다. 너무나 매혹되어 하루는…….

위쳐를 유혹하기에 이른 것이었다. 약간 마법의 도움을 받긴 했다. 시기도 좋았다. 마침 게롤트와 예니퍼가 또 크게 부딪쳐 떨어져 있는 상황이었다. 게롤트는 따뜻함을 필요로 했고 잊어버리고 싶어 했다.

아니, 트리스는 게롤트를 예니퍼로부터 뺏을 생각은 아니었다. 사실 게롤트보다는 예니퍼가 트리스에게는 더 중요했다. 하지만 위쳐와의 짧은 관계는 실망스럽지 않았다. 트리스는 찾던 것을 드디어 발견한 것이었다. 양심의 가책의 모양을 한 감정, 두려움과 고통. 위쳐의 고통. 트리스는 그 감정을 느끼고, 거기에 흥분하고, 위쳐와 헤어지게 되었을 때도 그것을 잊을 수가 없었다. 고통이 무엇인지는 이해하게 된 지 얼마 되지 않았다. 그와 함께하기를 다시 한 번 열망했을 때. 짧은 시간이라도, 잠시라도, 하지만 함께.

그리고 지금, 그는 그렇게 가까이 있었다.

트리스는 주먹을 꼭 쥐고 베개를 때렸다. 안 돼, 트리스는 생각했다. 안 돼. 바보같이 굴지 마. 생각하지 마. 다른 생각을 해.

다른? 시리? 그렇다면 그것이…….

그렇다. 시리가 트리스가 케어 모헨을 방문하게 된 이유였다. 잿빛 머리의 소녀, 케어 모헨이 위쳐로 만들려고 하는 소녀. 진짜 위쳐. 돌연변이. 그들 같은 살인 기계.

바로 그거였어. 트리스는 갑자기 치밀어 오르는 전혀 다른 종류의 흥분을 느끼며 생각했다. 당연해. 이들은 이 아이를 돌연변이로 만들려 해. 약초 시험과 변화를 거쳐서. 하지만 어떻게 하는 줄 모르는 거지. 늙은 위쳐 중에 는 베스미어만 살아 있고, 베스미어는 검술 선생일 뿐이야. 케어 모헨의 지하에 숨겨진 실험실의, 전설의 영약이 든 먼지 쌓인 병들, 증류관, 오븐, 유리관들. 하지만 아무도 그걸 어떻게 써야 할지 모르는 거야. 왜냐하면 확실한 건 유전인자를 변화시키는 영약들은 먼 옛날 어떤 배반자인 마법사가 만든 거고, 그 후 몇 년 동안 그의 후계자들이 완성시킨 것이니까. 수년 동안 마법을 통해 아이들이 거쳐야 할 그 '변화'의 과정을 통제해 온 거야. 그러다 어느 순간 그 고리가 끊어진 거지. 마법의 지식과 능력이 없어진 거야. 위쳐들은 약초들과 영약의 재료, 실험실을 가지고 있어. 만드는 방법도 알고. 하지만 마법사가 없는 거지.

혹시나 자기들끼리 시도해 봤을지 누가 알 수 있을까? 아이들에게 마법 없이 자신들이 만든 약을 마시게 했을지도?

트리스는 그랬을 때 아이들에게 어떤 일이 생겼을지를 생각하고는 온몸을 떨었다. 그리고 지금 이들은 여자아이를 돌연변이로 만들고 싶지만, 어떻게 해야 할지 모른다. 그렇다면 그것은, 그것은, 나한테 남아서 도와 달라고 할 수도 있는 일이야. 만약 그렇다면 살아 있는 마법사 누구도 보지 못한 것을, 살아 있는 마법사 누구도 알아내지 못한 것을 내가 보게 되는 것이야. 유명한 영약과 약초, 위쳐들의 문화 속에 가장 깊은 비밀로 남겨진 그것들, 전설처럼 이야기만 무성한 제조법을……

그러면 내가 잿빛 머리의 아이에게 영약들을 투여하고, 돌연변이의 변화 과정을 관찰하고, 내 눈으로 직접……

잿빛 머리의 아이가 죽는 것을 보게 되겠지.

안 돼! 트리스는 다시 한 번 몸을 떨었다. 절대로, 절대로 그런 대가를 치르지는 않을 거야.

아니, 어쩌면 내가 너무 빨리 흥분한 걸지도 몰라. 그것 때문에 나에게 오라고 한 건 아닐 거야. 그랬다면 저녁 식사에서 이 얘기 저 얘기가 나왔겠지. 몇 번이나 '뜻밖의 선물'인 아이에 대해 주제를 옮기려고 했지만, 아무런 효과가 없었어. 곧 이야기 주제를 바꾸곤 했지.

트리스는 그들을 관찰했다. 베스미어는 긴장하고 고민이 있어 보였고, 게롤트는 불안한 기색이었으며, 램버트와 에스켈은 가식적으로 즐겁고 수다스러운 척을 했고, 코엔은 너무 자연스러운 척을 해서 거의 부자연스러울 지경이었다. 솔직하게 열려 있는 것은 시리뿐이었다. 시리는 추위로 얼굴이 빨개지고 머리는 엉망이었지만 기분이 좋고 열정적이었다. 모두들 데운 맥주 음료를 마셨고, 치즈를 먹었다. 시리는 왜 버섯이 나오지 않는지 의문이었다. 모두들 사과주를 마셨지만 시리에게는 물을 주어서 시리는 눈에 띄게 놀라고 기분 나빠 했다. 샐러드는 어디 있어! 시리가 고함을 지르자 램버트가 무섭게 혼을 내며 팔꿈치를 식탁에서 내리라고 명령했다.

버섯과 샐러드라고? 12월에?

당연하지, 트리스는 생각했다. 위쳐들이 이 아이에게 전설의 동굴에서 자라는 기생 식물과, 학계에 보고되지 않은 산속의 약초를 먹이고 알 수 없는 약초로 만든 음료를 마시게 하는 거야. 여자아이는 빨리 자라나고, 악마적인 위쳐의 건강을 가지게 되는 거야. 자연스러운 방법으로, 돌연변이 없이, 아무런 위험부담 없이, 호르몬을 해치는 일 없이 말이지. 하지만 여자 마법사가 그것을 알아서는 안 돼. 여자 마법사에게는 비밀이야. 나에게는 아무것도 얘기해 주지도, 보여 주지도 않을 거야.

그 여자아이가 어떻게 뛰는지 나는 봤어. 통나무 위에서 경쾌하고 빠르게 거의 춤추듯 칼을 다루는 것을, 마치 서커스 곡예사처럼 고양이 같은 우아함으로 움직이는 걸 봤잖아. 그 여자아이를 벗겨 놓고 꼭 봐야겠어. 그래서 여기서 먹이는 것으로 몸이 어떻게 변했는지 봐야겠어. 혹시 그 '버섯'과 '샐러드'를 여기서 가지고 나갈 수만 있다면?

나를 믿는다고? 위쳐들, 당신들의 믿음이라니. 이 세상에는 암, 흑사병, 파상풍, 백혈병, 알레르기, 갑자기 사망하는 아기들도 있어. 그런데 당신들은 당신들의 '버섯들', 목숨을 구하는 약의 재료가 될 수도 있는 그런 것들을 이 세상으로부터 감추고 있다니. 이 세상뿐 아니라 나에게서도, 친구이자, 존경하고 신뢰한다는 나에게서도! 실험실을 보여 주지 않을 뿐 아니라, 그 망할 버섯 쪼가리도 보여 주지 않는다니!

그렇다면 도대체 나를 여기까지 왜 오라고 한 거지? 나, 마법사를?

……마법!

트리스는 깔깔 웃었다. 하! 위쳐들, 이제 알았다. 시리가 나를 놀라게 했듯 당신들을 너무나 겁에 질리게 한 거야. 백주 대낮에 꿈의 상태로 빠져들어 앞날을 바라보고 예언을 하고 아우라를 뿌린 거지. 그건 나만큼이나 위쳐들도 잘 느꼈을 거야. 반사적으로 시리가 무언가를 머릿속으로 잡으려고 할 때 그것이 움직였던 것이나, 주석 숟가락을 의지만으로 구부리는 것을 식탁에서 목격했겠지. 머릿속으로만 생각하고 있던 질문에 시리가 대답을 했거나, 아니면 머릿속으로도 생각하기 두려워했던 것을 대답했을 수도 있어. 그러고는 모두 공포에 사로잡혔겠지. 당신들의 '뜻밖의 선물'은, 당신들이 여태껏 본 무엇보다 더 놀라운 아이라는 걸 드디어 깨달은 탓이겠지.

너희들은 그러니까 케어 모헨에 '근원'이 있다는 것을 알게 된 거야.

그리고 그런 일은 마법사 없이는 스스로 해결할 수가 없는 거지.

하지만 믿음을 가지고 이런 일을 부탁할 수 있을 만큼 친하게 지내는 마법사가 아무도 없는 거야, 단 한 명도. 나와……

그리고 예니퍼를 제외하면.

바람이 윙 소리를 내고 창틀을 흔들고 태피스트리가 물결쳤다. 트리스 메리골드는 다시 몸을 뒤척이고 생각에 빠져 손톱을 깨물었다.

게롤트는 예니퍼를 부르지 않았어. 나를 불렀어. 그렇다면……

누가 알겠는가. 혹시나……. 하지만 내가 생각하는 것이 사실이라면, 그렇다면 왜…….

왜…….

"왜 게롤트가 여기 나에게 오지 않는 거야?"

흥분하고 화가 난 트리스는 어둠에 대고 작은 소리로 중얼거렸다.

폐허 사이에서 웅웅거리는 바람만이 대답할 뿐이었다.

아침 해가 밝았지만 몸서리쳐질 만큼 추웠다. 트리스는 추위에 떨고 잠을 제대로 자지 못한 채 일어났지만 마음은 평온해져 있었고 결심이 서 있었다.

큰 홀로 내려가자 그녀가 꼴찌였다. 트리스는 만족스럽게 자신의 노력의 대가에 시선들이 쏟아지는 것을 즐겼다. 여행복을 효과적인, 하지만 단순한 원피스로 갈아입고, 마법으로 만들어 낸 향기와, 마법은 아니지만 황당할 만큼 값비싼 향수를 솜씨 있게 섞어 뿌렸던 것이다. 오트밀을 먹으면서는 위쳐들과 별 중요하지 않고 일상적인 주제로 이야기를 나누었다.

"또 물이요?"

갑자기 시리가 자기 잔을 들여다보면서 폭발했다.

"물을 너무 많이 마셔서 이에 감각이 다 없어! 주스를 먹고 싶어! 파란색 주스!"

"허리를 똑바로 펴라."

램버트가 트리스 쪽을 곁눈질하며 말했다.

"그리고 소매로 입을 닦지 말고! 이제 식사는 끝, 훈련할 시간이다. 낮이 점점 짧아지고 있어."

"게롤트."

트리스는 남은 오트밀을 다 먹고 말했다.

"시리가 어제 코스에서 넘어졌는데. 많이 다치진 않았지만 저 우스꽝스러운 광대 옷이 찢어졌어요. 저건 완전히 잘못 만들어서 움직임을 방해나 하는 옷이에요."

베스미어가 헛기침을 하고 시선을 돌렸다. 아하, 트리스는 생각했다. 이게 당신이 만든 옷이군요, 검술 마스터님. 정말 시리가 입고 있는 옷은 마치 칼로 천을 자르고 화살촉으로 꿰맨 것같이 보였다.

"낮이 물론 짧아지고 있죠."

더 이상 위쳐들이 뭐라 할 틈을 주지 않고 트리스는 이야기를 이었다.

"하지만 오늘은 더 짧게 한 번 가 보도록 해요. 시리, 밥 다 먹었니? 나를 따라오너라. 네 훈련복을 어떻게든 고쳐야 할 것 같구나."

"저 아이는 저 옷을 입고 1년 동안 멀쩡히 뛰어다녔소, 메리골드."

램버트가 화난 목소리로 말했다.

"그러고도 다 괜찮았는데."

"여기 여자가 나타나 흉측하고 몸에도 맞지 않는 옷을 보기 전까지는 괜찮았겠죠. 램버트, 당신 말이 맞아. 하지만 이제 여자가 나타났으니 괜찮은 건 다 끝났어요. 변화의 시간이 온 거죠. 이리 와, 시리."

여자아이는 망설이며 게롤트를 쳐다보았다. 게롤트는 허락하듯 고개를 끄덕이며 웃었다. 따뜻한 웃음이었다. 그렇게 웃을 줄도 알았었는데, 그때, 그 당시……

트리스는 시선을 돌렸다. 그 웃음은 트리스를 향한 것이 아니었다.

시리의 방은 위쳐들의 방의 복사판이었다. 아무런 집기도 가구도 없었다. 나무토막으로 이어 만든 침대와 식탁, 그리고 함이 하나 있을 뿐이었다. 위쳐들은 방문과 벽을 자신들이 사냥한 짐승들의 가죽으로 장식했다. 사슴, 여우, 늑대, 울버린까지. 시리의 방문에는 대신 구역질 나는 비늘이 가득 달린 거대한 시궁쥐의 가죽이 붙어 있었다. 트리스는 이 냄새나는 가죽을 떼어 창문으로 던져 버리고 싶은 마음을 꾹 참았다.

침대 옆에 서서 아이는 트리스를 기대하는 눈으로 바라보고 있었다.

"노력해 보도록 하자."

트리스가 말했다.

"너의 이…… 가죽옷을 좀 잘 맞도록 말이야. 내가 재단과 바느질에는 솜씨가 있는데, 하지만 이 염소 가죽은 좀 힘들구나. 꼬마 위쳐 아가씨, 바늘을 잡아 본 적은 있니? 볏짚으로 만든 허수아비를 찌르는 것 말고 다른 걸 배운 적은 있니?"

"강가 지역, 카겐에 살았을 때는 물레질을 해야 했어."

시리가 내키지 않는다는 듯 중얼거렸다.

"바느질은 안 시켰어. 왜냐하면 내가 마로 된 천을 망치고 실을 낭비한다고, 다 다시 빼야 한다고. 그 물레질도 진짜로 지루했어. 우웩!"

"그렇지."

트리스는 깔깔거리고 웃었다.

"그것보다 더 지루한 일도 없을 거야. 나도 물레질은 질색이었어."

"그런데 하라고 시킨 거였어? 난 해야만 했어. 왜냐하면……. 하지만 당신은 마녀, 아니 마법사잖아요. 다 마법으로 만들어 낼 수도 있고! 이런 예쁜 원피스도, 마법으로 만든 건가요?"

"아니."

트리스는 웃었다.

"하지만 내 손으로 만든 건 아니야. 내 바느질이 이 정도는 아니지."

"그러면 내 옷은 어떻게 만들려고 해요? 마법으로?"

"그럴 필요까지는 없단다. 마법의 바늘만 있으면 돼. 마법으로 약간 움직이게 하는 거지. 만약 해야 한다면."

트리스는 천천히 손바닥으로 시리의 소매 부분 헤진 구멍을 천천히 쓸면서 부적을 가동시키며 주문을 중얼거렸다. 구멍은 흔적도 없이 사라졌다. 시리는 좋아서 소리를 질렀다.

"마법이다! 내 옷이 마법의 옷이 되었어! 하!"

"제대로 된 옷을 너한테 만들어 줄 때까지만이야. 자, 아가씨, 이제 입고 있는 것을 다 벗고, 다른 옷으로 갈아입자. 옷이 이거 한 벌뿐인 건 아니겠지?"

시리는 고개를 젓더니 함의 뚜껑을 들어 올려 안에서 헐렁한 원피스 한 벌과 붉은색 망토, 마로 된 블라우스와 죄수복을 연상케 하는 모로 된 상의를 보여 주었다. 그러고는 말했다.

"이건 내 옷이야. 이걸 입고 여기에 온 거야. 하지만 이제는 안 입어. 이건 여자들이나 입는 거니까."

"알았다."

트리스가 비꼬듯 대답했다.

"여자 옷이건 말건, 지금 당장은 그걸 안 입어도 돼. 자, 이제 벗어라. 내가 도와줄게. ……젠장! 이게 도대체 뭐지, 시리?"

여자아이의 어깨는 커다랗고 피가 가득 맺혀 있는 멍들로 덮여 있었다. 대부분 시간이 지나 벌써 노랗게 변했지만, 어떤 멍들은 새로 생긴 것이었다.

"도대체 이게 뭐야?"

여자 마법사는 화가 나서 질문을 되풀이했다.

"누가 널 이렇게 한 거니?"

"이거?"

시리는 마치 멍의 개수에 스스로 놀란 듯 어깨를 보고 있었다.

"아, 이거……. 풍차. 내가 너무 느렸어."

"젠장, 무슨 풍차?"

"풍차."

시리는 큰 눈으로 트리스를 바라보며 말했다.

"그건 그러니까……. 풍차인데, 거기서 공격할 때 피하는 법을 배우는 거야. 풍차에 막대기로 된 팔이 달려 있어서 돌아가는데, 돌아가면서 팔이 막 움직여. 빨리 몸을 돌려서 피해야 해. 이 잽싸게 팔짝이 중요해. 만약 늦으면 풍차가 막대기로 때려. 처음엔 진짜로 많이 맞았어. 하지만 지금은……."

"내복이랑 블라우스를 벗어 봐. 맙소사! 얘야! 너 걸을 수는 있는 거니? 뛰는 건 어떻게……."

양쪽 엉덩이와 왼쪽 허벅지는 피멍이 들어 빨갛고 파랗게 부어 있었다. 시리는 몸을 떨며 트리스의 손길로부터 몸을 피했다. 트리스는 드워프 말로 쌍욕을 했다.

"이것도 풍차가 그런 거니?"

트리스는 평정을 유지하려 애쓰며 물었다.

"이거? 아니. 아, 이게 풍차."

시리는 아무렇지도 않게 왼쪽 무릎뼈 아래에 난 화려한 멍을 보여 주었다.

"이거랑 다른 건…… 흔들이 추야. 흔들이 추 위에서는 칼을 들었을 때 스텝을 연습해. 게롤트는 내가 이미 추는 잘한다고 했어. 내가 그게 있대. 감각. 난 감각이 있어."

"만약 감각이 없으면."

트리스는 이를 악물었다.

"그러면 아마 추한테 또 맞게 되는 거고?"

"그렇지."

시리는 트리스가 이렇게 간단한 것도 모르는 데에 의아해 하는 얼굴로 고개를 끄덕였다.

"맞는 정도가 아니야."

"그러면 여기 옆구리는? 이건 또 뭐야? 대장장이 망치?"

시리는 고통으로 신음 소리를 내고는 얼굴이 빨개졌다.

"빗에 떨어져서……."

"그래서 이번엔 빗에 맞았겠지."

트리스가 점점 제어가 안 되는 것을 느끼며 말을 끝냈다. 시리는 소리를 질렀다.

"어떻게 빗에 맞을 수가 있어, 빗은 바닥에 꽂혀 있어. 그런 건 아니야! 내가 그냥 떨어진 거야. 공중에서 회전을 시도했는데, 실패했어. 그때 생긴 거야. 왜냐하면 내가 기둥에 부딪쳤거든."

"그리고 이틀은 누워 있었니? 숨쉬기가 힘들었고? 아픈 건?"

"전혀. 코엔이 마사지를 한 다음 바로 또 위에 올라가라고 했어. 그렇게 해야 한대. 알아? 그렇지 않으면 겁이 생긴대."

"뭐?"

"겁이 생겨."

시리는 자랑스럽게 되풀이하고는 이마에 흘러내린 앞머리를 넘겼다.

"몰랐어? 약간 다쳤다 하더라도 다시 또 기구에 올라가야 해. 그렇지 않으면 두려워하게 되는 거야. 만약 두려운 마음이 생기면 훈련은 끝이야. 포기하는 건 금지야. 게롤트가 그렇게 말했어."

"그런 교훈이라면 나도 좀 기억해야겠네."

트리스가 마지못해서 말했다.

"게다가 게롤트가 한 말이라면 인생의 좌우명으로 나쁘지 않은걸. 하지만 항상 그 말이 맞는지는 잘 모르겠다. 그걸 실행하는 것이 남이라면 쉽지. 포기 금지라고? 만약 얻어맞고 온몸이 조각이 나더라도 너는 다시 일어나서 훈련을 해야 한다는 거야?"

"당연하지. 위처는 아무것도 두려워하지 않으니까."

"정말로? 그럼 너는, 시리? 넌 아무것도 두렵지 않니? 솔직히 말해 봐."

여자아이는 고개를 돌리고는 입술을 깨물었다.

"아무한테도 말 안 할 거야?"

"말 안 할게."

"난 사실 흔들이 추 두 개가 제일 무서워. 두 개를 한꺼번에 탈 때가. 풍차도 무섭긴 한데, 빠른 속도로 돌릴 때만 무서워. 그리고 긴 저울도 있어. 아직도 그걸로 방, 방호 연습을 해야 해. 램버트는 내가 둔탱이에 바보라고 말하지만, 그건 사실이 아니야. 게롤트는 나는 조금 어려운 데가 다르다고 했어. 왜냐하면 난 여자아이이니까. 그러니까 좀 더 열심히 연습을 하면 돼, 아마. 그런데 나 뭐 좀 물어봐도 돼?"

"물어보렴."

"만약 마법이랑 주문을 안다면……. 혹시 주문을 걸 줄 안다면, 혹시 내가 남자아이가 되게 해 줄 수는 없어?"

"안 돼."

트리스가 얼음장 같은 말투로 차갑게 거절했다.

"그렇게는 할 수 없어."

"흠……."

어린 위쳐는 걱정이 있는 것 같았다.

"그러면 최소한……."

"최소한 뭐?"

"그럼 최소한 내가 그것만은……."

시리는 얼굴이 시뻘게졌다.

"귓속말로 말할게."

"말해."

트리스는 몸을 숙였다. 시리는 얼굴을 더 빨갛게 붉히더니 여자 마법사의 밤색 머리에 입을 가까이 대고 말했다.

트리스는 갑자기 몸을 확 일으켰다. 눈이 이글이글 불타고 있었다.

"오늘? 지금?"

"응."

"염병할!"

트리스는 소리를 지르며 식탁을 발로 있는 힘을 다해 찼다. 식탁은 문에 부딪쳐 시궁쥐 가죽이 떨어지고야 말았다.

"염병할! 미친! 이 미친놈들을 내가 다 죽여 버릴 거야!"

"진정해, 메리골드."

램버트가 말했다.

"건강에 좋지 않게 아무 이유도 없이 너무 흥분하네."

"나한테 이래라저래라 하지 마! 그리고 나를 메리골드라고 부르지도 말고! 아예 입을 닥치고 있는 게 제일 좋겠어. 베스미어, 게롤트, 도대체 당신들 중에 저 아이가 어떤 지경인지 알고 있는 사람 있나요? 몸 전체에 성한 곳이 하나도 없어요!"

"우리 꼬마 마법사 아가씨."

베스미어가 심각한 어조로 말했다.

"감정을 너무 앞세우지 말게. 너야 다르게 컸겠지, 아이를 다르게 키우는 것을 보기도 했고 말이야. 시리는 남쪽 지방 출신이야. 거기선 남자애와 여자애를 완전히 똑같이 키운다네. 아무런 차별 없이, 마치 엘프들이 그러는 것처럼 말이야. 다섯 살이 되면 망아지 등에 태우고, 여덟 살이 되면 벌써 사냥터에 나가. 활과 창과 검을 다루는 법을 배우지. 시리에게 멍은 조금도 새로운 것이 아냐."

"그런 엉터리 같은 소리 하지 마세요."

트리스가 몸을 일으켰다.

"모르는 척도 하지 마시고요. 망아지도, 썰매도 아니잖아요! 이건 케어 모헨이에요! 당신들이 만든 그 풍차들, 추들, 그 죽음의 코스에서 수십 명의 남자아이들이 뼈가 부러지고 목이 비틀렸어요. 그 남자애들은 당신들같이 튼튼하고 험한 생활에 단련된, 길거리에서 주워 오고 배수구에서 끌어낸 아이들이었어요. 핏줄이 울퉁불퉁 튀어나온, 어린 개구쟁이들과 부랑아들이었다고요. 시리가 도대체 어떻게 살아남을 거라 생각한 건가요? 남쪽의 교육 방식, 엘프식으로 자랐다고 해도, 여자라고 말할 수도 없는 암사자 칼란테 여왕 아래서 컸다고 해도 저 아이는 언제나, 그리고 지금도 여전히 공주예요. 연약한 살결, 작은 체구, 가는 뼈대…… 여자아이라고요! 도대체 저 애를 가지고 뭘 하려고 한 거죠? 위처로 만들려고요?"

"저 아이는……."

게롤트가 조용하고 차분하게 말했다.

"저 연약하고 작은 공주가 신트라의 학살에서 살아난 거요. 자기 힘으로만 닐프가드의 군대들이 주둔한 지역을 탈출했소. 시골 마을마다 다니며 닥치는 대로 죽이고 약탈하는 군인들을 피한 것이오. 강가 지역의 숲에서는 혼자서도 2주일을 버틴 아이요. 탈출하는 사람들 무리에 한 달 동안 끼어서 그 모든 사람들과 똑같이 굶고, 똑같이 전진했기 때문에 살아난 거요. 나중에는 농가에 들어가게 되어 반년 동안 밭일을 하고 가축을 키웠소. 트리스, 나를 믿어도 좋소. 인생은 시리에게 경험을 선사했고, 우리가 케어 모헨으로 시골길에서 데려온 부랑아들 못지않게 그 아이를 강하게 만들었소. 시리는 주막집에서 마치 고양이 새끼들처럼 버드나무 바구니에 담겨 우리 위처들에게 던져진 원치 않는 사생아들보다 전혀 약하지 않소. 시리가 여자라는 것, 그것이 무슨 의미가 있다는 거요?"

"그걸 나한테 물어봐야 아나요? 그걸 감히 묻겠다고요?"

여자 마법사는 소리를 질렀다.

"그게 무슨 의미가 있냐고요? 바로 저 아이는 당신들과 똑같지 않아서 지금 생리 중이라고요! 거기다가 그것 때문에 엄청 괴로워하고 있고요! 그런데 당신들은 지금 거기에다 대고 죽음의 코스에서 무슨 염병할 풍차에 폐를 토해 낼 정도로 훈련을 하라고 하는 거잖아요!"

화가 머리끝까지 나기는 했으나 트리스는 젊은 위쳐들의 바보 같은 표정과 갑자기 입을 벌린 베스미어의 얼굴을 보고 쾌감을 느꼈다.

"전혀 모르고 있었겠죠."

트리스는 이미 차분하게 염려하는 태도로 부드럽게 말했다.

"모든 걸 다 아는 당신들이. 시리는 그런 얘기는 남자들에게 하는 것이 아니라고 배워 와서 말도 못하고 부끄러워하고 있었어요. 그리고 자신의 약점에 대해, 고통에 대해, 자기가 덜 재빠른 것에 대해 창피해 하고 있었다고요. 도대체 당신들 중 누구라도 그런 걸 생각이라도 해 본 일이 있나요? 관심이라도 가진 적 있나요? 아이가 어디가 아픈지 짐작이라도 해 본 적 있나요? 어쩌면 이 아이는 이 케어 모헨에서 초경을 맞은 걸지도 몰라요. 그리고 밤마다 울었겠죠. 여기서 아무에게도 이해도, 동정도, 축하도 받지 못하고. 도대체 당신들 중 누군가 생각이라도 해 봤냐는 말이에요?"

"그만해요, 트리스."

게롤트가 작게 신음 소리를 냈다.

"충분하오. 당신이 의도한 걸 이미 얻었잖소. 어쩌면 당신이 원한 것보다 더."

"염병할, 뭔지 몰라도."

코엔이 욕을 했다.

"완전 우리가 머저리가 됐네, 젠장. 베스미어, 당신은……."

"조용히 해."

늙은 위쳐가 외쳤다.

"아무 말도 말고."

가장 예상을 뒤엎은 행동을 한 것은 에스켈이었다. 에스켈은 벌떡 일어나 트리스 앞으로 다가오더니 몸을 깊숙이 숙이고는 트리스의 손을 잡고 존경을 담아 손에 키스를 했다. 트리스는 얼른 손을 뺐다. 자기가 얼마나 화가 나고 흥분했는지를 보여 주기 위해서가 아니라, 위쳐의 손길에 닿았을 때의 온몸으로 흐르는 상쾌한 전율을 중단시키기 위해서였다. 에스켈의 존재감은 강했다. 게롤트보다도 더 강했다.

"트리스."

에스켈은 뺨 옆에 난 무서운 상처 주위를 만지며 말했다.

"우리를 도와줘. 당신에게 부탁할게. 우리를 도와줘, 트리스."

마녀는 입술을 깨물며 에스켈의 눈을 바라보았다.

"뭘요? 내가 뭘 도우면 될까, 에스켈?"

에스켈은 다시 한 번 상처 자국을 문지르며 게롤트를 바라보았다. 하얀 머리의 위쳐는 머리를 숙이고는 손으로 얼굴을 감쌌다. 베스미어는 크게 헛기침을 했다.

바로 그 순간 문이 삐걱 소리를 내더니 시리가 홀로 들어왔다. 베스미어의 헛기침은 무언가 숨쉬기에 문제가 있는 것처럼 커다랗게 숨을 들이켜는 소리로 바뀌었다. 램버트는 입을 벌렸다. 트리스는 웃음이 나오는 것을 겨우 참았다.

머리를 다듬고 자른 시리가 위처들 앞으로 짙은 푸른빛의 드레스를 조심스럽게 붙들고 종종걸음으로 오고 있었다. 드레스는 줄여서 시리 몸에 맞게 고쳤지만, 안장주머니에 오래 들어 있던 흔적이 남아 있었다. 목에는 트리스로부터의 두 번째 선물, 검은 뱀가죽 줄에 금세공으로 매달려 있는 루비 목걸이가 걸려 있었다.

시리는 베스미어 앞에서 걸음을 멈추었다. 손을 어찌할 줄 몰라 허리띠 안에 엄지손가락을 찔러 넣고 있었다.

"오늘은 훈련을 할 수 없어요."

시리는 천천히, 하지만 정확하게 말했다. 온통 침묵이었다.

"왜냐하면 저는……. 저는……."

시리는 여자 마법사를 바라보았다. 트리스는 시리에게 윙크를 해 보이고, 자기 장난에 만족한 개구쟁이처럼 얼굴을 찡그리더니, 연습시켰던 단어를 입으로 되풀이했다.

"여의치 않거든요!"

시리는 커다랗고 자랑스러운 목소리로 이렇게 말을 맺더니, 마치 나무라도 쓰러트린 것처럼 의기양양해 했다.

베스미어는 또다시 기침의 발작에 사로잡혔다. 하지만 에스켈, 착한 에스켈은 제정신을 차리고 응당 보여야 할 반응을 보였다.

"물론이지."

에스켈은 웃으면서 여유롭게 말했다.

"그건 이해할 수 있고, 당연한 거란다. 여의치 못할 사정이 끝날 때까지 훈련은 중단하기로 한다. 이론 수업도 짧게 하고, 만약 몸이 좋지 않으면,

그것도 미루도록 하자. 만약 약이나 무언가가 필요하다면…….”

“내가 그건 알아서 하죠.”

트리스가 똑같이 여유롭게 말하며 끼어들었다.

“아하.”

시리는 이제야 얼굴이 조금 빨개지며, 늙은 위쳐를 보며 말했다.

“베스미어 삼촌, 트리스에게 제가 부탁했는데요. 메리골드 씨요. 저, 저 그러니까…… 우리랑 같이 있어 달라고요. 더 오랫동안, 오래오래요. 하지만 트리스는 삼촌이 동의해야 한다고 했어요. ……그러니까 베스미어 삼촌, 허락해 주세요!”

“동의한다.”

베스미어가 쉰 목소리로 말했다.

“당연히, 동의해야지.”

“정말 잘되었군요.”

게롤트는 이제야 얼굴에서 손을 떼었다.

“트리스, 정말 환영하오.”

트리스는 게롤트 쪽으로 살짝 고개를 숙이며, 아무것도 모르는 척 눈꺼풀을 깜빡이면서 손가락으로 밤색의 머리카락을 감았다. 게롤트의 얼굴은 마치 돌로 된 것만 같았다.

“시리, 아주 잘했구나.”

게롤트는 말했다.

“메리골드 씨에게 케어 모헨에서 더 계시다 가라고 한 건 아주 예의 바른 행동이야. 네가 자랑스럽다.”

시리는 얼굴이 발그레해지며 활짝 웃었다. 트리스는 약속한 다음 신호를 보냈다. 시리는 더욱더 의기양양해서 말했다.

"그럼, 어른들끼리 말씀을 나누게 저는 갈게요. 왜냐하면 트리스와 중요한 할 얘기들이 많으실 테니까요. 메리골드 씨, 베스미어 삼촌, 아저씨들, 저는 물러날게요. 안녕히 계세요."

시리는 우아하게 절을 하고는 홀을 나서서 천천히, 그리고 위엄 있게 한 발짝 한 발짝 계단을 올라갔다.

"맙소사."

램버트가 침묵을 깨고 말했다.

"난 쟤가 진짜 공주라고 믿은 적이 한 번도 없었는데."

"이제야 알았나, 바보들?"

베스미어가 주위를 돌아보고 시리의 목소리를 흉내 내어 말했다.

"만약 아침에 치마를 입고 나타나면…… 그러면 전 오늘은 훈련을 안 할 거예요, 알았죠?"

에스켈과 코엔이 늙은 위쳐를 조금의 존경심도 없는 눈길로 쏘아보았다. 램버트는 대놓고 웃었다. 게롤트가 트리스를 바라보자, 트리스는 미소를 지어 보였다.

"고마워."

게롤트가 말했다.

"트리스, 고마워."

"조건이라고?"

에스켈은 눈에 띄게 평정심을 잃은 모습이었다.

"트리스, 이미 우리는 시리의 훈련을 순화시킨다고 약속했소. 거기에 또 무슨 조건을 제시하려는 거요?"

"조건은 조금 심한 말인 것 같네요. 그냥 조언이라고 해 두죠. 당신들에게 세 가지를 조언할 테니, 그 세 가지를 지켜 주세요. 만약, 그러니까 제가 여기 머물고 저 여자아이를 교육시키는 걸 도와주는 게 당신들에게 중요하다면 말이에요."

"뭐요?"

게롤트가 말했다.

"트리스, 말해 보시오."

"무엇보다도."

트리스는 사악하게 웃어 보이며 말을 시작했다.

"시리의 식단을 다양하게 해야 해요. 그러니까 비밀 버섯과 알려지지 않은 약초는 금지예요."

게롤트와 코엔은 얼굴에 전혀 감정을 드러내지 않았다. 램버트와 에스켈은 그 정도는 아니었다. 베스미어는 전혀 표정을 감추지 못하고 있었다. 흥, 트리스는 베스미어의 걱정스러운 얼굴을 바라보며 생각했다. 할아버지의 시대에는 세상이 더 나았겠지요. 바로 이런 이중성이야말로 부끄러워해야 할 것이에요. 솔직함은 창피를 가져다주지 않아요.

"비밀로 둘러싸여 있는 약초들로 만든 주스도 줄여야 해요."

트리스는 웃음을 참으려고 노력하며 말을 이었다.

"대신 우유를 더 많이 마시게 해요. 여기 염소가 있잖아요. 젖을 짜는 건 별로 어렵지 않아요. 램버트, 당신이라면 눈 깜짝할 새 배울 거예요."

"트리스."

게롤트가 말을 꺼냈다.

"말 좀 들어 봐요."

"아니오. 당신이야말로 들으세요. 시리를 급작스럽게 돌연변이화 하지는 않은 거죠? 그 아이의 호르몬도 손대지 않고, 영약도, 신비의 약초도 시도해 보지 않았어요. 그것만 해도 칭찬할 만해요. 그건 이성적이고, 책임감 있고, 인간적인 결정이었어요. 아이에게 독을 먹인 건 아니니, 이제 아이에게 상처를 입히는 건 더욱더 용납 못해요."

"도대체 무슨 말을 하는 거요?"

"그렇게 당신들이 비밀처럼 지키는 버섯은."

트리스가 설명했다.

"사실 아이가 계속 좋은 컨디션을 유지하게 하고, 근육을 튼튼하게 해 주죠. 약초들은 신진대사를 원활하게 하고 발달을 빠르게 해요. 이 모든 것이 죽음의 훈련과 함께 결국은 신체의 발달에 영향을 미치겠죠. 지방 세포에서요. 이 아이는 여자예요. 만약 아이의 호르몬을 어지럽히지 않았으면, 아이를 물리적으로도 어지럽히지 말아요. 혹시나 언젠가 당신들을 원망할 수도 있어요, 당신들이 잔인하게 아이에게서 여성의…… 상징을 빼앗았다고. 지금 무슨 소리를 하는 줄 알겠죠?"

"아니, 모르지."

램버트는 드레스의 천을 팽팽하게 늘리고 있는 트리스의 가슴을 뻔뻔스럽게 들여다보며 말했다. 에스켈이 헛기침을 하며 램버트를 째려보았다.

"지금 이 상태로는."

게롤트 역시 눈으로 바로 그곳과 기타 등등을 훑어 내리며 천천히 물었다.

"아직은 되돌릴 수 없는 상태로 된 것은 없다는 거지?"

"그런 건 없어요."

트리스는 웃어 보였다.

"다행히 없어요. 아이는 건강하고 정상적으로 자라고 있어요. 어린 드라이어드* 같은 보기 좋은 몸으로. 하지만 더 빠른 성장을 불러일으키는 것은 자제하기 바랄게요."

"알았네."

베스미어가 말했다.

"신경 써 줘 고마워, 꼬마 아가씨. 또 뭐지? 아까 충고가 세 개 있다고 했는데."

"네. 이번엔 두 번째 충고예요. 시리가 여기서 야만인이 되게 할 수는 없어요. 시리는 세상과 접촉해야 해요. 동년배 아이들과도요. 제대로 된 교육을 받고, 정상적인 삶을 준비해야 해요. 일단은 칼을 휘두르도록 두더라도요. 돌연변이가 없이는 시리를 위처로 만들 수는 없겠지만, 위처의 수업이 해될 것은 없어요. 시대는 어렵고 위험한데, 필요하다면 자기 몸을 지킬 줄은 알아야 하니까요. 여자 엘프들처럼요. 하지만 여기에 시리를 산 채로 매장할 수는 없어요, 이런 외딴 곳에. 시리는 정상적인 생활로 다시 돌아가야 해요."

"시리의 정상적인 생활이란 신트라와 함께 불타 버렸소."

게롤트가 퉁명스럽게 말했다.

"하지만 트리스, 항상 그렇듯이 당신 말이 맞소. 우리도 그런 생각은 했소. 봄이 오면, 아이를 신전 학교에 데리고 가기로. 네네케에게, 엘란더로 말이요."

---

* 나무 위에 사는 숲 속의 님프.

"좋은 생각이고 현명한 결정이네요. 네네케는 아주 특별한 여자고, 멜리텔리 여신의 신전은 특별한 장소예요. 안전하고, 확실하고, 아이를 위해 안성맞춤인 교육이 보장되는 장소죠. 시리도 알고 있나요?"

"알아요. 며칠은 안 가겠다고 난리를 쳤지만, 결국은 가는 걸로 인정했소. 지금 현재론 봄을 기다리고 있는 것 같소. 테메리아로 갈 일을 기대하고 있는 것 같고. 시리는 세상에 호기심이 많은 아이요."

"나도 그 나이 땐 그랬죠."

트리스가 웃었다.

"이렇게 비교하니, 이제 당신들에게 세 번째 충고를 드릴 때가 오고야 말았군요. 가장 중요한, 당신들도 알고 있는 거예요. 시치미 떼지 마시고요. 나는 마녀예요, 잊으셨나요? 당신들이 시리의 마법 능력을 깨닫는 데 얼마나 시간이 걸렸을지는 모르겠군요. 나는 30분도 되지 않아서 알았어요. 바로 그 후에 이미 저 아이가 누구인지, 아니 무엇인지 바로 알았죠."

"무엇인데?"

"근원."

"그럴 리가 없소!"

"그럴 수도 있어요. 아마 그럴걸요. 시리는 '근원', 영매의 재능이 있어요. 더구나 그 재능은 아주 우리를 불안하게 하죠. 당신들, 위쳐들은 이걸 매우 잘 알고 있었어요. 당신들도 그 재능을 알아챘고, 당신들도 불안해 했었죠. 바로 그 이유 하나 때문에 나를 케어 모헨으로 오게 한 거죠? 제 말이 맞나요? 바로 그 이유죠?"

"그래."

잠깐의 침묵이 흐른 후 베스미어가 대답했다. 트리스는 남모르게 안도의 한숨을 쉬었다. 잠시 동안이나마 그렇게 대답할 사람이 게롤트가 아닐까 하고 생각했던 것이다.

그다음 날에는 첫 눈이 왔다. 처음에는 작은 눈꽃으로, 하지만 곧 눈보라로 바뀌고 말았다. 눈은 밤새도록 내렸고, 아침이 되자 케어 모헨의 벽들은 눈 속에 파묻히고 말았다. '죽음의 코스'에서 달리기란 있을 수 없는 일이었고, 게다가 시리는 계속해서 몸이 좋지 않았다. 트리스는 위쳐들의 성장촉진제들이 혹시 생리 불순의 이유가 아닐지 의심했다. 하지만 확실히는 알 수가 없었다. 구체적으로 들어가서는 어떤 것인지 전혀 몰랐고, 시리는 의심할 여지없이 그런 촉진제를 먹은 여자아이로는 처음이었을 것이기 때문이었다. 위쳐들에게는 자신의 의심을 말하지 않았다. 위쳐들을 걱정시키고 싶지도, 신경을 건드리고 싶지도 않은 트리스는 자신의 방법을 써 보는 것이 더 좋았다. 시리에게 영약을 먹이고, 시리의 원피스 허리 아래 활발하게 움직이는 벽옥들을 끈으로 달아 놓고, 힘을 쓰지 못하게 했다. 특히 칼을 들고 시궁쥐들을 쫓아다니는 것을 엄금했다.

시리는 지루해져서 성 안의 이곳저곳을 떠돌다가 다른 할 일을 찾지 못하고 마구간 청소를 하고 말들을 보살피며 마구를 수리하는 코엔에게로 갔다.

게롤트는 트리스의 화를 돋우려는 듯 어디론가 사라져 활에 맞은 노루를 끌고 저녁이 되어서야 나타났다. 트리스는 이 전리품을 손질하는 것을 도왔다. 고기와 피 냄새를 소름끼치게 싫어하기는 했지만, 그래도 게롤트 가까이에 있고 싶었다. 가까이. 될 수 있는 대로 가까이. 트리스 안에서 단호한 결심이 솟구쳤다. 더 이상 혼자 자고 싶지는 않았다.

"트리스!"

갑자기 시리가 계단을 쿵쿵거리고 올라오며 외쳤다.

"오늘 트리스 방에서 같이 자도 돼요? 제발, 제발 허락해 주세요. 제발, 트리스!"

눈은 내리고 또 내렸다. 눈이 그치고 하늘이 밝아진 것은 미디베르네, 동지가 다 되어서였다.

3일째 되는 날 아이들은 모두 죽었다. 단 한 명. 열 살 남짓한 아이 한 명만 남기고. 갑작스러운 광기에 사로잡혀 온몸을 떨던 그 아이는 갑자기 깊은 혼수상태에 빠져들었다. 눈은 유리처럼 번들거리고, 쉴 새 없이 손으로 이불을 쥐거나 손을 뻗어 마치 깃털이라도 잡으려는 듯 공중에서 움직였다. 숨소리는 점점 더 커졌고 불규칙해졌으며, 차가운 땀과 끈끈하고 냄새나는 액체들이 피부로 새어 나오고 있었다. 그러자 다시 동맥에 영약을 투약했고, 이러한 과정은 되풀이되었다. 이번에는 코에서 피가 나고 기침이 구토로 변했다. 토한 이후 아이는 완전히 힘이 빠져 전혀 몸을 가누지 못했다.

　이후 이틀이 지나도 증상은 완화되지 않았다. 지금까지 땀으로 뒤덮여 있던 아이의 피부는 바싹 말라 타들어 갔으며, 맥은 불완전하게 뛰었지만 동시에 이상하게도 강해져 빨리 뛰기보다는 천천히 감지되었다. 그러나 아이는 단 한순간도 정신을 차리지도, 더 이상 소리를 지르지도 않았다.

　마침내 7일째 되는 날이 왔다. 아이는 마치 꿈이라도 꾸다 일어난 것처럼 깨어나 눈을 떴다. 아이의 눈은 마치 독사의 눈처럼 변해 있었다⋯⋯.

카를라 데메티아 크레스트, 약초의 시험 및 위쳐들의 기타 실습, 실제 목격담 기록 원고
(마법사 대위원회에만 공개)

제 3 장

"당신들의 걱정은 아무런 근거도 없어요. 전혀 사실에 기초한 것이 아니라고요."

트리스는 팔꿈치를 식탁에 괴고 얼굴을 찡그렸다.

"마법사들이 '근원'을 찾으려고 돌아다니고, 마법의 재능이 있는 아이들을 사냥하던 시대는 지났어요. 그때는 폭력과 책략을 써서 그 아이들을 부모나 돌보는 사람들로부터 떼어 오곤 했죠. 정말 내가 당신들로부터 시리를 데려갈 거라고 생각했던 건가요?"

램버트는 코웃음을 치며 얼굴을 돌렸다. 에스켈과 베스미어는 게롤트를 바라보았지만, 게롤트는 침묵했다. 게롤트는 이를 드러내고 있는 늑대가 새겨진 자신의 위쳐 메달을 계속 손으로 굴리며 옆을 보고 있었다. 트리스는 메달이 마법에 반응한다는 것을 알고 있었다. 동지와 같은 이런 날 밤, 공기조차도 마법에 떨리고 있는 날이면 위쳐들의 메달은 당연히 쉴 새 없이 떨리며 위쳐들을 자극하고 불안하게 만들어야 했다.

"그렇진 않아, 꼬마 아가씨."

마침내 베스미어가 대답했다.

"네가 그렇게는 하지 않을 건 우리가 알지. 하지만 네가 마법사 대위원회에 시리에 대해 보고해야만 한다는 것도 알고 있어. 그게 어제오늘 일이 아니라, 마법사들 모두가 항상 그러한 의무를 가지고 있다는 것도 안다. 현대의 마법사들은 재능 있는 아이들을 부모나 돌보는 사람들로부터 빼앗지 않지. 그런 아이들을 관찰하다가 적당한 순간이 오면 마법으로 현혹시켜서 그 아이들이 스스로……."

"걱정 마세요."

트리스는 차갑게 말을 끊었다.

"시리에 대해서는 아무에게도 말하지 않겠어요. 대위원회고 뭐고요. 도대체 왜 나를 그렇게 보는 거죠?"

"비밀을 지키겠다고, 그렇게 쉽게 맹세하는 것이 참으로 이상하군요."

에스켈이 차분하게 말했다.

"용서하세요, 트리스. 당신을 화나게 하려는 건 아니지만, 도대체 그럼 대위원회와 최고위원회에 대한 마법사들의 전설적인 충성은 어떻게 된 거요?"

"많은 일이 있었죠. 전쟁이 많은 것을 바꿔 놓았어요. 소든 전투는 더 그랬고요. 당신들을 우리 정치 이야기로 지루하게 만들 생각은 없어요. 게다가 어떤 문제나 사건들은, 죄송하지만, 아직도 비밀이고, 제가 입 밖에 내서는 안 되는 일들이죠. 충성은…… 저는 충성해요. 하지만 저를 믿어도 좋아요. 이 문제에 있어서 저는 대위원회에도, 당신들께도 똑같이 신용을 지킬 수 있어요."

"그런 이중 신용은."

게롤트가 이날 저녁 처음으로 트리스의 눈을 바라보았다.

"굉장히 어려운 일이오. 보통 잘되는 경우가 없지, 트리스."

여자 마법사는 시리를 바라보았다. 시리는 홀 구석진 자리에서 코엔과 함께 곰 가죽 위에 앉아 손바닥 치기 놀이에 열중하고 있었다. 놀이는 지루하게 진행되고 있었다. 둘 다 믿을 수 없을 정도로 빨라 아무도 상대의 손에 맞부딪칠 수가 없었던 것이다. 하지만 그것이 두 사람의 놀이를 방해하거나, 재미를 반감시키지는 않는 듯했다.

"게롤트."

트리스는 말했다.

"시리를 거기 야루가에서 발견했을 때, 당신은 시리를 데리고 왔어요. 케어 모헨으로 데려와 세상으로부터 숨어서 시리와 가까운 사람들마저 이 아이가 살아 있다는 것을 모르게 하려고 했죠. 당신이 그렇게 한 이유는 아마도 내가 모르는 무엇인가가 당신에게 운명은 존재한다고, 운명이 우리를 지배하고, 우리가 하는 일 모든 것에서 인도한다고 설득했기 때문일 거예요. 나도 그렇게 생각해요. 나는 항상 그렇게 생각해 왔어요. 만약 운명이 시리가 마법사가 되는 것을 원한다면 시리는 마법사가 될 거예요. 대위원회도, 최고위원회도 시리에 대해서 알 필요도, 시리를 관찰하거나 설득할 필요도 없어요. 당신들의 비밀을 지켜 주면서 나는 대위원회를 배신하는 것이 아니에요. 물론 당신들도 알다시피, 여기엔 장애물이 있죠."

"장애물이 하나만 있다면."

베스미어가 한숨을 쉬었다.

"얘기를 계속해라, 꼬마 아가씨야."

"시리는 마법의 재능이 있어요. 그리고 그건 그대로 놔둬서는 안 돼요. 그랬다간 너무 위험해요."

"어떻게 위험하단 거지?"

"통제되지 않는 재능은 위협적이에요. 근원 자신에도, 그리고 그 주변에도요. 근원은 주변을 여러 가지 방법으로 위협할 수 있어요. 스스로를 위협할 수 있는 건 한 가지 방법뿐이죠. 그건 조현병이에요. 보통은 카타토니아*로 나타나죠."

"젠장할."

오랜 침묵이 지속되다가 램버트가 말했다.

"말하는 걸 들으니, 당장 여기서 누군가 정신병이라도 일으켜 주위를 위협하는 걸 볼 수 있을 것만 같네. 운명, 근원, 마법, 기적, 상상……. 지금 너무 과장하는 것 아니오, 메리골드? 시리가 케어 모헨에 데려온 첫 번째 아이는 아니잖소. 게롤트는 운명을 발견한 게 아니라, 그냥 또 다른 집 없는 고아를 발견한 것뿐이오. 그 아이에게 검술을 가르쳐서 다른 아이들처럼 세상으로 내보내면 되는 거고. 물론 지금까지 케어 모헨에서 여자아이를 훈련시킨 적은 없었지. 시리와는 문제가 좀 있었고, 우리가 실수도 좀 했지만. 좋아. 하지만 당신이 지적해 주지 않았소. 너무 정도를 벗어나는 것은 좋지 않아요. 시리가 우리가 다 무릎을 꿇고 하늘을 바라봐야 할 정도로 특별한 아이는 아니오. 이 세상에 여자 전사들이 없는 것도 아니고. 내가 장담하건대, 시리는 이곳에서 건강하고 능력 있게 강하고도 자기 삶을 살 수 있는 사람이 되어 나갈 거요. 그리고 분명 카타토니아인지 뭔지 다른 발작도 없을 거고. 당신이 그 애한테 특별히 그렇게 아프다고 하지만 않으면."

---

* 카타토니아(Catatonia) : 긴장증. 의식은 있지만 주위의 자극에 대답하지 않고 혼미한 상태로 온몸을 긴장하거나, 헛소리를 하며 뛰어나가거나 하는 질환.

"베스미어."

트리스는 의자에서 몸을 돌렸다.

"램버트한테 조용히 좀 하라고 해 주세요. 방해가 되니."

"지금 당신 혼자 모든 걸 아는 척하는 거 아니야."

램버트가 조용히 말했다.

"하지만 당신도 모든 걸 다 알지는 못해. 보라고."

램버트는 손을 벽난로 쪽으로 향하면서 손가락을 이상하게 겹쳐 보였다. 벽난로가 소리를 내며 윙윙거리고, 갑자기 불이 확하고 일면서 밝아지며 작은 불꽃들이 떨어져 내렸다. 게롤트와 베스미어, 에스켈은 불안한 표정으로 시리를 바라보았지만 시리는 이 불꽃의 난리를 전혀 모르는 듯했다.

트리스는 팔을 가슴에 십자로 얹고 램버트를 도전적으로 바라보았다.

"아드* 표식이군요."

트리스는 평온하게 말했다.

"나에게 보여 주려고 한 건가요? 그런 똑같은 손짓에 집중력과 의지, 주문을 더해서 바로 이 마루를 굴뚝을 통해 높이 날려 버릴 수도 있죠. 당신이 별이겠거니 하고 생각할 만큼 높이요."

"당신은 할 수 있겠지."

램버트가 인정했다.

"하지만 시리는 못 해. 시리는 아드 표식을 쓸 수가 없소. 다른 표식도 마찬가지요. 수백 번이나 시도해 봤지만 안 되었소. 당신도 알다시피 우리의 표식을 만드는 데는 아주 최소한의 능력만 있으면 되오. 하지만 시리는 그

---

* 자신으로부터 적이나 방해물의 방향으로 에너지를 생성해서 밀어 보내는 표식.

최소한도 없단 말이오. 시리는 완벽하게 보통인 아이오. 최소한의 마법을 행할 능력도 없는데다가 오히려 재능이 떨어지는 편이오. 그런데 지금 우리에게 근원 얘기를 하면서 우리를 협박……."

"근원은."

트리스는 차갑게 설명했다.

"자신의 능력을 제어할 힘이 없어요. 자기의 능력을 조절하지도 못하죠. 근원은 영매, 전달을 하는 매개체일 뿐이에요. 자신도 모르게 에너지와 접선하고, 자신도 모르게 에너지를 다시 생성시키죠. 그 힘이 커지는 순간 그걸 제어하려고 해도, 예를 들어 표식을 만들 때처럼요. 아무 일도 생기지 않아요. 100번을 해 봐도, 1000번을 해 봐도 마찬가지예요. 그건 근원에게는 일상적인 일이에요. 하지만 어느 날, 그 순간이 왔을 때, 근원이 아무런 노력도 하지 않고, 힘을 주지도 않고, 그냥 별생각도 없이, 아니면 양배추 절임에 소시지 생각을 하고 있거나, 주사위 놀이를 하고 있다거나, 누군가와 침대에 누워 있을 때, 아니면 코를 팔 때, 바로 그때 갑작스럽게 무슨 일인가가 일어나는 거예요. 예를 들어 집이 화염에 휩싸인다던지요. 언젠가는 도시의 반에 불이 난 적도 있었어요."

"과장하는 거지, 메리골드?"

"램버트."

게롤트가 메달을 놓고, 손을 식탁 위에 얹었다.

"첫째로, 트리스에게 '메리골드'라고 부르지 마. 그렇게 하지 말라고 지금까지 여러 번 부탁했잖아. 둘째로, 트리스가 과장하는 것이 아니야. 나는 내 눈으로 시리의 엄마인 파베타 공주가 어떻게 하는지 보았어. 장담하는데, 굉장한 볼거리였지. 파베타 공주가 근원이었는지는 나도 몰라. 하지만 신트라에서 왕성을 잿더미로 만들기 일보 직전까지 아무도 파베타 공주가 무슨 능력이 있는지 몰랐지."

"그러니까 우리는……."

에스켈이 또 다른 촛대에 불을 밝히며 말했다.

"시리도 그런 능력을 유전적으로 물려받았다고 생각해야 된다는 거죠."

"꼭 그런 것만은 아냐."

베스미어가 말했다.

"시리는 무언가에 짓눌리고 있어. 램버트도 어떤 면에서는 맞아. 시리는 표식을 쓸 수가 없어. 하지만 우리 모두 보았듯이……."

베스미어는 말을 멈추고 시리를 보았다. 시리는 마침 손바닥 치기 놀이에서 유리해지자 새된 소리를 지르며 좋아하는 중이었다. 트리스는 코엔의 얼굴에서 웃음기를 읽고, 코엔이 시리가 이기도록 해 준 것을 확신했다.

"바로 그거예요."

트리스는 비꼬듯 말했다.

"모두들 보았죠. 도대체 뭘 본 거죠? 도대체 어떤 상황에서 본 거죠? 이제 좀 더 솔직해질 때가 왔다고 생각하지 않나요? 젠장, 되풀이해 말하는데, 비밀은 지킨다고요. 제 명예를 걸고."

램버트가 게롤트를 바라보니, 게롤트가 허락하듯 고개를 끄덕였다. 램버트는 자리에서 일어나더니 높은 선반에서 커다란, 사각형의 수정으로 된 큰 병과 좀 더 작은 병을 꺼내 왔다. 작은 병의 액체를 큰 병으로 따르고 몇 번 흔든 후, 투명한 액체를 식탁 위의 잔들에 따랐다.

"우리와 함께 한잔하지, 트리스."

트리스는 비꼬았다.

"그 진실이 너무 끔찍해서 술 없이는 말도 못할 지경인가 보죠?"

"트리스, 너무 그러지 마. 마셔, 그러면 더 이해가 잘될 거야."

"도대체 이게 뭔데?"

"흰 갈매기 액."

"뭐라고?"

"가벼운 약이죠."

에스켈이 웃었다.

"좋은 꿈을 꾸게 하는."

"맙소사! 이건 위쳐들의 환각제 아닌가요? 이것 때문에 위쳐는 밤에 눈이 빛나는 건가요?"

"흰 갈매기 액은 아주 약해요. 검은 갈매기 액이 환각제지."

"만약 이 액체에 마법이 걸려 있다면, 나는 마실 수가 없어요!"

"이건 순수하게 자연의 재료로만 만든 거요."

게롤트가 트리스를 안정시켰다. 하지만 그다지 확신에 차 있지 않은 것을 트리스는 알았다. 분명히 액체에 어떤 재료가 들어가 있는지 구체적으로 묻는 것을 두려워하는 것 같았다.

"게다가 많은 양의 물에 희석된 거지. 당신에게 해가 될 만한 것을 우리가 권하지는 않소."

이상한 맛의 거품이 이는 액체를 꿀꺽 삼키자 차갑다가 몸 곳곳으로 따뜻하게 퍼졌다. 여자 마법사는 혀를 잇몸과 입천장에 대 보았다. 재료가 무엇인지는 도저히 알 수가 없었다.

"시리에게 이 갈매기 액을 마시라고 준 거죠."

트리스는 짐작했다.

"그런데 그때……."

"그건 우연히 일어난 일이오."

게롤트가 얼른 끼어들었다.

"시리가 여기 온 첫째 날 밤, 시리는 목이 말랐고 갈매기 액 병이 식탁 위에 있었소. 우리가 어떻게 하기도 전에 꿀꺽 삼켜 버리고 말았지. 그러고는 트랜스에 빠져들었소."

"우린 정말 겁에 질렸지."

베스미어가 그렇게 말하고는 한숨을 쉬었다.

"정말, 정말 겁에 질렸어. 꼬마 아가씨, 완전히."

"시리는 자기 목소리가 아닌 소리로 말하기 시작했겠죠."

촛불에 빛나는 위쳐들의 눈을 바라보며 트리스가 편안하게 말했다.

"그 아이가 알 리가 없는 일들에 대해 이야기하기 시작한 거죠. 예언도 하고요. 그렇죠? 도대체 뭐라고 했죠?"

"헛소리였어."

램버트가 무미건조하게 말했다.

"전혀 의미가 없는 헛소리였다고."

"의심할 여지없이."

트리스가 램버트를 바라보았다.

"너랑 가장 잘 맞았을 거야. 아무 의미 없는 소리를 하는 건 당신 전공이니까, 입을 열 때마다 확신하게 된다고. 그러니 제발, 앞으로 잠시 동안만 입 좀 다물고 있어. 알았어?"

"하지만."

에스켈이 뺨의 흉터를 만지며 심각하게 말했다.

"이번엔 램버트 말이 맞아요, 트리스. 흰 갈매기 액을 마시고 시리가 한 말은 정말 아무도 이해할 수가 없었소. 그때, 첫 번째에 시리가 한 말들은 정말 그냥 중얼거림에 지나지 않아. 하지만 그다음……."

에스켈은 말을 더 이상 하지 않았다. 트리스는 고개를 저었다. 두 번째에 서야 의미 있는 말을 하기 시작했구나, 하고 짐작할 수 있었다.

"그러면 두 번째가 있었다는 말이군요. 또, 당신들이 부주의한 틈에 마약을 마시고 일어난 일인가요?"

"트리스."

게롤트가 머리를 들었다.

"그렇게 심한 말은 하지 말아 주오. 우리에겐 웃을 문제가 아니오. 우리에겐 걱정스럽고 불안한 문제요. 그렇소, 두 번째가 있었소, 세 번째도 있었고. 시리가 훈련을 하다 재수 없게 넘어지고 말았는데, 정신을 잃었소. 정신이 들었을 때는 또다시 트랜스에 빠져 있었소. 또다시 말을 했고. 그때도 자기 목소리가 아니었소. 그리고 또 우리가 이해할 수도 없었고. 하지만 나는 그런 비슷한 목소리를 들은 적이 있소. 그런 방식으로 말하는 것도. 그건 정신이 이상해진, 아프고 불쌍한, 신녀라고 불리는 여인들이 말하는 방식이었소. 내가 무슨 생각을 하고 있는지 이해하오?"

"완전히. 그게 두 번째였군요. 이번엔 세 번째 얘기를 해 보세요."

게롤트는 땀이 난 이마를 소매로 닦았다. 그리고 이야기를 시작했다.

"시리는 자주 밤중에 자다가 깨어나오. 비명을 지르며. 시리는 많은 일을 겪었지. 자기가 말하고 싶어 하지는 않으나, 분명 신트라와 앙그렌에서 아이로서는 볼 수 없는 일들을 많이 목격한 것이 분명하오. 무서운 일이지만 어쩌면…… 누군가 시리를 욕보였을 수도 있소. 그것이 꿈속에서 되풀이해서 나타나는데, 보통은 달래면 별문제 없이 잠이 드는데, 어느 날은 잠에서 깬 후, 또다시 트랜스에 빠졌소. 또다시 그런 이상한, 낯선…… 그리고 화가 난 목소리로 말하기 시작했소. 이번엔 분명히 알아들을 수 있는 이야기였소. 예언이었지, 앞날에 대한. 그러고는 우리에게……."

"뭐죠? 뭐라고 했죠, 게롤트?"

"죽음."

베스미어가 부드럽게 말했다.

"죽음을 선고한 거지, 꼬마 아가씨."

트리스는 코엔에게 놀이에서 속임수를 썼다고 화를 내는 시리를 바라보았다. 코엔은 시리를 껴안고 웃음을 터뜨렸다. 트리스는 갑자기 이해했다. 지금까지, 지금까지 단 한 번도 위쳐들이 웃는 것을 본 적이 없었다는 것을.

"누구에게?"

트리스는 계속해서 코엔을 바라보며 짧게 물었다.

"코엔에게."

베스미어가 대답했다.

"그리고 나에게."

게롤트가 덧붙였다. 그러고는 미소를 지어 보였다.

"깨어난 후에는……."

"아무것도 기억하지 못했지. 그리고 우리도 질문하지 않았어."

"당연히 그래야죠. 그 예언은…… 구체적이었나요? 세부 사항이 있는?"

"아니."

게롤트는 트리스의 눈을 똑바로 바라보았다.

"잘 알 수 없는 것이었소. 묻지 마시오, 트리스. 우리를 걱정시키는 것은 시리의 혼수상태와 예언의 내용이 아니라, 시리에게 일어나는 일들이오. 우리는 우리 걱정을 하는 게 아니라…….”

“조심.”

베스미어가 경고했다.

“시리 앞에서는 말하지 마.”

코엔이 시리를 목마 태운 채 식탁으로 다가왔다.

“모두들 안녕히 주무시라고 인사해, 시리.”

코엔이 말했다.

“올빼미들에게 잘 자라고 해야지. 우린 자러 갑니다. 열두 시가 다 되었네요. 조금만 있으면 동지의 밤이 끝납니다. 내일부터는 매일매일 봄에 가까워지는 거예요!”

“목이 말라요.”

시리가 코엔의 등 뒤에서 몸을 내밀더니 에스켈의 잔에 손을 뻗었다. 에스켈은 얼른 시리의 손이 닿지 않도록 자기 잔을 멀리 치우고는 물병을 잡았다. 트리스가 재빨리 일어났다.

“여기.”

그러고는 반쯤 찬 자기 잔을 건네며, 티 나게 게롤트의 어깨를 잡고 베스미어의 눈을 바라보았다.

“마셔.”

“트리스.”

에스켈이 꿀꺽꿀꺽 마시는 시리를 바라보며 속삭였다.

“지금 잘하는 거 맞아? 저건…….”

“아무 말 말아요.”

효과를 보기까지 오래 기다리지 않아도 되었다. 시리는 갑자기 몸에서 힘을 빼더니, 작게 소리를 지르고 행복하게 웃기 시작했다. 눈을 꼭 감고는 팔을 벌렸다. 웃으면서 발끝을 세운 채 춤을 추었다. 램버트가 얼른 근처에 있는 나무 의자를 치우고, 코엔은 춤추는 시리와 벽난로 사이를 막아섰다.

트리스는 가슴속에서 가는 줄에 은세공 된 사파이어로 만든 부적을 꺼냈다. 그리고 부적을 손에 꼭 쥐었다.

"꼬마 아가씨……."

베스미어가 신음 소리를 냈다.

"뭘 하려는 거야?"

"내 일은 내가 알아서 해요."

트리스는 매섭게 말했다.

"아이가 트랜스에 빠졌으니, 저는 저 아이와 교감을 이루려고요. 저 아이 안으로 들어갈 거예요. 제가 말한 것처럼 시리는 마법의 매개체 같은 거예요. 도대체 무엇을 전달하는지, 어디서 아우라를 획득하는지, 어떻게 재생하는지 알아야만 해요. 오늘은 동짓날, 그런 일을 하기에 안성맞춤의 밤이죠."

"마음에 들지 않아."

게롤트가 얼굴을 찌푸렸다.

"전혀 마음에 들지 않는다고."

트리스는 게롤트의 말을 듣지 않았다.

"우리 둘 중 누군가 간질 상태에 빠진다면, 어떻게 해야 할지는 알죠? 입에 나뭇가지를 물리고 기다리세요. 머리는 위로 들고요. 처음 해 보는 일은 아니에요."

시리는 춤추기를 중단하고, 무릎을 꿇고 옆으로 앉아 손을 뻗고는 머리를 무릎에 파묻었다. 트리스는 머리에 이미 따뜻해진 부적을 가져다 대고 주문을 외웠다. 눈을 감고, 의지를 모아 임펄스를 보냈다.

바다는 출렁이고, 큰 소리를 내는 파도가 바위 해안으로 철썩이고, 큰 바위 사이에는 커다란 간헐천들이 하늘 높이 물을 뿜어냈다. 트리스는 짭짤한 바람을 가르며 날개를 움직였다. 알 수 없는 기쁨으로 가득 차 아래로 수직 강하해서는 친구들의 뒤를 쫓아서 앞발로 파도의 머리 부분을 건드렸다가는 다시 한 번 물방울을 튀기며 하늘 위로 높이 솟구쳐 오르고, 바람을 탔다가는 꽁지깃으로 소리 나는 회오리바람에 몸을 맡겼다. 연상 작용이야, 트리스는 정신을 차리고 생각했다. 연상 작용일 뿐이라고. 갈매기라니!

트리이이이스! 트리이이이스!

시리? 어디야?

트리이이이스!

갈매기들의 외침은 잦아들었다. 여자 마법사는 아직도 얼굴을 때리는 파도 거품을 느꼈지만, 이미 아래에 있는 것은 바다가 아니었다. 바다 대신 나타난 것은 끝없는 벌판, 수평선까지 끝없이 이어진 평야였다. 트리스는 자기가 지금 보고 있는 것이 소든 언덕 꼭대기에서의 풍경이라는 것을 알아차리고 공포에 휩싸였다. 하지만 언덕일 리는 없었다. 그 언덕일 수는 없었다.

갑자기 하늘이 어두워지더니 그림자들이 어둑어둑 드리워졌다. 트리스는 사람의 형체를 한 것들이 천천히 아래에서 줄지어 솟아 나오는 것을 보았다. 속삭임 소리가 점점 더해져 이해할 수 없는, 두려운 합창 소리처럼 되어 갔다.

시리는 등을 돌린 채 옆에 서 있었다. 바람이 시리의 잿빛 머리를 날렸다.

희뿌연, 잘 보이지 않는 인물들은 끝을 모르게 점점 더 불어나고 있었다. 아무것도 보고 있지 않는, 평안한, 죽어 버린 그들의 무표정한 얼굴을 보고 트리스는 비명을 참았다.

대부분은 트리스가 모르는, 알아볼 수 없는 얼굴들이었다. 하지만 그중 알아볼 수 있는 사람도 있었다.

코랄, 바니엘, 요엘, 래비 액셀…….

"왜 나를 여기로 데려온 거니?"

트리스는 속삭였다.

"왜?"

시리가 몸을 돌렸다. 시리는 손을 쳐들었다. 트리스는 피 한 줄기가 시리의 생명선을 타고 손목 쪽으로 흐르고 있는 것을 보았다.

"장미 때문이야."

시리가 아무런 동요 없이 말했다.

"셰라웨드의 장미. 장미에 찔렸어. 아무것도 아냐. 피일 뿐이야. 엘프의 피…….'"

하늘이 더욱더 시커멓게 변하더니, 잠시 후 무시무시한, 눈이 멀 정도로 강력한 빛으로 번개가 쳤다. 순간 정적이 흐르고 아무것도 움직이지 않았다. 트리스는 한 발짝 다리를 옮겨 보았다. 자기가 몸을 움직일 수 있는지 확인하고 싶어서였다. 그러고는 시리 옆에 섰다. 그 바로 앞은 끝없는, 불빛에 비춘 듯한 연기가 자욱한 벼랑이었다. 또다시 아무런 소리가 없는 번개가 번쩍하자 갑자기 벼랑 아래로 내려가는 기다란 대리석 계단이 나타났다.

"이렇게 해야 해."

시리가 떨리는 목소리로 말했다.

"다른 길은 없어. 저 길뿐이야. 계단으로, 아래로 내려가야 해. 왜냐하면……. 바 에세 데레아드 이이프 에이게안…….'"

"계속해."

트리스는 속삭였다.

"말해 봐, 얘야."

"오래된 피의 아이……. 페인네웨드…… 루네드 이이프 헨 이헤르…… 데이스 벤……. 하얀 불길……. 안 돼, 안 돼. 안 돼!"

"시리!"

"검은 기사. 투구에 깃을 꽂고 있어. 나에게 무슨 짓을 한 거지? 그때 무슨 일이 일어난 거지? 무서웠어. 지금도 무서워. 끝나지 않은 거야, 절대로 끝나지 않을 거야. 새끼 사자는 죽어야만 해. 국가의 통솔 원리……. 싫어. 싫어."

"시리!"

"싫어!"

시리는 몸에 힘을 빼고 눈을 꼭 감았다.

"안 돼! 안 돼! 싫다니까! 날 만지지 마!"

시리의 얼굴은 갑자기 변했다. 표정이 굳더니, 목소리는 금속성으로 차갑고 적대적으로 변하고, 그 안에서는 무섭게 잔인한 비웃음이 느껴졌다.

"이 아이를 따라 이곳까지 왔느냐, 트리스 메리골드? 여기까지? 열네 번째, 너는 너무 멀리 왔다. 경고를 했을 텐데."

"당신은 누구죠?"

트리스는 몸을 떨었다. 하지만 목소리는 떨지 않았다.

"시간이 오면 알게 될 것이다."

"지금 알아내고 말 거야!"

트리스는 손을 들고 갑자기 확 펼치며 정체를 밝히는 마법에 온 힘을 쏟았다. 마법의 막에는 금이 갔지만, 그 뒤에는 또 다른 막이 있었다. 세 번째……. 네 번째……. 트리스는 신음 소리를 내며 무릎으로 꿇어앉았다. 현실은 계속해서 금이 가고, 다음번 문을 아무것도 나오지 않을 때까지 끝없이 열어젖히고 있었다. 아무것도 남지 않을 때까지.

"너의 착각이다, 열네 번째."

금속성의, 인간의 것이 아닌 목소리가 말했다.

"연못에 비친 반영과 별이 떠 있는 하늘을 착각한 거지."

"만지지 마. 그 아이에게서 손 떼!"

"이건 아이가 아니다."

시리의 입술이 움직였다. 하지만 트리스는 시리의 눈이 힘없이 번들거리고 의식이 없는 것을 보았다.

"이것은 아이가 아니다."

목소리가 되풀이했다.

"이것은 불꽃, 백색 불꽃이다. 이 세상이 일어나고 타 버리는 불꽃. 이것은 오래된 피, 헨 이헤르, 엘프의 피다. 싹을 틔우지 않고 있지만 불꽃으로 폭발하는 씨앗. 피, 앞으로 흐르게 될 피……. 테드 데이리드, 끝의 시간이 오면. 바 에세 데레아드 이이프 에이게안!"

"죽음을 예언하나!"

트리스가 외쳤다.

"할 줄 아는 게 그거밖에 없지! 죽음을 예언하는 것! 그들에게, 이 아이에게……. 그리고 나에게?"

"너에게? 넌 이미 죽었지 않나, 열네 번째. 이미 네 안에서 모든 것이 죽었다."

"천체의 모든 힘을 걸고!"

트리스는 남은 힘을 모두 모으고 팔을 허공에 뻗어 표식을 만들었다.

"물과 불과 땅과 흙의 모든 힘을 모아 너를 저주한다. 생각 속에서, 꿈에서, 그리고 죽을 때까지, 지금까지 있었던 모든, 지금 존재하는 모든, 앞으로 생길 모든 것을 다 모아 너를 저주해. 넌 누구지? 말해라!"

시리는 고개를 돌렸다. 심연으로 향하는 계단의 환영이 사라지고 흩어져 그 자리에는 납빛의 회색빛 바다만이, 높은 파도로 흰 거품이 치는 바다만이 남아 있었다. 바다의 침묵에 또다시 갈매기들의 외침이 들려왔다.

"날아라."

시리의 입을 빌려 다시 목소리가 말했다.

"이미 시간이 되었다. 그곳에서 돌아와라, 언덕의 열네 번째. 갈매기의 날개 위에서 다른 갈매기들의 외침을 들어라! 잘 듣거라!"

"널 저주할 거야."

"그럴 순 없을걸. 날아라, 갈매기야!"

그리고 또다시 휙휙거리는 바람과 축축하고 짠 공기가 이어지고, 시작도 끝도 없는 비행이 이어졌다. 갈매기들은 무섭게 소리를 질렀다. 소리를 지르며 서로 이야기를 전달했다.

'트리스?'

'시리?'

'그는 잊어버려! 그 사람을 괴롭히지 마! 잊어버려! 잊어버려, 트리스!'

'잊어버려!'

'트리스! 트리스! 트리이이이이스!'

"트리스!"

트리스는 눈을 뜨고 머리를 베개 위에서 마구 흔들더니 힘이 빠진 두 팔을 흔들었다.

"게롤트?"

"나야, 내가 옆에 있소. 기분은 좀 어떻소?"

트리스는 주위를 둘러보았다. 자기 방, 침대 위였다. 케어 모헨 전체에서 최고로 좋은 침대.

"시리는 어떻게 되었죠?"

"자고 있어요."

"얼마나⋯⋯."

"너무 오래."

게롤트는 말을 끊었다. 그리고 트리스를 담요로 감싸더니 안았다. 게롤트가 몸을 굽히자 늑대 머리가 새겨진 메달이 트리스의 얼굴 바로 옆에서 흔들거렸다.

"당신이 한 것이 최고의 선택은 아니었소, 트리스."

"괜찮아요."

트리스는 게롤트의 포옹 안에서 떨었다. 그렇진 않았다. 아무것도 괜찮지 않았다. 트리스는 메달이 얼굴에 닿지 않도록 고개를 돌렸다. 위쳐 부적들의 성질에 대해서는 여러 가지 이론이 있었지만, 마법의 힘이 특히나 강한 날이나 밤에 마법사가 이와 접촉해도 좋다는 이론은 전무했다.

"우리가⋯⋯ 우리가 트랜스에 빠진 동안 무언가를 말했나요?"

"당신은 아무 말도 하지 않았소. 계속 정신을 잃은 상태였지. 시리는 깨어나기 전에 이렇게⋯⋯ 바 에세 데레아드 이이프 에이게안."

"시리가 고대의 언어를 아나요?"

"문장 전체를 말할 만큼 알고 있지는 않소."

"그 문장은, '무언가는 끝난다'는 뜻이죠."

트리스는 얼굴을 손으로 문질렀다.

"게롤트, 이건 중요한 문제예요. 시리는 믿을 수 없을 만큼 센 영매예요.

시리가 무언가, 아니 누군가와 접신을 하는지는 몰라요. 하지만 내 생각에 시리의 접신 능력은 끝이 없어요. 무언가 시리를 지배하려고 해요. 무언가가. 나에게는 너무 힘센 상대예요. 시리 때문에 걱정이 돼요. 또다시 트랜스에 빠지면…… 어쩌면 정신병이 될지도 몰라요. 나는 이것을 제어할 힘이 없어요, 할 줄도 모르고 그럴 능력도 되지 않아요. 정말로 필요한 순간이 와도 나는 끊어 버리거나, 시리의 능력을 약화시키거나……. 정말로 그래야만 할 순간이 오면 시리의 능력을 영원히 없애 버릴 능력이 없어요. 다른, 다른 마법사의 힘을 빌릴 수밖에 없어요. 나보다 더 능력 있는, 더 경험이 많은……. 게롤트, 내가 누구를 얘기하는지는 알겠죠."

"알고 있소."

게롤트는 고개를 돌리고 입술을 깨물었다.

"저항하지 마요. 방어하지도 말고. 당신이 왜 그녀가 아니라, 나에게 도움을 청했는지 알 것 같아요. 화난 마음과 열을 가라앉혀요. 아무런 의미 없는 짓, 걱정으로 시간을 낭비할 뿐이에요. 시리의 건강과 어쩌면 생명까지 위협하는 거고요. 다음번 트랜스에서 시리에게 일어날 일은 약초의 시험보다 더 나쁜 것일지도 몰라요. 예니퍼에게 도움을 요청하세요, 게롤트."

"그럼 당신은, 트리스?"

"뭐, 나요?"

트리스는 아픈 마음을 꾹 참았다.

"나는 별로 중요하지 않아요. 내가 당신을 실망시켰어요. 당신을 모든 면에서. 난 당신의…… 실수였을 뿐이에요. 더 이상은 아니에요."

"실수도."

게롤트는 힘겹게 말했다.

"나에게는 중요하오. 내 인생에서도, 나의 기억에서도 실수는 지우지 않을 거요. 그리고 그것 때문에 남을 원망하는 일도 없을 거요. 트리스, 당신은 나에게 중요하고, 앞으로도 그럴 것이오. 당신은 한 번도 나를 실망시킨 일이 없소. 단 한 번도. 나를 믿어 주오."

트리스는 오랫동안 침묵했다. 그러다 마침내 목소리가 떨리는 것을 참으며 말했다.

"봄까지 남을게요. 시리 옆에서요. 내가 지키겠어요. 밤이나 낮이나. 시리 옆에 밤낮으로 붙어 있겠어요. 봄이 오면…… 봄이 오면 엘란더의 멜리텔리 신전으로 시리를 데리고 가요. 시리를 지배하려고 하는 그 무언가도 신전에서는 시리 옆에 가지 못할 거예요. 그리고 당신은 그때 예니퍼에게 도움을 청하세요."

"좋소, 트리스. 고마워요."

"게롤트?"

"얘기하시오."

"시리가 한 얘기가 더 있죠? 당신이 들은 것 말고도요. 그것이 뭔지 말해 주세요."

"말하지 않겠소."

게롤트는 거절했지만 목소리가 떨렸다.

"안 돼요, 트리스."

"부탁이에요."

"시리는 나에게 한 말이 아니었소."

"알고 있어요. 나에게 말했어요. 그러니 말해 주세요."

"이미 깨어난 이후, 내가 시리를 들었을 때……. 이렇게 속삭였소. '그에 대해서는 잊어요. 그를 괴롭히지 말아요.'"

"그렇게 하겠어요."

트리스가 작은 목소리로 말했다.

"하지만 잊는 것은 할 수 없어요. 용서해요."

"용서를 빌어야 할 사람은 바로 나요. 당신에게뿐만은 아니지만."

"그렇게 그녀를 사랑하는군요."

트리스는 단정 지어 말했다. 질문이 아니었다.

"그렇게."

오랜 침묵이 지난 후 들릴까 말까 한 목소리로 위쳐가 인정했다.

"게롤트."

"트리스."

"오늘 밤은 내 곁에 있어 주세요."

"트리스……."

"그냥 있어만 주세요."

"좋아요."

동지가 지나자 곧 눈은 더 이상 내리지 않았다. 추위만 계속되었다.

트리스는 낮이나 밤이나 시리 곁에 있었다. 시리를 지키고 세세하게 보살폈다. 보이게도, 보이지 않게도. 시리는 거의 매일 밤 비명을 지르며 깨어났다. 환상을 보고, 뺨에 손을 얹고 고통스럽게 울었다. 트리스는 주문과 영약으로 시리를 달래고, 시리를 팔 안에 안아 흔들어 다시 재웠다. 그러고는 시리가 잠결에 한 말들과 깨어난 후 한 말들을 생각하며 스스로 오랫동안 잠들지 못했다. 그리고 점점 더 커지는 두려움을 느꼈다. 바 에세 데레아드 이이프 에이게안. 무언가는 끝난다…….

그렇게 열흘 동안 계속되었다. 그러고는 지나갔다. 끝난 것이었다. 아무런 흔적도 남기지 않고. 시리는 다시 평온을 되찾고, 꿈도, 환상도 없이 편안하게 잘 수 있었다. 하지만 트리스는 시리를 지키는 일을 멈추지 않았다. 시리 옆에서 단 한 발짝도 물러서지 않았다. 보이는, 그리고 보이지 않는 보살핌으로 시리를 지키고 있었다.

"더 빨리, 시리! 앞으로 한 발! 공격! 뛰어서 물러나! 반 회전! 치고, 물러나고! 중심을 잡아. 왼팔로 중심을 잡아, 아니면 빗에 떨어진다고! 그러다 떨어져서 너의…… 여성성이 뭉개질라!"

"뭐라고요?"

"아니야. 피곤하지는 않고? 원하면 잠시 쉬자."

"괜찮아요, 램버트! 아직 더 할 수 있어요. 내가 그렇게 약하다고 생각지 말아요. 기둥을 두 개씩 넘어 볼까요?"

"그런 소리일랑 하지도 마! 넘어지면 그때는 메리골드가 내 대갈통을……."

"안 넘어져요!"

"한 번 말했으니 되풀이는 없다. 잘난 척하지 말고! 다리를 확실히! 그리고 호흡! 시리, 숨을 쉬어야지! 매머드처럼 씩씩거리면 어떻게 해!"

"안 그랬어요!"

"소리 지르지 말고! 훈련! 공격! 뛰어서 물러나! 전진! 반 회전! 전진, 회전! 젠장, 기둥 위에서 제대로! 흔들리지 말고! 앞으로 한 발, 쳐! 더 빨리! 반 피루엣! 점프하고 베어! 바로 그거야! 아주 잘했어!"

"정말로요? 정말로 잘했나요, 램버트?"

"누가 그런 소리를 했어?"

"램버트가 좀 전에 그랬잖아요!"

"말이 잘못 나왔나 보지. 공격! 반 피루엣! 뛰어서 물러나고! 다시 한 번! 시리, 전진은 어디 갔지? 내가 몇 번이나 되풀이해 말해야 해? 뛰어서 피한 후에는 바로 전진, 머리와 목을 보호하기 위해 칼날을 던지라고!"

"적이 한 명일 때도요?"

"무엇과 싸우는지는 절대로 알 수 없어. 너 뒤에, 등 뒤에 뭐가 있는지는 절대로 몰라. 항상 몸을 가려야 하는 거야. 다리와 칼의 훈련이지. 그게 바로 반동이야, 반동. 진짜 전투였다면 넌 벌써 끝났다고. 한 번 더! 그래! 바로 그거야! 자, 전진을 하니 얼마나 멋지니? 그러다가 언제라도 칠 수 있어. 해야 한다면 뒤쪽으로 칠 수도 있고. 자, 회전을 하고 뒤로 쳐 봐."

"하아!"

"아주 잘했다. 이제 무슨 말을 하는지 알겠지? 이제 좀 전달이 됐나?"

"내가 바본 줄 알아요!"

"넌 여자잖아. 여자는 생각을 못해."

"으아, 램버트, 이걸 트리스가 들었다면!"

"우리 할머니에게 수염이 나면 네가 전사가 될 수도 있겠지. 됐다. 이제 내려와라. 쉬자."

"난 안 지쳤다니까요!"

"하지만 난 지쳤어. 내가 쉬자고 했지. 거기에서 내려와."

"한 바퀴 굴러서요?"

"그럼 어떻게 내려오려고 했어? 닭장의 닭처럼? 자, 뛰어내려! 걱정 말고! 내가 잡아 줄게.”

“하아아아!”

“잘했다. 여자아이치고는 제법인걸. 이제 눈가리개를 벗어도 좋아.”

“트리스, 오늘은 그만해요, 네? 썰매를 꺼내서 구릉에서 타고 내려와요! 햇빛도 빛나고, 눈은 눈이 부셔요. 날씨가 너무 좋아요!”

“몸을 그렇게 빼지 마. 창문에서 떨어질라.”

“썰매 타러 가요, 트리스!”

“그 말을 고어로 해 봐. 그게 오늘 수업 마지막이다. 자, 창문에서 내려와 책상으로 와라. 시리, 내가 몇 번이나 말해야겠니? 그 칼 내려놓고, 휘두르지 좀 마!”

“이건 내 새 칼이에요! 진짜 위쳐 칼이에요. 하늘에서 떨어진 철로 만든 거예요! 진짜예요! 게롤트가 그렇게 말했어요. 게롤트는 절대 거짓말 안 해요. 알잖아요?”

“오, 그래, 알지.”

“이 칼에 익숙해져야 해요. 베스미어 삼촌이 내 몸무게와 키, 팔 길이에 맞게 조정해 주셨어요. 여기 손이랑 손등을 올려놔야 해요.”

“다 좋은데, 밖에 나가서 하렴. 여기서는 안 돼. 자, 말해 봐라. 나한테 썰매 타러 가자고 말하려 했던 것 같은데. 그러니 고어로 말해 봐.”

“흠, 썰매가 뭐예요?”

“목적어로 슬레드. 동작으로는 에이슬레데.”

“아하, 그럼 알았어요. 바 엔 에이슬레데, 엘 레아?”

“질문을 그런 식으로 끝내면 안 돼. 그건 높임말이 아니야. 질문은 어조로만 만드는 거야."

"하지만 섬의 아이들은……."

"지금 스켈리게 사투리를 배우는 게 아니라 본격 고어를 배우는 거야."

"그런데 제가 왜 그 고어를 배워야 하는데요?"

"알기 위해서지. 모르는 것을 알도록 배우는 거야. 외국어를 모르는 사람은 어딘가가 성치 못한 사람과 같아."

"하지만 모두 공통어로만 얘기하잖아요!"

"사실이지. 하지만 어떤 이들은 공통어로만 얘기하지는 않아. 시리, 확신하지만 모두보다는 어떤 이에 속하는 게 더 좋단다. 자, 완전한 문장으로 말해 봐. '오늘은 날씨가 아름다워요. 그러니 썰매를 타러 갑시다.'"

"엘라이네……. 흠, 엘라이네 테드 아테가네, 아 바 엔 에이슬레데?"

"아주 잘했다."

"히히! 그럼 이제 썰매를 타러 가요."

"가자. 하지만 화장부터 끝내고."

"도대체 누구 때문에 그렇게 화장을 해요?"

"나 스스로를 위해서지. 여자는 기분이 좋아지라고 자신의 아름다운 곳을 강조하는 거야."

"흠, 트리스, 나도 기분이 나빠요. 웃지 말고요, 트리스!"

"이리 와. 여기 무릎에 앉아라. 제발, 칼은 내려놓고. 고맙다. 이번엔 저 큰 붓을 들고 분을 얼굴에 칠하는 거야. 그렇게 많이 말고. 애야, 너무 많아! 거울을 봐. 자, 얼마나 네가 예쁜지 알겠니?"

"칠해도 전혀 차이를 모르겠어요. 눈을 칠해 볼게요. 괜찮죠? 도대체 왜 웃어요? 트리스는 항상 눈을 칠하잖아요. 나도 하고 싶어요."

"좋아. 자, 이걸로 눈꺼풀에 그림자를 줘. 시리, 두 눈을 다 감으면 아무것도 안 보이잖니! 그리고 온 얼굴에 칠하다니. 아주 조금만 덜어서 눈꺼풀 위만 살짝 건드리는 거야. 건드리라니까. 내가 말했잖아! 잠깐, 좀 덜어 내야겠다. 눈을 감아, 그리고 이제 떠 봐."

"오오!"

"차이가 있지? 그림자를 주는 것 정도는 너같이 예쁜 눈에도 나쁘지 않지. 아이섀도를 발명하며 여자 엘프들은 자기가 뭘 하는지 잘 알았던 거야."

"여자 엘프들요?"

"몰랐니? 화장은 여자 엘프들이 발견한 거야. 수많은 유용한 것들을 우리는 더 오래된 사람들에게서 받아들인 거지. 대신 우리가 준 건 아주 조금에 지나지 않아. 이번엔 연필을 들고, 얇게 위 눈꺼풀을 그려, 바로 속눈썹이 시작되는 곳 옆에. 시리, 너 뭐하니?"

"웃지 말아요! 눈꺼풀이 떨려요! 그래서 그래요."

"입을 조금만 열어 봐, 그럼 눈꺼풀이 떨리지 않아. 알았지? 자, 됐다."

"오!"

"자, 이제 나가서 우리의 아름다움으로 위쳐들을 움쭉달싹 못 하게 만들어 보자고. 더 이상 아름다운 풍경은 없을 듯하구나. 그러고는 썰매를 타고 눈 속에서 이 화장을 다 지워 버리자고."

"그리고 또 화장해요!"

"싫어. 램버트에게 목욕탕 불을 피워 달라고 하고 목욕을 하자."

"또요? 램버트가 우리가 목욕하느라 땔감을 너무 많이 쓴다고 했어요."

"램버트 카엔 메 아바에스 이이프 아르세."

"뭐라고요? 그건 못 알아들었는데."

"시간이 지나면 숙어도 알아들을 수 있을 거야. 봄까지는 아직 공부할 시간이 많으니까. 자, 그럼 이제……. 바 엔 에이슬레데, 메 엘라이네 루네드!"

"이 그림의 이것은……. 아니, 젠장, 그 그림 말고 이것 말이다. 이건 알다시피 구울*이야. 자, 시리, 네가 구울에 대해서 뭘 배웠는지 보자. 자, 나를 똑바로 봐! 아니, 너 맙소사, 눈두덩에 그게 뭐냐?"

"더 나은 기분이요!"

"뭐? 아이쿠! 아니다. 그건 중요하지 않다. 그래, 답을 말해 봐라."

"흠, 베스미어 삼촌, 구울은 괴물인데, 시체를 먹어요. 공동묘지나 커다란 분묘 등 사람을 묻어 놓은 곳에서는 어디서나 만날 수 있죠. 그러니까 네크, 네크로폴리아 말이에요. 전쟁이 있었던 곳이나 전투가 벌어졌던 곳……."

"그러니 죽은 사람에게만 위험한 거지?"

"아니오, 그렇지 않아요. 산 사람에게도 구울은 덤벼요. 만약 배가 고프거나, 흥분했거나 하면. 만약 전투가 있어서 사망자가 많이 생기면……."

"시리, 왜 그러니?"

"아무것도 아니에요."

"시리, 들어 봐. 그건 잊어버려. 그건 다시는 돌아오지 않아."

"나는 봤어요. 소든과 강변 지방에서……. 들판 전체가……. 거기 누워 있었어요. 늑대들과 야생이 되어 버린 개들이 그들을 물어뜯었어요. 새들도 한입씩 먹었어요. 거기엔 분명 구울도……."

---

* 구울(Ghul, Gul) : 이슬람 전설의 공동묘지에서 사람들과 시체들을 먹는 괴물.

"그래서 지금 네가 구울에 대해서 배우는 거야, 시리. 알고 있는 것은 이제 악몽이 되지 못해. 내가 싸우는 법을 아는 것은 이제 더 이상 위협이 되지 않아. 그럼 구울과는 어떻게 싸워야 하지?"

"은으로 된 칼로요. 구울은 은에 약해요."

"그리고 또 어디에 약하지?"

"밝은 빛에요. 그리고 불에도."

"그럼 불빛과 불을 가지고 구울과 싸울 수 있는 건가?"

"가능은 해요. 하지만 위험하죠. 위쳐는 불도, 빛도 쓰지 않아요. 왜냐하면 시야를 방해하기 때문이죠. 모든 빛은 그림자를 만들고, 그림자는 방향 파악을 어렵게 해요. 항상 어둠 속에서 싸워야 해요. 달빛이나 별빛에서요."

"아주 잘했다. 잘 기억하고 있구나. 넌 똑똑한 아이야. 자, 그러면 여기를 봐라, 이 그림을."

"에에에에우엑."

"뭐, 사실 이게 예쁘다고는 할 수 없는 괴물이지. 이건 그라비어야. 그라비어는 구울의 변형된 한 종류란다. 구울과 아주 비슷하지만 훨씬 더 크지. 또, 보다시피 해골에 돌출된 머리뼈 세 개가 있어. 나머지는 시체를 먹는 괴물들과 같지. 집중해라. 손톱은 짧고 둔해서 무덤을 파헤치고 땅에 구멍을 파는 데 적합하게 되어 있어. 강력한 이빨은 뼈도 씹어 먹고, 길고 가는 혀가 있어 쓰러진 적의 뼈에서 골수를 핥아 먹지. 오래되어 냄새를 풍기는 골수야말로 그라비어가 가장 좋아하는 특식이야. 왜 그러지?"

"아무것도 아니에요."

"얼굴이 창백하구나. 초록색이 되었어. 너무 조금 먹는 게 아니니? 아침은 먹었니?"

"네! 먹었어요."

"내가 무슨 말을 하고 있었더라⋯⋯. 아하, 잊어버릴 뻔했네. 중요한 건데. 그라비어, 구울, 그리고 이런 종류에 속하는 다른 놈들은 자기들 고유의 생태계가 없어. 이들은 천체가 겹치게 된 시기의 유물들이지. 이들을 죽인다고 하더라도 지금 우리가 살고 있는 세상에서의 자연의 질서나 관계를 흩뜨리는 일이 아니야. 우리가 살고 있는 이 세상에서 이 괴물들은 자연계에 속하는 것이 아니라 이들의 자리는 없는 거야. 이해하겠니, 시리?"

"알겠어요, 베스미어 삼촌. 게롤트도 나에게 설명해 주었어요. 저도 알아요. 우리의 생태계는⋯⋯."

"좋아, 좋아. 나는 뭔지 아니까, 만약 게롤트가 설명해 줬다면 나한테 다시 암송해 줄 필요는 없다. 그럼 그라비어로 다시 돌아가자. 그라비어는 아주 드물게만 나타나는데, 다행이지, 정말 위험한 놈이니까. 그라비어랑 싸우다 조그만 상처라도 입으면 시체 독에 감염되고 만다. 시체 독은 어떤 영약으로 치료하지, 시리?"

"황금 꾀꼬리 영약이요."

"정답이다. 하지만 상처를 입지 않는 편이 좋다. 그러므로 그라비어와 싸울 땐 놈의 옆으로 다가가선 안 돼. 항상 거리를 두고 싸우고, 칠 때는 멀리서 달려와 뛰면서 벤다."

"흠, 그놈은 어디를 치는 게 가장 좋은데요?"

"바로 이제 그걸 배울 차례란다. 봐라."

"한 번 더, 시리. 이제 천천히 다시 해 보자. 움직임 하나하나를 네가 완전히 통제할 수 있을 때까지 말이야. 봐라, 내가 티에르스*자세에서, 마치 찌를 자세를 취하면……. 왜 물러나는데?"

"왜냐하면 그건 페이크니까요! 왼쪽으로 넓게 올 수도 있고 안쪽 상단을 칠 수도 있으니까요. 그러니까 난 뒤로 물러났다가 역습을 노릴 거예요!"

"그렇다고? 만약 내가 이렇게 하면?"

"아우! 천천히 하기로 했잖아요! 내가 잘못한 거 있어요? 코엔, 말해 봐요!"

"아니. 그냥 내가 더 크고 힘이 셀 뿐이야."

"그건 정직하지 않아요!"

"정직한 싸움이란 없어. 싸움에서는 내가 상대보다 조금이라도 나은 면을 이용하고, 어쩌다 생기는 이점을 반드시 써먹어야 해. 너는 뒤로 물러나면서 내가 더 큰 힘으로 칠 수 있는 기회를 제공했지. 뒤로 물러나는 대신 반 피루엣을 이용해서 왼쪽으로 돌고 아래에서부터 나를 쳐서 왼쪽 상단, 턱 밑이나 뺨, 아니면 목구멍을 노렸어야 해."

"그렇게 하게 놔두지도 않았을 거면서! 그랬다면 반대편으로 돌아 내가 파라드*를 하기도 전에 왼쪽으로 내 목을 움켜잡았을 거잖아요! 코엔이 어떻게 할지 내가 어떻게 알아요!"

"알아야만 해. 넌 알고 있고."

"잘도!"

"시리, 우리가 지금 하고 있는 건 싸움이야. 난 너의 적이고. 나는 너를 이기기를 원하고, 꼭 그래야만 해. 왜냐하면 내 목숨이 달렸으니까. 난 너보다 크고 힘도 세니, 너의 파라드를 해체시킬 타격을 할 기회를 볼 거야, 바로

---

* 티에르스(Tierce) : 펜싱의 수비 기술로 바깥쪽 상단의 단순 막기 기술이다.
* 파라드(Parade) : 펜싱에서 자신의 칼로 상대의 칼을 빗나가게 하면서 상대의 공격으로부터 자신을 보호한다.

좀 전에 네가 본 것처럼. 내가 뭐하러 피루엣을 도니? 난 이미 왼쪽에 와 있다고. 봐. 무언가 더 간단한 걸로 순간적으로 겨드랑이 아래를, 어깨 안쪽을 찌르는 게 낫지 않겠어? 네 대동맥을 끊으면 넌 몇 분 안에 죽어. 방어해!"

"하아아!"

"아주 잘했다. 좋아, 멋지게 잘한 파라드야. 자, 손목의 유연함을 훈련한 게 얼마나 도움이 되는지 알겠지? 이제 조심해. 칼을 쓰는 전사들은 가만히 있는 파라드에서 가장 실수를 많이 하지. 잠시 굳어 있기 때문에 바로 이렇게 놀라는 사이에, 일격. 그래!"

"하아아!"

"멋져! 하지만 뛰어, 옆으로 물러나 뛰어. 뛰면서 피루엣! 내 왼손에 단검이 있을 수도 있어. 좋아, 아주 좋아. 지금은, 시리? 이제는 어쩔 거지?"

"내가 어떻게 알아요?"

"내 발을 봐! 내가 지금 몸의 무게를 어떻게 버티고 있지? 이런 자세로는 무얼 할 수 있지?"

"무엇이든 가능하죠!"

"그러니 돌아, 돌라고! 나를 이 자세에서 해체시켜야지! 방어해! 좋아! 내 칼을 보지 마! 칼은 착각을 하게 할 수 있어! 방어해! 좋아! 다시 한 번! 좋아! 그리고 다시!"

"아우우우!"

"그게 아니야."

"아후, 제가 뭘 잘못했나요?"

"아니. 내가 그냥 빠른 것뿐이야. 자, 보호구를 벗어라. 잠시 앉아서 쉬자. 너도 분명 피곤할 거야. 아침 내내 길을 달렸잖니."

"난 피곤하지 않아요. 배가 고플 뿐이에요."

"젠장, 나도 배고파. 오늘은 램버트 차례인데. 램버트는 면 요리 말고는 아무것도 할 줄을 모르는데……. 젠장, 그거라도 잘하면."

"코엔?"

"왜?"

"난 아무리 해도 너무 굼뜬 것 같아요."

"넌 아주 빨라."

"언젠가는 나도 코엔만큼 빨라질까요?"

"글쎄다."

"흠, 그렇군요. 그럼 코엔은……. 이 세상에서 가장 칼을 잘 다루는 사람은 누구예요?"

"나도 모르겠다."

"그런 사람 못 봤어요?"

"여러 명 알았지. 자기들도 스스로 그렇게 생각했고."

"하! 그게 누구였어요? 이름이 뭐였어요? 뭘 할 줄 알았는데요?"

"자, 자, 아가씨, 그 질문의 답은 나도 몰라. 그게 뭐 그렇게 중요하나?"

"물론, 중요하죠! 난 도대체 어떤 사람들인지 알고 싶어요. 그리고 어디 있는지도요."

"어디 있는지는 알아."

"하! 어딘데요?"

"공동묘지."

"시리, 조심해라. 이제는 세 번째 추를 매달 거야. 두 개는 네가 이미 잘할 수 있으니까. 스텝은 두 개 있을 때랑 똑같아. 그냥 피하기만 한 번 더 하면 돼. 준비됐지?"

"네."

"집중해라. 쉬어. 들이쉬고, 내쉬고, 공격!"

"으윽, 아우…… . 젠장!"

"욕하지 말고, 제발. 많이 벗겨졌니?"

"으, 그냥 걸린 것뿐이에요. 뭘 잘못한 거죠?"

"너무 규칙적인 리듬으로 달린 거야. 두 번째 반 피루엣은 너무 성급했고, 페이크 공격은 너무 크게 했어. 그래서 추 바로 아래 서게 된 거지."

"아우, 게롤트, 저긴 피할 데도, 몸을 돌릴 데도 없어요! 추들이 너무 가까이 걸려 있다고요!"

"공간은 얼마든지 있어. 하지만 몸을 피할 때도 역시 몸이 정해진 리듬을 타지 않도록 해야 해. 시리, 이건 전투야, 발레가 아니라고. 전투에서는 리듬에 맞춰 움직이면 절대 안 돼. 움직임으로 상대를 교란하고, 헷갈리게 하고, 상대의 반응을 늦춰야 하는 거야. 다시 시도할 준비되었나?"

"준비되었습니다! 저 미친 추들을 다시 움직여 보세요."

"욕은 하지 말고. 자, 긴장 풀어. 공격!"

"하! 하! 이번엔 어때요, 게롤트? 스치고 지나가지도 않았어요!"

"너도 두 번째 자루는 스치지도 못했잖아. 다시 말하는데, 이건 전투야. 발레도, 곡예도 아냐. 뭐라고 중얼거린 거냐?"

"아무것도 아니에요."

"긴장 풀고. 손목 붕대 다시 감고. 손을 그렇게 꽉 쥐면 안 돼. 집중력이 흩어질 뿐 아니라 균형도 깨트려. 편안하게 호흡하고, 준비됐나?"

"네."

"가자!"

"우억! 게롤트, 이건 도저히 할 수가 없어요. 페이크로 움직이고 발을 바꿀 자리가 전혀 안 나요. 만약 두 다리로 동시에 찬다면, 가짜로 움직이는 대신……."

"가짜로 움직이지 않고 바로 찬다면 무슨 일이 일어나는지는 알고 있었다. 많이 아프니?"

"아니오, 별로……."

"여기 내 옆에 와서 앉아라. 좀 쉬어."

"난 피곤하지 않아요. 게롤트, 난 아무리 해도 저 세 번째 추는 넘어갈 수가 없어요. 지금부터 10년 동안 쉰다고 해도요. 지금보다 더 빠르게는 안 돼요."

"더 빠를 필요도 없어. 지금도 너는 충분히 빠르다."

"그럼 어떻게 하는 건지 알려 주세요. 동시에 반 피루엣을 돌고 뒤로 빠지며 가격하는 건가요?"

"아주 간단해. 네가 주의를 덜 한 거지. 시작하기 전에 한 번 더 피하는 것이 필수라고 했지. 피해. 그러면 반 피루엣을 돌 필요가 없어. 두 번째는 모든 걸 잘해서 추들을 다 피해서 왔잖니."

"하지만 자루는 맞추지도 못했어요. 왜냐하면 게롤트, 반 피루엣이 없으면 가격할 수가 없어요. 왜냐하면 속도가 점점 줄어들어서……. 그거, 그게 뭐더라?"

"가속도. 그건 사실이야. 그럼 가속도와 에너지를 더 붙여. 하지만 피루엣과 발 바꿈을 통해서가 아니야. 그걸 할 시간은 없으니까. 추를 칼로 쳐."

"추를요? 난 자루를 쳐야 하는데!"

"시리, 이건 전투야. 자루는 네 적의 약한 부분을 모방하고 있고, 거기를 맞춰야만 해. 추는 적의 무기, 무기는 피하고, 몸을 숙여야 하지. 추들이 너를 건드리면 너는 상처를 입는 거야. 진짜 전투에서는 이미 일어날 수 없게 되겠지. 그러니 추는 너를 건드리면 안 돼. 하지만 너는 추를 건드릴 수 있어. 왜 그런 우울한 표정을 짓지?"

"나는……. 나는 추를 칼로 치면서 덤빌 수 없을 거예요. 난 너무 약해요. 그리고 항상 그럴 거예요! 난 여자아이니까요!"

"꼬마 아가씨, 이리로 오렴. 코를 닦고. 그리고 내 말을 잘 들어 봐. 이 세상의 어떤 힘센 이도, 차력사도, 덩치도 누구라도 드라코리자드의 꼬리나, 거대 전갈의 빨판이나, 그리핀의 발톱에 맞서지는 못해. 그리고 바로 그런 무기들을 모방하는 것이 추들이야. 그러니 덤빌 생각은 아예 하지 마. 너는 추를 절대로 물리치지 못해. 너 자신을 추로부터 분리해 낼 수는 있지만. 네가 가격을 하는 데 필요한 추의 에너지를 받는 거지. 아주 가벼운, 하지만 굉장히 빠른 힘의 반사와 반대로 몸을 돌리며 즉각적인, 균일한 가격을 하는 것으로 충분해. 반사로부터 가속도를 얻는 거야, 알겠니?"

"음."

"속도야, 시리, 힘이 아니라고. 힘은 원시림에서 도끼로 나무를 베는 나무꾼에게나 필요한 거야. 물론 그렇기 때문에 여자들이 나무꾼을 하는 일은 별로 없지만. 내가 무슨 말을 하는지 알겠지?"

"음, 추를 흔들어라."

"우선은 쉬고."

"난 지치지 않았어요."

"그러면 이제 어떻게 할지 알겠지? 아까랑 똑같은 스텝으로, 페이크……."

"알아요."

"공격!"

"하아아아! 하! 내가 이겼다! 그리핀을 해치웠어! 게롤트, 봤어요?"

"소리 지르지 마라. 호흡을 제어해."

"내가 했어요! 내가 진짜로 해냈어요! 됐다! 게롤트, 칭찬해 주세요!"

"브라보, 시리. 얘야, 정말 훌륭하구나."

2월 중순이 되자 남쪽 골짜기에서 불어오는 따뜻한 바람에 녹아 눈은 사라졌다. 그러나 세상에서 어떤 일이 일어나고 있는지 위쳐들은 알고 싶어 하지 않았다.

트리스는 꾸준하고 일관되게 커다란 벽난로의 타오르는 불로 밝혀진 어두운 홀에서의 긴 긴 대화들을 정치 쪽으로 이끌었다. 위쳐들의 반응은 언제나 똑같았다. 게롤트는 손을 머리에 갖다 댄 채 침묵했다. 베스미어는 고개를 끄덕이며 가끔은 첨언을 던졌는데, 그 내용은 언제나 '옛 시절'에는 모든 것이 훨씬 낫고, 더 논리적이고, 정직하고 건강했다는 얘기 말고는 없었다. 에스켈은 나름 예의가 발라 중간중간 웃기도 하고, 눈을 맞추기도 하고, 드물게는 별로 중요하지 않은 수수께끼나 사건에 흥미를 보이기도 했다. 코엔은 대놓고 하품을 하고 천장을 바라보았으며, 램버트는 이 모든 걸 무시하고 있다는 사실을 감추지도 않았다.

위쳐들은 아무것도 알고 싶어 하지 않았다. 왕들의, 마법사들의, 지도자들과 장군들의 꿈에서 어른거리는 딜레마들에 대해서도, 땅이 흔들리고 위원회들과 단체들을 소란하게 만드는 문제들에도 아무런 상관을 하지 않았다. 그들에게는 눈 속에 잠긴 골짜기 밖에서, 납빛 물결 속에 빙하 조각이 떠내려가는 그윈레흐 바깥에서 일어나는 일들은 마치 존재하지 않는 듯했다. 그들에게는 케어 모헨만이, 거친 산들 속에 잊힌 외로운 이 장소만 존재할 뿐이었다.

그날 저녁 트리스는 화가 나고 불안한 상태였다. 어쩌면 성의 벽들 사이로 불었던 바람들 때문일지도 몰랐다. 그날 저녁은 모두들 이상하게 흥분되어 있었다. 게롤트를 제외한 위처들도 이상하게 말이 많았다. 물론, 얘기된 건 단 하나, 봄이었다. 이제 곧 길로 나갈 수 있겠지. 길에 나가면 무엇을 만날 것인가. 뱀파이어, 와이번, 레셴*, 라이칸스로프*, 바실리스크* 등 모험에서 만날 괴물들에 대한 생각으로 들떠 있었다.

이번에는 트리스가 하품을 하고 천장을 바라볼 차례였다. 에스켈이 물을 때까지는. 에스켈의 질문은 바로 트리스가 기다렸던 것이었다.

"그런데 남쪽, 야루가는 정말 어떤가요? 그쪽으로 가 볼 필요가 있을까? 난리 통 한가운데에 놓이는 건 싫은데."

"그걸 난리 통이라고 하나요?"

"아니, 그게……."

에스켈은 신음 소리를 냈다.

"계속 다시 전쟁이 터질지도 모른다고 하니까 그렇지. 변방에서 계속 소요가 일어나고, 닐프가드가 점령한 땅에서 일어나는 폭동들하며. 닐프가드

---

* 레셴(Leszy) : 슬라브 신화에 나오는 숲을 지키는 정령. 사람이나 동물의 형태로 나타나며, 아이를 유괴하기도 하고, 자신의 영토를 침입하는 자들을 공격하기도 한다.
* 라이칸스로프(Lykantrop) : 사람이나, 보름달이 뜨면 괴물로 변한다.
* 바실리스크(Bazyliszek) : 닭의 머리에 뱀의 몸을 지니고 날개가 달려 용마저도 무서워하는 괴물이다. 쳐다보는 것만으로도 사람을 돌로 바꿀 수 있다.

인들이 또다시 야루가를 넘어올지도 모른다고들 한다고?"

"그럴 리가."

램버트가 말했다.

"자기들끼리 계속해서 다투고, 싸우고, 죽이기를 수백 년을 해 왔잖아. 신경 쓸 것 없어. 나도 남쪽 깊숙이 소든, 마하캄과 앙그렌으로 가기로 마음을 정했어. 군대가 지나간 자리는 항상 무서운 것들이 많지. 그런 동네에 돈 벌 거리가 가장 많아."

"사실이야."

코엔도 동의했다.

"동네에 사람들이 떠나고, 시골엔 여자들만 남아 있고, 그럼 어쩔 줄을 모르지. 아이들이 집도 절도 없고, 보살핌도 받지 못하고 근처를 떠돌아다니게 되면……. 그런 쉬운 먹이들이 괴물들을 불러들이지."

"하지만 높으신 양반들은."

에스켈이 덧붙였다.

"동네를 다스리는 귀족들과 관리들의 머리는 전쟁으로 가득 차서 자기들이 시민들을 보호해야 한다는 생각도 못하는 거야. 그러니 우리의 도움을 빌려야지. 이게 다 사실이야. 하지만 트리스가 밤새 한 얘기들을 보면 닐프가드와의 분쟁이 극심해져서 그게 그냥 작은 소요 정도가 아닌 거 같아. 그렇지 않아, 트리스?"

"그렇다고 해도."

트리스는 못되게 말했다.

"그건 당신들에게 잘된 일 아닌가요? 진짜 피 흘리는 전쟁이 일어나면 시골은 더욱더 텅텅 비고, 남편 없는 여자들도 많아지고, 그러니 고아들도 더 많아지고……."

"당신이 뭘 가지고 비꼬는지 이해를 못 하겠군."

게롤트가 이마에서 손을 떼고 말했다.

"정말 모르겠소, 트리스."

"나도 모르겠어, 꼬마 아가씨."

베스미어는 고개를 들었다.

"도대체 무슨 얘기를 하고 싶은 거야? 그 과부들과 고아 얘기를 하면서? 램버트와 코엔은 별생각 없이 말한 것뿐이야, 아직 어린애들이니까. 하지만 말이 중요한 게 아니잖아. 우리 위쳐들이……."

"그렇죠. 위쳐들이 그 아이들을 보호하죠."

트리스는 화난 말투로 말을 끊었다.

"네, 저도 알아요. 늑대인간으로부터 보호하죠. 하지만 늑대인간은 1년이 가야 두세 명의 아이들을 해칠 뿐이에요. 그러나 닐프가드의 군대는 한 시간 만에 마을 하나를 완전히 파괴하고 태워 버릴 수도 있죠. 네, 당신들은 고아들을 보호해요. 하지만 나는 고아들이 최대한 생기지 않도록 싸우는 거예요. 나는 이유와 싸우지, 결과와 싸우는 게 아니에요. 그래서 내가 테메리아의 폴테스트 왕의 위원회에 참석하는 거고, 거기서 퍼카트와 키이라 메츠와 함께 의견을 나누는 것이에요. 거기서 우리는 어떻게 해야 전쟁이 일어나지 않을지, 만약 전쟁이 일어난다면 어떻게 방어할지에 대해 의논해요. 왜냐하면 전쟁은 우리 머리 위에 대머리 독수리처럼 떠 있으니까요, 쉴 없이 말이에요. 당신들에게는 그게 난리 통이겠죠. 저에게는 생존의 문제를 걸고 싸우는 노름이에요. 저는 이 노름판에 이미 뛰어들어서 당신들이 아무렇지 않고 걱정도 없는 것이 마음이 아프면서 화가 나는 거예요."

게롤트는 몸을 펴고 시리를 바라보았다.

"우리는 위처들이오, 트리스. 그걸 이해 못하오?"

"거기 이해할 게 뭐가 있어요?"

트리스는 밤색 머리를 흔들었다.

"이 모든 게 확실하고 불 보듯 뻔해요. 당신들은 당신들을 둘러싸고 있는 세상에 대한 자신들만의 정의를 택했을 뿐이에요. 그러니 잠시 후, 이 세상이 산산조각이 난다 해도 그 안에 선택할 것이 있는 거죠. 나에겐 더 이상 선택지가 없어요. 그것이 나와 당신들의 다른 점이에요."

"그것만 다른지는 모르겠소만."

"이 세상이 산산조각이 난다고요."

트리스가 되풀이했다.

"아무것도 하지 않고 구경만 할 수도 있어요. 그것을 막기 위해 무언가 할 수도 있고요."

"어떻게?"

게롤트는 비웃듯 웃었다.

"감성으로?"

트리스는 대답하지 않고 소리를 내고 타오르는 벽난로 쪽으로 얼굴을 돌렸다.

"이 세상이 산산조각이 난다."

코엔이 생각에 잠긴 척하며 고개를 끄덕였다.

"그런 말은 그 전에도 들었던 거 같은데."

"나도."

램버트 역시 인상을 찡그렸다.

"이상할 것도 없어. 최근 들어 생긴 유행어거든. 보통 왕들이 나라를 다스리는 데 그래도 약간의 지혜가 필요하다는 걸 알게 되면 그렇게 말하지. 상인들은 탐욕과 어리석음으로 파산지경에 이르게 되면 그런 말을 하고. 마법사들은 정치로 영향력을 잃거나 수입원을 잃을 때 보통 그렇게 말하지. 그러면 그런 말을 듣게 되는 사람은 바로 다음에 어떤 제안을 하지 않나 기대하게 되거든. 그러니 서두는 생략하고, 우리에게 제안을 해 보지, 트리스."

"난 말싸움은 흥미가 없어요."

여자 마법사는 차가운 눈으로 램버트를 노려보았다.

"상대를 비웃을 목적으로 멋지게 이야기를 풀어내는 것도 마찬가지고요. 그런 걸 하려고 하는 게 아니에요. 내 목적에 대해서 당신들은 너무나 잘 알고 있어요. 당신들이 머리를 모래 속에 처박고 싶어 하는 건 당신들 문제예요. 하지만 게롤트, 당신이 그러는 건 솔직히 황당하군요."

"트리스."

머리가 하얀 위쳐는 다시 한 번 트리스의 눈을 똑바로 바라보았다.

"나에게 바라는 것이 뭐요? 산산조각이 나는 세상을 구하기 위한 싸움에 활발하게 동참하라고? 군대에라도 자원해서 닐프가드를 막아야 한다는 거요? 만약 다시 한 번 소든의 전투가 일어난다면 언덕에서 당신 옆에 나란히 서서 자유를 위해 싸우라는 것이오?"

"그렇다면 나는 자랑스럽겠죠."

트리스는 고개를 숙이며 작게 말했다.

"자랑스럽고 행복하겠죠. 당신 옆에서 내가 싸울 수 있다면요."

"당신의 말을 믿소. 하지만 나는 그럴 만큼 고상한 사람이 아니오. 그렇게 용감하지도 않고. 나는 군인도 영웅도 될 만한 그릇이 아니오. 고통이나 부상, 죽음 앞에서의 너무 큰 두려움만이 그 원인은 아니오. 군인에게 억지로 무서워하지 말라고 시킬 수는 없지만, 그에게 두려움을 극복할 수 있는 동기를 갖춰 줄 수는 있소. 하지만 나는 그런 동기가 없소. 그런 동기를 가질 수도 없고. 나는 위쳐요. 부자연스럽게 만들어진 돌연변이요. 나는 돈을 받고 괴물을 죽이지. 부모들이 돈을 내면 아이들을 보호하오. 만약 닐프가드의 부모들이 나에게 돈을 준다면 나는 닐프가드 아이들을 보호할 거요. 그리고 만약 이 세상이 산산조각 난다고 해도, 내 생각에는 별로 그럴 것 같지도 않지만, 나는 어떤 괴물이 나를 끝장낼 때까지 괴물들을 죽이고 있을 거요. 그게 나의 운명이고, 나의 동기고, 내 인생이고, 이 세상에 대한 나의 방식이오. 그리고 내가 그걸 선택한 것도 아니오. 원래부터 그랬던 것이오."

"당신은 너무 자조적이에요."

트리스는 머리카락 한 줌을 신경질적으로 잡아당기며 말했다.

"아니면 그런 척하는 것이던지. 내가 당신을 안다는 것을 잊어버렸나요? 내 앞에서 아무 감정도 없는, 심장도, 양심도, 자기 의지도 없는 돌연변이인 척하지 말아요. 당신이 그런 식으로 말하는 이유는 나도 짐작할 수 있고, 이해해요. 시리의 예언 때문이죠. 그렇지 않나요?"

"아니, 사실이 아니오."

게롤트는 싸늘하게 답했다.

"내 생각에 당신은 나를 잘 모르는 것 같소. 나도 다른 이들과 똑같이 죽는 것이 두렵지만, 죽음에 대한 생각으로부터는 이미 옛날에 자유로워졌소. 환상은 없소. 이것은 정해진 운명에 대한 유감이 아니라, 그냥 냉정한 계산이오. 통계란 말이오. 아직까지 늙어서 침대에서 유언을 남기며 죽은 위쳐는 하나도 없소. 단 한 명도. 시리의 예언은 나를 놀라게 하지도, 무섭게 하지도 못했소. 난 잘 알고 있소. 내가 냄새나는 동굴 속 구덩이 같은 곳에서 그리핀이나 라미아*, 만티코어*에게 온몸이 찢겨 죽을 거라는 건 이미 잘 알고 있소. 하지만 전쟁에 나가서 죽고 싶진 않소. 그건 나의 전쟁이 아니니까."

"당신은 이상하군요."

트리스는 매섭게 말했다.

"그렇게 말하다니 정말 이상해요. 당신이 동기가 없다니, 아무런 상관이 없고 이 모든 것에 거리를 두고 싶다니, 이상해요. 당신은 소든에도, 앙그렌과 야루가 강어귀에도 있었어요. 신트라에 무슨 일이 일어났는지도 알고, 칼란테 여왕과 거기 살던 만 몇 천 명의 사람들에게도 무슨 일이 있었는지 알아요. 당신은 시리가 어떤 지옥을 뚫고 살아났는지, 왜 밤마다 소리를 지르며 깨어나는지 알아요. 나도 알아요. 나도 거기 있었으니까요. 나도 고통이 무섭고 죽음이 두려워요. 그리고 오늘은 그때보다 더욱더 무서워요. 그럴 이유가 있으니까요. 동기로 말하자면, 내 생각에 나 역시 당신과 똑같이 동기라고 말할 것이 없어요. 나는 마법사인데, 나에게 소든이며 브뤼헤며 신트라, 아니 다른 나라들의 운명이 무슨 상관이 있나요? 현명한, 아니면 현명하지 못한 지배자들의 문제들일 뿐이죠. 상인들과 귀족들의 이익? 나도 마법사였으니, 나도 이건 나의 전쟁이 아니고, 세상이 산산조각이 난다 해도 닐프가드인들을 위해 영약을 만들 수 있다고 말할 수 있어요. 하지만 나는 그때 언덕 위에서 빌게포츠, 아토드 테라노바, 퍼카트, 에니드 핀다베어와 필리파 에일

---

* 라미아(Lamia) : 아이를 잡아먹는 괴물로, 그리스 신화에서 포세이돈의 딸이다.
* 만티코어(Mantikora) : 사자와 비슷하게 생겼으나 꼬리에 전갈과 같은 독침이 있는 날개 달린 괴물.

하트, 그리고 당신의 예니퍼 옆에 서 있었어요. 지금은 이미 없는 코랄, 요엘, 바니엘 옆에……. 나는 공포 때문에 모든 주문들을 다 잊어버리고, 마리보의 나의 작은 탑으로 텔레포트하는 바로 그 주문, 덕분에 겨우 목숨만 건진 그 주문만 기억한 적도 있었어요. 겁에 질려서 토한 적도 있었어요. 그때 예니퍼와 코랄이 내 목과 머리를 붙잡고……."

"그만하오. 그만해, 제발."

"아니오, 게롤트, 그만 못해요. 당신은 그때 언덕에서 무슨 일이 생겼는 지 알고 싶잖아요. 그러니 들어 봐요. 커다란 소리와 함께 불꽃이 타올랐고, 빛으로 된 동굴들과 거기서 떨어지는 불들, 외침과 소란스러운 소리가 났어요. 나는 갑자기 땅에 누워 있었어요. 내 옆에는 숯검정이 된 덩어리 같은 것과 누더기가 된 천 조각이 있었고요. 그런데 갑자기 나는 그 덩어리가 요엘이고, 바로 그 옆의 손도 발도 없는 몸뚱어리, 무서운 비명을 지르고 있는 그 몸뚱어리가 코랄이라는 것을 알았어요. 그리고 내가 빠져 있는 그 웅덩이가 코랄의 피라고 생각했어요. 하지만 그건 내 피였어요. 그리고 나는 내가 어떻게 됐는지 그때 본 거예요. 바로 그 순간 나는 비명을 지르기 시작했어요, 마치 두들겨 맞은 개처럼, 상처 입은 아이처럼 비명을 질렀다고요. 날 내버려 둬요! 걱정 말아요. 울지는 않을 테니까. 나는 더 이상 마리보의 여자아이가 아니에요. 젠장, 나는 트리스 메리골드, 소든에서 죽은 열네 번째란 말이에요. 언덕의 기념비 아래에는 열네 개의 무덤이 있지만 그 안에는 열세 구의 시체만이 있어요. 당신은 어떻게 그런 일이 생길 수 있는지 이상하다고 생각하죠? 시체들은 대부분 도저히 알아볼 수 없는 조각으로 남아 아무도 그걸 정리할 수가 없었어요. 살아 있는 사람들이 몇인지 셀 수도 없었고요. 나를 알았던 마법사들 중 살아남은 것은 예니퍼뿐이에요. 하지만 그때 예니퍼는 장님이었어요. 다른 이들은 나를 스쳐 가듯만 알았고, 내 아름다운 머리카락으로만 나를 알아봤을 뿐이었죠. 그 머리카락은, 젠장, 그 땐 머리카락이 이미 없었다고!"

게롤트는 트리스를 꼭 껴안았다. 이제 트리스는 게롤트를 밀쳐 내지 않았다.

"우리는 가장 센 마법을 포함해서 모든 방법을 다 써 봤어요."

트리스는 먹먹한 목소리로 계속했다.

"저주, 영약, 부적, 마법의 물건들. 언덕에서 부상당한 영웅들에게 갖은 수를 다 썼던 거예요. 우리를 치료하고, 조각조각 맞추고, 옛날 모습을 되찾게 하고, 머리카락을 다시 붙이고 시력을 되찾게 한 거죠. 거의 그 흔적을…… 찾을 수 없을 만큼 말이에요. 하지만 나는 앞으로 절대로 가슴이 파인 드레스를 입지 못해요, 게롤트, 절대로."

위쳐들은 침묵했다. 소리 없이 홀에 미끄러지듯 들어와 어깨를 움츠리고 가슴에 손을 얹은 시리 역시 문지방에 굳은 채 서 있었다.

"그러니."

잠시 후 트리스가 말했다.

"동기에 대해 말하지 마세요. 우리가 언덕에 서기 전, 마법사 대위원회는 우리에게 대놓고 이렇게 말했어요. '응당 그래야 한다.' 이것이 누구의 전쟁이었을까요? 우리가 도대체 무엇을 보호한 것일까요? 영토? 국경? 사람들과 집들? 왕들의 이해관계? 마법사들의 영향력과 수입원? 카오스 앞에서의 질서? 나는 모르겠어요. 하지만 우리는 그래야 하기 때문에 지켰어요. 그리고 다시 한 번 꼭 그래야 한다면, 난 그 언덕에 다시 설 거예요. 왜냐하면 그렇지 않으면 옛날에 싸웠던 것마저도 아무짝에도 쓸모없는 헛수고가 될 테니까요."

"나도 트리스 옆에 설 거예요!"

가는 목소리로 시리가 외쳤다.

"두고 봐요. 나도 설 거예요! 닐프가드 인들은 나에게 할머니를 앗아 간 대가를 치러야 할 거예요, 다른 것들도……. 나는 잊지 않았어요!"

"조용히 해!"

램버트가 외쳤다.

"어른들 말씀하시는데 끼어들지 말고!"

"그렇겠죠!"

시리가 발을 굴렀다. 눈에서는 초록색 불꽃이 타오르고 있었다.

"내가 왜 칼로 싸우는 걸 배우는 줄 알아요? 그를 죽여 버리고 싶어요, 그 신트라의 검은 기사, 투구에 깃털을 단 그놈, 나에게 한 짓에 대해서, 내가 얼마나 겁이 났는지에 대해 대가를 치르게 할 거예요! 죽여 버릴 거예요! 그래서 배우는 거예요!"

"그래서 그만하게 될 거다."

게롤트가 케어 모헨의 모든 벽보다 더 차가운 목소리로 말했다.

"칼이 무엇인지, 그리고 위쳐의 손에서 칼이 어떤 일을 해야 하는지 이해하기 전에는 이제 칼을 더 이상 손에 잡을 수 없다. 넌 죽이고, 죽음을 당하려고 싸움을 배우는 것이 아냐. 공포와 증오로 죽이는 것을 배우는 것이 아니고, 목숨을 살리기 위해 죽이는 거야. 너 자신과 다른 이들의 목숨을 구하기 위해."

시리는 흥분과 증오로 몸을 떨며 입술을 깨물었다.

"이해하겠니?"

시리는 세차게 고개를 흔들었다.

"아니오."

"그럼 절대로 이해하지 못할 거다. 나가라."

"게롤트, 나는……."

"나가."

시리는 발끝을 들고 돌더니, 잠시 동안 결정하지 못하고 기다리듯 서 있었다. 무언가 앞으로 일어나지 않을 일을 기다리듯. 그런 후 얼른 계단을 올라갔다. 문이 쾅 닫히는 소리가 들려왔다.

"너무했구만, 늑대."

베스미어가 말했다.

"너무 엄하게 굴었어. 그리고 트리스 앞에서 그렇게 해서는 안 되는 거야. 감정적인 연결이……."

"더 이상 나에게 감정 얘기는 그만해요. 감정이라는 말은 신물이 나."

"도대체 왜죠?"

트리스는 비꼬듯 차갑게 웃었다.

"도대체 왜죠, 게롤트? 시리는 정상적이에요. 정상적으로 느끼고, 감정을 정상적으로, 있는 그대로 받아들여요. 당신은 당연하지만, 그걸 이해하지도 못하고 이상해 할 뿐이죠. 감정은 당신을 놀라게 하고 괴롭게 할 뿐이에요. 다른 이들이 정상적인 사랑을 느끼고, 정상적인 증오를, 정상적인 두려움과 고통, 후회, 정상적인 기쁨과 정상적인 슬픔을 느낀다는 것. 차가움, 거리, 아무 상관하지 않는 것이 비정상적인 것으로 치부된다는 사실이 괴로운 거죠. 네, 맞아요, 게롤트. 당신을 괴롭히는 것은 그것이에요. 어찌나 괴로운지 케어 모헨의 지하에 있는 실험실, 먼지 가득한 병들, 유전인자를 뒤섞는 독약들…….”

“트리스!”

베스미어가 하얗게 질린 게롤트의 얼굴을 보다 소리쳤다. 하지만 트리스는 그만할 기색이 아니었다. 트리스의 말은 점점 더 빨라지고 커졌다.

“누구를 속이려고 하는 거죠, 게롤트? 나? 아니면 그녀? 아니면 자기 자신? 어쩌면 진실을 자각하고 싶지 않은 거겠죠, 당신 빼고는 모두들 알고 있는 그 진실을? 어쩌면 당신 안에 인간의 느낌과 감정을 영약도 약초도 죽여 버리지 못했다는 것을 받아들이고 싶지 않은 게 아닌가요? 영약이 아니라 당신이 그것들을 죽여 버린 거예요! 당신이 스스로! 하지만 그걸 저 아이 안에서 죽여 버리려 하진 마세요!”

“닥쳐!”

게롤트는 소리를 지르며 의자에서 일어났다.

“닥쳐! 메리골드!”

게롤트는 몸을 돌리고 힘없이 팔을 늘어뜨렸다.

“……미안해.”

그러더니 조그맣게 말했다.

“용서해 줘, 트리스.”

그리고는 얼른 계단으로 향했지만 트리스가 번개같이 일어나 게롤트에게 가서 그를 끌어안았다.

“혼자는 못 가요.”

트리스는 속삭였다.

“혼자 있게 할 수는 없어. 지금은 안 돼요.”

시리가 어디로 갔는지는 바로 알 수 있었다. 저녁에 가늘고 촉촉한 눈이 내려 마당이 새하얀 옅은 막으로 온통 덮였던 것이다. 그 위에 발자국이 나 있었다.

시리는 폐허가 된 벽 꼭대기에서 마치 동상처럼 꼼짝도 않고 서 있었다. 칼은 오른쪽 목 위로, 손잡이를 눈 있는 데까지 들고 있었다. 왼손의 손가락이 칼의 앞부분을 살짝 붙들고 있었다. 다가오는 이들을 보고 시리는 펄쩍 뛰어 피루엣을 하더니 정확히 같은 자리에, 하지만 몸을 돌려 떨어졌다.

"시리."

게롤트가 말했다.

"내려와 주렴."

들리지 않는 것 같았다. 시리는 꼼짝도 하지 않았다. 떨지도 않았다. 하지만 트리스는 달빛이 칼에 반사되어 시리의 얼굴로 비추자 눈물 자국이 은색으로 빛나는 것을 보았다.

"누구도 이 칼을 뺏을 순 없어요!"

시리는 외쳤다.

"게롤트라도!"

"내려와."

게롤트가 되풀이했다.

시리는 반항하듯 고개를 젓고는 바로 다음 순간 다시 한 번 뛰어올랐다. 헐거운 벽돌이 소리를 내며 시리의 발밑에서 빠져나왔다. 시리는 휘청하고는 중심을 잡으려고 했다. 그러나 잡지 못했다.

위쳐가 뛰어나갔다.

트리스는 공중 부양의 주문을 외우며 손을 뻗었다. 하지만 늦었다는 것을 알고 있었다. 그리고 게롤트 역시 시간에 닿지 못한다는 것을 알 수 있었다. 그것은 불가능한 일이었다.

그러나 그녀의 예상과 달리 게롤트는 가능했다. 게롤트는 무릎을 꿇고 옆으로, 땅으로 쓰러졌다. 그는 시리를 놓지 않았다.

트리스는 천천히 다가갔다. 시리가 속삭이면서 코를 훌쩍이는 소리가 들렸다. 게롤트 역시 속삭였다. 무슨 말을 하는지는 들리지 않았다. 하지만 그 의미는 이해할 수 있었다.

따뜻한 바람이 벽의 구멍을 타고 불어왔다. 위쳐는 고개를 들었다.

"봄이야."

게롤트가 조용히 말했다.

"맞아요."

트리스는 침을 삼키며 말했다.

"산에는 눈이 아직 쌓였지만 계곡에는, 계곡에는 이미 봄이 왔을 거예요. 이제 떠날까요, 게롤트? 당신과 나, 그리고 시리가 함께?"

"응. 이제 떠날 시간이오."

강이 시작되는 곳에서 우리는 그들의 도시를 보았다. 마치 아침 안개로 짠 것처럼 섬세한 풍경이 펼쳐졌다. 그 풍경은 곧 없어져 버릴 듯. 물에 잔주름을 만드는 바람에 날려 갈 것만 같았다. 연꽃처럼 하얀 작은 궁전들도, 담쟁이로 엮은 듯한 탑들도, 버드나무 가지처럼 바람에 날리는 다리들도 있었다. 그리고 우리로서는 이름도 모르는 다른 것들도 있었다. 이 새로 태어난 세계에서 우리가 본 것들에는 모두 이름을 붙였는데도 불구하고.

우리는 기억의 먼 저편에서 용들과 그리핀. 인어와 님프들. 실피드와 드라이어드의 이름들을 다시 발견해 냈다. 날씬한 목을 굽혀 해가 질 때쯤 강물을 마시는 흰색의 일각수들의 이름을 찾아내고야 말았다. 우리는 이렇게 모든 것에 이름을 붙였다. 그러면 모두들 우리에게 가깝고, 알고 있었고, 우리 것이 된 듯한 착각이 들었다.

그러나 그들은 그렇지 않았다. 우리와 그렇게 비슷한 데도 그들은 낯설었다. 너무나 낯설어 우리는 그 낯설음에 어떻게 이름 붙여야 할지 몰랐다.

헨 게딤데이스. 〈엘프와 사람들〉

좋은 엘프는 죽은 엘프다.

밀란 라우펜넉 장군

제 4 장

불행은 아주 오래된 원칙인, '매'의 원칙에 따라 발생한다. 매처럼 사람들 위에 오랫동안 버티고 있다가 가장 유리한 순간에 공격하는 것이다. 그윈레흐와 부이나 강 상류 지역의 조그만 마을들에서 완전히 멀리 떨어져 올 때까지, 케드웬의 수도 아드 카라그를 지나쳐 사람들이 살지 않는 협곡으로 가로막힌 원시림의 입구에 다다를 때까지. 마치 공격하는 매처럼 불행은 실수를 하지 않았다. 불행은 희생 제물 위로 바로 떨어졌으며, 그 희생 제물은 트리스였다.

처음부터 매우 안 좋아 보였지만, 그다지 위험하지는 않아 보였다. 보통의 위염 정도로 보였다. 게롤트와 시리는 트리스가 화장실 때문에 할 수 없이 섰다가 갔다가 하는 것을 처음엔 일부러 모르는 척했다. 트리스는 완전히 얼굴이 하얘졌다가 온통 땀에 젖어 얼굴을 찡그린 채 다시 몇 시간 동안 말을 타고 계속해서 갔다. 하지만 정오에 가까워 한 번은 길가의 덤불에서 굉장히 오랜 시간을 보내고 온 후, 더 이상 말에 타지 못했다. 시리는 트리스를 도와주려고 했으나, 결과는 참담했다. 트리스는 말갈기를 붙들지 못하고 안장 옆으로 미끄러져 땅으로 쓰러지고 말았던 것이다.

시리와 게롤트는 트리스를 안아 망토 위에 눕혔다. 게롤트는 말없이 트리스의 안장주머니를 뒤져 마법의 영약이 들어 있는 상자를 찾은 후 열어보고는 욕을 했다. 병들의 모양은 다 똑같았고, 인장의 비밀스러운 표시들은 아무리 봐도 알 수가 없었다.

"어떤 거지, 트리스?"

"아무것도 없어요."

트리스는 양손으로 배를 붙들고 신음하고 있었다.

"나는 안 돼. 그 약을 먹을 수가 없어요."

"뭐? 왜?"

"난 알레르기가 있어요."

"뭐? 마법사가?"

"난 그래!"

트리스는 힘없는 분노와 절망적인 화로 눈물을 흘리며 말했다.

"항상 그랬어요! 영약은 먹을 수 있어요! 다른 사람들은 내가 고쳐 주지만 나 스스로는 부적으로 고쳐 왔어요!"

"그럼 부적은 어디 있는데?"

"나도 몰라."

트리스는 입술을 깨물었다.

"케어 모헨에 두고 왔나 봐요. 아니면 잃어버렸거나."

"젠장할. 여기서 어떻게 하지? 스스로에게 주문을 걸어 봐요."

"해 봤어요. 그랬더니 이렇게 된 거예요. 자꾸 경련이 일어나서 집중할 수가 없어."

"울지 마."

"말이야 쉽지!"

위쳐는 벌떡 일어나 로취의 안장에서 자기 주머니를 꺼내 그 안을 뒤지기 시작했다. 트리스는 몸을 동그랗게 말고 있었다. 간헐적으로 찾아오는 고통에 얼굴은 일그러지고, 입술은 삐뚤어져 있었다.

"시리……."

"왜요, 트리스?"

"너는 괜찮니? 아무 문제 없니?"

시리는 괜찮다고 고개를 저었다.

"식중독은 아닐까? 내가 뭘 먹었지? 우리는 다 같은 걸 먹었는데. 게롤트, 다들 손을 씻도록 해요. 시리가 손을 씻게 감시해요."

"가만히 누워 있어요. 이걸 마시고."

"이게 뭐지?"

"고통을 약화시키는 약초요. 고양이 눈물만큼 마법이 섞여서 해롭지는 않을 거요. 경련을 순화시키지."

"게롤트, 경련은 아무것도 아니에요. 하지만 고열이 나게 되면 그럼 혈변일 수도 있고, 장티푸스일 수도……."

"면역이 없소?"

트리스는 대답하지 않고 고개를 돌리며 입술을 깨물고 몸을 더욱더 말았다. 위쳐는 더 이상 묻지 않았다.

트리스를 좀 쉬게 한 후, 그녀를 로취의 등 위로 끌어 올렸다. 게롤트가 그 뒤에 앉아 트리스를 두 손으로 잡고, 시리가 옆에서 트리스 말고삐를 같이 잡고 갔다. 1마일도 가지 못했다. 트리스는 말 등에 있지 못하고 게롤트의 손에서 빠져나가고 말았다. 갑자기 온몸을 떨다가 순간적으로 무서운 고열에 휩싸였다. 염증이 더욱더 심해지는 것 같았다. 게롤트는 혹시 자기의 위처 영약에 있었던 약간의 마법 때문에 일으키는 알레르기 반응이 아닐까 하고 헛된 희망을 버릴 수가 없었다. 헛된 희망이었다.

"어이쿠, 선생님."

상사가 말했다.

"지금은 시기가 좋지 않아요. 제 생각엔 지금보다 더 나쁜 시기도 없겠네요."

상사의 말은 맞았다. 게롤트는 부정할 수도, 상사와 논쟁을 벌일 수도 없었다.

다리를 지키는 수비대는 보통은 세 명의 병사와 마구간지기, 세관원, 그리고 많다 해도 몇 명의 기마병으로 이루어져 있기 마련이었는데, 오늘은 사람으로 가득했다. 게롤트는 케드웬 군복을 입은 30명의 경기병과 50명은 되어 보이는 방패를 든 육군 병사들이 끝을 뾰족하게 만든 나무로 된 울타리로 진을 치고 그 안에 주둔하고 있는 것을 보았다. 병사 대부분은 불 옆에 누워 있었는데, 이는 잘 수 있을 때 자고 깨울 때 일어나라는 군대의 오랜 철칙에 의한 것이었다. 빼꼼 열려 있는 문들 사이에 보이는 것은 분주하게 움직이는 사람들뿐이었다. 수비대 안쪽도 사람과 말로 가득했다. 휘어진 망루 탑의 꼭대기에서는 석궁을 들고 언제라도 쏠 준비를 하고 있는 두 명의 용병들이 망을 보고 있었다. 이미 말과 사람들이 수없이 지나다닌 다리 앞에는 농부의 마차 여섯 대와 뚜껑이 씌워진 상인들의 짐마차 두 대가 세워져 있었고, 울타리 안에서는 열댓 마리의 소가 온통 진흙투성이가 된 대가리를 슬프게 바깥으로 내밀고 있었다.

"습격이 있었죠. 여기 수비대예요. 어젯밤에."

상사는 질문도 하지 않았는데 미리 대답했다.

"겨우 우리가 가서 도왔기에 망정이지, 아니면 여긴 불에 탄 땅 말고는 아무것도 남아 있지 않을 뻔했어요."

"누가 습격을 한 것이오? 산적? 낙오병?"

상사는 고개를 흔들고는 침을 뱉더니 시리를 바라보고는 안장 위에 몸을 웅크리고 있는 트리스를 보고 말했다.

"안으로 들어오세요. 안 그러면 저 여자 마법사는 말에서 곧 떨어질 거 같으니까요. 여기엔 부상자가 몇 명은 있으니, 한 명 더한다고 해서 별 차이는 없겠죠."

마당에 서 있는, 문 열린 지붕이 있는 가건물에는 피 묻은 붕대를 감은 사람들이 몇 명 누워 있었다. 조금 떨어진 곳에 울타리의 벽과 나무로 된 구멍이 뚫린 우물 사이에서 게롤트는 여섯 명의 움직이지 않는 몸뚱이가 부대자루용 천으로 덮여 있고, 천 밖으로 낡고 더러운 신발을 신은 발들만 나와 있는 것을 보았다.

"저기 부상자들 사이에 여자 마법사를 눕히세요."

상사는 가건물을 가리켰다.

"하, 위쳐 양반, 저 마법사가 아프다니, 정말 운도 더럽게 없네요. 우리들 중에서도 전투에서 다친 사람이 있어 마법의 도움이 있었으면 좋았을 텐데. 한 명은 우리가 화살을 뽑았는데, 창자 속에 화살촉이 남아 있어서 아마도 아침까지는 죽을지도 모릅니다. 여자 마법사라면 살릴 수도 있을 텐데, 지금 자기가 열이 저렇게 나서 우리한테 도움을 청하다니. 맙소사, 정말 안 좋은 시기로군요. 정말로 좋지 않아."

그는 위쳐가 계속해서 자루용 천으로 가려져 있는 시체들을 보고 있는 것을 보고 말을 중단했다.

"이 지역 수비대 두 명, 우리 용병 두 명, 그리고 저쪽 편 두 명이에요."

이렇게 말하며 딱딱한 천을 조금 잡아당겼다.

"보고 싶으면 보시든지요."

"시리, 저쪽으로 가라."

"나도 보고 싶어요!"

시리는 게롤트 뒤에서 몸을 드러내며, 입을 벌리고 시체들을 바라보았다.

"제발, 저리로 가. 트리스를 돌봐 줘."

시리는 내키지 않는 듯 콧김을 내뿜었지만, 말은 들었다. 게롤트는 가까이 다가왔다.

"엘프군요."

게롤트는 놀라움을 감추지 않고 말했다.

"엘프들이죠."

상사가 말했다.

"스코이아텔이에요."

"뭐라고요?"

"스코이아텔."

상사가 되풀이했다.

"숲에 사는 종자들이죠."

"이상한 이름이군. 내가 헷갈린 게 아니라면, '다람쥐'라는 뜻 아니오?"

"네, 그렇죠. 바로 다람쥐들이에요. 엘프어로 자기들을 그렇게 부르죠. 어떤 사람들은 가끔 이들이 모자에 다람쥐 꼬리를 달고 다니기 때문이라고 말해요. 다른 사람들은 이들이 숲에 살고, 견과류를 먹고 살기 때문이라고 합니다. 이들과의 대치 상황은 점점 더 심해지고 있어요. 제가 말씀드리죠."

게롤트는 고개를 저었다. 상사는 시체들을 다시 천으로 덮고, 소매에 손을 닦았다.

"이리 오세요. 거기 서 계실 필요도 없습니다. 제가 대장님께 안내해 드리죠. 제 밑의 부하가 아픈 분은 돌봐 드리도록 하죠, 할 수만 있다면요. 이 부하는 상처를 태우고 꿰맬 줄도 알고, 뼈도 맞출 줄 알아요. 어쩌면 약도 어떻게 써 볼 수도 있겠죠. 머리가 좋은 놈이에요, 산사나이죠. 이리 오십시오, 위쳐 양반."

연기가 가득 차 어두운 세관원의 오두막에서는 마침 시끄러운 논쟁이 한창이었다. 노란 튜닉 위에 체인으로 엮은 갑옷을 입고 머리를 짧게 깎은 기사가 두 명의 상인들과 농장 감독 한 명에게 소리를 지르고 있었다. 세관원은 머리에 붕대를 하고 이 광경을 전혀 관심이 없는 우울한 얼굴로 바라보고 있었다.

"내가 안다고 했잖소!"

기사는 거의 주저앉으려고 하는 식탁을 주먹으로 쾅 내리치고는 가슴에 달린 메달을 고쳐 매며 몸을 쭉 폈다.

"탐색하러 간 기병대가 돌아오기 전에는 여기서 움직이지 않을 거요! 이 길에서 얼씬거리지 말라는 말이오!"

"이틀 후까지 데본에 가야 합니다!"

농장 감독이 기사의 눈앞에 탄 자국이 있는 짧은 잘린 막대를 들이밀어 보이며 말했다.

"말을 끌고 가야 해요! 만약 내가 늦으면 감찰관이 내 머리를 뽑아 버릴 거라고요! 영주에게 고발할 거요!"

"고발하라고, 고발하라 그래."

기사가 비웃었다.

"가기 전에 엉덩이에 지푸라기나 잔뜩 채워 가. 그 영주가 발로 걷어차기를 좋아하거든. 하지만 지금 여기서 명령하는 사람은 나야. 영주는 멀리 있고, 당신의 감찰관은 나에게 아무것도 아니니까. 우니스트, 여기 누굴 데려온 거지? 또 다른 상인인가?"

"아니오."

상사는 머뭇거리며 대답했다.

"이분은 위쳐입니다. 이름은 리비아의 게롤트라고 합니다."

게롤트로서는 놀랍게도 기사는 활짝 웃으며 가까이 다가와 그에게 손을 내밀었다.

"리비아의 게롤트."

기사는 계속 웃는 표정으로 되풀이했다.

"당신의 명성은 들은 바 있소. 그것도 아무에게서나 들은 게 아니지. 여기 무슨 일이시오?"

게롤트는 무슨 일인지 설명했다. 기사의 얼굴에서 웃음기가 가셨다.

"시기를 잘못 맞춰 오셨군요. 동네도 마찬가지요. 우리는 지금 전쟁 중이오, 위쳐 양반. 숲에서는 스코이아텔 무리들이 서성거리고, 바로 어제도 그들과 부딪치고 말았소. 지금은 여기서 식사 시간을 기다린 후, 그들을 사냥할 생각이오."

"엘프들과 전쟁을 하는 것입니까?"

"엘프들뿐이 아니오. 위쳐, 당신은 '다람쥐'들에 대해 들은 바 없소?"

"아니오. 들은 바 없습니다."

"최근 2년 동안 도대체 어디 있었길래 그렇단 말이오? 바다 건너라도 나가 있었소? 여기 케드웬에서 스코이아텔은 자기 이름을 시끄럽게 날리기 위해 아주 애썼소. 처음 나타난 무리들은 닐프가드와의 전쟁이 터지자마자 였소. 그 나쁜 놈들은 우리가 힘든 시기를 교활하게 이용한 거지. 우리가 남쪽에서 싸웠을 때, 이들은 뒤쪽에서 역습해 왔소. 닐프가드가 우리를 뭉개버릴 거라고 생각하고는 이제 인간의 지배는 끝났다, 옛 질서로 돌아가자고 외쳐 댔지. 사람들은 바다로! 이게 그들의 구호였소. 그런 구호를 내세우며 죽이고, 태우고, 약탈하는 거였소."

"그건 당신들의 잘못이고, 당신들의 걱정거리일 뿐이오."

농장 감독이 자신의 직책을 상징하는 짧은 막대로 허벅지를 때리며 우울하게 말했다.

"당신 귀족들과, 당신들이 거느리는 사람들의 잘못이오. 당신들이 인간이 아닌 그들에게 못되게 굴었고, 도저히 살지 못하게 해서 지금 그런 결과가 나온 거요. 그리고 우리는 이 길로 항상 마차를 몰아 왔고, 지금까지 우리를 못 가게 한 사람들은 없었소. 우리는 군대가 필요 없단 말이오."

"그건 사실이지, 사실이에요."

지금까지 아무 말 없이 긴 의자에 앉아만 있던 상인 중 한 명이 말했다.

"그 '다람쥐'들은 여기 길에서 약탈을 일삼는 산적들보다 위험하지 않아요. 그리고 엘프들이 처음에 공격한 게 누군지 아시나요? 그건 산적들이었어요."

"그게 나랑 무슨 상관이란 말이오? 덤불 뒤에서 나에게 화살을 날리는 게

산적이건 엘프건?"

갑자기 머리에 붕대를 맨 세관원이 말했다.

"오밤중에 지푸라기 지붕에 불을 붙이면 누구의 손에 횃불이 있었던 간에 지붕은 타게 되어 있소. 상인 양반, 말 좀 해 보시오. 스코이아텔이 산적보다 낫단 말이오? 당신의 말은 헛소리요. 산적은 약탈을 원하지만, 엘프는 인간의 피를 원하오. 돈이야 있는 놈도 있고 없는 놈도 있지만, 피는 핏줄속에 누구나 가지고 있소. 지금 이게 귀족들만의 걱정거리라고 말하는 거요, 농장 감독님? 그건 더 큰 헛소리요. 벌목장에서 활에 맞은 나무꾼들, 토막 난 숯쟁이들, 타 버린 농가의 농부들, 이들이 엘프족에게 무슨 나쁜 짓을 했단 말이오? 이들은 함께 일하는 좋은 이웃이었소. 그런데 급작스럽게 등에 화살이 날아오다니. 그러면 나는? 태어나서 인간이 아닌 이들을 한 번도 해친 적이 없는데, 지금 드워프의 단검에 맞아 구멍이 머리에 뚫렸단 말이오. 지금 당신들이 불평불만을 늘어놓고 있는 이 용감하신 분들이 아니었다면, 난 이미 이 세상을 하직……."

"바로 그렇다고!"

노랑 튜닉을 입은 기사가 또다시 식탁을 주먹으로 쾅 쳤다.

"우리가 지금 당신들을 보호하는 거요, 농장 감독 양반. 당신이 말하는 그 핍박받은 엘프들, 우리가 도저히 살지 못하게 했다는 그들한테서 말이오. 내 생각은 이렇소. 우리가 그들이 너무 잘난 척하도록 만든 거요. 그들을 참아 주고, 마치 사람과 동등한 것처럼 대해 주고, 그랬더니 그놈들이 지금 우리 등 뒤에 칼을 꽂는 거지. 닐프가드는 그들에게 분명히, 내가 내기를 해도 좋은데, 돈을 주고 있소. 그러니 산에 사는 야만 엘프들이 무장을 할수 있는 거지. 하지만 이들을 진짜로 돕고 있는 놈들은 우리들 사이에 있소.

엘프들, 하프엘프들, 드워프들, 하플링들 사이에 있지. 이들이 그들을 숨겨주고, 먹이고, 지원병을 공급하고…….”

“모두들 그런 것은 아니요.”

다른 상인이 말했다. 뭔가 거의 상인처럼 생기지 않은, 귀족적인 섬세한 외모의 마른 남자였다.

“대부분의 인간이 아닌 종족들은 ‘다람쥐’들을 욕하고 있어요, 기사 양반. 그리고 되도록 ‘다람쥐’들과 상관을 하려고 하지 않죠. 대부분은 인간들에게 신의를 지키고 있고, 그 때문에 호된 대가를 치르기도 해요. 반 아드의 성주를 생각해 보세요. 하프엘프였지만 평화와 공존을 위해 최선을 다했지요. 그러다 몰래 날아온 화살에 죽었어요.”

“분명 지금까지 신의를 지키는 척했던 드워프나 하플링 이웃이 쏜 화살일 거야.”

기사가 비웃었다.

“내 생각에는 그들 중 신의를 지키는 놈은 아무도 없소! 그들은 다…….
허? 넌 뭐야?”

게롤트는 몸을 돌렸다. 게롤트의 등 뒤에는 모두를 커다란 에메랄드빛 눈으로 쳐다보고 있는 시리가 서 있었다. 아무 소리를 내지 않고 움직이는 기술로 말한다면 최근 큰 발전을 한 것이 틀림없었다.

“이 아이는 저의 일행입니다.”

게롤트가 말했다.

“흠.”

기사는 시리를 한참 째려보더니, 다시 귀족적인 얼굴의 상인에게 시선을 돌렸다. 이 남자를 자기의 가장 중요한 대화 상대로 인식한 것 같았다.

"그렇소. 그러니 나에게 인간이 아닌 종족의 신의에 대해 말하지 마시오. 그들은 모두 우리의 적이오. 이들 중 어떤 이들은 자기가 더 나은 척, 아니면 더 못한 척하지만, 그렇지 않소. 하플링들, 드워프들, 이들은 모두 우리 사이에 몇 백 년 동안 나름 잘 어울리며 살아왔소. 하지만 엘프들이 고개를 들자마자, 이 다른 놈들까지 모두 무기를 들고 숲으로 들어가 버린 것이오. 내 생각으로는 자유로운 엘프와 드라이어드를 허용한 것이 잘못이었소. 이들은 이제 이렇게 외치고 있소. '여긴 우리의 세상이다. 여기서 나가라, 잘못된 것들아.' 신께 맹세코 우리는 도대체 여기서 누가 나가게 될 것인지, 누구의 꼴도, 소리도 들을 수 없게 될 건지 보여 줄 거요. 지난번엔 닐프가드인들의 껍질을 벗겼으니, 이번엔 이놈들에게 혼쭐을 내 줄 차례요."

"숲에서 엘프를 공격하기란 쉽지 않습니다."

위쳐가 말했다.

"저 같으면 드워프나 하플링을 따라 산으로도 안 갈 것 같군요. 군대는 얼마나 됩니까?"

"폭도들은."

기사가 정정했다.

"폭도요, 위쳐 양반. 한 스무 명쯤 되는데, 가끔은 더 되기도 하오. 이런 폭도 무리를 자기들끼리는 '코만도'라고 한다고 하는군. 소인족 언어요. 이들을 공격하기가 쉽지 않다고 말하는 걸 보아 당신이 전문가인 걸 알겠군요. 이들을 쫓아 숲이나 덤불로 들어가는 건 말도 안 되오. 유일한 방법이란 이들을 무리에서 고립시켜서 죽여 버리는 거지. 그들을 도와주는 그 나쁜 놈들을 색출해 내야 하는 것이지. 이 마을, 저 마을, 도시와 시골, 농장에서……."

"문제는."

귀족적인 얼굴의 상인이 말했다.

"계속해서 도대체 인간이 아닌 종족들 중 누가 그들을 돕고, 누가 아닌지 알 수가 없는 것입니다."

"그러니까 그놈들을 다 끌어내면 돼!"

"아하."

상인이 웃었다.

"알겠습니다. 그런 얘기는 그 전에도 들은 것 같군요. 모두들 끌어내서 광산으로, 수용소로, 채석장으로 말이군요. 모두 다. 죄 없는 이들도 다. 여자와 아이들도 다 말이죠? 그런 건가요?"

기사는 머리를 들더니 손을 들어 칼 손잡이를 쳤다.

"바로 그렇지. 다른 방법이 없어!"

기사는 무섭게 말했다.

"아이들이 불쌍하다고 하는데, 바로 당신이 이 세상에서는 어린애요. 닐 프가드와의 휴전은 마치 달걀 껍질처럼 깨어지기 쉬워 오늘내일 새로운 전쟁이 발발할 수도 있단 말이오. 그리고 전쟁에서는 별일이 다 일어나오. 만약 닐프가드가 이긴다면 무슨 일이 일어나겠소? 내 생각엔, 그러면 숲에서는 엘프 코만도가 튀어나와 점점 더 수를 불리며 세력을 확장하고, 지금까지 우리에게 신의를 지켰던 인간이 아닌 족속도 바로 그들에게 합류하게 될거요. 당신네의 그 드워프들과, 당신네와 친한 그 하플링들이 그때 평화를, 화합을 부르짖을 거라고 생각하오? 아니오, 상인 양반. 그들은 우리에게서 창자를 도려내고, 그들 손으로 닐프가드와 우리를 부딪치게 할 거요. 그리고 자기들 말대로 우리를 바다에 매장하겠지. 그들과 노닥거릴 시간이 없소. 그들이든지, 인간이든지. 세 번째 길은 없단 말이오!"

오두막의 문이 삐걱거리더니, 그 앞에 피 묻은 앞치마를 두른 용병이 나타났다.

"방해해서 죄송합니다."

용병은 헛기침을 했다.

"혹시 여러분 중 아픈 아가씨를 데려온 분이 있습니까?"

"접니다."

위쳐가 말했다.

"무슨 일이죠?"

"잠시 저와 이야기 좀."

그들은 마당으로 나갔다.

"상황이 나쁩니다."

용병은 트리스를 가리키며 말했다.

"초석과 후추가 든 약주를 먹였는데, 듣지 않았어요. 별로."

게롤트는 아무 말도 하지 않았다. 할 말이 없었기 때문이었다. 온몸을 구부리고 쭈그려 있는 트리스의 모습이 지금 초석과 후추로 된 약주를 그녀의 위가 받아들일 수 있는 상태가 아니라는 것을 말하고 있었다.

"무슨 전염병일지도 몰라요."

용병이 얼굴을 찡그렸다.

"아니면 그 혈변일지도. 만약 사람이 이 정도라면……."

"마법사요."

위쳐가 말했다.

"마법사들은 아프지 않는데……."

"정말 그렇군요."

뒤따라 나온 기사가 비꼬며 말했다.

"특히 데려오신 저분은 정말 건강하시구면. 게롤트 씨, 제 말을 들으시죠. 저 여자분은 지금 도움이 필요한데, 저희는 어떻게 도울 방도가 없군요. 또한 이해를 부탁합니다만, 군대에 전염병이 퍼지도록 내버려 둘 수도 없습니다."

"알겠습니다. 당장 떠나도록 하죠. 선택의 여지가 없으니 데본이나 아드카라그 방향으로 틀어야겠습니다."

"너무 멀리 가지는 마시오. 정찰병들은 길을 지나가는 자는 모두 멈추도록 하고 있소. 위험하기도 하고. 스코이아텔이 바로 그쪽으로 갔소."

"제가 알아서 할 수 있습니다."

기사는 입술을 우그러뜨리며 말했다.

"당신에 대해 들은 바에 따르면, 분명 알아서 할 수 있을 거요. 하지만 당신이 혼자가 아니라는 사실을 생각하면……. 당신은 심하게 아픈 환자와 저 코흘리개를 데리고 가는 처지요."

이때 신발에 묻은 똥을 사다리에 문질러 떼어 내고 있던 시리가 고개를 들었다. 기사는 헛기침을 하며 시선을 돌렸다. 게롤트는 슬쩍 웃었다. 최근 2년 동안 시리는 자신의 신분을 완전히 까먹고 공주다운 태도나 자세를 스스로 없애 버렸지만, 만약 시리가 마음만 먹으면 시리의 눈길만은 그 할머니를 매우 연상케 했다. 굉장히 비슷해서 아마 칼란테 여왕이 보았더라면 분명 손녀를 자랑스러워 했을 정도였다.

"아, 그러니까 내가 말하려던 것은……."

기사는 난감해 하며 허리띠를 추켜올리며 말을 더듬었다.

"게롤트 씨, 내가 무슨 충고를 해야 할지 알았소. 남쪽으로, 강 저편으로 가시오. 가서 길을 따라가고 있는 대상(隊商)*을 따라잡으시오. 지금은 밤이고 대상은 말에 먹이를 먹이러 서야 하니, 새벽 전에 따라잡을 수 있을 것이오."

"그건 무슨 대상이지요?"

기사는 어깨를 으쓱했다.

"나도 모르오. 하지만 보통 상인 무리는 아니었소. 그러기엔 너무 정돈이 잘되어 있었고, 마차도 다 똑같이 생긴데다가……. 분명히 왕의 세금 관리원들인 것 같소. 이들을 통과시켰는데, 이들은 길을 따라 남쪽으로, 아마 릭셀라로 얕은 강을 통해 가는 것 같았소."

"흠."

위쳐는 트리스를 바라보며 말했다.

"그러면 저희와 가는 길이 같군요. 하지만 거기서 도움을 요청할 수 있을까요?"

"그럴 수도 있고."

기사가 차갑게 말했다.

"아닐 수도 있고. 하지만 여기서는 절대로 도와줄 수 없소."

살결처럼 노랗게 둥그렇게 늘어선 마차의 포장을 비추는 모닥불 주위에 둘러앉아 대화에 여념이 없는 일행은 게롤트가 근처로 말을 타고 다가갔을 때까지 그를 보지도 듣지도 못했다. 게롤트는 살짝 고삐를 당겨 일부러 말

---

* 대상, 카라반(karawan) : 여러 명의 상인들이 집단을 이루어 사막 지대를 이동하는 것.

이 소리를 내게 했다. 밤을 보내고 있는 대상에게 다른 여행객이 왔다는 것을 알리고, 불시에 놀랐을 때 생길 수 있는 움직임들을 방지하고 싶었던 것이다. 석궁들이 놀랐을 때 어떻게 반응하는지는 경험으로 잘 알고 있었다.

캠프의 사람들은 깜짝 놀라 경고에도 불구하고 놀랐을 때의 전형적인 움직임들을 보였다. 언뜻 봐도 대부분은 드워프들이었다. 게롤트는 조금 마음이 놓였다. 드워프들은 뭐라 할 수 없을 만큼 성급하긴 해도 이런 상황에서는 일단 질문을 하고, 이후 활을 쏘기 마련이었기 때문이다.

"누군가?"

드워프들 중 하나가 쉰 목소리로 소리치며 힘이 넘치는 빠른 동작으로 모닥불 옆에 놓인 나무둥치에서 도끼를 들었다.

"누가 왔지?"

"친구."

위쳐가 말에서 내리며 말했다.

"누구의 친구인지 궁금하군."

드워프가 소리쳤다.

"가까이 와라. 손은 우리가 볼 수 있게 올려."

게롤트는 눈병에 걸렸거나 닭처럼 눈이 안 보이더라도 정확히 볼 수 있을 정도로 손을 하늘 높이 올리고는 가까이 갔다.

"더 가까이."

게롤트는 말을 들었다. 드워프는 고개를 약간 갸우뚱하며 도끼를 내려놓았다.

"내 눈이 이상해졌던가."

드워프가 말했다.

"아니면 이건 리비아의 게롤트라는 위쳐인데. 아니면 게롤트랑 똑같이 닮은 누구던가."

갑자기 불길이 확 일어나 밝은 노란빛을 주위에 던져 어둠 속에서 얼굴들과 모습들이 나타났다.

"야르펜 지그린."

게롤트가 놀라서 말했다.

"다른 누구도 아닌, 바로 수염 난 그 야르펜 지그린!"

"하!"

드워프는 도끼를 마치 버드나무 가지라도 되듯 구겼다. 도끼날이 공중에서 획하더니 나무둥치에 둔탁한 소리를 내며 떨어졌다.

"경보 해제! 이건 정말 친구인걸!"

다른 이들도 금세 긴장을 풀었다. 게롤트는 깊은 안도의 한숨을 들은 것만 같았다. 드워프는 다가와 손을 내밀었다. 드워프의 악수는 쇠로 만든 집게와 경쟁해도 될 지경이었다.

"환영하네, 성질 있는 친구! 어디에서 오건 어디로 가건, 반갑군. 얘들아, 이리로 와! 우리 애들 기억하지, 위쳐 친구? 앤 야닉 브라스, 여긴 하비에르 모란, 그리고 폴리 달베르그랑 그 형 레간이야."

게롤트로서는 아무도 기억이 안 나는데다가 모두 비슷해 보였다. 다들 수염이 있고, 땅딸막하고, 근육질에 거의 정사각형으로 보이는 몸을 하고 있었다.

"여섯 명이었는데."

게롤트는 한 명씩 내민 딱딱하고 울퉁불퉁한 손들과 차례로 악수를 하고 말했다.

"내 기억이 맞으면."

"기억력이 좋구먼."

야르펜 지그린이 웃어 보였다.

"우린 여섯 명이었어. 그렇지. 하지만 루카스 코르토가 결혼을 해서 마하캄에 눌러앉아 무리에서 이탈하고 말았지. 바보 같은 놈. 아직까지는 그 자리를 채울 만한 마땅한 놈이 없어서. 아까워. 여섯이 딱 좋은데. 많지도 않고, 적지도 않고. 송아지를 먹기에도, 술 한 통을 마시기에도 여섯이 딱인데."

"내가 보기엔……."

게롤트는 고개로 마차들 옆에서 어찌할 바를 모르고 서 있는 다른 무리들을 가리키며 말했다.

"여긴 송아지 세 마리, 새는 뭐 수도 없이 잡아먹을 만큼 사람이 많은데. 끌고 가는 게 뭐요, 야르펜?"

"내가 이끄는 게 아니오. 자, 소개를 하지. 벤츠크 님, 바로 소개하지 않아서 죄송합니다. 하지만 나랑 우리 애들은 리비아의 게롤트를 어제오늘 안 사이가 아니라서요. 저희가 좀 함께한 추억이 많죠. 게롤트, 이분은 빌프리드 벤츠크 님이야. 케드웬을 다스리는 아드 카라그의 헨젤트 왕이 파견했지."

빌프리드 벤츠크는 게롤트보다 더 커서 드워프들의 두 배는 되어 보였다. 보통 세관원이나 농장주, 말을 모는 사람들이 입는 단순한 옷을 입고 있었지만, 밤 모닥불의 흐릿한 불빛에도 위쳐는 잘 알고 있는 날카롭고 딱딱하면서 확신을 가진 몸의 움직임을 볼 수 있었다. 갑옷과 허리띠에 찬 무기의 무게에 익숙한 사람들의 움직임이었다. 벤츠크는 직업 군인이었다. 게롤트는 어느 순간이라도 싸울 준비가 되어 있었다. 자신에게 뻗쳐진 손에 악수를 하고, 조금 고개를 숙여 인사를 했다.

"앉읍시다."

야르펜 지그린은 자신의 거대한 도끼날이 박힌 나무둥치를 가리켰다.

"이 동네에서 뭘 하고 있는지 말해 봐, 게롤트."

"도움을 찾고 있소. 세 명이 함께, 여자와 남자애 하나를 데리고 여행 중입니다. 여자는 아파요. 심하게. 도움을 받으려고 대상을 쫓아왔습니다."

"젠장, 여기 의사는 없는데."

드워프는 불붙은 풀밭에 침을 뱉었다.

"어디다 두고 왔나?"

"여기서 반 스타예*, 시골 마을 길옆이요."

"길을 가르쳐 주게. 어이, 거기. 세 명은 말로 가서 말에 안장을 씌워! 게롤트, 그 아픈 여자가 안장 위에서 버틸 수 있나?"

"아니오. 바로 그래서 두고 왔소."

"모자 달린 망토를 가져가. 마차에서 천이랑 막대 두 개도! 빨리!"

빌프리드 벤츠크는 양손을 가슴에 교차하고 있다가 크게 헛기침을 했다.

"우리는 지금 길 위에 있소."

야르펜 지그린은 그를 바라보지도 않고 무섭게 말했다.

"길 위에서는 서로 돕는 것이 법칙이오."

"염병할."

야르펜이 트리스의 이마에서 손을 걷었다.

"난로처럼 활활 타고 있군. 이건 좋지 않아. 티푸스나 다른 전염병이면

---

* 스타예(staje) : 거리와 면적의 단위. 면적으로는 1.2~1.5헥타르. 거리로는 시대와 쓰임에 따라 다양하다.

어쩌지?"

"티푸스도, 다른 전염병일 리도 없습니다."

게롤트가 말 담요로 트리스를 감싸며 뻔뻔스럽게 거짓말을 했다.

"마법사들은 그런 질병에는 걸리지 않아요. 이건 식중독이에요. 전염되는 게 아닙니다."

"흠, 알겠소. 가방을 뒤져 보지. 설사병에 좋은 약이 있었는데, 아직 남아 있을지도."

"시리."

위쳐는 말에서 벗긴 털가죽을 시리에게 건네며 작게 말했다.

"자라, 다리도 쉬어야 하니. 아니, 마차 위에선 안 돼. 마차 위에는 트리스를 눕혀야 해. 넌 모닥불 옆에 누워라."

"싫어요."

시리는 저쪽으로 멀어져 가는 드워프의 모습을 보며 작은 목소리로 반항했다.

"트리스 옆에 누울 거예요. 나를 트리스에게서 떼어 놓는 걸 보면 게롤트의 말을 믿지 않을 거예요. 트리스가 전염병에 걸렸다고 생각하고, 그 다리 수비대처럼 우리를 쫓아낼 거예요."

"게롤트?"

갑자기 여자 마법사가 신음을 했다.

"여기가…… 어디죠?"

"친구들 사이에 있소."

"난 여기 있어요."

시리가 트리스의 밤색 머리칼을 쓰다듬으며 말했다.

"내가 옆에 있어요. 걱정 말아요. 여긴 얼마나 따뜻한데, 느껴져요? 모닥불도 있고, 드워프가 곧 배 아플 때 먹는 약을 가져올 거예요."

"게롤트."

트리스는 담요들 사이에서 나오려고 애쓰며 울음을 터뜨렸다.

"마법이…… 마법이 들어 있는 약은 안 돼요. 기억해요."

"알고 있소. 편안히 누워 있어요."

"나 또……. 아아……."

위쳐는 아무 말 없이 몸을 굽히고 트리스를 감싸고 있는 담요 뭉치와 함께 번쩍 들고는 어두운 숲 속으로 들어갔다. 시리는 한숨을 쉬었다.

시리는 쿵쿵 하는 발소리를 듣고 몸을 돌렸다. 마차 뒤에서 드워프가 겨드랑이에 무언가 둘둘 말은 것을 잔뜩 들고 와 있었다. 모닥불의 빛이 허리에 찬 도끼 위에 일렁이고 무거운 가죽옷을 비추었다.

"아픈 여자는 어디 있지?"

드워프가 소리쳤다.

"빗자루를 타고 가 버렸나?"

시리는 어둠 속을 가리켰다.

"그렇지."

드워프가 고개를 끄덕였다.

"나도 그 괴로움을 알아. 그리고 거기 수반되는 것도. 내가 어렸을 때는 닥치는 대로 잡히는 대로 이것저것 다 먹곤 했지. 그래서 병에 걸린 게 한두 번이 아니야. 저 마녀는 누구지?"

"트리스 메리골드예요."

"내가 모르는 마법사네. 뭐, 마법사들이랑은 별로 알 일이 없으니까. 하지만 자기소개는 하는 편이 좋겠군. 내 이름은 야르펜 지그린이야. 넌 이름이 뭐냐, 꼬마야?"

"다르게 물어보세요."

시리는 화를 냈다. 눈은 노려보고 있었다.

드워프는 낄낄거리고 웃더니 이를 드러냈다.

"아하."

그러더니 과장해서 절을 해 보였다.

"용서를 빕니다. 어두워서 몰라뵈었군요. 이건 꼬마가 아니라, 귀족 아가씨셨군요. 아이쿠, 절을 하겠습니다. 아가씨는 이름이 어떻게 되십니까, 비밀이 아니시라면요?"

"비밀은 아니에요. 난 시리예요."

"시리, 아하. 그럼 아가씨는 누구십니까?"

"아, 그건."

시리는 거만하게 말했다.

"그건 비밀이에요."

야르펜은 또다시 웃음을 터뜨렸다.

"혀가 말벌처럼 날카로운 아가씨군요. 그럼 저를 제발 용서해 주십시오. 여기 약과 약간의 먹을 것을 가져왔습니다. 아가씨께서 받아 주시겠습니까? 그럼 늙고 추한 드워프, 야르펜 지그린은 물러나겠습니다."

"……잘못했어요."

시리는 정신을 차리고 머리를 숙였다.

"트리스는 정말 도움이 필요해요, 지그린…… 씨. 진짜로 많이 아파요. 약을 가져다주셔서 감사합니다."

"그럴 것까지야."

드워프는 다시 이를 드러내더니 다정하게 시리의 어깨를 툭툭 쳤다.

"이리 오너라, 시리. 와서 나를 도와줘. 약은 만들어야 해. 우리 할머니의 처방전에 따라 환약을 만들자. 이 환약은 배 속의 무슨 병이라도 다 몰아낸다고."

드워프는 꾸러미를 펼치고 그 안에서 마른 풀풀 뭉치같이 보이는 것과 진흙으로 만든 작은 냄비를 꺼냈다. 시리는 궁금해서 가까이 다가왔다.

"네가 꼭 알아야 할 것은, 시리."

야르펜이 말했다.

"우리 할머니는 약이라면 누구에게도 뒤지지 않을 만큼 알았지. 하지만 대부분의 병의 원인은 게으름이라고 생각했고, 게으름은 막대기로 고치는 게 최고라고 생각했어. 나에게도 그리고 내 형제들에게도 보통 그 약을 가장 자주, 그리고 예방적으로도 사용하셨지. 무슨 일만 있으면, 아니면 무슨 일이 없어도 일단은 패고 봤다고. 아주 한 성질하셨던 분이지. 한 번은, 도대체 아무 이유도 없이 나한테 돼지기름과 설탕을 바른 커다란 빵 한 조각을 주신 거야. 내가 너무 놀라서 정신이 혼미해져서 그 빵을 떨어뜨렸다는 거 아니야, 그것도 돼지기름을 바른 쪽을 아래로 말이지. 그랬더니 이 할머니가 나를 또 엄청 때렸는데, 정말 못된 할머니였어. 그리고 나서는 또 빵을 주셨지. 이번엔 설탕은 없이."

"우리 할머니도."

시리는 안다는 듯 고개를 끄덕였다.

"나를 한 번은 회초리로 흠씬 때렸어요."

"회초리?"

드워프가 비웃었다.

"우리 할머니는 한 번은 광산에서 쓰는 몽둥이로 때렸다고. 아이쿠, 추억을 되새기는 건 그만. 이제 환약을 만들어야지. 자, 그걸 조각조각 떼어서 환약으로 뭉쳐야 해."

"이게 뭐예요? 완전 끈적끈적하게 달라붙는데⋯⋯. 으이, 냄새가 지독해요!"

"그건 콩으로 만든 빵 곰팡이야. 최고의 약이지. 환약을 뭉쳐라. 더 작게, 더 작게! 지금 마녀가 먹으라고 만드는 거지 소 먹이가 아니야. 하나 줘 봐. 좋아. 이제 이 덩어리를 약에 넣고 굴려야 해."

"우웩!"

"냄새가 심하냐?"

드워프는 둥그런 코를 냄비 속에 가까이 가져갔다.

"그럴 리 없는데. 으깬 마늘에 쓴 소금을 더한 게 냄새가 날 리가. 백 년쯤 되긴 했지만."

"끔찍해요, 우웩. 트리스도 못 먹을 거예요!"

"우리 할머니 방법을 쓰면 된다. 네가 마녀의 코를 잡고, 나는 환약을 밀어 넣으면 되지."

"야르펜."

갑자기 트리스를 안고 뒤쪽에서 나타난 게롤트가 말했다.

"내가 그걸 당신에게 밀어 넣지 않게 조심하시오."

"이건 약이라고!"

드워프가 화를 냈다.

"이게 분명 도움이 된다고! 곰팡이, 마늘⋯⋯."

"맞아요."

트리스가 담요 뭉치 깊숙한 곳에서 조그맣게 말했다.

"정말이에요. 게롤트, 저걸 먹으면 나는 나을 거예요."

"거봐!"

야르펜은 시리를 팔꿈치로 밀치고 자랑스럽게 턱수염을 쓰다듬더니 순교자의 표정을 하고 환약을 먹고 있는 트리스를 가리켰다.

"똑똑한 마법사야. 뭐가 좋은지 알거든."

"뭐라고, 트리스?"

위쳐는 몸을 구부렸다.

"아하, 알았소. 야르펜, 혹시 안젤리카* 있소? 아니면 사프란?"

"찾아보지. 물어보기도 하고. 물과 먹을 것을 좀 가져왔어."

"고맙습니다. 하지만 이들은 무엇보다도 휴식이 필요해요. 시리, 좀 누워라."

"트리스 약을 좀 더 만들게요."

"내가 만드마. 야르펜, 할 말이 있소."

"모닥불 옆으로 와. 한 통 따지."

"당신과 얘기 좀 하고 싶어요. 듣는 사람이 많아서 좋을 건 없고, 사실 더좋지 않죠."

"알았소. 말해 보시오."

"대상이 도대체 뭘 나르는 거요?"

드워프는 위쳐를 쏘는 듯한 눈으로 바라보았다. 그러고는 천천히 정확하

---

* 안젤리카(arcydziegiel) : 당귀 속의 약초.

게 말했다.

"왕의 일이야."

"그건 나도 짐작하는 바요."

위쳐가 눈길을 멈췄다.

"야르펜, 나는 지나가는 호기심으로 묻는 게 아니요."

"알아. 왜 그러는지 나도 알아. 하지만 이건 특별한……. 특별한 수송이야."

"특별한 것 뭘 나르는 거요?"

"소금에 절인 생선."

야르펜이 태평하게 대답했다. 그러고는 거짓말을 계속했는데 눈꺼풀 한 번 떨리지 않았다.

"사료, 공구, 마구, 군수품 이것저것이지. 벤츠크는 왕의 군대의 보급 장교야."

"벤츠크가 보급 장교라면 난 드루이드겠군."

게롤트가 웃었다.

"그건 당신네 일이고, 남의 비밀을 캐는 것은 안 될 일이지. 하지만 트리스가 어떤 상태인지는 봤죠. 우리가 함께 가게 해 주세요, 야르펜. 마차 중하나에 트리스를 눕힐 수 있게 해 줘요. 며칠이면 됩니다. 어디로 가는지는 묻지 않겠습니다. 이 길은 어차피 똑바로 남쪽으로 향해 릭셀라를 지나야 휘어지고, 릭셀라까지는 열흘이 걸리니까. 그동안 열이 내리고 트리스도 아마 말을 타고 갈 수 있을 만한 상태가 될 겁니다. 만약에 그렇게까지 회복이 되지 않아도 강가 마을에 묵어가면 되니까. 부탁입니다. 열흘만 마차에서 제대로 몸을 덮어 주고 따뜻한 음식을 먹이면……. 부탁해요."

"내가 여기 지휘관은 아니야, 벤츠크지."

"하지만 당신에게는 영향력이 있잖소. 이건 거의 드워프들로 이루어진 대상이니. 분명 당신 말이 중요할 거요."

"그 트리스는 당신과 어떻게 되는 사이인가?"

"그게 무슨 의미가 있습니까? 이 상황에?"

"이 상황에는 아무런 의미가 없지. 염치없는 호기심으로 묻는 걸세. 그래야 술자리에서 나중에 뒷담화거리라도 생기지. 그건 그렇고 게롤트, 마녀들에게 엄청 끌리는 모양이구먼."

위처는 슬프게 웃었다.

"저 여자아이는?"

야르펜은 고개로 털가죽 아래로 파고들어 가고 있는 시리를 가리켰다.

"자네 아인가?"

"그렇소."

위처는 두 번 생각하지 않고 대답했다.

"내 아이요, 지그린."

새벽은 회색으로 젖어 있었으며, 밤비와 아침의 안개 냄새가 났다. 잠이 깬 시리는 아주 잠시 잠들었던 것 같았다. 마차 위에 쌓인 부대 자루에 머리를 기대자마자 일어난 것만 같았다.

게롤트는 또다시 할 수 없이 숲에 데리고 다녀온 트리스를 시리 옆에 눕히고 있었다. 트리스가 누운 양모 담요가 이슬에 젖어 있었다. 게롤트의 눈은 푹 꺼져 있었다. 시리는 게롤트가 한숨도 자지 못한 것을 알았다. 트리스는 밤새도록 고열을 내며 아팠던 것이었다.

"일어났니? 미안하다. 더 자라, 시리. 아직 시간이 일러."

"트리스는요? 좀 어때요?"

"나아졌어."

트리스가 신음 소리를 냈다.

"나아졌어. 하지만 게롤트, 나는……."

"응?"

게롤트는 몸을 구부렸지만 트리스는 이미 자고 있었다. 게롤트는 몸을 쭉 폈다.

"게롤트."

시리가 속삭였다.

"우리를 마차에 타게 해 준대요?"

"두고 보자꾸나."

게롤트는 입술을 깨물었다.

"잘 수 있는 한, 자 두도록 해라. 쉬고."

그러고는 마차에서 뛰어내렸다. 시리에게 야영지를 정리하고 있는 소리가 들려왔다. 말발굽 소리, 마구의 덜컹거리는 소리, 긴 막대가 삐걱거리는 소리, 마구에 달린 막대가 끌리는 소리, 말소리와 욕설 소리 등이었다. 그러고는 가까이서 목을 긁는 듯한 야르펜 지그린의 목소리와 벤츠크라고 했던 키 큰 남자의 편안한 목소리가 들렸다. 그리고 게롤트의 차가운 목소리. 시리는 몸을 일으켜 세워 조심스럽게 마차의 포장 밖을 내다보았다.

"이런 일에 원칙적으로 안 된다는 것은 없습니다."

벤츠크가 말했다.

"잘됐네."

드워프는 기분이 좋아진 거 같았다.

"그럼 그렇게 하기로 하죠?"

하지만 벤츠크는 조금 손을 들어 아직 말이 끝나지 않았다는 것을 표시해 보였다. 그러고는 잠시 침묵했다. 게롤트와 야르펜은 참을성 있게 기다렸다.

"그러나."

벤츠크가 드디어 입을 열었다.

"나는 이 수송대가 우리의 목적지까지 닿게 하는데 책임이 있습니다."

그는 다시 침묵했다. 이번에는 아무도 끼어들지 않았다. 아무래도 이 사람과 이야기를 하려면 문장 중간중간 사이의 긴 침묵에 익숙해져야 하는가 보았다.

"그곳까지 안전하게 도달하고."

그러고는 잠시 후 말을 이었다.

"정해진 시간에 말입니다. 병자를 돌보다가는 행렬이 늦어질 수도 있습니다."

"빨리 가면 됩니다."

야르펜이 잠시 기다리는 듯하다 말했다.

"일정보다는 지금 앞서가고 있어요, 벤츠크 님. 기한에 늦지 않을 겁니다. 그리고 혹 안전에 대해 말씀하신다면 제 생각엔 위쳐가 우리랑 같이 가는 건 나쁠 게 하나도 없습니다. 이제 길이 숲으로 들어가고, 릭셀라로 가는 길까지 왼쪽으로도 오른쪽으로도 무성한 황무지뿐이죠. 그리고 황무지에는 소문에 따르면, 좋지 않은 생명체들이 여럿 활개 친다고 하고요."

"그렇죠."

벤츠크가 고개를 끄덕였다. 그러고는 위쳐의 눈을 바라보며, 단어 하나하나 조심스럽게 생각하며 입을 열었다.

"요즘 케드웬의 숲에서는 어떤 좋지 않은 생명체들이나, 그들에게 조종당한 다른 생명체들을 만나는 일이 생겼습니다. 우리의 안전을 위협할 수도 있지요. 헨젤트 왕은 이 사실을 알고 나에게 수송대의 호위대를 고용할 수 있다고 하셨지요. 게롤트 씨, 이런 방식으로 문제를 푸는 것은요?"

위쳐는 오랫동안 침묵했다. 문장마다 침묵으로 가득한 벤츠크의 말이 지속된 시간보다 더 오랫동안 침묵하고는 마침내 입을 열었다.

"아닙니다. 아니오. 벤츠크 님. 일은 명확하게 하도록 하죠. 메리골드 씨에게 베푸신 도움에 대해 갚을 생각은 있으나, 그런 형식은 아닙니다. 말을 돌보거나, 물을 나르거나, 목재를 끌거나, 심지어는 요리도 할 수 있습니다. 하지만 왕의 군대에 용병의 위치는 사양하겠습니다. 저의 칼에는 의지하지 말아 주십시오. 저는 벤츠크 님이 말씀하신 그 좋지 않은 생명체들을 제 생각에는 하나도 나을 바 없는 다른 생명체들의 명령으로 해칠 생각은 없습니다."

시리는 야르펜 지그린이 커다랗게 씩씩거리고 주먹으로 기침을 막는 소리를 들었다. 벤츠크는 위쳐를 평안하게 바라보았다. 그러고는 메마르게 대답했다.

"알았습니다. 나도 상황이 명확한 것을 좋아하죠. 그러면 지그린 씨, 행렬의 속도가 떨어지지 않게 신경 써 주시죠. 게롤트 씨, 당신은…… 알아서 적당한 방법으로 대상에 도움이 되도록 일해 주실 것을 믿습니다. 그냥 병자에게 베푸는 도움의 대가로 생각하도록 하죠. 오늘은 환자가 좀 낫습니까?"

위쳐는 고개를 끄덕여 대답했다. 시리가 보기에는 보통 때보다는 더 깊숙이, 그리고 공손하게 고개를 숙인 것 같았다. 벤츠크는 얼굴 표정이 변하지 않았다.

"다행이군요."

보통 때처럼 한참 뜸을 들인 후에 말했다.

"메리골드 씨를 저희 마차에 모실 것이며, 메리골드 씨의 건강과 편안함과 안전을 제가 책임지도록 하겠습니다. 지그린 씨, 이제 출발 명령을 내려 주십시오."

"벤츠크 님."

"네, 게롤트 씨."

"감사합니다."

벤츠크는 고개를 끄덕였다. 시리에게는 예의 인사에 대한 보통 답변보다는 무언가 더 깊숙이, 그리고 공손히 끄덕인 것으로 보였다.

야르펜 지그린은 기둥을 따라 달리며 커다랗게 뭐라고 명령하고 지시했다. 그러고는 염소 위에 겨우 올라가 소리를 지르며 말을 채찍으로 때렸다. 마차는 움직이더니 숲길을 따라 달리기 시작했다. 덜컹거림에 트리스가 깨어났지만, 시리가 트리스의 이마에 놓인 수건을 갈아 주며 안정시켰다. 마차의 덜컹거림이 수면제처럼 작용했다. 트리스는 다시 잠이 들었고, 시리 역시 잠에 빠져들었다.

시리가 깨어났을 때, 해는 이미 중천에 떠 있었다. 시리는 통들과 상자들 사이로 내다보았다. 시리가 타고 있는 마차가 대상의 맨 앞이었다. 다음 마차는 목에 빨간색 머플러를 감은 드워프가 몰고 있었다. 드워프끼리의 이야기를 듣고, 시리는 이 드워프 이름이 폴리 달베르그라는 것을 알았다. 그 옆에는 형인 레간이 앉아 있었다. 두 명의 세금 관리인을 옆으로 하고 말을 타고 있는 벤츠크의 모습도 보였다.

게롤트의 말 로취는 마차에 매여 시리를 보고는 작은 히힝 소리를 내며 인사를 했다. 시리의 갈색 말과 트리스의 말은 보이지 않았다. 분명 행렬 뒤쪽에 대상의 말들과 함께 있을 것이었다.

게롤트는 야르펜 옆에 마부석에 앉아 있었다. 둘은 작은 소리로 가운데 놓인 술통에서 맥주를 마시며 이야기를 하고 있었다. 시리는 귀를 기울였지만 금세 지루해졌다. 이야기는 정치에 관한 것이었는데, 헨젤트 왕의 계획과 뜻한 바, 그리고 옆 나라 에이단의 데머번드 왕이 전쟁의 위협을 받아 그를 돕기 위한 비밀 특별 군대와 특수 임무에 대한 것이었다. 게롤트는 절인 생선 다섯 마차가 어떻게 에이단의 수비력을 강화할 수 있는지에 대해 흥미를 드러냈는데, 야르펜은 게롤트의 목소리 속 빈정거림에 전혀 주의를 기울이지 않고, 어떤 종류의 물고기는 아주 비싸서 마차 몇 대 분량이면 무장한 용병 부대 1년 월급에 충분하고 지금 부대가 하나라도 늘어야 큰 도움이 된다고 설명했다. 게롤트는 도대체 왜 그런 도움이 이렇게 비밀로 붙여져야만 하는지, 도대체 어디서 드워프가 제대로 대답을 하지 않은 것인지, 그리고 비밀로 하는 것이 도대체 무엇인지에 대해 의아해 했다.

트리스는 잠에 빠져들어 이마에 붙인 약 붕대를 떨어뜨리며 헛소리를 해댔다. 무슨 케빈이라는 사람에게 자기 옆에서 손을 잡아 달라고 하다가는 그다음에는 운명은 피할 수 없다고 소리쳤다. 그러고 나서는 모두들, 모두들 어느 정도까지는 돌연변이라고 소리친 후 다시 깊은 잠에 빠졌다.

시리도 졸렸다. 하지만 야르펜의 커다란 웃음소리에 정신이 들었다. 야르펜은 게롤트에게 옛날 모험담을 얘기하는 중이었다. 무슨 황금 용을 잡는 얘기였는데, 용은 잡히기는커녕 사냥꾼들의 뼈를 씹어 먹었으며, 코조예드라는 이름의 구두장이는 아예 잡아먹혔다는 얘기였다. 시리는 관심을 가지고 이야기에 집중했다.

게롤트는 렘바취*들이 어떻게 되었는지에 대해서 물었지만 야르펜은 모른다고 했다. 야르펜은 어떤 예니퍼라는 여자에 관심을 보였는데, 그랬더니 게롤트는 이상하게 말이 없어졌다. 드워프는 맥주를 꿀꺽하고는 그때로부터 몇 년이나 지났는데도 그 예니퍼가 아직도 자기에게 유감이 있다고 불평을 했다.

　"고스 벨렌의 장터에서 만났어. 나를 보자마자 무슨 암고양이처럼 하악거리더니, 이미 돌아가신 우리 엄마까지 욕하는 거야. 어쨌든 나는 재빨리 달아났지. 그랬더니 내 뒤에 대고는 언젠가는 날 잡아서 내 엉덩이에서 잔디가 자라게 하겠다고 소리를 질렀어."

　시리는 엉덩이에 풀이 난 야르펜을 생각하고 킬킬거렸다. 게롤트가 여자들의 충동적인 성격에 대해 퉁명스럽게 내뱉자, 드워프는 충동적이라는 건 여자들의 악의와 고집, 복수심을 가리키기엔 너무 약한 말이 아니냐고 되받았다. 게롤트는 더 이상 논의를 전개하지 않았고, 시리는 다시 잠에 빠져들었다.

　이번에는 높아진 목소리에 잠이 깼다. 계속해서 소리 지르고 있는 야르펜의 목소리였다.

　"그럼! 알기만 한다면야! 그렇게 나도 결심했다고!"

　"조용히."

　위쳐가 차분하게 말했다.

　"마차에는 아픈 여자가 누워 있어요. 당신의 결정을 내가 비판한 게 아니라……."

---

* 렘바취(Rębaczy) : 신프리드 출신의 용병들.

"물론, 아니겠지."

드워프가 비꼬듯 말했다.

"당신은 그냥 의미심장하게 웃을 뿐이지."

"야르펜, 친구로서 경고하는 거요. 담벼락 꼭대기에서 양쪽에 발을 걸치고 있는 사람들은 양쪽에서 모두 혐오하게 되어 있고, 재수가 좋아 봐야 양쪽 모두가 불신으로 대할 뿐이에요."

"난 양다리를 걸치고 있지 않아. 분명 한쪽 편을 들고 있다고."

"그 한쪽 편에서 당신은 언제나 드워프예요. 그들과는 다른, 다른 종자. 그리고 그 반대편에서는……."

게롤트는 말을 멈추었다.

"그래, 뭐?"

야르펜이 몸을 돌리며 소리쳤다.

"그래, 한번 시작해 보라고, 뭘 기다리는 거야! 말하라고! 내가 배신자고 인간의 족쇄에 묶인 개라고, 은 한 줌과 먹을 거 한 그릇이면 자유를 위해 일어서 싸우는 형제들을 공격한다고. 그래, 그렇게 말하라고! 말하다 마는 건 질색이야."

"아니오, 야르펜."

게롤트가 조용히 말했다.

"아니오. 그런 말은 하지 않겠습니다."

"아하, 안 한다고?"

드워프는 말을 걷어챘다.

"하기가 싫어서? 그냥 쳐다보고 웃는 게 낫다 이거지? 나에겐 한 마디도 안 하고? 하지만 벤츠크에게는 이렇게 말했지. '저의 칼에는 의지하지 말아

주십시오.' 아하, 거만하게, 귀족적으로, 자랑스럽게 말이지! 잘난 척하는 건 아주 개 똥구멍 같아! 그 자존심도!"

"난 그냥 정직하고 싶었을 뿐입니다. 이 싸움에는 말려들고 싶지 않아요. 저는 중립을 유지하고 싶습니다."

"그럴 수는 없어!"

야르펜이 소리쳤다.

"중립을 유지할 수가 없다고, 알겠냐고? 아니, 당신은 아무것도 이해 못 해. 으, 내 마차에서 나가. 말 타고 가라고. 눈앞에서 썩 꺼져 버려. 잘난 척하는 중립쟁이 같으니, 짜증나 죽겠네."

게롤트는 몸을 돌렸다. 시리는 기대감에 숨을 죽였다. 하지만 위쳐는 아무 말도 하지 않았다. 일어나 마차에서 훌쩍 가볍고 여유 있게 뛰어내렸다. 야르펜은 사다리에서 로취의 줄이 풀릴 때까지 기다렸다가 다시 말을 걸어 찼다. 수염 아래로는 뭔가 알아들을 수는 없지만, 소리만 들어도 위협적인 말을 내뱉고 있었다.

"너랑도 달갑지 않은 상황이야, 아가씨."

드워프는 화난 듯 내뱉었다.

"젠장, 여기 우리에게 꼭 필요한 게 여자랑 아가씨겠지. 마차 위에서 오줌도 못 싸다니, 마차를 멈추고 덤불로 들어가야 한다니!"

시리는 허벅지에 주먹을 쥐고 재색 앞머리를 흔들며 고개를 높이 들었다. 그러고는 화가 나 목소리를 높였다.

"그렇다고요? 맥주를 좀 조금 드시죠, 지그린 아저씨. 그럼 덜 자주 가셔도 될 텐데요!"

"내 맥주는 상관 마, 이 코흘리개야!"

"소리 지르지 마세요! 트리스가 바로 잠들었다고요!"

"이건 내 마차야! 내가 원하면 얼마든지 소리 지를 수 있다고!"

"나무둥치!"

"뭐라고? 야, 이 건방진 꼬마가!"

"나무둥치!!!"

"내가 너한테 나무둥치를……. 아악, 젠장!"

드워프는 몸을 확 숙이고는 두 마리의 말이 길 한가운데 나타난 나무둥치 위를 지나갈 뻔한 찰나에 겨우 고삐를 잡아챘다. 야르펜은 마차 앞자리에 서서 인간의 말과 드워프 말을 섞어서 욕을 하며 휘파람을 불고 소리를 지르며 고삐를 잡고 있었다. 다른 마차에서 깜짝 놀란 드워프들과 사람들이 뛰어와 말 머리와 가슴 부분을 붙잡아 빈 길로 다시 인도하는 것을 도와주었다.

"졸기라도 한 거야, 야르펜?"

폴리 달베르그가 가까이 다가오며 소리쳤다.

"젠장, 저리로 지나갔으면 완전히 가운데라 바퀴가 다 터질 뻔했는걸. 도대체 왜……."

"비켜, 폴리!"

야르펜 지그린이 화를 내며 거칠게 고삐를 잡았다.

"다행이었어요."

시리가 드워프 옆 마차 앞자리에서 예쁜 목소리로 말했다.

"보시다시피, 여러분끼리 가는 것보다는 마차에 여자 위쳐가 타는 게 좋겠죠. 제가 적시에 경고를 드렸어요. 만약 마차 위에서 오줌을 누면서 저 나무둥치를 지나갔더라면……. 아이고, 아이고, 아저씨에게 무슨 일이 생겼을지 생각만 해도…….”

“너 조용히 안 해?”

“이제 아무 말 안 할게요. 단 한마디도요.”

시리가 입을 다문 것은 1분이 채 안 되었다.

“지그린 아저씨?”

“난 네 아저씨가 아니다.”

드워프가 시리를 팔꿈치로 치더니 이를 드러내 보였다.

“난 야르펜이야, 알았지? 우리 둘이 이 행렬을 끌고 가는 거잖아, 그렇지?”

“물론이죠. 제가 고삐를 잡아도 되나요?”

“당연하지. 자, 아니 그렇게 말고. 둘째손가락을 여기 놓고, 엄지로 누르는 거야. 오, 그렇지. 왼쪽도 똑같이. 당기지 말고, 너무 세게 당기면 안 돼.”

“이렇게요?”

“좋아.”

“야르펜?”

“왜?”

“중립을 유지한다가 무슨 뜻이에요?”

“상관없다는 거지.”

드워프는 내키지 않는 듯 중얼거렸다.

“채찍이 공중에 걸려 있으면 안 된다. 왼쪽을 더 몸 쪽에 붙여!”

“어떻게 상관없을 수가 있나요? 무슨 상관이요?”

드워프는 몸을 확 굽히더니 마차 밖으로 침을 뱉었다.

“만약 스코이아텔이 우리를 공격하면 게롤트는 가만히 서서 스코이아텔이 우리 목을 따는 것을 편안하게 지켜보겠다는 거지. 너도 아마 그 옆에 서 있게 될 거야, 그게 아마 사상교육이겠지. 수업의 주제는, 이성이 있는 종족들끼리의 다툼에서의 위쳐의 자세."

"무슨 말인지 모르겠어요."

"네가 모르겠다는 건 전혀 이상하지가 않네."

"그래서 게롤트랑 싸우고 화가 나신 거예요? 그 스코이아텔이 누구예요? 다람쥐들이요?"

"시리."

야르펜은 세게 턱수염을 헝클었다.

"그건 아직 어른이 되지 않은 작은 아가씨들이 알 일이 아니란다."

"아하, 이제 저에게 화가 나신 건가요? 저는 작지 않아요. 수비대에서 군인들이 다람쥐들에 대해 뭐라고 하는지 들었어요. 보기도 했고요. 죽은 엘프 둘을 봤어요. 그리고 기사가 그들도 죽인다고 했어요. 그들 중 엘프만 있는 게 아니고, 드워프도 있대요."

"나도 안다."

야르펜이 건조하게 대답했다.

"당신도 드워프잖아요."

"그건 당연하지."

"그러면 다람쥐를 왜 무서워하세요? 다람쥐들은 사람들이랑만 싸운다던데."

"그게 그렇게 단순한 게 아니다."

드워프는 우울한 표정이 되었다.

"불행히도."

시리는 아랫입술을 깨물고 코에 주름을 잡으며 오랫동안 말이 없었다.

"알았어요."

시리가 갑자기 말했다.

"다람쥐들은 자유를 위해 싸워요. 하지만 아저씨는 드워프인데도 헨젤트 왕의 비밀 특수부대에 속해 인간들의 목줄에 매어 있는 거예요."

야르펜은 화를 내며 콧김을 내뿜더니 소매로 코를 비비고는 마차 자리에서 몸을 빼서 벤츠크가 근처에 있는지 살펴보았다. 벤츠크는 멀리서 게롤트와의 대화에 열중해 있었다.

"넌 마치 마못처럼 귀가 좋구나, 꼬마 아가씨."

야르펜은 입을 크게 벌리고 웃었다.

"넌 아이를 낳고 요리를 하고 실을 자아야 하는 운명보다는 똑똑한 편이구나. 네가 모든 걸 다 알고 있는 것만 같지? 그건 네가 코흘리개이기 때문이야. 바보 같은 표정은 하지 마. 얼굴 표정만으로는 어른이 될 수 없어. 게다가 그런 표정을 하면 보통 때보다 더 못생겨 보인다고. 네가 스코이아텔 놈들의 상황을 제대로 파악한 건 인정하마. 게다가 그들의 주장이 맘에 들었니? 네가 왜 그놈들을 잘 이해할 수 있는지 알아? 그건 그놈들 역시 코흘리개이기 때문이야. 똥강아지들, 그들을 누군가가 부추기고 있는 거야. 누군가 자유에 대한 구호로 현혹하고, 그들의 어리석은 개수작을 이용하고 있는 걸 모른다고."

"하지만 그들은 정말 자유를 위해 싸우잖아요."

시리는 고개를 들고 드워프를 초록빛 눈을 크게 뜨고 바라보았다.

"마치 브로킬론의 드라이어드들처럼요. 사람들을 죽이죠. 왜냐하면 사람들이, 아니, 어떤 사람들이 그들을 해치니까요. 왜냐하면 여기는 옛날에는 당신들의 땅이었잖아요, 드워프들과 엘프와 그리고 하플링들과……. 하지만 지금은 사람들이 차지했죠. 그래서 엘프들은…….."

"엘프라고!"

야르펜이 콧김을 뿜었다.

"정확하게 하자면, 그 엘프들도 여기 너희 사람들과 똑같이 어쩌다 온 거야. 물론 자기네 흰 배를 타고 인간보다 천 년 전에 오긴 했어도. 지금은 경쟁적으로 친한 척하면서 우리는 형제다, 같은 소수 종족들이라고 하고, 오래된 종족들이라고 말하는데. 옛날에는 씨……. 흠, 흠, 옛날에는 귀 옆으로 엘프들이 쏘는 화살이 휙휙 지나가곤 했다고, 우리가……."

"그럼 세상에 제일 처음 있었던 건 드워프예요?"

"하플링들이야, 진짜로 정확히 말하면. 세상 중 이 부분만 말하면. 왜냐하면 세상은 상상할 수 없을 만큼 크거든, 시리."

"알아요. 지도를 봤어요."

"네가 다 알 수가 없어. 아직도 그런 지도를 만든 사람은 없어. 그리고 곧 만들 수 있을지도 의심스러워. 아무도, 아무도 몰라. 불꽃의 산과 대양 뒤에는 뭐가 있는지. 엘프들도 몰라. 지들은 모든 걸 다 안다고 잘난 척하지만. 알긴 뭘 알아."

"흠, 하지만 지금은 사람들이…… 당신들보다 훨씬 많잖아요."

"왜냐하면 너희 인간들이 토끼처럼 마구 늘어나잖아."

드워프가 이를 갈았다.

"그저 인간 남자들은 그 짓만 할 줄 알지. 계속해서, 가릴 것 없이, 그냥 이놈저놈, 이곳저곳 닥치는 대로 말이지. 거기다가 인간 여자들은 그냥 남자 바지 위에 앉기만 해도 배가 불러 온다고. 왜 그렇게 얼굴이 빨개진 거지? 무슨 양귀비꽃도 아니고. 어쨌든 너도 이해하고 싶어 했잖아? 그러니 솔직한 진실과 믿을 만한 세계사를 들은 거야. 이 세계는 다른 놈의 해골을 더 능숙하게 파내거나 다른 여자들을 더 재빨리 배부르게 하는 놈들이 다스리지. 그런 일에는 너희들, 인간들과는 도저히 경쟁이 안 돼. 죽이는 것도, 그 짓도."

"야르펜."

로취를 타고 옆으로 다가온 게롤트가 말했다.

"말을 좀 가려서 해 주세요. 그리고 시리, 너는 마차 모는 걸로 장난하지 말고, 트리스를 좀 들여다보거라. 아직 안 깨어났는지, 뭐 필요한 것은 없는지."

"이미 아까 깼어요."

마차 깊숙한 곳에서 여자 마법사의 힘없는 목소리가 들려왔다.

"하지만 이 재미있는 대화를 끊을 수가 없어서. 게롤트, 당신도 방해하지 마세요. 나도 세상의 발전에 그 짓이 미친 영향에 대해 좀 더 알아야겠네요."

"물을 좀 데워도 될까요? 트리스가 씻고 싶어 해요."

"데우거라."

야르펜 지그린이 허락했다.

"하비에르, 불에서 토끼 좀 내려놔, 이제 다 되었을 거라고. 시리, 거기 솥을 얹어라. 아이쿠, 솥 가장자리까지 물이 꽉 들었잖아? 강가에서 그 무거운 걸 혼자 들고 왔니?"

"난 힘이 세요."

달베르그 형제들 중 가장 나이 많은 드워프는 웃음을 터뜨렸다.

"폴리, 외모만 보고 판단해서는 안 돼."

야르펜은 능숙하게 구운 숲멧토끼를 나누며 심각하게 말했다.

"웃을 문제가 아니라고. 여기 이 말라깽이는 힘세고 참을성이 많은 아가 씨야. 마치 가죽 허리띠 같지. 가늘긴 하지만 손에서 찢어지지 않아. 걸고 목을 맨다 하더라도 찢어지지는 않지."

아무도 웃지 않았다. 시리는 이미 꺼진 드워프들의 모닥불 옆에 쭈그리고 앉았다. 이번에 야르펜 지그린과 그의 '우리 애들'은 따로 모닥불을 피웠는 데, 하비에르 모란이 활로 쏘아 잡은 토끼를 다른 이들과 나눠 먹을 생각이 없 었기 때문이었다. 자기들끼리 먹기에도 한두 번 씹으면 없을 양이었다.

"모닥불에 좀 더 갖다 넣어."

야르펜이 손가락을 빨며 말했다.

"물이 빨리 데워지게."

"물을 도대체 뭐하러 데워."

레간 달베르그가 뼈를 뱉어 내며 말했다.

"목욕을 하면 아픈 사람은 더 안 좋아진다고. 건강한 사람도 마찬가지야. 슈라데르 기억나? 한번은 마누라가 목욕을 하라고 했더니, 곧 죽어 버리고 말았다고."

"왜냐하면 미친개에게 물렸거든."

"안 씻었으면 미친개가 안 물었을 거야."

"나도 그렇게 생각해요."

시리가 손가락을 솥에 넣어 물의 온도를 보며 말했다.

"매일 씻는다는 건 너무 심하다고요. 하지만 트리스가 부탁을 해서. 한 번은 울기까지 했다고요. 그래서 게롤트와 저는……."

"우리도 알아."

달베르그 형제 중 나이가 가장 많은 드워프가 말했다.

"하지만 위쳐까지……. 정말 놀라 자빠질 노릇이라고. 지그린, 만약 여자가 생긴다면 여자를 씻겨 주고 머리를 빗겨 줄 수 있어? 만약 설사병이 난다면 덤불로 그때마다 들고……."

"닥쳐, 폴리."

야르펜이 말을 못하게 했다.

"위쳐의 험담을 해서는 안 돼, 괜찮은 놈이라고."

"뭐 내가 무슨 소리를 했다고? 내 말은 그저……."

"트리스는."

시리가 싸움을 걸듯 말했다.

"게롤트의 여자가 전혀 아니에요."

"그럼 더욱더 놀랄 일이지."

"그건 네가 더욱더 바보란 뜻이야."

야르펜이 결론지었다.

"시리, 뜨거운 물 조금만 여기 부어라. 사프란과 양귀비 씨로 약을 좀 만들자꾸나. 트리스가 오늘은 좀 상태가 낫지?"

"아마도."

야닉 브라스가 중얼거렸다.

"오늘은 행렬을 여섯 번만 멈추면 되었으니까. 아, 나도 알고 있어, 여행 중에는 서로 도움을 거절해서는 안 된다는 걸. 혹시나 다르게 생각하는 놈이 있다면 그건 안 될 일이지. 길에서 도움을 거절하는 건 비열한 쌍놈들이야. 하지만 우리가 이 숲에서 너무 시간을 지체하고 있다고. 이러면 괜히 운명을 재촉하고, 팔자가 꼬일 수도 있다는 걸 난 말해야겠어. 여긴 위험해. 스코이아텔이……."

"관둬, 야닉."

"퉤, 퉤. 야르펜, 내가 싸움을 무서워하는 것도 아니고 피를 처음 보는 것도 아니지만 정말 우리가 우리들과 싸우게 된다면⋯⋯. 젠장! 왜 이런 일이 생긴 거지? 저 망할 놈의 짐들은 망할 말들이 옮기면 될 것이지, 왜 우리가! 악마가 아드 카라그의 잘난 척하는 놈들을 잡아가 버렸으면 좋겠어. 그 새 끼들을⋯⋯."

"입 닥쳐. 내가 말했잖아. 잡곡이 든 냄비나 내놔. 토끼는 다 먹었고, 이제 또 뭔가 먹어야지. 시리, 우리랑 같이 먹을래?"

"당연하죠."

꽤 오랫동안 후룩후룩 쩝쩝거리는 소리와 냄비 밑바닥에 나무 숟가락이 부딪치는 소리밖에 들리지 않았다.

"젠장."

폴리 달베르그가 말하고는 길게 트림을 했다.

"좀 더 먹었으면 좋겠는데."

"나도요."

시리도 말하면서 드워프들의 이런 꾸밈없는 매너에 대만족하며 트림을 했다.

"잡곡은 싫어."

하비에르 모란이 말했다.

"입속에서 곡식이 자랄 것만 같다고. 소금에 절인 고기도 이제 질렸어."

"식성이 그렇게 고상하시다면 풀을 뜯어 먹지그래."

"아니면 자작나무 껍질을 뜯어 먹어 봐. 비버들은 그렇게 하던데."

"비버라면 먹어 줄 수 있지."

"난 물고기."

폴리가 꿈꾸는 듯한 목소리로 말하면서 호주머니에서 마른 빵을 꺼내 요란하게 씹었다.

"물고기가 먹고 싶네."

"그럼 물고기를 잡자."

"어디서?"

야닉 브라스가 소리쳤다.

"덤불에서?"

"냇가에서."

"저걸 무슨 냇가라고. 오줌 줄기가 반대편까지 넘어가겠네. 무슨 물고기가 저기 있겠어?"

"물고기 있어요."

시리가 숟가락을 빨고는 부츠 속에 집어넣었다.

"물을 건너올 때 봤어요. 하지만 무슨 병든 물고기 같던데. 두드러기가 나 있어요. 까만색이랑 빨간색 점이……."

"송어다!"

폴리가 마른 빵을 뱉어 내며 소리쳤다.

"오! 얘들아, 얼른 냇가로 뛰어가자! 레간, 바지 좀 벗어 봐! 네 바지로 물고기통을 만들어야겠어."

"왜 내 바지로?"

"빨리 벗어, 이 똥강아지야! 아니면 한 대 맞을 줄 알아! 엄마가 항상 형말 들으라고 한 거 몰라?"

"만약 물고기를 잡으려면 얼른 서둘러. 곧 어두워질 거야."

야르펜이 말했다.

"시리, 물이 데워졌니? 아니, 아니, 놔둬라. 그러다 델라. 솥 때문에 더러 워질 거야. 네가 힘이 센 건 잘 알지만, 내가 가져다주마."

게롤트는 이미 기다리고 있었다. 멀리서 마차의 열린 포장 사이로 게롤 트의 하얀 머리가 보였다. 드워프는 욕조에 물을 부었다.

"도움이 필요한가, 위처?"

"아니요, 야르펜. 시리가 도와주면 돼요."

트리스는 고열은 이미 내렸지만 너무나 쇠약해져 있었다. 게롤트와 시리 는 이미 트리스의 옷을 벗기고 씻기는 것에 익숙해져 있었다. 또한 트리스 가 아무리 원해도 혼자하기를 포기하도록 하는 데도 익숙해져 있었다. 목욕 은 수월하게 진행되었다. 게롤트가 트리스의 어깨를 잡고, 시리는 씻기고 수건으로 닦는 것이었다. 시리가 이상하게 여기는 건 단 한 가지였다. 트리 스가 필요 없이 게롤트를 꽉 껴안는 것이었다. 이번에는 게롤트에게 키스를 하려고까지 했다.

게롤트는 머리로 트리스의 주머니를 가져오라고 신호를 보냈다. 시리는 얼른 뛰어갔다. 트리스의 머리를 빗겨 주는 것도 목욕 의식의 일부분이었 다. 시리는 빗을 찾아 옆에 무릎을 꿇었다. 트리스는 시리 쪽으로 머리를 숙 이며 위처를 껴안고 있었다. 시리 생각으로는 아무래도 너무 꽉 껴안는 것 같았다.

"게롤트, 아아……."

트리스는 울고 있었다.

"미안. 너무 유감이에요. 우리 사이에 있었던……."

"트리스, 제발."

"그 일은 지금 있었어야 하는데. 내가 건강해지면⋯⋯ 전혀 다를 거예요. 난, 난⋯⋯."

"트리스."

"예니퍼가 부러워요. 예니퍼⋯⋯. 당신⋯⋯."

"시리, 나가 있어라."

"하지만."

"부탁이야. 나가 있어라."

시리는 마차에서 뛰어내리다가 바로 야르펜에게 부딪치고 말았다. 야르펜은 마차 바퀴에 기대어 풀잎의 긴 대를 씹으며 생각에 잠겨 있는 참이었다. 드워프가 시리의 어깨를 감쌌다. 그러기 위해서 게롤트가 하듯 몸을 굽히지 않아도 되었다. 드워프는 시리보다 전혀 크지 않았기 때문이다.

"저런 실수는 절대 하지 마라, 꼬마 위쳐 아가씨."

야르펜은 눈짓으로 마차를 가리키며 중얼거렸다.

"누군가 너에게 동정심과 착한 마음을 보여 주고 희생한다고 해도, 올바른 양심을 보여 준다 하더라도 그걸 귀하게 여겨야 하지, 그걸 다른 것과 혼동해서는 안 돼."

"남의 말을 엿듣는 건 고상하지 못해요."

"나도 안다. 그리고 위험하기도 해. 아까 네가 비눗물을 버릴 때 겨우 옆으로 피했다. 이리 와 봐, 레간 바지에 송어가 몇 마리나 들었나 보자."

"야르펜?"

"왜?"

"난 아저씨가 좋아요."

"나도 네가 좋단다, 염소야."

"하지만 아저씨는 드워프잖아요. 나는 아니고요."

"그게 무슨. 아하, 스코이아텔 때문이구나. 지금 다람쥐들 얘기를 하는 거지? 계속 생각이 나는 거지?"

시리는 드워프의 팔에서 빠져나왔다.

"아저씨도 계속 그 생각이잖아요."

시리가 말했다.

"다른 이들도요. 다 보인다고요."

드워프는 침묵했다.

"야르펜?"

"왜 그러냐?"

"누가 옳은 거죠? 다람쥐들인가요, 아니면 당신들인가요? 게롤트는 중립이 되길 원해요. 아저씨는 헨젤트 왕 밑에서 일하죠, 드워프지만요. 하지만 수비대의 기사는 모두들 우리의 적이고 모두 다, 모두 다 죽여 버려야 한다고 소리쳤어요. 아이들도요. 왜 그런 건가요, 야르펜? 누가 옳은 건가요?"

"모르겠다."

드워프는 힘겹게 대답했다.

"내가 세상 이치를 다 아는 것도 아니고. 나로선 옳다고 생각하는 일을 하는데. 다람쥐들은 무기를 들고 숲에 갔지. 사람들은 바다로 가서는 소리를 지르고. 그들이 외치는 선동 문구마저도 닐프가드의 사자들이 일러 준 것일지도 몰라. 사람들은 그 선동이 자신들을 향하고 있고, 젊은 엘프들의 호전성을 더하는 것보다는 사람들 사이의 미움만 더하고 있다는 걸 몰라. 나는 이해했지. 그래서 스코이아텔이 하는 짓거리가 폭력적인 바보짓이라고 생각해. 모르지. 몇 년 후면 내가 배신자에 민족을 팔아넘긴 자가 되어 있고,"

그들을 영웅이라고 할지. 우리의 역사는, 우리가 살고 있는 세상의 역사에는 그런 일들도 많단다."

야르펜은 말을 멈추고 수염을 마구 흩뜨렸다. 시리도 침묵했다.

"에릴레나."

갑자기 야르펜이 중얼거렸다.

"만약 에릴레나를 영웅이라 한다면, 그녀의 행위를 영웅적이라 한다면, 할 수 없지. 나를 배신자에 겁쟁이라 해도 좋아. 왜냐하면 나, 야르펜 지그린은 겁쟁이, 배신자, 반항자로서 우리가 서로서로 죽여서는 안 된다고 생각해. 나는 우리가 살아야 한다고 주장하는 거지. 나중에 누구에게도 용서를 구할 필요가 없도록 그렇게 살아야 한다고. 영웅 에릴레나……. 에릴레나는 그럴 수밖에 없었어. 나를 용서해 주세요, 나를 용서해요, 그렇게 애원했지. 제기랄! 남의 용서를 받아야 할 짓을 했다는 걸 의식하며 살기보다는 그냥 죽어 버리는 게 낫다고!"

야르펜은 다시 침묵했다. 시리는 입술을 깨물고 질문을 던지지 않았다. 지금 질문을 해서는 안 된다는 것을 직관적으로 알았기 때문이다.

"우리는 함께 살아야 하는 거야."

야르펜이 결론지었다.

"우리와 너희, 사람들 말이지. 왜냐하면 그거 말고는 다른 해결책이 없어. 200년 전부터 우리는 그 사실을 잘 알게 되었고, 100년 전부터는 그렇게 하기 위해 노력하고 있어. 왜 내가 헨젤트 왕을 위해 일하게 되었는지, 어쩌다 그런 결정을 내리게 되었는지 알고 싶니? 나는 그런 우리의 노력이 헛수고가 되는 것을 두고 볼 수가 없었어. 100년을 사람들이랑 잘 지내려고 노력해 왔다고. 하플링들, 드워프들, 엘프들까지도 말이야. 루살카나 님프,

실피드 같은 애들은 원래 좀 이상하니까, 걔들은 원래부터 좀 그랬어. 사람들이 이 땅에 오기 전에도 말이야. 하여튼 걔들은 차치하고라도 말이지. 젠장. 100년, 이렇게 어찌어찌 같이 살게 되고, 인간과 우리가 아주 조금밖에 다르지 않다고 설득하는 데 100년이 걸렸다고."

"우리는 전혀 다르지 않아요, 야르펜."

드워프는 몸을 휙 돌렸다.

"전혀 다르지 않아요."

시리는 다시 말했다.

"아저씨도 게롤트처럼 생각하고 느끼잖아요. 그리고 나처럼 느끼기도 하고. 우리는 한 솥에서 같은 음식을 먹고. 아저씨도 트리스를 도와주고, 나도 트리스를 도와주고. 아저씨에게도 무서운 할머니가 있었고 나도……. 닐프가드 인들이 우리 할머니를 죽였어요, 신트라에서."

"우리 할머니는 사람들이 죽였어."

드워프는 힘겹게 말했다.

"브뤼헤에서, 학살 때."

"기마단이다!"

벤츠크의 부하 중 앞쪽 정찰대를 맡은 사람이 외쳤다.

"앞쪽에 기마단!"

벤츠크가 야르펜의 마차 쪽으로 말을 몰아왔다. 게롤트도 반대쪽에서 다가왔다.

"시리, 뒤로 가라."

게롤트의 목소리는 엄격했다.

"마차 끄는 자리에서 내려와서 뒤로. 트리스 옆에 있어라."

"거기서는 아무것도 안 보이는데요!"

"말대답하지 말고!"

야르펜이 소리쳤다.

"뒤로 가! 빨리! 그리고 나지악*을 줘. 털가죽 밑에 있어."

"이거요?"

시리는 무섭게 생긴 무거운 물건을 꺼냈다. 망치처럼 생겼는데, 앞에는 뾰족하고 살짝 구부러진 날이, 뒤쪽에는 징 같은 것이 박혀 있었다.

"맞다."

드워프는 확인하고는 나지악의 나무 손잡이를 부츠 속에 집어넣고는 도끼를 무릎 위에 올려놓았다. 보기에는 평정심을 전혀 잃지 않은 벤츠크는 시골길 너머를 손으로 눈을 감싸고 살펴보고 있었다. 그리고 잠시 후 입을 열었다.

"반 글레안의 기마대군. 붉은 깃발이라고 불리는 기마대요. 외투랑 높은 모자의 색깔로 알 수 있소. 평정을 유지해요. 조심하고. 외투도 모자도 주인을 바꾸는 것은 쉬운 일이요."

기마대는 빨리 다가왔다. 열 명 정도 되었다. 시리는 뒤쪽에서 폴리 달베르그가 무릎 위에 팽팽히 당긴 석궁 둘을 들고 있고, 레간이 여행용 망토로 가리고 있다는 것을 알았다. 시리는 조용히 마차의 포장 아래에서 야르펜의 넓은 등 뒤로 몸을 숨기며 나왔다. 트리스는 몸을 일으키려다 욕을 내뱉고는 다시 이불 위로 쓰러졌다.

---

* 한쪽은 날카롭고 끝이 뾰족한 휘어진 끌처럼, 다른 쪽은 망치처럼 생긴 무기.

"서라!"

기마대 중 맨 앞에 서 있는 분명 대장임에 틀림없는 남자가 외쳤다.

"당신들은 누구냐? 어디서 와서 어디로 가는 거지?"

"묻는 당신은?"

벤츠크는 안장에서 편안하게 몸을 쭉 폈다.

"어디 소속인가?"

"헨젤트 왕 군대다, 궁금한 것도 많은 양반아! 묻는 사람의 이름은 지빅, 보통은 질문을 되풀이하지 않는다. 그러니 지금 당장, 대답해라! 누구냐?"

"왕의 보급 군대다."

"누구나 그렇게 말할 수 있겠지! 여기서 아무도 왕의 색깔을 입은 자가 안 보인다."

"가까이 와서 보라. 그리고 이 반지를 잘 살펴보아라."

"지금 나한테 반지 따위를 자랑하려는 거냐?"

지빅이라고 말한 군인이 얼굴을 찡그렸다.

"내가 반지를 보면 다 아는 것도 아니고. 이런 반지는 누구나 가질 수 있다. 제대로 된 신분 표시를 보여라."

야르펜 지그린이 마차의 지휘대에서 일어나 도끼를 들고 번개 같은 몸짓으로 군인 코앞에 들이밀었다.

"이런 표시는 아냐? 한번 냄새를 맡고 앞으로는 기억하지그래."

지빅은 말고삐를 조정해 말을 옆으로 돌렸다.

"지금 나를 겁주겠다는 건가? 나를? 나는 왕의 군대 소속이다!"

"그건 우리도 마찬가지다."

벤츠크가 작은 목소리로 말했다.

"그리고 분명 너보다는 오래 일한 것 같은데. 여기 끼어들지 말라, 내 충고를 듣고."

"나는 여기서 수비대를 맡고 있다. 당신들이 뭔지 내가 어떻게 아나?"

"반지를 보았지 않나."

벤츠크가 천천히 말했다.

"만약에 반지에 있는 표시를 알아보지 못했다면 네가 뭘 하는 놈인지 내가 생각을 좀 해 봐야겠다. 붉은 깃발 위에도 이것과 똑같은 문장이 그려져 있으니, 알아야 마땅하겠지."

병사는 분명 참고 있는 듯했다. 그건 벤츠크의 차분한 목소리와, 호위 마차들에서 내다보고 있는, 이를 악물고 있는 칙칙한 얼굴들 양쪽의 영향을 똑같이 받아서였다.

"흠."

병사는 이렇게 말하고 왼쪽으로 모자를 넘겼다.

"좋습니다. 하지만 당신들이 자신들이 주장하는 바로 그 사람들이라면 마차 안에 뭘 운반하고 있는지 내가 좀 보는 데에는 유감이 없으시겠죠."

"유감 있어."

벤츠크가 미간에 주름을 지어 보였다.

"아주 유감일세. 우리가 뭘 운반하느냐는 상관할 바가 아냐. 거기다 도대체 이 안에서 뭘 찾고 싶어 하는 건지도 모르겠고."

"모르겠다고요?"

병사는 고개를 끄덕이고는 한 손을 칼 손잡이 쪽으로 내렸다.

"그럼, 말씀드리죠. 인신매매는 금지되어 있습니다. 하지만 닐프가드 놈들에게 노예를 파는 나쁜 놈들이 있단 말입니다. 만약 마차 안의 저장품 중 사람을 제가 발견한다면 그때 가서 여러분들이 국왕의 신하라고 말씀하지 않는 편이 좋을 겁니다. 반지를 열두 개 보여 준다 하더라도 할 수 없어요."

"좋다."

벤츠크가 건조하게 말했다.

"노예를 찾는다면 찾아보지. 그건 허락할 수 있다."

병사는 말에 똑바로 앉은 채로 가운데 마차로 다가가서는 안장에서 몸을 굽혀 포장을 걷어 올렸다.

"이 통들에는 뭐가 있습니까?"

"뭐겠나? 노예?"

마부 자리에 편안히 앉은 야닉 브라스가 비꼬았다.

"내가 물었다! 대답하시오!"

"절인 생선들이야."

"이 통들에는?"

병사는 다음 마차로 가서는 옆 부분을 발로 차며 물었다.

"편자."

폴리 달베르그가 퉁명스럽게 대답했다.

"그리고 저기 뒤쪽에는 물소 가죽이 있어."

"나도 봤소."

병사는 손을 내저으며 말을 앞으로 달리게 하더니 맨 앞쪽으로 와 야르펜의 마차 안을 들여다보았다.

"저기 누워 있는 저 여자는 뭐요?"

트리스 메리골드는 힘없이 웃어 보이며 팔꿈치를 들고 몸을 일으키고는 손으로 짧고 복잡한 모양을 그렸다. 그러고는 작은 목소리로 물었다.

"누구, 나? 넌 내가 전혀 안 보이잖아."

병사는 불안하게 눈을 깜빡이다가 몸을 잠시 떨었다.

"절인 생선이군."

포장을 다시 내리며 그는 확신에 찬 목소리로 말했다.

"다 좋아. 그러면 저 아이는?"

"버섯 말린 거야."

시리는 뻔뻔하게 병사를 바라보며 말했다. 병사는 아무 말도 하지 못하고 입을 벌리고는 몸이 굳어 버렸다.

"뭐라고?"

그러고는 조금 있다가 이마에 주름을 잡고 물었다.

"뭐라고?"

"그럼, 이제 검사를 마쳤나?"

마차 반대편에서 다가온 벤츠크가 차갑게 물었다. 병사는 겨우 시리의 초록빛 눈에서 시선을 뗐다.

"끝냈습니다. 가십시오, 신의 가호가 있기를. 하지만 조심하십쇼. 이틀 전 스코이아텔이 오소리 협곡에서 기마정찰대 전부를 몰살했어요. 정찰대는 수도 많은 정규군이었습니다. 물론 오소리 협곡이 여기서 멀긴 하지만, 엘프들은 숲 속에선 바람보다 더 빨리 움직이니까요. 여기를 막고 몰이를 하라고 명령이 내려왔지만, 그렇게 해서 엘프를 잡는답니까? 그거야말로 바람을 잡는 거와 똑같죠."

"알았네, 알았어. 우린 관심 없다고."

냉정하게 벤츠크가 말을 끊었다.

"시간은 없고, 갈 길은 머니까."

"이쪽으로 저를 따라오세요!"

"게롤트, 들었나?"

야르펜 지그린이 순찰대가 떠나는 소리를 듣고는 화를 냈다.

"그 미친 다람쥐 떼들이 이 근처에 있는 거야. 내가 느꼈다고. 등 뒤가 스멀스멀한 게 마치 활시위의 표적이 된 거 같은 기분이야. 젠장, 이제 지금까지처럼 휘파람을 불고, 졸고, 방귀를 뀌면서 아무것도 보지 않고 갈 수는 없어. 우린 앞에 뭐가 있는지 봐야 한다고. 내 말 좀 들어 봐. 나한테 생각이 있어."

시리는 바로 밤색 말에 올라타 안장에서 몸을 낮게 구부린 채 질주했다. 게롤트는 벤츠크와의 대화에 열중해 있다가 갑자기 몸을 쭉 폈다.

"미쳤니!"

게롤트가 외쳤다.

"진정해, 얘야! 목이 부러지고 싶니! 그리고 그렇게 멀리 달리면 안돼……."

더 이상 들리지 않는 것 같았다. 너무 앞으로 가고 있었다. 시리는 일부러 그런 것이었다. 매일의 잔소리를 더 듣고 싶지 않았다. 너무 빨리 하지 말고, 너무 급하게 하지 말고, 시리! 멀리 가지 말고! 치. 조심해! 쳇. 내가 무슨 어린애인가. 시리는 생각했다. 난 거의 열세 살이라고, 빠른 밤색 말도 가지고 있고, 등에는 날카로운 긴 칼도 매고 있다고. 아무것도 무섭지 않아!

그리고 지금은 봄이다!

"헤이! 조심해! 너 그러다 엉덩이 까진다!"

야르펜 지그린. 잔소리꾼이 한 명 더 있다. 맙소사.

더 멀리, 더 멀리, 질주, 울퉁불퉁한 길, 초록빛 풀밭과 덤불, 은빛의 물웅덩이, 황금빛의 습한 모래밭, 뾰족뾰족한 고사리 숲을 지나서. 놀란 다마사슴이 숲으로 몸을 감추니, 재빠른 뜀박질 사이에 검고 흰 엉덩이만 등대처럼 반짝였다. 나무들 사이에는 색색의 어치와 벌잡이새, 우스꽝스러운 꼬리가 달린 까맣고 시끄러운 까마귀들이 날아오른다. 말발굽이 물웅덩이와 바위틈 사이에 물을 튀겼다.

더 멀리, 아직 더 멀리! 마차 뒤에서 너무 오랫동안 의욕 없이 걸어왔던 말은 이제 기쁨에 차 빠르고 행복한 질주를 하고 있었다. 흐르는 듯 달리는 말, 허벅지 사이의 근육들이 춤추고, 축축한 갈기가 얼굴을 때린다. 말은 목을 뺐고, 시리는 가죽끈을 내려놓았다. 말아, 더! 입마개도 가죽끈도 느끼지 말고, 더 멀리, 빠르게, 더 빠르게, 세게, 세게. 봄이야!

시리는 속도를 늦추고 주위를 둘러보았다. 아, 드디어 혼자다. 드디어 멀리 왔다. 이제 누구도 잔소리하지 않고, 누구도 얘기하지 않으며, 누구도 이렇게 달려 나오면 어떻게 되는지 주의를 돌리거나 위협하는 사람이 없다. 드디어 혼자, 자유롭고, 편안하고, 누구에게도 속하지 않는다.

더 천천히. 가벼운 걸음으로. 이것은 그냥 오락을 위한 달리기만은 아니었다. 분명히 책임이 있는 것이다. 지금은 말을 타고 정찰하러 전방 수비대로 온 것이다. 하, 시리는 주위를 둘러보며 생각했다. 그럼 우리 대상 전체의 안전이 나에게 달려 있는 거야. 다들 내가 돌아와서 보고하기를 애타게 기다리고 있겠지. 길은 열려 있고 갈 수 있으며, 아무도 보지 못했고, 바퀴자국도 편자 자국도 없다고. 그렇게 내가 보고하면 차가운 파란 눈을 한 깡마른 벤츠크가 심각하게 고개를 끄덕이고, 야르펜 지그린이 말 같은 누런 이를 드러내고, 폴리 달베르그가 소리치겠지, '잘했어, 꼬마!' 그리고 게롤트는 살짝 웃을 거야. 게롤트도 웃기는 하니까, 요즘 와서 웃은 지는 꽤 되었지만.

시리는 보는 것을 기억하려고 애쓰며 주위를 둘러보았다. 두 그루의 부러진 자작나무. ―아무런 문제가 아니다. 가지들 무더기일 뿐.― 아무것도, 마차들이 지나는 길이니까. 비로 씻긴 돌길의 틈. 첫 번째 마차엔 내가 타고 가는데, 좀 문제네. 다음번 마차들이야 앞차를 따라오겠지. 커다란 들판은 말을 먹이고 쉬는 데 좋겠고.

흔적? 여기 무슨 흔적이 있을 수 있을까. 여긴 아무도 없다. 숲. 막 나온 초록 잎들 사이로 외치는 새들이 있다. 더러운 붉은빛의 여우도 서두르지 않고 길을 건너가고. 모든 것에서 봄 냄새가 났다.

길은 언덕으로 올라가는 중간에 꺾여 모래 협곡으로 사라져서는 산등성이에 겨우 붙어 있는 휘어진 소나무 사이로 들어가고 있었다. 시리는 길을 나서서 높은 곳에서 근처를 보기 위해 소나무 위를 올라가기로 했다. 그러면 축축하고 향기로운 잎들을 만질 수도 있겠지.

시리는 말에서 내려 고삐를 나무에 묶고는 천천히 빽빽한 침엽수들 사이로 들어갔다. 반대편 언덕에는 열린 공간이 마치 울창한 숲 사이에 누군가가 물어뜯은 것처럼 나 있었다. 낮은 자작나무부터 가문비나무까지 아무리 둘러봐도 전혀 그을음 자국이 없는 것으로 보아 꽤나 오래전에 있었던 화재의 흔적이겠지. 길은, 눈이 닿는 데까지는 뚫려 있고 갈 만한 것으로 보였다.

그리고 안전한 것으로.

도대체 다들 무얼 두려워하는 거지, 시리는 생각했다. 스코이아텔? 그리고 여기서 무엇을 두려워해야 하지? 나는 엘프가 무섭지 않다. 어떤 나쁜 짓도 엘프에게 한 적이 없는걸.

엘프, 다람쥐들, 스코이아텔.

게롤트가 시리를 쫓아 보내기 전에 시리는 수비대의 엘프 시체들을 보았다. 그리고 한 시체의 모습을 기억했다. 갈색과 흰색의 머리카락을 붙여 가린 얼굴, 이상하게 꺾인 목. 굳어 버린, 귀신 같은 찡그린 표정, 윗입술은 새하얗고 아주 작은, 인간의 것이 아닌 치아들을 드러내고 있었다. 이미 헤지고 닳아빠진, 무릎까지 오는 엘프의 부츠, 아래쪽은 끈으로 묶고, 위쪽은 쇠장식으로 채우게 되어 있었다.

사람들을 죽인다는 엘프들이 자기들도 싸움에서 죽는 것이었다. 게롤트는 우리가 중립을 지켜야 한다고 했지. 야르펜은 우리가 나중에 용서를 빌지 않아도 되도록 행동해야 한다고 말한다.

시리는 두더지가 만든 언덕을 걷어차고는 생각에 빠져 구두 굽을 모래에 문지르고 있었다.

누가 누구를, 그리고 무엇을 용서해야 한다는 거지?

다람쥐들은 사람을 죽여. 그리고 닐프가드 인들은 그러라고 돈을 주지. 다람쥐들을 이용하는 거야. 미움을 불러일으키는 거야. 닐프가드.

시리는 아무리 잊으려고 해도 신트라에서 있었던 일을 잊을 수가 없었다. 집이 없는 방랑 생활, 절망, 두려움, 배고픔과 고통을. 그 후에, 아주 후에 자계체의 드루이드들이 시리를 발견하고 데려간 후에야 닥쳐 온 환영과 멍멍함을. 마치 안개 속처럼 기억하고 있지만 기억을 없애고만 싶었다.

그러나 기억은 자꾸만 돌아왔다. 생각 속에서, 꿈속에서. 신트라. 말발굽 소리와 무서운 비명 소리, 시체들, 화염…… . 그리고 날개 달린 투구를 쓴 검은 기사. 그리고 나서 자계체의 오두막집들…… . 불에 탄 집들의 잔해와 새카만 굴뚝들. 그 옆, 온전히 남아 있는 우물 옆에서 화상으로 징그럽게 벗겨진 자리를 핥고 있던 까만 고양이. 우물, 황새, 양동이…….

피가 가득 담겨 있던 양동이였다.

시리는 얼굴을 문지르고는 놀라서 손바닥을 보았다. 손바닥은 축축했다. 시리는 코를 훌쩍이며 소매로 눈물을 훔쳤다.

중립이라고? 상관없다고? 시리는 소리치고 싶었다. 방관하는 위쳐라고? 아니야! 위쳐는 사람들을 보호해야 해. 레센나 뱀파이어, 늑대인간으로부터. 그뿐만이 아니다. 어떤 악으로부터도 보호해야 해. 그리고 나는 자제체에서 악이 무엇인지 보았다고.

위쳐는 사람들을 보호하고 구해야만 해. 남자들을, 그들이 손을 묶여 나무에 매달리지 않도록, 나무에 못 박히지 않도록. 금발의 여자들을, 땅에 박힌 네 고리에 온몸을 묶이지 않도록. 아이들을, 창에 찔려 우물에 던져지지 않도록. 불탄 곡식 창고 앞의 화상 입은 고양이도 보호받을 권리가 있어. 그래서 난 위쳐가 된 거야, 그래서 나에겐 긴 칼이 있는 거라고, 소든과 자제체의 그런 이들을 보호하기 위해. 왜냐하면 그들에겐 칼도 없고, 스텝도 모르고, 반 회전도, 피하는 법도, 피루엣도 아무도 그들에게 어떻게 싸워야 할지 알려 주지 않았잖아. 그들은 무기도 없고 늑대인간들과 닐프가드의 탈영병들 앞에서 아무런 힘도 없는데. 나한테는 싸우는 법을 가르쳐 줬어. 그 힘없는 이들을 내가 보호해 줄 거야. 그렇게 할 거라고. 언제나. 절대로 난 중립이 되지 않을 거야. 절대로 방관자가 되지 않을 거야.

절대로!

시리는 무엇이 경고를 했는지는 몰랐다. 차가운 그림자처럼 숲에 내린 갑작스러운 침묵인지, 아니면 눈가로 본 무언가인지. 하지만 반사적으로 번개같이 반응했다. 그 반사 신경은 자제체의 들판에서 배워서 익힌 것이었다. 신트라를 도망칠 때, 죽음과 함께 경주하고 있을 때. 시리는 바닥에 엎드려 주목 덤불 아래로 기어 들어가 꼼짝도 않고 있었다. 말이 울지만 않아야 할 텐데, 시리는 생각했다.

반대편 펼쳐진 협곡의 등성이에 무언가 다시 한 번 움직였다. 시리는 나뭇잎들 사이에서 보일 듯 말 듯하게 움직이는 그림자를 보았다. 엘프는 조심스럽게 식물들 사이에서 밖을 바라보았다. 머리에서 망토의 모자를 벗고는 잠시 동안 주위를 둘러보며 소리를 듣더니, 아무런 소음도 내지 않고 경사가 급한 능선에서 움직였다. 그 뒤를 따라 빽빽한 숲 속에서 두 명이 더 나타났다. 그리고는 또 다음 엘프들이. 많았다. 긴 줄을 지어 떼로 움직이고 있었다. 가운데쯤 가니 말 탄 이들이 나타났다. 이들은 천천히 안장에서 몸을 똑바로 세우고, 긴장한 상태로 주위 상황을 살피고 있었다. 잠시 동안 시리는 이 모든 이들을 정확하고 똑똑하게 보았는데, 완벽한 침묵 속에 이들은 하늘을 배경으로 벽처럼 서 있는 나무들 사이의 틈, 짐승들이 살고 있는 숲의 어둠 속으로 완전히 사라졌다. 말들조차도 발굽 소리도 콧소리도 내지 않았고, 다리 밑의 가지 하나도 편자로 밟지 않는 것 같았다. 매달려 있는 무기들도 전혀 쩔렁거리지 않았다.

이들이 모두 사라졌지만, 시리는 움직이지 않았다. 주목 덤불 밑에 땅에 납작하게 붙어 최대한 조용하게 숨 쉬려고 노력하고 있었다. 깜짝 놀란 새나 동물 때문에 들킬 수도 있을 거라는 것은 알고 있었다. 새나 동물은 조금의 소리나 가장 조심스러운, 정말 작은 움직임에도 놀라게 할 수 있으니까. 시리는 숲이 완전히 고요해지고, 엘프들이 사라져 간 나무들 사이로 까마귀가 시끄럽게 떠들기 시작하자 겨우 몸을 일으켰다.

시리가 몸을 일으키자마자 힘센 어깨가 시리를 붙들었다. 검은 가죽 장갑이 시리의 입을 막아 비명을 지르지 못하게 한 것이다.

"조용히."

"게롤트?"

"조용히 하랬잖아."

"봤어요?"

"봤어."

"저들이……."

시리는 속삭였다.

"스코이아텔이죠? 그렇죠?"

"맞아. 빨리 말을 타라. 발밑 조심하고."

조심스럽게, 그리고 소리 없이 둘은 언덕을 내려왔지만 길로 가지 않고 덤불로 왔다. 게롤트는 주위를 살펴보고 시리가 혼자서는 말을 달리지 못하게 하면서 시리에게 밤색 말의 고삐를 돌려주지 않고 자기가 같이 몰았다. 그러더니 갑자기 말했다.

"시리, 우리가 본 것에 대해선 누구에게도 말해선 안 된다. 야르펜에게도, 벤츠크에게도 안 돼. 아무한테도 말하지 마. 알았지?"

"아니오."

시리는 고개를 숙이고는 화를 냈다.

"모르겠어요. 왜 내가 가만히 있어야 하죠? 경고를 해야 하잖아요. 우리가 누구 편이죠, 게롤트? 누구에 대항하는 거죠? 누가 우리의 친구고, 누가 적인가요?"

"내일 우리는 대상을 떠나."

게롤트는 잠시의 침묵이 흐른 후 말했다.

"트리스는 이제 거의 다 나았다. 작별 인사를 하고, 우리는 우리의 길을 가는 거야. 우리는 우리 문제가 있고, 우리의 걱정거리가 있고, 우리의 어려움이 있으면 돼. 그때쯤이면 너도 우리 세상의 주민들을 친구와 적들로 나누는 것을 그만했으면 좋겠구나."

"그럼 중립이 되는 건가요? 방관자요? 만약 스코이아텔이 공격을 한다면……."

"공격하지 않아."

"하지만 만약……."

"내 말을 들어라."

게롤트는 시리를 향해 말했다.

"금과 은이 가득 실린, 에이단을 위한 헨젤트 왕의 비밀 지원 특별 운송처럼 이렇게 큰 의미가 있는 작업을 왜 사람들이 아닌 드워프들이 호위하는지 생각 좀 해 봐. 난 어제도 우리를 정찰하러 온 엘프를 나무 위에서 봤어. 밤중에 우리 천막 옆으로 엘프들이 지나가는 소리도 들었고. 스코이아텔은 드워프들을 공격하지 않아, 시리."

"하지만 여기는……."

시리는 중얼거렸다.

"여기 있잖아요. 여기서 왔다 갔다 하고, 우리를 에워싸고……."

"난 왜 저들이 여기 있는지 안단다. 내가 보여 주마."

갑자기 게롤트는 말을 돌리고 시리의 고삐를 던졌다. 시리는 밤색 말을 발로 걷어차며 빨리 움직였지만 게롤트는 손짓으로 시리에게 뒤로 물러나 있으라고 해 보였다. 둘은 길을 가로질러 다시 깊은 숲 속으로 들어갔다. 게롤트가 앞장서고, 시리는 뒤를 따랐다. 둘 다 말이 없었다. 오랫동안.

"봐라."

게롤트가 말을 멈추었다.

"봐, 시리."

"저게 뭐예요?"

시리가 숨을 내쉬었다.

"셰라웨드."

두 사람 앞, 숲이 보이는 끝 지점에 바람에 둥글게 깎인 화강암과 대리석의 매끈한 건물들이 드러났다. 오랜 동안의 비의 흔적이 무늬처럼 새겨지고, 추위로 이곳저곳 터지고 흔들리고 나무뿌리로 흩어질 것 같았다. 나무둥치 사이로 무너진 기둥들과 아치들, 담쟁이덩굴로 칭칭 감싸인 부조들이 두꺼운 초록색 이끼에 휩싸여 언뜻언뜻 희게 빛나고 있었다.

"……여기 성이 있었나요?"

"궁이었지. 엘프들은 성을 짓지 않는다. 내려와라. 건물 잔해 사이에서는 말이 위험하다."

"이걸 누가 다 파괴한 거죠? 사람들인가요?"

"아니. 자기들이. 떠나기 전에."

"왜 이런 짓을 했어요?"

"이곳에 다시는 돌아오지 않는다는 것을 알았던 거지. 그건 엘프들과 인간들의 두 번째 싸움, 그러니까 지금부터 200년도 전 이야기란다. 그 전에는 엘프들은 후퇴하면서 도시를 그냥 놔두었지. 사람들은 엘프 건물들의 기조 위에 그냥 건물을 지었어. 그렇게 노비그라드와 옥센푸르트, 비지마, 트레토고르, 마리보, 시다리스, 그리고 신트라도 지어진 거야."

"신트라도요?"

게롤트는 폐허에서 눈을 떼지 않은 채 고개를 끄덕여 대답했다.

"여길 떠났는데, 왜 지금은 다시 돌아온 거예요?"

시리가 속삭였다.

"보려고."

"뭘요?"

게롤트는 아무 말 없이 시리의 손을 어깨에 얹더니 자기 앞으로 살짝 밀었다. 둘은 대리석 계단에서 훌쩍 뛰어 내려와 탄력 있는 개암나무를 붙잡고 더 아래로 내려왔다. 폐허 사이마다 덤불들이 빽빽하게 자라고, 열려 있는 곳마다 이끼가 덮인 깨진 돌판들이 가득했다.

"여기가 궁전의 한가운데였어. 궁전의 심장이지. 분수야."

"여기가요?"

시리는 틈도 없이 자란 오리나무 더미와 알 수 없는 돌조각과 건물 사이에서의 하얀 자작나무 둥치를 바라보며 의아해 했다.

"여기요? 여긴 아무것도 없는데."

"이리 와 봐라."

분수에 물을 대던 물줄기가 자리를 이리저리 이동했는지 끊임없이 계속해서 대리석 조각과 설화석고 판을 깎고 있었다. 물러서 댐을 이루며 또다시 물줄기를 다른 곳으로 흘려보내고 있었다. 결국 전체가 움푹 들어간 물웅덩이를 이루고 있었다. 도대체 어디에서 온 물인지는 모르나 나머지 건물을 타고 작은 폭포가 되어 흐르며, 이파리들과 모래, 낙엽들로부터 폐허를 씻어 내고 있었다. 물이 흐르는 자리에서만 대리석과 테라코타, 모자이크들은 아직도 색이 그대로였고, 마치 200년 전이 아니라 3일 전에 이 자리에 놓은 것처럼 상태가 좋았다.

게롤트는 물을 뛰어넘더니, 기둥 사이로 들어갔다. 시리는 게롤트를 따랐다. 시리는 망가진 계단을 뛰어 내려가 머리를 숙이고는 땅 밑에 반쯤 파묻혔으나 아직 남아 있는 아치 밑으로 들어갔다. 위처는 멈추더니 손으로 무언가를 가리켰다. 시리는 크게 숨을 들이쉬었다.

깨진 색색의 테라코타 폐허 속에서 수십 개의 아름다운 약간 보랏빛이 감도는 흰 장미들로 덮인 거대한 장미 덩굴이 자라나고 있었다. 장미 꽃잎 위에서는 이슬이 마치 은처럼 반짝였다. 장미 덩굴은 가지로 커다란 흰색 석판을 칭칭 감싸고 있었다. 석판에 새겨진 아름다운 얼굴이 장미들을 바라보고 있었다. 섬세하고 격조 높은 얼굴선은 눈에도 비에도 아직 지워지지 않았다. 부조에서 금장식과 모자이크, 그리고 보석만 끌로 파내어 훔쳐 가는 도둑들의 손길에 손상되지 않은 아름다운 얼굴이었다.

"에일렌이야."

게롤트가 한참 만에 침묵을 깨고 말했다.

"아름답네요."

시리는 게롤트의 손을 잡으며 말했다. 게롤트는 시리가 손을 잡은 것도 모르는 것 같았다. 부조를 바라보며 게롤트는 멀리 멀리, 다른 세계에, 다른 시간에 있었다.

"에일렌."

게롤트는 잠시 후 다시 말했다.

"드워프들과 사람들은 에릴레나라고 부르지. 200년 전에 그들을 싸움으로 내몰았어. 원로 엘프들은 그 싸움을 반대했지. 전혀 이길 수 없다는 걸 알았던 거야. 그런 패배 후에는 다시는 재기하지 못할 것도 말이지. 자기 종족을 구하려고, 살아남으려고 했던 거야. 그들은 자기 도시를 파괴하기로 결정했지. 아무도 오지 못하는, 험한 산속으로 들어가면서 거기서 기다리려 했던 거지. 엘프들은 오래 살아, 시리. 우리 시간 개념으로는 거의 영생이나 다름없어. 사람들이라는 것이 엘프에게는 가뭄이나, 호된 겨울, 메뚜기 떼처럼 지나가는 걸로 보였을 거야. 그 후에는 비가 오고, 봄이 찾아오고, 새로운 풍년이 찾아오는 것처럼 말이지. 그러니까 기다리고 싶었던 거지. 살아남으면서. 그래서 엘프들은 자기 도시들과 궁을 파괴했어. 그들의 자랑이었던 아름다운 셰라웨드도. 그렇게 해서까지 살아남고 싶었는데, 에릴레나가, 에릴레나가 젊은 애들을 들쑤신 거야. 젊은 엘프들이 무기를 들고 에릴레나를 쫓아 마지막 절망적인 싸움터에 나선 거지. 그리고 엘프들은 몰살당했어. 무자비하게 몰살당했지."

시리는 아름다운 죽은 얼굴을 뚫어지게 바라보며 말이 없었다.

"에릴레나의 이름을 입술에 담고 죽은 거야."

게롤트는 조용히 결론지었다.

"에릴레나의 부름, 에릴레나의 외침, 셰라웨드를 위해 죽은 거지. 왜냐하면 셰라웨드는 상징이었으니까. 돌과 대리석을 위해, 그리고 에일렌을 위해 죽은 거야. 에일렌이 약속한 것처럼 당연히 영웅답게, 명예롭게 죽은 거지. 명예는 살았지만, 하지만 종족의 전멸에 당면하고야 말았어. 자기 종족 전체의. 야르펜이 뭐라고 했는지 기억나지? 누가 이 세상을 지배하고, 누가 사라지는지? 야르펜은 대충대충 그런 식으로 말했지만, 그게 다 정말이야. 엘프들은 오래 살지만, 자손을 번식할 수 있는 것은 젊은 엘프들뿐이야. 젊은이들만 후손을 가질 수 있지. 하지만 젊은 엘프들은 그때 거의 다 에릴레나를 따르고 말았어. 에일렌을 따라, 셰라웨드의 흰 장미를 따라. 우리는 지금 그 에일렌의 궁전 폐허에 서 있어. 에일렌도 이 분수가 찰랑거리는 소리를 저녁마다 들었겠지. 그리고 이건…… 에일렌의 꽃이었을 거야."

시리는 침묵했다. 게롤트는 시리를 자기 쪽으로 끌어당겨 안았다.

"그러니 왜 스코이아텔이 여기에 왔는지, 뭘 보고 싶어 했는지 이제 알겠니? 그러니 엘프 젊은이들과 드워프 젊은이들이 또 서로 죽이도록 하면 안 된다는 걸 알겠니? 그러니까 너도, 나도 이 죽음에 절대로 보태서는 안 된다는 걸 알겠지? 저 장미들은 1년 내내 여기서 핀단다. 벌써 야생이 되어야 할 텐데, 잘 가꾼 정원의 장미보다 더 아름답지. 시리, 셰라웨드에는 아직도 엘프들이 찾아온단다. 여러 엘프들이 있지. 쉽사리 화를 내는 엘프들이나 바보 같은 엘프들, 그들에게는 금 간 돌무더기가 상징이야. 하지만 이성적인 엘프들에게는 저 죽지 않는, 영원히 피어나는 꽃들이 상징이지. 그들은 만약 저 장미 덤불을 뽑고 이 땅을 태워 버린다면 셰라웨드의 장미는 이제 다시는 피지 않을 것이라는 사실을 알고 있어. 너도 알겠니?"

시리는 고개를 끄덕였다.

"그러니 이제 네가 그렇게 화를 냈던 중립이 뭔지 알겠지? 중립이 된다는 건 방관하거나 아무 감정이 없다는 게 아니야. 네 안의 감정을 없앨 필요는 없어. 네 안의 미움만 없애면 돼. 이해하겠니?"

"네."

시리는 속삭였다.

"이제 이해해요. 게롤트, 나…… 저기 장미꽃 한 송이. 저 중 한 송이만 가져가고 싶어요. 기념품으로요. 그래도 되나요?"

"가져가라."

게롤트는 잠시 망설이다 대답했다.

"기억하기 위해 가져가. 이제 가자. 대상으로 돌아가야지."

시리는 장미를 웃옷 단춧구멍에 끼웠다. 그러다 갑자기 작게 비명을 지르며 손을 올렸다. 작은 핏줄기가 손가락에서 손바닥으로 흐르고 있었다.

"찔렸니?"

"야르펜……."

시리는 생명선을 채우고 있는 피를 보며 속삭였다.

"벤츠크……. 폴리……."

"뭐?"

"트리스!"

시리는 찢어지는 듯 자기 목소리가 아닌 목소리로 외치고는 몸을 마구 떨더니 팔로 얼굴을 문질렀다.

"빨리, 게롤트! 우리가…… 도와야 해요! 말, 게롤트!"

"시리, 무슨 일이니?"

"죽어 가고 있어요!"

시리는 귀를 거의 말 목에 대고, 이 순혈종의 말을 외침과 발바닥으로 마구 속력을 내게 하며 질주했다. 숲길의 모래가 말발굽 아래에서 튀겼다. 멀리서 비명 소리가 들려오고 연기 냄새가 났다.

반대편에서 길을 가로막으며 시리 쪽으로 입마개와 고삐, 그리고 부러진 채찍에 서로 얽혀 있는 두 마리 말들이 오고 있었다. 시리는 밤색 말을 멈추지 않고 전속력으로 옆으로 빠져서 달려갔다. 말이 문 거품 조각들이 시리 얼굴에 흩뿌려졌다. 뒤쪽에서 히힝거리는 로취의 울음소리와 멈출 수밖에 없었던 게롤트가 욕하는 소리가 들려왔다.

시리는 길이 구부러지는 곳, 큰 들판이 있는 곳으로 갔다.

대상은 불타고 있었다. 덤불로부터 마치 불새처럼 불붙은 화살들이 마차들로 날아오고 있었다. 포장에 구멍을 내고, 나무판자에 꽂히고 있었다. 스코이아텔들은 시끄럽게 소리를 지르며, 공격에 나서고 있었다.

시리는 뒤쪽에서 들리는 게롤트의 외침에는 전혀 아랑곳하지 않고 말을 맨 앞에 따로 떨어져 나와 있는 두 마차로 향했다. 한 대는 옆으로 뒤집어져 있었고, 그 위에는 야르펜 지그린이 한 손에는 손도끼를, 다른 한 손에는 석궁을 들고 있었다. 지그린의 발치에는 힘없이 움직이지 않는, 푸른 드레스가 허벅지까지 걷어 올려진 채 누워 있는…….

"트리이이이이스!"

시리는 안장 위에서 몸을 곧추세우고 말을 발로 거세게 걷어찼다. 스코이아텔들이 시리를 보고 방향을 틀어 시리의 귀 옆으로는 화살 소리가 휙휙 났다. 시리는 고개를 마구 흔들고는 말의 속도를 전혀 늦추지 않았다. 시리에게 숲으로 피하라고 명령하는 게롤트의 목소리가 들려왔다. 시리는 전혀 말을 들을 생각이 없었다. 몸을 굽히고는 자기 쪽으로 석궁을 당기고 있는 궁수들을 똑바로 지나갔다. 갑자기 옷에 꽂은 흰 장미의 찌르는 듯한 향기가 느껴졌다.

"트리이이이이스!"

엘프들은 마구 질주해 오는 말 앞에서 펄쩍 뛰어 물러났다. 안장 옆에 엘프 한 명이 살짝 닿아 넘어졌다. 날카로운 휙 소리가 나더니 밤색 말은 갑자기 휘청하고는 무서운 비명 소리를 지르더니 옆으로 물러났다. 시리는 자기 허벅지 바로 옆 말 등에 깊게 화살이 박힌 것을 보았다. 시리는 안장에서 발을 내리고 몸을 구부리더니 거세게 반동을 이용해서 뛰어내렸다.

시리는 옆으로 뒤집어진 마차의 포장 위에 부드럽게 착륙했다. 손으로 균형을 맞추고는 다시 한 번 풀쩍 뛰어 소리를 지르며 손도끼를 휘두르는 야르펜 옆에 무릎을 굽혀 착지했다. 그 옆 두 번째 마차에는 폴리 달베르그가 싸우고 있었고, 레간은 몸을 뒤로 기울이고 다리를 판자 사이에 넣고는 힘들게 고삐를 쥐고 있었다. 말들은 공포에 질려 울부짖고 발굽을 쿵쿵거리고 마차의 포장에 붙은 불을 피하려고 막대를 마구 움직이고 있었다.

시리는 흩어진 통들과 상자들 사이에 누워 있는 트리스에게 달려가서는 옷을 잡고 넘어진 마차 쪽으로 끌기 시작했다. 트리스는 머리를 감싸 안고 비명을 질렀다. 시리 옆에서 갑자기 말발굽 소리와 말들이 씩씩거리는 소리가 들려왔다. 칼을 휘돌리는 두 명의 엘프들이 분노로 무기를 휘두르는 야르펜을 시리 쪽으로 몰아붙였다. 야르펜은 마치 팽이처럼 빙글빙글 돌며 재빠르게 도끼로 자기에게 쏟아지는 공격들을 막아 내고 있었다. 욕설과 가쁘게 숨을 몰아쉬는 소리, 그리고 찢어질 듯한 금속의 부딪치는 소리가 시리에게 들려왔다.

불타는 마차 행렬에서 또 다른 마차가 분리되어 나와 뒤쪽으로 불붙은 천에서 날리는 연기와 불꽃을 끌고 이쪽을 향해 질주해 오고 있었다. 마차를 모는 사람은 힘없이 마차 옆으로 매달려 있었고, 그 옆에는 균형을 유지하려고 애쓰는 야닉 브라스의 모습이 보였다. 한 손으로는 고삐를 잡고, 다른 손으로는 마차 양쪽으로 달려오는 두 명의 엘프들로부터 몸을 자유롭게 하고 있었다. 세 번째 스코이아텔은, 야닉 브라스의 마차와 똑같은 속도로 달려오며 옆에서 계속해서 활을 쏘고 있었다.

"뛰어내려!"

야르펜이 주위의 소음보다 더 큰 목소리로 소리쳤다.

"야닉, 뛰어내려!"

시리는 달리는 마차로 게롤트가 빠른 속도로 공격하는 모습을, 긴 칼로 짧고 간결하게 안장에서 한 명의 엘프를 끝장내 버리는 것을 보았다. 벤츠크는 그 반대편에서 달려들어 말에 화살을 쏘던 엘프를 치고 있었다. 야닉은 고삐를 버리고는 뛰어내렸다. 바로 세 번째 스코이아텔의 말 아래로였다. 엘프는 등자 위에 서서 야닉을 칼로 내리쳤다. 야닉은 쓰러졌다. 바로 그 순간 불타는 마차가 싸우는 이들 가운데로 무너져 내려 모두들 흩어져 피할 수밖에 없었다. 시리는 마지막 순간 트리스를 미친 듯 날뛰는 말발굽 아래서 겨우 끌어냈다. 쿵 소리를 내며 마차가 무너지면서 뛰어올라 바퀴 한 개가 빠지며 옆으로 넘어져 마차에 있었던 짐들이 모두 흩어지고 판자들이 떨어져 내렸다.

시리는 야르펜의 넘어진 마차 아래로 트리스를 질질 끌고 왔다. 갑자기 옆에 나타난 폴리 달베르그가 시리를 도와주었다. 두 사람을 게롤트가 엄호하고 있었는데, 게롤트는 로취를 이들과 스코이아텔 기마대 사이로 밀어 넣었다. 마차 옆은 난리 속이었다. 시리는 금속의 쩔렁거리는 소리와 비명, 말들의 헐떡이는 소리, 말발굽들이 땅을 울리는 소리를 들었다. 야르펜, 벤츠크, 게롤트는 사방에서 엘프에 둘러싸여 마치 미친 악마들처럼 싸우고 있었다.

갑자기 마차 한 대가 싸우고 있는 사람들을 갈랐다. 레간의 마차 마부석에 조끼에 여우 털을 단 체격이 다부진 소인 한 명이 타고 있었다. 소인은 레간 위에 올라타고는 긴 칼로 레간을 찌르려는 참이었다.

야르펜이 날렵하게 마차 위로 올라서는 소인의 목덜미를 잡고 걷어챘다. 레간은 찢어지는 듯한 외침 소리를 내더니 고삐를 잡고 말을 내리쳤다. 마차는 움직이고 굴러가기 시작하더니 어느새 속도를 더했다.

"둥그렇게, 레간!"

야르펜이 외쳤다.

"둥글게 돌아! 빙빙!"

마차는 꺾이더니 다시 한 번 엘프들을 향해 쇄도했다. 한 명은 뛰어올라 말 입 가리개 뒤쪽으로 고삐를 잡으려고 했지만 실패하고는 말발굽과 야르펜의 마차 밑으로 떨어졌다. 끔찍한 비명 소리가 들려왔다.

옆에서 뛰고 있던 두 번째 엘프는 왼쪽에서 칼을 휘두르고 있었다. 야르펜은 몸을 굽혔고, 마차의 포장을 붙들고 있는 쇠고리들은 심하게 울렸다. 마차의 속도 때문에 엘프는 앞으로 쏠렸다. 야르펜은 갑자기 허리를 숙이더니 무섭게 손을 움직였다. 엘프는 비명을 지르더니 안장에서 몸을 늘어뜨리고는 땅바닥으로 떨어졌다. 어깨뼈 사이로 쇠도끼가 깊이 박혀 있었다.

"덤벼 봐, 이 새끼들아!"

야르펜은 도끼를 휘두르며 소리쳤다.

"더 올 놈 없어! 둥글게 돌아, 레간! 둥글게!"

레간은 피로 물든 짧은 머리를 쓸어내리면서 휙휙 날아오는 화살들 사이에 마부석에서 몸을 구부리고 마치 사형수처럼 울부짖으며 쉴 새 없이 말을 휘갈기고 있었다. 무섭게 돌아가는 원 속에서 레간의 마차는 넘어져 있는 마차 옆에서 불꽃과 연기를 내뿜으며 움직여서 형체가 잘 보이지 않을 지경이었다. 시리는 그 넘어진 마차 밑에서 정신을 반쯤 잃고 부상당한 트리스와 웅크리고 있었다.

멀지 않은 곳에서 벤츠크의 잿빛 수말이 춤추듯 움직이고 있었다. 시리는 몸을 굽히고 있는 벤츠크의 옆구리에 날개처럼 화살의 흰 깃털이 박혀 있는 것을 보았다. 화살에 맞았는데도 불구하고 벤츠크는 양쪽에서 자신을 공격해 온 두 보병 엘프들을 거뜬히 해치우고 있었다. 시리가 보고 있는 와

중에 또 다른 화살이 벤츠크의 등에 날아와 박혔다. 벤츠크는 말의 목 쪽으로 쓰러졌지만 안장에서 균형을 되찾았다. 폴리 달베르그가 도우러 뛰어나갔다.

시리는 이제 혼자 남았다.

시리는 칼을 찾았다. 훈련받을 때는 번개처럼 뽑히던 칼이 이번에는 나오려고 하지도 않았다. 그을음처럼 칼집에서 들러붙어 버티는 것만 같았다. 달아오르는 열기와 눈이 따라갈 수도 없는 너무나 빠른 움직임들 사이에서 시리의 칼은 무언가 부자연스럽고, 이상하게 느려 터진 것처럼 느껴졌다. 칼을 완전히 뽑을 때까지의 시간이 너무나 길게 느껴졌다. 땅이 뒤흔들리며 움직이고 있었다. 그러다 갑자기 시리는 깨달았다. 그것은 땅이 아니라 시리 자신의 무릎이었다.

폴리 달베르그는 자기를 공격해 오는 엘프를 손도끼로 공격하면서 부상당한 벤츠크를 힘겹게 땅으로 끌어 내리고 있었다. 마차 근처로는 어느새 로취가 와 있었는데, 게롤트가 엘프를 공격하고 있었다. 평상시 이마에 묶는 끈이 어디로 없어졌는지 흰색의 머리가 바람에 휘날리고 있었다. 칼들이 부딪치는 소리가 났다.

보병인 다른 스코이아텔이 마차 뒤에서 갑자기 나타났다. 폴리 달베르그는 벤츠크를 내버려 두고 몸을 쭉 펴고는 손도끼를 꺼냈다. 그러고는 갑자기 몸이 얼어붙었다.

달베르그 앞에 다람쥐 꼬리를 모자에 단, 까만 수염을 두 개로 땋아 꼰 드워프가 서 있었던 것이다. 폴리는 망설였다.

까만 수염의 드워프는 단 1초도 망설이지 않았다. 두 손을 이용해서 거세게 내리쳤다. 손도끼의 날이 휙 소리를 내며 폴리의 어깨를 흉측한 소리를 내며 갈랐다. 폴리는 비명도 지르지 못하고 바로 쓰러졌다. 마치 충격이 두 무릎의 힘을 다 앗아 간 것처럼 순간적이었다.

시리는 비명을 질렀다.

야르펜 지그린이 마차에서 튀어나왔다. 까만 수염의 드워프는 빙글빙글 돌며 손도끼를 휘둘렀다. 야르펜은 날렵한 반 회전으로 공격을 피하다 신음 소리를 내더니 무서운 힘으로 아래에서 까만 수염의 드워프를 쳤다. 까만 수염과 목, 아래턱과 코까지 이르는 얼굴 전체를. 스코이아텔의 몸이 꺾이 더니 땅으로 발을 뻗고 쓰러지고 말았다.

"게롤트!"

시리는 자기 뒤에서 움직임을 느끼고는 외쳤다. 죽음의 느낌이었다.

확실치 않은, 빙빙 돌아가는 와중에 본 형체와 움직임과 번뜩임이었지 만, 시리는 번개같이 반응했다. 케어 모헨에서 배운 사선 전진과 위장이었 다. 시리는 일격을 날렸지만 너무 자신 없이 약간 옆으로 서 있어서 가속도 를 붙이지 못했다. 일격의 충격이 시리를 마차 몸체로 몰아붙이고 칼은 손 에서 미끄러져 내렸다.

시리 앞에는 긴 부츠를 신은 아름다운 긴 머리의 여자 엘프가 잔인하게 얼굴을 일그러뜨리며 칼을 들어 올리면서 두건 아래로 내려온 머리카락을 흔들고 있었다. 칼날은 눈부시게 번쩍이고 엘프의 손목 팔찌 역시 빛나고 있었다.

시리는 꼼짝도 할 수가 없었다.

하지만 칼은 떨어지지 않았다. 엘프는 시리를 치지 않았다. 엘프는 시리 가 아니라 시리의 단춧구멍에 꽂힌 흰 장미를 보고 있었다.

"에일렌!"

엘프 스코이아텔은 망설임을 떨쳐내려는 듯 커다랗게 외쳤다. 하지만 칼을 내리칠 수는 없었다. 시리를 밀쳐 낸 게롤트가 칼로 가슴 쪽을 크게 가른 것이었다. 핏방울들이 시리의 옷과 얼굴에 튀어 빨간 얼룩들이 하얀 장미 꽃잎 위에 생겼다.

"에일렌……."

무릎을 꿇으며 쓰러지는 여자 엘프는 찢어지듯 신음했다. 얼굴을 땅으로 완전히 박기 전에 다시 한 번 커다랗게, 절망적으로.

"셰라웨드!!!!!"

현실은 갑자기 사라진 것처럼 급작스럽게 돌아왔다. 계속해서 멍멍한 웅웅 소리만 들리던 시리의 귀에 목소리들이 들려왔다. 뿌연 눈물의 커튼 사이로 시리에게 죽은 자들과 살아 있는 사람들의 모습이 보였다.

"시리."

옆에서 무릎을 꿇은 게롤트가 말했다.

"정신 차려."

"전투가 있었어요."

시리는 신음 소리를 내며 앉았다.

"게롤트, 어떻게……."

"이제 다 끝났다. 반 글레안에서 지원군이 와서 해결된 거야."

"게롤트……."

시리는 눈을 감으며 속삭였다.

"중립을 지키지 않았군요."

"그래. 하지만 네가 살아 있잖니. 트리스도 살았어."

"트리스는 어때요?"

"야르펜이 지키려던 마차에서 떨어지면서 머리를 부딪쳤어. 하지만 이제는 괜찮다. 부상자들을 치료하고 있어."

시리는 주위를 돌아보았다. 마차의 연기들 사이로 무장한 군인들의 그림자가 언뜻언뜻 보였다. 그리고 주위에는 상자들과 통들이 뒹굴고 있었다. 어떤 통들은 깨져서 내용물들이 흩어져 있었다. 통 속에 들어 있는 것은 보통의, 들판에 있는 돌멩이들이었다. 시리는 의아하게 돌들을 바라보았다.

"에이단에서 보낸 데마웬드를 위한 전쟁 보급품이지."

옆에 서 있던 야르펜 지그린이 이를 악물며 말했다.

"비밀 군수품이고, 아주 중요한 물건들이야. 특별한 의미가 있는 운송 행렬이었다고!"

"함정이었나요?"

드워프는 몸을 돌리고는 시리를, 그리고 게롤트를 바라보았다. 그러고는 다시 한 번 통에서 흘러나온 돌멩이들을 바라보고는 내뱉었다.

"그렇지."

드워프는 말했다.

"함정이었지."

"스코이아텔을 잡으려고요?"

"아니."

죽은 이들은 줄 맞춰 정렬되어 있었다. 내 편도 네 편도 구분 없이 나란히 누워 있었다. 엘프, 사람들, 드워프들. 그중에는 야닉 브라스도 있었다. 긴 부츠를 신고 있던 머리가 까만 여자 엘프도 있었다. 까맣고 빛나는 수염이 피로 물든, 땋은 수염의 드워프도 있었다. 그리고 그 옆에는…….

"폴리!"

레간 달베르그가 형의 머리를 무릎에 얹고는 훌쩍훌쩍 울고 있었다.

"폴리! 도대체 왜?"

아무도 말이 없었다. 도대체 왜인지 알고 있는 이들도 말하지 않았다. 레간은 눈물로 젖은 일그러진 얼굴을 형에게 가져다 댔다.

"엄마한테 뭐라고 말하지?"

레간은 소리쳤다.

"내가 뭐라고 말해야 해?"

모두들 침묵했다.

얼마 떨어지지 않은 곳에 케드웬의 검정과 금색의 옷을 입은 군인들 사이에 벤츠크가 누워 있었다. 힘겹게 숨을 쉬고 있었는데 숨을 쉴 때마다 입술에는 피가 섞인 거품들이 솟아났다. 그 옆에는 트리스가 무릎을 꿇고 있었고, 그 곁에는 번쩍이는 갑옷을 입은 기사가 서 있었다.

"어떻습니까?"

기사는 물었다.

"마법사님, 살겠나요?"

"할 수 있는 건 다했습니다."

트리스는 자리에서 일어나며 입을 막았다.

"하지만……."

"왜요?"

"이걸 썼어요."

트리스는 기사에게 이상하게 생긴 화살촉을 옆에 서 있는 통에 부딪쳐 보여 주었다. 화살촉의 끝은 네 개의 갈고리 모양으로 갈라져 있었다. 기사는 욕을 했다.

"프레데가르드…….."

벤츠크가 힘겹게 입을 열었다.

"프레데가르드…….."

"말을 하지 마세요!"

트리스가 무섭게 말했다.

"몸도 움직이지 말고요! 주문이 깨져요!"

"프레데가르드."

벤츠크가 다시 되풀이했다. 피 묻은 거품이 입술 위에서 터지자, 다시 새 거품이 생겨났다.

"우리가 착각한 거야, 우리 모두가. 야르펜이 아니었어. 우리가 잘못 생각한 거야. 야르펜은 확실해. 우리를 배신하지 않았어. 우리를 배신…….."

"조용히 해!"

기사는 외쳤다.

"빌프리드, 말하지 마! 여기! 여기 들것 좀! 들것!"

"이제 필요 없어요."

트리스는 먹먹한 목소리로 말했다. 벤츠크의 입술에서는 이제 거품이 나오지 않았다. 시리는 몸을 돌려 얼굴을 게롤트의 옆구리에 묻었다.

프레데가르드는 몸을 일으켰다. 야르펜 지그린은 기사를 보지 않았다. 야르펜은 죽은 이들을 보고 있었다. 계속해서 형 옆에서 무릎을 꿇고 있는 레간을 보고 있었다.

"어쩔 수 없는 일이었소, 지그린 씨."

기사가 말했다.

"전쟁 중이니까요. 명령이었소. 우리는 확신이 필요했소."

야르펜은 아무 말도 하지 않았다. 기사는 시선을 떨어뜨렸다.

"용서해 주시오."

기사는 속삭였다.

드워프는 천천히 고개를 돌리더니, 기사를 바라보았다. 그리고 게롤트를, 시리를, 모두를, 사람들을 바라보았다.

"우리에게 무슨 짓을 한 거지?"

드워프는 쓰디쓴 목소리로 외쳤다.

"너희들, 우리에게 무슨 짓을 한 거야? 우리를…… 어떻게 한 거야?"

아무도 드워프에게 대답하지 않았다.

머리가 긴 여자 엘프의 눈은 유리처럼 반들반들 매끈했다. 일그러진 입술 위에는 비명이 굳어 있었다.

게롤트는 시리를 껴안았다. 그러고는 천천히 시리의 단춧구멍에서 검은 피 얼룩이 묻은 흰 장미를 떼어 내 아무 말 없이 스코이아텔의 시체 위에 장미를 던졌다.

"잘 가."

시리가 속삭였다.

"잘 가. 세라웨드의 장미. 잘 가, 그리고……."

"우리를 용서해."

게롤트가 시리의 말을 끝냈다.

온 나라를 헤매고 다니는, 기괴하고도 건방진 종족. 자기들 스스로 악의 사냥꾼, 늑대인간의 파괴자, 유령의 고문자라고 칭한다. 아무 말이나 믿는 사람들에게 돈을 뜯어 가고, 그 더러운 돈벌이가 끝나면 근처에서 또 한탕할 생각으로 떠난다. 가장 쉽게 이들과 어울릴 수 있는 사람은 정직하고 단순하며 별생각이 없는 농부들이며, 이들은 모든 불행과 좋지 않은 사건, 사고를 손쉽게 마법과 괴상한 존재와 괴물들의 짓, 프와네트닉*, 아니면 나쁜 영혼의 짓으로 치부한다. 신에게 기도드리고 신전에 제물을 바치는 대신, 무식한 농부는 만약 위쳐가, 신을 믿지도 않는 이 돌연변이가 그의 괴로움을 해결해 주고 불행을 막아 줄 수만 있다면 이 악랄한 위쳐에게 마지막 한 푼까지 다 줄 각오가 되어 있다.

무명씨, 몬스트룸, 또는 위쳐에 대한 설명

　나는 위쳐들에게 아무 유감도 없다. 뱀파이어 사냥은 맘대로 하라고 하라. 세금만 내면 그만이다.

용맹왕 라도비드 3세, 르다니아의 왕

　정의를 원하나. 그러면 위쳐를 고용하라.

옥센푸르트 법학 대학 벽에 쓰여진 낙서

---

* 프와네트닉(płanetnik) : 슬라브 신화에 나오는 반은 인간이고 반은 악마인 괴물로 하늘에 구름을 끌어오고 비와 우박을 내린다.

제 5 장

"뭐라고 했니?"

남자아이는 머리에서 대담하게 옆으로 공작 깃털이 달린 좀 너무 큰 모자를 올리고는 코를 훌쩍였다.

"아저씨는 기사예요?"

아이는 물감처럼 새파란 눈으로 게롤트를 바라보며 질문을 되풀이했다.

"아니다."

위쳐는 대답하고 싶지 않은 기분에 스스로 놀라며 말했다.

"아니란다."

"하지만 칼이 있잖아요! 우리 아빠는 폴테스트 왕의 기사예요. 아빠도 칼이 있어요. 아저씨보다 더 큰 칼이요!"

게롤트는 팔을 갑판의 난간에 기대고는 배 뒤편으로 거품을 일으키는 물에 침을 뱉었다.

"등에 매고 있네요."

코흘리개 남자아이는 포기하지 않았다. 또 모자가 눈까지 내려왔다.

"뭐라고?"

"칼요. 칼을 등에 매고 있다고요. 왜 칼을 등에다 매요?"

"왜냐하면 노는 훔쳐 갔거든."

남자아이는 젖니가 빠진 빈자리를 자랑이라도 하듯 입을 크게 벌렸다.

"갑판에서 물러나라."

위쳐가 말했다.

"그리고 입은 다물고. 파리 들어갈라."

남자아이는 입을 더 크게 벌렸다.

"머리가 하얀데다가 바보 같아!"

화려하게 귀족 복장을 한 코흘리개의 엄마가 소리쳤다.

"에버렛, 이리로 와! 평민들이랑 말하지 말라고 몇 번을 말해야 알겠니?"

게롤트는 안개 속에서 드러나는 섬과 수풀의 모습을 보고는 한숨을 쉬었다. 거북이처럼 둔한 배는, 삼각주의 느린 물줄기가 시키는 대로 생긴 것과 딱 맞는 거북이 같은 속도로 움직이고 있었다. 대부분 상인들과 시골 사람들인 승객들은 짐 위에 앉아 졸고 있었다. 위쳐는 둘둘 말린 시리의 편지를 다시 펼쳤다.

……저는 도르미토리움이라고 하는 큰 방에서 자요. 제 침대도 아주 커요. 저는 중간 여자아이 반인데, 우리는 모두 12명이지만 저는 에우르네이드와 카티에, 이올라 드루가랑 제일 친해요. 오늘은 수프를 먹었지만, 금식을 해야 하는 날이랑 새벽에 일어나야 하는 건 최악. 케어 모헨보다 더 일찍 일어나야 해요. 나머지는 내일 더 쓸게요. 지금은 기도 시간에 가야 해요. 케어 모헨에서는 아무도 기도하지 않았는데, 여기는 왜 해야 하는지 이상해요. 아마 여기가 신전이라 그렇겠죠.

게롤트, 네네케 어머니가 편지를 읽고는 저에게 쓸데없는 소리는 쓰지 말고 맞춤법을 제대로 하고 글씨를 똑바로 쓰라고 하셨어요. 뭘 배우는지, 여기서 건강하고, 잘 지내고 있다고요. 저는 건강하고 잘 지내고 있어요. 하지만 배가 고파요. 곧 점심 식사 시간이에요. 그리고 네네케 어머니께서 기도는 누구에게도 해롭지 않고, 나뿐만 아니라 분명 게롤트에게도 좋을 거라고 쓰라고 하셨어요.

게롤트, 또 시간이 나서 써요. 저는 공부를 해요. 룬 언어를 읽고 쓰기, 역사, 자연, 시와 산문, 현대어랑 고어를 제대로 쓰기. 저는 고대어를 제일 잘해요. 그리고 옛날 룬어도 쓸 줄 알아요. 뭔가 쓸 테니 한 번 보세요. 엘레이네 블라스, 페인네웨드. 이건 아름다운 꽃송이, 태양의 아이라는 뜻이에요. 이제 제가 잘하는 걸 알겠죠? 그리고 또—

이제 또 편지를 쓰네요. 왜냐하면 새 펜이 생겼어요. 전에 쓰던 건 부러졌어요. 네네케 어머니가 제가 쓴 걸 보고 제대로 썼다고 하셨어요. 그리고 말을 잘 들으라고 하시고 게롤트에게 걱정 말라고 쓰라고 하셨어요. 게롤트, 걱정 마세요.

또 시간이 생겨서 무슨 일이 있었는지 써요. 이올라랑 카티에랑 같이 칠면조 먹이를 주고 있었어요. 그런데 커다란 칠면조 한 마리가 우리를 공격했어요. 목은 시뻘겋고 엄청나게 징그럽게 생겼어요. 맨 첨엔 이올라에게 달려들었고 그다음에는 나를 공격하려고 했지만, 나는 전혀 무섭지 않았어요. 그래 봤자 칠면조는 케어 모헨의 추보다는 훨씬 작고 느렸으니까요. 제가 위장과 피루엣을 한 번 하고는 칠면조를 나뭇가지로 두 번 쳤더니 도망가 버렸어요. 네네케 어머니가 저에게 칼을 가지고 다니면 안 된다고 했는데, 아쉬워요. 안 그랬으면 그 칠면조에게 제가 케어 모헨에서 배운 걸 보여 줄 수 있었을 텐데. 옛 룬어로 제대로 쓰면 카에르 뮈레헨이라 쓰고, 그건 옛 바다의 성채라는 뜻이죠? 아마 그래서 그곳의 돌에 조개들과 달팽이들, 물고기 자국이 많았나 봐요. 그리고 신트라도 자인트레아라고 써야 맞아요. 그리고 제 이름은 지라엘, 그러니까 아마 제비라는 뜻이……

"뭔가를 읽고 있는 중이신가요?"

게롤트는 고개를 들었다.

"네. 왜 그러시죠? 무슨 일이 일어났나요? 누군가 무언가를 봤나요?"

"아니오, 아니에요."

작은 배의 선장은 가죽 상의에 손을 문지르며 말했다.

"물 위는 평화롭네요. 하지만 안개가 껴서 벌써 학 숲에는 가까워 왔고……."

"압니다. 이미 여기를 여섯 번째 건너는 거예요. 다시 되돌아온 건 빼더라도 말이죠. 플루스콜레츠 씨, 길은 저도 압니다. 눈은 뜨고 있으니, 걱정 마세요."

선장은 고개를 숙이고는 배 앞머리 쪽으로 이곳저곳 쌓여 있는 승객들의 짐을 피해 나갔다. 가운데로 몰려 있는 말들은 콧김을 내뿜으며 갑판의 나무판자를 발굽으로 차고 있었다. 강의 한가운데, 빽빽한 안개 속이었다. 작은 배의 앞머리는 연꽃들을 섬 쪽으로 밀어 보내며 나아가고 있었다. 게롤트는 편지 읽기로 돌아갔다.

……그러니까 저는 엘프 이름을 가진 거예요. 하지만 저는 엘프가 아니잖아요. 게롤트, 여기서도 스코이아텔에 대해 얘기들을 해요. 가끔은 군대가 와서 질문들을 하고, 부상당한 엘프들은 치료해서는 안 된다고도 말해요. 나는 여름에 무슨 일이 일어났는지 아무에게도 입 뻥끗도 하지 않았어요. 걱정 마세요. 그리고 운동을 하라는 것도 기억하고 있다고요. 공원을 돌아다니면서 시간이 있으면 훈련을 해요. 하지만 항상 시간이 있는 건 아니에요. 왜냐하면 부엌에서 일도 해야 하고, 텃밭도 가꿔야 하니까요. 다른 애들도 다 해요. 공부할 것도 엄청 많아요. 하지만 아무것도 아니에요. 저는 공부할 거예요.

게롤트도 옛날에 신전에서 공부했다고 네네케 어머니가 말씀하셨어요. 그리고 또 뭐라고 했냐면, 칼은 바보라도 휘두를 수 있지만 여자 위처가 되려면 똑똑해야 한다고 하셨어요.

게롤트, 보러 온다고 약속했죠. 빨리 오세요.

당신의 시리

PS Ⅰ 오세요, 꼭 와 주세요.

PS Ⅱ 네네케 어머니가 편지 마지막에는 멜리텔리 여신에게 영광을, 여신의 축복이 언제나 당신과 함께하기를이라고 쓰라고 시키셨어요. 그리고 게롤트가 항상 안전하기를.

시리

엘란더로 가고 싶다, 게롤트는 편지를 집어넣으며 생각했다. 하지만 너무 위험하다. 흔적을 남길 수도 있다. 이 편지 교환도 이제 그만해야 할 때가 되었다. 네네케는 신녀들의 통신을 이용하지만…… . 젠장, 이것도 너무 위험해.

"흠흠."

"또 뭡니까, 플루스콜레츠 씨? 학 섬은 이미 지나쳤어요."

"신께 감사할 일이죠. 아무 일도 없었으니까요."

선장이 한숨을 쉬었다.

"게롤트 씨, 휴, 이번에도 별일 없이 항해가 계속될 것 같군요. 그냥 이렇게 안개가 걷힐 때까지 보고 있으면 되겠죠. 그리고 해가 떠오르면 무서울 것도 없을 거예요. 괴물들은 햇볕이 나면 안 나오니까요."

"그런 걱정은 전혀 안 합니다."

"그냥 제 생각이에요."

플루스콜레츠가 일그러진 웃음을 띠고 말했다.

"회사가 항해 때마다 돈을 내니까요. 뭐 무슨 일이 있으나 없으나 어차피 돈은 주머니에 들어오는 거 아닙니까?"

"마치 모르는 듯 물어보시네요. 왜 화를 내시는지 모르겠군요. 제가 배 난간에 기대어 댕기물떼새를 구경하면서 돈을 번다는 건가요? 그럼 당신은 뭐로 벌죠? 똑같지 않습니까? 당신도 배에 탔다는 걸로 돈을 벌잖아요. 만약 모든 것이 잘된다면 할 일이 없어져서 뱃머리에서 맨 뒤까지 산책하면서 여자 승객들에게 웃어 보이거나, 아니면 상인들에게 보드카를 마시자고 하는 것 아닙니까. 저 역시 이 배에 타라고 고용된 사람입니다. 혹시나 무슨 일이 있을까 해서요. 위쳐가 에스코트하는 안전한 여행. 위쳐의 값 역시 표 값에 포함된 것 맞죠?"

"물론 당연히 그렇죠."

선장이 한숨을 쉬었다.

"회사는 손해는 안 봐요. 제가 잘 알죠. 이 회사에서 저는 이 삼각주를 이미 5년 동안 항해하고 있어요. 피아나에서 노비그라드로, 노비그라드에서 피아나로요. 그럼, 이제 위쳐님, 일하시고요. 위쳐님은 갑판에 기대어 계시고, 저는 갑판에서 왔다 갔다 해야죠."

안개가 약간 옅어진 것 같았다. 게롤트는 가방에서 두 번째 편지를 꺼냈다. 이 편지는 이상한 심부름꾼에게서 얼마 전에 받은 것이었다. 이 편지 역시 30번 정도 읽었다. 편지는 라일락과 구스베리 냄새가 났다.

친애하는 친구여.

위쳐는 힘찬 필치로 쓰여진, 날카롭고 반듯하고 각이 져 쓰는 사람의 기분을 정확하게 보여 주는 그 편지를 보고 조그맣게 욕을 했다. 다시 한 번 게롤트는 너무 화가 나서 자기 혀를 깨물고 싶었다. 한 달 전 여자 마법사에게 편지를 쓸 때, 이틀 밤 내내 어떻게 서두를 시작해야 하는지 고민했던 것이다. 결국은 '친애하는 친구여'로 결정했다. 그 대가가 바로 이거였다.

친애하는 친구여, 당신의 갑작스러운 편지가 저를 너무나 기쁘게 하네요. 우리의 마지막 만남이 아직 3년도 지나지 않은 시점에서 말이죠. 내 기쁨이 더욱더 컸던 건 당신의 갑작스럽고 끔찍한 죽음에 대해 여러 가지 소문이 돌았기 때문이에요. 편지를 씀으로써 그런 소문을 상쇄시키기로 한 건 참 잘했어요. 게다가 이렇게 빠른 시일에 하다니요. 당신의 편지를 보니 평화롭고 행복할 정도로 지루하고 아무런 사건, 사고 없는 나날을 보낸 것만 같네요. 오늘날의 세상에 그렇게 지낼 수 있다는 건 큰 특혜죠. 친애하는 친구, 당신에게 그런 기회가 생겼다는 게 참 다행이에요.

또한 편지에서 당신이 드러내 보인 나의 건강에 대한 갑작스러운 당신의 염려에 감동을 받았어요. 친애하는 친구. 저 역시 이미 건강이 좋아졌고, 힘들었던 나날들은 이미 지나갔고, 당신이 지루하도록 설명할 필요 없는 각종 문제들은 이미 다 해결했답니다.

당신이 운명으로부터 선사받은, 뜻밖의 선물이 당신에게 걱정을 안겨 주고 있다니, 저 역시 걱정이 되고 불안하네요. 이런 일에 전문가의 손길이 필요할 것이라는 당신의 예상은 정말로 제대로예요. 문제에 대한 설명은 매우 수수께끼 같지만, 제가 문제의 '근원'을 알고 있다고 확신해요. 그리고 여자 마법사의 손길이 한 명 더 필요하다는 의견에도 완전히 동의하는 바예요. 물론 제가 당신이 도움의 손길로 찾은 그 두 번째 마법사가 된 것에도 매우 영광이네요. 당신의 명단에서 제가 어쩌다 그렇게 높은 자리를 차지하게 된 걸까요?

걱정 마세요, 친애하는 친구. 만약에 또 다른 여자 마법사의 도움을 요청할 생각이었다면 이제 그럴 필요는 없어요. 지금 당장, 지체 없이, 당신이 애매하게 말했지만 저에게는 확실한 그 장소로 달려갈게요. 물론 당연히 완벽히 비밀을 지키고 최대한 조심해서 그곳으로 가겠습니다. 그 자리에 가서 문제의 종류가 뭔지 알아보고, 제가 할 수 있는 한 그 근원을 안정시키기 위해 노력해 볼게요. 다른 여자 마법사들, 그러니까 지금까지 당신이 부탁을 했거나, 하거나, 아니면 부탁하기를 미루고 있는 다른 분들만큼은 잘해 보려고 저도 노력하겠어요. 왜냐하면 당신을 실망시키기에는 당신과의 우정은 너무나 소중하거든요, 친애하는 친구.

만약 앞으로 몇 년 안에 저에게 다시 편지를 쓰고 싶다면 그때는 조금도 망설이지 마세요. 당신의 편지는 나에게 언제나 변함없는 기쁨이랍니다.

당신의 친애하는 친구, 예니퍼

편지에서는 라일락과 구스베리 냄새가 났다.

게롤트는 욕을 했다.

생각에 빠진 게롤트를 갑자기 깨운 것은 갑판 위의 움직임과 항로를 바꾼 배가 흔들린 탓이었다. 승객 일부가 배 오른쪽으로 몰려 있었다. 플루스 콜레츠 선장은 앞쪽에서 소리치며 명령하고 있었고, 배는 천천히 가기 싫은 듯 테메르 강둑으로 방향을 돌리며 표시된 뱃길에서 안개 속에서 나온 두 척의 다른 배에 자리를 내주고 있었다. 게롤트는 신기해 하며 그 광경을 바라보고 있었다.

첫 번째 배는 커다랗고 긴, 최소한 70송젠*은 되어 보이는 돛이 세 개 달린 군함이었는데, 은빛 독수리가 그려진 자줏빛 깃발을 휘날리고 있었다. 그 뒤로 40개의 노를 저으며 검정색 바탕에 금색과 붉은색의 지붕 모양으로 장식된 좀 더 작은, 날씬한 군함이 따라오고 있었다.

"맙소사, 용처럼 크구먼."

플루스콜레츠가 게롤트 옆에 서서는 말했다.

"강을 반으로 가를 정도로군요. 파도가 다 일어났어요."

"신기한 일이군요."

게롤트가 중얼거렸다.

"앞의 군함은 르다니아 기를 달고 오는데, 뒤의 배는 에이단에서 왔네."

"에이단이라고요. 그럼요."

선장이 말했다.

"그리고 하게 총독의 무역기를 달고 있군요. 하지만 보세요. 저 두 배는 모두 날카로운 몸체를 가지고, 아래로는 3미터나 잠겨 가고 있어요. 그 말은 하게로 가는 건 아니라는 거예요. 왜냐하면 삼각주 상류의 얕은 진흙을 통과하지 못할 테니 말이죠. 아마 피아나나 아니면 흰 다리로 가는 걸 겁니다. 그리고 보세요. 갑판엔 병사들이 개미 새끼처럼 몰려 있어요. 상인들은 아닙니다. 저건 싸우는 사람들이에요, 게롤트 씨."

"작은 배에 누군가 중요한 사람이 타고 있나 보죠. 갑판에 그늘막을 펼쳐놓았군요."

---

* 송젠(sążeń) : 옛 도량형의 하나로 물의 깊이를 재는 데 주로 쓰였다. 유럽 여러 나라에서 1 송젠은 170-215센티미터로 다양하다.

"그럼요, 중요하신 분이라면 그렇게 항해해야죠."

플루스콜레츠는 고개를 끄덕이며 선체에서 긁어 낸 나뭇가지로 이를 쑤시며 말했다.

"배로 가는 게 안전하죠. 숲에는 엘프 군대들이 있어 어떤 나무 뒤에서 화살이 날아올지 모르니까. 물 위에선 무서울 게 없죠. 엘프도 이 고양이처럼 물은 안 좋아하니까. 덤불 속에 앉아 있는 걸 더 좋아하죠."

"분명 아주 중요한 사람인가 봅니다. 그늘막이 아주 화려하군요."

"뭐, 그럴 수도 있겠죠. 어쩌면 비지미르 왕이 이 강에 내려오셨을지도? 요즘은 이 나라 저 나라 항해하는 사람이 많아요. 아, 이렇게 말이 나왔으니 말인데, 피아나에서 혹시 누가 위쳐님께 관심을 보이거나 특별히 묻는 사람이 있는지 살펴보라 하셨죠? 바로 저 작자예요. 보이시나요?"

"플루스콜레츠 씨, 손가락으로는 가리키지 말아요. 저 사람은 뭐하는 사람이요?"

"제가 어떻게 압니까? 직접 가서 여쭤 보세요. 안 그래도 이쪽으로 오고 있군요. 조심하세요. 이렇게 흔들릴 수가! 물이 거울처럼 잔잔한데. 맙소사, 조금만 바람이 불면 거의 저 둔한 사람은 네발로 기겠군."

그 '둔한 사람'은 키가 작은, 나이를 짐작할 수 없는 마른 남자였다. 양모로 짠 풍성하고 딱히 깨끗해 보이지는 않은 외투를 동그란 청동 브로취로 여미고 있었다. 브로취 핀은 어디로 달아나서 두드려 편 휜 못으로 대신했다. 남자는 다가와서는 헛기침을 하더니 시력이 나쁜지 눈을 껌뻑거렸다.

"혹시 제가 지금 뵙는 분이 위쳐 리비아의 게롤트 아니신지요?"

"네, 그렇습니다만."

"제 소개를 좀 하겠습니다. 저는 라이너스 피트, 옥센푸르트에서 자연사를 강의하는 교수입니다."

"만나서 반갑습니다."

"네. 제가 듣기로는, 선생이 말라티우스와 그록 회사의 요청으로 항해를 호위한다고 들었습니다. 그러니까 어떤 괴물 같은 것이 공격할 위험에 맞서기 위해서 말이지요. 그렇다면 도대체 어떤 괴물인가 하는 생각이 들었습니다."

"저도 같은 생각을 하고 있습니다."

게롤트는 배에 기대어 안개 속에서 희미해지는 테메르 강변의 축축한 검은 숲의 그림자를 바라보았다.

"그리고 어쩌면 이 근처에서 활동한다는 스코이아텔의 공격을 막으라고 절 고용한 게 아닌가 하는 결론에 이른 참입니다. 피아나와 노비그라드 사이를 지금 여섯 번째 항해하는 중인데, 쟈그니차는 단 한 번도⋯⋯."

"쟈그니차라고요? 그건 아마 사람들이 그냥 부르는 이름이겠죠. 정확한 학명으로 좀 불러 주셨으면 합니다. 으음, 쟈그니차라니⋯⋯. 도대체 무슨 종을 말씀하시는 것인지."

"제가 말하는 건 2송젤 정도 길이의 거칠거칠한, 물풀이 붙은 나무둥치처럼 생긴 괴물입니다. 발은 10개 달렸고, 톱 같은 입이 있죠."

"학문적으로 말하자면 선생의 묘사에는 손볼 곳이 많군요. 혹시 히피드라 과의 어떤 종류를 말하는 건가요?"

"그럴 수도 있습니다."

게롤트는 한숨을 쉬었다.

"쟈그니차는, 제가 알기로는 아주 괴상한 종에 속해서 뭐라고 불러도 전혀 해로울 것이 없습니다. 중요한 것은 젊은 교수님, 이 악독한 무리의 한 놈이 이 회사의 배를 2주 전에 공격했다는 것입니다. 여기 이 삼각주, 우리가 지금 있는 이 장소에서 멀지 않은 곳에서 말이죠."

"누가 그렇게 확신할 수 있죠?"

라이너스 피트 교수는 쉰 목소리로 비웃었다.

"그건 분명 못 배운 사람들이나 거짓말쟁이일 거요. 그런 비슷한 일은 생길 수도 없어요. 저는 이 삼각주 지역의 동물들을 다 알고 있습니다. 히피드라 과는 아예 여기 나타나지도 않아요. 비슷한 육식동물 자체가 없죠. 이곳은 염도가 너무 높고 화학적으로 물의 성분이 특이하기 때문에, 특히 밀물 때는 말이죠."

"밀물 때는."

게롤트가 말을 가로막았다.

"노비그라드 운하를 통해 밀물이 들어올 때면, 사실 삼각주에는 정확히 말해 물이 거의 남아 있지 않습니다. 쓰레기와 거품, 기름과 죽은 쥐들로 그득한 진흙탕일 뿐이죠."

"그렇죠. 그래요."

교수는 슬픈 표정을 지었다.

"환경오염이라는 거죠. 50년 전에만 해도 이곳에 2000종류가 넘는 물고기들이 살고 있었다고 말씀드려도 아마 못 믿으실 겁니다. 지금은 900종밖에 남지 않았죠. 정말 한심한 일입니다."

둘은 모두 갑판에 기대어 아무 말 없이 초록색의 더러운 강물을 바라보았다. 악취가 지독해지고 있는 것을 보아 밀물이 이미 시작되고 있었다. 죽은 쥐들이 나타나기 시작했다.

"민물 망둑어도 완전히 사라졌어요."

라이너스 피트 교수는 침묵을 깨고 말했다.

"숭어, 가물치, 키타라, 비운 파시아스티, 로지바브, 긴수염잉어, 울프피쉬……."

뱃전에서 10송젠쯤 떨어진 곳에서 물이 소용돌이치고 있었다. 잠시 동안 둘은 7미터는 되어 보이는 커다란 울프피쉬가 죽은 쥐를 물고 우아하게 꼬리지느러미를 흔들며 물속으로 사라지는 것을 보았다.

"저게 뭐죠?"

교수가 떨면서 물었다.

"모르겠는데요."

게롤트는 하늘을 바라보았다.

"펭귄 아닌지."

교수는 입술을 깨물고 게롤트를 째려보았다.

"이랬건 저랬건 저게 당신이 말하는 쟈그니차는 아니잖습니까! 사람들은 위쳐들은 어떤 희귀종에 대해서는 아주 해박하다고들 하던데. 당신은 지금 무식한 사람들의 입소문과 만담을 전할 뿐 아니라, 이제 날 이렇게 무식한 방법으로 조롱하기까지 하네요! 도대체 제 얘기를 듣고는 있었던 건가요?"

"안개가 걷히질 않네요."

게롤트가 작은 목소리로 말했다.

"뭐라고요?"

"바람이 아직 너무 약해요. 우리가 섬들 사이로 지나갈 때면 바람이 더 약해질 거요. 그러면 노비그라드까지 계속 안개가 걷히지 않겠군요."

"나는 노비그라드로 안 간다고요. 난 옥센푸르트에서 내립니다."

피트 교수가 건조하게 말했다.

"안개라고요? 항해를 못 할 정도로 짙은 건 아니지 않습니까?"

깃털 달린 모자를 쓴 남자아이가 둘 옆으로 뛰어와서는 긴 막대로 배에 부딪치는 죽은 쥐를 건지려 했다. 게롤트가 근처에 가서 막대를 빼앗았다.

"저리로 가 있어라. 뱃전으로 가까이 오지 말고!"

"엄마아아아아아!"

"에버렛! 당장 이리로 와!"

교수는 몸을 쭉 펴고는 쏘는 듯한 눈으로 위쳐를 바라보았다.

"당신은 여기 정말 무언가 위험한 게 있다고 믿는 모양이죠?"

"피트 교수님."

게롤트는 자기가 할 수 있는 한 최대한 부드럽게 말했다.

"2주 전에 바로 이 회사 배 중 하나에서 무언가가 두 명을 갑판에서 잡아갔어요. 안개 속에서 말이죠. 그게 뭔지는 저도 모릅니다. 교수님이 말씀하시는 히피드라인지 아닌지. 어쩌면 긴수염잉어일 수도 있어요. 하지만 제 생각에는 그게 쟈그니차인 것 같아요."

교수는 입술을 일그러뜨렸다.

"짐작이라는 건 명백한 학술적 근거 위에서 해야 하는 거지 헛소문과 만담에 기대어서 하는 게 아닙니다. 제가 말씀드렸듯이 위쳐님이 자꾸 쟈그니차라고 하는 그 히피드라는 삼각주에는 없다니까요. 이 종은 50년 전에 이미 멸종했고, 덧붙여 말하자면 그건 다 좀 징그럽게 생긴 것은 무조건 아무 생각도 학술적 조사도 관찰도 없이 생물 다양성에 대한 고려 따위는 전혀 없이 다 죽여 버리는 당신들 비슷한 부류의 활동 덕분이었지요."

게롤트는 자기가 쟈그니차와 괴물들의 생물 다양성에 대해 어떻게 생각하는지 솔직히 말하려다 생각을 고쳐먹었다.

"교수님."

게롤트는 침착하게 말했다.

"갑판에서 잡혀간 사람 중 하나는 젊은 임산부였습니다. 강물에 부은 발을 좀 식히려다가요. 이론적으로 말하면 그 임산부 배 속의 아기가 나중에 교수님 학교의 학장이 될 수도 있었던 것 아닙니까. 생물 다양성도 좋지만 이 일은 어떻게 생각하시나요?"

"그건 비과학적인 생각이에요. 감상적이고 주관적이죠. 자연은 가끔은 너무 잔인하고 예외를 두지 않지만 자신의 법칙으로 다스립니다. 어떻게 할 방법이 없죠. 그건 생존경쟁이라고요!"

교수는 몸을 배 난간에 걸치고는 물에 침을 뱉었다.

"그리고 종의 멸종은, 그것이 위험한 종이라고 하더라도 어떻게도 정당화될 수 없어요. 여기에는 뭐라고 말씀하시겠습니까?"

"저는 그렇게 몸을 걸치는 것은 위험하다고 말씀드리고 싶네요. 이 근처에 쟈그니차가 있을지도 모릅니다. 지금 쟈그니차가 어떻게 생존경쟁에 임하는지 스스로 직접 체험하실 생각이 아니시라면요."

라이너스 피트 교수는 난간에서 물러나 얼른 뒤로 풀쩍 몸을 피했다. 얼굴은 약간 창백해졌지만, 또다시 정신을 차리고 입술을 일그러뜨렸다.

"분명 그 상상의 동물 쟈그니차에 대해 많이 알고 계시겠죠, 위쳐님?"

"당연히 교수님만큼은 모릅니다. 저희 이렇게 만난 기회를 이용해 보는 것이 어떻겠습니까? 가르침도 주시고요, 수생 육식동물들에 대해서 말입니다. 기꺼이 들을 용의가 있습니다. 배 타고 가는 것도 덜 지루할 테고요."

"지금 절 놀리는 건가요?"

"절대로 아닙니다. 정말로 저는 모르는 건 배우자는 주의입니다."

"흠, 진심이시라면······. 뭐, 안 될 건 없죠. 그러면 들어 보세요. 히피드라 종은, 암피포다, 그러니까 두 발 동물에 속하는 것으로 학문적으로는 네종이 알려져 있습니다. 이 중 두 종은 열대의 물에서만 삽니다. 우리 기후대에서는 대신 아주 드물기는 하지만 크기가 작은 히피드라 롱기카우다 아니면 그것보다는 조금 더 큰 히피드라 마르기나타가 나타납니다. 이들은 고인물에서도, 흐르는 물에서도 살죠. 물론 육식동물로, 그러니까 따뜻한 피를가진 다른 동물을 잡아먹습니다. 뭐 더하실 말 있으신지?"

"아직은 없습니다. 열심히 듣고 있는 중입니다."

"네, 그렇다면. 책에서 보면 하위 종인 프세우도히피드라라는 생물도 있는데, 이는 앙그렌의 진흙탕에서 사는 종류입니다. 하지만 최근 알데스버그의 범블러라는 과학자가 밝혀낸 바로, 이것은 전혀 다른 종류인 모르디대, 자그쥐즈차 종류라는 것이라 합니다. 이 생물은 물고기와 작은 양서류만 그 먹이로 하죠. 학명은 이흐티오보락스 불블레리로 붙여졌습니다."

"재수도 좋은 괴물이군요."

위쳐가 웃어 보였다.

"이름이 세 개나 되다니."

"무슨 소립니까?"

"교수님이 말씀하시는 동물은 쥐리트바인데, 고대어로는 치네레아라고합니다. 범블러 씨가 이 동물이 물고기만 먹고 산다고 주장했다는 걸로 보아 그분 자신이 쥐리트바들이 살고 있는 호수에 한 번도 들어가지 않은 것같군요. 어쨌든 범블러 씨의 주장 중 하나는 맞습니다. 쟈그니차와 쥐리트바는 전혀 다른 종입니다. 저와 여우처럼요. 둘 다 오리고기를 좋아하기는하지만."

"치네레아라고요!"

라이너스 피트 교수는 화가 난 것 같았다.

"치네레아는 전설 속의 동물이라고요! 정말 당신의 무식에 실망했습니다. 정말 충격적인……."

"알고 있습니다."

게롤트가 말을 막았다.

"꼭 서로 잘 알게 되면 손해를 보더라고요. 그래도 교수님의 이론에 몇 가지를 더해 보도록 하죠. 쟈그니차는 삼각주에 옛날부터 살고 있었고, 앞으로도 살 것입니다. 물론 멸종된 게 아닌가 생각되었던 때도 있었죠. 그때는 작은 물개들을 먹으면서 살았던……."

"그건 물개가 아니라 모르시빈이에요."

교수가 정정했다.

"무식한 소리는 그만하시죠. 물개와 모르시빈을……."

"……모르시빈을 먹고 살았던 것입니다. 그런데 모르시빈은 멸종되었어요. 왜냐하면 물개와 닮았기 때문이었죠. 물개 가죽과 물개 기름 대신 팔렸었죠. 그 후에 강 위쪽에는 운하가 파지고, 댐과 저수지가 생겼습니다. 물살은 약해졌죠. 삼각주는 흙탕물이 되고, 물풀들이 무성하게 자라났습니다. 그리고 쟈그니차는 변종을 거쳤어요. 환경에 적응한 거죠."

"엥?"

"사람들이 쟈그니차의 먹이사슬을 다시 채워 준 것입니다. 모르시빈을 대신할 수 있는 온혈동물들을 제공하게 된 것이었죠. 삼각주를 통해 양과 가축, 돼지들을 실어 나르기 시작했어요. 쟈그니차는 순식간에 삼각주에 배나 바지선이나 뗏목이나 무어라도 나타나면 그건 밥이 든 큰 그릇이라는 것을 알게 되었죠."

"그럼 변종은요? 변종이라고 하셨잖습니까!"

"저 더러운 똥물이."

게롤트는 녹색의 물을 가리켰다.

"쟈그니차에게 딱 맞는 환경이 된 것이었지요. 크기가 커지기 시작했습니다. 이제 이 젠장할 괴물은 너무 커져서 뗏목에서 손쉽게 암소를 끌어 내릴 수도 있어요. 갑판에서 사람을 끌어 내리는 건 아무것도 아니죠. 특히 이 회사가 여객선으로 쓰는 이런 종류의 배에서는 말이지요. 지금 봐도 얼마나 물에 깊이 가라앉는지 보일 거예요."

교수는 얼른 난간에서 최대한 멀리 수레와 짐들을 피해 최대한 안쪽으로 들어갔다.

"물이 출렁거리는 소리가 들렸어요!"

교수는 수풀 사이의 안개를 가리키며 헐떡였다.

"위쳐님, 소리가……."

"진정하십시오. 출렁거리는 소리 말고도 노걸이에서 삐걱거리는 노의 소리도 들리죠. 르다니아 강둑의 세관원들입니다. 두고 보세요. 이제 여기로 와서 온통 난리를 피울 것입니다. 쟈그니차 셋, 아니 넷보다 더 큰 난리를 일으킬걸요."

플루스콜레츠가 옆으로 뛰어왔다. 머리에 깃털을 꽂은 남자아이가 자기 발에 침을 뱉었기 때문에 무섭게 욕을 하고 있었다. 승객들과 상인들은 매우 신경이 곤두서서 자기 짐들을 살피고, 몰래 가져가는 물건들은 숨기려고 애쓰고 있었다.

잠시 후 커다란 배가 여객선에 붙었다. 그리고 여객선 위로 네 명의 동작이 큰, 잔뜩 화가 나고 시끄러운 남자들이 올라왔다. 선장을 에워싸고 위협적으로 소리를 지르며 존재감을 과시하면서 자신들이 무슨 일을 하는지 중요성을 강조했다. 그뿐만 아니라 열성적으로 수하물과 뱃짐에 달려들었다.

"상륙하기 전에 또 검사를 할 거요."

플루스콜레츠가 위쳐와 교수에게 다가오며 불만을 토로했다.

"저건 불법 아니오? 우린 아직 르다니아 땅에 들어오지도 않았다고요! 르다니아는 반 마일이나 떨어져 오른쪽이잖아요!"

"아닙니다."

교수가 부정했다.

"르다니아와 테메리아의 경계선은 폰타르 강 물결의 한가운데에 있어요."

"염병할, 하지만 물결의 한가운데를 어떻게 잽니까? 이건 삼각주라고요! 숲, 진흙탕, 조그만 섬들이 계속 위치를 바꾸고 항로도 매일매일 바뀌는 곳이라고요! 젠장! 여기! 야, 이 똥강아지야! 그 장대 가만히 안 둬! 나한테 한번 혼나 볼래! 존경하는 부인, 아이 관리 좀 잘해 주시죠! 맙소사!"

"에버렛, 그거 가만히 놔둬라! 옷 더러워져!"

"이 함 속에는 뭐가 있나?"

세관원이 소리를 질렀다.

"거기! 이 꾸러미 좀 풀어 봐! 이 수레는 누구 거지? 돈 있나? 돈 있냐고 물었잖아? 테메리아 돈이나 닐프가드 화폐 말이야?"

"세관 전쟁이 바로 이런 것이군."

라이너스 피트 교수가 잘난 척하는 얼굴로 경멸하며 말했다.

"비지미르가 노비그라드에서 조세를 강화시켰소. 테메리아의 폴테스트는 거기에 대한 복수로 비지마와 고스 벨렌 지역에서 조세를 강화하고. 거기에

르다니아의 상인들이 크게 타격을 입자, 비지미르는 테메리아 상품에 대해 세율을 크게 인상시켰지요. 르다니아 산업을 보호하겠다는 거죠. 테메리아에는 닐프가드의 공장에서 나온 싼 공산품들이 넘쳐납니다. 그래서 저 세관원들이 저렇게 난리인 것이죠. 만약 닐프가드 상품들이 국경을 통해 너무 많이 들어오게 되면 르다니아의 경제는 완전히 무너질 수도 있어요. 르다니아는 거의 공장이 없고, 수공업자들은 도저히 경쟁할 수가 없죠."

"한마디로 말하면."

게롤트가 웃었다.

"닐프가드가 무기로도 얻지 못했던 것을 상품과 돈으로 얻어 가는 것이군요. 테메리아는 저항하지 않나요? 폴테스트는 남쪽 국경을 봉쇄하거나 하지 않습니까?"

"무슨 수로요? 상품들은 마하캄, 브뤼헤, 베르덴, 시다리스의 항을 통해 옵니다. 상인들에게는 이익이 최우선이에요, 정치가 아니지요. 폴테스트 왕이 국경을 봉쇄한다면 상인 길드는 엄청나게 저항할 거예요."

"화폐 있습니까?"

눈이 시뻘겋고 수염이 잔뜩 난 세관원이 다가와 물었다.

"세관 신고할 것 있나요?"

"전 학자입니다!"

"신부라도 상관없소! 짐에 뭐가 들었지요?"

"이들은 놔두게, 보라텍."

그룹을 이끄는 어깨가 넓고 긴 검은 수염을 기른 세관원이 말했다.

"이분은 위쳐야. 게롤트, 안녕하신가. 친구분들이신가요? 학자? 옥센푸르트로 가시는가 보군요? 짐은 없으십니까?"

"바로 그렇습니다. 옥센푸르트로 갑니다. 짐도 없고요."

세관원은 소매에서 커다란 수건을 꺼내 이마와 수염, 그리고 목을 닦았다. 그리고 게롤트에게 물었다.

"게롤트, 오늘은 어떤가요? 아직 괴물이 안 나왔나요?"

"안 나왔습니다. 올센, 뭔가 본 거 있으십니까?"

"난 주위를 살펴볼 시간도 없어요. 일하니까."

"우리 아빠는 폴테스트 왕의 기사야!"

갑자기 소리 없이 등장한 에버렛이 빽 하고 소리를 질렀다.

"그리고 수염도 더 길어!"

"이 녀석! 저리 비켜!"

올센이 말하고는 힘겹게 한숨을 쉬었다.

"보드카 좀 있나, 게롤트?"

"아니."

"하지만 전 있어요."

교수가 모두를 놀라게 하며 가방에서 납작한 가죽 주머니를 꺼냈다.

"그리고 전 안주가 있죠."

플루스콜레츠가 갑자기 아래에서 등장하며 자랑을 했다.

"말린 모캐*예요!"

"우리 아빠는……."

"저리로 가라, 이 똥강아지야."

가운데 몰려서 있는 수레 그늘 밑에 밧줄이 둘둘 감긴 위에 앉아서 한 명

---

* 미엔투스(Miętus) : 학명은 Lota lota. 대구과의 차가운 물에서 사는 민물고기.

씩 차례로 가죽 주머니에서 보드카를 마시고 모캐를 뜯어 먹었다. 올센은 한쪽에서 무슨 난리가 나서 잠시 자리를 뜰 수밖에 없었다. 마하캄에서 온 드워프 상인이 자기가 신고 온 털가죽은 은여우 털이 아니라 특이한 대형 고양이 털이라고 주장하며, 자기는 더 낮은 세율을 내야 한다고 소동을 피우고 있었기 때문이었다. 이곳저곳 다 쑤시고 다니는 에버렛의 엄마는 절대 아이를 감독할 생각이 없으면서 새된 목소리로 자꾸 남편의 지위와 귀족의 특권에 대해 떠드는 중이었다.

배는 천천히 수풀이 무성한 섬들 사이를 지나갔다. 뱃전에는 수련과 각시연꽃, 가랫과의 물풀들이 엉켰다. 물풀의 가지 사이에서는 위협적으로 부글부글 거품이 일어나고, 자라들이 휙휙 소리를 냈다. 한 발로 서 있던 황새는 철학적인 표정으로 여기선 뭘 찾아봤자 별거 없을 거라는 걸 아는 듯 물을 바라보고 있었다. 물고기는 이러나저러나 지나가게 되어 있다는 듯.

"어떻습니까, 게롤트 씨?"

플루스콜레츠가 모캐 껍데기를 빨면서 물었다.

"이번에도 별일 없는 항해겠지요? 제가 무슨 말 하는지 아시죠? 괴물은 바보가 아니에요. 그놈은 당신이 자기를 노리고 있는 걸 아는 겁니다. 봄에는 우리 동네 강에 수달이 있단 말이죠. 그 수달이 뒤뜰로 와서는 암탉을 잡아가요. 그런데 얼마나 교활한지 집에 저희 아버님이나 제가 형제들이랑 같이 있는 날에는 절대로 안 온단 말이죠. 할아버지 딱 한 분만 있을 때, 바로 그때 와요. 저희 할아버지는 약간 치매기도 있으시고, 다리도 좋지 않으시거든요. 수달, 이 나쁜 놈이 그걸 알고 있단 말이죠. 그러다가 어느 날 우리 아버님이……."

"전체에서 10퍼센트!"

배 한가운데서 드워프 상인이 여우 가죽을 흔들며 찢어지듯 소리를 질렀다.

"딱 그만큼만 내면 되고 그보다 동전 한 닢도 더 낼 수 없어!"

"그렇다면 모두 압수예요!"

올센이 화난 목소리로 외쳤다.

"그리고 노비그라드 수비대에 보고하겠소. 그러면 당신의 돈과 함께 감옥에 갇히게 될 거요! 보라텍, 얼마인지 정확히 기록해! 앗, 거기, 내 건 좀 남아 있나? 마지막 한 방울까지 다 마신 건 아니겠죠?"

"앉으세요, 올센."

게롤트는 밧줄 더미 위에서 올센에게 자리를 만들어 주었다.

"일에서 스트레스가 많겠군요."

"아우, 거의 참을 수 없는 지경입니다."

세관원은 한숨을 쉬고는 가죽 주머니를 기울여 한입 마시고 수염을 닦았다.

"에이단에 돌아가기만 하면 젠장, 관둬 버릴 거예요. 전 보수적인 벤거버 그 사람이에요. 르다니아로는 여동생을 따라왔지만 지금은 돌아갈 거라고요. 게롤트, 난 군대에 들어갈 생각이에요. 데머번드 왕이 특수부대를 만든다고 해요. 6개월 동안 부대에서 훈련을 하고, 그러면 지금 받는 것보다 3배는 되는 월급을 받을 수 있어요, 뇌물을 합친다고 하더라도 말이에요. 이 모캐는 좀 짜네."

"그 특수부대 이야기는 나도 들었어요."

플루스콜레츠가 말했다.

"스코이아텔에 대항하는 부대라고. 그 엘프들이랑 그냥 군대랑은 도저히 상대가 안 되니까요. 그 부대에서는 하프엘프를 제일 환영한다고 하더군요. 하지만 그 훈련 부대라는 데가 거의 지옥이래요. 거기서 반만 살아 나온다고,

반은 월급을 받으러, 반은 공동묘지로 시체가 되어 나온다고 하던데."

"그렇겠지요."

세관원이 말했다.

"선장님, 특수부대라는 데가 장난은 아닐 테니까요. 방패를 들고 버티는 게 다인데다가, 창을 잡는 쪽이 어느 쪽인지 말하는 걸로 다 되는 그런 보병은 아니겠죠. 특수부대라는 건 싸움을 아주 잘할 줄 알아야 한다고요!"

"올센, 당신이 그런 대단한 군인 체질이었다니! 그럼 스코이아텔도 무섭지 않소? 엉덩이에 화살을 잔뜩 맞게 되면 어쩌려고!"

"나도 활은 쏠 줄 안다고. 닐프가드와도 싸웠는데, 까짓 엘프들쯤이야."

"사람들이 그러는데."

플루스콜레츠가 비웃었다.

"엘프들이 적군을 사로잡으면 거의 태어난 걸 후회하게 된다고들 하던데. 스코이아텔의 고문은 무시무시하다고 합니다."

"에이, 관둬요, 선장님. 여자들이나 하는 소리죠. 전쟁은 전쟁입니다. 한번은 우리 편이, 또 다음번엔 적이 우리 엉덩이를 걷어차는 거죠. 우리들도 엘프를 잡아서 뭐 머리를 쓰다듬어 주는 건 아니니, 걱정 마세요."

"공포 정책이로군."

라이너스 피트 교수가 배 밖으로 모캐의 등뼈와 머리를 던졌다.

"폭력은 폭력을 낳습니다. 미움은 가슴에서 자라나고, 형제의 피도 오염시키죠."

"뭐라고요?"

올센이 얼굴을 찡그렸다.

"알아들을 수 있게 말을 하셔야죠!"

"어려운 시대입니다."

"그거야 맞죠."

플루스콜레츠가 고개를 끄덕였다.

"언제라도 큰 전쟁이 터질지 몰라요. 까마귀들이 매일 하늘에 까맣게 날아들고, 벌써 죽은 고기들의 냄새를 맡은 거죠. 이틀린느의 신녀도 이미 세상의 종말에 대해 말했다고 합니다. 백색 빛이 나와 하얀 겨울을 시작한다라나 뭐라나. 이게 아니었나? 하여튼 정확히는 뭐라고 했는지 까먹었네요. 사람들은 또 하늘에 표시가 보인다고……."

"선장님은 하늘이 아니라 물 위의 뱃길 표시나 보시면 됩니다. 배를 진흙탕에 처박기 전에요. 휴, 거의 옥센푸르트 높이까지 왔네요. 저기 좀 보세요, 벌써 '바리와'가 보여요!"

안개는 확실히 거의 걷혀서 오른쪽 강둑의 들판과 숲과 그 위에 솟아 있는 수표교가 보였다.

"여러분, 저건 실험적인 하수도 정화 시설입니다."

라이너스 피트 교수가 사람들에게 자랑스럽게 말했다.

"저건 학문의 승리, 우리 대학의 위대한 업적이지요. 옛날 엘프들이 세웠던 수표교와 운하, 물 저장고를 수리해서 이미 대학 전체와 도시, 근처의 시골과 농장의 하수도를 중성화시켰습니다. '바리와'라고 불리는 저것이 바로 물 저장고예요. 굉장한 학문의 승리죠."

"머리를 낮추세요, 머리를 낮춰요!"

올센이 갑판 앞쪽의 튀어나온 부분 밑에 숨으며 소리쳤다.

"작년에 저게 폭발했을 때, 똥덩어리가 학 섬까지 날아왔다고요."

배는 섬 사이를 통과하고 있었다. 너무 크게 세워진 물 저장고의 탑과 수

표교가 안개 속으로 사라져 갔다. 모두들 안도의 한숨을 쉬었다.

"옥센푸르트 쪽으로 바로 가는 건 아닌가요, 플루스콜레츠?"

올센이 물었다.

"우선 그라보바 부흐타 쪽을 돌아갑니다. 테메리아 쪽에서 물고기를 팔고 사는 사람들을 태우러 말이죠."

"흠."

올센은 목 주위를 긁었다.

"부흐타로……. 그럼, 게롤트, 혹시 테메리아 인들이랑 무슨 문제 같은 건 없었죠?"

"왜요? 누가 내 얘기를 묻기라도 했나요?"

"맞췄네요. 보다시피, 누군가 당신에게 관심을 보이는 사람이 있으면 살펴보라는 부탁을 기억하고 있었죠. 테메리아의 수비대가 당신에 대해 물어봤다고 하오. 나랑 친하게 지내는 테메리아 쪽 세관원이 그 얘기를 전해 주더군요. 무언가 수상한 게 있어, 게롤트."

"뭘이요?"

라이너스 피트 교수가 갑자기 수표교와 학문의 위대한 승리를 보며 무서워하면서 물었다.

"저 코흘리개 말이오?"

플루스콜레츠가 계속 근처를 얼씬거리는 에버렛을 가리키며 물었다.

"쟤를 말하는 게 아니에요."

세관원이 얼굴을 일그러뜨렸다.

"게롤트, 테메리아의 세관원들이 말하기를 수비대가 이상한 질문을 했다는 거예요. 사람들도 당신이 말라티우스와 그록 회사의 배에서 항해하는 걸 알고 있거든요. 이들이 당신이 혼자서 항해하느냐고 물어봤다고 합니다. 그러니까 혹시…… 젠장, 웃지는 말고! 이들이 말하길 당신이 혹시 미성년 여자아이를 데리고 다니지 않냐고 물어봤다는 겁니다."

플루스콜레츠는 낄낄거렸다. 라이너스 피트는 위쳐를 내키지 않는 눈초리로 바라보았다. 미성년 여자아이에게 관심을 가지는 흰머리 남자를 바라볼 때의 그런 눈초리였다.

"그래서 또."

올센이 헛기침을 했다.

"테메리아 세관원들은 무슨 생각을 했냐면, 이게 개인적인 일이구나 하고 결론지었다는 것이죠. 무슨 수비대 중 한 명의 개인적 복수 같은. 그러니까 에구, 그 여자아이의 가족이나 약혼자 건 같은 거 말입니다. 그래서 세관원들이 도대체 그걸 누가 묻나 하고 알아봤대요. 그리고 알아보니 어떤 귀족인데, 아마 무슨 높은 사람 같은 부자에다가 전혀 돈을 아끼지 않는……. 이름은 리엔스인가 뭔가라고 합니다. 왼쪽 뺨에 엄청난 시뻘건 화상 같은 흉터가 있다고 합니다. 아는 사람이오?"

게롤트는 일어났다.

"플루스콜레츠."

게롤트가 말했다.

"그라보바 부흐타에서 전 내립니다."

"그게 무슨 말입니까? 괴물은 어쩌고요?"

"그거야 당신들 문제죠."

"문제 얘기를 하자면."

올센이 끼어들었다.

"뱃전 오른쪽, 게롤트. 양반은 아닌가 보네."

안개가 빠르게 걷히고 있는 섬 뒤에서 커다란 배가 나타났다. 뱃전의 돛에는 은색의 백합들이 박힌 까만 깃발이 한가하게 나부끼고 있었다. 배에탄 사람들은 테메리아 수비대의 뾰족한 모자를 쓴 몇 명의 사람들이었다.

게롤트는 얼른 가방에서 시리와 예니퍼에게서 온 두 통의 편지를 꺼냈다. 그리고 편지들을 잘게 찢어 강에 그 조각을 버렸다. 올센이 아무 말 없이 게롤트의 행동을 지켜봤다.

"무슨 일인지 나도 좀 알 수 있나요?"

"아니오. 플루스콜레츠, 제 말을 좀 봐 주세요."

"지금."

올센의 이마에 주름이 생겼다.

"지금 뭘 하려는……."

"제가 하려는 건 제 일입니다. 끼어들지 마세요. 사고가 날 테니까요. 저배는 테메리아 배예요."

"저 깃발을 혼내 주겠어."

올센은 허리에 찬 칼을 더 빨리 집을 수 있는 곳으로 옮기고는 소매로 빨간 바탕에 독수리가 새겨진 자기 목 가리개를 닦았다.

"내가 갑판에 올라와서 검사를 하는 한, 이곳은 르다니아의 영토야. 가만히 있지 않겠다……."

"올센."

위쳐가 올센의 소매를 잡으며 말했다.

"제발, 끼어들지 마세요. 얼굴에 흉터가 있는 그 사람은 지금 저 배에 없습니다. 저는 그 사람이 누군지, 그리고 뭘 원하는지 꼭 알아내야만 해요.

그 사람을 꼭 만나야 한다고요."

"당신을 잡아가게 놔두라고 하는 거요? 바보 같은 소리! 이게 만약 개인적인 건이라면, 누가 사주해서 복수하는 것이라면, 그랬다간 바로 철창에 갇히거나, 강 속 깊은 곳에 빠지거나, 목에 닻을 달고 배 밖으로 던져지게 될 거요! 가재들과 같이 강바닥에 살게 될 거라고요!"

"저건 테메리아의 수비대지 해적이 아니잖소."

"그렇다고요? 저들의 얼굴을 한번 보세요! 나도 도대체 저놈들이 정말 뭐하는 놈들인지. 이제 곧 알게 되겠지. 봅시다."

배는 빠르게 다가와 여객선의 갑판에 닿았다. 수비대 중 한 명이 줄을 던지고 다른 하나가 난간에 갈고리 장대를 걸었다.

"내가 이 배의 선장이오!"

플루스콜레츠가 뱃전으로 넘어오려고 하는 세 사람의 길을 막았다.

"이건 말라티우스와 그록 회사의 배요. 여기서 뭘……."

셋 중 뚱뚱한 대머리가 전혀 개의치 않고 플루스콜레츠를 어깨로 밀쳐냈다. 몸집이 마치 떡갈나무 둥치 같았다. 플루스콜레츠를 눈으로 쓱 훑으며 우레와 같은 목소리로 외쳤다.

"게랄드라는 놈 있나? 리비아의 게랄드라는! 그런 놈이 여기 타고 있나?"

"없습니다."

"나요."

위쳐는 짐짝들을 피해 가까이 나섰다.

"내가 게롤트, 리비아의 게롤트요. 무슨 일이오?"

"법의 이름으로 너를 체포한다."

대머리는 몰려든 여행객들 앞에서 선언했다.

"여자아이는 어디 있나?"

"난 혼자요."

"거짓말을 하는군!"

"잠깐, 잠깐."

올센이 위쳐 등 뒤에서 나타나 게롤트의 어깨에 손을 얹었다.

"진정하시오. 소리 지르지 말고. 늦으셨군요, 테메리아 수비대 양반. 이 사람은 이미 체포가 된 몸이오, 역시 법의 이름으로 말이오. 내가 잡았소. 밀수 건으로. 명령에 따라 이 사람을 옥센푸르트 성으로 호송할 것이오."

"뭐라고?"

대머리가 미간을 찌푸렸다.

"그럼 여자애는?"

"없소. 그런 여자애는 여기 아예 없었는데."

수비대들은 망설이는 듯 아무 말 없이 서로를 바라보았다. 올센은 활짝 웃으며 검은 수염을 꼬았다.

"그럼 이렇게 하는 게 어떻겠소?"

올센은 웃어 보였다.

"우리랑 같이 옥센푸르트까지 갑시다, 테메리아 양반들. 우리나 당신들이나 단순한 사람들이라, 우리가 법에 대해 뭘 알겠소? 옥센푸르트의 경비대장은 현명하고 뭔가 잘 알 테니, 시비를 가려 주겠지. 우리 경비대장 당신들도 알지 않소? 당신네 부흐타에서 온 사람 아니오. 당신들 문제를 그 사람에게 맡기고, 명령서와 도장도 보여 주고……. 지금 도장 찍힌 체포 명령서는 가지고 있는 거 맞습니까?"

대머리는 올센을 기운 없이 바라보며 아무 말도 하지 않았다. 그러더니 갑자기 소리쳤다.

"난 옥센푸르트로 갈 생각도 없고 그럴 시간도 없어! 이놈을 우리 쪽으로 이송하면 우린 끝이다! 스트란, 비텍! 가자! 이 배를 뒤져! 여자아이를 얼른 찾아내라!"

"잠시만요, 천천히 좀……."

올센은 상대가 소리치든 말든 전혀 상관없이 침착하고 정확하게 말을 골랐다.

"당신들은 지금 삼각주의 르다니아 쪽에 와 있습니다, 테메리아 분들. 혹시 무슨 세관 신고 하실 게 있는지요? 아니면 무슨 밀수품이라도? 이제 확인하도록 하죠. 찾아봐야죠. 혹시나 뭐라도 나왔다간 어쩔 수 없이 옥센푸르트에 함께 가실 수밖에 없으시겠네요. 그리고 우린 만약 원하기만 하면 언제라도 뭔가를 찾아낼 수 있답니다! 얘들아, 이리 와 봐라!"

"우리 아빠는."

갑자기 에버렛이 대머리 옆으로 나타나 소리를 질렀다.

"기사야! 칼도 아빠 칼이 더 커!"

대머리는 비버 털이 붙은 에버렛의 옷깃을 번개같이 잡고는 모자에 달린 깃털을 부러뜨리며 갑판으로부터 들어 올렸다. 팔로 에버렛의 허리 부분을 둘러싸고는 사냥칼을 아이의 목 부분에 가져다 대었다.

"물러나라!"

대머리는 소리쳤다.

"물러나! 아니면 이 코흘리개의 목을 따겠다!"

"에버레에에에엣!"

귀족 여자가 비명을 질렀다.

"흥미로운 방법이군."

위쳐가 천천히 말했다.

"테메리아의 수비대 방식인가. 너무 흥미로워서 진짜 수비대가 하는 짓이라고 믿기가 힘들 지경이군."

"입 닥쳐!"

돼지 새끼처럼 꽥꽥거리는 에버렛을 흔들며 대머리가 외쳤다.

"스트란, 비텍, 저놈을 잡아! 줄로 묶어서 배로 데려가! 그리고 당신들은 뒤로 물러서! 여자아이는 어디 있지? 여자아이를 내놔. 아니면 이 코흘리개를 죽여 버리겠어!"

"죽여 버려."

올센이 자기 부하들에게 신호를 하고 칼을 더듬으며 명확하게 말했다.

"걔가 뭔데, 뭐 내 아이도 아니고, 뭔가? 원한다면 그 아이를 죽여 버리고 나서, 그리고 대화를 하지."

"끼어들지 마시오!"

게롤트가 갑판에 칼을 던지고는 몸짓으로 세관원들과 플루스콜레츠의 선원들을 막았다.

"나를 데려가시오, 가짜 수비대 양반. 아이는 놔두시오."

"배로!"

대머리는 에버렛을 놓지 않고 자기 배 쪽으로 향하면서 줄을 잡았다.

"비텍, 저놈을 묶어! 그리고 너희는 다 뒤로 물러나! 만약 누구 한 놈이라도 움직인다면 이 코흘리개는 죽는다!"

"게롤트, 미쳤나?"

올센이 화를 냈다.

"끼어들지 마시오!"

"에버레에에에엣!"

테메리아의 배가 갑자기 흔들리더니, 여객선으로부터 물러났다. 물은 무서운 출렁 소리를 내며 폭발하는 듯하더니 그 안에서 두 개의 긴, 초록색의 거칠거칠한 마치 사마귀의 다리처럼 뾰족한 가시가 잔뜩 박힌 발 두 개가 솟아 나왔다. 발은 갈고리 장대를 든 수비대원을 붙들고는 눈 깜짝할 사이에 물속으로 사라졌다. 대머리는 무서운 비명을 지르고 에버렛을 버려두고는 자기네 배에서 흔들리고 있는 줄을 잡았다. 에버렛은 물속에서 얼굴이 시뻘게져 발버둥을 치고 있었다. 여객선과 배에 탄 모든 이들이 마치 악마에라도 사로잡힌 것처럼 비명을 지르고 있었다.

게롤트는 자신을 묶으려고 하는 두 명의 수비대원을 뿌리쳤다. 한 명은 턱에 일격을 먹이고는 갑판 너머로 던져 버렸다. 다른 한 명은 게롤트에게 철로 된 갈고리를 휘둘렀지만 올센이 붙들고 갈비뼈 사이로 단검을 박아 넣자 힘이 빠져 쓰러지고 말았다.

게롤트는 낮은 난간을 훌쩍 뛰어넘었다. 물풀이 빽빽한 물속으로 머리가 완전히 잠기기 전에 옥센푸르트 대학의 자연사 교수인 라이너스 피트의 외침 소리가 들려왔다.

"저건 뭐죠? 저건 무슨 종이죠? 저런 동물은 없어요!"

게롤트는 테메리아 배 바로 옆으로 헤엄치며 대머리의 부하 중 하나가 창으로 찌르려 하는 것을 겨우 피했다. 두 번은 찌르지 못했다. 목에 화살을 맞고 물속으로 철퍼덕하고 넘어졌기 때문이었다. 게롤트는 떨어진 창을 주워 배 상판을 다리로 힘차게 걷어차고는 소용돌이를 일으키는 물속으로 잠수해서 들어갔다. 그러다가 무언가를 에버렛이 아니길 바라며 끄집어내었다.

"이건 불가능해!"

교수의 외침이 들려왔다.

"저런 동물은 존재할 수가 없어요! 최소한 존재해서는 안 된다고요!"

그건 저도 완전 동감이네요, 위쳐는 창으로 딱딱한 비늘로 덮인 쟈그니차의 갑옷 같은 껍질을 찌르며 생각했다. 테메리아 수비대의 시체는 낫 같은 모양을 한 괴물의 입에 핏줄기를 뿌리며 힘없이 걸려 있었다. 쟈그니차는 납작한 꼬리를 날카롭게 휘저으며 진흙탕의 구름을 일으키면서 강바닥으로 가라앉고 있었다.

가느다란 비명 소리가 들렸다. 에버렛이 작은 강아지처럼 물을 미친 듯 휘저으며 대머리의 다리를 붙잡고 배에서 내려온 줄을 통해 올라가려고 애쓰고 있었다. 그러다 대머리도, 에버렛도 줄을 놓치고는 부글부글 소리를 내며 수면에서 사라졌다. 게롤트는 얼른 잠수로 둘 쪽으로 향했다. 거의 바로 에버렛의 비버 옷깃을 붙잡을 수 있었던 것은, 완전히 우연이었다. 게롤트는 에버렛을 빽빽한 물풀의 망에서 꺼내 등 위에 올려놓고 다리로 힘껏 저어 여객선 쪽으로 헤엄쳐 갔다.

"여기요, 게롤트 씨! 여기!"

멍멍하게 사람들이 외치는 소리와 비명 소리가 들려왔다.

"던져! 줄! 줄을 잡아요! 젠장! 줄! 게롤트! 장대를 가져와! 장대!"

"우리 아가!"

누군가 게롤트에게서 아이를 떼어 위로 끌어 올렸다. 같은 순간 누군가 게롤트를 뒤에서 붙들고 머리 뒤쪽을 세게 치고는 물속으로 처박았다. 게롤트는 창을 놓고 몸을 돌려 공격자의 허리를 붙들었다. 다른 손으로는 머리카락을 잡으려 했지만, 아무것도 잡히는 것이 없었다. 바로 그 대머리였다.

둘은 잠시 동안 함께 물 밑으로 들어갔다. 테메리아의 배는 이미 여객선에서 멀리 떨어지고, 게롤트와 대머리는 서로를 붙든 채 그 가운데에 있었다. 대머리는 게롤트의 목을 잡고, 게롤트는 대머리의 눈에 엄지손가락을 찔러 넣었다. 대머리는 비명을 지르고는 게롤트를 놓고 다른 쪽으로 헤엄쳤다. 그러나 게롤트는 헤엄칠 수가 없었다. 무언가가 게롤트의 다리를 잡고 아래로, 심연으로 끌어당겼다. 옆에는 마치 나무껍질처럼 물의 표면 위에 반 토막 난 시체들이 흩어져 있었다. 게롤트는 잡고 있는 것이 무엇인지 알아챘다. 라이너스 피트 교수의 설명을 들을 필요도 없었다.

"저건 절지동물이에요! 암피포다의 한 종류죠! 상어처럼 입이 커요!"

게롤트는 미친 듯이 손으로 물을 때리며 다리를 규칙적으로 입을 벌려 딱딱거리고 있는 쟈그니차의 빨판에서 떼어 내리려고 했다. 라이너스 피트 교수는 이번에도 옳았다. 입이 보통 큰 것이 아니었다.

"줄을 잡아!"

올센이 소리쳤다.

"줄을 잡아!"

게롤트의 귀 곁으로 창이 휙 소리를 내며 날아와 쿵 소리를 내며 물에 잠겨 있는, 물풀이 나 있는 괴물의 갑옷 같은 피부에 박혔다. 게롤트는 괴물의 몸을 잡고, 거기에 기대었다가 있는 힘껏 붙잡히지 않은 발로 쟈그니차를 걷어찼다. 그리고 가시가 가득한 쟈그니차의 발에서 겨우 신발 한 짝과 바지 상당 부분, 피부 조각을 남긴 채 겨우 벗어났다. 창들과 작살이 마구 날아들고 있었지만, 대부분은 빗나가고 있었다. 쟈그니차는 발을 천천히 접고는 꼬리를 흔들며 우아하게 녹색의 물 안으로 잠수해 들어갔다.

게롤트는 얼굴로 바로 떨어진 줄을 잡았다. 옆구리를 찌른 갈고리 장대가 허리띠 옆에 걸려 있었다. 게롤트는 몸이 위로 끌어 올려지는 걸 느끼며, 여러 개의 손에 붙들려 난간을 넘어 갑판 위로 굴러떨어졌다. 물과 진흙, 물풀과 피가 뚝뚝 떨어지고 있었다. 그 옆에는 승객들과 여객선의 선원들, 세관원들이 모여 있었다. 여우 털을 싣고 온 드워프와 올센은 갑판 윗부분에서 몸을 구부리고 화살을 쏘고 있었다. 잔뜩 젖고 물이끼로 초록색이 된 에버렛은 이를 딱딱 마주치며 엄마에게 안겨 훌쩍훌쩍 울며 모두에게 자기가 잘못해서 그런 게 아니라고 얘기하고 있었다.

"게롤트 씨!"

귀에 바로 대고 플루스콜레츠가 외쳤다.

"살아 있나요?"

"젠장."

위처는 물풀을 뱉어 냈다.

"이 짓을 하긴 이제 나도 너무 늙었어. 너무 늙었다고."

그 옆에서 드워프가 석궁을 내려놓고, 올센은 신이 나 소리치고 있었다.

"배에 명중했어요! 우하하! 대단한 궁수시군요! 헤이! 보라텍! 이분께 돈을 돌려 드려! 세금 우대를 받으실 만한 분이셔!"

"그만······."

겨우 나오는 목소리로 게롤트가 말하며 헛되이 일어서려고 하고 있었다.

"다 죽이지는 말아, 젠장! 누군가는 사로잡아야 해!"

"한 놈은 남겨 놨지."

올센이 말했다.

"나에게 농간을 부리던 그 대머리 말이야. 나머지는 다 맞췄어. 대머리는 아, 저기 헤엄치고 있네. 이제 건져 내면 됩니다. 갈고리 장대 가져와!"

"대단한 발견입니다! 대단해요!"

라이너스 피트 교수가 갑판에서 펄쩍펄쩍 뛰면서 소리를 질렀다.

"완전히 새로운, 지금까지 학문 세계에 알려지지 않은 새로운 종이에요! 완전한 특이종! 위쳐님, 당신께 정말 감사드립니다! 저 종은 앞으로 책에서 게랄리티아 막실리오사 피티라고 이름을 붙일 거예요!"

"교수님."

게롤트가 신음 소리를 내며 말했다.

"정말로 저에게 감사한 마음을 표하실 생각이면 저 젠장할 놈은 에버레티아라고 이름 붙이세요."

"그것도 좋군요."

학자는 동의했다.

"아아! 정말 위대한 발견이야! 이건 유일무이한, 최고의 표본이라고! 아마 삼각주에 살고 있는 유일한……."

"아닙니다."

갑자기 플루스콜레츠가 우울하게 말했다.

"유일하지는 않아요. 보세요!"

얼마 떨어지지 않은 섬에 붙어 융단처럼 자라고 있는 각시연꽃 무리가 갑자기 떨리더니, 무섭게 흔들리기 시작했다. 처음엔 파도가, 그러고는 거대하고 길쭉한 마치 나무둥치를 연상하게 하는 몸통이 나와 수많은 다리와 딱딱거리는 턱을 드러내었다. 대머리는 그것을 보고 무서운 비명을 지르고는 손발로 물을 마구 휘저으며 헤엄을 치기 시작했다.

"저런 표본이, 저런 표본이……."

피트 교수가 흥분이 극에 달해 필기를 시작했다.

"머리 쪽의 손, 네 개의 발, 강력한 꼬리지느러미, 날카로운 빨판⋯⋯."

대머리는 다시 뒤돌아보더니 더 큰 비명을 질렀다. 에버레티아 막실리오사 피티는 머리 쪽의 손을 뻗고 강력한 꼬리지느러미로 움직였다. 대머리는 도저히 살아날 가망이 없는 도망을 시도하느라 절망적으로 물을 저었다.

"그에게 물이 가볍기를*."

올센은 이렇게 말했지만 모자는 벗지 않았다.

"우리 아빠는."

에버렛이 이를 딱딱 마주치며 말했다.

"저 아저씨보다 더 수영을 잘해!"

"여기서 저 애 좀 데려가요!"

위쳐가 소리를 질렀다.

괴물은 빨판을 펼치고는 턱을 다물었다. 라이너스 피트는 얼굴이 창백해져 몸을 돌렸다. 대머리의 비명은 짧았다. 물결을 일으키고는 물 아래로 사라졌다. 물은 검은 핏빛으로 물들었다.

"맙소사."

게롤트는 갑판에 힘겹게 걸터앉았다.

"이제 이 짓 하기에도 너무 늙었어. 너무 늙었다고."

* * *

---

* 그에게 물이 가볍기를 : '당신에게 흙이 가볍기를(Sit tibi terra levis)'이라는 로마의 장례식에서의 라틴어 인사말을 변형한 것이다.

길게 말할 필요가 있을까, 단델라이온은 옥센푸르트를 아주 좋아했다.

대학 구역은 둥근 벽으로 둘러싸여 있었는데, 또 두 번째의 큰, 시끌벅적하고 숨 돌릴 틈 없고 움직임이 가득하며 시끄러운 도시의 벽이 둘러싸고 있었다. 목조건물이 가득한 알록달록한 옥센푸르트 마을은 좁은 길과 뾰족한 지붕이 있는 그림 같은 곳이었다. 옥센푸르트는 대학과 학생들, 교수들, 학자들, 연구자들과 그들의 손님, 학문과 지식으로 사는 사람들, 그 인식의 과정에서 함께하는 것들로 생활을 영위하는 사람들의 도시였다. 옥센푸르트에서는 이론의 부산물들 사이에서 실생활과 사업, 그리고 이익이 생겨났다.

시인은 천천히 진흙투성이의 붐비는 거리를 달렸다. 장인들의 공방, 작업장, 가판대, 가게, 작은 가게들, 이들은 모두 대학 덕분에 생산하는 수십만 가지의 물건들과 다른 어떤 곳에서도 구할 수 없다고 생각되거나 볼 수 없는 아름다운 작품들을 팔고 있었다. 여관과 술집, 가판대, 가게, 창구, 이동식 선반에서 풍겨 나오는, 다른 어떤 곳에서도 알려지지 않고 전혀 다른 방법으로 조리된, 아무 데서도 알지 못하고 쓰이지도 않는 향신료를 쓰는 맛있는 요리의 냄새들. 이것이 바로 옥센푸르트, 색깔이 분명하고 즐겁고 떠들썩하며 향기로운 곳, 대학에서 조금씩 가져온 건조하고 쓸데없는 이론들을 영감이 넘치고 재기발랄한 사람들이 기적으로 변화시키는 곳. 이곳은 또한 유흥과 끝없는 축제, 끊임없는 술자리와 떠들썩함이 있는 안정적인 세계의 도시였다. 작은 거리들에는 밤이나 낮이나 음악과 노래, 술잔이 부딪치고 술통이 깨지는 소리가 울려 퍼졌다. 왜냐하면 모두들 알 듯이 지식을 자기 것으로 만드는 것보다 더 목마름을 불러일으키는 일은 없기 때문이다. 총장령으로 학생들과 선생들이 어둠이 내리기 전 술을 마시고 떠들썩하게 구는 일이 금지되어 있긴 했으나, 옥센푸르트는 24시간 계속해서 술을 마셨고 떠들썩했다. 왜냐하면 지식을 자기 것으로 만드는 것보다 더 큰 목마름을 불러일으키는 것은 바로 완전하거나 아니면 부분적인 금주령이기 때문이다.

단델라이온은 자신의 갈색 점이 박힌 검은 거세 수말에 키스를 하고는 거리를 서성이는 사람들을 지나쳐 달렸다. 소매상인들, 가판대의 상인들, 떠돌이 사기꾼들이 시끄럽게 상품과 서비스를 선전하며 안 그래도 정신없는 주위의 혼란을 더욱더 가중시키고 있었다.

"오징어! 구운 오징어!"

"여드름 크림! 독점 판매! 절대로 실패 없는 기적의 크림!"

"고양이입니다! 사냥 고양이! 마법의 고양이! 여러분, 한번 들어나 보세요! 어떻게 우는지!"

"부적! 묘약! 사랑의 필터! 허브! 효과가 입증된 강장제! 단 한 꼬집이면 시체도 일어납니다! 어느 분께 드릴까요? 어느 분께?"

"이를 뽑아 드립니다! 거의 고통이 없이! 싸요, 싸요!"

"뭐가 싸다는 거지?"

단델라이온은 마치 구두창처럼 딱딱한 꼬치에 꿴 오징어를 씹으며 관심을 가졌다.

"한 시간에 1할러!"

시인은 몸을 움찔하더니, 말을 발로 차서 속도를 냈다. 그리고 몰래 주위를 살펴보았다. 시청에서부터 자기 쪽으로 향하고 있는 두 사람이 이발소 옆에서 멈춰 서는 마치 이발사가 앞쪽 판자에 분필로 써 놓은 요금에 관심이 있는 척하고 있었다. 단델라이온은 속지 않았다. 이들이 무엇에 정말 관심이 있는지 알고 있었다.

단델라이온은 계속해서 말을 타고 갔다. '장미 꽃봉오리 아래'라는 커다란 매음굴 건물도 지났다. 이곳에서는 세련된, 옥센푸르트 외의 다른 곳에서는 알 수 없거나 아니면 별로 인기가 없는 서비스를 제공한다는 것도 알고 있었다. 단델라이온의 이성이 잠시 동안 한 시간 들를까 하는 욕망과 싸웠다. 이성이 이겼다. 단델라이온은 한숨을 쉬고는 즐거운 유흥 소리가 들려오는 쪽을 바라보지 않으려 애쓰며 대학 쪽으로 계속해서 갔다.

그렇다. 길게 말할 것 없이 시인은 옥센푸르트라는 도시를 사랑했다.

단델라이온은 다시 살펴보았다. 쫓아오던 두 사람은, 몰골로 보아 응당 이발소에 들렀어야 하지만 들르지 않았다. 지금은 악기 상점 옆에 서서는 도자기로 만든 오카리나에 흥미가 있는 척하고 있었다. 악기 상인은 악기를 자랑하며 판매의 기대에 부풀어 최선을 다하고 있었다. 하지만 단델라이온은 그의 악기가 절대 팔리지 않을 것을 알고 있었다.

단델라이온은 대학의 정문인 철학자의 문 쪽으로 말을 돌렸다. 그리고 얼른 들어가는 절차를 마쳤다. 방명록에 기록을 하고 말을 마구간에 맡기는 일이었다.

철학자의 문 뒤에는 다른 세상이 시인을 반겼다. 대학의 구역은 도시의 보통 집과는 떨어져 있었고, 도시처럼 손가락 하나 들어갈 자리가 있는 곳이라면 어디라도 빽빽하게 건물을 세우는 것과는 거리가 멀었다. 이곳은 옛날에 엘프들이 남기고 간 거의 그대로가 보존되어 있었다. 눈을 즐겁게 하는 멋진 건물들 사이에는 색색의 자갈이 깔려 있는 넓은 길들, 나무로 짠 울타리들, 작은 담들, 식물로 만든 울타리들, 작은 운하, 다리, 타원형의 작은 꽃밭과 초록의 공원들이 아기자기하게 배치되어 있고, 어떤 곳들에만 이미 엘프들의 시대가 끝난 후 크고 엄숙하게 새로 지어진 건물들이 몰려 있었다. 어느 곳이나 깨끗하고 평화롭고도 고상했다. 이곳에서는 유흥이나 육체의 쾌락은 말할 것도 없이 장사도, 돈을 주고받는 어떤 서비스의 거래도 금지되어 있었다.

공원의 길을 따라 학생들은 책과 문서 사이에 코를 박고 걸어 다녔다. 벤치나 잔디, 꽃밭에 앉은 다른 이들은 수업 시간의 이야기를 하거나 토론을 하거나 조용히 '염소' 또는 '합산' 등, 지적인 게임을 하고 있었다. 이곳은 대화와 논쟁에 파묻힌 교수들이 고상하고 격조 높게 산책을 하는 곳이기도 했다. 젊은 선생들은 여학생들의 엉덩이에 시선을 고정하고 돌아다녔다. 단델라이온은 기쁜 마음으로 자기가 다니던 시절부터 대학은 하나도 변한 것이 없다고 생각했다.

삼각주로부터 희미한 바다 냄새와 함께 운하 위에 세워진 연금술 대학의 인상적인 건물에서 좀 더 강한 황화수소 냄새와 섞여 바람이 불어왔다. 학생 기숙사 옆의 공원 덤불에서는 회색과 노란색의 방울새들이 지저귀고 있었고, 미루나무 위에는 아마도 자연사 대학의 동물원에서 나온 것이 분명한 오랑우탄이 앉아 있었다.

시간 낭비 없이 시인은 식물로 만든 담과 거리의 미로 속을 빠른 걸음으로 걸었다. 단델라이온은 대학의 구역을 마치 자기 주머니 속처럼 잘 알고 있었다. 그것은 전혀 이상한 일이 아니었다. 이곳에서 4년을 공부하고 그 후 1년 동안 음유시와 시 대학에서 강의를 한 것이다. 학창 시절 동안 그를 게으름뱅이에 술주정뱅이, 바보라고 생각하고 있었던 교수들을 기절초풍하게 하며 졸업 시험을 만점으로 마치자, 그에게 강사 자리가 들어왔다. 하지만 음유시인으로서의 그의 명성이 널리 알려진 것은 몇 년 동안이나 류트를 들고 온 나라를 방랑한 이후였다. 대학에서는 제발 방문해서 초청 강의를 해 달라고 요청하기 시작했다. 단델라이온은 방랑에 대한 열정이 편안하고 호화로우며 고정 수입이 있는 생활에 대한 동경과 싸우기 시작할 때만 그 요청에 어쩌다가 한 번씩만 응했다. 그것은 그리고 물론 당연한 일이었지만, 옥센푸르트라는 장소에 대한 애정 때문이기도 했다.

단델라이온은 주위를 돌아보았다. 오카리나도 팬파이프도 구슬라*도 당연히 사지 않은 두 남자가 약간 떨어진 곳에서 주의 깊게 나무 끝과 건물 앞면들을 관찰하고 있었다.

걱정할 것 없다는 듯 휘파람을 불며 시인은 걸어가던 방향을 바꾸어 의학과 약초학 대학이 위치한 궁 건물로 향했다. 의학과 약초학 대학으로 가는 길은 교복인 연두색 망토를 입은 여학생들로 가득했다. 단델라이온은 아는 얼굴을 찾아 집중해서 둘러보았다.

"샤니!"

어두운 빨간 머리를 귀 바로 아래에서 자른 어린 의과대학 여학생이 해부도에서 고개를 들고는 벤치에서 일어났다.

"단델라이온!"

그러고는 명랑한 맥줏빛 눈을 깜빡이며 웃었다.

"정말 오랜만이에요! 이리 오세요! 친구들에게 소개해 드릴게요. 제 친구들은 당신의 시를 정말 좋아해요."

"나중에."

시인은 중얼거렸다.

"샤니, 살짝 좀 봐. 저쪽에 남자 두 명 말이야."

"첩자들이군요."

샤니는 들창코에 주름을 잡으면서 콧김을 내뿜었다. 단델라이온은 또다시

학생들이 첩자나 정보원이나 경비병들을 얼마나 쉽게 알아보는지에 대해 감탄했다. 첩자들의 활동에 대한 학생들의 반감은 이미 유명했지만, 사실 아주 이성적인 것은 아니었다. 대학 구역은 치외법권이며 신성한 곳이라 학생들과 선생들은 모두 면책권이 있었다. 경비병이 코를 킁킁거리고 다닌다고 하더라도 사실 대학의 일원을 괴롭히거나 무언가를 요구할 수는 없었다.

"광장에서부터 나를 따라왔어."

단델라이온은 샤니를 껴안고 수작을 부리는 척하며 말했다.

"나를 위해 뭐 좀 해 줄 수 있어, 샤니?"

"그게 뭔가에 따라 다르죠."

샤니는 마치 놀란 사슴처럼 늘씬한 목을 피했다.

"또 무슨 바보 같은 문제에 휘말렸다면……."

"아니, 아니야."

단델라이온은 얼른 샤니를 안심시켰다.

"그냥 전갈을 전해야 하는 것뿐인데, 발치에 저 똥들이 달라붙어 있어서 내가 할 수가 있어야지."

"남자애들 부를까요? 비명만 지르면 첩자들은 금방 없앨 수 있는데."

"아이쿠. 여기서 난리가 나는 걸 원해? 인간이 아닌 종만 학교에서 따로 앉히는 문제로 그 난리가 난 지 얼마 되지도 않았는데, 또 새 사건을 만들어야겠나? 그리고 난 원래 폭력은 질색이야. 첩자들은 내가 알아서 할게. 그 대신, 만약 할 수 있으면……."

단델라이온은 샤니의 머리칼에 입술을 가까이 대고는 잠시 속삭였다. 샤

* 구슬라(gęśla) : 남슬라브 족의 민속 악기로 1개나 2개의 줄을 활로 긁어 소리를 낸다.

니의 눈이 커졌다.

"위쳐? 진짜 위쳐라고요?"

"조용해 줘, 제발. 해 줄 거지, 샤니?"

"당연하죠."

의녀는 신난다는 듯 웃었다.

"호기심에서라도요. 그 유명한……."

"조용히 하라고 부탁했잖아. 절대 누구에게도 말해선 안 돼."

"환자의 비밀을 지키는 건 의녀의 의무죠."

샤니가 아까보다 더 예쁘게 웃어 보이자 단델라이온은 다시 한 번 마치 샤니 같은 아가씨에 대한 발라드를 작곡해야겠다는 의욕에 불탔다. 아주 예쁘지는 않지만 사실은 아름다운, 특출난 아름다움을 가진 여인. 5분 후에 잊히는 대신 꿈속에서 되풀이해 등장하는 여인.

"고마워, 샤니."

"아무것도 아닌걸요, 단델라이온. 곧 다시 만나도록 해요. 안녕."

응당 그렇듯 양쪽 뺨에 한참 키스를 주고받은 후, 시인과 의녀는 황급히 서로 반대 방향으로 헤어졌다. 의녀는 대학 건물 쪽으로, 시인은 사상가의 공원 쪽으로 향했다.

단델라이온은 학생들이 '데우스 엑스 마키나'라고 부르는 기술 대학의 현대적이고 우울한 건물을 지나 길던스턴 다리 쪽으로 꺾었다. 많이 가지도 않았다. 길이 구부러지는 곳, 대학의 첫 번째 총장이었던 니코데무스 드 부트의 동상이 타원형의 꽃밭에 서 있는 곳에서 그 두 명이 기다리고 있었다. 보통 세상의 첩자라는 놈들처럼 똑바로 눈을 보는 것을 피하고, 첩자들이 그러하듯 평범하고 인상에 남지 않는 얼굴을 하고 있었는데, 뭔가 필사적으로 똑똑해 보이려고 하고 있기 때문에 마치 정신이 이상해진 원숭이 같은 느낌이었다.

"딕스트라로부터 인사를 전합니다."

첩자 중 한 명이 말했다.

"갑시다."

"나도 인사를 전해요."

시인이 쏘아붙였다.

"가시던지, 아니면……."

첩자들은 서로를 보더니, 자리에서 꼼짝도 하지 않고 누군가 총장의 동상에 목탄으로 한 낙서를 뚫어지게 바라보았다. 단델라이온은 한숨을 쉬었다.

"나도 그렇게 생각했소."

단델라이온은 어깨의 류트를 고쳐 매며 말했다.

"그러면 어쩔 수 없이 존경하는 여러분과 함께 어딘가로 가야 한다는 거죠? 힘들군요. 그럼 갑시다. 당신들이 앞장서고 난 뒤에서 가죠. 보통은 잘생긴 사람이 앞서는 건데, 이번엔 나이순으로 서도록 합시다."

르다니아의 왕 비지미르의 정보국 수장인 딕스트라는 전혀 스파이처럼 보이지 않았다. 보통 정보원의 외모에 대해 예상하게 마련인 키가 작고, 마르고, 뭔가 쥐새끼 같고, 검은 두건 아래 쏘는 듯한 작은 두 눈이 반짝이는 것 같은, 그런 모습과는 전혀 거리가 멀었다. 딕스트라는 단델라이온이 알기로는 절대 두건 따위는 쓰지 않고 항상 옷도 밝은 색만 입는 편이었다. 키는 2미터 가까이 되고 몸무게는 200킬로에서 많이 빠지지 않을 것 같았다. 양팔을 가슴 위로 십자로 겹쳐 놓으면—딕스트라가 잘하는 몸짓이었다.—

마치 두 마리의 향유고래가 고래 위에 누워 있는 것만 같았다. 얼굴 생김새와 머리카락 색과 안색에 대해 말하자면 마치 막 깨끗이 씻고 나온 수퇘지를 연상시켰다. 단델라이온은 딕스트라처럼 외모가 진짜 그 사람과는 완전히 딴판인 사람을 거의 알지 못했다. 왜냐하면 이 수퇘지같이 생긴 거인은 항상 졸린, 당장에라도 녹아내릴 것 같은 바보처럼 보였지만 사실은 보기 드물게 살아 있는 지력의 소유자였기 때문이었다. 그리고 무서운 권력도 가지고 있었다. 비지미르 왕의 궁정에서는 딕스트라가 지금이 오후라고 말하는데 근처가 어쩔 수 없는 어둠으로 덮여 있다면 태양의 안위를 걱정해야 한다는 말이 떠도는 지경이었다.

지금 당장 시인 역시 다른 안위를 걱정해야 할 판이었다.

"단델라이온."

딕스트라가 향유고래 두 마리를 고래 위로 겹치며 졸린 듯 말했다.

"이 생각 없는 머저리. 특허 받은 바보. 도대체 하는 일마다 다 망쳐 놔야 직성이 풀리나? 도대체 인생에서 단 한 번이라도 무슨 일인가를 해야 하는 대로 할 수는 없나? 물론 네가 스스로 생각이라는 걸 할 줄을 모른다는 건 잘 알고 있지. 또 네가 나이는 사십 가까이 먹어서 얼굴은 삼십 가까이로 보이고, 스스로는 한 스무 살 넘은 것처럼 생각하고 행동은 열 살배기도 안 되는 것처럼 한다는 것도 알고 있어. 이 모든 걸 알고 있기에 보통은 너에게 아주 정확한 명령만을 내리지. 뭘 어떻게 언제 해야 할지 정확히 말이야. 그리고 정기적으로 내가 벽에게 말하고 있구나 하는 기분이라고."

"나는."

시인은 대담한 척하며 대답했다.

"당신이 말을 하는 건 입술과 혀 운동을 하기 위해서라는 기분이 정기적으로 드네요. 그러니 장황한 수사와 삐뚤어진 웅변은 제거하고 본론으로 들어가시죠. 도대체 뭐 때문에 이러십니까?"

이들은 책들이 쌓여 있고 양피지 두루마리가 엉망으로 놓여 있는 책장들 사이의 커다란 떡갈나무 식탁에 앉아 있었다. 총장실이 위치한 행정 건물 꼭대기 층을 빌린 이곳은 딕스트라가 농담 삼아 현대사 대학이라고 부르고, 단델라이온은 비교첩보학과 응용교란학 대학이라고 부르는 곳이었다. 시인까지 모두 네 명이었다. 딕스트라와 함께 대화에 참여하고 있는 이는 두 명이 더 있었다. 그중 하나는 당연히 오리 로이벤, 르다니아 정보국장의 비서로 머리가 하얗고 언제나 코를 훌쩍이고 있는 인물이었으며, 두 번째 인물도 보통 인물은 아니었다.

"내가 무슨 일로 이러는지는 잘 알고 있을 텐데."

딕스트라가 차갑게 말했다.

"하지만 바보 놀이를 하는 게 너에게 제일 재미있는 일이라면 보통의 언어로 설명해서 그 재미를 망칠 수는 없지. 아니면 그 설명의 영광은 당신이 누리실 텐가, 필리파?"

단델라이온은 지금까지 아무 말 없이 있던 네 번째 참여자를 바라보았다. 필리파 에일하트는 옥센푸르트에 도착한 지 얼마 되지 않는 것 같았는데도 곧 떠날 것만 같았다. 드레스도 입지 않고 좋아하는 검은 마노석 장신구도 걸지 않고 진한 화장도 하지 않았던 것이었다. 필리파 에일하트는 짧은 남자 점퍼와 레깅스를 입고 높은 구두를 신고 있었다. 시인이 '야전 복장'이라고 부르는 복장이었다. 보통은 화려하게 풀어 헤쳐 보이도록 만지는 머리도 지금은 뒤로 빗어 넘겨져 목 뒤에 끈으로 묶여 있었다.

"시간 낭비예요."

필리파는 규칙적으로 눈썹을 추켜올리며 말했다.

"단델라이온 말이 맞아요. 아무 결론도 없는 웅변과 달변술은 그만두기로 합시다. 우리가 해결해야 할 문제는 단순하고 평범한 것이니까요."

"오, 그렇죠."

딕스트라가 미소를 지었다.

"평범하죠. 이미 트레토고르의 우리 본부에 평범하게 들어앉아 있어야할 위험한 닐프가드의 첩자가 이 단델라이온과 게롤트의 평범한 바보짓 때문에 주의를 받고 겁을 먹고 평범하게 사라졌다는 거 아닙니까. 그보다 더평범한 일로 목이 잘리는 사람도 봤죠. 도대체 너희 은신처에 대해 왜 보고하지 않았지, 단델라이온? 위쳐의 모든 의도에 대해 내게 보고하라고 하지않았나?"

"게롤트가 무슨 계획을 가지고 있는지 난 전혀 몰랐어요."

단델라이온은 확신을 가지고 거짓말을 했다.

"테메리아와 소든에 그 리엔스인지 뭔지를 찾으려고 갔다는 얘기는 이미했잖아요. 그리고 갔다 왔다는 얘기도 했고. 나는 이제는 됐다고 생각하는줄 알았죠. 리엔스는 그야말로 공기 중으로 증발했고, 위쳐도 아무리 찾아도 리엔스의 흔적도 찾을 수 없었고. 만약 기억이 난다면 내가 또……."

"거짓말을 했겠지."

딕스트라는 차갑게 결론지었다.

"위쳐는 리엔스의 흔적을 찾았어. 시체들에서 말이지. 그래서 전략을 바꾸기로 한 거지. 리엔스를 쫓아가는 대신 그가 자신을 찾도록 기다리는 쪽으로 말이야. 말라티우스와 그록 회사의 여객선에 호위로 취직한 거지. 그건 분명히 노리는 바가 있었어. 회사가 이 사실을 널리 홍보할 걸 안 거지.

그러면 리엔스도 알게 되어 먼저 뭔가를 하지 않을까. 그리고 리엔스는 무슨 일을 한 거지. 괴상한, 잡을 수 없는 리엔스 씨가 말이지. 뻔뻔스럽고, 자기 자신에 대한 확신이 강한 리엔스 씨, 나도 별명으로 부를 엄두가 안 나는 리엔스 씨, 닐프가드의 굴뚝에서 난 연기 냄새를 1마일은 풍기는 리엔스 씨가 말이지. 마법사 변절자 리엔스 말이야. 그렇지 않나요, 필리파?"

여자 마법사는 긍정도 부정도 하지 않았다. 단델라이온을 추궁하는 듯 쏘아보며 아무 말도 없었다. 시인은 시선을 깔고는 불안한 듯 기침을 했다. 단델라이온은 이런 눈초리가 질색이었다.

시인은 여자 마법사들도 포함하여 매력적인 여자들을 아주 착한, 착한, 착하지 않은, 매우 착하지 않은 여자로 나눴다. 아주 착한 여자는 침대로 같이 가자는 제안에 흔쾌히 응하는 여자, 착한 여자는 즐거운 미소로 답하는 여자였다. 착하지 않은 여자는 알 수 없는 반응으로 이러한 제안에 답을 하고, 매우 착하지 않은 여자는 시인이 같이 침대로 갈 생각만 해도 등이 이상하게 오싹해지거나 무릎이 떨리는 여자를 꼽았다. 필리파 에일하트는 아주 매력적이긴 해도 다시 생각할 여지도 없이 매우 착하지 않은 여자였다.

그뿐 아니라 필리파 에일하트는 마법사 대위원회에서도 중요 인물이었으며, 비지미르 왕이 신용하는 궁정 마법사이기도 했다. 필리파 에일하트는 아주 능력 있는 마법사였다. 소문에 따르면 모습을 변하게 하는 마법을 부릴 수 있다고도 했다. 나이는 30살 정도로 보였다. 아마도 300살 아래는 아닐 것이었다.

딕스트라는 두터운 손을 배 위에 얹고는 엄지손가락들을 꼬고 있었다. 필리파는 계속 말이 없었다. 오리 로이벤은 기침을 하고 코를 풀고 폭이 넓은 토가를 끝없이 고쳐 매는 등 계속해서 꿈지럭거리고 있었다. 토가는 교수들의 복장과 비슷했지만 학교에서 나온 것 같지는 않고, 쓰레기장에서 주워 온 것처럼 보였다.

"네 친구 위쳐는."

갑자기 딕스트라가 소리쳤다.

"하지만 리엔스 씨를 과소평가한 것 같군. 난리를 피우기는 했지만 리엔스가 직접 자기에게 올 거라고 생각한 데에서 생각이 짧음을 증명했어. 리엔스는 위쳐의 계획대로 이제 위험을 느낀 거지. 리엔스는 함정을 냄새 맡으러 다닐 수도 없고, 딕스트라 님이 보낸 사자들이 자기를 기다리고 있는 것도 알 수가 없는 거지. 왜냐하면 위쳐가 시키는 대로 단델라이온이 딕스트라 님께 계획된 함정에 대해 입도 뻥긋하지 않았으니까. 그리고 명령에 복종하는 단델라이온은 그렇게 했어야 하는 것이었고. 단델라이온 씨는 이 문제에서는 분명히 확실한 명령을 받았으나 고의로 무시한 거지."

"난 당신의 부하가 아니에요."

시인이 화를 내며 말했다.

"그리고 당신의 명령이나 지령을 행할 필요도 없고 말입니다. 가끔은 당신을 돕지만, 그건 어디까지나 나의 자유의지와 애국심에 의해, 앞으로 일어날 큰 변화에 대해 무심하게 남아 있지 않기 위해서……."

"그 말은, 돈만 주면 누구를 위해서도 첩자 노릇을 한다는 거겠지."

딕스트라가 차갑게 말을 끊었다.

"좋은 패만 잡히면 누구를 위해서도 일러바친다……. 나 또한 무시할 수 없는 패가 몇 개 있지, 단델라이온. 그러니 뻗대지 말기를."

"협박에는 굴하지 않아요!"

"내기 한번 해 볼까?"

"신사 양반들."

필리파 에일하트가 손을 쳐들었다.

"좀 더 진지하게 좀 임합시다. 주제에서 벗어나지 말고요."

"당연히 그래야죠."

딕스트라는 소파에 몸을 기대었다.

"이봐, 시인, 이미 일어난 일은 할 수 없어. 리엔스는 이제 조심을 하게 되었고, 다시 걸려들지는 않을 거야. 하지만 비슷한 일이 또 생기지 않으리라고는 나도 알 수 없어. 그래서 나는 위쳐를 만나야겠어. 위쳐를 이리로 데리고 오게. 시내를 방황하거나 내 부하들을 떼어 내어 버리려고 하지 좀 말고. 게롤트에게 그냥 곧장 가서 여기 이 건물로 데려오란 말이야. 게롤트와 이야기를 좀 해야겠어. 개인적으로 단둘이서 말이지. 위쳐를 체포했을 때의 난리 법석 없이 말이야. 위쳐를 나에게 데리고 와, 단델라이온. 내가 지금 자네에게 원하는 건 그거 하나야."

"게롤트는 이미 옥센푸르트를 떠났습니다."

시인은 평온하게 거짓말을 했다. 딕스트라는 필리파 쪽을 흘끗 바라보았다. 단델라이온은 머릿속을 헤집을 뇌파에 대비해서 몸을 긴장시켰지만 아무 느낌이 없었다. 필리파는 단델라이온을 보고 눈을 깜빡해 보였지만, 마법으로 사실을 말하게 하려고 시도하는 것 같지는 않았다.

"게롤트가 돌아올 때까지 기다리겠네."

딕스트라가 마치 시인의 말을 믿는 듯 한숨을 쉬었다.

"게롤트와 의논하려는 일은 아주 중요한 건이니, 내 시간표를 조정하던지 해서라도 위쳐를 기다려야지. 만약 돌아오면 바로 데리고 오게. 빠르면 빠를수록 좋아. 여러 사람을 위해 좋은 일이야."

"어려울 수도 있어요."

단델라이온이 비꼬았다.

"게롤트가 여기 오고 싶어 할지 모르겠네요. 게롤트는 정보국에 대해서라면 말할 수 없는 혐오감을 가지고 있어서요. 물론 자신도 알고는 있죠, 그런 일을 하는 이들도 그 일을 싫어한다는 것을 말이죠. 애국심은 애국심이고, 정보원의 일을 하겠다는 자들은 볼 장 다 본 악당……."

"알았어, 알았다고."

딕스트라는 귀찮다는 듯 손을 저었다.

"잔소리는 그만. 난 잔소리가 지겨워. 너무 단순하다고."

"나도 그렇게 생각해요."

시인이 콧김을 내뿜었다.

"하지만 위쳐는 단순한 영혼을 가졌고, 판단 기준은 정직해요. 그러니 어디 우리 같은 정보원들과 어울리겠습니까. 게롤트는 첩자들을 무시하고 정보국을 돕는 건 고사하고 당신과도 얘기할 생각이 없을 거예요. 그러니 말을 꺼내지도 못해요. 그리고 게롤트를 이용할 꼬투리는 당신에게도 없잖습니까."

"그건 착각이야."

딕스트라가 말했다.

"있어. 한두 개가 아니라고. 하지만 우선 그라보바 부흐타 배 위에서의 소동으로 충분해. 그 배 위에 올라탄 사람들이 누군지 알고 있나? 리엔스의 부하는 아니었다고."

"뭐 새로울 것도 없네요."

시인이 여유롭게 말했다.

"분명 테메리아의 수비대에도 없을 리는 없는 악당 몇 명이었겠죠. 리엔스가 위쳐를 계속 지켜보다가 분명 위쳐의 소식을 가져오는 놈들에게 두둑한 보상을 약속했을 겁니다. 위쳐가 얼마나 리엔스에게 중요한지 뻔하게 보였을 테고요. 그러니 몇 놈이 게롤트를 붙잡아 처넣었다가 나중에 리엔스에게 넘겨주고 그 값을 흥정하려고 했을 거예요. 왜냐하면 소식 정도로는 받는 보상이 적거나 아예 없었을 테니까요."

"유추 능력에 박수를 보내야겠네. 하지만 자네에게가 아니라 위쳐에게야. 분명 이건 자네의 추론이 아니라 위쳐가 짐작한 걸 테니까. 하지만 사건은 그렇게 보이는 것보다 훨씬 더 복잡했어. 사실 내 동료들, 그러니까 폴테스트 왕의 정보국 사람들 역시 리엔스 씨에게 관심을 가지고 있거든. 이들 역시 자네가 추리한 그 악당들의 꿍꿍이를 넘겨다보았지. 그래서 배에 오르게 된 건 바로 이들이야. 이들이 위쳐를 잡으려고 한 거지. 어쩌면 리엔스를 잡기 위한 미끼로, 아니면 다른 목적이었는지도 몰라. 그라보바 부흐타에서 위쳐가 해치운 이들은 그러니까 테메리아의 정보원들이었던 거야, 단델라이온. 지금 테메리아 정보국장은 화가 머리끝까지 나 있다고. 게롤트가 떠났다고 했지? 테메리아로는 가지 않았으면 좋겠군. 거기로 갔다간 돌아오지 못하는 수가 있어."

"그게 게롤트에 대한 당신의 미끼입니까?"

"그럼. 바로 그거지. 내가 테메리아와의 사건에서 중재를 해 줄 수 있어. 하지만 공짜는 없지. 게롤트가 어디로 갔다고, 단델라이온?"

"노비그라드요."

시인은 아무 생각 없이 나오는 대로 내뱉었다.

"리엔스를 찾으러 갔어요."

"그건 잘못된 선택이야."

딕스트라는 단델라이온의 거짓말을 눈치채지 못한 척 웃었다.

"봐, 그러니까 싫더라도 나와 만나지 않은 게 잘못된 거라는 거지. 그런 쓸데없는 수고를 덜 수 있었을 텐데. 리엔스는 노비그라드에 없어. 대신 테메리아 정보원들은 거기 엄청나게 많지. 분명 거기서 위쳐를 기다리고 있는 걸 거야. 이들은 내가 옛날부터 알던 걸 지금에야 깨닫게 된 거지. 그건 바로 리비아의 게롤트라는 위쳐는 제대로 묻기만 한다면 굉장히 많은 질문에 대한 대답을 할 수 있다는 거야. 네 나라의 정보국이 지금 모두 알고 싶어 하는 그 질문들에 대해서 말이지. 계약은 명료해. 위쳐가 여기 대학 건물로 온다. 그리고 내 질문에 대답한다. 그러면 아무 일도 없을 거야. 내가 테메리아 인들을 조용히 시키고, 위쳐에게는 안전을 보장하지."

"무슨 질문인데 그러나요? 혹시 제가 대답할 수는 없나요?"

"날 웃기려고 하지 마, 단델라이온."

"하지만……."

갑자기 필리파 에일하트가 끼어들었다.

"혹시 대답할 수 있을지도 모르죠? 그러면 우리는 시간을 아끼게 되고요. 딕스트라, 우리 시인은 이 모든 사건에 깊숙이 관여하고 있고, 우리는 지금 여기에 이 시인을 데리고 있지만 위쳐는 아직 없어요. 케드웬에서 게롤트와 함께 목격된 그 아이는 어디 있나요? 회색 머리카락에 초록색 눈을 한 여자아이 말이에요. 리엔스가 테메리아에서 당신을 만났을 때, 고문하며 묻던 그 아이 말이죠. 단델라이온, 당신은 그 아이에 대해 무엇을 알고 있죠? 위쳐는 그 아이를 어디에 숨겨 놓았죠? 예니퍼는 게롤트의 편지를 받고 어디로 갔나요? 트리스 메리골드는 어디에 숨어 있나요? 트리스가 숨어 있는 이유는 뭔가요?"

딕스트라는 움직이지 않았지만 여자 마법사를 바라보는 짧은 눈길에서 단델라이온은 정보국장이 놀랐다는 것을 알 수 있었다. 필리파가 던진 질문들은, 분명 너무 성급한 것에 틀림없었다. 그리고 질문의 대상도 맞지 않았다. 문제는 필리파 에일하트의 성격과 이런 처사가 전혀 맞지 않는다는 것이었다. 성급한 것도, 조심성이 없는 것도 필리파와는 거리가 멀었다.

"죄송하군요."

시인은 천천히 대답했다.

"그 질문들 중 단 하나도 답을 알지 못합니다. 할 수만 있으면 당신들을 돕고 싶지만 능력이 되지 않는군요."

필리파는 시인의 눈을 똑바로 바라보았다.

"단델라이온."

필리파는 똑똑히 말했다.

"만약 그 여자아이가 어디 있는지 안다면 우리에게 말해요. 나나 딕스트라나 우리가 걱정하는 것은 그 아이의 안위라는 것을 보증할게요. 지금 그 안위가 흔들리고 있어요."

"당신들의 말을 믿습니다."

시인이 거짓말을 했다.

"바로 그걸 걱정하시는 거죠. 하지만 난 무슨 말인지 정말로 몰라요. 당신들이 그렇게 관심을 가지는 그 아이를 본 적도 없습니다. 게롤트는⋯⋯."

"게롤트는."

딕스트라가 끼어들었다.

"너에게 털어놓지 않은 거겠지. 분명 네가 물어보며 귀찮게 했는데도 절대 한 마디도 안 했을 거야. 왜 그럴까, 단델라이온, 궁금하지 않나? 혹시 그 영혼이 단순하고 첩자들을 싫어하는 정직한 사람이 네가 사실 어떤 놈인지 알았을 거라고는 생각지 않나? 필리파, 이 사람은 그냥 놔둬요. 시간 낭비야. 아무것도 모른다고. 저 아는 척하는 표정이랑 무슨 의미가 있는 것 같은 웃음에 속아선 안 돼. 이놈은 우리에게 단 한 가지 방법으로만 도움을 줄 수 있어. 위쳐가 은신처에서 나오면 위쳐는 이놈과 연락을 한다고, 다른 사람이 아니라. 황당하게도 이놈을 친구로 생각하고 있는 거지."

단델라이온은 천천히 고개를 들고 말했다

"물론이죠. 나를 친구로 생각하고 있어요. 그리고 말하지만 딕스트라, 아무런 근거 없이 그러는 것도 아니에요. 제발 이걸 받아들이고 결론을 내보시죠. 결론이 나왔나요? 그럼 이제 협박을 한번 해 보세요."

"오."

딕스트라가 웃었다.

"이 점이 예민한 부분이었군. 하지만 그렇게 화를 낼 필요는 없고, 시인 양반. 농담 좀 했지. 우리 동료들끼리 협박이라니. 그런 말은 꺼내어서도 안 돼. 위쳐 친구분에게는 전혀 나쁜 감정이 없어요, 해할 생각도 없고. 혹시 아나? 우리가 만나게 되면 서로 좋은 방향으로 이야기를 잘 할 수 있을지도 모르지. 하지만 그렇게 되기 위해서는 우선 그를 꼭 만나야만 해. 나타나기만 하면 이리로 데리고 와. 단델라이온, 내가 이렇게 부탁이야. 꼭 부탁이니까. 얼마나 중요한지, 알았지?"

시인은 콧김을 내뿜었다.

"잘 알았습니다."

"알았다는 게 사실이어야 할 텐데. 이제 그럼 가 봐. 오리, 시인 선생을 입구로 안내하게."

"잘 있으시고."

단델라이온은 일어났다.

"일에서나 개인사에서나 행운이 있으시길. 필리파, 존경의 인사를 보냅니다. 아하, 딕스트라, 내 뒤를 따라다니는 정보원들을 좀 떼어 내 줘요."

"당연하지."

딕스트라는 거짓말을 했다.

"당연히 떼어 내 주지. 내 말을 안 믿나?"

"무슨 소립니까."

시인도 거짓말을 했다.

"당신을 믿죠."

단델라이온은 저녁까지 대학 구역에서 머물러 있었다. 계속해서 주위를 열심히 살폈지만, 첩자들이 따라붙은 것 같지는 않았다. 하지만 그 사실이 가장 불안했다.

단델라이온은 음유시학과에서 고전 시가에 대한 강의를 들었다. 그러고 나서 현대 시 세미나 시간에 단잠을 잤다. 아는 선생들이 깨워서 철학 대학에 가서는 함께 '존재와 생의 기원에 대해서'라는 열띤 긴 토론에 참여했다. 어두워지기 전에 이미 토론자들의 반은 연기에 취해 있었고, 나머지 반은 서로 치고받고 소리를 지르며 뭐라고 형용하기 힘든 난장판을 이루고 있었다. 이 모든 것이 시인에게는 안성맞춤이었다.

단델라이온은 눈에 띄지 않게 다락으로 올라가 환기창 밖으로 나와 배수구를 타고 도서관 지붕으로 올라가서는 해부실 쪽으로 펄쩍 뛰다가 거의 다리가 부러질 뻔했다. 거기서는 벽 쪽으로 붙어 있는 정원으로 나섰다. 빽빽한 구스베리 덤불 사이에 자기가 옛날에 학생 때 넓혀 놓은 구멍을 찾아냈다. 구멍으로 나서면 이미 옥센푸르트 시내였다.

단델라이온은 군중들 속에 어느새 끼어들어 마치 사냥개에게 쫓기는 산토끼처럼 이번에는 옆 골목으로 빠졌다. 마차들이 정차한 창고에 이르자, 어둠 속에서 30분은 기다렸다. 아무런 수상한 움직임이 없는 것을 확인하고서야 처마 밑에 내려진 사다리를 타고는 아는 맥주 제조상인 볼프강 아마데우스 염소수염의 집 지붕으로 펄쩍 뛰어넘었다. 이끼 낀 기왓장들을 붙잡고 겨우 목적했던 지붕의 창문 앞으로 다다랐다. 작은 방의 창 앞에는 올리브유 램프가 타고 있었다. 불안하게 수채관 옆에 서서 단델라이온은 납으로 된 창틀을 두드렸다. 창은 잠겨 있지 않아 조금만 밀어도 열렸다.

"게롤트! 어이! 게롤트!"

"단델라이온? 잠깐만, 들어오지 말고……."

"들어오지 말라고? 들어오지 말라니, 그게 무슨 소리야?"

시인은 창문을 밀어 젖혔다.

"뭐 누구랑 같이 있어? 지금 한창 재미라도 보는 중이야?"

대답을 기대하지도 기다리지도 않고 시인은 창틀에 놓여 있던 사과와 양파들을 떨어뜨리며 올라왔다.

"게롤트……."

헐떡이던 단델라이온은 갑자기 조용해졌다. 그러고는 바닥에 놓여 있는 연둣빛의 의녀 복장을 보고 소리를 죽여 욕을 했다. 깜짝 놀라 입을 열고는 다시 한 번 욕을 했다. 뭐라도 예상할 수는 있다. 하지만 이건 아니었다.

"샤니……."

단델라이온은 고개를 저었다.

"아, 내가……."

"아무 말 말아, 제발."

위쳐는 침대에 앉았다. 샤니는 침대보를 들창코 아래까지 끌어 올려 몸을 가리고 있었다.

"아이쿠, 들어와."

게롤트가 바지에 손을 뻗었다.

"창문으로 쳐들어온 만큼 분명 중요한 일이어야 할 거야. 만약 중요한 일이 아니라면 당장 그 창문으로 던져 버리겠어."

단델라이온은 나머지 양파들을 다 떨어뜨리며 창틀에서 내려왔다. 그러고는 다리로 스툴을 끌어다 앉았다. 위쳐는 바닥에서 샤니와 자기의 옷을 들어 올렸다. 얼굴 표정은 변화가 없었다. 위쳐는 아무 말 없이 옷을 입었다. 의녀 역시 게롤트의 등 뒤에 숨어 블라우스를 입고 있었다. 시인은 뻔뻔스럽게 샤니를 관찰하면서 머릿속으로는 등잔 불빛에 비친 샤니의 황금빛 피부와 작은 가슴에 비교할, 운을 이루는 말을 찾고 있었다.

"도대체 무슨 일이지, 단델라이온?"

위쳐는 신발의 잠금쇠를 조였다.

"말해 봐."

"짐 싸."

단델라이온은 건조하게 말했다.

"여기서 당장 떠나야 해."

"얼마나 당장?"

"지금 당장."

"샤니……."

게롤트는 헛기침을 했다.

"샤니가 널 따라다니는 첩자들에 대해서 말해 줬는데. 당연히 따돌리고 왔겠지?"

"지금 사건의 심각성을 모르는군."

"리엔스?"

"더 심해."

"정말로 모르겠는걸. 잠깐. 르다니아 사람들? 트레토고르? 딕스트라?"

"맞아."

"그건 별로 이유가……."

"그게 이유가 돼."

단델라이온이 말을 막았다.

"그들은 이제 리엔스가 문제가 아니야, 게롤트. 여자아이와 예니퍼를 찾고 있어. 딕스트라는 그들이 어디 있는지 알고 싶어 해. 입을 열기 위해 너를 가만히 놔두지 않을 거야. 이제 알겠냐고?"

"이제 알겠어. 그러니 지금 당장 떠나자. 창문으로 나가야 하나?"

"당연하지. 샤니, 나갈 수 있겠어?"

의녀는 망토를 걷어붙였다.

"제가 처음 나가는 창문도 아닌데요, 뭘."

"그건 나도 알고 있었어."

시인은 샤니의 얼굴을, 또 운율을 맞추고 비유의 대상이 될 홍조를 기대하며 유심히 바라보았다. 그러나 그건 기대에 불과했다. 맥줏빛 눈에서 빛나는 즐거운 활기와 솔직한 웃음이 시인이 본 전부였다.

창틀에 아무 소리도 없이 거대한 회색 부엉이가 날아왔다. 샤니는 작게 소리를 질렀다. 게롤트는 칼을 꺼내 들었다.

"바보 같은 짓하지 말아요, 필리파."

단델라이온이 말했다.

부엉이는 사라지고 그 자리에 필리파 에일하트가 불편하게 쭈그려 앉은 모습으로 나타났다. 여자 마법사는 바로 방으로 뛰어 들어와 머리와 복장을 매만졌다. 그러고는 차갑게 말했다.

"안녕들 하신지요. 단델라이온, 나에게 소개를 부탁해요."

"리비아의 게롤트. 의학도 샤니. 그리고 내 흔적을 따라 이렇게 금세 나를 쫓아온 이 부엉이는, 부엉이가 아닙니다. 마법사 대위원회의 필리파 에일하트, 현재 비지미르 왕의 궁정 마법사로 트레토고르 궁정의 꽃이죠. 방에 의자가 한 개밖에 없어서 어쩐다나."

"충분해요."

여자 마법사는 시인이 양보한 스툴 위에 편안히 앉아서는 방 안의 모두를 무서운 눈길로 한 명씩 바라보았는데, 샤니 위에 그 눈길은 조금 더 머무는 것 같았다. 단델라이온으로서는 놀랍게도 샤니는 갑자기 얼굴을 붉혔다.

"제가 여기에 온 용건은, 리비아의 게롤트에 국한된 일이에요."

필리파가 잠시 후 말을 시작했다.

"그러나 여기서 누군가에게 자리를 비켜 달라고 요청하는 것은 아무래도 예의에……."

"제가 나갈게요."

샤니가 확실치 않은 목소리로 말했다.

"안 돼."

게롤트가 퉁명스럽게 말했다.

"상황을 정확히 알기 전에는 아무도 못 나갑니다. 그렇지 않나요, 에일하트 님?"

"당신은 필리파라고 불러도 돼요."

여자 마법사는 웃어 보였다.

"법도 같은 것은 버리기로 하죠. 그리고 여기서 아무도 나갈 필요 없어요. 여기 계신 누구도 저는 불편하지 않습니다. 약간 놀라울 뿐이죠. 하지만 원래 인생은 놀라움의 연속이니까요. 제 친구 중 한 명이 항상 말하듯, 우리 공통의 여자 친구가 항상 말하듯 말이죠, 게롤트. 의학을 공부하니, 샤니? 몇 학년이지?"

"3학년이요."

샤니가 퉁명스럽게 대답했다.

"오!"

필리파 에일하트는 샤니를 바라보는 것이 아니라 위쳐를 바라보았다.

"열일곱 살, 아름다운 나이로군요. 예니퍼는 아마 다시 열일곱 살이 되기 위해 무엇이든지 줄 수 있을걸요. 게롤트, 당신 생각은 어떤가요? 아니, 기회가 있을 때 제가 직접 예니퍼에게 물어보죠."

위쳐는 기가 막히다는 듯 웃었다.

"당연히 물으시겠죠. 질문뿐 아니라 살을 붙이시겠지. 분명 그 생각만 해도 즐거우실 건 의심의 여지가 없네요. 하지만 지금은 본론으로 넘어가시죠, 제발."

"물론이죠."

여자 마법사는 고개를 끄덕이며 심각한 얼굴이 되었다.

"그래야 할 시점이죠. 그리고 시간도 얼마 없고요. 단델라이온이 이미 딕스트라가 갑자기 당신을 만나고 싶어 하고, 어떤 여자아이가 있는 장소를 알기 위한 목적의 대화를 원한다는 건 말했겠죠. 딕스트라는 비지미르 왕의 명령으로 그러는 것이니까, 만약 딕스트라가 굉장히 귀찮게 한다면 혹시 당신이 그 장소를 발설하지 않을까 생각했어요."

"당연하죠. 주의를 주셔서 감사해요. 하지만 하나 이상한 게 있군요. 딕스트라는 왕으로부터 명령을 받는다고 말씀하셨는데, 그럼 당신은 아무 명령도 받지 않나요? 비지미르 궁정에서 빛나는 자리에 앉아 계신 걸로 알고 있는데."

"물론이죠."

여자 마법사는 빈정거리는 말에도 끄떡하지 않았다.

"그런 자리죠. 그리고 저의 책임에 대해서도 진지하게 생각하고 있어요. 저의 책무는 비지미르 왕이 실수를 하기 전에 바로잡아 주는 거죠. 예를 들어, 이번 건 같은 구체적인 일에서는 왕에게 곧이곧대로 지금 잘못하고 계시는 거라 말을 할 수는 없고, 그냥 이 성급한 활동을 막는 것이죠. 그러니까 이렇게 왕이 실수를 저지르지 않도록 해야 하는 거예요. 제 말을 이해하겠나요?"

위쳐는 고개를 끄떡여서 알았다는 표시를 했다. 단델라이온은 위쳐가 정말 이해했는지에 대해 의문이었다. 단델라이온이 아는 것은 필리파가 아주 능숙한 거짓말쟁이라는 사실이었다.

"그 말은."

게롤트가 완전히 이해하고 있다는 것을 증명해 보이며 천천히 말했다.

"마법사 대위원회 역시 제가 돌보는 아이에 대해 관심이 있다는 것이고요. 그리고 비지미르나 다른 누군가 이전에 그 아이에게 닿으려는 것이군요. 도대체 그 아이에게 무엇이 있길래, 도대체 그 아이가 왜 이렇게 많은 관심을 불러일으키나요?"

여자 마법사의 눈이 가늘어졌다.

"그걸 모른단 말이에요?"

여자 마법사는 씩씩거렸다.

"당신이 돌보는 아이에 대해서 그렇게 모르고 있단 말이죠? 성급한 결론을 내고 싶지는 않지만 그런 무식한 상태로 보아 당신은 그 아이를 돌볼 자격이 없다고 해도 되겠네요. 정말 그렇게 아무것도 모르고 아무 정보도 없는 상태에서 그 아이를 맡을 생각을 하다니. 그뿐만 아니라, 그렇게 함으로써 더 자격이 있고 법적으로 보호자가 되어야 마땅한 다른 사람들로부터 그 아이를 빼앗아 간 것과 다름없어요. 이런 걸 다 차치하고라도 왜냐고 묻다니요. 게롤트, 당신의 오만 때문에 당신이 길을 잃지 않도록 유의해요. 조심하세요. 그리고 그 아이도 조심시켜요, 제발! 그 아이를 눈동자처럼 아껴야 해요! 만약 혼자서 그렇게 할 수 없다면 다른 이들에게 도움을 청해요!"

단델라이온은 잠시 위쳐가 예니퍼가 맡은 역할에 대해 얘기할 거라고 생각했다. 아무것도 위험에 빠지게 하는 일 없이 필리파의 근거 없는 공격에 대해 자기주장을 할 수 있을 텐데. 하지만 게롤트는 말이 없었다. 시인은 그 이유를 생각했다. 필리파는 모든 것을 알고 있다. 필리파는 지금 주의를 주는 것이다. 그리고 위쳐는 조심스럽게 이해하고 있었다.

단델라이온은 두 사람의 눈과 얼굴을 관찰하며 집중하면서 혹시 과거에 이 둘을 잇는 것이 있었을지에 대해 생각해 보았다. 서로서로에게 매혹당한 상태에서 위쳐와 여자 마법사들과의 대결이 자주 침대에서 귀결되었다는 것을 단델라이온은 알고 있었다. 하지만 단델라이온의 관찰은 여느 때와 마찬가지로 아무런 결과도 가져오지 못했다. 위쳐와 누군가가 어떤 관계가 있는지 알아보는 방법은 하나밖에 없었다. 정확한 순간에 창문으로 들어가는 방법이었다.

"돌본다는 건."

잠시 후 마법사는 다시 입을 열었다.

"혼자서는 자기를 지킬 수 없는 존재의 안전에 대한 책임을 진다는 것을 말해요. 만약 당신이 돌보는 아이가 위험에 처한다면, 그 아이에게 무슨 일이 일어난다면, 그건 당신의 책임이에요, 게롤트. 당신 혼자만의 책임이에요."

"알고 있습니다."

"너무 아는 것이 적지 않나 하는 생각이 자꾸 드네요."

"그럼 가르쳐 주세요. 갑자기 왜 이렇게 많은 사람들이 저의 책임의 무게를 덜어 주려 나서는 건지. 왜 갑자기 나의 책임을 넘겨받고 싶어 하고 저의 아이를 돌봐 주고 싶어 하는 겁니까? 마법사 대위원회에서 시리에게 원하는 게 뭡니까? 딕스트라와 비지미르 왕, 그리고 테메리아 인들은 시리에게 무엇을 원하는 거죠? 도대체 그 리엔스라는 놈은 2년 전에 저와 시리를 만났던 사람들을 세 명이나 죽이면서까지 시리에게 뭘 원하는 거죠? 게다가 단델라이온도 시리에 대한 정보를 캐면서 거의 죽일 뻔했다고요. 도대체 그 리엔스는 누굽니까, 필리파?"

"나도 몰라요."

마법사가 대답했다.

"나도 그 리엔스가 누군지는 몰라요. 하지만 당신과 똑같이 나도 알고 싶어요."

"그 리엔스가."

갑자기 예상치 못한 샤니의 목소리가 들렸다.

"얼굴에 3도 화상 흉터가 있지 않나요? 만약 그렇다면 리엔스가 누군지 제가 알아요. 그리고 어디 있는지도 알아요."

갑자기 조용해진 가운데 창밖의 수채관에 첫 번째 빗방울이 때리는 소리가 들려왔다.

죽이는 것은 동기와 사정에 상관없이 언제나 죽이는 것이다. 살해를 통해서 죽이거나 죽일 준비를 하는 자들은 범죄자이며 살인자가 된다. 그들이 누구이건 간에 왕이건, 왕자이건, 수상이건, 판사이건 말이다. 잘못 판단하여 폭력을 주문한다면 그들 중 누구도 자신을 보통 범죄자들보다 낫다고 생각할 자격이 없다. 왜냐하면 폭력은 어쩔 수 없이 그 본성을 이기지 못하고 범죄로 나아가기 때문이다.

니코데무스 드 부트, 〈건강·행복·성공에 대한 명상〉

제 6 장

"오판은 하지 않도록 합시다."

르다니아의 왕 비지미르가 반지 낀 손가락들을 머리카락 사이에 찔러 넣으며 말했다.

"우리는 오판도, 착각도 용납할 수가 없습니다."

모인 이들은 말이 없었다. 에이단의 영주 데마웬드는 소파에 깊숙이 앉아 배 위에 올려놓은 맥주잔을 바라보고 있었다. 테메리아와 폰타르, 마하캄과 소든을 다스리고, 얼마 전부터 브뤼헤의 보호자가 된 폴테스트는 창문 쪽을 바라보며 모두에게 자신의 잘생긴 옆얼굴을 드러내고 있었다. 식탁 반대편에는 케드웬의 왕인 헨젤트가 앉아 마치 산적처럼 생긴 수염 난 얼굴 속의 작지만 쏘는 듯한 눈으로 모인 사람들을 계속해서 훑어보고 있었다. 리리아와 리비아의 여왕인 메브는 생각에 잠겨 목걸이의 거대한 루비를 가지고 손장난을 치다가 가끔은 아름다운 풍만한 입술을 찡그려 어떻게도 해석될 수 있는 표정을 지었다.

"오판해서는 안 됩니다."

비지미르가 되풀이했다.

"왜냐하면 실수의 대가가 우리에게 너무 크기 때문입니다. 남들의 경험을 이용하도록 해요. 500년 전 우리 조상들이 해변에 처음 상륙했을 때, 엘프들 역시 모래에 머리를 파묻었어요. 우리는 그들의 땅을 조각조각 나누고, 그들은 이게 마지막 경계선이려니 이제는 더 이상 우리가 오지 않겠지 하고 물러났어요. 우리는 그보다는 현명해져야 합니다! 왜냐하면 이제 우리의 시대니까요. 이제 우리가 엘프가 된 것입니다. 닐프가드가 야루가에 버티고 있는데, 여기서는 이런 말을 하죠. '거기 서 있던지.' 또 이런 말도 합니다. '더 이상은 오지 않겠지.' 하지만 그들은 더 올 것입니다, 분명히요. 되풀이하지만, 엘프들이 저질렀던 착오를 우리가 또 해서는 안 됩니다!"

갑자기 창문에는 빗방울들이 떨어지고 무섭게 바람이 불어왔다. 메브 여왕은 고개를 들었다. 까마귀들과 까치들의 꽥꽥거리는 소리가 들린 것만 같았지만, 그것은 그냥 바람이었다. 바람과 비일 뿐이었다.

"우리를 엘프와 비교하지 말아요."

케드웬의 헨젤트 왕이 말했다.

"그런 비교는 우리에게 수치요. 엘프들은 싸울 줄 몰랐고, 우리 조상들이 나타나자 산과 숲으로 숨은 거요. 엘프들이 우리 조상님께 소든을 바친 것도 아니요. 하지만 우리는 닐프가드 인들에게 우리랑 싸우면 어떻게 된다는 걸 보여 주었소. 닐프가드는 무섭지 않소, 비지미르. 그러니 선동하지 마시오. 닐프가드가 야루가에 서 있다고? 그럼 내가 말하겠소. 닐프가드가 강 너머 마치 빗자루 밑의 생쥐처럼 서 있다고. 왜냐하면 소든에서 우리가 그들의 기대를 꺾었지 않소! 우리는 소든에서 그들을 군사적으로도 굴복시켰지만, 무엇보다도 정신적으로 꺾었소. 그게 사실인지는 모르지만 에미르

바 엠라이스는 그때 그렇게까지 폭력을 쓸 생각이 없었다고 하고, 신트라 공격은 그에게 반대하는 세력이 저지른 일이라는 말도 있소. 내기를 해도 좋지만 만약 우리를 정복할 수만 있었다면 브라보를 외치고 특권과 작위를 뿌렸겠지. 하지만 소든 이후 그는 반대했다는 게 드러났고, 모든 잘못은 자기 맘대로 한 사령관들이 덮어쓰게 되었소. 그리고 머리가 잘리기도 했고. 처형장은 피로 물들었소. 이건 그냥 정보지, 소문이 아니오. 처형이 무려 8건, 자잘한 투옥행은 훨씬 더 많았소. 어떤 죽음들은 보기에는 자연스러웠지만 수수께끼 같은 것들도 있었고, 갑자기 죽어 버린 사람들도 많았소. 에미르는 분노에 사로잡혀 자신의 군대 지휘부를 거의 몰살시킨 것이오. 그러니 지금 누가 그들의 군대를 이끌겠소? 졸병들?"

"졸병들이 아니에요."

에이단의 데마웬드가 차갑게 말했다.

"젊고 똑똑한 장교들이 하겠죠, 바로 이런 기회를 기다려 왔으니까요. 에미르는 아주 옛날부터 그들을 양성해 왔어요. 늙은 사령관들이 지휘의 기회를 주지 않고, 승진시켜 주지 않았던 젊은이들 말입니다. 그 젊고 똑똑한 지휘관들에 대해서는 이미 명성이 들려오고 있어요. 메티나와 나자이르의 봉기를 진압하고, 에빙의 반항군을 짧은 시간에 통제한 것도 그들이에요. 이들은 항공 편대의 활동을 높이 평가하고 기병 원정대의 공격, 빠른 보병, 해군의 이점을 잘 알아요. 확실치 않은 마법보다 성채를 함락시킬 때는 신기술을 이용하고, 공격의 방향을 정해 집중적으로 격파시키는 전법을 쓰죠. 이들을 얕볼 수는 없어요. 이들은 야루가 강을 건너오기 위해 세차게 일어서고 있고, 자신들이 옛 사령관들의 잘못에서 배운 것이 있다는 사실을 증명하고 싶어 해요."

"만약 뭔가 배운 것이 정말 있다면."

헨젤트 왕이 어깨를 으쓱하며 말했다.

"야루가 강을 건너오지 말던가. 신트라와 베르덴 사이에 있는 야루가 강은 아직도 에르빌과 그의 세 개의 성채인 나스트록, 로즈록, 보드록이 방어하고 있소. 이 성채들은 보병으로도, 어떤 신기술로도 점령할 수가 없어요. 우리의 날개들이 또한 시다리스에서 온 에타이나 함대를 보호하고 있는 덕분에 우리가 해변 지역을 다스릴 수 있는 것이오. 그리고 물론 스켈리게의 해적들 덕분이기도 하고. 크래치 안 크라이트는 여러분들이 기억하듯 닐프가드와 휴전협정을 맺지 않아 정기적으로 그들을 물어뜯고 공격하고 바닷가 마을들과 요새들을 불태우고 있소. 닐프가드 인들은 그를 티르스 이스 뮈에, 바다 멧돼지라고 부르지. 그 이름을 부르며 아이들을 겁준다고 들었소."

"닐프가드 아이들을 겁주는 이야기가."

비지미르가 얼굴을 일그러뜨리며 웃었다.

"우리에게 안전을 보장하는 건 아니잖소."

"그건 아니지요."

헨젤트도 동의했다.

"하지만 우리에게 다른 걸 보장해 주오. 우리가 강어귀와 강변을 완전히 통제할 수는 없다고 해도 옆구리를 노출시키고 만 에미르 바 엠라이스는 이제 부대들에 완전하게 군수품을 공급할 수 없는 상태가 되었소. 아마도 야루가 강변 오른쪽으로 던져 주고 싶겠지. 이런 상황에 번개 같은 보병이며 기병 원정대 공격이 무슨 소용이오? 웃기는 소리. 강을 건너려고 난리를 치고 3일이면 군대는 그 자리에 서 버릴 거요. 반은 성채들을 둘러싸고 있을 거고, 나머지는 먹을 것을 찾아 흩어져서 사료와 곡식을 찾고 약탈하러 다니겠지. 그 유명한 기병대가 자기 말들을 거의 다 먹어 치울 때쯤 우리가 나타나서 두 번째 소든을 만들어 버리면 끝이요. 젠장, 강을 넘어왔으면 좋겠네! 하지만 걱정들 마시오, 안 넘어올 테니까."

"넘어오지 않을 거라고 가정해 봐요."

갑자기 리리아의 메브가 말했다.

"야루가 강을 넘어오지 않을 거라고요. 그리고 닐프가드는 그냥 저쪽에서 기다리고만 있을 거라고 가정해 봐요. 하지만 그렇다면 이런 상황이 누구한테 이득인 걸까요? 우릴까요, 그들일까요? 아무것도 하지 않고 기다리면 좋은 건 누구이고, 누구에겐 좋지 않을까요?"

"바로 그거요!"

비지미르는 감탄했다.

"메브, 항상 그렇지만 당신은 말수는 적지만 요점을 찌르는군요. 에미르는 시간이 있지만 여러분, 우리는 없습니다. 요즘 무슨 일이 일어나는지 알고는 계시는지요? 3년 전 닐프가드는 산기슭에서 돌멩이 하나를 굴려 놓고, 편안히 산사태를 기다리고 있어요. 언덕으로부터 새로운 돌멩이들이 마구 굴러떨어지기를 기다리는 거죠. 그 첫 번째 돌멩이가 어떤 이들에게는 마치 도저히 움직일 수 없는 거대한 바위처럼 느껴졌던 거요. 하지만 그 바위는 사실은 슬쩍 건드리기만 하면 다른 이들이 와서 굴려 주는 그런 바위였어요. 시니 산에서부터 브레머부어드까지 숲마다 엘프 군대들이 돌아다니고 있습니다. 이제는 작은 부대가 아니에요, 이건 전쟁이에요. 돌 블라타나의 자유로운 엘프들이 어떻게 전투에 참여하는지 보세요. 마하캄에서는 드워프들이 들고일어났고, 브로킬론에서는 드라이어드들이 점점 더 뻔뻔스러워지고 있어요. 이건 대규모 전쟁의 시작입니다. 내전이죠. 우리 국가들 안에서 일어나는 우리 전쟁이라고요. 그리고 닐프가드는 기다리고 있어요. 시간이 누구의 편일까요, 어떻게 생각하시나요? 스코이아텔 부대에서 싸우는 엘프들은 30, 40살이에요. 하지만 엘프들은 300년은 살죠! 이들은 시간이 있어요. 시간이 없는 건 우리들이죠!"

"스코이아텔은."

헨젤트도 인정했다.

"정말 엉덩이에 박힌 가시와 같은 존재가 되고 있소. 우리 나라의 무역과 운송은 엉망이 되었어요. 농부들에게 겁을 주고. 어떻게든 끝내야 하오!"

"만약 인간이 아닌 종들이 전쟁을 원한다면 전쟁을 하라 하죠."

테메리아의 폴테스트가 끼어들었다.

"나는 언제나 통일과 공생을 말해 왔지만, 만약 그들이 힘으로 해결하고 싶어 한다면 어디 누가 더 센지 한번 봅시다. 난 준비가 되어 있어요. 테메리아와 소든은 다람쥐들을 6달 동안 끝장낼 예정입니다. 이미 엘프의 피로 적셔졌던 이 땅, 우리 조상들이 한 일이었지요. 저는 이를 비극이라고 생각합니다. 하지만 다른 방법이 보이지 않는 한, 비극은 되풀이되겠죠. 엘프들은 안정시켜야만 합니다."

"당신 군대야 엘프들을 공격하겠지, 만약 명령을 내린다면 말이야."

데마웬드가 머리를 끄떡였다.

"하지만 사람도 공격할까? 보병 지원군으로 받는 농부들을 말이야. 길드는? 자유 도시들은? 비지미르, 스코이아텔 얘기를 하면서 당신은 산사태 중 돌 한 개의 얘기를 한 것과 다름이 없어. 네, 바로 그겁니다, 여러분. 나에게 그렇게 눈을 크게 뜰 것도 없어요! 시골과 소도시에는 이미 어떤 소문이

도느냐 하면 닐프가드가 점령한 곳들이 살기가 더 여유롭고, 편하고, 부유하다는 겁니다. 상인 길드는 더 큰 특권을 가진다는 둥. 닐프가드의 공산품들이 우리 나라들에 넘쳐나고 있습니다. 브뤼헤와 베르덴에서 닐프가드 화폐가 지역 화폐를 몰아내고 있어요. 만약 우리가 아무것도 하지 않고 앉아 있게 된다면 우리는 죽거나, 서로 싸우거나, 분쟁에 휘말리거나, 봉기군과 난리 통에 사로잡혀 천천히 닐프가드의 경제적 힘에 의존하게 될 것입니다. 답답한 우리의 한계 안에서 숨이 막혀 죽을 거라고요. 왜냐하면 닐프가드가 남쪽으로 가는 길을 막고 있으니까요. 우리는 발전하고, 우리는 팽창해야 해요. 그렇지 않으면 우리 후손들을 위해서 여기선 장소가 부족합니다!"

모인 사람들은 침묵했다. 르다니아의 비지미르는 깊게 한숨을 쉬고는 식탁에 서 있는 잔들 중 하나를 붙잡고 오랫동안 마셨다. 침묵은 계속해서 이어지고, 비는 창문을 때리고, 회오리바람은 소리를 내며 창틀을 흔들고 있었다.

"얘기 나온 이 모든 어려운 상황들이."

헨젤트가 마침내 말문을 열었다.

"다 닐프가드의 짓입니다. 에미르의 사자가 인간이 아닌 종들을 부추기고 널리 선동하면서 이들이 들고일어나도록 하고 있어요. 황금을 뿌리면서 길드와 단체들에 더 많은 특권을 약속하고, 백작과 공작들에게 앞으로 우리 영토에서 새로 생길 시골에서의 더 높은 자리를 약속하고 있어요. 당신들 나라에서는 어떤지 모르겠지만, 케드웬에서는 갑자기 사제들과 설교자들, 점쟁이와 다른 미친 신비주의자들이 늘어나 세상의 멸망을 예고하고 있어요."

"우리 나라도 똑같습니다."

폴테스트도 동의했다.

"젠장, 지금까지 평화의 시대가 이렇게 오래 계속되었는데. 저희 할아버지께서 성직자들의 수를 확 줄이고, 그들의 자리가 어디인지 확실히 보여준 후 나머지들은 지금까지는 유용한 일을 하면서 살고 있었어요. 책을 보며 공부하고, 아이들에게 지식을 심어 주고, 아픈 사람들을 고쳐 주고, 가난하고 다치거나 집이 없는 사람들을 돌봐 주면서 말이죠. 정치에는 참견하지 않았습니다. 그런데 갑자기 깨어나서 신전에서 흉측하게 무지렁이들에게 소리를 지르지 않나, 그 무지렁이들은 그걸 듣고 드디어 도대체 왜 이렇게 자기들이 힘들었는지 이제야 알았다고 하질 않나. 저희 할아버지보다는 제가 성격이 좋고, 국왕으로서의 권위 같은 문제에도 덜 예민하고 해서 참고 있는 것뿐입니다. 게다가 정신이 이상한 광신자들이 꽥꽥거린다고 해서 국왕의 권위가 손상될 수 있다면, 그것이야말로 권위도 뭐도 아니겠죠. 최근 설교들의 주요 주제는 바로 남쪽에서 온다는 구세주입니다. 남쪽에서, 야루가 저편에서 온다는 거예요!"

"백색 불꽃."

데마웬드가 중얼거렸다.

"백색 서리가 오고, 그다음엔 백색 빛이 온다. 그러고 나면 세상은 다시 태어나고, 백색 불꽃과 백색 여왕의 영도하에……. 저도 들은 바 있어요. 그건 엘프 예언자, 이틀린느 에프 에베니엔의 예언을 변형한 거죠. 벵거버그의 시장에서 이걸 외치고 있는 신부 한 명을 잡아 오라고 시켰는데, 오랫동안 그 신부에게 에미르에게서 금을 얼마나 받았나 공손하게 물었죠. 하지만 그 설교자는 계속 백색 불꽃과 백색 여왕에 대해서만 말합디다. 끝까지 말입니다."

"조심해, 데마웬드."

비지미르가 얼굴을 찡그렸다.

"순교자를 만들어서는 안 돼. 그게 바로 에미르가 원하는 바이니까. 닐프가드의 첩자들을 잡아. 하지만 신부들을 건드리는 짓은 안 돼. 그 결과는 헤아릴 수 없을 수도 있어. 신부들은 아직도 영향력이 있고, 사람들은 그들을 중요하게 생각하지. 스코이아텔만 가지고도 문제가 많은데, 도시에서의 폭동이나 농민 봉기가 일어났다간 감수할 수가 없어."

"젠장할!"

폴테스트가 화를 냈다.

"이건 안 하겠다, 저건 감수할 수가 없다, 이건 안 된다……. 도대체 지금 우리가 뭘 못하는지 얘기하려고 서로 모였습니까? 여기 하게까지 우리끼리 모여서 질질 짜며 우리의 약점과 무기력에 대해 슬퍼하기 위해서 오라고 한 것인가요? 이제 제발 행동을 하자고요! 뭔가 해야죠! 지금 일어나는 일을 중단시켜야만 해요!"

"처음부터 다시 합시다."

비지미르가 몸을 쭉 폈다.

"그러니까 행동을 하자는 것입니다."

"무슨 행동?"

"뭘 할 수 있나요?"

다시 한 번 침묵이 깔렸다. 바람 소리가 나고, 창틀이 성벽을 때렸다.

"왜……."

갑자기 메브가 입을 열었다.

"다들 저를 보고 있죠?"

"당신의 아름다움에 감탄하는 거지."

헨젤트가 잔 밑바닥에서 웅웅 소리를 내며 말했다.

"그거야 당연하고."

비지미르 역시 고개를 끄덕였다.

"메브, 당신은 어떤 상황에서도 해결책을 찾는 걸 우리는 알고 있소. 여자의 직감이라는 게 있으니, 당신은 현명한 여자요."

"아부는 그만하시죠."

리리아의 여왕은 치마 주머니 속으로 손을 집어넣고 사냥 장면이 그려져 있는 검게 변색된 태피스트리를 바라보았다. 뛰느라 온몸을 쭉 뻗고 있는 사냥개는 그 옆에서 뛰고 있는 흰색 일각수를 향해 주둥이를 내밀고 있었다. 나는 태어나서 일각수를 본 적이 한 번도 없는데, 메브는 생각했다. 한 번도. 그리고 앞으로도 한 번도 보지 못할 거야.

"우리가 처한 상황은."

메브는 태피스트리에서 눈을 떼고 잠시 후 말했다.

"리비아의 성에서의 긴 겨울밤을 생각나게 하네요. 그때는 언제나 공기 중에 답답한 분위기가 있었어요. 남편은 궁정의 어떤 다른 여자에게 접근할까, 그걸 생각하고 있었죠. 사령관은 자기가 유명해질 어떤 전쟁을 하면 좋을까 생각하고 있었고요. 마법사는 자기가 왕이라고 생각하고 있었죠. 하인들은 시중들기 싫어하고, 광대는 슬프고 우울한데다가 끔찍하게 지루하고, 개들은 우울함에 사로잡혀 울부짖고, 고양이들은 식탁 위를 돌아다니는 쥐들을 놔두고 자고 있었죠. 모두들 무언가를 기다리는 것 같았어요. 모두들 고개 밑으로 나를 바라봤죠. 나는, 내가 바로 그때 그들에게 보여 줬어요. 내가 뭘 할 수 있는지 보여 줬죠. 벽들은 울리고 근처의 곰들은 겨울잠을 자던 터에서 일어났죠. 그리고 어리석은 생각들은 바로 머리에서 날아가고 말았어요. 갑자기 모두들 누가 그곳을 좌지우지하는지 알게 된 거죠."

아무도 뭐라고 말이 없었다. 바람은 더 심하게 윙윙거렸다. 벽을 지키는 호위병들도 신음 소리를 냈다. 납으로 된 창틀을 때리는 빗방울들이 세찬 스타카토를 이루었다.

"닐프가드는 보면서 기다리고 있어요."

메브는 목걸이를 만지작거리며 천천히 이야기를 이었다.

"닐프가드는 관찰하는 중이죠. 무언가 공기 중에 있긴 해요. 여러 머릿속에서 어리석은 생각들이 생겨나고 있죠. 이제 우리가 모두에게 우리의 실력을 보여 줘야 해요. 누가 여기서 진짜 왕인지 보여 줘요. 겨울잠에 깊이 빠진 성채의 벽을 흔드는 거예요!"

"스코이아텔을 끝장냅시다."

헨젤트 왕이 얼른 말했다.

"모두 함께 대부대를 꾸려서 나섭시다. 인간이 아닌 종에게 피의 목욕을 시킵시다. 폰타르, 그윈레흐, 부이나 강의 수원에서 어귀까지 엘프의 피가 흐르도록!"

"돌 블라타나의 자유로운 엘프들을 원정대로 정벌하죠."

데마웬드가 이마에 주름을 잡으며 덧붙였다.

"마하캄으로 부대를 보내 참전합시다. 베르덴의 에르빌에게 브로킬론의 드라이어드들을 해치우라고 허락합시다. 그러죠, 피바다! 살아남는 자들은 오지로 보내 버려요!"

"크래치 안 크라이트를 닐프가드의 해변으로 부추기는 겁니다."

비지미르가 끼어들었다.

"시다리스의 에타이나 함대로 그를 도와 야루가에서 에빙까지의 파괴가

극에 달하도록 만들어요! 실력 행사를⋯⋯."

"그것 가지고는 충분치 않아요."

폴테스트가 고개를 흔들었다.

"이건 다 충분치 않아요. 필요한 건, 필요한 것이 뭔지 내가 알고 있소."

"그럼 말해 보시오!"

"신트라."

"뭐라고요?"

"닐프가드로부터 신트라를 뺏는 거요. 야루가를 넘어 우리가 먼저 공격하는 것입니다. 전혀 예상을 하고 있지 못할 때 말이죠. 마르나달 너머로 그들을 다시 쫓아 버립시다."

"하지만 어떻게? 지금까지 얘기한 것이 군대들이 야루가를 넘지 못한다는 내용 아니었습니까?"

"닐프가드 쪽에서는 그렇죠. 하지만 우리는 강을 다스릴 수 있어요. 강어귀도 손바닥 안에 있고, 보급로도 있고, 스켈리게와 시다리스에 의해 양 날개도 지켜지고 있고, 베르덴에는 성채들도 있습니다. 닐프가드에서 4만, 5만의 사람들이 강을 건넌다는 것은 굉장히 힘든 일이에요. 비지미르, 입을 그렇게 벌리지 말고. 하염없는 기다림을 종결시키길 원한 것 아니었나? 무언가 굉장한 볼거리 같은? 우리를 진짜 왕들로 만들어 주는 사건 말이야. 그게 바로 신트라입니다. 신트라는 우리를 하나로 뭉쳐 줍니다. 왜냐하면 신트라는 상징이기 때문이죠. 소든을 기억해 보세요! 신트라의 학살과 칼란테의 순교자적 죽음이 없었더라면 소든에서의 그런 승리는 없었을 것입니다. 군사력은 똑같았어요. 우리가 그들을 격파할 거라고는 아무도 생각하지 못했습니다. 하지만 우리의 군대들은 마치 늑대들처럼, 미친개처럼 신트라의 암사자에 대한 복수를 하기 위해 그들의 목을 물어뜯었어요. 그런데도 불구하고 소든의 들판에 뿌려진 피로도 어떤 이들은 진정시키기가 힘들었소. 크래치 안 크라이트, 바다의 멧돼지를 생각해 보시오!"

"그건 사실입니다."

데마웬드가 머리를 저었다.

"크래치는 닐프가드에 피의 복수를 맹세했죠. 마르나달에서 죽은 그의 삼촌, 아이스트 튀샤흐에 대해서요. 그리고 칼란테에 대해서도요. 왼쪽 강둑을 우리가 쳐들어간다면 크래치는 스켈리게의 온 힘을 다해 우리를 밀어줄 거예요. 신들을 걸고, 이번은 성공할 것입니다! 폴테스트의 의견에 찬성입니다! 더 이상 기다리지 말고, 선제공격을 합시다. 신트라를 해방시키고, 그 나쁜 놈들을 아멜의 계곡으로 몰아냅시다!"

"천천히."

헨젤트가 소리쳤다.

"너무 서두르지 마시오. 아직 죽은 사자는 아니니, 사자의 코털을 건드려서는 아니 되오. 그게 첫 번째. 그리고 두 번째로는, 만약 우리가 선제공격을 하면 우리는 이제 침략자가 되는 것이오. 우리 자신이 인장으로 봉인한 휴전 조약을 깨는 것이지. 니다미르와 그의 동부 자치령 연맹은 우리를 지지하지 않을 거고, 에스테라드 티센 역시 지지하지 않을 거요. 시다리스의 에타인은 어쩔지 모르겠소. 침략 전쟁에 대해서는 우리의 길드와 상인들, 귀족들 역시 반대하오. 그리고 무엇보다 마법사들이 반대하지. 마법사들을 잊지 마시오!"

"마법사들은 왼쪽 강둑을 공격하는 것을 지지해 주지 않을 거요."

비지미르도 확신했다.

"휴전은 로게벤의 빌게포츠의 작품이었소. 그의 계획은 아시다시피 휴전이 서서히 계속된 평화의 상태가 되는 것이었죠. 빌게포츠는 전쟁을 지지하지 않소. 그리고 확실한 건 마법사 대회의는 빌게포츠가 원하는 걸 하죠. 소든 이후 빌게포츠는 대회의의 일인자요. 다른 마법사들이 뭐라고 하던 간에, 가장 중요한 인물은 빌게포츠지."

"빌게포츠. 그놈의 빌게포츠."

폴테스트가 성을 냈다.

"그 마법사는 너무 컸단 말이지. 빌게포츠와 마법사 대회의의 의중을 파악하는 게 짜증이 나기 시작합니다. 도대체 알 수도 없고, 이해도 가지 않으니까요. 하지만 여기에도 방법은 있습니다, 여러분. 만약 침입을 한 것이 닐프가드라면요? 예를 들어 돌 앙그라에서 말입니다. 에이단이나 리리아에서 말이죠. 그걸 어떻게 해 볼 수는 없을까요? 꾸민다던가. 약간의 자극을 통해서. 닐프가드의 잘못으로 인한 국경에서의 불미스러운 사고는 어떻습니까? 국경 지역의 요새에 대한 공격이 있다고 한번 쳐 봅시다. 그럼 당연히 우리는 만반의 준비가 되어 있을 것이고, 실력을 갖추고 모두의 허락을 얻어 빌게포츠와 마법사 대회의의 허락마저 얻겠죠. 그때 만약 에미르 바 엠라이스가 소든과 자체체에서 눈을 돌린다 할 때, 바로 신트라 인들이 자기 나라에 대해 상기시키는 것입니다. 비세게르드의 지휘하에 브뤼헤에서 모인 이민자들과 도망자들 말이죠. 8000명은 되는 무장한 사람들입니다. 더 나은 창검이 있을 수 있을까요? 이들은 자기들이 도망칠 수밖에 없었던 그 나라를 다시 찾을 희망에 사는 사람들입니다. 싸움을 위해 불타고 있죠. 왼쪽 강둑을 칠 준비는 당연히 되어 있습니다. 신호를 기다릴 뿐이죠."

"신호."

메브가 말했다.

"그리고 그들을 지지하겠다는 약속이겠죠. 왜냐하면 8000명 정도는 에미르도 식량을 갖다 나를 필요 없이 국경 전방 부대 정도로 상대할 수 있으니까요. 비세게르드도 이걸 잘 알고 있어서 자기 뒤에 왼쪽 강변으로 당신의 군대가 따라오리라는 보장 없이는 절대 움직이지 않을 거예요, 폴테스트. 그리고 그 뒤에 르다니아 군대도 지원해야죠. 하지만 무엇보다 비세게르드가 기다리는 것은 신트라의 새끼 사자예요. 칼란테 여왕의 손녀가 학살에서 살아남았다는 소문이 있어요. 누군가 도망치는 사람들 중에서 그 아이를 보았지만 나중에는 비밀스럽게 없어졌다는 거예요. 이민자들은 그 아이를 미친 듯이 찾고 있어요. 왜냐하면 신트라의 왕위를 다시 찾았을 때 왕족의 피가 필요하니까요, 칼란테의 자손 말이지요."

"헛소리."

폴테스트가 차갑게 말했다.

"벌써 2년이 지났소. 만약 아이가 아직까지도 발견되지 않았다면, 그건 죽었다는 거요. 그런 전설은 잊어버려도 될 것 같소. 이제 칼란테도, 새끼 사자도, 왕위를 계승할 여왕의 자손도 없소. 암사자 칼란테가 살아 있을 때는 이제 다시는 재현되지 않겠죠. 물론 비세게르드의 이민자들에게는 이런 얘길 할 필요는 없지."

"그러면서 신트라의 저항군들을 죽음으로 내몰고 말이죠?"

메브가 눈을 가늘게 떴다.

"최전방에 말이죠? 그들에게는 신트라가 당신의 지배하에 속국으로만 다시 존재할 수 있다는 얘기를 하지 않는다는 거죠? 우리에게 신트라에 대한 연합 공격을 같이…… 당신의 이익을 위해서 말이죠? 소든과 브뤼헤를

혜를 합병하고, 베르덴에 입맛을 다시고. 신트라도 맛있는 냄새를 풍기던가요?"

"폴테스트, 인정하게."

헨젤트가 소리쳤다.

"메브의 말이 맞나? 그래서 지금 우리를 부추겨 전쟁으로 몰고 가려는 건가?"

"말도 안 돼."

테메리아의 왕은 귀족적인 얼굴을 찡그리며 성을 냈다.

"나를 천하를 꿈꾸는 정복자 취급 하지 마시오. 도대체 그게 무슨 소리요? 소든과 브뤼헤라고? 소든의 에케하르트는 나와 이복형제, 우리 어머니의 아들이오. 그가 죽은 후, 자유 국가였던 소든이 그의 핏줄인 나에게 왕관을 가져온 것이 이상하다는 겁니까? 피는 물보다 진하다고요! 그리고 브뤼헤의 벤즐라프는 자기가 나에게 조공을 바친 거지, 강요된 것이 아니었소! 자기 나라를 보호하기 위해 한 것이란 말이오! 왜냐하면 날씨가 좋은 날에 야루가 왼쪽 강둑에 닐프가드의 창검이 보였으니까요!"

"우리가 얘기하는 게 바로 그 왼쪽 강둑이에요."

리리아의 여왕이 명료하게 말했다.

"우리가 쳐야 할 곳이 바로 그 강둑이죠. 그리고 왼쪽 강둑은 신트라예요. 파괴되고 불타고 폐허가 되고 갈라지고 정복된. 하지만 신트라죠. 신트라 인들은 당신에게 왕관을 가져다주지도, 조공을 바치지도 않을 거예요, 폴테스트. 신트라는 속국이 되는 데 동의하지 않을 거고요. 피는 물보다 진하니까요!"

"신트라, 만약 신트라를…… 우리가 신트라를 해방시킬 수만 있다면, 신트라는 우리가 공유하는 보호령이 되어야 합니다."

에이단의 데마웬드가 말했다.

"신트라는 야루가로 나가는 어귀이고, 그곳에 대한 보호를 포기하기에는 너무나 중요한 전략적 요충지예요."

"신트라는 독립 국가로 남아야 하오."

비지미르가 반대했다.

"자유로운, 강한 독립 국가로 말이오. 북쪽으로 통하는 철의 대문이자 첫 번째 방어벽으로 말이오. 닐프가드의 기마병들이 속도를 더할 수 있는 다 타 버린 땅 조각이 아니라!"

"신트라가 그렇게 다시 재건될 수 있을까? 칼란테도 없는데?"

"폴테스트, 너무 좋아하지 마세요."

메브가 입술을 빼물었다.

"이미 말했지만 신트라 사람들은 보호령도, 자기네 왕좌에 낯선 핏줄도 허락하지 않을 거예요. 만약 신트라를 다스리려고 했다가는 상황은 역전되고 말 거예요. 비세게르드는 또다시 저항군을 조직할 거고, 이번에는 에미르의 도움을 받겠죠. 그리고 어느 날 그 군대는 우리 모두에게 덤벼들 거예요. 닐프가드의 폭풍 작전이 시작되겠죠. 그건 당신이 좀 전에 묘사한 창검의 상황이에요."

"폴테스트도 그건 알고 있소."

비지미르가 콧김을 뿜었다.

"도대체 왜 그렇게 애써서 칼란테의 손녀인 새끼 사자를 찾을까. 모르겠소? 피는 물보다 진하다, 결혼을 통해 왕관을 획득하기 위해서지. 그 여자 아이를 찾아서 억지로라도 결혼을 할 수만 있다면……."

"미쳤나?"

테메리아의 왕은 잠시 목이 막힌 것 같았다.

"새끼 사자는 죽었다니까! 난 그 여자애를 전혀 찾고 있지 않다고. 뭐 하지만, 그 여자애에게 뭘 강요할 생각은 털끝만치도 없어."

"강요를 할 필요는 없겠죠."

메브가 우아하게 웃으며 말했다.

"사촌, 아직은 잘생긴 외모가 빛을 발하시니까요. 그 여자아이에게는 칼란테의 피가 흐르고 있어요. 아주 뜨거운 피죠. 난 칼란테가 젊었을 때 그녀를 알았어요. 매력적인 남자를 보면 참지 못하고 열정적으로 달려들었죠. 그 딸인 파베타, 새끼 사자의 엄마도 똑같았어요. 피는 못 속인다고, 분명 새끼 사자도 비슷할 거예요. 당신이 조금만 노력하면 여자애도 오래는 버티지 않겠죠. 그걸 노리는 거 아닌가요?"

"당연, 그걸 생각하고 있겠지."

데마웬드가 낄낄거렸다.

"우리 폐하의 계획이 상당히 정교하신걸! 우리는 왼쪽 강둑을 치지만 정신을 차려 주위를 돌아보기도 전에 우리 폴테스트 왕이 나타나서 여자아이의 마음을 사로잡고, 젊디젊은 부인을 얻어서는 신트라의 왕위에 앉혀 놓으면 거기 사람들은 눈물을 흘리고 바지에 오줌을 지릴 정도로 행복해 하겠지. 자기들은 칼란테의 피와 살을 이어받은 여왕이 생기는 거니까. 여왕이 생기고…… 왕과 함께 말이지, 폴테스트 왕."

"정말 못되게도 말하는군!"

폴테스트가 얼굴을 붉으락푸르락하며 소리를 질렀다.

"머리에 화살이라도 맞은 거요! 지금 하는 이야기들은 전혀 말이 안 돼요!"

"말이 아주 잘 되지."

비지미르가 건조하게 말했다.

"왜냐하면 내가 누가 그 아이를 미친 듯이 찾고 있는지 아니까. 누구지, 폴테스트?"

"그건 당연하게 비세게르드와 신트라 사람들이지!"

"아니, 그들이 아니오. 그럴지도 모르지만, 그들만은 아니오. 누군가가 더 있어. 가는 길마다 시체를 즐비하게 쌓는 자. 협박에도, 매수에도, 고문에도 굴하지 않는 자. 얘기가 나왔기에 말인데, 혹시 리엔스라는 이 인물은 도대체 누구네 소속이오? 하, 얼굴들을 보니 아무에게도 속하지 않거나, 아니면 인정하지 않겠다는 거군요. 하지만 결론은 같습니다. 칼란테의 손녀를 찾고 있는, 그것도 모든 방법을 동원해서 찾는 누군가가 있다는 것. 도대체 누굴까?"

"젠장할!"

폴테스트가 주먹으로 식탁을 쾅 내리쳤다.

"그건 내가 아니오! 난 무슨 코흘리개랑 무슨 왕위 때문에 결혼할 생각 따위는 해 본 적도 없어! 난 사실……."

"물론 당신은 사실 4년 전부터 라 발렛 남작 부인과 함께 살고 있죠."

메브가 다시 한 번 웃어 보였다.

"마치 두 마리의 비둘기처럼 서로 사랑하고, 빨리 늙은 남작이 죽기만을 기다리고 있는 중이죠. 뭘 그렇게 쳐다보나요? 모두들 그 사실을 알고 있어요. 도대체 왜 우리가 정보원들에게 돈을 준다고 생각하나요? 하지만 사촌, 신트라의 왕위를 위해서는 아마 자신의 개인적 행복 따위는 희생해도 좋다고 생각하는 왕들이 한둘이 아닐 거예요."

"잠깐."

헨젤트는 소리를 내며 턱을 긁고 있었다.

"한둘이 아니다라고. 폴테스트는 잠깐 좀 놔두고. 다른 왕들도 있소. 칼란테는 살아생전 자기 손녀를 베르덴의 에르빌의 아들과 결혼시키고 싶어 했지. 에르빌에게도 신트라는 먹음직스러울 거요. 에르빌뿐만 아니라……."

"흠."

비지미르가 중얼거렸다.

"그건 사실이오. 에르빌은 아들이 셋이지. 여기 계신 여러분들 역시 남자 자손이 있지 않소? 엥? 메브? 혹시 지금 우리의 주위를 딴 데로 괜히 끄는 건 아니오?"

"전 제외해도 좋아요."

리리아의 여왕은 더 우아하게 웃어 보였다.

"제 두 명의 자손들은 지금 세상을 떠돌고 있어요. 뭐 어디서 교수형이라도 당하지 않았으면 말이에요. 잊어버리는 게 좋은 관계의 열매죠. 이 중 한 명이라도 갑자기 왕이 되고 싶은 생각이 들지 의문이네요. 그런 쪽으로는 전혀 재능도 없고, 생각들도 없어요. 이 둘은 자기 아버지보다도 멍청하죠. 제 죽은 남편을 아는 사람이라면 그게 무슨 뜻인지 알 거예요. 그에게 흙이 가볍기를."

"사실이오."

르다니아의 왕이 고개를 끄덕였다.

"내가 생전에 그를 알았지. 그런데 아들들이 더 멍청하단 말이오? 젠장, 그럴 수는 없다고 생각했는데. 메브, 미안하오."

"비지미르, 괜찮아요."

"아들이 있는 사람은 또 누구요?"

"당신 아니오, 헨젤트."

"우리 아들은 결혼했다고!"

"독약은 뭐에 쓰라고 있고? 신트라의 왕위를 위해 여기서 말 나온 것처럼 개인적 행복 따위는 희생시킬 만한 왕이 한둘이 아니라는데. 남는 장사일 텐데!"

"그런 불쾌한 소리는 관두시오! 그리고 괜히 트집 잡지 말고! 다른 이들도 아들이 있소!"

"행포르스의 니다미르도 아들이 둘이오. 자신도 홀아비고. 나이도 많지 않지. 코비어의 에스테라드 티센도 있소."

"그 둘은 제외하고."

비지미르가 고개를 저었다.

"니다미르의 동부 자치령 연합과 코비어는 지금 가문들끼리 결혼을 할 생각이오. 신트라나 남쪽 지방에는 관심이 없어요. 흠, 하지만 베르덴의 에르빌은 가까운데."

"가까운 이가 또 있소."

갑자기 데마웬드가 생각이 난 듯 외쳤다.

"누구?"

"에미르 바 엠라이스. 결혼을 안 했소. 그리고 폴테스트, 당신보다도 젊어."

"젠장."

르다니아의 왕이 이마에 주름을 잡았다.

"만약 그게 사실이라면⋯⋯. 에미르가 우리 모두를 엿 먹이는 거라고! 신트라의 민중들과 귀족들은 언제나 칼란테의 피를 따를 거요. 만약 에미르가 새끼 사자에게 덤빈다면 무슨 일이 일어날지 생각해 보시오! 젠장, 그런 가능성이 있었다니! 신트라의 여왕이자 닐프가드의 황후라니!"

"황후라고!"

헨젤트가 콧김을 뿜었다.

"너무 과장된 거 아니오, 비지미르. 에미르가 여자가 뭐가 필요하다고, 결혼을 뭐하러 한단 말이오? 신트라의 왕위를 위해? 에미르는 이미 신트라를 차지했소. 신트라를 굴복시키고 닐프가드의 시골로 만들었단 말이오! 지금도 왕위에 충분히 앉아 있는데, 또 뭘 하겠단 말이오?"

"첫 번째로."

폴테스트가 말했다.

"에미르는 신트라를 합법적으로 가질 수 있어요, 그렇지 않으면 무단침입자일 뿐입니다. 만약 그 여자애를 차지해서 결혼을 한다면 합법적인 통치자가 되는 거요, 알겠소? 혼인 관계로 칼란테의 핏줄과 맺어진 닐프가드는 이미 북쪽 나라들 전체가 이빨을 드러내는 침입자 닐프가드가 아니오. 그건 우리가 이제 그 입장을 고려해야 하는 이웃이 된다는 거요. 그런 이웃 닐프가드를 이제 어떻게 마르나달 밖으로, 아멜 계곡 밖으로 쫓아낸다는 거요? 신트라의 암사자의 손녀인 새끼 사자가 여왕으로 합법적으로 앉아 있는 나라를 공격하겠다는 거요? 맙소사! 그 여자애를 누가 찾고 있는지는 모르겠소. 나는 아니오. 하지만 이제 나도 찾기 시작하겠소. 나는 그 여자애가 죽었다고 생각하는 편이지만, 지금은 위험을 감수할 수가 없소. 이 여자애는 너무 중요하오. 만약 살아 있다면 우리가 찾아내야만 하오!"

"그럼, 이 여자애를 찾아내면 누구와 결혼을 시킬지 이 자리에서 정하도록 할까?"

헨젤트가 비웃었다.

"그런 일은 우연이 개입되어서는 안 되는 법이오. 물론 그 애를 비세게르드의 저항군에 긴 장대에 묶어 부대의 맨 앞에서 깃발로 쓰라고 내줄 수도 있죠. 왼쪽 강둑을 공격할 때 말이지오. 하지만 신트라가 우리 모두에게 이익이 되려면……. 내가 무슨 생각하는지 이제 알겠소? 우리가 닐프가드를 공격해서 신트라를 다시 얻게 된다면 새끼 사자를 왕위에 앉힐 수도 있소. 하지만 새끼 사자는 남편을 하나밖에 가질 수 없지. 야루가 어귀에서 우리의 이익을 살펴 줄 사람으로 말이오. 여기 혹시 지원자는 없는지?"

"전 안 되겠네요."

메브가 비꼬았다.

"그 영광은 다른 분들에게 돌리도록 하죠."

"여기 없는 사람들도 배제해서는 안 된다고 생각하오."

데마웬드가 심각하게 말했다.

"에르빌이나 니다미르나 티센도 말이오. 비세게르드도 고려하시죠. 기다란 장대에 깃발로써 매어 놨을 때 또 어떤 장점으로 우릴 놀라게 할지 모르니. 혹시 귀천상혼(貴賤相婚)*이라고 들어 봤나요? 비세게르드는 늙고 마치 소똥처럼 못생겼지만, 압생트 즙과 약초를 좀 먹이면 새끼 사자가 놀랍게도 그와 사랑에 빠질지도 모르죠! 비세게르드 왕, 어떻소? 계획에 포함할 만할까요?"

---

* 신분이 높은 사람과 낮은 사람의 결혼. 배우자는 상속권을 포함한 귀족의 특권이 허용되지 못하고, 자녀들도 귀족 칭호를 받지 못한다.

"아니."

폴테스트가 중얼거렸다.

"제 계획엔 안 되겠네요."

"흠."

비지미르가 망설였다.

"나의 계획에도 안 되겠소. 비세게르드는 도구지 파트너라고 할 수 없소. 그리고 닐프가드에 대한 우리의 공격 계획에서 그런 역할이 아닌 다른 역할을 해 내야 하오. 그뿐만 아니라, 만약에 그렇게 새끼 사자를 미친 듯이 찾는 게 정말 에미르 바 엠라이스라면 그런 위험을 무릅쓸 수는 없소."

"절대로 안 되죠."

폴테스트도 주장했다.

"새끼 사자는 에미르의 손아귀에 떨어져서는 안 돼요. 다른…… 적합치 않은 손에도. 살아서는 말이죠."

"애를 죽이자고요?"

메브가 얼굴을 찡그렸다.

"폐하들, 그건 좋지 않은 해결책인데요. 명예롭지도 않고, 쓸데없이 잔인하기만 해요. 일단은 여자애를 찾아내요. 아직은 걔가 없으니까요. 그리고 만약 찾아내면 저에게 데려오세요. 한 2년, 산속의 성채 같은 곳에다가 갖다 놔두고, 제 기사들 하나에게 시집보내죠. 다시 한 번 그 애를 만날 때쯤에는 이미 애가 둘에 배가 또 불러 있을 거예요."

"그렇다면 제대로 세어 보자면, 최소한 세 명의 후계자들이 나중에 왕위 다툼을 하겠네요?"

비지미르가 고개를 저었다.

"안 되오, 메브. 실제로 좀 흉하긴 하지만 새끼 사자는 만약 지금까지 살아남아 있다면 죽어야 하오. 정황상 그럴 수밖에 없겠소. 동의하시죠?"

비가 창을 때렸다. 하게 성의 탑들 사이에서 바람이 울고 있었다.

왕들은 말이 없었다.

*　*　*

"비지미르, 폴테스트, 데마웬드, 헨젤트와 메브."

시종장이 되풀이했다.

"폰타르의 하게 성에서 비밀 회합을 가졌습니다. 비밀로 의논을 했지요."

"의미 깊군."

화약과 녹 자국이 묻어 있는 살색의 긴 옷을 입은 검은 머리의 마른 남자가 몸도 돌리지 않고 말했다.

"바로 하게에서 40년도 채 지나기 전 비르푸릴이 메델의 군대를 격파하고 폰타르 계곡에서의 자신의 입지를 공고히 하며, 오늘날의 에이단과 테메리아의 국경선을 만들었지. 그런데 오늘날 비르푸릴의 아들인 데마웬드가 하게로 메델의 아들 폴테스트를 초대한데다가 트레토고르의 비지미르와 아드 카라그의 헨젤트, 그리고 리리아의 즐거운 과부 메브까지 모두 모이다니. 다들 모여서 비밀 회합을 가졌다니, 도대체 무슨 내용일지 짐작은 가나, 코호른?"

"짐작은 갑니다."

시종장이 짧게 대답했다. 더 이상은 한마디도 덧붙이지 않았다. 등을 돌리고 있는 남자가 자기 앞에서 말솜씨를 자랑하거나 뻔한 이야기에 토를 다는 데 질색한다는 것을 잘 알고 있었다.

"시다리스의 에타인은 초대하지 않았군."

살색 옷의 남자는 손을 뒤로 깍지를 껴 채 창문에서 식탁으로, 그리고 다시 식탁에서 창문으로 천천히 걸음을 옮겼다.

"베르덴의 에르빌 역시. 에스테라드 티센도, 니다미르도 초대하지 않았어. 그 말은 이들이 아주 확신이 있었거나, 아니면 전혀 확신이 없었거나 둘 중의 하나라는 거야. 마법사 대회의로부터도 아무도 부르지 않았지. 이건 흥미로운 사실이야. 의미가 있기도 하고. 코호른, 이 회합에 대해 마법사들에게 알려지도록 해 봐. 왕들이 자기들을 똑같이 대접하지 않았다는 걸 알게 해. 내 생각에 대회의의 마법사들도 여기에 대해 의문을 가질 것 같군. 그런 의혹을 널리 퍼뜨리게."

"명령을 받들겠습니다."

"리엔스로부터는 무슨 새로운 소식 없나?"

"아무것도요."

남자는 창 앞에 서서 비에 젖는 언덕을 바라보며 오랫동안 멈춰 있었다. 코호른은 칼 머리를 손으로 쥐었다가 폈다가 안절부절못하며 기다렸다. 이제 긴 연설을 듣게 되지나 않을까 걱정이 되었다. 시종장은 창가에 선 남자가 이런 연설을 대화라고 생각하고, 그와의 대화는 영광이며 신용의 표시로 여긴다는 걸 알고 있었다. 다 알고는 있었지만, 그래도 연설을 듣는 것은 좋아하지 않았다.

"그곳은 어떤가, 총독? 자네의 새 나라에 정이 좀 들었는지?"

시종장은 놀라서 몸을 떨었다. 이 질문은 기대 밖이었다. 하지만 무슨 대답을 해야 할지는 오랫동안 생각했다. 솔직하지 않게 말하거나 마음이 정해지지 않은 상태에 대해서는 호된 대가를 치를 수도 있었다.

"아닙니다, 폐하. 아직 좋아하게 된 것은 아닙니다. 그곳은 너무…… 우울합니다."

"옛날에는 달랐었지."

남자는 몸을 돌리지 않고 말했다.

"그리고 언젠가는 달라질 거야. 두고 봐. 이제 아름다운, 즐거운 신트라를 보게 될 것이네, 코호른. 내가 약속하지. 하지만 걱정하지는 마. 내가 당신을 거기 오랫동안 두지는 않을 테니. 그곳은 다른 사람이 총독을 맡게 될 거야. 당신은 내가 돌 앙그라에서 필요로 하니까. 폭동을 진압하면 바로 그곳으로 가게. 돌 앙그라에도 누군가 책임감 있는 사람이 필요해. 자극받지 않을 사람으로. 리리아의 즐거운 과부나 데마웬드나…… 아마 우리를 자극하려 들겠지. 젊은 장교들을 좀 데려가. 뜨거운 머리들을 식히게 하게. 내가 명령을 내리면, 그때 자극받으면 돼. 그 전에는 안 돼."

"예, 그렇게 하겠습니다!"

전실에서 무기와 박차가 부딪치는 소리와 목청을 높인 목소리가 들려왔다. 누군가 문을 두드렸다. 살색 옷을 입은 남자는 창가에서 몸을 돌려 허락하는 듯 고개를 끄덕였다. 시종장은 몸을 살짝 숙이고는 나갔다.

남자는 다시 식탁으로 돌아와 앉아 지도 위에 고개를 숙였다. 그러고는 오랫동안 지도를 바라보다 두 손을 꼰 위에 고개를 올려놓았다. 반지 위의 엄청나게 큰 다이아몬드가 수천 개의 촛불 사이에서 번쩍 빛났다.

"폐하?"

문이 약간 삐걱거렸다.

남자는 몸을 움직이지 않았다. 하지만 시종장은 남자의 손이 떨리고 있는 것을 보았다. 다이아몬드 때문에 보였던 것이다. 시종장은 조심스럽게 자기 뒤로 문을 조용히 닫았다.

"소식이 있나, 코호른? 리엔스로부터?"

"아닙니다, 폐하. 하지만 좋은 소식이 있습니다. 그 지역에서의 폭동이 진압되었습니다. 저항군들은 격파되었습니다. 몇몇만이 베르덴으로 도망쳤다고 합니다. 대장은 잡았습니다. 아트레의 윈드함 공작입니다."

"좋아."

조금 후 남자는 여전히 두 손에서 고개를 떼지 않은 채 말했다.

"아트레의 윈드함. 머리를 잘라 버려. 아니, 자르진 말고, 다른 방법으로 처형해. 볼거리가 되게 시간을 오래 들여서 잔인하게. 그리고 공개 처형으로. 알았지? 무서운 본보기가 꼭 필요해. 다른 놈들을 겁줄 수 있는 걸로. 하지만 코호른, 나에게 자세한 건 보고하지 말아 주게. 보고서에 상세한 묘사 따위는 필요 없어. 그런 걸 보는 걸 좋아하는 건 아니네."

시종장은 고개를 숙이고는 침을 삼켰다. 그 역시 그런 걸 보는 걸 좋아하지 않았다. 준비와 실행은 전문가에게 맡길 생각이었다. 그 전문가들에게 상세한 걸 물을 생각은 추호도 없었고, 그 현장에 있을 생각은 더더욱 없었다.

"현장에는 있어야 하네."

남자는 고개를 들고는 식탁에서 편지를 집어 들어 봉인을 뜯었다.

"공식적으로. 신트라 총독으로서 자네는 나를 대리하는 것이야. 난 그런 걸 볼 생각은 없어. 이건 명령이네, 코호른."

"예, 폐하!"

시종장은 걱정과 불만족을 숨기려고도 하지 않았다. 명령을 내리는 이 남자 앞에서는 아무것도 감추어서는 안 되었다. 그리고 감춰 봤자 성공하는 사람도 거의 없었다.

남자는 편지에 눈길을 던지고는 곧바로 편지를 불 속으로, 벽난로로 던져 넣었다.

"코호른."

"예, 폐하."

"리엔스의 보고를 기다리지 않겠네. 마법사들을 시켜서 르다니아의 접선 장소에 통신을 준비해. 내가 입으로 한 명령을 당장 리엔스에게 전달하라고 하게. 명령 내용은 이거야. 리엔스는 시간 낭비를 그만하고, 위쳐와 장난질을 그만두라. 왜냐하면 결과가 나쁠 수도 있으니까. 위쳐와는 장난쳐서는 안 돼. 나는 그를 알아, 코호른. 위쳐는 리엔스를 우리의 목적지로 인도해주기에는 너무 똑똑해. 다시 말하겠어. 리엔스는 당장 공격을 준비하라, 위쳐를 게임에서 제거하라. 죽여라. 그러고는 사라질 것. 어디론가 피신해서 명령을 기다릴 것. 만약에 여자 마법사의 흔적을 이미 찾아냈다면 여자 마법사는 가만히 놔둘 것. 예니퍼의 머리카락 하나라도 건드려서는 안 돼. 다 기억할 수 있나, 코호른?"

"예, 폐하!"

"통신은 암호로 만들고 마법사들이 읽을 수 없도록 확실하게 안전장치를 해 두게. 거기에 대해 마법사들에게 미리 통보하고. 만약 이걸 잘못해서 다른 사람이 이 명령의 내용을 알게 된다면, 그 결과는 그들이 온전히 책임져야 한다고 해."

"예, 폐하!"

시종장은 헛기침을 하고 몸을 똑바로 폈다.

"또 뭔가, 코호른?"

"그라프가…… 여기 이미 와 있습니다, 폐하. 명령과 함께 왔습니다."

"벌써?"

남자가 웃어 보였다.

"감탄할 만큼 신속하군. 모두들 부러워하는 그 검은 말을 너무 달리지나 않았으면 좋겠는걸. 들어오라고 해."

"대화 중 제가 참석할까요, 폐하?"

"당연하지, 신트라 총독."

전실에서 불려 들어온 기사가 방으로 힘차고 거센 발소리와 함께 검은 무기들을 쩔렁거리며 들어왔다. 멈춰 서서는 자랑스럽게 몸을 쭉 펴고 어깨로부터 진흙투성이의 젖은 검은 망토를 내려놓고는 손을 거대한 칼의 손잡이에 놓았다. 허벅지 옆으로는 맹금류의 깃털로 장식된 검은 투구를 들고 있었다. 코호른은 기사의 얼굴을 바라보았다. 군인의 자존심과 기개가 느껴졌다. 최근 2년 동안을 탑 속에서 갇혀 보낸, 그리고 아마도 내려와서는 단두대로 향할 것이 뻔했던 사람의 얼굴에서 보리라 기대했던 것은 전혀 보이지 않았다. 시종장은 콧수염 아래로 웃었다. 죽음에 대한 경멸과 젊은이의 광기 어린 용기의 원천은 오로지 상상력의 부재라는 것을 알고 있었다. 이것에 대해서는 아주 잘 알고 있었다. 자기도 옛날에는 그런 젊은이였던 것이다.

식탁 앞에 앉아 있는 남자는 턱을 손 위에 괴고는 기사를 찬찬히 바라보았다. 젊은이는 마치 현처럼 팽팽히 긴장하고 있었다.

"모든 것을 명확하게 하자면."

식탁의 남자가 말했다.

"이 장소에서 2년 전에 저지른 실수가 아직 용서된 것은 아니야. 한 번의 기회를 더 주겠다. 한 번의 명령을 더 받들어 너의 앞으로의 운명이 어떻게 될지는 그 명령을 수행하는 것에 달려 있다."

젊은 기사의 얼굴은 떨리지도 않았다. 허벅지 옆에 버티고 있는 투구를 장식하고 있는 깃털 하나조차도 떨리지 않았다.

"나는 아무도 속이지 않고, 누구에게도 헛된 희망은 주지 않는다."

남자가 말을 계속했다.

"처형수의 도끼에서 목 위를 보전할 수도 있다, 만약 이번에 실수하지 않는다면. 나의 관대함이 베풀어질 기회는 적다. 나의 용서를 받고 없던 일로 할 기회는…… 없다."

검은 갑옷을 입은 젊은 기사는 떨지 않았지만 코호른은 그의 눈이 빛나는 것을 보았다. 믿지 않는구나, 코호른은 생각했다. 믿지 않고 헛된 희망을 품고 있다. 큰 착각이었다.

"만전의 주의를 기울이도록."

식탁 뒤의 남자가 종합해서 말했다.

"코호른, 당신도. 이제 내릴 명령에는 당신도 포함되니까. 잠시만. 명령의 내용과 어떻게 말할지에 대해 생각하겠다."

멘노 코호른 시종장, 신트라 지역과 돌 앙그라 지역 부대의 총사령관은 고개를 돌리고 손을 칼 머리 위에 놓고 긴장을 풀었다. 맹금류의 깃털로 장식된 투구의 검은 갑옷의 기사 역시 똑같은 자세를 취했다. 둘은 기다렸다. 침묵 속에서. 참을성 있게. 닐프가드의 황제 에미르 바 엠라이스, 데이트벤 아단 인 카른 이프 모르부드, 적들의 무덤 위에서 춤추는 백색 불꽃의 명령에 기다려야 할 때는 그렇게 해야 하는 것이었다.

　　　　　　　　*　*　*

　시리는 깨어났다.

　시리는 머리를 몇 개의 베개에 높이 기대고는 누워, 아니 반쯤 앉아 있었다. 이마에 붙인 천은 이미 따뜻해지고 물기가 조금밖에 남아 있지 않았다. 시리는 무거움과 살갗의 쏘는 느낌을 견딜 수가 없어 천을 옆으로 치워 버렸다. 시리는 힘들게 숨을 쉬었다. 목구멍은 마르고, 코는 말라붙은 피딱지로 완전히 막혀 있었다. 하지만 묘약과 주문은 듣고 있었다. 몇 시간 전 시야를 흐리게 하고 두개골을 뒤흔들던 고통은 이제 없어지고, 멍멍하게 욱신거리는 느낌과 머리를 조이는 느낌만 남아 있을 뿐이었다.

　시리는 조심스럽게 손등으로 코를 만져 보았다. 이제 피가 나지 않고 있었다.

　하지만 너무 이상한 꿈이었어, 시리는 생각했다. 며칠 만에 처음 꾼 꿈이었다. 처음으로 무섭지 않았어. 처음으로, 나에 대한 꿈이 아니었어. 나는…… 구경꾼이었어. 마치 높은 산에 있는 것처럼. 마치 내가 새가 된 것처럼. 밤의 새가.

　게롤트를 본 꿈.

　그 꿈에서는 밤이었다. 그리고 운하의 표면을 주름 짓는 비가 지붕을 덮은 나무판에서 초가집의 처마에서 소리를 내고, 구름다리의 나무판자와 조각배와 바지선의 갑판에서 반짝이고, 그리고 거기에 게롤트가 있었다. 혼자는 아니었다. 우스꽝스럽게 생긴 깃털 달린 모자를 쓴 남자가 흠뻑 젖어 의기소침하게 서 있었다. 그리고 두건이 달린 연두색 외투를 입은 날씬한 아가씨. 셋은 천천히 젖은 구름다리를 걷고 있었다. 그리고 그들의 모습을 나는 위에서 보았다. 마치 내가 새가 된 것처럼. 밤의 새…….

게롤트는 멈췄다. 아직 멀었소, 물었다. 아니오, 날씬한 아가씨가 연두색 외투에서 물을 털어 내며 말했다. 이제 거의 그 장소에 왔어요. 헤이, 단델라이온, 뒤떨어지면 안 돼, 골목에서 길을 잃는다고……. 그런데 도대체 필리파는 어디 갔어? 조금 전에 봤는데, 운하를 따라 날아갔어. 젠장할 날씨, 가자고. 샤니, 앞장서. 이건 우리끼리 얘긴데, 도대체 그 돌팔이는 어떻게 알았어? 그 사람이랑 무슨 관계가 있나?

가끔 학교 실험실에서 슬쩍한 약들을 그 사람한테 팔았어요. 뭘 그렇게 쳐다봐요? 아버지는 힘들게 제 학비를 내고 계세요. 가끔 저도 돈이 필요할 때가 있고요. 돌팔이도 진짜 약이 있어야 사람들을 고칠 거 아니에요. 최소한 사람들에게 독은 안 주겠죠. 이제 가요…….

이상한 꿈이야, 시리는 생각했다. 깨어나서 아쉬워. 어떻게 되는지 더 보고 싶었는데. 그들이 거기서 뭘 하는지 보고 싶었다. 어디로 가는지.

옆방에서는 시리를 깨우게 된 목소리들이 흘러오고 있었다. 네네케 어머니는 빨리 말하고 있었다. 분명히 흥분했거나 신경이 곤두섰거나 화가 나 있었다. 넌 나의 믿음을 실망시켰어. 네네케 어머니는 말했다. 내가 그걸 허락해서는 안 되는 것이었는데. 네가 그 애를 싫어하는 게 이런 사고를 부를 줄 미리 생각했어야 하는데. 내가 너에게 허락하지 말았어야 하는데……. 왜냐하면 너를 아니까. 넌 어쩔 수 없는 애야. 잔인하고, 이런 일이 있으니 네가 얼마나 책임감이 없고 조심성이 없는지 다 드러나. 인정사정없이 그 아이를 몰아세우고, 그 아이가 감당할 수 없는 일을 강요하고. 넌 인정이 없어.

정말 넌 인정사정없어, 예니퍼.

시리는 여자 마법사의 대답을 듣기 위해 귀를 쫑긋 세웠다. 예니퍼의 차가운, 딱딱한, 그리고 울림이 좋은 목소리를 듣기 위해. 시리는 예니퍼가 어떻게 반응하는지, 대제사장을 어떻게 비웃는지, 네네케 어머니의 과잉보호에 대해 뭐라고 말하는지 듣고 싶었다. 아마도 보통 하듯이 이렇게 말하겠지. 여자 마법사가 되는 수업은, 도자기로 만들어지거나 얇은 유리로 된 아가씨들을 위한 일이 아니라고. 하지만 예니퍼는 작게 대답했다. 목소리가 너무 작아서 시리는 무슨 말을 했는지 알아듣기는커녕 단어 하나하나를 구별할 수조차 없었다.

자야겠다. 시리는 아직도 얼얼하게 아픈, 피딱지로 꽉 찬 코를 조심스럽게 문지르며 생각했다. 다시 꿈으로 돌아가야지. 게롤트가 거기서 밤중에 비 내리는 운하에서 뭘 하는지 봐야지…….

예니퍼가 시리의 손을 붙들었다. 둘은 긴 컴컴한 복도를 걸었다. 돌로 된 기둥들, 어쩌면 동상들 사이를. 시리는 짙은 어둠 때문에 모양을 분간할 수가 없었다. 하지만 어둠 속에 누군가가, 누군가가 거기 숨어 둘을 보고 있었다. 시리는 바람 소리처럼 고요한 속삭임 소리를 들었다.

예니퍼는 시리의 손을 붙들고 빨리, 그리고 확신 있는, 의지에 찬 걸음으로 걸었다. 시리는 겨우 예니퍼를 따라갈 지경이었다. 그들 앞에 문이 열렸다. 또 문이 열렸다. 문 뒤의 문 뒤의 문. 끝없이 많은, 거대하고 커다란 문들이 그들 앞에서 아무 소리도 없이 열리고 있었다.

어둠은 더 짙어졌다. 시리는 바로 자기 앞에서 또 다른 문들을 보았다. 예니퍼는 걷는 속도를 늦추지 않았지만 시리는 갑자기 이 문은 저절로 열리지 않는다는 것을 알았다. 그 문을 지나갈 수는 없었다. 그 문 뒤에는 무언가가 기다리고 있었다.

시리는 멈추고는 몸을 빼내 보려고 했지만 힘이 세고 꿈쩍도 하지 않는 예니퍼의 손이 무조건 시리를 앞으로 잡아끌었다. 그리고 시리는 그제야 자신이 배신당하고, 속아서 팔려간다는 것을 깨달았다. 첫 만남 때부터, 처음부터, 첫날부터 시리는 그저 마리오네트 인형, 막대기에 꽂힌 인형이었을 뿐이었다. 시리는 더 세차게 몸을 빼며 손에서 빠져나오려고 했다. 어둠은 마치 연기처럼 넘실거리고, 컴컴한 곳에서의 속삭임은 갑자기 조용해졌다. 여자 마법사는 한 걸음 더 내디디고는 자리에서 멈춰 몸을 돌리고 시리를 바라보았다.

'만약 두려우면 돌아가.'

'저 문을 열어서는 안 돼요. 그걸 알고 있잖아요.'

'알아.'

'하지만 나를 저리로 데려가잖아요.'

'만약 두려우면 돌아가. 아직 돌아갈 시간이 있어. 아직 너무 늦지 않았어.'

'그럼 당신은?'

'나에게는 늦었어.'

시리는 주위를 둘러보았다. 어둠이 온통 깔려 있는데도 불구하고 이미 자기가 지나온 문들이 보였다. 길고 먼 풍경. 그리고 멀리서, 어둠에서, 들려오는 것은…….

말발굽 소리. 검은 무기들의 삐걱거리는 소리. 그리고 맹금류 날개가 스치는 소리.

그리고 목소리. 작지만 뇌 속으로 뚫고 들어오는 목소리.

시리는 착각했던 것이다. 호수 표면에 별이 가득한 밤하늘이 비치는 것을 하늘로 착각했던 것이다.

시리는 깨어났다. 갑자기 머리를 감싸 쥐자 올려놓았던 붕대가 떨어졌다. 새로 올려놓은 축축하고 차가운 붕대였다. 시리는 땀투성이가 되어 있었다. 머리는 다시 울리기 시작했고, 둔한 두통이 욱신거렸다. 예니퍼가 침대 옆에 앉아 있었다. 고개를 돌리고 있어서 시리에게 얼굴은 보이지 않았다. 풍성한 검은 머리카락만이 보였다.

"꿈을 꾸었어요."

시리가 속삭였다.

"꿈에서……."

"알아."

여자 마법사가 이상한, 자신의 것이 아닌 목소리로 말했다.

"그래서 내가 여기 있는 거야. 내가 옆에 있어."

창밖에 어둠 속에 비가 나뭇잎 사이에서 소리를 내고 있었다.

＊　＊　＊

"젠장."

단델라이온이 비에 젖어 물렁해진 모자챙에서 물을 털어 내며 소리를 질렀다.

"이건 요새지, 집이 아니잖아. 이 돌팔이는 뭐가 무서워서 이런 집에서 살지?"

강가에 조각배들과 바지선들이 비로 주름진 강물 위에서 느릿느릿 흔들리면서 조용하게 서로 부딪치고 삐걱거리며 쇠사슬 소리를 내고 있었다.

"여긴 항구 구역이에요."

샤니가 설명했다.

"원래 여기 사는 도둑들과 부랑자들 외에 지나가는 도둑과 부랑자들도 언제나 있죠. 미르만은 손님이 많아요, 돈도 많이 벌고. 그걸 누구나 알고 있죠. 거기다가 혼자 사니까요. 그러니까 안전에 신경을 쓰는 거예요. 그게 이상해요?"

"전혀."

게롤트는 강가에서 5송첸쯤 떨어진 운하 바닥에 꽂힌 나무 위에 세워진 집을 바라보았다.

"저 섬에는 어떻게 가야 하는지, 저 물 위의 집으로 말이야. 아무래도 조용히 저 배들 중 하나를 빌리는 수밖에……."

"그럴 필요 없어요."

의녀가 말했다.

"저기에 움직이는 다리가 있어요."

"하지만 돌팔이한테 그 다리를 내려 달라고 어떻게 부탁할 건데? 저긴 문도 있지만, 문을 부술 만한 기둥은 안 가져왔는데……."

"저에게 맡기세요."

커다란 회색 부엉이가 아무런 소리도 내지 않고 다리의 난간에 앉아 날개와 깃털을 흔들더니 필리파 에일하트로 변해 역시 머리카락을 풀어 헤치고 흠뻑 젖은 모습으로 나타났다.

"내가 여기서 뭘 하는 거지?"

여자 마법사는 화가 난 듯 중얼거렸다.

"내가 당신들이랑 여기서 뭘 하는 건지, 염병할. 다 젖은 나무토막 위에 앉아 있질 않나. 그리고 나라를 배신하기 일보 직전이라고. 딕스트라가 내가 당신들을 돕고 있는 걸 안다면……. 게다가 이 비는 뭔지! 비가 올 때 비행하는 건 질색이야. 여기인가요? 여기가 미르만의 집인가요?"

"그렇소."

게롤트가 말했다.

"샤니, 들어 봐. 우리 이렇게 하자."

이들은 가까이 모여 오두막의 갈대 처마 밑의 어둠 속에서 속삭였다. 운하 맞은편의 술집에서 물 위로 빛줄기가 비추고 있었다. 노랫소리, 웃음소리, 고함 소리가 들려왔다. 강변에는 세 명의 나무꾼들이 있었다. 두 명은 싸우면서 서로 밀치고 몸을 부딪치며 지겨울 정도로 같은 욕을 계속해서 되풀이했다. 다른 한 명은 나무에 기대어 운하로 오줌을 싸며 엉터리로 휘파람을 불고 있었다.

둥.

다리 옆의 기둥에 가죽끈으로 묶여 있는 철판이 소리를 내며 울렸다. 둥.

돌팔이 의사 미르만이 창문을 열고 밖을 내다보았다. 손에 들고 있는 등불 때문에 눈이 부셔 아무것도 보이지 않자 옆에다 내려놓았다.

"밤중에 벨을 울리는 얼간이는 뭐야?"

미르만은 화가 나서 소리쳤다.

"뭔가 그렇게 울리고 싶으면 텅 빈 머리를 대신 두드려 봐, 이 멍청아! 꺼져! 이 똥자루야! 가라고! 여기 석궁을 조준하고 있으니! 엉덩이에 활을 여섯 대쯤 맞아 볼래?"

"미르만 선생님! 저예요, 샤니예요!"

"엥?"

미르만은 몸을 쭉 뺐다.

"샤니 아가씨? 지금? 이 밤중에? 도대체 무슨 일이야?"

"다리를 내려 주세요, 미르만 선생님! 부탁하신 것을 가져왔어요."

"하필이면 지금, 이 밤중에? 낮에는 안 되나요, 샤니 아가씨?"

"낮에는 보는 눈이 너무 많아서요."

연두색 외투를 걸친 날씬한 그림자가 다리 위에서 어른거렸다.

"만약에 제가 선생님께 가져오는 걸 학교에서 알게 된다면 저는 학교에서 쫓겨날 거예요. 다리를 내려 주세요. 빗속에 계속 서 있을 수는 없어요. 신발이 다 젖고 있다고요!"

"혼자가 아니네요, 아가씨."

미르만이 의심스럽다는 듯 말했다.

"보통은 혼자 오잖아요. 누구랑 같이 왔죠?"

"친구, 학생 친구랑 같이요. 제가 이 금지된 구역에 밤중에 혼자 와야 하나요? 빨리 열어 주세요, 젠장!"

뭐라고 중얼거리며 미르만은 자물쇠를 풀었고, 다리는 소리를 내며 내려가 부딪쳤다. 미르만은 문까지 가서는 걸쇠를 풀었다. 당겨진 석궁을 내려놓지 않고 미르만은 조심스럽게 밖을 내다보았다.

그러나 머리를 향해 날아오는 은색 징들이 뾰족하게 박힌 검은 장갑을 낀 주먹은 보지 못했다. 밤이 캄캄하고 초승달에 하늘은 흐렸지만 미르만은 갑자기 수천 개의 눈부시게 환한 별들을 보았다.

투블랑 미슐레는 완전히 집중하고 있는 것 같은 인상을 풍기며, 다시 한 번 숫돌을 칼날 위에 문질렀다.

"그러니까 우리가 나리를 위해 사람 한 명만 해치우면 된다는 거죠."

투블랑 미슐레는 숫돌을 내려놓고 기름이 묻은 토끼 가죽으로 칼을 문지르며 칼날을 트집이라도 잡듯 보고 있었다.

"그냥 보통 사람으로 혼자서 옥센푸르트를 돌아다니는 사람이라는 거죠. 호위대를 데리고 있는 것도 아니고, 동반자나 경호원도 없다는 거죠. 하인들조차도 없다는 거죠. 그 사람에게 가려면 무슨 성을 올라가야 하거나 시청에 잠입하거나 성채 같은 집에 들어가거나 감옥에 들어가야 하는 것도 아니다……. 그렇습니까, 리엔스 나리? 제가 제대로 이해한 거 맞나요?"

화상 흉터를 얼굴에 입은 남자는 고개를 끄덕이며 기분 나쁜 표정의 검고 축축한 눈을 조금 끔뻑이면서 맞다는 표시를 보냈다.

"거기다가."

투블랑이 다시 이야기를 계속했다.

"그 남자를 죽여도 아무도 우리를 쫓아오거나 괴롭히지 않을 것이기 때문에 우리가 어디에선가 최소한 6개월은 피신해 있을 필요도 없다 이거죠. 아무도 법적으로 문제를 삼거나 현상금을 붙이지 않을 거라는 거죠. 가문 간의 유혈 복수의 대상이 되지도 않을 거고요. 다른 말로 하자면 리엔스 나리, 우리가 당신을 위해 아주 평범한, 전혀 중요하지 않은 보통 남자 한 명만 처치하면 된다는 거죠?"

얼굴에 흉터가 있는 남자는 아무 대답도 하지 않았다. 투블랑은 움직이지 않고 정자세로 긴 의자에 앉은 형제들을 바라보았다. 리치, 플라비우스, 루도비코는 보통 때처럼 아무 말이 없었다. 이들은 함께 집단으로 죽였지만, 말하는 것은 투블랑이 도맡았다. 왜냐하면 투블랑만이 신전의 학교에 다녔기 때문이었다. 다른 형제들처럼 죽이는 일도 너끈히 잘해 냈지만 거기에 더해 글을 읽고 쓸 줄도 알았다. 말도 할 줄 알았다.

"그리고 그 평범한 남자를 죽이는 일에 리엔스 나리께서는 부두의 도둑 아무나를 쓰시는 게 아니라, 우리 미술레 형제들을 쓰시겠다는 거죠? 100

코로나를 내시면서 말이죠?"

"그게 너희들이 보통 청구하는 금액 아닌가?"

흉터가 있는 남자가 또박또박 말했다.

"그렇지?"

"아닙니다."

투블랑은 차갑게 부정했다.

"왜냐하면 우리는 보통 남자를 죽이는 일은 안 하니까요. 하지만 정 그러시다면 리엔스 나리, 당신이 시체로 보고 싶은 그 남자 가격은 200코로나가 되겠습니다. 노비그라드 화폐국에서 나온 닳지 않은 새 코로나로 말이죠. 왜 그런지 아시겠죠? 이 일에는 뭔가 냄새가 나요, 나리. 우리에게 도대체 무슨 일인지는 말씀 안 해 주셔도 됩니다. 저희는 그냥 넘어갑죠. 하지만 그 대신 돈은 내십시오. 200입니다. 그 가격을 맞춰 주시기만 하면 그 남자는 이미 죽은 사람으로 쳐도 됩니다. 가격을 못 맞춰 주신다면 그 일에는 다른 이를 찾으시죠."

축축한 곰팡이 냄새와 발효되는 와인 냄새가 역한 지하실에 침묵이 흘렀다. 바닥에 바퀴벌레 한 마리가 사람들 사이로 마구 기어갔다. 플라비우스 미슐레가 거의 자세를 움직이지도 않고, 그리고 얼굴 표정은 조금의 변화도 없이 번개같이 다리를 움직여 찍 소리를 내며 바퀴벌레를 밟았다.

"좋아."

리엔스가 말했다.

"200 주겠네. 갑시다."

14살 때부터 직업으로 청부 살인을 해 온 투블랑 미슐레는 놀란 티를 눈꺼풀 한 번 깜짝하는 것으로도 내지 않았다. 120 이상, 아니 최대한 해도

150 이상으로 흥정할 수 있다고는 생각조차 하지 않았기 때문이었다. 갑자기 투블랑 미슐레는 이 일에 숨어 있는 위험을 자기가 너무 과소평가했다는 확신이 들었다.

돌팔이 의사 미르만은 자기 집 마룻바닥에서 정신이 들었다. 등을 마룻바닥에 대고 마치 양처럼 꽁꽁 묶여 있었다. 두개골 아랫부분이 엄청나게 아팠다. 쓰러지면서 문틀에 머리를 부딪친 것이 기억이 났다. 맞은 머리 부분도 아팠다. 움직일 수는 없었다. 가슴 위로 바로 인정사정없이 징으로 묶은 긴 부츠가 무겁게 누르고 있었기 때문이었다. 돌팔이는 눈을 끔뻑거리고 얼굴을 찡그리며 위쪽을 바라보았다. 긴 부츠는 우유처럼 흰머리를 한 키 큰 남자의 것이었다. 미르만에게는 얼굴은 보이지 않았다. 얼굴은 식탁 위에 놓인 등불로 비춰지지 않는 어둠 속에 있었기 때문이었다.

"목숨만 살려 주세요."

미르만은 헐떡였다.

"제발, 신께 맹세코 돈은 드릴게요. 다 드릴게요. 어디 숨겼는지 보여 드리겠습니다."

"리엔스는 어디 있지, 미르만?"

돌팔이는 그 목소리에 온몸을 떨었다. 미르만은 겁이 많은 편이 아니었다. 무서워하는 것도 별로 없었다. 그러나 흰머리 남자의 목소리 안에는 그가 무서워하는 것이 모두 있었다. 그리고 그것 말고도 다른 것들도 더 있었다.

인간의 것을 넘어선 의지로 미르만은 징그러운 벌레처럼 온몸에 스멀스멀 올라오는 공포심을 억눌렀다.

"엥?"

미르만은 놀란 척했다.

"뭐요? 누구? 뭐라고 했소?"

남자는 몸을 구부렸다. 미르만은 그의 얼굴을 보았다. 눈을 보았다. 그랬더니 위가 직장 끝까지 내려가는 것만 같았다.

"빠져나갈 생각 말고, 미르만. 꼬리로 감출 수도 없어."

그림자 속에서 대학의 의녀, 샤니의 목소리가 들려왔다.

"3일 전에 내가 여기 왔을 때, 바로 이 식탁 뒤에 사향쥐 털외투를 입은 남자가 앉아 있었어. 포도주를 마시고 있었지. 당신은 여기에 아무도 초대하지 않잖아, 최고로 친한 친구 말고는. 그 남자는 나에게 수작을 부리면서 계속해서 '세 개의 작은 종' 춤을 추자고 치근덕거렸지. 몸을 자꾸 더듬어서 할 수 없이 내가 손을 잡아야만 했어. 기억 안 나? 그랬더니 당신이 그랬잖아. '그만하세요, 리엔스 씨, 그 아이를 쫓아 보내면 안 됩니다. 여기서는 사업상 대학과는 사이좋게 지내야 하니까요.' 그러고는 당신과 그 리엔스라는 얼굴에 흉터가 있는 작자가 낄낄거렸잖아. 그러니 지금 모르는 척하지 마. 우리는 당신보다 멍청하지 않으니까. 좋게 부탁할 때 입을 여는 게 좋을걸."

이 잘난 척하는 여학생! 돌팔이 의사는 생각했다. 나쁜 배신자, 빨간 머리 창녀, 내가 다음에 보기만 해 봐, 그때 다 갚아 주겠어. 지금 여기서 빠져나가기만 한다면.

"무슨 리엔스요?"

미르만은 놀란 척하며 아무 소용없이 가슴 위에 올려진 구두 굽에서 몸을 빼려고 꿈틀거렸다.

"그 사람이 누구고 어디 있는지 내가 어떻게 안단 말이오? 여기 오는 사람은 많아요, 이 사람 저 사람. 내가 무슨……."

머리가 하얀 남자는 몸을 더 굽히더니 천천히 다른 쪽 구두 굽에서 단검을 꺼내며 돌팔이 의사의 가슴팍에 압력을 더했다.

"미르만."

남자는 작은 목소리로 말했다.

"믿고 싶으면 믿고, 아니면 안 믿어도 좋아. 하지만 지금 당장 리엔스가 어디 있는지 말하지 않는다면, 만약에 지금 당장 나에게 리엔스와 어떻게 연락을 취하는지 밝히지 않는다면 난 너를 조각조각 잘라 운하의 뱀장어들에게 먹일 거야. 귀부터 시작해서."

머리가 하얀 남자의 목소리에는 돌팔이 의사가 이 남자가 말하는 단어 하나하나를 다 믿게 만드는 무언가가 있었다. 미르만은 단검의 날을 보고는 자기가 궤양이나 종기를 잘라 낼 때 쓰는 칼보다 더 날카롭다는 것을 알았다. 미르만은 덜덜 떨기 시작해서 가슴에 올려져 있는 부츠가 다 떨릴 지경이었다. 하지만 입을 열지는 않았다. 입은 다물어야 했다. 일단은. 미르만은 왜 이렇게 되었는지 나중에 보여 줘야만 했다. 귀 한쪽은, 귀 한쪽은 보전해야 해. 그리고 나서 말해야지.

"뭐하러 시간 낭비를 하고 피로 더럽히는 거죠?"

갑자기 반쯤 어두운 구석에서 여자의 부드러운 알토 목소리가 들려왔다.

"빠져나가고 거짓말을 할 위험을 왜 무릅쓰지? 내가 내 방법대로 저자를 맡을게요. 자기 혀를 삼킬 정도로 말을 빨리하게 될걸요. 좀 잡아 주세요."

돌팔이 의사는 비명을 지르며 묶인 채로 몸부림을 쳤지만 흰머리 남자가 머리카락을 잡고 고개를 꺾어 그를 바닥에 무릎을 꿇려 앉혔다. 바로 옆에 누군가 무릎을 꿇었다. 향수 냄새와 젖은 깃털 냄새가 나면서 머리에 손가락이 닿는 것이 느껴졌다. 고함을 지르고 싶었지만 공포에 목구멍이 막힌 것 같았다. 겨우 신음 소리를 냈다.

"벌써 비명을 지르고 싶나?"

마치 고양이의 울음소리 같은 알토의 목소리가 귀 바로 옆에서 들려왔다.

"아직 일러, 미르만, 아직 이른데. 아직 시작도 하지 않았어요. 하지만 곧 시작할 거야. 진화의 법칙으로 뇌에 혹시 주름 같은 것이 있다면 내가 평평히 펴 주는 거야. 그러면 진짜 비명이 뭔지 알게 될 거야."

* * *

"그렇다면."

로게빈의 마법사 빌게포츠는 보고를 듣고 나서 말했다.

"우리 왕들이 자기들 스스로 생각을 하기 시작했다는 거군요. 자기들끼리 계획을 세우고, 놀라운 속도로 전략을 세우는 정도가 아니라 전술을 짜는 수준까지 발전했다는 거군요? 흥미롭군요. 얼마 전 소든에서만 해도 이들이 할 줄 아는 것은 깃발 아래 칼을 들고 주위를 살펴보지도 않고 미친 듯이 소리를 지르며 돌진하는 것뿐이었는데. 깃발이 뒤쪽으로 남겨졌는지, 아니면 자기가 완전히 딴 방향으로 가고 있는지도 보지 않고 말이죠. 그런데 오늘날, 하게의 성에서 세계의 운명에 대해 결정한다, 흠. 흥미롭군요. 하지만 솔직히 말하자면 그렇게 될 거라고 예상은 했소."

"우리도 알고 있습니다."

아토드 테라노바가 동의했다.

"그리고 우리에게 그렇게 될 거라 경고하셨죠. 그래서 이 얘기를 드리는 것입니다."

"기억하고 있다니 고맙군요."

마법사는 웃어 보였다. 티사이아 드 브리스는 갑자기 좀 전에 전해진 소식에 대해 마법사가 옛날부터 알고 있었다는 확신이 들었다. 하지만 아무 말도 하지 않았다. 티사야는 소파에 앉아 왼쪽을 오른쪽과 약간 다르게 레이스 소매를 똑바로 펴고 있었다. 테라노바가 기껍지 않게 바라보는 눈길과 빌게포츠가 재미있어 하는 눈길이 느껴졌다. 자신의 유명한 결벽증이 다른 이들의 신경을 거스르거나 다른 이들을 재미있게 한다는 걸 알고 있었다. 하지만 전혀 상관하지 않았다.

"이에 대해 마법사 대위원회는 뭐라고 하나요?"

"우선."

테라노바가 말했다.

"우리는 당신의 의견부터 듣고 싶습니다. 빌게포츠."

"우선."

마법사는 웃었다.

"뭔가 좀 먹고 마십시다. 시간은 많으니, 저도 주인 노릇을 좀 하도록 하죠. 먼 길 오시느라 춥고 피곤하시죠. 텔레포트로 몇 정거장이었는지, 제가 물어도 될까요?"

"셋이요."

티사이아 드 브리스가 어깨를 으쓱해 보였다.

"전 더 가까웠어요."

아르토가 몸을 쭉 폈다.

"두 번이면 됐습니다. 하지만 솔직히 말해 복잡했죠."

"어디나 이렇게 날씨가 엉망입니까?"

"다 이래요."

"그러니 더더욱 음식과 시다리스의 오래된 포도주로 원기를 북돋워야죠. 리디아, 부탁 좀 해도 될까?"

빌게포츠의 조수이며 개인 비서인 리디아 반 브레데보르트가 커튼 뒤에서 마치 그림자 유령처럼 나타나 티사이아 드 브리스에게 눈으로 웃어 보였다. 티사이아는 얼굴 표정을 조심하며 역시 다정한 웃음과 고개를 까딱이는 걸로 대답했다. 아토드 테라노바는 일어나 존경의 표시로 몸을 굽혀 보였다. 아르토 역시 얼굴 표정을 조심하고 있었다. 리디아를 알고 있었기 때문이다.

두 명의 하녀가 치맛자락을 사그락거리며 식탁 위로 그릇들과 다른 것들을 가지고 왔다. 리디아 반 브레데보르트는 마법으로 엄지와 검지 사이에서 섬세하게 불꽃을 일으키며 촛대의 초를 밝혔다. 티사야는 리디아의 손에서 유화물감의 흔적을 보고, 머릿속에 나중에 저녁 식사 후에 젊은 마녀에게 최신 작품을 보여 달라고 해야겠다고 기억해 놓았다. 리디아는 재능 있는 화가였다.

저녁 식사 동안은 아무도 말이 없었다. 아토드 테라노바는 기회를 한껏 이용해 전혀 거리낌 없이 접시에 손을 뻗었고, 약간은 너무 자주, 그리고 주인이 권하지 않는데도 불구하고 붉은 포도주가 담긴 병의 은뚜껑을 딸깍거리며 여닫았다. 티사이아 드 브리스는 천천히 먹었다. 음식보다는 접시들과 나이프와 포크, 냅킨이 어떻게 규칙적으로, 그리고 미적으로 배열되어 있는지에 더 신경을 썼다. 술은 자제하면서 조금만 마셨다. 빌게포츠는 음식도 술도 더더욱 자제하는 것 같았다. 리디아는 당연하지만 아무것도 먹지도 마시지도 않았다.

초들이 붉고 노란 불의 수염을 나부꼈다. 창문의 스테인드글라스에는 빗방울이 소리를 내며 떨어지고 있었다.

"빌게포츠, 그러니까."

테라노바가 포크로 큰 접시에서 적당히 기름진 멧돼지 고기 조각을 건지고자 이리저리 뒤집으며 마침내 입을 열었다.

"그러면 우리 왕들의 행동에 대한 당신의 입장은 어찌 되십니까? 헨 게딤데이스와 프란체스카가 우리를 여기에 보낸 건 당신의 의견을 듣기 위한 것이에요. 나랑 티사야도 사실 관심이 있고요. 마법사 대위원회는 이 문제에 대해 적절한 입장을 취하려고 합니다. 그리고 만약 어떤 조치를 취한다면 우리 역시 거기에 따라 행동하려고 하고요. 그러니 뭐라고 하시겠습니까?"

"영광이군요."

빌게포츠는 자기 접시에 브로콜리를 더 덜어 주려고 하는 리디아에게 손짓으로 됐다고 하며 말했다.

"이 문제에서 저의 의견이 대회의에서 결정적이라는 건 영광이군요."

"그런 말은 아무도 하지 않았습니다."

아르토는 또 자기 잔에 포도주를 더 부었다.

"결정은 모두 모여서 하는 거죠, 대위원회가 소집되면 말입니다. 하지만 그 전에 누구나 자기 입장을 말할 수는 있는 것이지요. 그리고 저희도 각자의 입장을 알아볼 수 있는 것이고요. 그러니 말씀해 주시죠."

저녁 식사가 끝나면 같이 작업실로 가요, 리디아는 눈으로 웃으며 텔레파시로 말했다. 테라노바는 리디아의 웃음을 보며 얼른 자기 잔에 있는 것을 다 마셨다. 바닥까지.

"좋은 생각입니다."

빌게포츠는 냅킨에 손을 닦았다.

"거기가 가장 편하겠소. 그리고 그곳이 마법 도청에 가장 보안이 잘되어 있지. 갑시다. 병은 가지고 가도 돼요, 아르토."

"놓고 가지 않겠어요. 제가 가장 좋아하는 빈티지네요."

모두들 작업실로 들어갔다. 티사야는 작업실에 놓여 있는 화학 실험용 기구와 냄비, 시험관, 샘플, 수정, 그리고 마법에 쓰이는 셀 수 없는 용기들에 눈길을 줄 수밖에 없었다. 모든 것들이 위장 마법의 주문 뒤에 있었지만 티사이아 드 브리스는 대마법사로 그녀가 뚫어 볼 수 없는 위장 마법은 없었다. 그리고 최근 마법사가 무엇을 하고 있는지도 궁금했다. 티사야는 대번에 얼마 전에 쓰인 도구들을 보고 알아챌 수 있었다. 이 도구들은 '수정, 금속, 돌'의 기법으로 없어진 사람들을 찾거나 그들의 모습을 볼 수 있게 하는 것이었다. 마법사는 누군가를 찾고 있거나, 이론적으로 어떤 장소에 대한 문제를 풀고 있는 것이었다. 로게빈의 빌게포츠는 그런 문제를 푸는 취미를 가지고 있는 것으로 유명했다.

모두들 마호가니 나무로 조각된 낮은 의자에 앉았다. 리디아는 빌게포츠를 바라보더니 시선으로 알아채고는 바로 나갔다. 티사야는 들키지 않게 한숨을 쉬었다.

다들 리디아 반 브레데보르트가 로게빈의 빌게포츠를 사랑하는 것을, 몇 년 동안이나, 조용히, 미친 듯이, 고집스럽게 사랑하고 있는 것을 알고 있었다. 마법사는 물론 이것에 대해 알고 있었지만 모르는 척하고 있었다. 그 일을 쉽게 해 주는 것은 리디아였다. 리디아는 그 앞에서는 절대로 자신의 감정을 드러내지 않았다. 단 한 발자국도 나서지 않고, 어떤 몸짓으로도, 생각으로도 드러내지 않았다. 만약 말을 할 수 있다고 하더라도 아마 아무 말도 하지 않았을 것이었다. 리디아는 그것을 자랑스럽게 여기고 있었다. 빌게 포츠 또한 아무것도 하지 않았다. 왜냐하면 리디아를 사랑하지 않았기 때문이었다. 빌게포츠는 그냥 리디아를 자기 애인으로 삼을 수도, 그래서 관계를 더욱더 공고히 할 수도, 그리고 그러면서 리디아를 더 행복하게 만들 수도 있었다. 그렇게 하라고 빌게포츠에게 충고하는 이들도 있었다. 하지만 빌게포츠는 그렇게 하지 않았다. 그것에 대해서는 자랑스럽게 여기고, 자기가 원칙주의자라 생각하고 있었다. 그러므로 상황은 전혀 희망이 없었으나 안정적이었고, 당연히 둘 모두 만족하고 있었다.

"그러면."

젊은 마법사가 침묵을 깼다.

"대위원회는 우리 왕들의 계획과 행동에 대해 어떻게 할지 고민 중이라는 거죠? 그럴 필요 전혀 없습니다. 그 계획은 그냥 무시하면 됩니다."

"뭐라고요?"

아토드 테라노바가 한 손에는 병을, 한 손에는 잔을 든 채 얼어붙었다.

"제가 제대로 들은 거 맞습니까? 우리가 아무 일도 하지 않으면 된다고요? 우리가 왕들을 가만히 놔두면⋯⋯."

"이미 가만히 놔뒀으니까요."

빌게포츠가 끼어들었다.

"왜냐하면 아무도 우리에게 허락을 얻으려고 물어보지 않았어요. 그리고 앞으로도 묻지 않을 거고. 다시 말하는데, 우리는 아무것도 모르는 척하면 됩니다. 그것이 유일하게 현명한 행동이에요."

"그들의 계획을 보면 전쟁의 위험이 있어요. 엄청나게 큰 규모의 전쟁이란 말입니다."

"그들이 계획했다는 것을 우리는 다 알지도 못하고, 그 정보는 수수께끼의, 아주 확실치 않은 곳으로부터 왔소. 어느 정도로 확실치 않나 하면 '정보의 왜곡'이라는 말이 계속 대두되는 실정이오. 그리고 만약 사실이라고 해도 그들의 속셈은 아직 계획 단계이고, 아마 오랫동안 계획 단계에 남아 있을 것이오. 만약 그 단계를 벗어난다고 하면……. 글쎄요, 그때 되어서 상황에 맞추어 봅시다."

"지금."

테라노바가 얼굴을 찡그렸다.

"그들이 연주하는 곡에 맞춰서 춤을 추자고 하시는 건가요?"

"그래요, 아르토."

빌게포츠는 아르토를 바라보았다. 눈이 반짝이고 있었다.

"그들이 연주하는 곡에 맞춰서 춤을 추면 돼요. 아니면 홀을 나가던지. 왜냐하면 오케스트라를 위한 무대가 거기 올라가서 연주자들에게 다른 곡을 연주하라고 시키기엔 너무 높거든. 이제 우리도 그걸 이해할 때가 왔어요. 만약 다른 해결책이 가능하다고 생각하면 그건 실수예요. 별이 떠 있는 하늘이 연못에 비친 것을 하늘과 착각하는 거죠."

대위원회는 빌게포츠가 시키는 대로 할 거야, 그걸 전체의 결정인 척하면서 말이지, 티사이아 드 브리스는 생각했다. 우리는 모두 당신 체스판의 말일 뿐이야. 당신은 위로 올라가 커져서 우리 모두를 당신의 광채로 가리고, 우리를 복종시킨 거지. 우리는 빌게포츠의 말일 뿐이야, 우리가 규칙도 모르는 그 게임에서 말이지.

왼쪽 레이스 깃이 또다시 오른쪽과는 다르게 펴졌다. 여자 마법사는 또 열심히 깃을 매만졌다.

"왕들의 계획은 이미 실행 단계예요."

티사야는 천천히 말했다.

"케드웬과 에이단에서는 스코이아텔에 맞서는 전투가 시작되었어요. 엘프 젊은이들의 피가 낭자하고요. 인간이 아닌 종들을 탄압하고 학살할 차례가 진행되고 있어요. 돌 블라타나와 시니 산의 자유 엘프들을 공격한다는 말도 있어요. 그건 대량 학살이에요. 우리가 게딤데이스와 에니드 핀다베어에게 당신이 아무것도 하지 말고 지켜보라 했다고 전해야 하나요? 아무것도 모르는 척하자고 했다고요?"

빌게포츠는 티사야 쪽으로 고개를 돌렸다. 이제 전략을 바꾸는군, 티사야는 생각했다. 당신은 노름꾼이야, 식탁 위에서 굴러가는 주사위 소리가 어떤가 듣지. 전략을 바꿨어. 이제 다른 현을 뜯겠지.

빌게포츠는 티사야로부터 시선을 떼지 않았다.

"당신 말이 맞소."

그러고는 짧게 말했다.

"티사야, 당신 말이 맞아. 닐프가드와의 전쟁은 전쟁이지만, 인간이 아닌 족을 학살하는 걸 아무것도 하지 않고 구경만 할 수는 없지. 회합을 소집합시다. 모두들, 3단계 마법사까지 포함하는 전체 회합을 소집합시다. 그리고 또한 소든 이후 왕가의 마법사로 소속한 이들까지 모두 말이오. 회합에서 이들에게 정신을 차리라고 말하고, 왕들을 설득하라고 해야겠소."

"찬성입니다."

테라노바가 말했다.

"전체 회합을 소집하고, 그들에게 누구에게 가장 충성해야 하는지에 대해 일깨워야 합니다. 현재로써는 우리 위원회에 소속된 마법사들까지 왕들을 돕고 있는 형편입니다. 카르두인, 필리파 에일하트, 퍼카트, 래드클리프, 예니퍼……."

그 마지막 이름에 빌게포츠는 몸을 떨었다. 당연히 속으로 말이다. 하지만 티사이아 드 브리스는 대마법사였다. 티사야는 생각을 느끼고, 작업장 안에서 발생되는 떨림과 책상 위에 펼쳐진 두 권의 책 앞에 놓인 마법의 실험 도구에서 나오는 기를 느꼈다. 물론 책 두 권도 마법으로 숨겨져 보이지는 않았다. 티사야는 위장의 커튼을 뚫기 위해 집중했다.

에인 이틀린느스피스, 엘프 예언자 이틀린느 엘리 에프 에베니엔. 문명의 끝, 학살에 대한 예언, 파괴, 야만의 부활, 영원한 추위와 빙하의 도래. 그리고 두 번째 책은…… 아주 오래된…… 거의 망가진…… 에인 헨 이헤르…… 오래된 피…… 엘프의 피?

"티사야, 당신 의견은 어떻소?"

"저도 지지해요."

티사야는 손가락에서 약간 옆으로 돌아간 반지의 자리를 다시 잡으며 말했다.

"빌게포츠의 의견에 찬성이에요. 회합을 소집합시다. 될 수 있는 한 빨리 말이에요."

금속, 돌, 수정. 예니퍼를 찾는 건가? 왜? 예니퍼가 이틀린느의 예언과 무슨 상관이 있지? 그리고 엘프의 오래된 피와는? 빌게포츠, 무슨 꿍꿍이지?

실례합니다, 리디아 반 브레데보르트가 텔레파시로 말하며 소리 없이 들어왔다. 마법사는 일어났다.

"실례하오."

빌게포츠가 말했다.

"하지만 급한 일이라. 어제부터 이 편지를 기다리고 있었소. 잠시만."

아르토는 하품을 하며 트림 소리를 억누르고는 병에 손을 뻗었다. 티사야는 리디아를 바라보았다. 리디아는 웃어 보였다. 눈으로만. 그럴 수밖에 없었다.

리디아의 아래쪽 얼굴은 환영이었던 것이다.

4년 전 스승인 빌게포츠가 시켜서 리디아는 고대의 무덤에서 나온 유물들에 대한 조사에 참가했다. 유물들은 매우 강한 마법하에 놓여 있었다. 이들은 단 한 번만 유물을 볼 수 있었다. 실험에 참가했던 다섯 명 중 세 명은 그 자리에서 즉사했다. 네 번째 마법사는 눈과 양쪽 손을 잃고 정신이 이상해졌다. 리디아는 화상을 입고 아래턱이 엉망이 되고 목과 성대에 이상이 생겼지만, 지금까지는 재생 마법의 힘으로 잘 버티고 있었다. 그러므로 사람들이 얼굴을 보고 기절하지 않도록 강력한 환영에 의지하고 있었다. 아주 강력한, 거의 딱 붙어 있는 환영이라 대부분의 마법사들조차 꿰뚫어 보기가 힘들었다.

"흠."

빌게포츠는 편지를 내려놓았다.

"리디아, 고맙소."

리디아는 웃어 보였다. 심부름꾼이 답신을 가져가려고 기다리고 있어요, 하고 리디아는 말했다.

"답신은 없소."

알았어요. 손님방을 준비하라고 시켰어요.

"고마워요. 티사야, 아르토, 지체하게 되어 미안하오. 얘기를 계속합시다. 어디까지 얘기했었죠?"

어디까지라니, 티사이아 드 브리스는 생각했다. 하지만 당신의 말을 들어 보죠. 왜냐하면 언젠가는 당신도 당신이 진짜로 관심이 있는 문제를 풀게 될 테니까요.

"아."

빌게포츠가 천천히 말했다.

"무슨 말을 하려고 했는지 이제 생각났소. 그러니까 위원회의 가장 어린 두 인턴에 대한 것이오. 퍼카트와 예니퍼 말이지. 퍼카트는 지금 테메리아의 폴테스트와 함께 일하고 트리스 메리골드와 함께 왕궁에서 고문으로 일하고 있소. 그럼 예니퍼는 누구랑 일하는 거죠? 아르토, 아까 왕들을 돕고 있는 마법사 중에서 예니퍼를 말했는데."

"그건 아르토가 과장해서 말한 거예요."

티사야가 침착하게 말했다.

"예니퍼는 벵거버그에 사니까 가끔 데마웬드가 도움을 청하긴 했어요. 하지만 지속적으로 함께 일하는 건 아니에요. 확실한 건 예니퍼를 데마웬드 소속이라고 말할 수는 없다는 거예요."

"시력은 어떻다고 하오? 다 괜찮은지, 그래야 할 텐데."

"네, 다 괜찮아요."

"다행이군. 아주 다행이야. 걱정을 했소. 알고 있겠지만, 나는 예니퍼와 연락을 하려고 했었는데, 떠났다고 하더군. 아무도 어디로 갔는지도 모르고."

돌, 금속, 수정. 티사이아 드 브리스가 생각했다. 예니퍼가 차고 다니는 모든 것이 마법 차단용이었다. 그런 방법으로는 예니퍼를 못 찾아요. 예니퍼가 자기가 어디 있는지 모습을 보여 줄 생각이 없다면 아무도 알 수가 없는 거예요.

"편지를 쓰세요."

티사야는 옷깃을 펴며 편안하게 말했다.

"그리고 편지를 그냥 보통 방법으로 보내요. 아무 문제 없이 갈걸요. 그리고 예니퍼는 어디 있던지 분명 답장을 할 거예요. 언제나 답장을 하거든요."

"예니퍼는."

아르토가 참견을 했다.

"자주 없어져요. 어쩔 때는 한 달 내내. 별일도 아니어도 말이죠."

티사야는 입술을 깨물며 아르토를 째려보았다. 아르토는 입을 다물었다. 빌게포츠는 가볍게 웃었다.

"그렇지."

빌게포츠가 말했다.

"나도 그 생각을 했소. 한때는 그 위쳐 중 한 사람과 꽤 가까이 지냈지. 게롤트인가 뭔가, 내 기억이 정확하다면 말이오. 그냥 지나가는 연애는 아닌 것 같았는데. 내가 보기에는 예니퍼가 꽤나 신경을 쓰며……."

티사이아 드 브리스는 손으로 낮은 의자의 손잡이를 잡고 몸을 쭉 폈다.

"그걸 왜 물어보는 거죠? 그건 개인적인 문제예요. 우리랑은 상관이 없어요."

"물론이지."

빌게포츠는 독서대에 던져진 편지를 흘끗 바라보았다.

"우리랑은 상관이 없죠. 하지만 내가 괜히 남의 일에 호기심이 있는 것이 아니라, 우리 위원회 일원의 감정적인 상태에 대해 염려하는 거요. 예니퍼가 그 게롤트의 죽음에 대해 들으면 어떤 반응을 보일까 해서. 그건 그렇고 너무 심한 애도에 빠지거나 우울증에 걸리거나 하지 않고 사실을 인정하고 정상 상태로 돌아올 수는 있겠지?"

"당연히 있겠죠."

티사야가 차갑게 말했다.

"거기다가 그런 소식들을 규칙적으로 듣는 입장이라면요. 그리고 그 소식이라는 건 항상 소문에 불과했죠."

"그렇죠."

테라노바도 동의했다.

"그 게롤트라는 자는, 자기 몸은 지킬 줄 아는 자니까. 이상할 것도 없죠. 돌연변이, 살인 기계, 남을 죽이고 자기는 죽지 않으려고 프로그램된 기계 아닙니까. 예니퍼에 대해서는 무슨 감정에 사로잡힐 거라고 속단하지 맙시다. 우리가 예니퍼를 잘 알지 않습니까. 위쳐랑 사귀기는 했지만, 그게 다예요. 예니퍼는 죽음에 매혹당한 거예요. 그놈은 죽음을 가지고 노는 놈이니, 그러다 그 놀이도 끝나게 되면 다 끝인 거죠."

"지금은."

티사이아 드 브리스가 건조하게 말했다.

"위쳐는 살아 있어요."

빌게포츠는 웃음을 지어 보이더니 다시 한 번 자기 앞에 놓인 편지를 흘끗 보았다.

"그럴까요?"

그러고는 말했다.

"내 생각으로는 아니오."

＊　＊　＊

　게롤트는 가볍게 몸을 떨며 침을 삼켰다. 이미 묘약을 먹은 후 첫 번째 충격은 지나가고, 이제 묘약이 몸속에서 활동을 시작하는 단계였다. 이 단계는 심하지는 않지만 기분 나쁜 두통과 함께 어둠 속에서의 시야 적응으로 나타났다.

　시야 적응은 빨랐다. 한밤의 어둠은 밝아지더니, 주위의 모든 것이 회색빛으로 드러나기 시작했다. 처음에는 희끄무레하고 명확치 않은 회색빛 덩어리가 점점 더 윤곽을 분명히 하며, 뚜렷한 형체로 드러났다. 운하로 통하는 좁은 길들은 조금 전만 해도 마치 타르가 담겨 있던 통 속처럼 컴컴했지만 게롤트는 수채관을 돌아다니며 물웅덩이 냄새를 맡고 벽 틈을 헤매는 시궁쥐들의 모습까지 모두 볼 수 있었다.

　게롤트의 청력 역시 위쳐의 묘약을 먹고 더욱더 예민해졌다. 좀 전까지 빗소리만 수채 구멍에서 가득하던 골목길들이 소리들로 다시 살아났다. 싸우는 고양이들이 울부짖는 소리, 운하 저편의 개들이 짖는 소리, 옥센푸르트의 술집들에서 나오는 외침과 웃음소리, 벌목꾼들의 여관에서 들려오는 고함과 노랫소리, 멀리서 조그맣게 즐거운 멜로디를 연주하는 피리의 트릴 소리까지 모두 들려왔다. 잠든 것 같던 어두운 집들도 다시 깨어났다. 게롤트는 자고 있는 사람들의 코고는 소리와 우리에 갇힌 소들이 발을 구르는 소리, 마구간의 말들의 콧소리까지 들을 수 있었다. 골목 깊숙한 곳의 집들 어딘가에서는 사랑을 나누고 있는 여자들의 간헐적인, 억누르는 듯한 신음 소리도 들려왔다.

　소리들은 점점 더 커지고 있었다. 이미 게롤트는 술 취한 노래 가사 안에서의 외설적인 단어들을, 비명을 지르는 아가씨들의 애인 이름을 구별할 수 있었다. 운하 위의 장대에 세워진 미르만의 집에서는 필리파 에일하트의 처치를 받고 완전히, 그리고 영원히 천치가 되어 버린 돌팔이 의사의 알아들을 수 없는 웅얼거림이 들려왔다.

새벽이 다가오고 있었다. 비는 겨우 그쳤고, 바람이 구름을 걷어 내고 있었다. 동편 하늘이 확실히 밝아졌다. 골목길의 시궁쥐들은 갑자기 놀란 듯 이리저리 흩어져 쓰레기와 함 사이에 숨었다.

위쳐에게 발자국 소리가 들려왔다. 네 명, 아니면 다섯 명, 지금으로써는 정확히 몇 명인지는 알 수 없었다. 위쳐는 위를 바라보았지만 필리파의 모습은 보이지 않았다.

위쳐는 얼른 전략을 수정했다. 만약에 다가오는 놈들 중 리엔스가 있다면 리엔스를 잡을 수 있는 확률은 아주 적었다. 우선 호위대와 싸워야 했지만 게롤트는 그것을 원하지 않았다. 첫째로, 일단 묘약을 마신 후라 그 사람들은 죽을 것이기 때문이었다. 두 번째로는 리엔스는 그러면서 도망칠 시간을 벌 것이었기 때문이었다.

발걸음은 가까워졌다. 게롤트는 어둠에서 나섰다.

골목에서 리엔스가 나타났다. 위쳐는 그 전에 한 번도 본 적이 없었지만 마법사 리엔스를 본능적으로 알아보았다. 예니퍼의 선물, 얼굴의 화상 흉터는 두건 그림자에 가려져 있었다.

리엔스는 혼자였다. 호위대는 거리에 숨어 아직 모습을 나타내지 않은 채였다. 게롤트는 바로 왜 그런지 알아챘다. 리엔스는 돌팔이 의사 집에서 누가 자기를 기다리고 있는지 알았던 것이다. 리엔스는 함정이라는 것을 알고 있었지만, 온 것이었다. 위쳐는 왜 그런지도 알았다. 칼들이 조용히 칼집에서 빠지는 소리가 들려오기도 전이었다. 좋아, 게롤트는 생각했다. 만약에 그걸 원한다면, 좋아.

"널 사냥하는 일은 재미있군."

리엔스가 작은 목소리로 말했다.

"찾아다닐 필요가 없으니까 말이야. 내가 원하는 곳에 네가 혼자서 나타나니 말이지."

"너에 대해서도 똑같이 말할 수 있겠군."

위쳐가 차분하게 말했다.

"여기 나타났어. 여기 오길 바랐는데, 왔군."

"부적에 대해 어디 숨겨져 있는지 입을 열게 하기 위해서는 미르만을 꽤나 괴롭혔겠는걸. 그리고 전갈을 보내려면 어떻게 부적을 작동시켜야 하는지도 말이지. 하지만 그 부적이 동작과 동시에 경고를 보낸다는 건 미르만 자신도 몰랐고, 빨간 석탄에 굽는다고 해도 말을 할 수가 없었을 거야. 그런 부적은 상당히 많이 뿌려 놓았지. 빠르건 늦건 그중 하나를 네가 찾아낼 거라고 알고 있었어."

골목길 뒤에서 네 명의 남자가 나타났다. 천천히, 날렵하게, 아무 소리도 없이 움직였다. 어둠 속에서 나오지 않은 채 꺼낸 칼은 칼날의 번쩍거림이 눈에 띄지 않도록 잡고 있었다. 위쳐는 당연히 이들을 모두 정확히 볼 수 있었다. 그러나 보고 있다는 티는 내지 않았다. 살인자들, 좋아. 위쳐는 생각했다. 그걸 원한다면 그렇게 하지.

"널 기다렸어."

리엔스는 자리에서 움직이지 않은 채 말했다.

"그래서 결국은 만났지. 이 땅을 너의 무게로부터 해방시킬 생각이다, 이

징그러운 돌연변이 놈아."

"생각이라고? 과장하는군. 넌 단지 도구일 뿐이야. 남들의 더러운 일들을 해결해 주기 위해 고용된 악당일 뿐이지. 불량배, 누가 널 고용했지?"

"알고 싶은 게 너무 많군, 돌연변이. 나를 불량배라고? 네가 뭔지 너는 아나? 넌 구두가 더러워지는 걸 피하기 위해서 치워야 하는 똥덩어리야. 아니, 그 누가 누군지 너에게 알려 주진 않겠어, 말할 수는 있지만. 대신 지옥에 가는 길에 생각할 거리는 주지. 난 네가 보호하는 그 코흘리개가 어디 있는지 이미 알아. 그리고 너의 여자 마법사가 어디 있는지도 알지, 예니퍼 말이야. 내 의뢰인에게는 아무 상관이 없지만 그년에겐 내가 개인적인 원한이 있어서 말이지. 너를 끝내면 바로 다음엔 그 여자야. 불장난을 한 것을 후회하게 만들어 주겠어. 그럼, 반드시 후회하게 될 거야. 아주 오랫동안."

"그런 말은 하지 말았어야 했다."

위쳐는 묘약이 아드레날린과 반응하는 것을 느끼며 싸움의 즐거움을 기대하고는 잔인하게 웃었다.

"그 말을 하기 전까지는 목숨을 건질 수 있는 기회가 있었는데, 이제는 그것도 없군."

위쳐의 메달이 강력하게 움직이며 갑작스러운 공격을 경고했다. 위쳐는 풀쩍 뛰면서 번개같이 칼을 빼어 들었다. 룬 문자가 가득한 칼날은 꼼짝 못하게 하는 마법의 에너지의 파장에 게롤트 쪽으로 튕겨 나왔다. 리엔스는 몸을 피하고는 손을 쳐들어 마법의 몸짓을 만들려고 했지만 마지막 순간에 겁을 먹고 말았다. 두 번째 주문은 외우지도 못하고 황급히 골목 깊숙이 몸을 피했다. 위쳐는 리엔스를 쫓아갈 수 없었다. 바로 그때 어둠 속에서 아직 들키지 않았다고 생각했던 네 명이 덤벼들었던 것이었다. 칼들이 번쩍였다.

전문가들이었다. 네 명 모두. 경험이 많고 숙달된, 호흡이 잘 맞는 전문가들이었다. 게롤트를 공격하는 것은 짝을 지어 했다. 왼쪽에서 두 명, 오른쪽에서 두 명. 짝을 지어 한 명은 언제나 다른 한 명의 등 뒤에 숨어 있는 식이었다. 위쳐는 왼쪽에 있는 두 명을 골랐다. 묘약이 일으킨 흥분에 분노가 더해졌다.

첫 번째 놈은 위장하며 왼쪽에서 공격했는데, 그건 어디까지나 옆으로 물러나 등 뒤에 있는 놈이 갑자기 찌를 수 있도록 기회를 주기 위해서였다. 게롤트는 빙빙 돌며 이들에게서 벗어나 칼끝으로 뒤쪽에 있는 놈의 머리 아래에서부터 뒷목과 등을 베었다. 게롤트는 화가 나 있어서 일격에 힘을 가했다. 분수 같은 피가 벽에 튀었다.

첫 번째 놈은 번개처럼 물러서며 다음번 짝들에게 기회를 넘겨주었다. 이들은 서로 나누어서 공격을 했는데, 양방향에서 동시에 들어오는 칼은 하나만 막을 수 있도록, 그래서 두 번째 칼이 목표물에 적중하도록 하는 검법이었다. 게롤트는 상대하지 않고 피루엣으로 두 명 사이로 들어왔다. 서로 치지 않기 위해서 둘은 맞춰진 리듬, 익숙해진 발 박자를 변경해야만 했다. 한 놈은 살짝 고양이처럼 날렵하게 옆으로 빠지기를 시도했지만, 다른 한 놈은 박자를 놓쳐 균형을 잃고 등을 보이고 말았다. 위쳐는 반대 방향으로 몸을 돌리며 가속도를 붙여 그를 십자로 베었다. 위쳐는 화가 나 있었다. 위쳐의 날카로운 검 끝이 척추를 파고드는 것이 느껴졌다. 무서운 비명 소리가 골목 안에서 메아리쳤다. 나머지 둘이 게롤트에게 득달같이 달려들어 마구 검을 휘둘러 상대하기가 쉽지 않았다. 게롤트는 다시 피루엣으로 몸을 돌리며 번쩍이는 칼날의 홍수에서 빠져나왔다. 하지만 등을 벽 쪽으로 하고 수비하기는커녕 다시 공격을 했다.

이들은 이를 예상치 못한 것 같았다. 몸을 피하거나 둘이 갈라질 틈도 없었다. 한 명은 대적하려고 했지만 위쳐는 대적을 피하고는 다시 몸을 빙빙 돌리며 바람의 방향을 잡고는 아래쪽에서 위로 올려쳤다. 위쳐는 화가 나 있었다. 아래로, 배를 향했다. 적중했다. 억눌린 것 같은 비명 소리가 들렸지만 돌아볼 여유는 없었다. 악당 중 맨 마지막 놈이 이미 바로 옆에서 왼쪽 측면을 무섭게 내리쳤다. 게롤트는 마지막 순간 가만히 서서 몸을 돌리지 않고 왼쪽 측면을 방어했다. 적은 전진의 가속을 이용하여 마치 용수철처럼 몸을 폈다가 반 회전 상태에서 크고 세게 게롤트를 쳤다. 그러나 힘이 너무 셌다. 게롤트는 이미 몸을 회전시키고 있었다. 위쳐의 칼날보다 훨씬 무거운 살인 청부업자의 칼이 공기를 가르고, 청부업자의 몸은 충격에 앞으로 쏠렸다. 게롤트는 반 회전에서 이미 벗어나 그 옆에 아주 가까이 있었다. 청부업자의 일그러진 얼굴과 공포에 질린 눈이 보였다. 게롤트는 화가 나 있었다. 쳤다. 짧게, 하지만 세차고 정확하게. 눈을 향해.

돌팔이 의사의 집으로 가는 다리 위에서 붙잡고 있는 단델라이온을 뿌리치는 샤니의 무서운 비명 소리가 들렸다.

리엔스는 외투를 버리고는 골목 깊숙한 곳으로 들어가 자기 앞으로 두 손을 뻗고 있었다. 그 앞에는 이미 마법의 불빛이 일어나고 있었다. 게롤트는 칼을 양손으로 쥐고 아무런 망설임 없이 그쪽으로 달려갔다. 마법사의 신경은 더 이상 버틸 수가 없었다. 주문을 다 외우지도 못하고 뭐라고 알아들을 수 없는 소리를 지르며 도망치기 시작했다. 게롤트는 이해했다. 마법사는 도움을 청하고 있는 것이었다. 살려 달라고.

그리고 도움은 왔다. 골목은 밝은 빛으로 빛나고, 물 흐른 자리만 남아 있는 다 쓰러져 가는 집의 벽에 갑자기 텔레포트의 불의 타원이 빛나고 있었다. 리엔스는 그쪽을 향해 뛰었다. 게롤트도 뛰어갔다. 게롤트는 아주 화가 나 있었다.

투블랑 미슐레는 신음 소리를 내며 몸을 굽히며 두 손으로 엉망이 된 배를 잡고 있었다. 피가 손가락 사이에서 쿨렁거리며 쏟아지는 느낌이 들었다. 멀지 않은 곳에 플라비우스가 누워 있었다. 좀 전까지는 몸을 떨고 있었으나, 지금은 이미 잠잠해졌다. 투블랑은 눈을 감았다가 다시 떴다. 하지만 플라비우스 옆에 앉아 있는 부엉이는 없어지지 않는 걸로 보아 환각이 아닌 것 같았다. 투블랑은 다시 신음 소리를 내고 머리를 돌렸다.

목소리를 들어 아주 젊은 여자 하나가 무섭게 소리를 지르고 있었다.

"놔줘요! 저기 부상자들이 있어요! 난, 난 의녀예요, 단델라이온! 놓으라니까요! 안 들려요?"

"저들을 도울 순 없어요."

단델라이온이라고 불린 사람이 먹먹한 목소리로 말했다.

"위쳐의 칼날이 지나간 후에는……. 저기로 가서도 안 되오. 보지 마세요. 제발, 샤니, 보지 마."

투블랑은 누군가 자기 옆에서 무릎을 꿇는 것을 느꼈다. 향수 냄새와 젖은 깃털 냄새가 났다. 조용하고 부드럽고 달래 주는 듯한 목소리가 들려왔다. 투블랑은 정신없는 비명 소리와 훌쩍거리는 젊은 여자의 소리 사이에서 겨우 무슨 말인지 들을 수가 있었다. 의녀라고 했지. 하지만 소리치고 있는 게 의녀라면, 지금 옆에서 무릎을 꿇고 있는 건 누구지? 투블랑은 신음 소리를 냈다.

"……다 괜찮아질 거예요. 다 괜찮아요."

"제엔장."

투블랑은 겨우 입을 열었다.

"리엔스가 우리한테…… 보통 남자라고. 그런데 위쳐라니……. 그 빌미가……. 살려 줘. 내, 내장……."

"자, 조용히, 괜찮아. 걱정하지 마. 얘야, 이제 괜찮다. 이제 아프지 않아. 자, 아프지 않지? 누가 당신들을 여기 데려왔지? 누가 리엔스랑 당신들을 만나게 했지? 누가 리엔스를 추천했지? 누가 이렇게 만든 거지? 나에게 말해 줘, 얘야. 그럼 다 괜찮아질 거야. 봐, 다 괜찮아. 말해 봐."

투블랑은 입에서 피가 차오르는 것을 느꼈다. 하지만 뱉어 낼 힘이 없었다. 뺨 한쪽을 젖은 땅에 댄 채 투블랑이 입을 열자, 피는 저절로 쏟아져 나왔다. 이제는 아무 느낌이 없었다.

"말해 봐."

부드러운 목소리가 다시 말했다.

"얘야, 말해 봐."

14살 때부터 청부 살인업을 해 온 투블랑 미슐레는 눈을 감고 피투성이의 웃음을 지었다. 그리고 자기가 알고 있는 것을 속삭였다. 눈을 다시 떴을 때, 작은 금 손잡이가 있는 단검의 칼날이 번쩍이는 것을 보았다.

"걱정 마."

부드러운 목소리가 말을 잇고, 단검의 칼날이 두개골에 닿았다.

"아프지 않을 거야."

정말로 아프지 않았다.

게롤트는 텔레포트 바로 전 순간에 마법사를 잡았다. 칼은 이미 던져 버

려 손은 자유로웠고, 펄쩍 뛰며 손가락은 외투 끝을 붙잡고 있었다. 리엔스
는 중심을 잃었다. 몸을 빼려고 하다 뒤로 갈 수밖에 없었다. 몸을 미친 듯
이 빼려고 하다가 외투를 위에서부터 아래로 다 찢고서야 겨우 풀려났다.
하지만 너무 늦었다.

게롤트가 오른손으로 어깨에 일격을 남기고, 바로 귀밑 목 부분을 왼쪽
으로 쳤다. 리엔스는 흔들거렸지만 쓰러지지는 않았다. 위쳐는 다시 풀쩍
뛰어 그에게 덤벼들어 갈비뼈 밑을 거세게 때렸다. 마법사가 주먹을 맞고
흔들거리고 있자, 게롤트는 윗옷의 아랫부분을 붙잡고 빙빙 돌려서는 땅으
로 내팽개쳤다. 무릎을 꿇은 채 리엔스는 손을 뻗어 입을 열고는 다시 주문
을 외우려고 했다. 게롤트는 주먹을 뻗어 위에서부터 내리쳤다. 바로 입 쪽
을. 앵두처럼 입술이 터져 나갔다.

"예니퍼로부터의 선물이다."

게롤트는 쉰 목소리로 말했다.

"이건 나로부터."

그리고 다시 한 번 내리쳤다. 마법사의 머리가 꺾이더니 이마와 뺨에서
피가 솟아올랐다. 게롤트는 약간 이상한 기분이 들었다. 아픈 데는 없는데,
싸우다 어딘가 다친 모양이었다. 그것은 자신의 피였다. 하지만 상관하지
않았다. 지금은 다친 곳을 찾을 시간도, 상처를 볼 시간도 없었다. 다시 손
을 뻗어 리엔스를 한 번 더 쳤다. 게롤트는 화가 나 있었다.

"누가 널 보냈지? 누가 널 고용했냐고?"

리엔스는 게롤트에게 피를 뱉었다. 위쳐는 다시 한 번 리엔스를 쳤다.

"누구야?"

텔레포트의 타원이 더 강하게 타올라 거기서 뻗어 나오는 빛에 골목 전체

가 환할 지경이었다. 위쳐는 위쳐 메달이 강하게 떨리며 경고를 주기 전에 이미 타원으로부터 나오는 힘을 느끼고 있었다.

리엔스 역시 타원에서 나오는 에너지를 느끼고 도움이 오고 있다는 것을 알아챘다. 비명을 지르고는 마치 거대한 물고기처럼 몸을 빼려고 움직였다. 게롤트는 무릎으로 리엔스의 가슴을 제압하고 손을 뻗어 손가락으로 아드 표식을 만들어 달아오른 타원을 향했다. 그것은 실수였다.

타원으로부터는 아무도 나오지 않았다. 타원에서 나온 것은 에너지뿐이었는데, 그 힘은 리엔스가 받았다.

마법사의 풀린 손가락에서 갑자기 육각형의 쇠로 된 가시들이 뻗어 나왔다. 가시들은 게롤트의 가슴팍과 어깨에 날아와 박혔다. 가시로부터 힘이 폭발했다. 위쳐는 간헐적으로 펄쩍 뛰며 뒤로 물러났다. 충격이 너무 커 고통으로 악문 이가 으스러지는 것이 느껴졌다. 최소한 두 개는 되는 것 같았다.

리엔스는 다시 도망치려고 했지만 바로 무릎을 꿇고는 결국 텔레포트 포탈로 무릎으로 기어서 다가갔다. 게롤트는 겨우 숨을 쉬고는 구두 굽에서 단검을 꺼냈다. 마법사는 뒤를 돌아보고 멈추었다가 뛰어들었다. 위쳐 역시 뛰어들었지만, 마법사가 더 빨랐다. 리엔스는 다시 뒤를 돌아보고 비명을 질렀다. 게롤트는 단검을 손에 꽉 쥐었다. 게롤트는 화가 나 있었다. 매우 화가 나 있었다.

무언가가 게롤트를 뒤에서 잡아 힘을 못 쓰게, 움직이지 못하게 했다. 목에 건 메달이 마구 흔들리고, 상처 입은 어깨의 통증이 욱신욱신 쑤셔 왔다.

한 열 발짝쯤 떨어진 곳에 필리파 에일하트가 서 있었다. 치켜든 손바닥에서 매끈한 빛이, 두 개의 가는 불꽃과 빛이 흘러나오고 있었다. 두 빛은 모두 게롤트의 등에 닿고 어깨를 둥글게 감싸고 있었다. 게롤트는 자리에서 꼼짝할 수가 없었다. 리엔스가 흔들흔들하는 걸음으로 우윳빛의 빛을 발산하며 떨리고 있는 텔레포트로 다가가는 것을 볼 수밖에 없었다.

리엔스는 서두르지 않고 천천히 텔레포트를 넘어 그 안으로 마치 잠수부처럼 떨어져 내려 형체가 희미해지더니 사라졌다. 잠시 후 타원의 불은 꺼지고, 거리를 감싼 것은 꿰뚫어 볼 수 없는 진한 벨벳 같은 어둠뿐이었다.

골목 어디선가 싸우는 고양이들이 울부짖었다. 게롤트는 여자 마법사 쪽을 향하며 자기가 빼든 칼날을 바라보았다.

"필리파, 도대체 왜? 왜 그랬지?"

여자 마법사는 뒤로 한 발 물러났다. 아직도 손에는 좀 전에 투블랑 미슐레의 두개골 아래서 번쩍였던 단검을 들고 있었다.

"왜 묻는 거죠? 답을 알고 있잖아요."

"그렇소."

위쳐가 대답했다.

"이미 알고 있소."

"당신은 부상을 당했어요, 게롤트. 지금은 위쳐의 묘약을 먹은 후라 아픔을 느끼지 못하지만 피가 얼마나 나고 있나 보세요. 이제 진정이 좀 되었나요? 내가 겁내지 않고 옆으로 가서 그 상처를 좀 봐도 될까요? 맙소사, 그런 식으로 보지 마세요! 그리고 나에게 다가오지 말고, 한 발짝만 더 오면 나도 어쩔 수 없이……. 다가오지 마! 제발! 당신을 해칠 생각은 없지만, 더 다가온다면……."

"필리파!"

단델라이온이 아직도 울고 있는 샤니를 붙잡은 채 외쳤다.

"미쳤소?"

"아니."

위쳐가 겨우 말했다.

"필리파는 정상이야. 그리고 자기가 뭘 하는지도 정확히 알고 있고. 계속해서 알고 있었지. 우리를 이용한 거야. 배신한 거야. 속인 거지."

"진정해요."

필리파 에일하트가 되풀이했다.

"이해할 필요도 없고, 이해할 수도 없겠죠. 내가 한 일은, 그래야만 했어요. 그리고 나를 배신자라고 부르지 말아요. 왜냐하면 내가 그렇게 한 것은, 당신이 상상할 수 있는 것보다 더 큰일에 대한 배신을 하지 않기 위해서였어요. 더 큰일, 더 중요한 일, 너무나 중요해서 그 일을 위해서 소소한 것들은 희생되어야 하는, 만약 그런 선택의 여지가 있다면 말이죠. 게롤트, 맙소사, 우린 여기서 떠들고 있는데, 당신은 지금 피 웅덩이를 만들며 서 있군요. 제발 진정하고 나와 샤니가 상처를 보살필 수 있게 해 주세요."

"그 말이 맞아!"

단델라이온이 소리쳤다.

"부상이 아주 심하다고, 게롤트! 붕대를 매고 여기를 떠나야 한다고! 싸움은 나중에 해!"

"당신과 당신이 말하는 큰일……."

위쳐는 시인의 말을 무시하고 흔들흔들하며 앞으로 한 발 내딛었다.

"당신의 큰일 말이오, 필리파. 그리고 당신의 선택이라는 게 당신이 알고 싶어 하고, 내가 알면 안 되는 것을 이미 말한 부상자를 단검으로 찔러 죽이는 일인가요? 당신의 큰일은 바로 당신이 도망치도록 도와준 리엔스가 의뢰인 이름을 어쩌다 발설하지 못하게 하는 건가요? 당신의 큰일이 여기 그럴 필요 없이 누워 있는 이 시체들인가요? 앗, 미안. 말이 틀렸군. 이건 시체들이 아니라 소소한 것들이지."

"당신이 이해할 수 없을 거라는 건 알았어요."

"당연히 이해하지 못하오. 절대로. 하지만 무슨 말인지는 알겠소. 당신들의 거대한 일들, 당신들의 전쟁들, 이 세상을 구하기 위한 당신들의 싸움……. 당신들의 목적은 수단을 희생시키지. 필리파, 귀를 기울여 보시오. 저 울부짖는 소리가 들리나요? 저건 고양이들이 큰일을 두고 싸우는 것이에요. 나눌 수 없는 쓰레기 더미를 서로 차지하려고 하는 것이죠. 저기서도 피가 흐르고 털들이 날아다니죠. 저기는 전쟁 중이오. 하지만 나에게는 고양이들의 전쟁이나, 당신의 전쟁이나, 황당할 정도로 아무 상관이 없소."

"그렇게 보일 뿐이겠죠."

여자 마법사가 씩씩거렸다.

"그 모든 것에 상관이 있어지는 때가 와요. 당신 생각보다 훨씬 더 빨리. 그때는 당신도 어쩔 수 없는 선택 앞에 서게 될 거예요. 당신은 운명과 엮이고야 말았어요, 당신이 생각하는 것보다 훨씬 더. 당신은 어린 여자아이를 돌보게 되었다고 생각했겠죠. 그건 착각이에요. 당신은 언제라도 이 세상을 불태워 버릴 수 있는 불꽃을 품은 거예요. 우리의 세상. 당신과 나와 다른 이들의 세상이죠. 그래서 당신은 선택을 할 수밖에 없게 될 거예요. 나처럼. 트리스 메리골드처럼. 예니퍼가 그럴 수밖에 없었던 것처럼. 왜냐하면 예니퍼는 이미 선택을 했거든요. 당신의 운명은 이미 그녀의 손안에 있어요, 위처. 당신이 바로 그렇게 만든 거예요."

위처는 흔들렸다. 샤니는 비명을 지르고 단델라이온으로부터 몸을 빼냈다. 게롤트는 손짓으로 샤니를 말리고는 몸을 펴면서 필리파 에일하트의 검은 눈을 똑바로 바라보았다.

"나의 운명은."

위쳐는 힘겹게 말했다.

"나의 선택은……. 필리파, 내가 무엇을 선택했는지 당신에게 말해 주지. 당신들의 그 더러운 책략에 시리가 말려들기를 원하지 않아. 경고한다. 시리를 해치려고 하는 누구라도 바로 여기 이 누워 있는 네 명처럼 끝나고 말 거야. 나는 신께 맹세하지도 저주를 하지도 않겠어. 나에겐 그럴 대상도 없어. 내가 경고하는 거야. 내가 보호자로서 별로라고, 내가 그 아이를 보호할 줄 모른다고 했지. 내가 보호할 거야. 내가 할 수 있는 한. 나는 죽일 거야. 인정사정 보지 않고."

"당신의 말을 믿어요."

마법사가 웃으며 말했다.

"그럴 거라는 건 믿어요. 하지만 오늘은 아니네요. 게롤트. 지금은 아니에요. 왜냐하면 곧 피를 너무 흘려 실신할 테니까요. 샤니, 준비되었지?"

아무도 마법사로 태어나지는 않는다. 우리는 마법사 형질의 유전과 그 법칙에 대해 아직 너무 아는 바가 없다. 이 문제에 대한 연구에는 아직도 시간이나 자원을 투자하지 않고 있다. 마법의 능력을 유전적으로 전달하는 시도는 계속해 오고 있다. 자연적인 방법 안에서 말이다. 그리고 그러한 유사 실험의 결과들은 도시의 우범지대나 신전의 영역 안에서 너무 자주 볼 수 있다. 또한 너무 자주 우리는 침을 흘리며 선지자인 척하는 무당이나 신녀, 점쟁이, 신들린 사람, 기적을 행한다는 자, 유전적으로 물려받은, 통제되지 않은 힘 때문에 뇌가 왜곡된 불량배들을 목격하고 있다.

그러한 불량배들과 가짜 신녀 역시 자신들의 후손을 가질 수 있고, 그들에게 능력을 유전시키며 퇴화를 계속할 수 있을 것이다. 이런 고리의 최종적인 결과물들이 어떻게 될지 내다보고 형용할 수 있는 사람이 누가 있겠는가?

우리들, 마법사들 대부분은 신체의 변화와 뇌세포 자극의 결과로 생식능력을 잃는다. 어떤 이들은—여자 마법사의 경우가 더 많다. ─ 생산 능력을 보존하면서도 마법사가 되기도 한다. 이들은 아이를 낳을 수 있고, 이를 행복이며 축복이라 생각할 만큼 뻔뻔스럽다. 그러나 나는 반복한다. 아무도 마법사로 태어나지 않는다. 그리고 아무도 마법사를 낳아서는 안 된다! 내가 쓰고 있는 것의 중요성을 스스로 알기에 나는 시다리스 회합에서의 질문에 답한다. 확신을 담아 답한다. 우리는 누구나 자기가 무엇이 될지에 대해 스스로 결정해야 한다. 어머니인지, 마법사인지.

나는 수련 소녀들에게 모두 예외 없이 조치를 취할 것을 주장한다.

티사이아 드 브리스, 〈중독된 원천〉

제 7 장

"내가 무슨 얘기를 해 줄게."

갑자기 이올라 드루가가 곡식이 든 바구니를 허벅지 옆에 기대고는 말했다.

"전쟁이 날 거야. 오늘 치즈를 가지러 온 궁의 벌목꾼이 그렇게 말했어."

"전쟁?"

시리는 이마에서 흘러내리는 머리카락을 쓸어 올렸다.

"누구랑? 닐프가드랑?"

"그건 못 들었어."

수련 소녀가 인정했다.

"하지만 벌목꾼이 우리 공작님이 폴테스트 왕에게 직접 명령을 들었다고 했어. 기사들에게 참전 명령을 내리고, 길은 군대로 새까맣대. 어쩌지! 이제 무슨 일이 일어나는 걸까?"

"만약 전쟁이라면."

에우르네이드가 말했다.

"분명 닐프가드랑 하는 걸 거야. 아니면 또 어디겠어? 또! 신들이시여! 정말 끔찍해!"

"전쟁은 너무 과장한 거 아냐, 이올라?"

시리는 자기 옆으로 꼭꼭거리며 몰려 움직이는 닭들과 칠면조에게 곡식을 뿌렸다.

"어쩌면 또 스코이아텔 소탕 작전 같은 게 아닐까?"

"네네케 어머니도 똑같이 벌목꾼에게 그렇게 물었어."

이올라 드루가가 말했다.

"하지만 벌목꾼이 아니, 이번에는 다람쥐들이 아니라고 대답했거든. 성들과 작은 도시들에는 이미 포위되었을 때를 대비해 식량 여유분을 비축하라는 명령이 내려왔대. 하지만 엘프들은 숲에서 공격을 하지 성을 에워싸진 않잖아! 벌목꾼이 우리 신전이 치즈랑 다른 걸 더 줄 수 있냐고 물어봤어. 성의 비상식량으로. 그리고 거위 깃털도. 거위 깃털이 많이 필요합니다, 그러더라. 화살에 말이야, 활 쏘는 그 화살 말이야, 알겠어? 오, 신들이여! 우리 일거리가 더 늘어날 거야! 이제 일에 치어서 죽을지도 몰라!"

"우리 모두가 일이 많아지는 건 아니겠지."

에우르네이드가 비꼬며 말했다.

"우리들 중 어떤 애들은 손을 더럽히지 않으니까. 어떤 애들은 일주일에 딱 두 번만 일해. 일할 시간은 없거든, 왜냐하면 마법을 배우느라고. 하지만 사실은 비누 거품을 불거나 공원을 뛰어다니거나 막대기로 나뭇가지나 때리고 있고. 내가 누구 이야기하는지는 알겠지, 시리?"

"시리는 분명 그 전쟁에 나갈 거야."

이올라 드루가가 호호 웃었다.

"시리는 기사의 딸이잖아! 무서운 칼을 가진 위대한 전사라고! 이제야 드디어 쐐기풀이 아니라 적군의 머리를 베게 되었네!"

"아니, 시리는 마법사잖아!"

에우르네이드가 코에 주름을 잡았다.

"시리가 적군을 모두 들쥐로 만들어 버릴 거야. 시리, 무서운 마법 하나만 보여 줘. 투명인간이 되어 보던지, 아니면 당근이 빨리 자라도록 좀 해봐. 아니면 하다못해 이 닭들이 먹이는 자기들이 스스로 먹게 하든지 좀 해봐. 자, 빨리! 주문 좀 걸어 봐!"

"마법은 보이라고 하는 게 아냐."

시리가 화가 난 목소리로 말했다.

"마법은 시장에서 하는 눈속임도 아니고."

"물론이지, 물론이지."

수련 소녀가 웃어 보였다.

"보이라고 하는 게 아냐. 흥, 이올라, 얘 이렇게 말할 땐 그 못된 예니퍼랑 똑같네."

"시리는 점점 더 그 여자랑 비슷해져."

이올라가 보란 듯이 코를 치켜들고 말했다.

"냄새도 비슷하게 나. 분명 만드라고라나 사향 같은 걸로 만든 마법의 향수를 쓰나 봐. 시리, 너도 마법의 향수를 쓰니?"

"아니! 난 비누를 쓸 뿐이야! 너희들이 그렇게 안 쓰는, 비누!"

"오호."

에우르네이드가 얼굴을 찡그렸다.

"성질 좀 봐. 너무 못됐어! 씩씩거리는 것 좀 봐!"

"옛날에는 안 그랬는데."

이올라 드루가가 부추겼다.

"그 여자 마법사랑 같이 있고 난 후부터 저렇게 됐어. 그 여자랑 자고, 밥도 그 여자랑 먹고, 예니퍼로부터는 한 발짝도 안 떨어지니. 신전에서의 수업에는 거의 오지도 않잖아. 그리고 우리랑 보낼 시간은 하나도 없고!"

"우리가 얘 대신 일은 다하고! 부엌에서도, 정원에서도! 이올라, 얘 손 좀봐! 공주님 손 같아!"

"나더러 어떻게 하라고!"

시리가 소리를 쳤다.

"똑똑한 사람들은 책을 읽는 거야! 머리가 빈 사람들은 빗자루를 잡고!"

"그 빗자루를 넌 타고 날아간다 이거지, 이 마녀야!"

"이 바보야!"

"바보는 바로 너야!"

"아니야!"

"아니, 맞아! 이리 와, 이올라. 쟤 신경 쓰지 마. 마녀들은 원래 우리의 상대가 아니야."

"당연하지. 너희 상대가 아니지!"

시리는 소리를 지르고는 땅바닥에 곡식이 든 바구니를 내팽개쳤다.

"닭들이나 너희 상대겠지!"

수련 소녀들은 코를 치켜들고 꽥꽥거리는 닭과 칠면조에 둘러싸여 가 버렸다.

시리는 커다랗게 욕설을 내뱉었다. 우선 베스미어가 좋아하던 욕으로, 그 뜻이 시리에게는 확실치는 않은 욕이었다. 그리고 거기에 야르펜 지그린에게 얻어들은 말 몇 마디를 덧붙였다. 이건 전혀 뜻을 짐작할 수조차 없었다. 그리고 흩어진 곡식들을 주워 먹으러 온 새들을 발로 걷어찼다. 바구니를 집어 들고 손바닥에서 엎고는, 위쳐의 피루엣을 한 번 돌고 짚으로 된 닭장의 지붕 위에 바구니를 걸쳐 놓았다. 그러고는 발끝으로 휙 돌아 신전의 공원을 달려 나왔다.

시리는 능숙하게 호흡을 조절하며 가볍게 달리고 있었다. 나무를 두 그루 지날 때마다 경쾌하게 반 회전 점프를 하며 상상의 칼로 내리치는 시늉을 하고는 그 후에는 이미 능숙해진 움직임으로 피하기와 위장을 해 보였다. 그러고는 자신 있게 울타리를 뛰어넘어 다리를 굽히고 날렵하게 착지했다.

"쟝!"

시리는 돌탑 벽으로 나온 창문 쪽으로 고개를 치켜들고 소리쳤다.

"쟝, 거기 있어? 헤이! 나야!"

"시리?"

남자아이가 몸을 밖으로 내밀었다.

"너 여기서 뭐해?"

"거기 들어가도 돼?"

"지금? 흠. 응, 그래……. 그래."

시리는 폭풍처럼 계단을 올라 젊은 수련 소년을 놀라게 했다. 소년은 등을 뒤로 하고는 성급히 옷매무새를 고치고 식탁의 양피지를 다른 양피지들로 가리고 있었다. 쟝은 손가락으로 머리를 넘기고는 헛기침을 하면서 어색하게 몸을 굽혀 보였다. 시리는 엄지손가락을 허리띠에 꽂고는 재색 앞머리를 흔들었다.

"사람들이 떠드는 전쟁이 도대체 뭐야?"

시리가 소리쳤다.

"그걸 알고 싶어!"

"여기 앉아."

시리는 방을 둘러보았다. 방에는 책들과 두루마리가 잔뜩 쌓여 금방이라도 주저앉을 것 같은 커다란 책상들이 있었다. 의자는 하나밖에 없었다. 의자 역시 금방이라도 주저앉을 것 같았다.

"전쟁?"

쟝이 중얼거렸다.

"그래, 나도 그런 소리는 들었어. 전쟁에 관심이 있어? 넌 여자……. 아니, 책상에는 앉지 말고. 겨우 그 서류들을 정리한 거라고. 의자에 앉아. 잠깐, 책을 옆으로 치울게. 예니퍼 씨가 너 여기 온 거 알아?"

"아니."

"흠. 그럼 네네케 어머니는?"

시리는 얼굴을 찡그렸다. 무슨 말인지 알았다. 16살의 쟝은 대제사장이 앞으로 사제이며 역사를 기록하는 사람이 되도록 기르는 소년이었다. 엘란더에서 도시의 법정 서기로 일하면서 살고 있었지만 시내보다는 멜리텔리 신전에서 낮이나 아니면 가끔은 밤에도 신전의 도서관에서의 작품들을 필사하거나 그림을 그리며 더 자주 머물러 있었다. 시리는 네네케 어머니의 입에서 직접 그런 말을 들은 적은 없었지만 대제사장인 네네케는 쟝이 젊은 수련 소녀들 근처에 있는 것을 싫어했다. 그 반대의 경우도 마찬가지였다. 수련 소녀들은 이랬건 저랬건 쟝을 주시하고 있었고, 신전의 영토에 바지를 입은 존재가 자주 나타났을 때의 여러 가지 가능성에 대해 마음껏 수다를 떨기 일쑤였다. 시리는 이것이 너무나 이상했다. 왜냐하면 쟝은 시리의 기준에 따라 매력적인 남자라면 갖춰야 할 모든 것의 정반대였기 때문이었다. 시리가 기억하는 한, 신트라에서는 매력적인 남자라면 머리가 천장에 닿아야 하고, 덩치는 문짝에 낄 만큼, 욕은 드워프처럼 하고, 들소처럼 소리를 지르며 30발짝 내에서는 낮이나 밤이나 상관없이 말과 땀과 맥주 냄새를 풍기는 것이 정상이었다. 이러한 조건에 부합하지 못하는 남자라면 칼란테 여왕의 시녀들은 한숨의 대상으로도 소문의 대상으로도 보지 않았다. 시리는 또한 다른 남자들도 보았다. 앙그렌의 현명하고도 부드러운 드루이드들, 소든의 안정감 있고 우울한 정착민들, 케어 모헨의 위쳐들. 쟝은 달랐다. 막대기처럼 마른데다가 어설펐고, 잉크와 먼지 냄새를 풍기는 너무 큰 옷을 입고 다녔고, 언제나 머리카락은 기름에 절어 있었고, 턱에는 수염이 있는 대신 일곱 개인가 여덟 개인가 긴 털이 나서 그중 반쯤은 가슴까지 내려와 있었다. 시리는 정말로 도대체 왜 자기가 이렇게 쟝에게 끌리는지 알 수가 없었다. 시리는 쟝과 이야기하는 것을 좋아했다. 소년은 아는 것이 많아 이것저것 배울 것도 많았다. 하지만 최근 들어 쟝의 시선은 시리를 바라볼 때마다 이상하게 흐려지고 끈끈해지곤 했다.

"뭐."

시리는 참을성을 잃었다.

"나한테 말해 줄 거야, 아니야?"

"할 얘기도 없어. 전쟁은 일어나지 않을 거야. 그건 다 소문일 뿐이야."

"아하."

시리는 콧김을 뿜었다.

"그래서 기사들을 소집하는 명령은 그냥 재미로 하는 거야? 군대가 길을 행진하는 건 지루해서 그러는 거고? 빠져나갈 생각 마, 쟝. 넌 성과 시내에 나가잖아. 분명 무언가 알고 있을 거야!"

"왜 예니퍼 씨에게 그걸 물어보지 않고?"

"예니퍼 선생님은 더 중요한 일이 많으셔."

시리는 화를 냈지만 잠시 후 생각을 고쳐먹고 예쁘게 웃으며 속눈썹을 깜빡깜빡해 보였다.

"쟝, 제발 나한테 말해 줘! 넌 진짜 똑똑하잖아! 이야기도 멋지게 유식하게 잘하고. 네가 말하는 건 몇 시간이라도 들을 수 있어! 제발, 쟝!"

소년은 얼굴이 벌게지더니, 시선은 또다시 흐려졌다. 시리는 몰래 한숨을 쉬었다.

"흠."

쟝은 자리에서 왔다 갔다 하더니 괜히 팔을 흔들었다. 분명 손을 어디다 둬야 하는지 모르는 것 같았다.

"내가 너한테 무슨 말을 해 줄 수 있겠니? 물론 도시 사람들이 떠들기야 하지. 사람들은 돌 앙그라에서의 사건에 흥분해 있어. 하지만 전쟁은 일어나지 않을 거야, 분명히. 내 말을 믿어도 돼."

"당연히 믿어도 되겠지."

시리는 콧김을 내뿜었다.

"하지만 너의 확신이 근거가 뭔지 알고 싶어. 궁정 회의에 네가 참석하는 것은 아니잖아. 만약 어제 네가 시장이라도 된 게 아니라면, 그렇다면 축하할 일이고."

"난 역사 기록들을 연구해."

쟝은 얼굴이 빨개져 말했다.

"그 기록들을 보면 어쩔 땐 궁정 회의에서보다 더 많은 걸 알 수 있어. 나는 펠리그람 대원수가 쓴 〈전쟁의 역사〉도 읽었고, 루이테르 공작이 쓴 〈전략서〉도 읽었고, 브로니보르의 〈르다니아의 엘레아르의 우외〉도 읽었어. 그리고 지금의 정치적 상황은, 이런 책에서 읽은 것과 유추를 통해서만 알 수 있어. 유추가 뭔지 알아?"

"당연하지."

시리는 부츠의 징에 박힌 잔디를 빼내면서 거짓말을 했다.

"만약 옛날 전쟁의 역사들을."

소년은 천장을 바라보았다.

"지금 현재의 정치 지도에 대입한다면 소소한 국경에서의 충돌들, 돌 앙그라 건 같은 그런 것은 우연적이고 의미가 없다는 걸 알게 될 거야. 너는 마법을 수련하고 있는데, 그럼 현재 정치적 지형은 알고 있겠지?"

시리는 대답하지 않았다. 생각에 잠겨 책상에 놓인 양피지들을 걷어 내고는 가죽 장정이 되어 있는 커다란 책의 몇 페이지를 넘겼다.

"놔둬, 만지지 말고."

장이 불안해 했다.

"그건 아주 중요한, 한 권밖에 없는 작품이야."

"내가 먹기라도 할까 봐 그래."

"네 손이 더럽잖아."

"네 손보다는 깨끗해. 혹시 여기 지도 같은 거 있어?"

"있어. 하지만 통 속에 들어 있어."

소년은 얼른 대답했지만 시리가 찡그리는 것을 보고는 한숨을 쉬더니 함 위에 올려진 두루마리들을 치우고 함의 뚜껑을 열더니 무릎을 꿇고 그 안의 내용물을 뒤지기 시작했다. 시리는 의자에 앉아 몸을 꼬며 다리를 흔들고 있다가 갑자기 책장을 넘기기 시작했다. 책장 사이에서 땋은 머리를 옆으로 장식한 완전히 발가벗은 여자가 역시 완전히 발가벗은 수염 난 남자와 얽혀 있는 그림이 있는 종이가 떨어져 내렸다. 혀를 내밀고 시리는 그림을 들고 어디가 위고 어디가 아래인 줄 몰라 오랫동안 종이를 돌려보고 있었다. 그러다가는 마침내 그림의 가장 중요한 세부 묘사를 깨닫고는 낄낄거리기 시작했다. 쟝은 커다란 종이 말은 것을 겨드랑이 밑에 끼고 오다가 얼굴이 시뻘게져서 아무 말도 없이 시리의 손에서 그림을 빼앗아 책상에 넘치게 쌓여 있는 종이들 아래 숨겼다.

"아주 중요한, 한 권밖에 없는 작품이야."

시리는 비웃었다.

"연구한다는 유추가 이런 거야? 이런 그림 혹시 더 있어? 책 제목이 〈치료와 건강〉이라니 흥미롭네. 저런 방법으로는 무슨 병을 고치는 것인지 궁금해."

"첫 번째 룬어를 읽을 줄 알아?"

민망해서 더듬거리면서도 소년은 놀란 기색을 감추지 못했다.

"몰랐는걸."

"네가 모르는 건 아직도 많아."

시리는 잘난 척을 했다.

"도대체 뭐라고 생각하는 거니? 난 닭이나 돌보는 수련 소녀가 아냐. 난…… 마법사라고. 그건 그렇고, 그 지도 좀 보여 줘!"

둘은 바닥에 무릎을 꿇고 앉았다. 손과 무릎으로 딱딱한, 하지만 자꾸만 말려들어 가려고 하는 지도를 펼치려고 노력하고 있었다. 시리는 결국 의자 다리로 한쪽을 눌러 놓고 쟝은 한쪽을 〈위대한 왕 라도비드의 일생과 업적〉이라는 두꺼운 책으로 눌렀다.

"흠. 하지만 이 지도는 잘 안 보여! 아무것도 알아볼 수가 없잖아! 우리는 어디 있지? 엘란더는 어디야?"

"여기."

쟝이 손가락으로 가리켰다.

"여기가 테메리아야, 이쪽. 여기는 비지마, 우리 폴테스트 왕이 있는 수도지. 여기, 폰타르 계곡에 엘란더 공국이 있어. 그리고 여기. 응, 여기가 우리 신전이야."

"이 호수는 뭐야? 우리 동네에는 호수가 없잖아."

"그건 호수가 아냐. 그건 잉크 얼룩이야."

"아하. 그리고 여기. 여기는 신트라, 그렇지?"

"응. 자체체와 소든으로부터 남쪽. 그쪽으로, 응, 그쪽으로 야루가 강이 흘러서 바로 신트라에서 바다와 합쳐져. 그 나라는 네가 알지는 모르겠지만, 현재는 닐프가드가 점령하고……."

"알아."

시리는 주먹을 꼭 쥐며 말했다.

"아주 잘 알고 있어. 그런데 닐프가드는 도대체 어디 있지? 여기 그런 나라는 안 보이는데. 네 지도에 없는 거야, 뭐야? 더 큰 지도를 가져와!"

"흠……."

쟝은 턱 밑을 긁었다.

"그런 지도는 없어. 하지만 닐프가드는 저쪽, 남쪽 멀리 있다는 것만 알아. 응, 대충 여기쯤, 아마."

"그렇게 멀리?"

시리는 쟝이 지도 바깥으로 가리킨 곳을 보며 놀라서 물었다.

"그렇게 멀리서 온 거야? 그리고 오면서 다른 나라들을 함락시킨 거고?"

"응, 그래. 메티나, 메흐트, 나자이르, 에빙, 아멜 산에서부터 남쪽의 모든 나라들을 점령했어. 그 나라들을 여기 신트라와 위 소든처럼 닐프가드인들은 점령지라고 부르고 있어. 하지만 아래 소든과 베르덴, 브뤼헤는 점령당하지 않았어. 여기 야루가 강변에는 네 나라의 연합군이 그들을 막으며 전투에서……."

"나도 알아. 역사 시간에 배웠어."

시리는 쭉 편 손으로 지도를 쳤다.

"그럼 쟝, 전쟁 얘기를 해 봐. 우리가 지금 현재의 정치 지형 위에 무릎을 꿇고 있다고. 그러니 유추인지 뭔지 해서 결론을 내 봐. 들어 볼게."

소년은 헛기침을 하고 얼굴이 빨개진 후, 거위 깃털로 지도에서 설명하는 부분들을 가리키면서 이야기에 나섰다.

"현재 우리와 남쪽을 지배하고 있는 닐프가드와의 국경선은, 보듯이 야루가 강이야. 이건 현실적으로 넘을 수 없는 장벽이야. 절대로 얼지도 않고, 비가 오는 계절이면 강이 불어나 하상은 폭이 1마일은 돼. 멀리 흘러가서 그래, 여기, 여기서는 절벽으로 된, 닿지 못하는 강둑으로 흘러. 마하캄의 절벽과……."

"드워프들과 하플링들이 사는 지역이지?"

"응. 그래서 야루가는 여기서, 여기 하류 지역, 소든, 그리고 중류 지역, 돌 앙그라 지역……."

"바로 그 돌 앙그라에서 그 충, 충돌 사건이 일어난 거야?"

"잠시만, 이제 왜 야루가 강을 어떤 군대도 건널 수 없는지 설명할게. 몇 세기 전부터 군대들이 행진하곤 했던 양쪽의 계곡들은 지금은 우리 쪽뿐 아니라 닐프가드 쪽 역시 너무 탄탄하게 수비되고 병력들이 집중 배치되어 있어. 지도를 봐. 여기 얼마나 요새들이 많은지. 여기는 베르덴, 여기가 브뤼헤, 그리고 여기는 스켈리게 섬들……."

"그럼 이건, 이건 뭐야? 이 커다란 하얀 얼룩은?"

샹은 더 가까이 다가왔다. 시리는 샹 무릎의 열기를 느꼈다.

"브로킬론 숲이야."

샹이 말했다.

"여긴 금지된 땅이야. 숲 드라이어드의 왕국이지. 브로킬론은 우리의 군대들도 보호해 줘. 드라이어드들은 그곳으로 아무도 들어오지 못하게 하거든. 닐프가드도 마찬가지고."

"흠."

시리는 지도 위에 몸을 굽혔다.

"여기는 에이단, 그리고 벤거버그……. 샹, 당장 그만두지 못해!"

소년은 시리의 머리카락에서 얼른 입술을 떼고는 마치 작약처럼 얼굴이 붉어졌다.

"나에게 그렇게 하는 건 싫어!"

"시리, 나는……."

"난 너에게 심각한 일로 온 거야, 여자 마법사가 학자에게 오는 것처럼."

시리는 예니퍼의 말투를 그대로 따라 하며 차갑고 위엄 있게 말했다.

"그러니 행동 똑바로 해!"

'학자'는 얼굴이 더 시뻘게지고, 표정은 어찌나 바보 같아졌는지 '여자 마법사'는 겨우 웃음을 참고는 다시 지도 위로 몸을 숙였다.

"너의 정치 지형인지 뭔지에서."

시리가 결론지었다.

"지금까지 아무 결론이 없잖아. 야루가 강에 대해서 얘기했지만, 닐프가드 인들은 이미 강을 한 번 건너왔었어. 지금은 왜 안 된다는 거지?"

"그때는."

쟝은 헛기침을 하면서 갑자기 이마에 난 땀을 닦았다.

"그때는 브뤼헤와 소든, 테메리아만 적국이었어. 지금은 우리 모두가 연합했어. 소든 전투에서처럼 말이야. 네 나라, 테메리아, 르다니아, 에이단과 케드웬이……."

"케드웬은……."

시리가 잘난 척하면서 말했다.

"나도 알아. 그 연합이 뭔지. 케드웬의 헨젤트 왕이 에이단의 데머번드 왕에게 비밀로 특별 지원을 해 주기로 했지. 그 지원이라는 것은 통에 들어 있었어. 하지만 헨젤트 왕이 누가 배신자인가 의심하면서 통에 돌들을 넣었어. 함정을 판 거지."

시리는 갑자기 게롤트가 케드웬에서의 사건에 대해 이야기하지 말라고 한 것이 생각나 입을 다물었다. 쟝이 시리를 수상하다는 듯 보고 있었다.

"정말로? 네가 그걸 어떻게 알지?"

"펠리칸 대원수가 쓴 책에서 읽었어."

시리는 코웃음을 쳤다.

"그리고 다른 데서 유추하고. 돌 앙그라에서 무슨 일이 있었는지 얘기해 봐. 그리고 일단 그게 지도에서 어딘지 가르쳐 줘."

"여기. 돌 앙그라는 넓은 계곡이야. 남쪽으로부터 리리아와 리비아, 에이단, 그리고 더 나아가서는 돌 블라타나와 케드웬까지 이르는 길이지. 그리고 폰타르 계곡을 지나면 우리 테메리아까지 닿아."

"거기서 무슨 일이 있었는데?"

"전투가 일어났대. 아마도. 나도 그 얘기는 잘 몰라. 하지만 성에서 사람들이 그렇게 말했어."

"만약 전투가 일어났다면."

시리는 얼굴을 찡그렸다.

"그건 이미 전쟁 아니야? 지금 무슨 소리 하고 있는 거야?"

"전투는 한두 번 일어난 게 아냐."

쟝은 다시 설명을 시작했지만, 시리는 쟝이 점점 더 자신감을 잃고 있는 것을 알았다.

"국경에서는 충돌 사태가 많이 생겨. 하지만 별 의미는 없어."

"왜 의미가 없어?"

"힘의 균형이라는 게 있어. 우리도, 닐프가드도, 아무것도 할 수가 없는 거지. 그리고 어느 쪽도 카수스 벨리(casus belli)를 제공할 수는 없어."

"뭐라고?"

"전쟁의 발발 원인. 알았어? 그래서 돌 앙그라에서의 무장 충돌 사태는 그냥 우연적인 것, 산적들의 습격이나 아니면 밀수꾼들의 싸움이나. 어쨌든 간에 절대 그건 보통 전쟁의 상황은 아니야, 우리나 닐프가드나. 그랬다가는 바로 그게 카수스 벨리가 될 테니까."

"아하, 쟝, 그러면……."

시리는 말을 멈췄다. 갑자기 고개를 쳐들더니 손가락으로 머리를 만지고는 얼굴을 찡그렸다.

"가야 해."

시리가 말했다.

"예니퍼 선생님이 부르셔."

"그 목소리가 들려?"

소년이 신기해 했다.

"이렇게 멀리? 도대체 어떻게……."

"가야 해."

시리는 일어나 무릎에서 먼지를 털며 다시 말했다.

"쟝, 들어 봐. 예니퍼 선생님이랑 나는 아주 중요한 일로 멀리 떠나. 언제 돌아올지는 모르겠어. 이건 비밀이야, 마법사들의 비밀. 그러니 아무 질문도 하지 마."

쟝 역시 일어났다. 옷매무새를 고쳤지만 손은 어디에 둬야 할지 아직도 모르는 것 같았다. 눈이 또 이상하게 흐릿해졌다.

"시리……."

"왜?"

"나는……. 나는……."

"도대체 네가 왜 그러는지 모르겠다."

시리는 참을성 없이 말하고는 쟝을 향해 커다란 녹색 눈을 깜빡였다.

"아마 너 스스로도 모르겠지. 간다. 잘 있어, 쟝."

"잘 가, 시리. 여행 잘하고. 난, 난 네 생각을 하고 있을게."

시리는 한숨을 쉬었다.

"여기 왔어요, 예니퍼 선생님!"

시리는 마치 총알처럼 방으로 뛰어들었다. 문을 열면서 벽으로 쏜살같

이 달려들었다. 중간에 있던 스툴은 부딪쳤다간 다리가 부러질 법한 물건이
었지만 시리는 날렵하게 뛰어넘고 우아한 반 회전과 가짜 칼로 치는 동작을
해 보이고는 만족해서 즐겁게 웃었다. 빨리 달려왔음에도 불구하고 헐떡이
지도 않고 차분하게 호흡하고 있었다. 호흡 조절은 이미 완벽했다.

"왔어요!"

다시 말했다.

"그래, 이제야. 옷을 벗고, 목욕통으로. 빨리."

여자 마법사는 돌아보지도, 몸을 돌리지도 않고, 시리를 거울에 비친 상
으로 바라보았다. 천천히 젖은 검은 머리를 빗고 있었는데, 머리카락은 빗
이 당길 때만 쭉 풀어졌다가 다시 윤기 나는 파도가 되어 출렁거렸다.

시리는 번개같이 긴 부츠의 끈을 풀어 벗어 던지고, 옷을 훌러덩 벗고는
풍덩하고 목욕통에 뛰어들었다. 비누를 잡고는 열성적으로 팔을 문지르기
시작했다.

예니퍼는 가만히 창문을 바라보며 빗질을 하며 앉아 있었다. 시리는 물
을 튀기고 뽀글뽀글 소리를 내고 입에 들어간 비누를 뱉어 냈다. 머리를 흔
들면서 혹시 물이나 비누, 시간 낭비 없이 씻는 마법은 없을까 생각했다.

여자 마법사는 빗을 내려놓았지만, 아직도 생각에 잠긴 채 창밖을 바라
보고 있었다. 까치와 까마귀 무리들이 무섭게 깍깍 소리를 지르며 동쪽으로
날아가고 있었다. 책상 위 거울과 엄청난 양의 화장 도구 옆에는 편지가 놓
여 있었다. 시리는 예니퍼가 이 편지들을 오랫동안 기다렸다는 것을, 그리
고 그 편지를 받는 것에 따라 신전을 떠날 날짜가 결정된다는 것을 알고 있
었다. 쟝에게 떠난다고 말했지만, 시리 역시 어디로, 그리고 왜 가는지는 알
지 못했다. 도대체 편지에는 어떤 내용이……

짐짓 왼쪽으로 물장구를 치며 시리는 오른손 손가락으로 모양을 만들고 공식에 따라 집중한 후 편지에 시선을 두고 임펄스를 보냈다.

"꿈도 꾸지 마."

예니퍼가 몸도 돌리지 않고 말했다.

"생각했어요."

시리는 더듬었다.

"혹시 게롤트에게 온 건가 하고."

"그랬었다면, 너에게 줬겠지."

여자 마법사는 몸을 의자에서 돌려 시리 쪽을 향해 앉았다.

"다 씻으려면 아직 멀었니?"

"이제 끝났어요."

"일어나 봐."

시리는 순순히 일어났다. 예니퍼는 미소를 지었다.

"그래."

예니퍼가 말했다.

"이제 너의 어린 시절은 지났어. 그렇게 되어야 할 곳들은 부풀어 올랐지. 손을 내려 봐. 네 팔꿈치에는 관심이 없어. 아니, 아니, 수줍어하지 말고, 쓸데없이 부끄러워하지 말고. 그건 너의 몸이야, 세상에서 가장 자연스러운 거라고. 네가 어른이 되는 것도 똑같이 자연스러운 거야. 만약에 네 운명이 다르게 흘렀다면, 전쟁이 아니었더라면, 너는 이미 어떤 왕자나 귀족의 부인이 되어 있겠지. 너도 그건 알고 있지? 우리는 성에 대한 이야기를 충분히 자주, 네가 이미 여자라는 것을 이해할 수 있도록 정확하게 했었어. 외모로 말이야, 알아들었겠지만. 우리가 한 얘기를 기억하고 있겠지?"

"네, 기억하고 있어요."

"쟝을 방문할 때도 기억력에 문제가 생기진 않았기를 바란다."

시리는 눈을 내리깔았지만 잠시뿐이었다. 예니퍼는 웃고 있지 않았다.

"몸을 닦고 나에게로 와."

예니퍼가 쌀쌀하게 말했다.

"물 튀기지 말고."

수건을 둘둘 말고 시리는 여자 마법사의 무릎 옆에 있는 스툴에 앉았다. 예니퍼는 시리의 머리를 빗겨 주며, 가끔씩 가위로 엉킨 부분을 잘라 냈다.

"저에게 화났어요?"

시리가 망설이며 말했다.

"제가…… 탑에 가서요?"

"아니. 하지만 네네케가 싫어해. 너도 알고 있잖아."

"하지만 난 아무것도……. 전 쟝에게 전혀 관심이 없어요."

시리는 약간 얼굴이 빨개졌다.

"전 그저……."

"바로 그거야."

여자 마법사가 중얼거렸다.

"넌 그저. 이제 아이인 척은 하지 마, 이제는 아니니까. 그 남자애는 네 모습을 보기만 하면 침을 질질 흘리면서 말을 더듬어. 그게 안 보이니?"

"그건 제 잘못이 아니에요! 제가 어쩌라고요?"

예니퍼는 머리를 빗는 것을 그만두고 시리를 깊은 보랏빛의 눈으로 응시했다.

"그 애를 가지고 놀아서는 안 돼. 그건 나빠."

"전혀 가지고 놀지 않았어요! 그냥 얘기를 하는 것뿐이에요."

"나도 믿고 싶네."

여자 마법사는 절대로 빗겨지지 않는 엉킨 머리를 또 잘라 냈다.

"그냥 얘기를 하는 중에 내가 말한 걸 기억했으면 좋겠다."

"기억해요! 기억하고 있다고요!"

"걔는 똑똑하고 머리 회전이 빠른 아이야. 조심성 없는 말 한두 마디면 제대로 단서를 잡아서 절대로 알아서는 안 될 일을 알게 될 수도 있어. 아무도 알아서는 안 될 일을. 아무도, 절대로 아무도 네가 누군지 알아서는 안 돼."

"명심하고 있어요."

시리가 되풀이했다.

"아무에게도 단 한마디도 하지 않았어요. 확신하셔도 좋아요. 하지만 우리가 그 일로 이렇게 갑자기 떠나야 하는 건가요? 제가 여기 있다고 누군가 알아낼까 봐요? 그런가요?"

"아니야. 다른 이유들 때문이야."

"그럼…… 전쟁이 일어나기 때문인가요? 모두들 새로 전쟁이 일어난다고 말해요! 다들 그런 말을 해요, 예니퍼 선생님."

"당연하지."

여자 마법사는 시리의 귀밑에서 가위를 딸깍거리면서 차갑게 말했다.

"전쟁은 항시 존재하는 얘깃거리지. 옛날에도 전쟁 얘기를 했고, 지금도 하고, 앞으로도 할 거야. 이유가 없지도 않지. 전쟁은 과거에도 있었고 앞으로도 일어날 거야. 머리 숙여 봐."

"쟝은…… 닐프가드와의 전쟁은 안 날 거라고 했어요. 무슨 유추가 그렇대요. 나에게 지도를 보여 줬어요. 어떻게 생각해야 할지 저는 잘 모르겠어요. 유추가 뭔지도 모르겠고. 뭔가 어려운 거겠죠. 쟝은 유식한 책을 많이 읽고 잘난 척하는 거지만, 제 생각에는…….”

“네 생각이 나도 궁금하구나, 시리.”

“신트라에서 옛날에……. 예니퍼 선생님, 우리 할머니는 쟝보다 훨씬 더 현명했어요. 아이스트 왕 역시 현명했죠. 바다에서 항해를 하고, 세상 모든 것을, 외뿔고래와 뱀장어도 봤어요. 아마 유추도 한두 개 본 것이 아닐 거예요. 하지만 무슨 소용이 있나요? 닐프가드 인들이 갑자기 나타나서…….”

시리는 고개를 들었다. 목이 메어서 말을 잇지 못했다. 예니퍼는 시리를 꼭 껴안았다.

“할 수 없단다.”

예니퍼가 조용히 말했다.

“네 말이 맞아, 못난아. 만약 경험을 이용하고 결론을 얻어 내는 능력이 운명을 결정한다면, 아마 우리는 옛날에 전쟁이 뭔지 벌써 잊어버렸을 거야. 하지만 전쟁을 원하는 자들은 절대로 참지 않고, 어떤 경험도, 과거에서의 유추도 전쟁을 막지 못해.”

“그럼 결국…… 그건 사실이었군요. 전쟁이 일어나는군요. 그래서 저희가 떠나는 건가요?”

“그 얘기는 하지 말자. 미리 걱정할 필요는 없단다.”

시리는 코를 훌쩍거렸다.

“나는 벌써 전쟁을 보았어요.”

시리가 속삭였다.

“이제는 다시는 겪고 싶지 않아요. 다시는. 나는 또 혼자가 되기 싫어요. 겁먹는 것도 싫어요. 그때처럼 모든 걸 잃고 싶지도 않아요. 게롤트, 선생님……. 잃고 싶지 않아요. 예니퍼 선생님과 게롤트와 함께 있고 싶어요. 영원히."

"그렇게 될 거야."

여자 마법사의 목소리가 살짝 떨렸다.

"나는 너랑 같이 있을 거야, 시리. 영원히. 약속할게."

시리는 또 코를 훌쩍였다. 예니퍼는 조용히 기침을 하더니, 빗과 가위를 놓고는 일어나 창가로 향했다. 까마귀들은 산 방향으로 날아가며 아직도 깍깍거리고 있었다.

"내가 여기에 처음 왔을 때는."

갑자기 예니퍼가 보통 때의 울림이 낭랑한, 약간 비꼬는 듯한 목소리로 말했다.

"우리가 처음 만났을 때는…… 넌 나를 싫어했어."

시리는 아무 말이 없었다. 우리의 첫 번째 만남, 시리는 생각했다. 기억해요. 그때 나는 동굴에서 다른 여자아이들과 함께 있었죠. 프리물라가 우리에게 꽃들과 약초들을 가르치고 있었어요. 그때 이올라 피에르브샤가 들어와서 프리물라의 귀에 대고 무슨 말을 했어요. 신녀의 얼굴은 내키지 않는 듯 일그러졌어요. 그러더니 이올라 피에르브샤가 나에게 이상한 표정을 하고 왔어요. 준비해, 시리. 이올라가 말했죠. 얼른 식당으로 가. 네네케 어머니가 부르셨어. 누가 왔대.

이상한 의미 있는 눈초리들, 흥분의 눈초리들, 그리고 속삭임. 예니퍼. 여자 마법사 예니퍼. 시리, 서둘러. 네네케 어머니가 기다리셔. 그리고 예니퍼도 기다려.

시리는 생각했다. 바로 그때부터 알았어. 그녀라는 걸. 왜냐하면 봤으니까. 전날 밤에. 꿈속에서.

그 여자야.

그때는 이름을 몰랐었어. 꿈속에서는 말을 하지 않았으니까. 그냥 나를 바라보았고, 그 뒤로는 어둠 속에 잠긴 문들이…….

시리는 한숨을 쉬었다. 예니퍼는 몸을 돌렸다. 목걸이의 흑요석 별이 빛을 뿜고 있었다.

"네, 맞아요."

시리는 마법사의 보랏빛 눈을 똑바로 바라보며 고백했다.

"선생님을 좋아하지 않았어요."

"시리."

네네케 어머니가 말했다.

"이쪽으로 와라. 이분은 벤거버그에서 오신 예니퍼 선생님이야. 대마법사지. 걱정 마라. 예니퍼 선생님은 네가 누구인지 알아. 믿어도 좋아."

시리는 몸을 굽히고 손을 모아 최고의 존경을 갖추는 몸짓을 해 보였다. 여자 마법사는 긴 검은 원피스를 사그락거리며 가까이 다가와서는 시리의 턱을 붙들고 아무 예절도 갖추지 않고 시리의 머리를 왼쪽으로, 오른쪽으로 돌렸다. 시리는 분노와 반항심을 느꼈다. 누군가 자기를 그렇게 다루는 일에 익숙하지 않았다. 그리고 동시에 타는 듯한 질투심을 느꼈다. 예니퍼는 아주 아름다웠다. 시리가 매일매일 보는 신녀들과 수련 소녀들의 섬세하고 창백한, 하지만 평범한 외모에 비해 예니퍼는 스스로 자신이 아름답다는 것을 알고, 그것을 세부까지 강조하며 보여 주고 있었다. 까마귀처럼 까만 머리는 폭포처럼 어깨로 쏟아져 공작의 깃처럼 빛을 반사하며 움직일 때마다

굽슬굽슬 물결쳤다. 시리는 갑자기 흉하게 긁힌 자신의 팔꿈치와 거칠거칠한 손바닥, 부러진 손톱과 삐죽삐죽 자른 회색빛 머리가 창피하게 생각되었다. 갑자기 시리는 강렬하게 예니퍼가 가진 것을 갖고 싶은 욕망이 일었다. 깊게 파인 옷으로 보여 주는 아름다운 목, 그 위에 우아한 벨벳 줄에 걸려 있는 빛나는 별 모양의 목걸이. 잘 정돈되어 목탄으로 다시 강조해서 그려진 눈썹과 긴 속눈썹. 거리낄 것 없는 입술. 그리고 숨 쉴 때마다 위로 부풀어 오르는, 하얀 레이스와 검은 천으로 싸맨 두 개의 둥그런…….

"그러니까 얘가 그 유명한 '뜻밖의 선물'이군요."

여자 마법사는 입술을 살짝 일그러뜨리며 말했다.

"날 똑바로 봐, 애야."

시리는 몸을 떨고 머리를 푹 숙였다. 저 눈만은 예니퍼에게서 부럽지 않았다. 갖고 싶지도, 보고 싶지도 않았다. 보랏빛의, 바닥을 알 수 없는 호수 같은, 이상하게 번쩍이는, 차갑고 못된 눈. 무서운 눈.

여자 마법사는 뚱뚱한 여제사장 쪽으로 몸을 돌렸다. 목에 걸린 별은 식당의 창문으로 들어오는 햇볕에 타는 듯 빛나고 있었다.

"네, 네네케."

예니퍼는 말했다.

"의심할 여지가 없군요. 저 초록색 눈만 봐도 뭔지 알 것 같아요. 높은 이마, 가지런한 눈썹, 적당한 눈의 위치, 가는 콧날, 긴 손가락, 머리 색깔도 특이하고요. 분명 엘프의 피예요. 그렇게 많지는 않지만요. 엘프 증조할아버지나 증조할머니 정도. 맞죠?"

"이 아이의 혈통은 나도 몰라."

여제사장이 편안하게 말했다.

"나에게는 관심이 없는 일이야."

"나이에 비해서는 키가 크고."

여자 마법사는 계속해서 눈으로 시리를 훑으며 말했다. 시리는 화가 나고 신경이 곤두서 부글부글 끓고 있었다. 당장 폐가 허락하는 한 소리를 지르고 발을 구르고, 식탁 위의 꽃병을 쓰러뜨리고 벽에서 회칠이 떨어지도록 문을 쾅 닫고 공원으로 뛰쳐나가고 싶은 열망을 참고 있었다.

"발달도 좋군요."

예니퍼는 시선을 떼지 않고 말했다.

"어렸을 때 무슨 전염병 같은 것에 걸린 적은 있나요? 하, 그런 건 이 아이에게 묻지 않으셨겠군요. 여기 와서는 아프지 않았나요?"

"아니."

"편두통? 기절? 감기에 자주 걸리지는 않나요? 심한 생리통은?"

"아니. 그 악몽들만 문제야."

"알고 있어요."

예니퍼는 뺨에서 머리카락을 쓸어 냈다.

"편지에 써 있었어요. 그의 편지에서 보면, 케어 모헨에서는 얘에게 아무런…… 실험도 하지 않은 걸로 되어 있군요. 그 말을 믿고 싶네요."

"그건 사실이야. 얘에게는 자연에서 나온 촉진제만 줬을 뿐이야."

"촉진제는 촉진제예요!"

여자 마법사가 목소리를 높였다.

"절대로! 그런 촉진제 때문에 그런 현상이 더 심하게 나타났을 수도 있어요. 젠장, 그 사람이 그렇게 책임감이 없을 거라고는 생각하지 않았는데."

"진정해."

네네케는 차갑게, 그리고 갑자기 뭔가 존경을 갖추지 않은 눈길로 예니퍼를 바라보았다.

"내가 말했잖아. 그건 자연적인, 완전히 안전한 촉진제들이었다고. 미안하지만, 이 분야에 있어서는 내가 너보다 더 잘 알고 있어. 물론 누군가의 권위를 인정한다는 게 너한테 아주 어렵다는 걸 나도 알고는 있지만, 이번에는 그렇게 해 달라고 해야겠네. 그리고 이 얘기는 그만하도록 하지."

"그러길 원하신다면요."

예니퍼는 입술을 깨물었다.

"자, 이리 와, 얘야. 시간이 별로 없으니. 시간 낭비는 죄야."

시리는 손이 떨리는 것을 겨우 참고 침을 꿀꺽 삼키고 네네케 어머니를 무언가 묻는 듯 바라보았다. 대제사장의 얼굴은 심각했고, 걱정스러워 보였다. 시리의 말없는 질문에 대답하는 웃음은 보기 흉할 정도로 가식적이었다.

"예니퍼 선생님을 따라가거라."

네네케 어머니가 말했다.

"이제부터 어느 기간 동안 예니퍼 선생님이 너를 돌봐 주게 될 거야."

시리는 이를 악물고 고개를 떨어뜨렸다.

"좀 놀랐겠구나."

네네케가 계속 말을 이었다.

"갑자기 대마법사의 제자가 되었으니 말이야. 하지만 시리, 넌 똑똑한 애다. 그 이유가 뭔지는 너도 알게 될 거야. 조상들로부터 너는 어떤 특질들을 물려받았어. 내가 무슨 말을 하는지는 네가 알 거야. 그런 꿈을 꾼 후에 나에게 왔었지, 기숙사에서 밤에 놀라서 깨어난 후에 말이야. 나는 너를 도울 수가 없었단다. 하지만 예니퍼 선생님은……."

"예니퍼 선생님은……."

예니퍼가 끼어들었다.

"해야 할 일을 할 거야. 자, 애야, 가자."

"가거라."

네네케는 고개를 끄덕이며, 좀 자연스럽게 웃어 보이려고 최선을 다했지만 잘되지 않았다.

"가거라, 애야. 예니퍼 같은 선생님을 가지게 되는 건 굉장한 영광이란다. 선생님 앞에서 우리와 신전이 부끄럽지 않게 해라. 말 잘 듣고."

오늘 밤에 도망칠 거야, 시리는 결심했다. 다시 케어 모헨으로 돌아갈 거야. 마구간에서 말을 훔치고, 지금이 날 마지막 본 줄이나 알라고. 도망칠 거야!

"그렇겠지."

여자 마법사가 중얼거렸다.

"뭐라고?"

제사장이 고개를 들었다.

"뭐라고 했니?"

"아무것도 아니에요."

예니퍼가 웃어 보였다.

"잘못 들으신 거예요. 아님 제가 잘못 들었던가요. 네네케, 여기 당신 제자 좀 보세요. 하악 소리를 내는 성난 새끼 고양이 같군요. 눈에 불꽃이 어떻게 튀고 있나 좀 보세요. 아마 귀를 세울 수만 있으면 그렇게 할걸요. 여자 위처라니! 이 고양이는 목 부분을 꼭 잡고 발톱을 갈아 줘야겠는걸."

"좀 너그럽게 이해해 주게."

제사장의 얼굴은 알아볼 수 있도록 굳어졌다.

"이 아이에게 심장을 열고 너그럽게 대해 줘. 네가 생각하는 그런 상대가 아니야."

"그게 무슨 말이시죠?"

"얘는 너의 라이벌이 아니라는 뜻이다."

잠시 동안 두 사람은, 여제사장과 여자 마법사는 시선을 서로 주고받았다. 시리는 공기 중에서 무언가 이상한, 무서운 힘이 그들 사이에 뭉치고 있는 느낌이 들었다. 하지만 그것은 한순간이었다. 그러고는 그 힘은 사라지고 예니퍼는 잘 울리는 목소리로 거리낌 없이 웃었다.

"잊고 있었네요."

예니퍼가 말했다.

"항상 그의 편이죠. 아닌가요, 네네케? 언제나 그에 대해서 염려하고……. 마치 한 번도 가져 본 적 없었던 엄마처럼 말이죠."

"그리고 넌 항상 그의 반대편이야."

여제사장이 웃었다.

"언제나 그의 일이면 감정이 격해지지. 그리고 그 감정에 혹시나 제대로 된 이름을 붙일까 봐 온 힘을 모아 저항하고."

시리는 또다시 뱃속 어딘가에서부터 치밀어 오르는 분노, 머릿속에서 치밀어 오르는 반항심을 느꼈다. 얼마나 자주, 그리고 어떤 상황에서 그 이름을 들었는지 생각이 났다. 예니퍼. 불안함을 불러일으키던 이름, 어떤 위협적인 비밀의 상징 같던 이름. 시리는 그것이 어떤 비밀인지 짐작할 수 있었다.

내 옆에서 대놓고 이야기를 하더니, 아무 상관도 하지 않고, 시리는 생각했다. 화가 나서 손이 다시 덜덜 떨리고 있었다. 내가 있어도 전혀 개의치 않고. 나에게는 아무런 주의도 돌리지 않고. 마치 내가 애인 것처럼. 내가 있는 앞에서 게롤트에 대해서 얘기하다니, 그럴 순 없어. 왜냐하면 나는, 나는……

나는 누구지?

"하지만 네네케, 당신은……"

여자 마법사가 방어에 나섰다.

"또 자기 식대로 남의 감정을 분석하는 걸로 심심풀이 삼고 있군요!"

"남의 일에 참견한다 이건가?"

"그런 말을 입 밖에 낼 생각은 아니었어요."

예니퍼는 까만 머리채를 흔들었다. 머리카락은 뱀처럼 구불거리며 빛났다.

"하지만 대신 말해 주셔서 감사하네요. 이제 주제를 바꾸기로 해요. 왜냐하면 우리가 분석하고 있는 그 사람은, 우리 어린 수련 학생 앞에서 말하기도 민망할 만큼 아주 특출난 바보니까요. 그리고 너그럽게 이해해 달라고 부탁하신 건…… 네, 너그럽게 할게요. 심장을 여는 건 글쎄 어려울지도. 보통 다들 저는 심장 같은 건 없다고들 하니까요. 우린 잘 지낼 수 있을 거예요. 그렇지, 놀라운 선물아?"

예니퍼는 시리를 보고 웃었다. 시리는 화가 나고 신경이 곤두섰는데도 불구하고 자기의 뜻과는 상관없이 같이 웃어 보일 수밖에 없었다. 왜냐하면 여자 마법사의 웃음은 예상과는 달리 다정하고, 따뜻하고, 진심이 담겨 있었기 때문이었다. 그리고 아주, 아주 아름다웠다.

예니퍼의 말을 다 듣고 시리는 보란 듯 등을 돌리고, 신전 벽 아래 자라고 있는 접시꽃 안에서 웅웅거리는 등에에 온 정신이 팔린 척했다.

"아무도 내 의견을 묻지 않았어요."

시리는 퉁명스럽게 말했다.

"뭘 묻지 않았다고?"

시리는 반 회전을 하고는 화가 나서 접시꽃을 주먹으로 쳤다. 등에는 화가 난 듯 무섭게 웅웅거리며 날아가 버렸다.

"아무도 내게 당신의 제자가 되는 걸 원하냐고 물어보지 않았다고!"

예니퍼는 허벅지에 주먹을 얹었다. 눈이 빛나고 있었다.

"이게 웬 우연의 일치라니."

예니퍼는 씩씩거렸다.

"생각해 봐. 나에게도 너를 가르칠 생각이 있냐고 아무도 묻지 않았거든. 여기서는 하고 싶은지 아닌지가 중요한 게 아니야. 난 제자로 아무나 받아들이지 않아. 그리고 넌 보기와는 달리 그 아무나일 수도 있고. 너에게 어떤 가능성이 있는지, 위험한 게 무엇인지 내가 알아볼 거야. 그리고 나는 좋아서 한 것만은 아니었지만, 어쨌든 하겠다고 동의했어."

"하지만 난 아직 하겠다고 동의하지 않았어요!"

여자 마법사는 팔을 들더니, 손바닥을 움직였다. 시리는 머리가 쿵쿵 울리고, 귀는 마치 침을 삼킬 때 같은, 하지만 훨씬 더 센 느낌이 들었다. 갑자기 졸리면서 온몸의 힘이 빠지며, 목을 똑바로 하기가 힘들고 무릎이 후들거리는 것만 같았다.

예니퍼는 손을 내렸다. 이상한 느낌은 바로 사라졌다.

"내 말 잘 들어, 뜻밖의 선물아."

예니퍼가 말했다.

"나는 너에게 쉽게 마법을 걸 수도 있어. 최면을 걸거나 트랜스에 빠지게 할 수도 있어. 꼼짝하지 못하게 만들고 억지로 묘약을 먹이고 발가벗겨 식탁에 눕히고는 몇 시간 동안 조사를 할 수도 있어. 중간에 밥을 먹여 가면서 말이야. 넌 그래도 누워서 천장만 바라보며 눈알을 굴리지도 못하는 상태가 될 거야. 아마 너 같은 코흘리개를 만나면 그렇게 하겠지. 하지만 난 너에게는 그렇게 하고 싶지 않아. 왜냐하면 얼른 봐도 너는 똑똑하고 자부심이 강한 아가씨니까. 넌 성격이 있어. 나는 너도, 나도 서로 창피할 일은 하고 싶지 않아. 게롤트 앞에서 말이야. 왜냐하면 너의 능력을 조사해 달라고 부탁한 건 게롤트니까. 네가 그 능력을 어떻게 할 건지 너를 도와주려고 해.”

“게롤트가 부탁했다고요? 왜요? 나에게는 아무 말도 해 주지 않았는데! 나에게는 전혀 묻지도 않고…….”

“그 주제로 끈질기게 돌아가는구나.”

예니퍼가 말을 끊었다.

“아무도 너에게 의견을 묻지 않았어. 아무도 네가 무엇을 원하는지, 무엇을 원하지 않는지 알아보려고 하지도 않았지. 혹시 네가 반항적이고 고집센 코흘리개처럼 보이려고, 그래서 그런 질문을 할 필요도 없는 애처럼 보이려고 일부러 어떻게 한 건 아니고? 하지만 난 지금까지 아무도 너에게 하지 않은 질문을 해 보려고 해. 테스트를 받을 거니?”

“그러면 어떻게 되는데요? 테스트는 뭔데요? 그리고 왜…….”

“이미 설명은 했어. 만약 못 알아들었다면 할 수 없고. 네 인식을 넓히거나 지력을 향상시키는 데 힘을 뺄 생각은 나도 전혀 없으니까. 테스트는 똑똑한 사람이나 바보나 누구나 받을 수 있어.”

“난 바보가 아니에요! 다 이해했다고요!”

“그 편이 낫지.”

"하지만 난 마법사가 될 소질은 없어요! 난 아무 능력이 없다고요! 난 절대 여자 마법사가 못 될 거고, 되고 싶지도 않아요! 난 게롤트의 운……. 난 여자 위쳐가 될 거라고요! 여긴 잠깐만 머물려고 왔어요! 곧 케어 모헨으로 돌아가요."

"내 옷의 파인 부분을 열심히도 보는구나."

예니퍼가 보랏빛 눈을 가늘게 뜨며 차갑게 말했다.

"여기 뭐 이상한 거라도 있니, 아니면 그냥 질투일 뿐이니?"

"그 별은……."

시리가 중얼거렸다.

"뭐로 된 거예요? 그 돌은 움직이면서 이상한 빛을 내요."

"맥박이 뛰고 있는 거지."

여자 마법사가 웃었다.

"이건 흑요석 안에 파묻힌, 활동하는 다이아몬드야. 가까이서 보고 싶니? 만져 볼래?"

"네……. 아니오!"

시리는 몸을 뒤로 빼더니 예니퍼로부터 풍겨 나오는 가벼운 라일락과 구스베리 향기를 떨쳐내기라도 하려는 듯 화가 나서 머리를 흔들었다.

"싫어! 내가 뭐하러! 관심 없어요! 전혀! 난 여자 위쳐라고! 난 마법에는 아무 재능이 없어! 마법사는 어차피 되지 못할 거예요. 왜냐하면 난……. 그리고……."

예니퍼는 벽 아래 놓인 돌로 된 벤치에 앉아 손톱을 들여다보는 데 집중하고 있었다.

"그리고……."

시리가 말을 끝맺었다.

"생각 좀 해 봐야죠."

"이리 와. 내 옆에 앉아라."

시리는 시키는 대로 했다.

"생각해 볼 시간이 필요해요."

시리는 자신 없이 말했다.

"그렇겠지."

예니퍼는 계속 손톱을 바라보며 고개를 끄덕였다.

"이건 중요한 문제니까. 심사숙고를 필요로 하지."

둘은 잠시 말이 없었다. 공원을 산책하는 수련 소녀들은 재미있다는 듯 둘을 보고는 속닥이며 낄낄거렸다.

"그래서?"

"무슨······. 그래서라니요?"

"심사숙고는 끝났니?"

시리는 두 발로 벌떡 일어나 콧김을 뿜으며 발을 쿵쿵 굴렀다.

"난······. 난······."

시리는 화가 나서 숨을 헐떡였다.

"지금 나 가지고 놀리는 거예요? 난 시간이 필요해요! 심사숙고를 해야 한단 말이에요! 더 많이! 하루 종일. 그리고 밤에도!"

예니퍼는 시리의 눈을 바라보았다. 시리는 그 눈길에 몸이 움츠러들었다.

"속담에는."

여자 마법사가 천천히 말했다.

"밤이 좋은 생각을 가져다준다고 하지. 하지만 네 경우에는 놀라운 선물아, 아마 밤은 또 다른 악몽만 가져다줄 것 같구나. 또다시 비명을 지르며 아파하며 잠에서 깨고, 땀을 흘리고, 그러고는 무서워하겠지. 꿈속에서 본 것을, 기억할 수도 없는 무엇인가를 무서워하겠지. 그리고 그 밤엔 잠들지 못하는 거지. 밤새도록 무서워하며. 새벽까지."

시리는 몸을 떨며 고개를 숙였다.

"뜻밖의 선물아."

예니퍼의 목소리가 아주 약간 변했다.

"나를 믿어."

여자 마법사의 어깨는 따뜻했다. 검은 벨벳 원피스를 만져 보고 싶었다. 라일락과 구스베리의 냄새가 향기롭게 피어올랐다. 꼭 안겨 있으니 기분이 안정되고 편안해졌다. 긴장이 풀리면서 흥분이 가시고, 화나고 반항적이던 마음이 부드러워졌다.

"테스트를 받아, 놀라운 선물아."

"네."

시리는 대답할 필요가 전혀 없었다는 걸 이해하며 대답했다. 왜냐하면 그것은 질문이 아니었기 때문이었다.

"나는 하나도 이해하지 못하겠어요."

시리가 말했다.

"처음엔 제가 재능이 있다고 했잖아요, 그 꿈들 때문에. 하지만 이제 테스트를 해서 알아봐야 한다니. 그건 왜 그래요? 제가 재능이 있는 건가요, 없는 건가요?"

"그 질문에 바로 테스트가 답하는 거란다."

"테스트, 테스트."

시리는 얼굴을 찡그렸다.

"난 아무런 능력이 없다고요, 말했지만요. 만약에 제가 무슨 능력이 있었다면 선생님이 대번에 알아보지 않을까요, 그렇잖아요? 하지만…… 만약, 정말 우연히도 저에게 무슨 능력이 있다면, 그럼 어떻게 되는 거죠?"

"두 가지 가능성이 있어."

여자 마법사는 창문을 열며 무심하게 말했다.

"능력을 없애 버리던지, 아니면 그 능력을 다스릴 수 있도록 배워야 하는 거지. 만약 네가 재능이 있고 원한다면 너에게 마법의 원론적인 것들을 가르칠 생각이야."

"원론적이라는 게 무슨 뜻이에요?"

"기초적이라는 거지."

두 사람은 네네케가 예니퍼에게 할당한, 도서관 옆 건물의 쓰지 않는 부분인 큰 방에 단둘이 있었다. 시리는 이 방은 손님들에게 내준다는 것을 알았다. 게롤트도 신전에 올 때마다 바로 이곳에서 묵었다.

"저를 가르치고 싶으세요?"

시리는 침대에 앉아 손으로 담요를 치웠다.

"여기서 저를 데려갈 건가요? 난 당신과는 아무 데도 가지 않을 거예요!"

"그럼 나 혼자 갈게."

예니퍼는 안장주머니의 가죽 줄을 풀며 차갑게 말했다.

"그리고 확실하게 말하겠는데, 널 아쉬워하는 일은 없을 거야. 내가 분명히 말했지만, 나는 네가 원하면 널 교육시키겠다고 했어. 그리고 그건 여기서, 바로 여기서 할 수도 있고."

"그럼 얼마나 오랫동안 날 교육…… 가르칠 거예요?"

"네가 원하는 만큼 오래."

여자 마법사는 몸을 굽히고는 서랍장을 열어 그 안에서 오래된 가죽 가방과 벨트, 털가죽으로 된 신발 두 개, 버드나무 가지를 엮어 겉을 감싼 토기로 된 술병을 꺼냈다. 시리는 예니퍼가 작은 소리로 욕을 하며 동시에 웃는 것을 듣고, 다시 발견한 물건들을 서랍장에 집어넣는 것을 보았다. 누구의 것인지는 짐작할 수 있었다. 누군가 거기에 그것들을 놔둔 것이었다.

"제가 원하는 만큼 오래라니, 그게 무슨 뜻이죠?"

시리가 물었다.

"만약 내가 지루해지거나 아니면 그걸 배우기가 싫어지면……."

"그럼 그만하는 거야. 그걸 네가 말하기만 하면 돼. 아니면 보여 주던지."

"보여 줘요? 어떻게?"

"만약 우리가 교육 과정을 시작한다면, 난 완벽한 순종을 요구할 거야. 다시 말할게. 완벽한 순종. 만약 네가 배우는 게 싫어진다면 그냥 말을 듣지 않기만 하면 돼. 그럼 거기서 교육은 끝나. 알겠니?"

시리는 초록빛 눈으로 여자 마법사를 보며 고개를 끄덕였다.

"두 번째."

예니퍼가 안장주머니를 다시 넣으며 계속했다.

"난 네가 나에게 완전히 정직하기를 원해. 너는 내 앞에서 어떤 것도 감추어서는 안 돼. 어떤 것도. 만약 네가 이제 그만하고 싶은 기분이 든다면 거짓말을 하거나, 솔직하지 않거나, 겉으로만 어떻게 꾸미거나, 너 자신을 닫고 보여 주지 않으면 돼. 만약 내가 너에게 무언가를 물었는데, 네가 솔직하게 대답하지 않는다면 그 역시 바로 교육의 끝이야. 내가 무슨 말하는지 이해하지?”

“네.”

시리는 중얼거렸다.

“그런데 그 정직함이…… 그게 양쪽에서 다 솔직하게 대하는 건가요? 그러면 나도 당신에게 질문을 해도 되나요?”

예니퍼는 시리를 바라보았다. 입술이 이상하게 일그러졌다.

“물론이지.”

예니퍼는 잠시 후 대답했다.

“당연히 서로 그렇게 이해하는 거야. 바로 그게 내가 너에게 행하려는 교육과 돌봄에서 가장 중요한 거야. 솔직함도 양방향이야. 나에게 질문을 해도 돼. 언제라도. 그럼 난 대답해 줄게. 솔직하게.”

“어떤 질문이라도요?”

“어떤 질문이라도.”

“지금 이 순간부터요?”

“응. 바로 지금 이 순간부터.”

“당신과 게롤트는 어떤 사이죠, 예니퍼 선생님?”

시리는 자신의 뻔뻔스러움과 이 질문 다음에 깔린 침묵에 스스로 겁을 먹어 기절할 지경이었다.

여자 마법사는 천천히 시리 쪽으로 다가와 손을 시리의 어깨에 얹고는 가까이서 시리의 눈을 깊숙이 바라보았다.

“그리움.”

예니퍼는 진지하게 말했다.

“유감. 희망. 그리고 두려움. 응, 아무것도 빼먹지 않고 말한 것 같구나.

그럼 이제 테스트를 시작해도 되겠지, 이 초록 눈의 독사 아가씨야. 네가 얼마나 할 수 있을지 보자. 하지만 네 질문을 들으니, 만약 너에게 능력이 없다면 난 엄청 놀라게 될 것만 같구나. 가자, 못난아."

시리는 화를 냈다.

"왜 나한테 못난이라고 불러요?"

예니퍼는 입술 끝으로 웃었다.

"우리는 서로 완전히 솔직하기로 했잖니."

시리는 신경이 곤두서 몸을 쭉 펴고 참을성 없이 의자에서 꿈지럭거렸다. 몇 시간 동안 앉아 있었더니 딱딱한 의자에 엉덩이가 아팠다.

"이래 봤자 아무 소용없어요!"

시리는 소리를 치고는 목탄으로 더러워진 손가락을 책상에 문질렀다.

"그래 봤자 난……. 난 아무것도 못할 거예요! 난 마법사가 될 수 없어요! 처음부터 난 알고 있었는데, 내 말은 들으려고도 하지 않았죠! 내 말에 조금도 신경을 쓰지 않았어요!"

예니퍼는 눈썹을 추켜올렸다.

"내가 네 말에 조금도 신경을 쓰지 않았다고? 흥미롭군. 보통은 내가 정신이 있는 동안 듣는 모든 말에 집중하고 기억하고 있는데 말이지. 하지만 조건이 있긴 해. 제정신으로 하는 말만 말이지."

"또 비꼬는군요."

시리는 이를 악물었다.

"난 그냥……. 그러니까 그 능력에 대해서 말하려고 했어요. 왜냐하면 케어 모헨에서도, 산에서도……. 난 위쳐들이 하는 표식을 하나도 하지 못했어요. 단 하나도요!"

"알고 있다."

"아세요?"

"알아. 하지만 그건 아무것도 증명하지 않아."

"어떻게요? 하지만…… 그게 다가 아니에요!"

"잘 듣고 있으니 말해 봐라."

"전 어차피 안 돼요. 이해가 안 되나요? 난…… 너무 어려요."

"내가 시작했을 때, 난 더 어렸어."

"하지만 그래도……."

"도대체 무슨 말을 하려는 거니? 말을 하다 말다 더듬지 말고! 제대로 끝까지 말을 해 봐!"

"왜냐하면……."

시리는 얼굴이 빨개져 고개를 푹 수그렸다.

"왜냐하면 이올라랑 미라, 에우르네이드와 카티에랑 점심시간에 날 보고 놀리면서 난 마법에 걸리지도, 마법을 행할 수도 없을 거라고. 왜냐하면…… 왜냐하면…… 난, 난…… 처녀니까요! 그 말은……."

"내가 그 말이 무슨 뜻인지는 안다고 생각해도 좋아."

여자 마법사가 말을 중단시켰다.

"이걸 또 내가 비꼰다고 할지도 모르지만, 유감스럽게도 또 이렇게 말할 수밖에 없구나. 그건 헛소리야. 다시 테스트로 돌아가자."

"난 처녀라고요!"

시리가 지지 않고 되풀이했다.

"그런 테스트가 무슨 소용이 있어요! 처녀는 마법을 할 수 없다고요!"

"해결의 여지가 없잖니."

예니퍼가 의자에 깊숙이 몸을 기대었다.

"그게 그렇게 문제면, 나가서 처녀성을 잃고 오던지. 난 기다릴게. 하지만 빨리 와, 될 수 있으면."

"지금 농담하는 거예요?"

"알아챈 거니?"

여자 마법사는 조금 웃었다.

"축하한다. 예비 지능 테스트는 합격이구나. 이제는 진짜 테스트를 하자. 자, 집중하고. 이걸 봐. 이 그림에는 네 그루의 소나무가 있어. 소나무마다 가지의 개수가 달라. 이번에는 이 네 그루의 소나무에 어울리는 다섯 번째 소나무를 그려 봐. 이 빈자리에 와야 할 소나무로."

"소나무는 바보 같아요."

시리가 혀를 내밀고 목탄으로 약간 휘어진 소나무를 그리며 말했다.

"그리고 지루해요! 도대체 소나무가 마법과 무슨 상관이 있는지 알 수가 없다고요! 이런 게 무슨 관계예요, 예니퍼 선생님! 내 질문에는 답해 주기로 약속했잖아요!"

"좋지 않구나."

여자 마법사는 종이를 집어 들고 목탄으로 그린 그림을 까다롭게 바라보며 한숨을 쉬었다.

"그 약속을 한 걸 후회하게 될 줄 알았다. 소나무가 마법과 무슨 상관이냐고? 아무 상관도 없어. 하지만 제시간에 제대로 그리긴 했구나. 참, 처녀치고는 아주 잘했네."

"지금 절 비웃는 거예요?"

"아니, 난 거의 남을 비웃지 않아. 그러려면 정말 그럴 만한 이유가 있어야만 하지. 이제 새 종이에 집중해라, 놀라운 선물아. 여기엔 별, 동그라미, 십자, 삼각형이 그려져 있는 줄이 있어. 줄마다 이 요소들의 수가 달라. 자, 이제 생각해 보고 답해 봐. 마지막 줄에는 별 모양이 몇 개 나와야 하지?"

"별은 바보 같아요!"

"몇 개라고?"

"세 개요!"

예니퍼는 오랫동안 말을 하지 않고 잘 알고 있는 장롱 문짝에 새겨진 무늬만 뚫을 듯 바라보았다. 시리의 입술 위에 머물렀던 못된 웃음이 천천히 사라지다가 결국은 아무런 흔적도 없이 없어져 버렸다.

"분명 넌 재밌었겠지."

예니퍼가 아주 천천히 장롱에서 눈을 떼지 않고 말했다.

"네가 말도 안 되는 바보 같은 대답을 내놓으면 어떻게 될까 생각하면서 말이지. 어쩌면 내가 모를 거라고 착각한 건 아니니? 네가 무슨 답을 하던지 내가 관심이 없을 거라고 말이야. 잘못 생각한 거야. 어쩌면 그렇게 하면 내가 드디어 네가 능력이 없다고 인정할 거라고 생각한 거니? 그것도 잘못 생각한 거야. 만약 네가 테스트를 받는 것이 지겨워져서 이제 반대로 날 테스트할 생각이었다면……. 글쎄, 아마도 성공한 것 같구나. 이랬건 저랬건 이제 테스트는 끝이다. 종이를 줘."

"죄송합니다, 예니퍼 선생님."

시리는 고개를 숙였다.

"거기엔 당연히…… 한 개의 별이 나와야 해요. 정말 죄송해요. 저에게 화내지 말아 주세요."

"날 똑바로 봐, 시리."

시리는 놀라서 눈을 들었다. 왜냐하면 여자 마법사가 처음으로 자기를 이름으로 불렀기 때문이다.

"시리."

예니퍼가 말했다.

"알아줬으면 좋겠는데, 보이는 것과는 달리 난 웃는 것과 마찬가지로 화도 잘 내지 않아. 너에게 화난 것 아니야. 하지만 네가 사과를 해서 내가 너를 잘못 생각하지 않았다는 게 확실해졌구나. 그럼 이제 다음 종이를 집어들어. 자, 여기엔 다섯 채의 집이 있어. 여섯 번째 집을, 그리고……."

"또요? 정말 도대체 왜……."

"……여섯 번째 집."

여자 마법사의 목소리가 위협적으로 변하고 눈은 보랏빛 불꽃으로 탔다.

"여기, 빈자리에. 내가 다시 말하게 하지 말고."

사과들, 소나무들, 별들, 물고기들과 집들 다음에는 미로였다. 미로에서는 빨리 출구를 찾아야 했다. 그러고는 물결치는 선들, 마구 흐트러진 바퀴벌레 같은 얼룩들, 다른 이상한 그림들과 모자이크들로 눈이 사팔뜨기가 되고 머리는 빙빙 돌 것만 같았다. 그러고는 끈에 매달린 빛나는 공을 오랫동안 집중해서 보는 것이 시작되었다. 보기만 하는 것은 너무나 지루해서 시리는 거의 이것을 할 때마다 졸았다. 예니퍼는 이상하게도 전혀 상관하지 않는 것 같았다. 며칠 전 바퀴벌레 같은 얼룩 그림을 보며 졸 때에는 무섭게 호통을 치긴 했지만.

테스트들 때문에 시리는 뒷목과 등이 아파 왔고, 통증은 하루하루가 갈

수록 더 심해졌다. 시리는 움직이는 것과 맑은 공기가 그리워 솔직하기로 한 의무에 충실하기도 할 겸 바로 예니퍼에게 그런 얘기를 했다. 예니퍼는 마치 기다리고 있었다는 듯 이를 부드럽게 수용했다.

그리고 다음 이틀 동안 둘은 동정하는 듯, 아니면 재미있다는 듯 바라보는 신녀들과 수련 소녀들의 눈길을 받으며 공원을 달리며 구덩이와 울타리를 뛰어넘었다. 체조를 하고 신전의 과수원이나 농장의 담 꼭대기에 올라가 균형 잡기를 연습했다. 케어 모헨에서의 훈련과는 달리 예니퍼와의 운동에는 언제나 이론이 뒤따랐다. 예니퍼는 시리에게 손바닥으로 배와 가슴을 꾹꾹 누르며 호흡을 조절하는 법을 가르쳤다. 운동의 원리, 근육과 뼈의 움직임을 설명하고, 어떻게 쉬어야 하는지, 몸을 이완시키고 긴장을 늦추는 법을 가르쳐 주었다.

잔디밭에 드러누워 이렇게 긴장을 늦추고 있는 중이었다. 하늘을 바라본 채 시리는 계속해서 머리에서 맴돌던 질문을 던졌다.

"예니퍼 선생님, 테스트는 언제가 되어야 끝나나요?"

"그렇게 지겹니?"

"아니오. 하지만 이제는 제가 마법사가 될 수 있는지 알고 싶어요."

"될 수 있다."

"벌써 아시는 거예요?"

"처음부터 알고 있었어. 내 목걸이의 활동을 알아보는 사람은 아주 적단다. 아주 소수지. 너는 바로 알아챘어."

"그럼 테스트는요?"

"이제 끝났다. 너에 대해 알고 싶은 것은 다 알았어."

"하지만 어떤 문제들은……. 저는 잘 풀지 못했잖아요. 선생님도 그렇게 직접 말씀하셨고. 정말 확실하세요? 잘못 생각하신 거 아니고요? 제가 능력이 있다고 확신하세요?"

"난 확실해."

"하지만……."

"시리."

예니퍼는 재미가 있기도 하고 더 이상은 참을 수 없는 것 같기도 했다.

"우리가 이 잔디밭에 누웠을 때부터 나는 너랑 이미 목소리를 쓰지 않고 이야기하고 있어. 그건 텔레파시라고 하는 거란다. 기억해 둬. 그리고 너도 알았겠지만, 그래도 우리는 대화에 아무런 지장이 없단다."

예니퍼는 손을 안장 앞부분에 걸치고는 언덕 위의 하늘을 바라보았다.

"마법은 어떤 이들의 말에 따르면 카오스가 실제가 되어 나타난 거라고 해. 마법은 금지된 문을 여는 열쇠지. 그 문 뒤로는 악몽과 위협, 그리고 상상할 수도 없는 잔인함이 도사리고 있고, 적대적이고 파괴적인 힘, 순수한 악의 힘, 그 문을 조금 여는 자뿐 아니라 이 세상 전체를 멸망시킬 수 있는 힘이 기다리고 있어. 그 문 옆에서 이를 이용하는 자들이 언제나 있어 왔기 때문에 만약 누군가 실수를 저지른다면, 그때 세상의 종말은 결정되고 더 이상 막을 수 없게 되지. 마법은 그러니까 카오스의 무기이고 복수이기도 해. 천구의 합 이후, 사람들이 마법을 이용할 수 있게 된 것은 이 세상에 대한 저주이고 불행이야. 인류의 불행이지. 그래, 시리, 마법을 혼돈이라고 생각하는 사람들은 틀리지 않았어."

예니퍼의 검은 수말은 계속해서 발이 걸려 히힝거리며 야생화 덤불 사이를 천천히 움직였다. 시리도 몸의 중심을 잡으며 그 뒤를 말을 타고 따랐다.

높이 자란 야생화가 안장의 발 디딤대까지 닿고 있었다.

"마법은."

예니퍼가 잠시 후 다시 말을 이었다.

"어떤 이들의 의견으로는 예술이기도 해. 위대한 엘리트들만이 누리는, 아름답고 범상치 않은 것들을 만드는 예술이지. 마법은 제한된 소수에게만 허락된 능력이야. 그러한 능력이 없는 사람들은 경탄과 질투로 이러한 예술가들의 작업 결과를 감상할 수밖에 없지. 그러면서 이런 재능과 이런 작품들 없이는 이 세상이 좀 더 초라해지겠구나 하고 느낄 거야. 천구의 합 이후 선택된 몇몇의 사람들이 자신 안에서 재능과 마법을 발견한 건, 그러니까 자기 자신을 예술 안에서 찾게 된 것은 어쩌면 축복이며 아름다운 일이야. 그리고 그것도 사실이야, 시리. 마법은 예술이라 말하는 이들 역시 맞아."

야생화 덤불 사이에 마치 도사리고 있는 맹수의 등처럼 솟아난 둥그런 민둥산에는 조그마한 돌들 위에 받쳐진 커다란 바위가 놓여 있었다. 여자 마법사는 강의를 계속하며 그쪽으로 말을 몰았다.

"어떤 이들은 마법은 학문이라고 주장하지. 마법을 다스리기 위해서는 능력이나 타고난 재능으로는 부족해. 오랜 시간 동안의 연구와 집중적인 훈련에 참을성과 내적인 규율이 없이는 힘들지. 그렇게 얻어진 마법은 지식이고, 밝고 살아 있는 지성, 실험과 실습으로 그 한계가 계속해서 확장되는 인식이야. 그렇게 해서 얻게 된 마법은 발전이야. 쟁기, 직조 기계, 물레방아, 제철, 크레인, 도르래, 이들은 발전이고 진보이고 변화지. 그건 계속되는 움직임이야. 위를 향해, 더 나은 것을 향해. 별들을 향해. 천구의 합 이후 마법을 얻게 된 덕분에 우리는 언젠가는 별에도 닿을 거야. 말에서 내려, 시리."

예니퍼는 커다란 돌에 가까이 가 거칠거칠한 표면에 손을 얹고는 조심스럽게 그 위에서 꽃가루와 마른 나뭇잎을 털었다. 그리고 결론을 지었다.

"마법을 학문으로 생각하는 사람들 역시 그러니까 맞는 거야. 기억해 둬, 시리. 그리고 이제 이쪽으로 와 봐."

시리는 침을 삼키며 가까이 갔다. 예니퍼는 시리의 어깨를 끌어안았다.

"기억해."

예니퍼는 다시 되풀이했다.

"마법은 혼돈이고 예술이고 학문이야. 저주이며 축복이며 발전이지. 그건 모두 누가 마법을 쓰고, 어떤 목적에 따라 쓰느냐에 달려 있어. 그리고 마법은 어디에나 있어. 우리 주위 어디에나. 아주 쉽게 닿을 수 있지. 손을 뻗기만 하면 돼. 봐. 손을 뻗어 볼게."

거대한 돌은 알아볼 수 있을 만큼 떨렸다. 시리는 땅속 깊은 곳 멀리에서 울려 퍼지는 쿵쿵 소리를 들었다. 야생화 덤불들이 갑자기 언덕 위에 휘몰 아치는 돌개바람으로 흔들렸다. 하늘이 갑자기 흐려지면서 무서운 속도로 몰려오는 구름에 가려졌다. 시리의 얼굴에 떨어지는 빗방울이 느껴졌다. 갑자기 지평선 위에서 번쩍거리는 번개의 불빛에 눈을 깜빡였다. 시리는 본 능적으로 예니퍼의 라일락과 구스베리 향기를 풍기는 머리칼을 껴안았다.

"땅, 우리는 땅을 밟아. 불은 그 안에서 꺼지지 않지. 물에서는 모든 생명이 나오고, 물 없이는 어떤 것도 생을 유지할 수 없어. 공기, 우리는 공기로 숨 쉬지. 그들을 지배하기 위해서는 손을 뻗기만 하면 돼. 그들을 마음대로 하기 위해서 말이야. 마법은 어디에나 있어. 공기에도, 물에도, 땅에도, 불에도. 그리고 행성들의 합이 우리 앞에서 닫아 버린, 문 뒤에도 있어. 그 잠긴 문 뒤에서 가끔 마법이 우리에게 손을 뻗을 때도 있지. 우리를 향해. 넌 그걸 알고 있지? 넌 이미 마법의 손길을, 잠긴 문 뒤에서 나온 손길을 느낀

적이 있어. 그 손길이 너를 무섭게 한 거야. 그런 손길은 누구라도 공포에 질리게 만들지. 왜냐하면 우리들 모두 안에는 혼돈과 질서가, 선함과 악함이 공존하니까. 하지만 그걸 다스릴 수는 있고, 그래야만 해. 그걸 배워야 하고, 넌 바로 그걸 배울 거야, 시리. 그래서 너를 바로 이곳에 아무도 기억하지 못하는 시간으로부터 힘의 갈림길에서 살아 있는 이 바위 앞으로 데려온 거야. 만져 봐."

바위는 떨리면서 회전했고, 바위와 함께 언덕 전체가 떨리며 돌고 있었다.

"마법이 너에게 손을 내밀고 있어, 시리. 이상한 아이야, 바로 너에게. 놀라운 선물, 오래된 피의, 엘프의 피의 아이. 움직임과 변화의 사이에 엮인, 멸망과 부활 사이에 있는 아이. 운명이었고, 운명이 될 아이. 닫힌 문 뒤에서 마법이 너에게, 너를 향해 손을 내밀고 있어. 운명의 모래시계 안의 작은 낟알아. 너에게 카오스가 발톱을 뻗고 있지, 네가 혼돈의 도구가 될지, 그 계획의 방해가 될지도 모르면서 말이야. 카오스가 너에게 꿈속에 보여 주는 것은, 바로 그 불확신이야. 카오스는 너를 두려워하지, 운명의 아이. 그리고 네가 공포를 느끼기를 바라는 거야."

번개가 번쩍였고 계속해서 천둥소리가 울리고 있었다. 시리는 한기와 충격으로 몸서리를 쳤다.

"카오스는 자기가 무엇인지 너에게 완전히 보여 줄 수는 없어. 그래서 너에게 이전에 있었던 일들을, 과거를 보여 주는 거지. 네가 앞으로 다가올 날들을 무서워하도록, 앞으로 너와 너와 가까운 이들이 만날 것에 대한 두려움이 너를 좌지우지할 수 있도록, 너를 완전히 지배할 수 있도록 하는 거야. 그래서 카오스가 너에게 꿈을 보내는 거지. 이제 나에게 꿈에서 무엇을 보는지 보여 줘. 넌 공포를 느낄 거야. 하지만 그 후에는 이제 잊고, 공포를 다스리게 될 거야. 내 별을 바라봐, 시리. 눈을 떼지 말고!"

번개가 치고 천둥이 울렸다.

"말해! 네게 명령한다."

피. 예니퍼가 깨문 입술이 피를 흘리며 소리 없이 움직였다. 흰 바위 절벽들이 휙휙 지나갔다. 말은 힝힝거렸다. 점프. 갈라진 틈의 심연. 비명. 비행, 끝없는 비행. 심연⋯⋯.

심연의 밑바닥에 연기가 있었다. 아래로 내려가는 계단.

바 에세 데레아드 이이프 에이게안. 무언가는 끝난다⋯⋯. 무엇이?

엘리아네 블라스, 페인네웨드⋯⋯. 오래된 피의 아이?

예니퍼의 목소리는 멀리서 들려오는 것처럼 먹먹했다. 물기를 뚝뚝 떨어뜨리는 돌벽에 울려 퍼지는 메아리. 엘리아네 블라스⋯⋯.

"말해!"

보랏빛의 눈이 폭풍우로 휘날려 엉망이 된 머리카락 사이에서 고통으로 달아오른, 일그러져 길어진 얼굴에서 불탔다. 어둠. 습기. 타는 냄새. 돌벽들의 소름끼치는 냉기. 손목과 발목 주위의 쇠의 차가움.

심연. 연기. 아래로 내려가는 계단. 아래로 내려가야만 하는 계단.

왜냐하면⋯⋯. 왜냐하면 무언가가 끝나기 때문에. 왜냐하면 테드 데이리드, 끝의 시간, 늑대의 회오리바람의 시간. 백색 서리와 하얀 불빛의 시간⋯⋯.

새끼 사자는 죽어야 해!

가자, 게롤트가 말했다. 계단으로 아래로. 그래야만 해. 내려가야만 해. 다른 길은 없다. 계단뿐, 아래로!

게롤트의 입술은 움직이지 않았다. 달랐다. 피, 어디에나 피가⋯⋯ 피가 가득한 계단. 미끄러지지 않도록……. 왜냐하면 위쳐는 단 한 번만 싸우니까. 칼날의 번쩍임. 비명. 죽음. 아래로, 계단으로 아래로.

연기. 불. 무서운 말 달리기, 말발굽의 다그닥거리는 소리. 주위의 화재. 버텨, 버텨야 해, 신트라의 새끼 사자!

검은 말이 히잉하고 울더니 멈췄다. 버텨야 해!

검은 말이 춤춘다. 맹금류의 깃털로 장식된 투구의 틈새가 빛나고, 잔인한 눈이 번쩍인다. 날이 넓은 칼이 화재의 불빛을 반사하며 휙 소리를 내며 떨어진다. 피해, 시리! 위장! 회전, 전진! 피해! 피해! 너무 느려!!!!!

충격은 번쩍하며 시야를 흐렸다. 온몸을 떨게 하고, 꼼짝할 수 없는 고통은 잠시. 멍해지고, 아무 느낌도 없다. 갑자기 괴력으로 폭발했다. 뺨에 박힌 끔찍하게 뾰족한 어금니. 찢고는 사선으로 들어와 목으로, 뒷목과 가슴으로, 폐 속으로…….

"시리!"

시리는 등과 머리 뒤쪽으로 이상하게도 움직이지 않는 거칠거칠한 바위의 냉기를 느꼈다. 어떻게 앉았는지는 기억이 나지 않았다. 예니퍼가 옆에서 무릎을 꿇고 있었다. 조심스럽게, 하지만 단호하게 예니퍼는 시리의 손가락을 펴고 뺨에서 손을 떼어 냈다. 뺨은 고통으로 욱신욱신거렸다.

"엄마……."

시리가 신음했다.

"엄마, 아파요! 엄마……."

여자 마법사는 시리의 얼굴을 쓰다듬었다. 손은 얼음장처럼 찼다. 고통은 순식간에 사라졌다.

"꿈에서……."

시리는 눈을 감으며 속삭였다.

"봤어요. 검은 기사……. 게롤트……. 그리고 당신을……. 예니퍼 선생님을 봤어요!"

"알아."

"당신이 나왔어요. 선생님이 어떻게……."

"이제 다시는 더 하지 않을게. 이제 다시는 보지 않아도 된다. 이제 앞으로 절대로 이 꿈을 꾸는 일이 없을 거야. 너로부터 그 악몽을 떼어 낼 수 있는 힘을 내가 줄게. 그래서 너를 여기에 데려온 거야, 시리. 그 힘을 보여 주려고. 내일부터 너에게 주기 시작할게."

배움으로 힘든, 힘이 완전히 빠지도록 집중해서 배우는 나날들이 시작되었다. 예니퍼는 의지가 굳고, 학생에게 요구하는 것이 많고 엄격한, 가끔은 무섭게 학생을 쥐고 흔드는 선생님이었다. 하지만 절대로 지루한 선생님은 아니었다. 시리는 신전 학교에서 감기는 눈꺼풀을 겨우 뜨고 있을 때도 많았고, 네네케와 이올라 피에르브샤, 프리물라 등 신녀 선생님들의 단조롭고 부드러운 목소리에 잠든 적도 많았다. 예니퍼의 수업 시간에 그것은 불가능했다. 그것이 예니퍼의 목소리와 세게 강조해서 짧게 말하는 예니퍼의 말소리 때문은 아니었다. 가장 중요한 것은 배우는 내용이었다. 마법. 마법은 매혹적이고 흥분되는, 금세 빨아들일 수 있는 학문이었다.

시리는 하루의 대부분을 예니퍼와 함께 지냈다. 밤늦게야 기숙사로 돌아와 마치 나무토막처럼 쓰러져 바로 잠들곤 했다. 수련 소녀들은 시리가 엄청나게 코를 곤다고 불평을 하며 시리를 중간에 깨우려고 시도하기도 했다. 하지만 아무런 소용도 없었다.

시리는 언제나 깊이 잠이 들어 있었다.

아무런 꿈도 꾸지 않고.

"신들이여!"

예니퍼는 포기한다는 듯 한숨을 쉬며 양손을 검은 머리칼에 넣고는 고개를 떨구었다.

"이건 정말 간단하다고! 만약에 이 몸짓을 못하면 앞으로 더 어려운 건 어떻게 하려고 하니!"

시리는 몸을 돌리고는 화가 나서 씩씩거리며 몸동작을 거두었다. 여자 마법사는 또 한숨을 쉬었다.

"그림을 한 번 더 보고. 봐, 어떻게 손가락을 놓아야 하는지. 화살표 설명을 똑똑히 보고, 몸짓을 어떻게 해야 되는지 설명하는 룬 문자를 읽으라고."

"이미 이 그림은 천 번은 봤어요! 룬 문자도 이해하고요! 보르트, 카엘메. 이스, 벨로에. 자신으로부터, 천천히. 아래로, 빨리. 손을…… 이렇게요?"

"새끼손가락은?"

"여기 나온 것처럼 할 수는 없어요. 약지를 같이 구부리지 않고는요!"

"손을 쥐 봐."

"아야!"

"조용히 해, 시리. 네네케가 또 내가 산 채로 네 껍질이라도 벗기거나 기름에 튀기는 줄 알고 달려올 거야. 손가락 모양 그대로 두고. 이제 몸짓을 해 봐. 뒤로 돌려, 돌려, 손목으로! 좋아. 이제 손을 털고, 손가락에서 힘을 빼. 그리고 다시 해 봐. 아니, 아니라니까! 지금 네가 어떻게 했는지 아니? 만약 그렇게 하고 진짜 주문을 외우게 되면 한 달은 손을 틀로 고정시키고 다녀야 해! 넌 손이 도대체 나무토막으로 된 거니?"

"제 손은 칼을 잡도록 훈련되었어요! 그래서 그래요!"

"말도 안 되는 소리. 게롤트는 평생 칼을 휘둘렀지만, 손은 아주 기술이…… 흠, 아주 섬세했지. 자, 못난아, 한 번 더 해 봐. 이제 알겠지? 하려고 하기만 하면 되는걸. 노력만 하면 되잖아. 한 번 더. 좋아. 손 털고. 그리고 한 번 더. 좋아. 피곤하니?"

"약간요."

"내가 손이랑 팔을 마사지해 줘도 될까? 시리, 도대체 왜 내가 준 연고를 쓰지 않니? 손이 무슨 수세미처럼 거칠거칠하구나. 그리고 이건 뭐지? 반지 자국 아니니? 내가 액세서리를 하지 말라고 말했을 텐데?"

"하지만 이 반지는 미라랑 던지기 놀이를 해서 딴 거예요. 그리고 반나절밖에 끼지 않았어요."

"반나절이나? 앞으로는 끼지 말아라."

"도대체 이해할 수 없어요. 왜 내가……."

"이해할 필요는 없어."

여자 마법사가 말을 잘랐지만, 화난 목소리는 아니었다.

"그런 종류의 어떤 장식도 몸에 걸치지 말라고 부탁할게. 만약 원한다면 머리에 꽃을 꽂는 건 괜찮아. 화관을 만들거나. 하지만 금속이나 수정, 돌은 절대로 안 돼. 시리, 이건 아주 중요해. 만약 그래야 할 시점이 오면 왜 그런지 네게 설명해 주마. 일단은 나를 믿고, 내 부탁을 듣도록 해."

"선생님은 별도, 귀걸이도, 반지도 끼잖아요! 왜 나만 안 되는 거예요? 그것도 내가…… 처녀라서 안 되나요?"

"못난이야."

예니퍼는 시리의 머리를 쓰다듬으며 웃었다.

"넌 그 문제에 집착하는구나. 이미 그러거나 말거나 아무 의미가 없다고 설명했을 텐데. 아무런 의미도 없어. 내일은 머리 좀 감자. 그럴 때가 되었네."

"예니퍼 선생님?"

"왜."

"저 선생님이 저에게 약속하신 그 솔직함의 의무로······. 뭐 하나 물어봐도 돼요?"

"물어봐. 하지만 제발, 그 처녀 얘기는 관두고."

시리는 입술을 깨물고 오랫동안 침묵하고 있었다.

"어쩔 수 없군."

예니퍼가 한숨을 쉬었다.

"맘대로 해. 물어보거라."

"왜냐하면 그러니까······."

시리는 얼굴을 붉히며 입술을 핥았다.

"기숙사의 여자애들은 항상 얘기들을 해요. 벨레타인 축일*이랑 다른 그런······. 그리고 나한테는 내가 코흘리개고, 아이라고 말해요. 왜냐하면 이제는······. 예니퍼 선생님, 정말로 어떤 건가요? 어떻게 알 수 있나요, 그때가 왔는지?"

"······남자랑 침대에 가야 할 때 말이니?"

시리는 얼굴이 시뻘게졌다. 잠시 동안 말을 하지 않다가 눈을 들고는 고

---

* 벨레타인 축일(święto Belleteyn) : 여름의 시작을 기리는 축일. 5월 1일로 전나무 둥치를 태우고, 공기 중에는 마법이 가득하다.

개를 끄덕였다.

"그걸 알기는 쉽지."

예니퍼가 아무렇지도 않게 대답했다.

"만약 그런 고민을 하게 된다면, 그게 바로 그때가 온 거야."

"하지만 전 그럴 생각이 없는걸요!"

"그건 의무는 아니야. 그럴 생각이 없으면 안 하면 돼."

"아하."

시리는 다시 입술을 깨물었다.

"그러면 그, 그러니까…… 그 남자는 어떻게 알아보는 거예요. 그 사람이랑……."

"침대에 가야 한다는 걸 말이야?"

"음."

"만약 그런 선택이 주어진다면."

여자 마법사는 웃음을 참느라 입술을 깨물었다.

"그리고 경험이 딱히 없다면, 우선은 남자가 아니라 침대가 우선이야."

시리의 에메랄드빛 눈이 접시만 하게 커졌다.

"네? 침대라고요? 그게 무슨 말이에요?"

"바로 그래. 그러니까 우선 침대가 없는 자들은 제외시키는 거야. 남은 자들 중에서 더럽거나 지저분한 침대를 가진 사람들을 제외하면 돼. 그리고 이제 깨끗하고 잘 정돈된 침대를 가진 사람만 남게 되면, 그때 네 마음에 가장 드는 남자를 고르는 거야. 좋지 않은 건 이 방법도 100퍼센트 맞는 건 아니야. 이렇게 골라도 완전히 실패할 수도 있지."

"농담인가요?"

"아니. 농담이 아니야, 시리. 내일부터는 여기서 나랑 같이 자라. 네 물건들을 이리로 옮겨 와. 기숙사에서는 푹 쉬고 자야 할 귀중한 시간에 아무래도 수다 떠는 데 너무 시간을 낭비하는 것 같구나."

손동작과 움직임과 몸짓의 기본을 완전히 익힌 후 시리는 주문과 주문을 만드는 법을 배우기 시작했다. 주문은 더 쉬웠다. 시리가 완벽하게 알고 있는 고어로 쓰인 주문들은 금방 외울 수 있었다. 그 주문을 읊을 때는 가끔은 복잡한 억양을 사용해야 하는데, 그것도 시리에게는 문제가 되지 않았다. 만족한 예니퍼는, 매일매일 더욱더 다정해지고 태도가 부드러워졌다. 점점 더 자주 공부하다가 쉬는 시간에 둘은 아무 이야기나 나누고, 농담을 주고받고, 이제는 예니퍼와 시리의 수업을 자주 방문하는 네네케에 대해 살짝 험담을 하며 재미를 느끼는 수준에까지 이르렀다. 네네케는 암탉처럼 신경이 곤두서서 자기가 상상하는 여자 마법사의 혹독하고 비인간적인 고문에서 시리를 언제라도 자신의 날개 아래로 데려와 보호하고 구해 줄 준비가 되어 있었다.

예니퍼의 명령에 순종하며 시리는 예니퍼의 방으로 옮겨 왔다. 이제는 낮뿐만 아니라 밤에도 둘은 함께했다. 가끔 수업은 밤에도 진행되었다. 어떤 몸짓들이나 주문들은 대낮의 햇볕에서는 행해서는 안 되었기 때문이었다.

제자의 진도에 만족한 예니퍼는 수업의 진도를 늦추었다. 둘은 자유 시간이 더 많아졌다. 저녁에는 같이 또는 따로따로 책을 읽는 데 시간을 보냈다. 시리는 스타멜포르드가 쓴 〈마법의 본성에 대한 대화〉를 끝내고 지암바티스타의 〈원소들의 제국〉을 넘어 리허트와 몬츠크가 쓴 〈자연 마법〉까지 끝냈다. 또한 처음부터 끝까지 다 읽지는 못했지만, 얀 베커의 〈보이지 않는 세계〉나 글랑빌의 아그네스가 쓴 〈비밀 중의 비밀〉 역시 훑어보았다. 오래되어 누렇게 변색된 〈미르트 코덱스〉나 〈아드 아에르카네〉, 그리고 유명하고도 끔찍한, 무서운 그림들이 가득한 〈두 드위메르모르츠〉도 넘겨다보았다.

마법에 대한 것들이 아닌 책들에도 손을 뻗었다. 시리는 〈세계의 역사〉와 〈생에 대한 논문〉도 읽곤 했다. 또한 신전 도서관의 가벼운 책들도 등한시하지 않았다. 얼굴이 빨개진 채로 라 크레흠 백작의 〈유희〉와 안나 틸러의 〈왕궁의 여인들〉도 읽었다. 유명한 음유시인인 단델라이온의 작품집인 〈사랑의 고통〉과 〈달의 시간〉도 읽었다. 〈빛나는 진주〉라는 제목의 아름답게 장정된 책 속에서 비밀스러움이 뿜어 나오는 에씨 다벤의 절묘한 발라드를 읽고 눈물을 흘리기도 했다.

시리는 특권을 이용해서 질문들을 던지기도 했다. 그리고 언제나 답을 들었다. 그러나 점점 더 자주 시리가 질문을 받는 입장이 되었다. 예니퍼는 처음에는 마치 시리의 운명과 시리가 신트라에서 보낸 어린 시절에도, 이후의 전쟁 때의 경험에도 전혀 관심이 없는 것처럼 보였다. 그러나 그 후에 질문들은 점점 더 구체적인 것이 되어 갔다. 시리는 대답을 해야 했다. 시리는 내키지 않은 듯 대답하곤 했다. 왜냐하면 여자 마법사가 던지는 모든 질문들이 시리의 기억 속에서 이제는 영원히 닫아 버리고 싶은 문들을 계속해서 열어젖혔기 때문이었다. 소든에서 게롤트를 만난 후 시리는 자신이 '새로운 삶'을 시작했고, 신트라에서의 삶은 이제 다시는 돌아올 수 없게 지워졌다고 생각하고 있었다. 케어 모헨의 위쳐들은 시리에게 아무런 질문도 하지 않았고, 신전에 오기 전 게롤트는 누구 앞에서도 시리가 누구였는지 단한마디도 발설하면 안 된다고 했던 것이었다. 당연히 모든 것을 알고 있는 네네케는, 다른 신녀들과 수련 소녀들에게 시리를 이 세상에서 가장 평범한 기사와 시골 처녀 사이에서 혼인 없이 태어난 아이로 성에도 어머니의 초가 집에도 자기 자리라곤 없는 아이라고 알게 했다. 멜리텔리 신전에 있는 수련 소녀의 반은 그런 아이들이었다.

예니퍼도 비밀은 알고 있었다. 예니퍼는 '믿을 수 있는' 사람이었다. 예니퍼가 물었다. 바로 그 신트라에 대해.

"신트라에서 어떻게 탈출한 거지, 시리? 닐프가드 인들을 피해서 어떻게?"

시리는 그것을 기억하지 못했다. 모든 것은 끊어진 것처럼 안개와 연기 속에 묻혀 있었다. 도시가 포위된 것, 할머니 칼란테 여왕과 작별 인사를 한 것, 공작들과 기사들이 힘으로 부상을 입고 죽어 가던 여왕 신트라의 암사자를 옥좌에서 끌어 내린 것은 기억하고 있었다. 불타는 거리에서 미친 듯이 도망치던 것, 피투성이의 싸움과 말에서 떨어진 것은 기억하고 있었다. 맹금류의 깃털을 투구에 장식한 검은 기사를 기억했다.

그리고 더 이상은 기억하지 못했다.

"기억이 안 나요. 정말로 기억이 안 나요, 예니퍼 선생님."

예니퍼는 강요하지 않았다. 시리에게는 다른 질문들을 했다. 예니퍼는 이 모든 것을 요령 있고 섬세하게 진행해 시리는 점점 더 마음이 편해졌다. 그러고는 결국 자기 스스로 말을 하기 시작했다. 질문을 기다리지 않고, 신트라와 스켈리게 섬에서의 어린 시절에 대해 편안하게 이야기하기 시작했다. 자신을 리비아의 게롤트, 하얀 머리의 위쳐의 운명이 되게 한 놀라운 선물의 법칙과 운명의 심판에 대해서. 전쟁에 대해서. 자체체의 숲에서의 떠돌이 생활에 대해, 그리고 앙그렌의 드루이드들 사이에서 살던 시절과 시골에서 보낸 시절에 대해서. 게롤트가 자신을 어떻게 발견하고 위쳐들의 본부인 케어 모헨으로 데려가게 되었는지, 그렇게 해서 시리의 짧은 생에 어떻게 새 장이 열렸는지에 대해.

어느 날 저녁에는 물어보지도 않았는데 시리가 자진해서 시리를 납치해서 억지로 데리고 있다가 드라이어드로 만들려고 했던 브로킬론 숲에서 게롤트를 처음 만난 이야기를 상당한 각색을 하며 늘어놓았다.

"하!"

예니퍼가 이야기를 다 듣고 말했다.

"그걸 볼 수만 있다면 천금도 아끼지 않겠어. 내 말은 게롤트 말이야. 브로킬론에서 그의 운명이 가져온 뜻밖의 선물을 봤을 때 그 얼굴 표정이 어땠을까! 아마 네가 누구인지 알았을 때 분명 얼굴 표정이 볼만했을 거야. 그랬지?"

시리는 낄낄거렸다. 녹색 눈동자에는 장난꾸러기 같은 불꽃이 튀었다.

"당연하죠!"

시리는 낄낄거렸다.

"물론이에요! 얼굴이 어땠는데요! 보고 싶나요? 제가 보여 드릴게요, 절 보세요!"

예니퍼는 폭소를 터뜨렸다.

그 웃음, 시리는 동쪽으로 날아가는 검은 새들의 무리를 보며 생각했다. 그 웃음, 같이 나눴던 솔직한 웃음, 그게 우리를 가깝게 했던 거야, 예니퍼 선생님과 나를. 우리는 게롤트 얘기를 하며 함께 웃을 수 있다는 것을 이해하게 된 거야. 게롤트. 갑자기 우리는 서로 가까워졌어. 물론 난 게롤트가 우리를 이어 주고, 동시에 우리를 갈라놓고, 그리고 앞으로도 그러할 것을 알고 있지만.

그 함께했던 웃음이 우리를 가깝게 했다.

그리고 이틀 후에 일어난 그 일이. 숲에서, 언덕에서. 예니퍼는 내가 어떻게 찾아야 하는지 알려 주었지.

"내가 왜 그……. 이름을 까먹었어요, 그게 뭐랬더라? 아무튼 찾아야 하는지 모르겠어요."

"교차 지점."

예니퍼가 풀이 무성한 지점을 지나오다 소매에 낀 유채꽃을 빼내면서 시리에게 일러 주었다.

"교차 지점을 어떻게 찾아야 하는지 보여 줄게. 왜냐하면 힘을 끌어낼 수 있는 장소들이 있거든."

"하지만 전 이미 힘을 끌어낼 줄 알아요! 그리고 선생님이 힘은 어디에나 있다고 말씀하셨잖아요! 신전에만 해도 에너지가 가득해요."

"물론이지. 거기엔 적지 않은 에너지가 있어. 바로 그래서 다른 곳이 아니라 신전이 그 장소에 세워진 거야. 바로 그래서 신전 구역에서 너는 힘을 얻는 것이 쉽다고 생각하는 거고."

"다리가 아파요! 잠깐만 앉았다가 가요, 네?"

"좋아, 못난이야."

"예니퍼 선생님?"

"왜."

"왜 항상 우리는 물에서 힘을 끌어오죠? 마법의 에너지는 온 세상에 있는데 말이에요. 땅에도 있잖아요, 공기와 불에도?"

"그렇지."

"땅은…… 여기 우리 주위는 온통 땅이잖아요. 다리 밑. 그리고 공기도 어디에나 있어요. 만약 불을 원한다면 그냥 불을 피우고……."

"넌 땅에서 에너지를 끌어오기에는 아직 너무 약해. 공기로부터 무엇을 얻기에는 넌 아는 게 너무 없단다. 그리고 불장난은 절대로 금지야! 이미 말했지만 무슨 이유가 있더라도 너는 불의 에너지를 만져서는 안 돼!"

"소리치지 마세요. 기억하고 있어요."

둘은 아무 말 없이 잘린 나무둥치에 앉아 나무를 스치는 바람 소리를, 근처에서 계속해서 무언가를 쪼고 있는 딱따구리 소리를 들었다. 시리는 배가 고프고 목이 말라 침이 더 끈끈해졌다. 하지만 자기의 비판이 아무 의미도 없었다는 것을 알고 있었다. 한 달 전이라면 예니퍼는 이렇게 시리가 불만을 토로할 때면 원시적인 직관을 다스리는 기술에 대해 무섭게 설교를 늘어놓았을 텐데, 후에는 그냥 무시하는 듯한 침묵으로 일관했다. 저항해 봤자 별 소용도 없었고, 아무것도 얻어 내지 못했다. '못난이'라고 부르는 것에 대해서도 화를 내어 봤자였다.

예니퍼는 소매에서 마지막 유채꽃을 떼어 냈다. 이제 조금 있으면 무슨 질문을 하겠구나, 시리는 생각했다. 무슨 생각을 하는지 들어 봐야지. 또, 내가 기억하지 못하는 것에 대해 물을까? 아니면 내가 기억하기를 원하지 않는 것을. 아니, 그건 말이 안 돼. 난 대답하지 않을 거야. 그건 과거일 뿐이니까. 과거로는 돌아가지 않으니까. 나 자신이 그렇게 언젠가 말한 적이 있는 것처럼.

"너희 부모님 얘기를 해 줄래, 시리?"

"기억나지 않아요, 예니퍼 선생님."

"기억을 되새겨 봐. 부탁한다."

"아빠는 정말로 기억나지 않아요."

시리는 명령에 복종하며 조그맣게 대답했다.

"다만……. 거의 기억이 안 나요. 엄마, 엄마는 기억해요. 긴 머리에……. 네, 이 정도. 그리고 항상 슬픈 얼굴이었어요. 기억해요. ……아니, 아무것도 기억나지 않아요."

"기억을 되살려 봐. 부탁이야."

"기억이 안 나요!"

"내 별을 바라봐."

고깃배들 사이 아래를 향해 내리꽂히는 갈매기들이 소리를 지르고 있었다. 거기서 갈매기들은 물고기 함에서 나온 것들과 버리는 자잘한 것들을 주웠다. 바람은 바이킹 배의 내려진 돛들을 살살 펄럭였고, 작은 항구 위에는 안개로 잘 보이지 않는 연기들이 공기 중으로 흩어지고 있었다. 항구로는 신트라의 갤리선들이 금빛 깃발에 황금 사자 문양을 휘날리며 들어왔다. 시리 바로 옆에 서 있던 크래치 삼촌은 마치 곰의 앞발처럼 큰 손으로 시리의 어깨를 잡더니 갑자기 한쪽 무릎을 꿇었다. 한 줄로 서 있는 군인들은 박자에 맞춰 칼을 방패에 부딪쳤다.

크래치 삼촌 쪽으로 구름다리를 타고 칼란테 여왕이 왔다. 스켈리게 섬에서 아드 레나, 가장 높은 여왕이라고 부르는 시리의 할머니. 하지만 스켈리게를 이끄는 크래치 안 크라이트 삼촌은 계속해서 고개를 푹 숙이고 무릎을 꿇고는 신트라의 암사자를 조금 덜 공식적인, 하지만 섬사람들이 존경을 바칠 때 쓰는 호칭으로 불렀다.

"문안 인사 받아 주십시오, 모드론."

"공주야."

칼란테는 차갑고 지배적인 목소리로 스켈리게를 다스리는 크래치 안 크라이트를 쳐다보지도 않고 말했다.

"이리 와. 나에게로 와, 시리."

할머니의 손은 남자처럼 힘이 세고 딱딱했고, 손가락에 있는 반지는 얼음장처럼 찼다.

"아이스트는 어디 있지?"

"폐하는……."

크래치가 말을 더듬었다.

"바다에 계십니다, 모드론. 나머지 부분과 시체들을 찾고 있습니다. 어제부터……."

"왜 그걸 허락해 줬지?"

여왕이 외쳤다.

"어떻게 그걸 허락할 수 있었나? 크래치, 어떻게 그렇게 되게 놔둘 수 있었냐고? 넌 스켈리게를 다스리는 왕이야! 어떤 갤리선도 너의 허락 없이는 이 바다로 나갈 수 없어. 왜 허락을 해 줬냐고, 크래치?"

삼촌은 빨간 머리를 더 깊숙이 숙였다.

"말!"

칼란테가 말했다.

"요새로 간다. 내일 새벽에 배를 타고 떠나네. 공주는 신트라로 데려간다. 이곳에는 다시는 오지 못하게 할 거야. 그리고 넌, 넌 나에게 엄청난 빚을 진 거다, 크래치. 내가 그걸 원하는 때가 되면 너는 그 빚을 갚아야 해."

"알겠습니다, 모드론."

"만약 내가 그걸 상기시키지 못한다면, 그건 얘가 할 거야."

칼란테는 시리를 바라보았다.

"너의 빚을 애에게 갚도록 해라. 어떤 방법인지는 알고 있지?"

크래치 안 크라이트는 일어나 몸을 쭉 폈다. 곤란한 표정의 얼굴이 굳어졌다. 그는 빠른 동작으로 아무 장식이 되어 있지 않은 칼집에서 단순한 철제 검을 꺼내더니 하얀 흉터로 얼룩진 왼쪽 팔을 드러내었다.

"연극은 관두고."

여왕이 코웃음을 쳤다.

"피를 아끼게. 언젠가라고 말했지. 기억하고 있게."

"에인 메 그라에디브, 바에레 아 블레드게스, 아드 레나, 리오노르스 에프 신트라!"

스켈리게를 다스리는 크래치 안 크라이트는 팔을 올리더니 칼로 거세게 내리쳤다. 병사들은 목쉰 비명을 지르며 무기로 방패를 쳤다.

"맹세는 받아들이겠다. 나를 요새로 인도하게."

시리는 아이스트 왕의 귀환을, 돌처럼 굳어져 창백해진 얼굴을 기억했다. 그리고 여왕의 침묵도. 우울하고 끔찍했던 연회를, 수염이 난 스켈리게의 뱃사람들이 무서운 침묵 속에서 점점 취해 가던 것을 기억했다. 속삭임 소리도 기억했다. 게아스 무이레, 게아스 무이레!

바닥으로 흘러내리던 어두운 색 맥주의 줄기. 절망적인, 어쩔 수 없는, 아무 소용없는 화가 폭발한 후 홀의 돌벽에 부딪쳐 깨진 뿔잔들. 게아스 무이레! 파베타!

신트라의 여왕 파베타와 그녀의 남편 듀니 공. 시리의 부모님. 그들은 희생되었다. 사라져 버린 것이다. 그들을 죽인 것은 게아스 무이레, 바다의 저주. 이들은 아무도 내다보지 못했던 폭풍우에 휩싸여 죽었다. 일어나지 않았어야 할 폭풍우…….

시리는 예니퍼가 자신의 눈에 차오르는 눈물을 보지 못하게 하기 위해 고개를 돌렸다. 이게 다 무슨 소용이지, 시리는 생각했다. 이 질문들이, 이런 것들을 기억하는 게 무슨 소용이지? 과거로는 돌아갈 수가 없다. 이제 그들 중 아무도 없다. 아빠도, 엄마도, 아드 레나 신트라의 암사자였던 할머니도. 크래치 안 크라이트 삼촌도 아마 죽었겠지. 이제 난 아무도 없고 난 다른 사람이야. 돌아갈 수 없어.

예니퍼는 생각에 잠겨 아무런 말이 없었다. 그러더니 갑자기 물었다.

"그때부터 너의 꿈들이 시작됐니?"

"아니오."

시리가 생각해 보았다.

"아니오, 그때가 아니에요. 나중이에요."

"언제?"

시리는 코에 주름을 잡았다.

"그다음 해 여름……. 왜냐하면 다음 해에 이미 전쟁이 일어났으니까요."

"아하. 그러면 꿈들은 게롤트와 브로킬론에서 만난 후에 시작되었다는 거지?"

시리는 고개를 끄덕였다. 난 다음 질문에는 대답하지 않을 거야, 시리는 결심했다. 하지만 예니퍼는 질문을 하지 않았다. 재빨리 일어나 태양을 보았다.

"너무 오래 앉아 있었네, 못난이야. 늦었다. 더 찾도록 하자. 손은 앞에 긴장을 풀고, 손가락에 힘주지 말고, 앞으로 걸어 나와."

"어디로 가야 해요? 어느 방향으로?"

"그건 상관없다."

"물줄기는 어디에나 있나요?"

"거의 그렇단다. 수맥을 어떻게 찾는지 배우고, 땅에서 찾아내고, 그런 장소를 알아보도록 하는 거야. 마른 나무나, 너무 작은 식물이나, 동물들이 모두 피하는 장소가 있어. 고양이만 빼고."

"고양이요?"

"고양이는 교차 지점에서 자고 쉬는 걸 좋아해. 마법의 동물들에 대한 이야기들은 많지만, 아마 사실 고양이는 용을 제외하고는 에너지를 흡수할 줄 아는 유일한 동물일 거야. 아무도 왜 고양이가 에너지를 흡수하고 어떻게 이용하는지 몰라. ……무슨 일이지?"

"오오오! 저기, 저쪽 방향이요! 아마 저기 뭔가 있는 것 같아요! 저 나무 뒤예요!"

"시리, 상상하지 말고. 교차 지점은 그 위에 서서 느끼는 거야. 흠, 흥미롭군. 매우 특이하다고 말할 수 있네. 정말로 당기는 힘이 느껴지니?"

"정말로요!"

"그럼 가 보자. 이상하네, 이상해. 자, 장소를 정해. 어딘지 가리켜 줘."

"여기, 바로 이 자리요!"

"잘했다. 아주 훌륭해. 약지가 살짝 굽어지는 게 느껴지니? 아래로 구부러지는 거 보이지? 기억해, 이게 바로 사인이야."

"에너지를 취해도 돼요?"

"잠깐, 내가 한번 확인하고."

"예니퍼 선생님? 힘을 흡수하는 건 도대체 어떻게 되는 거예요? 만약에 제가 힘을 흡수한다면, 그럼 아래에는 힘이 부족해지는 게 아닐까요? 그래도 되나요? 네네케 어머니는 우리에게 어떤 것도 그냥 내키는 대로 취해서는 안 된다고 하셨어요. 체리조차도 나무에 남겨 놔야 한다고, 새들을 위해서, 그냥 땅에 떨어지도록요.”

예니퍼는 시리를 끌어안고 머리카락에 가볍게 입을 맞추었다. 그리고 중얼거렸다.

“지금 네가 말한 것들을 다른 이들이 들었으면 좋겠구나. 빌게포츠, 프란체스카, 테라노바……. 자기들이 힘에 대해 독점권이라도 가지고, 아무 제한 없이 힘을 이용할 수 있다고 생각하는 사람들이 말이야. 그들이 멜리텔리 신전의 현명한 못난이가 하는 말을 들었으면 좋을 텐데. 걱정 마, 시리. 그렇게 생각하는 건 좋은 일이란다. 내 말을 믿어도 좋아. 힘은 굉장히 많아. 부족하지는 않단다. 그건 마치 커다란 과수원에서 네가 체리 하나를 딴 것과 같아.”

“그럼 이제 흡수해도 돼요?”

“잠깐. 오호, 이건 굉장히 강한 수맥이야. 엄청나게 살아 있어. 조심해라, 못난아. 조심스럽게, 그리고 아주, 아주 천천히 힘을 흡수해야 해.”

“난 겁나지 않아요! 후후, 난 여자 위쳐거든요! 하! 느낌이 와요. 오오오오, 예니퍼…… 선생님!”

“젠장! 내가 경고했잖니! 말했는데! 머리를 위로, 위로 해! 자, 이걸 코에 틀어막고. 코피가 철철 나고 있어. 진정해, 진정해. 못난아, 제발 기절만 하지 마. 내가 옆에 있어, 내가 옆에 있어. 손수건을 잡고 있어. 자, 바로 얼음을 마법으로 만들어 줄게.”

코에서 코피가 조금 난 그 사건은 큰 문제가 되었다. 예니퍼와 네네케는

1주일 동안 서로 말을 하지 않았다.

1주일 동안 시리는 게으름을 피우고 책을 읽고 지루해 했다. 왜냐하면 예니퍼가 교육을 중단했기 때문이었다. 시리는 며칠 동안 예니퍼를 볼 수 없었다. 예니퍼는 어디론가 새벽에 나가서 저녁에야 돌아와 시리를 이상하게 쳐다보고는 거의 말이 없었다.

1주일이 지나자 시리는 이제 지겨워졌다. 저녁에 예니퍼가 돌아오자, 시리는 예니퍼에게 말없이 다가가 꼭 껴안았다.

예니퍼는 아무 말이 없었다. 아주 오랫동안. 말을 할 필요가 없었다. 시리의 어깨를 꼭 붙들고 있는 예니퍼의 손가락이 예니퍼 대신 말을 하고 있었다.

그다음 날 대제사장과 여자 마법사는 몇 시간에 이르는 긴 대화를 나눈 끝에 화해를 했다. 그리고 시리로서는 엄청나게 기쁘게도 모든 것이 정상으로 돌아왔다.

"내 눈을 바라봐, 시리. 작은 불꽃이야. 주문 외워 봐!"

"아이네 베르세오스!"

"잘했어. 내 손을 봐. 이렇게 똑같이 손짓을 해서 빛을 공기 중으로 날려 봐."

"아이네 아엔 아네니에!"

"훌륭해. 그럼 이제 어떤 손짓을 해야 하지? 그렇지, 바로 그거야. 아주 좋아. 손짓을 더 강하게 해서 에너지를 뽑아내. 더, 더, 쉬지 말고!"

"아야."

"등은 똑바로! 팔은 몸통 옆에. 손에 힘 빼고, 필요 없이 손가락을 움직여서는 안 돼. 움직임은 효과를 몇 배로 만들 수도 있다고, 여기 화재를 일으키고 싶니? 더 세게, 왜 안 하니?"

"아야, 안 돼요. 할 수가……."

"힘을 빼고 몸을 떨지 말고! 에너지를 흡수해! 지금 뭐하는 거니? 그래, 지금은 더 낫다. 의지를 약하게 해서는 안 돼! 너무 빨라, 그러다 날아간다! 쓸데없이 뜨거워졌어! 천천히, 못난아, 편안하게. 아프다는 건 알아. 하지만 익숙해질 거야."

"아파요. 배가…… 여기……."

"넌 여자니까, 보통 여자들은 그래. 시간이 지나면 저항력이 생겨. 하지만 저항력이 생기려면 통증 완화 마법 없이 훈련해야 해. 이건 정말로 필요한 거야, 시리. 걱정은 하지 않아도 돼. 내가 계속 보면서 감독하고 있으니까. 너에게는 아무 일도 생기지 않을 거야. 하지만 통증은 네가 이겨 내야해. 숨은 편안하게 쉬고. 집중. 손짓, 해 봐. 아주 좋아. 그리고 힘을 취해, 흡수해, 빨아들여. 좋아, 좋아, 조금만 더……."

"아아! 아야!"

"그래, 노력만 하면 잘할 수 있잖아. 이제 내 손을 봐. 주의해서. 나랑 똑같은 손짓을 해 봐. 손가락, 손가락, 시리! 내 손을 봐, 천장이 아니라! 지금은 좋아, 그래, 아주 좋아. 쉬어. 그리고 이제 다시, 그 몸짓을 다시 하고 힘을 센 불빛으로 발산해 봐."

"이이이. 이이이익, 으으!"

"소리 내지 말고! 정신 차려! 그건 그냥 경련이야, 금방 지나가! 손가락을 넓게, 불을 꺼. 그걸 너 안에서, 너 안에서 내보내. 천천히, 젠장, 그러다 또 코피가 난다고!"

"으이이이이이이익!"

"너무 갑작스럽게 했어, 못난이야, 계속해서 너무 서두르고 있다고. 알아, 힘이 밖으로 빠져나가려고 하는걸. 하지만 네가 그걸 제어하는 걸 배워야 해. 좀 전처럼 그렇게 폭발하도록 내버려 둬서는 안 돼. 만약 내가 널 격리해 놓지 않았더라면 여기가 엉망이 되었을 거야. 자, 다시 한 번. 처음부터 시작하자. 손짓과 주문."

"안 돼요. 이제는 안 돼요. 못해요!"

"천천히 숨을 쉬고, 몸을 떨지 말고. 이번에는 신경질을 부리느라 몸이 떨린 거지, 날 속이진 못해. 정신 차려. 집중하고 시작해."

"안 돼요. 제발, 예니퍼 선생님. 아파요. 속이 울렁거려요."

"제발 울지는 말고, 시리. 여자 마법사가 우는 것보다 더 흉한 건 없어. 그것보다 더 불쌍한 건 없다고. 꼭 기억해라. 절대로 잊어서는 안 돼. 한 번 더, 처음부터 다시. 주문과 손짓. 아니, 아니, 이번엔 따라 하는 게 아니고. 너 혼자 해야 해. 자, 기억을 되새겨 봐!"

"아이네 베르세오스, 아이네 아엔 아네니에…… 아아아아야!"

"아니야! 너무 빨랐어!"

마법은, 마치 끝에 가시가 달린 화살처럼 시리의 몸속으로 들어왔다. 그리고 깊게 상처를 주었다. 아팠다. 이상한 종류의 통증, 쾌락을 연상시키는 그런 종류의 아픔이었다.

긴장을 풀기 위해서 둘은 또다시 공원을 달렸다. 예니퍼는 네네케로부터 맡겨 둔 시리의 칼을 찾아와 시리는 스텝과 피하기, 공격을 연습할 수 있었다. 물론 다른 신녀들과 수련 소녀들은 보지 못하게 했다. 하지만 마법은 어디에나 존재했다. 시리는 간단한 주문과 의지력을 집중해 근육을 푸는 법을, 경련을 이기는 법을, 아드레날린을 통제하는 법을, 평형기관과 신경을 다스리는 법을, 혈류를 느리게 하거나 빠르게 하는 법을, 잠시 동안 산소 없이 견디는 법 등을 배웠다.

여자 마법사는 놀랍게도 칼과 춤추는 듯한 위쳐들의 검법에 대해 굉장히 많이 알고 있었다. 케어 모헨의 비밀에 대해서도 많이 알고 있었다. 분명히 성채에 머물렀던 것이 틀림없었다. 베스미어와 에스켈도 알았지만 램버트와 코엔은 몰랐다.

예니퍼가 케어 모헨에서 지냈었구나. 시리는 케어 모헨의 성채에 대한 이야기를 할 때 여자 마법사의 눈이 따뜻해지며 못된 듯한 눈빛과 차갑고 쌀쌀한, 현명한 깊이가 없어지는 이유를 짐작할 수 있었다. 그런 말을 예니퍼에게도 쓸 수 있다면, 시리는 예니퍼가 과거를 회상하면서 꿈꾸는 것 같은 얼굴이 되었다고 했을 것이다.

시리는 그 이유를 알 수 있었다.

시리가 한사코 본능적으로 그리고 신경을 써서 피하는 주제도 있었다. 하지만 어느 날 서둘러 이야기하다가 튀어나오고야 말았다. 트리스 메리골드. 예니퍼는 겉으로는 별로 알고 싶어 하지도 않고, 겉으로는 아무 상관없는 것처럼, 겉으로는 별거 아닌 일상적인 질문을 던지는 것처럼 시리로부터 나머지 이야기를 끌어냈다. 눈은 굳어 있었고, 시리로서는 꿰뚫어 볼 수가 없었다.

시리는 그 이유를 알 수 있었다. 그러나 이상하게도 이제 화가 나지 않았다.

마법은 시리를 편안하게 만들었다.

"아드 표식이라고 불리는 것은 시리, 정신운동 마법 중 아주 간단한 주문이야. 자기가 원하는 방향으로 에너지를 몰아 보내는 거지. 미는 힘은 의지 집중과 나가는 힘에 따라 달라져. 아주 셀 수도 있지. 위쳐들은 이 주문이 가진 마법의 원리를 몰라도 집중과 손짓으로만도 이루어진다는 것을 이용해서 이 주문을 자기들 것으로 만들었지. 그래서 이건 표식이라고 하는 거야. 어디서 그 이름이 왔는지는 나도 몰라. 고어에서 '아드'는 너도 알다시피 '산', '위쪽의', 아니면 '가장 높은'을 말하니까. 만약 그렇다면, 이 이름은 아주 적합치 않은 것이 되긴 해. 왜냐하면 정신으로 움직이게 하는 마법 중에서 더 이상 쉬운 건 없거든. 우리는 물론 위쳐의 표식을 해 보는데 시간도 에너지도 낭비하진 않을 거야. 우리는 진짜 정신운동 마법을 연습할 거란다. 이걸 연습해 보자. 오, 그래, 사과나무 밑에 놓인 저 바구니에 집중해 봐."

"이미 하고 있어요."

"빨리 집중하는구나. 조심해야 할 것은 힘을 내보내는 일이야. 네가 취한 만큼만 내보낼 수 있는 거야. 만약 조금이라도 더 내보낸다면, 네 몸이 그 대가를 치러야 해. 그런 노력을 했다가는 정신을 잃을 수도 있고, 극단적인 경우에는 죽을 수도 있지. 만약 내가 취한 모든 것을 바로 내보낸다고 하면 이제 되풀이할 힘을 잃고, 또 한 번 에너지를 취할 수밖에 없어. 하지만 알다시피 에너지를 얻는 것은 쉽지도 않고 고통스럽지."

"오오, 네, 그래요!"

"집중을 풀고 에너지가 네 밖으로 혼자 나오도록 해서는 안 돼. 나를 가르치신 선생님은 이렇게 말씀하시곤 했는데, 힘을 밖으로 내보내는 것은 무도회장에서 방귀를 뀌는 것처럼 해야 한다는 거야. 살살, 조금씩, 그리고 완벽히 통제해서. 주위에 있는 사람들이 그게 너라는 걸 아무도 모르게. 알 겠니?"

"알겠어요!"

"몸을 똑바로. 그만 웃고. 다시 말하지만 주문은 진지한 일이야. 주문을 외울 때는 우아하게, 그리고 자부심을 가지고 해야 해. 손짓은 물 흐르듯, 하지만 자제해서 엄숙하게 해야 해. 이상한 표정을 지어서도, 얼굴을 찡그려서도, 혀를 내밀어서도 안 돼. 자연의 힘을 이용하는 거니, 자연에 존경심을 보여야 하는 거야."

"알았어요, 예니퍼 선생님."

"자, 이번에는 난 너를 쫓지 않을 거야. 너는 이제 독립적인 여자 마법사야. 이건 너의 데뷔란다, 못난이야. 저기 서랍장 위에 포도주를 담는 병이 보이지? 만약 네 데뷔가 성공적이라면 너의 선생님은 오늘 밤에 저걸 다 마실 거야."

"혼자서요?"

"학생은 길드의 장인이 된 이후에야 포도주를 마시는 게 허락되는 거야. 넌 기다려야 해. 하지만 넌 빠르니까 앞으로 10년 정도, 더 이상은 걸리지 않을 거야. 자, 시작해 보자. 손가락을 모으고. 왼쪽 손은? 흔들지 말고! 편안히 내려놓거나 엉덩이 옆에 기대고 있어. 손가락! 좋아. 자, 에너지를 발산해."

"아아아하."

"소리를 내라고는 하지 않았어. 에너지를 내어 봐. 조용히."

"하아, 하! 풀쩍 뛰었어요! 바구니가 풀쩍 뛰었다고요! 보셨어요?"

"겨우 떨린 정도인걸. 시리, 조금씩이라는 게 약하게를 말하는 건 아니야. 정신운동 마법은 쓰는 목적이 있어. 위쳐들이 아드 표식을 쓰는 건 적을 쓰러뜨리기 위해서야. 네가 내보낸 에너지는 적의 모자도 못 벗기겠다. 한 번 더, 조금 더 세게. 자, 대담하게 해 봐!"

"하! 날아갔어요! 잘한 거죠? 그렇죠, 예니퍼 선생님?"

"흠, 끝나고 부엌으로 가서 오늘 우리 마실 포도주에 곁들일 치즈 좀 슬쩍 해 와라. 거의 좋았어. 거의. 조그만 더 세게, 못난이야, 겁내지 말고. 땅에 서 바구니를 들어 저 우리의 벽으로 제대로 던지란 말이야, 깃털이 날리도 록. 몸 구부리지 말고! 머리는 하늘로! 우아하게, 하지만 자신감 있게! 대담 하게, 대담하게! 오, 젠장!"

"아이쿠, 죄송해요, 예니퍼 선생님. 아마…… 너무 많이 내보냈나 봐요."

"약간 더 나온 것뿐이야. 걱정 마. 이리로 와라, 꼬마야."

"그럼 저…… 우리는 어쩌죠?"

"그럴 수도 있지. 걱정할 것 없다. 데뷔라는 건, 일단 항상 후하게 점수를 줘야 하는 거야. 우리라고? 뭐, 아름다운 우리도 아니었는데 뭐. 저 우리가 없어졌다고 풍경이 나빠질 것도 없어. 안녕하세요, 선생님들! 아무것도 아 닙니다. 아무것도 아니에요. 별일 아니니 난리 치실 것도 없어요, 아무 일도 없었어요. 네네케, 난리 좀 치지 마세요! 정말 아무 일도 아니라니까요. 저 판자들을 치우기만 하면 돼요. 땔감으로 쓰면 좋겠네요!"

따뜻한, 바람이 없는 오후의 공기는 꽃과 풀들의 냄새로 꽉 차 있었고, 평 안함과 고요로 숨 쉬다가 벌들과 커다란 딱정벌레들의 윙윙거리는 소리로 가끔 방해를 받았다. 그런 오후에 예니퍼는 네네케의 버드나무 의자를 정원 으로 옮겨 와 거기 앉아 발을 쭉 뻗고 있었다. 가끔은 책을 읽고, 가끔은 이 상한 메신저들, 주로 새들이 전해 준 편지들을 읽었다. 가끔은 아무것도 하 지 않고 멀리를 바라보고 있기도 했다. 생각에 잠겨 한 손은 윤기 나는 검은 머리 속에, 다른 한 손은 잔디밭에 앉아 예니퍼의 따뜻하고 단단한 허벅지에 기대고 있는 시리의 머리를 쓰다듬었다.

"예니퍼 선생님?"

"여기 있다, 못난이야."

"마법의 도움으로는 무엇이라도 할 수 있나요?"

"아니."

"하지만 굉장히 많은 걸 할 수 있죠?"

"사실이지."

여자 마법사는 잠시 눈을 감고는 손가락으로 눈꺼풀을 만졌다.

"아주 많은 걸 할 수 있지."

"아주 큰일……. 아주 무서운 일, 굉장히 무서운 일도 가능한가요?"

"우리가 원하는 것보다 훨씬 더한 일도 가능하지."

"흠, 그러면 나도……. 언젠가 나도 그런 일을 할 수 있을까요?"

"나도 모르겠다. 어쩌면 절대 그런 일은 없을지도 모르지. 그런 일을 할 필요가 없길 바랄 뿐이야."

고요. 침묵. 더위. 꽃들과 약초의 향기.

"예니퍼 선생님?"

"왜, 또? 못난이야?"

"선생님은 몇 살에 마법사가 되었어요?"

"흠, 내가 예비 시험을 치렀을 때 말이니? 열세 살."

"하! 그건 지금 내 나이와 같잖아요! 그럼, 그럼 몇 살에……. 음. 아니, 그건 안 물어볼래요."

"열여섯."

"아하."

시리는 살짝 얼굴을 붉히더니 갑자기 신전의 탑들 위에 높이 걸려 있는 이상한 모양의 구름에 관심을 가지는 척했다.

"그러면 게롤트를 만났을 때는 몇 살이었어요?"

"더 많았지, 못난이야. 약간 더 많았지."

"계속 저를 못난이라고 부르시네요! 제가 진짜 싫어하는 걸 아시면서. 왜 그러시는 거예요?"

"왜냐하면 난 못됐으니까. 여자 마법사들은 항상 못된 거야."

"나는, 나는…… 못난이가 되고 싶지 않아요. 나는 예쁘고 싶어요. 정말 예쁘게, 선생님처럼 말이에요. 마법의 도움으로 언젠가는 저도 선생님처럼 아름답게 될 수 있나요?"

"넌 다행히 그럴 필요가 없단다. 넌 그렇게 되는데 마법이 필요 없어. 그게 얼마나 행운인지 너는 모르는구나."

"하지만 난 정말로 예쁘고 싶다니까요!"

"넌 정말로 예뻐. 정말 예쁜 못난이지. 내 예쁜 못난이……."

"으, 예니퍼 선생님!"

"시리, 내 허벅지에 멍들겠다."

"예니퍼 선생님?"

"왜."

"뭘 그렇게 보세요?"

"저 나무. 피나무지."

"저 나무에 뭔가 흥미로운 거라도 있나요?"

"아니. 그냥 저 나무의 모습을 보는 게 기뻐. 내가…… 저 나무를 볼 수 있다는 게 기쁘다."

"무슨 말인지 모르겠어요."

"다행이야."

고요. 침묵. 더위.

"예니퍼 선생님!"

"또 뭐냐?"

"거미가 선생님 다리 쪽으로 가요! 보세요! 정말 징그러워요!"

"거미는 그냥 거미일 뿐이야."

"죽여요!"

"움직이기 싫다."

"그럼 주문으로 죽여 버려요!"

"멜리텔리 신전 안에서 말이야? 네네케가 우리 둘 다 머리를 때려서 쫓아 내게 말이니? 아니, 안 돼. 그리고 이제 조용히 해. 생각 좀 해야겠다."

"무슨 생각을 그렇게 하세요? 흠. 알았어요, 이제 조용히 할게요."

"엄청 기쁘다. 또 너의 이상한 질문이 나올 거라고 걱정하고 있었어."

"왜 아니겠어요? 전 선생님의 이상한 대답이 좋아요!"

"건방져졌구나, 못난이야."

"전 여자 마법사예요. 여자 마법사들은 못되고 건방져요."

침묵. 고요. 공기 중에는 아무것도 움직이지 않았다. 마치 폭풍우 전처럼 후텁지근했다. 침묵은 이번에는 멀리서 우짖는 까마귀와 까치들 소리로 깨졌다.

"점점 더 많아져요."

시리가 고개를 들었다.

"날아오고 또 날아오고. 마치 가을처럼. 징그러운 새들. 신녀들은 나쁜 징조래요. 오멘인가 뭔가라고 했어요. 예니퍼 선생님, 오멘이 뭐예요?"

"〈두 드위메르모르츠〉를 읽어. 거기 그 주제에 대해서 한 챕터 전체가 있어."

침묵.

"예니퍼 선생님……."

"맙소사, 또 뭐니?"

"왜 게롤트는 이렇게 오랫동안……. 왜 여기 안 와요?"

"분명 너에 대해서 잊어버린 거야, 못난이야. 더 예쁜 여자아이를 발견한 거지."

"아니에요! 잊지 않았다는 걸 아는데요! 그럴 순 없어요! 제가 안다고요! 확실히요, 예니퍼 선생님!"

"그걸 안다니, 다행이구나. 넌 행복한 못난이야."

"당신을 좋아하지 않았어요."

시리는 되풀이했다.

예니퍼는 시리를 바라보지 않았다. 계속해서 등을 돌리고 창가에 서서 동쪽의 언덕이 검게 변하는 것을 바라보고 있었다. 언덕 위의 하늘은 까마귀와 까치 떼로 검게 변하고 있었다.

이제 곧 왜 자기를 좋아하지 않았냐고 묻겠지, 시리는 생각했다. 아니, 선생님은 그런 질문을 하기에는 너무 똑똑해. 분명 문법적인 데 주의를 기울여 언제부터 내가 과거 시제를 쓰기 시작했냐고 물어보시겠지. 그럼 난 이렇게 말할 거야. 나도 예니퍼 선생님처럼 냉정하게 예니퍼 선생님의 어투를 따라 하면서 말이지. 선생님도 나도 차갑고 감정 없고 아무런 상관도 하지 않는, 마음과 감정을 부끄러워하는 척할 수 있다는 걸 알게 할 거야. 이 모든 걸 다 말할 거야. 예니퍼 선생님께 모든 걸 말해야 해. 선생님이 모든 걸 알았으면, 우리가 멜리텔리 신전을 떠나기 전에. 내가 그리워하는 그를 드디어 만나기 위해 떠나가기 전에. 예니퍼 선생님이 그리워하는 그, 그리고 분명 우리를 그리워할 그. 나는 예니퍼 선생님께 말하고 싶어.

말할 거야. 묻기만 하면.

여자 마법사는 웃으며 창으로부터 몸을 돌렸다. 그리고 아무것도 묻지 않았다.

다음 날, 아침 일찍 둘은 떠났다. 여행용의 남자 복장, 코트와 모자와 머리를 가리는 두건을 쓰고. 둘 다 무장을 한 상태였다.

네네케만이 둘과 작별 인사를 했다. 오랫동안 조용히 예니퍼와 이야기를 나누고는 여자 마법사와 여제사장은 거세게 남자들처럼 서로 악수를 했다. 시리는 사과색 암말의 고삐를 붙잡고, 자기도 그런 식으로 작별 인사를 하고 싶었지만 네네케 어머니는 그렇게 두지 않았다. 시리를 품 안에 끌어안고는 키스를 해 주었다. 눈에는 눈물이 어려 있었다. 시리도 눈물이 났다.

"자."

가운의 소매로 눈물을 닦으며 여제사장이 마침내 말했다.

"이제 떠나. 위대한 멜리텔리 여신께서 너희들의 가는 길을 지켜 주시기를. 하지만 여신님은 워낙 할 일이 많으시니, 너희들 스스로도 조심을 해야 해. 예니퍼, 시리를 지켜 줘. 당신 눈동자처럼 지켜야 해."

"그것보다는 낫게 지킬 수 있었으면 좋겠네요."

예니퍼는 보일락 말락 하게 웃으며 말했다.

폰타르 계곡으로 가는 쪽의 하늘에 까마귀 떼가 시끄럽게 울며 날아갔다. 네네케는 새들을 쳐다보지 않았다.

"몸조심해."

네네케가 다시 말했다.

"나쁜 시간이 오고 있어. 어쩌면 이틀린느 에프 에베니엔의 예언이 맞을 지도 몰라. 검과 도끼의 시간, 모멸과 늑대의 회오리바람의 시간. 예니퍼, 그 아이를 지켜 줘. 아무도 그 아이를 해치지 못하게."

"여기 다시 돌아올 거예요, 어머니."

시리는 안장 위로 뛰어오르며 말했다.

"여기 꼭 다시 돌아올 거라고요! 금방이요!"

시리는 이 약속이 얼마나 잘못된 약속인지 몰랐다.

〈1 │ 엘프의 피 끝〉